五色石丛书

WU [SESHI] CONGSHU

文艺研究新视野

唐代『大手笔』作家研究

Research on Tang "Dashoubi" Writers

曲景毅 著

中国社会科学出版社

图书在版编目(CIP)数据

唐代"大手笔"作家研究/曲景毅著. —北京：中国社会科学出版社，
2015.9

ISBN 978 - 7 - 5161 - 6454 - 9

Ⅰ.①唐… Ⅱ.①曲… Ⅲ.①应用文—文学研究—中国—唐代
Ⅳ.①I206.2

中国版本图书馆 CIP 数据核字(2015)第 152521 号

出 版 人	赵剑英	
选题策划	郭晓鸿	
责任编辑	武兴芳	
责任校对	王 斐	
责任印制	戴 宽	

出　　版	中国社会科学出版社	
社　　址	北京鼓楼西大街甲 158 号	
邮　　编	100720	
网　　址	http://www.csspw.cn	
发 行 部	010 - 84083685	
门 市 部	010 - 84029450	
经　　销	新华书店及其他书店	

印　　装	北京君升印刷有限公司	
版　　次	2015 年 9 月第 1 版	
印　　次	2015 年 9 月第 1 次印刷	

开　　本	710×1000　1/16	
印　　张	22	
插　　页	2	
字　　数	346 千字	
定　　价	78.00 元	

总　　序

提起五色石，有谁不想到它源自中华民族借一位创世女神之巨手，谱写出的那篇天地大文章？一两千年前的汉晋古籍记载了这个东方民族的族源神话：当诸多部族驰骋开拓、兼并融合而造成天倾地裂，水灾火患不息的危难时刻，站出了一位曾经抟土造人的女娲"炼五色石以补苍天，断鳌足以立四极"（《淮南子·览冥训》），重新恢复和创造天行惟健，地德载物的民族生存发展的空间。在烈火中创造自己色彩的五色石，凝聚了这种天地创生，刚健浑厚的品格，自然也应该内化为以文学—文化学术创新为宗旨的本书系的精神内涵和色彩形态，探索一条有色彩的创新之路。

经由"天缺须补而可补"成为民族精神的象征，其缺者的大与圣，其补者的仁与智，无不可以引发创造精神和神思妙想的大爆发。何况人们又说女娲制作笙簧，希望在创造性的爆发中融入更多美妙动人的音符？李贺诗："女娲炼石补天处，石破天惊逗秋雨。"歌咏的是西域乐器箜篌，朝鲜平民乐曲《箜篌引》，可见精神境界之开放，诚如清人所云："本咏箜篌耳，忽然说到女娲、神妪，惊天入月，变眩百怪，不可方物，真是鬼神于文。"（黄周星《唐诗快》）创造性思维既可以正面立意，又可反向着墨，如司空图《杂言》："乌飞飞，兔蹶蹶（乌与兔是日月之精），朝来暮去驱时节。女娲只解补青天，不解煎胶粘日月。"当然也可以融合多端，开展综合创新，如卢仝的古体诗："神农（应是伏羲）画八卦，凿破天心胸。女娲本是伏羲妇，恐天怒。捣炼五色石，引日月之针，五星之缕把天补。补了三日不肯归婿家，走向日中放老鸦，月里栽桂养虾蟆。"这就把伦常幽默、月宫神话，也交织到炼石补天的神思中了。更杰出的创造，是把炼石补天神话的终点当作新起点的创造。这就是曹雪芹的《红楼梦》，把女娲炼石补天时被弃置的一块顽石当作通灵宝石，带到人间走了阅尽繁华与悲凉的一遭，写成了"无材可去补苍天，枉入红尘若许年"的"天书"与"人书"相融合的精神启示录。由五色石引爆的这些奇正创新，综合创新和跨越式原始创新的丰富思路，应该成为我们书系的向导，引导我们进行根柢扎实，又五彩缤纷的学术探索，或如宋朝一位隐居黄山的诗人所云："我有五色线，补衮衮可新；我有五色石，补天天可春。"（汪莘，《野趣亭》）

我们处在改革开放的时代，世界视野空前开阔，创新欲望空前旺盛，学理思维空前活跃。伴随着中华民族的全面复兴，思想学术文化已经以其无比丰厚的成绩走入了一个新的纪元。但我们也迎接着全球化和市场化的扑面而来的机遇中的严峻挑战。高科技对文学生存方式的强势介入，市场机制对文学生产的批量性推动，消费时尚对文学潮流的极端吸引，以及网络、图像参与其间的新媒体文学表达形态，包括林林总总的电视文学、摄影文学、网络文学、手机文学、图说文学等形态的火爆滋生，令人深刻地感受到今日之文学已远非昔日之文学了。对于原有的文学格局、形态和秩序而言，这里所面临的泛化性的消解和创新的包容的挑战，严峻地考验着当今学术界的学理担当能力。如果说在某些领域，在某种程度上，也出现了一些与女娲神话类似的"四极废，九州裂，天不兼覆，地不周载"的危机，大概也不应被看作是危言耸听吧。那么，又从哪里找到补苍天的五色石，立四极的鳌足和止淫水的芦灰呢？若能够由此写出女娲炼石补天的新篇，也是本书系不胜翘首企盼的。

令人满怀信心的是，中华民族的生命力和创造力百摧不磨，往往在艰难的挑战中出现超强度的爆发，在爆发中显示了坚毅的魄力和深厚的文化元气。浩瀚雄厚的多地域多民族的历史文化资源和现实文化实践，成为它层出不穷地为人类提供文化经验和创新智慧的不竭源泉。且不说旷世莫比的少数民族神话，即便中原神话虽未衍化为长篇英雄传奇，却散落为遍地开花的民俗奇观。五色石在历朝志怪和许多地理志中，屡有记载，女娲庙在甘肃秦州有，湖北房州也有。女娲抟土造人处据传在汉武帝《秋风辞》吟咏的汾阴，女娲墓则在九曲黄河最大的弯曲处古潼关附近的风陵渡，因为女娲风姓，风陵也就成了娲皇陵了。中华民族是把自己的母亲河和这位创世女神连在一起的。五色石散落之处有广东产端砚的山溪，《元丰九域志》云："端溪山有五色石，上多香草，俗谓之香山。"明代诗人说："女娲炼馀五色石，藏在端溪成紫霞。天遣六丁神琢砚，梦中一笔夜生花。"（张昱，《题端古堂》）既然五色石散落岭南，那么炼石的灶口在哪里？在太行山。明人陆深《河汾燕闲录》说："石炭即煤也……（山西）平定所产尤胜，坚黑而光，极有火力。史称女娲氏炼五色石以补天，今其遗灶在平定之东浮山。予谓此即后世烧煤之始。"五色石通过创世女神之手，成为一种天地交泰的文化生命结晶，它一头联结着赋予人类生存以温暖的"坚黑而光"的能源，另一头联结着文化创造的"梦笔生花"的灵性。在如此浩瀚无垠的天地、人类、历史、文化空间进行新世纪的文学学术创造，尽管阅尽风云变幻的价值重建、形式变换和文学边界模糊，但我们的民族也有足够的底气、智慧和能力，在文学研究中注入充满活力的人类审美本性的精髓，从中焕发出现代大国思想文化的独立品格和创新气象。

　　明诗有云："五色石堪炼，吾将师女娲。"（周瑛，《至广德作东园书室》）是我们全面、系统、深入地调动浩如烟海的文化资源和创新智慧，拓展新视野，提出新命题，给出新阐释，师法女娲炼石补天的原始创新行为，炼造出一个东方现代大国的思想学术的五色石的时候了。

杨义

2008 年 6 月 1 日

目　录

序　一

近年来，国内不少高校中文系研究古代文学的博士生常有找不到选题的苦恼。尤其唐代文学研究，经历了八九十年代的辉煌期以后，具有开拓性的选题越来越少，而研究者的队伍则越来越庞大。因此多数博士生的选题都难免依傍前人或其他学科的研究成果，在前人已经开辟的课题里深刨细挖、拾遗补阙。曲景毅君的《唐代"大手笔"作家研究》却与此不同，虽然不能说是首次拈出"大手笔"的题目，但确实是找准了唐代文学研究中的一大块空白，其开创性意义是应当充分肯定的。

在本书开始撰写之前，学术界以"大手笔"为题的论文仅两篇，且仅限于"燕许"，主要是张说。而以张说为研究对象的论文虽在21世纪近十年里开始陆续出现，但又并非都从"大手笔"的角度切入。我在20世纪80年代研究初盛唐诗歌革新的政治背景时，曾经提出张说和张九龄应是陈子昂之后对盛唐诗歌革新影响最直接的两位文宗。后来在90年代后期又再次联系盛唐文儒的问题，具体分析了张说在盛唐政坛和文坛上所起的作用，及其对盛唐一代文人思想和命运的影响。在写《唐宋散文》的时候，也注意到张说的文章在唐文发展中有一定地位。在多次接触张说的过程中，深感像这样的人物几乎不入文学史编写者的视野，是一种缺憾。这些年张说研究的增多，说明唐代文学研究的范围在逐渐拓宽，只可惜有分量的论著还不多见，视线也没有越出张说以外。曲景毅君这本书，则是首次以整个唐代的"大手笔"作家为研究对象，较之以往单纯的张说研究，在选题上可说是一个大跨度的飞跃。为此，首先需要给"大手笔"做一个清晰的定义，并且确定究竟哪些人物可以算得上"大手笔"。本书综合史料的记载，通过具体分析"大手笔"的语境，说明了这一概念的内涵和外延以及不同历史时期的含义变化，经过慎重的统计，最后确定了九位研究对象。同时作者也意识到，"大手笔"的选题，不可能仅限于文学，而是涉及文章学、文学史学、文体学、公文学等多种范畴，并且要求对唐代政治历史有相当的熟稔，研究的难度是相当大的。因此本书的选题又充分体现了作者攻坚克难的学术勇气。

"大手笔"的提法，重点在"笔"，即应用文字。自从宋齐时代开始区分"文"和"笔"以后，二者的功能和性质之间的分界渐趋清晰，历来的研究文学史者也往往重"文"轻"笔"。近年来随着文章学研究的兴起，对非文学性文章的关注大大增多，但一般偏重于政治、思想、哲学等方面，应用性、礼仪性的公文往往被视为意义不大而忽略不提。"大手笔"的研究偏偏要面对许多在当时极为重要而在今天看似没有价值的官样文章，加上这类文章又多以典雅繁缛的骈文为主，既难读又难懂，如果没有极大的耐心，很容易伤了研究的胃口。本书作者令人钦佩的是，不但通读了这九位"大手笔"作家的全部文章，而且将每个人的写作特点归纳区分得十分清楚。例如指出李峤是一个谦辞卑语的行家里手，即使是典雅语汇的堆砌，也有不同的表现；又如在比较"燕许"的各类文体的基础上，抓住张说文章的散体化和苏颋文章杂用骚体及多用三字句的特点分别阐发，特别是对张说文章的文学性以及"卓荦人奇"的特点作了有说服力的分析，从而突出了二位同样典丽富赡的"大手笔"写作风格的差异；又如指出常衮文章以简省实用、主旨鲜明见长，其制表文可视作元白制诏文的前奏，其墓志文则辞章华赡，富有感情，由此自然见出从"燕许"到常衮，文风从雍容典雅转向精到实用的变化脉络；对于李德裕的文章，作者从思考李德裕的公文制作与其精通《左传》《汉书》的关系出发，认为精熟《左传》，在李文中主要体现为尊王攘夷的思想，熟悉《汉书》，则反映在李德裕善用其中典故，以汉喻唐；由此引出的另一个特点，是善于征引故事，以古治今，并且通过分析其使用不同类型的典故，得出这是一种有意识的创作行为的认识。李德裕还有相当一部分赋和史论、杂论，多为穷愁境遇中所作，最能表达其真实思想感情，已经不能视为公文制作。作者指出这些文章善于对历史人物提出新解和颠覆、多影射时事，立论精深、言辞峻洁,与早年奏疏、箴文截然不同。最后以"雄且奇,简且精,骈亦散,典而畅"十二字概括了李德裕文章四方面的特色。这些分析各有其精心选择的角度,不但贴合每位"大手笔"作家的主要特征,而且反映出唐代应用文制作从初盛到中晚几个重要阶段的不同风貌,形成了清晰的历史脉络。

"大手笔"作家在唐代文人心目中是人生的楷模,所谓"润色鸿业",不仅仅是颂体文章的功能,也是多少文人渴望实现的人生最高理想。所以研究"大手笔"作家的意义不仅在他们制作的应用文本身,更重要的是他们自身的功业对唐代文人的影响,乃至与唐代政坛及文坛发展的关系。正如作者指出的那样,"唐代每一次思想秩序的重建与复振都与"大手笔"作家的政治与文学活动密切相关"。基于这一认识,本书的第五章对整个选题的观点有了一个重要的提升,因而成为全书最精彩、最有问题意识的部分。这一章提出了好几个问题。一是"大手笔"作家与唐代儒学的演进;二是与唐代骈体文发展的关系;三是"大手笔"作家的文学活动对文坛的影响;四是他们通过奖掖、评议、交游对一般唐代文人的影响;作者在这几方面都有其独到的创获,例如对于张说大力提倡礼乐与文学的关系,有一段精到的总结:"作为盛唐一代文儒,张说深深地浸润于时代风气之中,然又能审时度势,把握现实政治和社会态势的走向,努力立足于当代来解决问题。他既不赞同以儒学取代文学,也不取后来沉湎于诗艺锻造而遗失儒道本旨的做法。而是在最贴近盛唐理解的天人关系的理性基础上,使其礼乐观念深入人心,找到了儒学和文学的契合点。为传统的诗教观注入了相融于时代的新内涵,也为他们的志趣、行为、立身方式乃至社会地位作出了定位和诠释。"又如关于中唐儒学的转变,历来文学史家较多注目于李华、萧颖士、独孤及、梁肃、柳冕到韩愈、柳宗元这些古文运动的倡导者对儒学内涵的重新思考。前些年有学者注意到春秋学在中唐学术中的作用,开出了新的思路;本书作者从常衮、李吉甫、李德裕等"大手笔"作家的角度阐述了他们对儒学实用功能的重视,及其促使儒学向儒术转换的作用,这就为认识中唐思潮变化的广阔背景又增加了一个视角。又如考察奉和应制和宫廷文会对唐代文坛的影响,这虽然是初唐文学研究者已经注意到的角度,但是本书强调了"大手笔"作家在这类活动中的核心作用，对相关问题的认识便更深入。

　　第五章最后一节"大手笔"作家的后世接受和声名消解，是作者提出的一个全新的有趣问题。作者采用几种后世的唐文选本，通过统计方法来证明这些作家的声名逐渐淡出人们的视线，同时分析了他们被历史遮蔽的几种原因，都是切合事实的。由此更引出一个值得当今文学史研究者深思的问题："文学史的编撰是根据现代的文学观念来梳理历史上的文学，还是应复归每个历史阶段的文学观念和历史真相去书写？"这也正是这部著作的研究路数给我们留下的思考。但我以为"原生态"研究和当代思考并不是具有选择性的、非此即彼的两个对立的方向，辩证地处理好二者的关系，才更能考验研究者的功力和学识。其实，本书第五章提出的问题以及前三章里穿插的几个问题，例如对"文章四友"的辨析；对前人"唐文三变"说的阐发；关于"大手笔"作家的修史经历与其文笔的关系等，都体现了作者在恢复"原生态"的同时融入当代思考的努力。

　　曲景毅君在攻读博士期间，由程郁缀先生指导；博士论文写作过程中也曾征求过我的意见。毕业后在新加坡南洋理工大学中文系任教，近几年常在海内外的学术会议上遇见。得知他已经发表了好几篇与本选题有关的论文，并且受到同行学者的关注。最近他将博士论文修订为一部煌煌三十万字的大著，并且即将出版，因嘱我为序。重读其全部书稿之后，发现经过几年的打磨和深入思考，原来的论文已经提升为一部论述严密、结构完整的佳作。欣喜之余，遂写下几点感想，不足以概括其全部创获，仅借此略表祝贺之意而已。

葛晓音

2014 年金秋于北京

序　二

　　认识景毅先生多年，知道他精敏好学，勤奋自励。在北京大学取得博士学位，研究领域为汉魏六朝文学、唐宋文学，且长期关注西方汉学的研究成果，发表多篇著作于中国大陆、香港、台湾等地。而今在新加坡南洋理工大学任教的他，既能贡献所学，复能弘扬中华文化，允为当前中生代后起之秀，卓然有成，指日可待。

　　研读传统中华文化，从作家生平入手，了解时代背景对作者产生的影响，所谓"知人论世"的工夫，实为不可或缺的法门。关于唐代文学的研究，学者也大多由作家个案研究入手，而关于唐代应用文书方面，自然就集中在号称"大手笔"的张说一人身上了。早期，王毓秀《张说研究》（台湾大学中国文学研究所硕士论文，1980年）、陈祖言《张说年谱》（香港中文大学出版社 1984 年版）二书，大致先从编纂年谱工作开始，筚路蓝缕，嘉惠后学不少。时至今日，这种传统文学批评法仍然可以有些研究成绩的原因，一是因为选题个案为前人所不曾注意，二是新出土材料可以提出新视野，三是已有多位学者从事诗文集校注、作家资料汇编、断代学术史编年的工作，更加提供了便利的缘故。

　　唐代被史书或时人称作"大手笔"作家者有十六人，本书专注探讨了颜师古、岑文本、崔融、李峤、张说、苏颋、常衮、李吉甫、李德裕等九人，兼及其他；对于他们如何应得"大手笔"的名声，生前享有荣耀，对当代文坛的领导作用，作了很深入的个案分析。其中多数作家，没有文集单行本传世，《中国文学史》之类的书籍介绍不多，学界对他们的认知有限，这类"作家研究"的成果，后来依旧集中在官位较高、影响力较大的张说、苏颋、李德裕三人身上。此书首先能掘发人才，发潜德之幽光；其次能搜罗文本，引用学者们罕用的古籍，填补晚近出土的材料，甚至对于新出版的《全唐文补编》之类书籍，引用时重新校订，句读略有修改，这种考辨严谨的工夫，使得全书论述有据，具有学术参考价值，有功于士林。

从"作家研究"走入"文本研究"，才是文学研究的重心。可惜的是，过去学界往往重视纯文学而不重视实用文学，忽视了传统中国文学重视社会功能的实用价值。殊不知唐代号称"大手笔"的作家，承袭汉、魏、六朝以来的文学体裁，书写许多行政文书和应用文字，如诏令、奏策、檄、序、碑志、行状等，对当代文坛有巨大的影响力。只要考察刘勰《文心雕龙》讨论的各类文体，与中唐韩愈、柳宗元以下古文家的文学体裁有何不同，就可以发觉唐代"大手笔"作家群其实是获得前代文学传统雨露沾溉的重要作家。后世学者往往受限于后世的语境，忽视了前代作家继承传统又有所创新的努力过程，譬如《朱子语类》卷一三九《论文上》所说："汉末以后，只做属对文字，直至后来，只管弱。如苏颋着力要变，变不得。直至韩文公出来，尽扫去了，方做成古文。"朱熹看见后来唐宋古文运动的成功，于是将苏颋视为不成功的人物，忽视了他在当时有很好的叙事文本、议论文章的重要性。这里我们可以提出一个反思：倘若没有苏颋等人的文学成就，是否会有中唐韩愈古文大作家的出现？后世学者往往认定古文是为了打倒时文（其实时文很多就是唐代"大手笔"所写的应用文书）而兴起，却忽视了没有流行的时文，那么古文的写作基础是否足够？当我们发觉韩愈应试之前写时文，欧阳修学写古文之前也写西昆体诗文，难道这些对他们的古文写作没有帮助吗？日本学者铃木虎雄《赋史大要·自序》云："中国文章中极侈丽者，有四六文。欲知四六文，必解一般骈文；欲知一般骈文，必解汉赋；欲知汉赋，必解楚骚；此其为一贯系统。摘出其一，则不免支离矣。"铃木先生是从辞赋的立场作说明，其实文体发展的原理是相通的，研究唐宋古文者，不也应该了解时文吗？否则古文为何饱含儒家思想，写下许多实用文章，而没有跳接魏晋六朝主张的纯文学道路呢？众人习焉不察，忽略了文学发展是一个滚动的轨迹，不论是作家个人的书写，或是时代文风的转换，都是反复滚动式的学习过程及其成果的展示。

　　从上述的讨论看来，作者似乎还有一个企图心，想从"文本研究"走入"文学史研究"。我们不妨先提出一个问题：学界往往重视衰世文学而不重视盛世文学，这点似乎与韩愈"不平则鸣"说、欧阳修"诗穷而后工"说相唱和，亦如《朱子语类》卷一三九《论文上》所说："大率文章盛，则国家却衰。如唐贞观、开元都无文章，及韩昌黎、柳河东以文显，而唐之治已不如前矣。"这类说法，视"文学为苦闷的象征"，已经根深蒂固，深植人心，间接地造成初唐、盛唐时期的文学作品乏人问津，历时好久了。不过，本书在前四章讨论个别作家之后，第五章进行作家综论研究，探讨他们在儒学嬗变、文风演进的转换过程中的交互作用，指出"大手笔"作家都是儒家思想的实践者，带有浓厚的讽谏劝诫意识，对于梁肃以来提出的"唐文三变"说又适度地作了厘清。作者说道："文学的发展有其自身的内在规律，从总体趋势来看是自身不断否定的相对独立过程，是文与质、骈与散的否定与统一。由简到繁，由骈趋散，由质而无文，到文质彬彬，再到以质朴为主。这一点从整个古代应用文写作的发展和唐代应用文写作的发展都可以得到证明。"这让我们更明白唐代文章分期与转换的关键因素，由此得知初、盛、中、晚唐每一个阶段的作家都是文学的推手，"大手笔"作家更推动了古文运动的后续发展。

　　这本书从"作家研究"走入"文本研究"，再走入"文学史研究"，涉及许多值得研究的课题。其中提出唐代重要文本的解读与诠释，对于了解唐代应用文的写作极有帮助，为还原唐代文学的真实面目作出实质的贡献。经由作者的用心经营，让我们看到唐代文学不同阶段的风貌，深具启发性，值得再三捧读品味。

王基伦

谨志于国立台湾师范大学 2014 年 12 月 10 日

绪　　论

一　唐前应用文的发展流变与唐代杂文学观

中国文学向以诗文比肩并立，文以载道，诗以言志。相对而言，在古代，文章可能比诗歌更为重要，与文人的命运关系也更为密切，一部中国文学史，讲述文章的比重应该占据更为突出的地位。然而，事实并非如此。当下流行的文学史往往以诗歌为中心进行结撰[1]，忽略了文章数量宏富这一事实，许多富有审美价值的文章没有引起充分的重视，大量应用性的文章更是被完全排除在文学史的视域之外[2]，这是不符合文学发展的事实的。

中国文化以儒家思想为主导，儒家以实用为指归，故而中国文学两千多年的发展是以实用为主的传统。孔子称《诗》可以兴、观、群、怨，其中"观"与"群"即反映了一种实用的政教功用。刘勰《文心雕龙》与萧统编《文选》将文体划为 20 类或 38 类，除诗赋、乐府外，几乎均为应用文体，至清代姚鼐《古文辞类纂》亦复如是。在中国古代社会，许多作家均因擅长撰写文章（特别是应用文写作）而受到特别的推崇，他们将实用性题材写得文情并茂，气韵生动，这是与现代国家的政

---

① 这恐怕是受到西方文艺理论的影响，钱锺书《中国诗与中国画》认为："西方文艺理论常识输入以后，我们很容易把'文'一律理解为广义的'文学'，把'诗'认为文学创作精华的同义词。"（《七缀集》，生活·读书·新知三联书店 2002 年版，第 4—5 页）

② 如四川大学曾枣庄《从文章辨体看古典散文的研究范围》（《文学遗产》1988 年第 4 期）一文即认为从汉魏到唐五代时"诗文各体已经得到充分发展"，别集中那些经论、书信、奏议、诏令性文字不属于古典文学的研究范围。

府公文截然不同的地方。文学史家对他们的文章重视不够或者仅仅关注他们的诗词而忽略其文章成就，使得对于传统文学的理解失之片面[①]。有鉴于此，笔者认为应用文及擅长撰写应用文的作家是古代文学研究中可以开拓的学术空间。

唐代文章数量宏富，仅清编《全唐文》即收录作者 3042 人的 18488 篇作品，近现代对《全唐文》的补遗工作更使得唐文数量不断增加。然而，唐代文章相对于诗歌、传奇的研究比较薄弱，具体到文章研究则主要集中在韩柳研究、古文运动及陆贽、李商隐等代表性骈体作家的研究上，对于大量擅长应用文写作的其他作家则关注不够，对其作品缺乏细致的爬梳整理，对文本的分析也欠深入具体，更较少宏观的文章学思考。目前，大多数文章只是作为研究的一种辅助性材料，在很大程度上被边缘化了，研究者往往只是采撷其中的相关材料作为诗歌研究的陪衬，而并未将它们当作真正的文学研究对象。有鉴于此，选择适当的角度与范围对唐代文章进行本体研究对整个唐代文学的研究会有一定的促进作用，本书就是将研究的目标指向应用文作家及其应用文创作本身。

有学者认为，"称文书笺启之作曰应用文，此语始于唐"[②]。确实，唐代将应用文的写作能力作为衡量文人文学水平的标准之一。但据笔者考察，"应用文"一词要到宋代才出现，欧阳修、苏轼、司马光等将其撰写的行政公文称为应用文，如苏轼在《答刘巨济书》中谦虚地说："向在科场时，不得已作应用文。不幸为人写，以此得虚名满天下。"[③] 这以后应

---

① 上海大学董乃斌在《〈历代文话〉七人谈》一文中注意到了这种现象，并呼吁古代文学研究者不要丧失这一广大的研究空间，他指出：唐宋时期，"文坛对擅长朝廷大文的人，都特别尊崇，如唐之张说、陆贽、李德裕，宋之宋庠、夏竦、汪藻、胡铨等，在当时都是名声赫赫、影响深远的文章家，但在我们的文学史中却不大提起，有的人诗文俱佳，但文学史中往往也只说其诗词而不谈其文章，如唐之元稹、白居易，宋之范成大等人，就因他们所写的许多都是朝廷制诰敕命，或表章书策之类的应用文章，尽管这些文章也有写得很精彩、很有气势、很有感染力的，却仍按西方纯文学标准将之划入非文学。这是一个不对。由此引出另一个不对，便是使中国文学史和某些文人失去了完整性，丢失了传统文学的很大一块"。（《中国图书馆评论》2008 年第 7 期）

② 许同莘著，王毓、孔德兴校点：《公牍学史》，档案出版社 1989 年版，第 104 页。

③ 《苏文忠公全集·东坡续集》卷十一，明成化本。

用文作为一种文章术语进入文章学范畴中①。应用文包括行政公文和碑志册颂等应用性文字，其中主体是行政公文。"公文"一词出现于东汉末，司徒掾刘陶给汉灵帝上疏时云："但更相告语，莫肯公文。"② 当时张角黄巾军已危及汉朝统治，地方官员有所忌讳，只以口头相告，而不愿以公文的形式通报情况。公文不仅是用文字处理国家事务的工具，也是国家使用文字处理公务的产物。无论是下情的上达，还是上情的下传，公文都是重要的手段和方式。公文不同于纯粹的抒情文学，它是一种典型的庙堂文学，广泛地应用于行政领域，具有极强的现实功用性，它能够反映重大历史进程和社会矛盾，与社会生活、王朝政治息息相关，有着重要的思想价值和文献价值。公文具有政治权威性，"皇帝御宇，其言也神"，"敕戒州部，诏诰百官，制施赦命，策封王侯"（《文心雕龙·诏策》），它是政权和法律的体现，反映强力意志，用以达到控制整个社会的进程。公文撰写具有专任性，古有"左史记事，右史记言"，"两汉诏诰，职在尚书"，"魏晋诏策，职在中书"，公文乃"有司之实务"，非一般文人所能制作。撰写公文者，必受正统儒家思想的熏陶与教育，所以体现在创作中的忠君思想，仁孝观念浓重。虽然公文不可能像其他文章那样恣意流露个人情感（它有许多形式与内容限定，要中规中矩，要谨慎用语），但公文也并非今天许多人误解的那样毫无情感，刘勰《文心雕龙·章表》云："章以谢恩，奏以按劾，表以陈情。"章、奏、表都在文体上具备抒情功能与审美教育的基因。实用性与艺术性本是对应关系，往往实用效果好，艺术价值高，正所谓"言之无文，行而不远"。

　　唐以前应用文写作基本上可以划为商周时期、春秋战国、秦汉时期和魏晋南北朝四个阶段。在中国，虽然国家的形式肇始于夏朝，可是有记载的应用文则是从商周发端。商周时期的应用文主要包括甲骨卜辞、钟鼎文

① 宋人张侃云："骈四俪六，特应用文耳。前辈直曰，世间一种苛礼，过为谨细。"（《张氏拙轩集》卷五《跋陈后山再任校官谢启》，《四库全书》文渊阁本）元代有人云："今来既纯用经术取士，其应用文词，如诏诰、章表、箴铭、赋颂、赦敕、檄书、露布、戒谕之类，在先朝亦尝留意。"（《宋史全文》卷十三下，《四库全书》文渊阁本）清人刘熙载《艺概》卷一云："应用文有上行、有平行、有下行，重其辞乃所以重其实也。"（上海古籍出版社1978年版，第44页）
② （南朝宋）范晔：《后汉书·刘陶传》卷五七，第7册，中华书局1965年版，第1849页。《资治通鉴》卷五八亦载。

书和《尚书》，应用文一开始是用来记录历史事件，表彰祖先功德，《尚书》可以说是中国最早的一部上古公文汇编，其所涉内容多为政事，篇章结构逐步从松散走向严谨，文字深奥生涩，佶屈聱牙。

春秋战国时期，礼崩乐坏，王权衰微，这时期主要是诸侯国的外交法令文书、策士辞令，集中保留在《左传》《国语》《战国策》《史记》及一些诸子文集中，此时的应用文逐渐口语化，某些篇章如《范雎说秦王》《李斯谏逐客书》从立意到篇章，从内容到修辞均达到了很高的水平，堪称"上书"写作中的典范①。作者将诡异绮丽的文辞聚集在一篇文章之中，即《文心雕龙·书记》所称的"诡丽辐辏"，具有很高的论辩艺术，往往"一人之辨，重于九鼎之宝；三寸之舌，强于百万之师"（《文心雕龙·论说》），这是当时纵横游说文风的反映。

秦汉时期随着政治的一统，文书制度基本建立，应用文体式基本定型。秦朝执政为时较短，"秦世无文"，汉代诏令开始发达，有《西汉诏令》和《东汉诏令》，对汉王朝的建立和巩固发挥了重要作用，宋人真德秀言"两汉诏令，犹有恻怛忧民之实意，而辞气蔼然，深厚尔雅，盖有古之风烈"②。西汉应用文从总体而言朴实典雅，贾谊、晁错的奏议具有很强的议论性，观点明确，论据充分，借古喻今，立意高远，产生了如《治安策》《过秦论》《贤良对策》《言兵事疏》《守边劝农疏》等代表作品，鲁迅称为"西汉鸿文，沾溉后人，其泽甚远"③。

这种情况至东汉后期开始发生变化。由于审美意识的日益凸显，应用文开始追求骈俪，重文轻质，与实用的原初宗旨相背离，注重辞采，崇尚烦冗，讲求对偶，借用事典，弃通畅而求博雅。朝廷的制诰往往需要有辞采的文学之士加以润色，唐人常衮即言"汉廷制诰，以文章侍从之臣润色"④，后来韩愈在《答李翊书》中提出"非三代两汉之书不敢观"，虽以

---

① "上书"是应用文的重要门类，《文心雕龙·章表》："降及七国，未变古式，言事于主，皆称上书。"《颜氏家训·省事》："上书陈事，起自战国，逮于两汉，风流弥广，原其体度，攻人主之长短，谏诤之徒也；讦群臣之得失，讼诉之类也；陈国家之利害，对策之任也；带私情之与夺，游说之俦也。"
② （宋）真德秀编：《西山先生真文忠公文章正宗》卷三《辞命四》，明刻本。
③ 鲁迅：《汉文学史纲要》，《鲁迅全集》卷九，人民文学出版社2005年版，第404页。
④ 常衮：《千好试知制诰制》，陈尚君辑校《全唐文补编》（下）之《全唐文又再补》卷四，中华书局2005年版，第2282页。

两汉并称，但其实只是一种概言，东汉的文章即为昌黎所不取，故《新唐书·韩愈传》有"文章自汉司马相如、太史公、刘向、扬雄后，作者不世出"之言。虽然三国时以曹操为代表的公文创作不拘一格，清峻通脱，富于革新精神，与东汉时风殊异，但在此之后重文采的风气甚嚣尘上，"自有晋之季，文章竞为浮华，遂以成俗"①。

魏晋以降，骈体文逐渐成为新兴文体并占据了文坛的主导地位，应用文亦受此风气影响而逐步骈俪化。文学重抒情与文采的特质被认识，反映到文学观念上来说，就是"文、笔之分"。萧绎《金楼子·立言》云："古之学者有二，今之学者有四。"盖汉代有"文学"与"文章"之分，即所谓的"古之学者有二"，后由"文学"中分出"儒"与"学"、由"文章"中分出"文"与"笔"，即所谓"今之学者有四"。"文""笔"是"文章"的再区分。《金楼子·立言》又云："至如不便为诗如纂，善为章奏如伯松，若此之流，泛谓之笔。吟咏风谣，流连哀思者，谓之文。……笔退则非谓成篇，进则不云取义，神其惠巧，笔端而已。至如文者，惟须绮縠纷披，宫徵靡曼，唇吻遒会，情灵摇荡。"②萧绎将有无抒情与辞采当作文笔之分的标准，一般的应用文为笔，有辞采、重抒情、富于声韵之美者则为文③，表现出明显的"重文轻笔"倾向，这必然造成整个社会的尚骈轻散，从而使得笔类文章也纷纷采用骈体形式，骈体文由此大行其道。至南北朝发展至极致，尤其是以任昉、沈约、徐陵、庾信为代表的南朝应用文，几乎全用骈体撰写，讲究对偶、辞采、声律、用典④，西魏尚书苏绰曾感叹"近代以来，文章华靡，逮于江左，弥复轻薄"⑤。

不过，这种区分文笔的发展趋势到唐代中断了，唐人又恢复为一种杂

---

① （唐）令狐德棻等：《周书·苏绰传》卷二三，第 2 册，中华书局 1971 年版，第 391 页。

② 《金楼子》卷四，知不足斋丛书本。

③ 按：清人宋翔凤认为"无韵者为笔，发明学业，敷陈政事"，"有韵者为文，道达情性，隐约讽谕"（《阮氏亭诗序》，《朴学斋文录》卷二，清浮溪精舍丛书本），这种观点似更为准确，强调了"笔"的明确实用性与"文"的抒情隐喻性。又，《文心雕龙》对"文笔"有分类。文类：辨骚、明诗、乐府、诠赋、颂赞、祝盟、铭箴、诔碑、哀吊；笔类：史传、论说、诏策、檄移、封禅、章表、奏启、议对、书记；文笔杂类：杂文、谐隐。笔者认为，文类中的颂赞、祝盟、铭箴、诔碑、哀吊等文体具有很强的应用性。

④ 似乎北朝前期的应用文保持了较为质朴实用的风格，《周书·王褒庾信传论》称"竞奏符檄，则粲然可观"（卷四一，第 3 册，第 743 页），从北魏以后受南朝影响渐深。

⑤ 《周书·柳庆传》卷二二，第 2 册，第 370 页。

文学观念，自陈子昂以降把一切文体，无论"文""笔"均统称为"文章"，这是一种文学观念的复归，将文学回归到与经、史不分的阶段，把一切非文学的文都包括到文的范围中来①。唐人心目中的文章范围比现代人要宽泛，举凡诏诰制敕、章表疏奏、碑志颂赞等文体唐人均视作文章范畴，这可从现存唐人文集和《文苑英华》中所收文体类别一目了然。以《文苑英华》为例，它是宋初太平兴国年间修成的一部大型的文学总集，选录唐代作家作品最多，约占十分之九，分类编纂，共分三十八体，除诗、赋外，绝大部分均是应用性文体，如中书制诰、翰林制诏、策问、策、判、表、笺、状、檄、露布、弹文、移文、启、书、疏、序、论、议、颂、赞、铭、箴、传、记、谥哀册文、谥议、诔、碑、志、墓表、行状、祭文等，固然编纂此书的"主要的意图在于为读书人和官僚提供考试作文和办公应酬的方便，使应用者有所依傍，得以模仿拼凑"②，但在客观上说明唐人是将应用性文体纳入文学作品的范畴中，而且占有十分重要的地位。因而，研究唐代文学应对这些文字予以充分重视，才能更接近唐人文学创作的历史真实。

唐人尤为重视王言，古今代为王言者，以唐代胜。本文所要探讨的"大手笔"作家又是代为王言中的佼佼者，所拟之文更是应用文中的佳作与翘楚。它们是一个时代的印迹与标识，从中可以看出唐代应用文甚至整个唐文的发展演变：从润色王言到经世致用，文与儒逐步结合在一起，儒学在一次次的复振中逐步实现功能的转化，时代信息斑斑可见。从形式而言，由华靡骈俪到平易实用，逐渐摆脱六朝束缚，从骈趋散，骈散结合，处处透露着文风转换的消息。

二 "大手笔"溯源、含义及其衍变

刘勰《文心雕龙·总术》云："今之常言，有文有笔，以为无韵者笔

---

① 参见罗宗强、郝世峰《隋唐五代文学史》（中）关于文笔之分与"文章"观念的复归的论述，高等教育出版社 1994 年版，第 356—357 页。清人侯康《文笔考》更认为："至唐，则多以诗、笔对举。"

② 《文苑英华·出版社说明》，中华书局 1966 年版。

也，有韵者文也。"郭绍虞在《中国文学批评史》中用"文""笔"来区分纯文学与杂文学的概念："'文'指诗赋，兼及箴铭、碑诔、哀吊诸体属于纯文学一类的作品；'笔'指章奏、论议、史传诸体，属于杂文学一类的作品。"① 笔者认为郭氏依据《文心雕龙》的这种划分稍嫌简单，被划入纯文学的箴铭、碑诔、哀吊诸体及应制类的诗赋其应用性质亦非常明显。"笔"者本指无韵之应用文，实用性很强，以"大手"出之，则第一气象不凡，第二文采斐然，其文学性大大增强，故被称为"大手笔"。唐以前其文章被称作"大手笔"者凡四人，分别是王珣、徐陵、陆琼与魏孝文帝。《晋书·王珣传》云："时帝（晋孝武帝）雅好典籍，珣与殷仲堪、徐邈、王恭、郗恢等并以才学文章见昵于帝。……珣梦人以大笔如椽与之，既觉，语人云：'此当有大手笔事。'俄而帝崩，哀册谥议，皆珣所草。"② 这是目前所能见到的"大手笔"的出处，其最初含义是指"哀册谥议"类的朝廷公文，撰文者以才学文章见称。《陈书·徐陵传》云："自陈创业，文檄军书及禅授诏策，皆陵所制，而《九锡》尤美。为一代文宗，亦不以此矜物，未尝诋诃作者。……世祖、高宗之世，国家有大手笔，皆（徐）陵草之。其文颇变旧体，缉裁巧密，多有新意。每一文出手，好事者已传写成诵，遂被之华夷，家藏其本。"③ 此处之"大手笔"亦指"文檄军书及禅授诏策"类朝廷公文。徐陵为"一代文宗"，所作文字颇能突破既定框架，巧妙组织，富有创意，故备受时人推崇。《陈书·陆琼传》云："陆琼字伯玉……六岁为五言诗，颇有词采。大同末，云公受梁武帝诏，校定《棋品》，到溉、朱异以下并集。琼时年八岁，于客前覆局，由是京师号曰神童。异言之武帝，有敕召见，琼风神警亮，进退详审，帝甚异之。……及侯景作逆，携母避地于县之西乡，勤苦读书，昼夜无怠，遂博学，善属文。……琼素有令名，深为世祖所赏，及讨周迪、陈宝应等，

---

① 《中国文学批评史·从文体的辨析到文笔的区分》，上海古籍出版社 1984 年版，第 72 页。按：此源于《文心雕龙》的分类。又，刘大杰《中国文学发展史》认为"从性质而言，则文者为纯文学，笔者为杂文学"。

② （唐）房玄龄等：《晋书·王导传》附《王珣传》卷六十五，第 6 册，中华书局 1974 年版，第 1756—1757 页。

③ （唐）姚思廉：《陈书》卷二十六，第 2 册，中华书局 1972 年版，第 335 页。《南史》卷六二并有传。

都官符及诸大手笔，并中敕付琼。"① 陆琼早岁即颇有辞采，号为"神童"，受到梁武帝的赏识，博学善属文，故在陈世祖朝受到重用，曾"参掌诏诰"，此处之"大手笔"亦指"诏诰"类的朝廷公文。《后魏书》云："孝文帝雅好读书，手不释卷。五经之义，览之便讲，学不师授，探其精奥。史传百家，无不该涉。才藻富赡，好为文章诗赋铭颂，有兴而作。有大手笔，马上口授，及其成也，不改一字。自太和已后，诏策皆帝文也。自余文章百有余篇。"② 魏孝文帝雅好读书，才藻富赡，擅长文章诗赋铭颂，作"大手笔"才思敏捷，文不加点，此处之"大手笔"亦应指太和以后所作的"诏策"文字。

以上史书中的材料表明，"大手笔"最初是指有学识、有文采、为皇帝赏识的文章家代表国家或皇帝本人草拟的"哀册谥议""文檄军书及禅授诏策""诏诰"类的朝廷公文，鲜明地表现出为王者代言的特征。

"大手笔"的含义在很长一段时间内相对固定，这在唐代的相关传记中可以得到证明。《旧唐书·崔行功传》云："高宗时……以善敷奏，尝兼通事舍人、内供奉。……当时朝廷大手笔，多是行功及兰台侍郎李怀俨之词。"③ 崔行功、李怀俨在高宗朝因擅长作朝廷"大手笔"文字而知名。《旧唐书·李峤传》云："则天深加接待，朝廷每有大手笔，皆特令峤为之。"④《旧唐书·崔融传》云："融为文典丽，当时罕有其比，朝廷所须《洛出宝图颂》《则天哀册文》及诸大手笔，并手敕付融。"⑤ 李峤、崔融是则天朝擅长撰此"大手笔"的文章圣手。《旧唐书·张说传》云："前后三秉大政，掌文学之任凡三十年，为文俊丽，用思精密，朝廷大手笔，皆特承中旨撰述，天下词人，咸讽诵之。"⑥ 玄宗时的张

---

① （唐）姚思廉：《陈书》卷三〇，第 2 册，中华书局 1972 年版，第 397 页。《南史》卷四八并有传。

② （宋）李昉等：《太平御览》卷五九一引《后魏书》，中华书局 1960 年版，第 2659 页。

③ （后晋）刘昫等：《旧唐书》卷一百九十上，第 15 册，中华书局 1975 年版，第 4996 页。

④ 《旧唐书》卷九十四，第 9 册，第 2993 页。

⑤ 同上书，第 3000 页。

⑥ 《旧唐书》卷九十七，第 9 册，第 3057 页。此段材料与《大唐新语·匡赞》所载一致，其云："（张说）前后三秉大政，掌文学之任，凡三十年。为文思精，老而益壮，尤工大手笔，善用所长，引文儒之士以佐王化。"［（唐）刘肃撰，许德楠、李鼎霞点校：《大唐新语》卷一，中华书局 1984 年版，第 10 页］

说亦因擅长撰写"朝廷大手笔"类文字得到天下词人的推崇。《旧唐书·李德裕传》云："穆宗即位，召入翰林充学士。帝在东宫，素闻吉甫之名，既见德裕，尤重之。禁中书诏，大手笔多诏德裕草之。"[①] 李商隐《上李太尉状》云："伏惟武宗皇帝英断无疑，睿姿不测，绿畴缉美，瑞鼎刊规。太尉妙简宸襟，式光洪祚，有大手笔，居第一功。"[②] 以上两条材料证明李德裕在穆宗、武宗两朝均因擅长撰写"大手笔"类文字而得到皇帝的亲重，获得殊荣。从这些史传材料可以看出，从高宗至武宗，"大手笔"的含义与王珣等所撰写的"大手笔"含义基本保持一致，皆指朝廷所需的重要文书。

　　一直到晚唐，"大手笔"的显著特征仍不出代为王者言的范畴。杨凝式《大唐故天下兵马都元帅尚父吴越国王谥武肃神道碑铭》序云"荷明天子旨，当大手笔"[③]，徐铉《舒州新建文宣王庙碑文》云："敬教劝学，非大君子不能行。计功称伐，非大手笔不能任。"[④] 可见，"荷明天子旨""计功称伐"依然是"大手笔"的主要功用。

　　从语言演变的角度来说，一个概念产生后其含义并不是固定不变的，它的内涵和外延总是随着时间的流转在历史的变迁中获得新的意义，有时甚至于丢掉其本来固有的意义。具体到"大手笔"这个概念也是这样。由于朝廷所需的这些公文一般都由专人撰写，所以"大手笔"的称谓逐渐由某类文章进而指称撰写这类文章的文章家。《新唐书·苏瑰传》附《苏颋传》云："自景龙后，与张说以文章显，称望略等，故时称'燕、许大手笔'。"[⑤] 苏颋与张说因文章著名而并称"燕、许大手笔"，此处"大手笔"显然是指文章家。白居易《冯宿除兵部郎中知制诰制》云："吾闻武德暨开元中，有颜师古、陈叔达、苏颋称'大手笔'，掌书王命，故一朝言语，焕成文章。"[⑥] 这里白居易把颜师古、陈叔达、苏颋称作"掌书王命"的

---

① 《旧唐书》卷一百七十四，第 14 册，第 4509 页。
② （清）董诰等：《全唐文》卷七七五，第 8 册，中华书局 1983 年版，第 8080 页。
③ 《全唐文》卷八五八，第 9 册，第 8995—8996 页。
④ 《全唐文》卷八八三，第 9 册，第 9234 页。
⑤ （宋）欧阳修、宋祁等：《新唐书》卷一百二十五，第 14 册，中华书局 1975 年版，第 4402—4403 页。
⑥ 《全唐文》卷六六一，第 7 册，第 6724 页。

"大手笔"，则"大手笔"这一概念已由指文章转而指文章家。李商隐《太尉卫公会昌一品集序》云："帝（武宗）亦幽阐，征召诰说命之旨，定元首股肱之契，曰：'我将俾尔以大手笔，居第一功。麒麟阁中，霍光且图于勋伐；玄洲苑上，魏收别议于文章。光映前修，允兼具美，我意属此，尔无让焉。'公拜稽首曰：'臣某何敢以当之。在昔太宗有臣曰师古，曰文本，高宗有臣曰峤，曰融；玄宗有臣曰说，曰璟；代宗有臣曰衮；至于宪祖则有臣祢庙曰忠公，并禀太白以传精神，纳非烟而敷藻思。'"① 这里李商隐所记述的是唐武宗与李德裕的一段对话，武宗称扬李德裕为"大手笔""居第一功"，德裕谦退辞让，并举出颜师古、岑文本、李峤、崔融、张说、苏璟、常衮及其父李吉甫均可称作一时之"大手笔"，此处"大手笔"显然是指人。上举晚唐杨凝式、徐铉二人"荷明天子旨，当大手笔""计功称伐，非大手笔不能任"中的"大手笔"亦应指人。可以这样说，"大手笔"在唐代越来越多的是指能够掌书王命，润色王言的文章家。

由于撰写这类公文的文章家多数是以文章著称，即他们不但擅长公文写作，也长于创作墓志、碑文、行状、赋等较有文学色彩的文章，所以"大手笔"逐渐地扩展指称善属文的文章家，并进而由专写文章延伸到各种文学样式兼擅且成就卓荦的文学大家，这些都充分表明"大手笔"含义的外延在不断扩展。

宋代以后，"大手笔"这一专有名称逐渐泛化，及至成为后世所理解的著名文学大家的代名词。北宋赵令畤《蝶恋花》商调十二首之一序云："夫传奇者，唐元微之所述也。以不载于本集而出于小说，或疑其非是。今观其词，自非大手笔孰能与于此。"② 赵令畤以十二首《商调蝶恋花》组成一套鼓子词，将唐代元稹创作之崔莺莺张生的传奇故事娓娓道出，在词史上颇为有名。序文中称元稹为"大手笔"，是将元稹视作文学大家。此外如李白、欧阳修、苏轼、曾巩、汪藻、宋濂、陈维崧、龚自珍等均曾在后世被称为"大手笔"，以凸显其文学成就。这方面的材料在各种诗话、词话、楹联、对联、小说、笔记、杂史中有很多，此处不再一一赘述。

即使是对于在唐代被称为"大手笔"的作家，后人在谈及他们时也

---

① 《全唐文》卷七七九，第 8 册，第 8132 页。
② 唐圭璋编：《全宋词》，中华书局 1965 年版，第 491 页。

意在其文学上所取得的成就。比如李峤在史书中称其擅作"大手笔"类朝廷公文，但后世有些诗评家在理解这一含义时却发生很大变化。王夫之《姜斋诗话》卷下云："咏物诗，齐、梁始多有之。其标格高下，犹画之有匠作，有士气。征故实，写色泽，广比譬，虽极镂绘之工，皆匠气也。又其卑者，饾凑成篇，谜也，非诗也。李峤称'大手笔'，咏物尤其属意之作，裁剪整齐而生意索然，亦匠笔耳。"① 称李峤为"大手笔"，是把"大手笔"当作文学家来看待，他指出李峤为初唐咏物诗的代表诗人，言其诗尚不能脱离齐梁以后咏物之匠气，不如盛唐咏物而有情，"即物而达情"。贺裳《载酒园诗话·又编·苏颋》云："燕、许并称，燕警敏，许质厚。吾评两公，亦犹庞士元之目顾、陆，一有逸足之用，一任负重之能也。《钱阳将军兼源州都督御史中丞》曰'旗合无邀正，冠危有触邪'，不惟得讽励体，兼两切其职，隐然有陈力就列之义。此真纶绰之才，安得不推为大手笔。"② 贺裳将燕、许二人进行比较后，指出其各有所长，以诗论亦不愧为"大手笔"称号，这里亦将"大手笔"用来指代文学家③。

到今天，"大手笔"这个概念已进入绘画、雕刻、影视等艺术门类中，甚至成为各行各业的大规模经济运算的代名词。"大手笔"的含义已失去了其本来意义，而成为一个普通专有名词，已不属于本文所探讨的范围。

三　唐代"大手笔"作家及本书的研究对象

如上所述，"大手笔"这一名称发展到后来，主要指称擅长撰写应用文的文章家，所以本书即针对被称作"大手笔"的文章家来进行讨论。在唐代，被史书或时人称作"大手笔"作家的有陈叔达、颜师古、岑文本、崔行功、李怀俨、苏瓌、李峤、崔融、张说、苏颋、常衮、李吉甫、李德裕、令狐楚、韩愈、皇甫湜等16人，不同时期皆有以"大手笔"而著称

---

① 王夫之等撰：《清诗话》，上海古籍出版社1978年新一版，第22页。
② 郭绍虞编选，富寿荪校点：《清诗话续编》，上海古籍出版社1983年版，第305页。
③ "燕许"之成就主要是其文，后世许多文献将二人联名时，也主要是称述其文章所取得的成就。

者，真可谓是一代有一代之"大手笔"。

表1　　　　　　　唐代正史及唐人诗文、别史所称"大手笔"一览

	《旧唐书》	《新唐书》	白居易《冯宿除兵部郎中知制诰制》	李商隐《太尉卫公会昌一品集序》	李商隐《上李太尉状》	刘禹锡《唐故相国赠司空令狐公集序》	李商隐《韩碑》	高彦休《阙史》
陈叔达			√					
颜师古			√	√				
岑文本				√				
崔行功	√							
李怀俨	√							
苏瓌				√				
李峤	√			√				
崔融	√			√				
张说	√	√		√				
苏颋		√	√					
常衮				√				
李吉甫				√				
令狐楚						√		
韩愈							√	
皇甫湜								√
李德裕	√			√	√			

　　通过上表可以清楚知道，被《旧唐书》称作"大手笔"者有崔行功、李怀俨、李峤、崔融、张说、李德裕6人；被《新唐书》称作"大手笔"者有张说、苏颋2人；被唐人文章称作"大手笔"者有12人，其中白居易《冯宿除兵部郎中知制诰制》有陈叔达、颜师古、苏颋3人，李商隐《太尉卫公会昌一品集序》有颜师古、岑文本、苏瓌、李峤、崔融、张说、常衮、李吉甫、李德裕9人，李商隐《上李太尉状》有李德裕1人，刘禹锡《唐故相国赠司空令狐公集序》有令狐楚1人；李商隐《韩碑》只有韩愈1人，高彦休《阙史》有皇甫湜1人。其中颜师古、李峤、崔融、张说、苏颋、李德裕重复出现，张说、李德裕甚至出现3次。

前文已辨明，在整个唐代，"大手笔"含义仍然不出"荷明天子旨"的范围，诸"大手笔"作家在文章风格上也呈现出一定的相似性。故以这一称谓为中心将唐代号称"大手笔"的作家勾连在一起进行断代的文章学研究，具有相对稳定的指向性与操作上的可行性。那么，何人可称作"大手笔"作家？"大手笔"作家所需具备的要求是什么？

能文善文且能代为王言，自然是成为"大手笔"作家的重要条件，但符合这种条件的人物每个时期都有。被唐人尊为"文宗""词宗"的有薛元超、陈子昂、李峤、张说、王维、崔沔、独孤及、颜真卿、令狐楚等，但其中只有李峤、张说、令狐楚[①]被称为"大手笔"。再以玄宗开元时期为例，《新唐书·孙逖传》云："苏颋、齐浣、苏晋、贾曾、韩休、许景先及逖典诏诰，为代言最，而逖尤精密，张九龄视其草，欲易一字，卒不能也。"[②]虽然史书中认为这些文士中孙逖的创作尤为精密，但只有苏颋被称作"大手笔"，"掌诰八年，制敕所出，为时叹服"的孙逖亦不能享此殊荣。

"大手笔"作家一般与宰相、中书舍人、翰林学士、知制诰或其他重要的著作郎官等职位关系密切。那么，是否意味着曾担任宰相、知制诰、中书舍人、翰林学士等职务的人都可以称作"大手笔"呢？事实绝非如此。唐代宰相共358人[③]，被称作"大手笔"者只有陈叔达、岑文本、苏瓌、李峤、苏颋、张说、常衮、李吉甫、令狐楚、李德裕等10人，许多宰相是不能文的，故有时需找人代为捉刀；自开元二十六年（738）后有翰林学士180人[④]，被称作"大手笔"者仅有常衮、李吉甫、令狐楚、李德裕4人（张说曾为翰林待诏）。至于曾做过知制诰、中书舍人等文士更加不胜枚举，但能被称作"大手笔"者屈指可数。唐代"大手笔"作家中既有为中书舍人掌纶诰、制新体而扬名者，如常衮，又有以宰相秉笔而治

---

① 且令狐楚只因《宪宗圣神章武孝皇帝哀册文》一文被称作"大手笔"，本文只将之作为"大手笔"作家的特例，参见第三章第二节之第二点。

② 《新唐书》卷二〇二，《文艺中》第18册，第5760页。

③ 此据沈炳震《唐书宰相世系表订伪》（《廿五史补编》本）。《新唐书·宰相世系表》后序言"唐宰相共三百六十九人"，然而《宰相世系表》中实际只载331人，差27人，据两《唐书》传记可补足。

④ 此据丁居晦《重修承旨学士壁记》，洪遵编《翰苑群书》卷六，清知不足斋丛书本。

天下、平叛乱者，如李德裕，不能简单地以职官来断定其是否为"大手笔"作家。

可见，公文写得精致细密是不够的，担任过重要的文书职务也是不够的，被冠之以"大手笔"称号的文章家要具有极高的综合素质。第一，善属文，美辞采，文学才能高出时人一筹（所谓"罕有其比"），且受到普遍认可（所谓"有所属缀，人多传讽""天下词人，咸讽诵之"）。第二，思维敏捷，下笔立就，善于揣摩人主之意，即所谓的"善敷奏"，"苟明天子旨"。第三，文章重视实用，同时讲究辞采，即文质兼取，"宏宣王略，辉润天文"，所写文章是时代文风的指向标，反映着当时重大的政治社会问题，见识宏远精辟，符合当时治国方略。第四，"大手笔"作家往往是时势促成，具有鲜明的时代特点，他们深受皇帝宠信，有较强的吏事能力，长时间地身居宰辅或知制诰类的显位，有王霸器识，能站在时代风尚与国家利益的高度宏观地看待人世、立意撰文。因此，应从多方面的"综合指数"来衡量唐代"大手笔"作家。

笔者根据《全唐文》（1983）、《唐文拾遗》（1983）、《唐文续拾》（1983）、《隋唐五代墓志汇编》（1991）、《唐代墓志汇编》（1992）、《全唐文补遗》（第1—7辑，1994—2000）、《唐代墓志汇编续集》（2001）、《全唐文补遗》（第8辑，2005年版）、《全唐文补编》（包括再补和又再补，2005年9月）、《全唐文补遗》（千唐志斋特辑，2006）等整理本并参阅相关研究成果，考辨得出这16位作家现存文2163篇[①]，列表一观：

表2   唐代"大手笔"作家现存文章数量一览

	陈叔达	颜师古	岑文本	崔行功	苏瓌	李峤	崔融	张说	苏颋	常衮	李吉甫	令狐楚	韩愈	皇甫湜	李德裕
全唐文[②]	2	23	20 -1	1	2	157 -2	48 -2	247 -1 +1	290 -11	283 -3	21	142	370	42	375 -3
唐文拾遗					1	1	1	3-1	1		2				5

---

① 详见附录：《唐代"大手笔"作家现存文章著录汇考》。

② 按：加者为本属该作者而《全唐文》将之归入其他作者名下之作品，减者为考辨后为伪作者。

续表

	陈叔达	颜师古	岑文本	崔行功	苏瓌	李峤	崔融	张说	苏颋	常衮	李吉甫	令狐楚	韩愈	皇甫湜	李德裕
唐文续拾										6－1	3				1
墓志汇编				3					2				3		2
补遗1				2								1			1
补遗2						1			1						
补遗3															
补遗4															1
补遗5									1						
补遗6										1					
补遗7									2						1
汇编续集									1						
补遗8															
补编	1	2－1	3－1	1		4－2	3	15	22	8	5	5	3		9
再补										27					2
又再补										5		3			3
补遗特辑										1		1			
篇数	3	24	21	7	3	159	51	265	313	321	32+1①	151	376	42	397

　　韩愈、皇甫湜、令狐楚三人之所以被称作"大手笔"作家主要是因为三篇文章，皇甫湜所作今已不存，令狐楚《宪宗圣神章武孝皇帝哀册文》、韩愈《平淮西碑》两篇文字应算作考察对象，三人的其他文字，不拟作全面解析。高宗时的"大手笔"作家李怀俨没有文章存世，因而，除以上4位，尚有12位，他们现存的文章数量与《旧唐书·经籍志》《新唐书·艺文志》对其文集的记载有一定的出入，下面将两志的著录情况列表：

----

① "加1篇"者为《唐会要》卷五三《杂录》载李吉甫"以地方牧举宰能否得人"对宪宗"当今政教，何者为急"之奏对。

表3　　　　　　　　新旧《唐书》12 位"大手笔"作家著述一览

	陈叔达	颜师古	岑文本	崔行功	苏瓌	李峤	崔融	张说	苏颋	常衮	李吉甫	李德裕
旧志	5卷	40卷	60卷		10卷	30卷	40卷					
新志	15卷	60卷	60卷	60卷	10卷	50卷①	60卷②	30卷③	30卷	10卷，诏集60卷	20卷④	20卷⑤

关于"大手笔"作家的著述，两《唐书》记载有别，《艺文志》记载文人卷数较多，崔行功、张说、苏颋、常衮、李吉甫、李德裕只有《艺文志》有文集记载。"大手笔"作家留存的文章与实际创作有很大距离，特别是崔行功等初唐作家。由于陈叔达、崔行功、苏瓌三人存文甚少，难以观照其文章面貌，认知其"大手笔"作家身份存在一定困难，故不列为重点考察对象，笔者会在文中予以适当的分析。

其实，中国古代至唐代才有专门书写令文之官职出现，清人孙梅指出，"汉时视草，初无职司；唐代演纶，始称妙选。太宗肇启瀛洲，俾参密勿。尔后封拜将相，例降麻词。则凤池专出纳之司，翰苑掌文章之柄。云烟焕烂，从青琐以追趋；铃索深沉，有玉堂之故事"。他进一步点出唐代擅长公文写作的作家，"自颜、岑、崔、李、燕、许、常、杨，起家济美，染翰垂名者，以十百数，而超群特出，尤推陆贽、李德裕焉"。⑥ 概括颇为准确，基本指出了唐代应用文创作各个阶段的主要代表作家。

笔者发现，"大手笔"文字并没有严格的文体限制，可以指称多种文体。唐代以前，王珣的"哀册谥议"、徐陵的"文檄军书及禅授诏策"、陆琼的"诏诰"、魏孝文帝的"诏策"已露出这一特征。到唐代，"大手笔"文字所指的文章体式更扩展至册、制、诏、令、檄、序、颂、赞、论、

---

① 另有《军谋前鉴》十卷，《杂咏诗》十二卷。
② 另有《宝图赞》一卷（王起注）。
③ 宋本作二十卷，殿本作三十卷。
④ 另有《古今文集略》二十卷，又《国朝策文》四卷，《梁大同古铭记》一卷。编有梁陈迄唐开元歌诗《丽则集》五卷，唐人表章笺记露布等公文《类表》五十卷（亦名《表启集》）。
⑤ 此乃《会昌一品集》二十卷，又《姑臧集》五卷，《穷愁志》三卷，杂赋二卷。
⑥ 《四六丛话》卷六，王水照编：《历代文话》本，第 5 册，复旦大学出版社 2007 年版，第 4372 页。

铭、碑志、行状等，凡是"朝廷所需"，能润色王言，均属"大手笔"的范畴。以张说为例，他与苏颋并称"燕许大手笔"，但从文体上而言，他不同于苏颋的一个重要方面就是他并不长于作制敕文书，《旧唐书·孙逖传》云："逖掌诰八年，制敕所出，为时叹服。议者以为自开元以来，苏颋、齐浣、苏晋、贾曾、韩休、许景先及逖，为王言之最。"这里以制诏著称的文章家中就不包括张说。张说擅长的是碑志类文字，史称其"尤长于碑文、墓志，当代无能及者"（《旧唐书·张说传》），碑文墓志从一般意义上讲不属于朝廷公文，不过，一来张说集中有多篇"奉敕撰"的碑文，二来碑志本属于一种应用性文字，所以从文体范畴上而言，"大手笔"文字就不是简单的诏令文字那么干瘪，哀册、颂赞、碑志等更具有文学色彩的文字亦属其中，甚至如张说的《唐封泰山乐章》和《唐享太庙乐章》38首诗歌也在这个范围。但是，仍需强调，无论文体若何，"大手笔"代为王者言的性质在整个唐代没有发生大的改变。本书所要重点探讨的唐代"大手笔"作家有9位，他们是唐代各个时期"大手笔"作家的代表：颜师古、岑文本、李峤、崔融、张说、苏颋、常衮、李吉甫、李德裕。9人现存世的文章数量相当可观，达1584篇，占16人文章总数的73%，且以应用文居多。可制表一观以见出其文体特征。

表4　　　　　　　　　　　9位"大手笔"作家之文体

文体类别	颜师古	岑文本	李峤	崔融	张说	苏颋	常衮	李吉甫	李德裕
制	1	1	42	1	2	192	185		31
诏									43
诰					1	1			
敕						27①			
册文		7	2			3			2
哀册文				1		4	3		
颂	1	2			26	1②		1	
赞					21	9	5		3

---

① 敕文1篇算作敕类。

② 德音1篇算作颂类。

续表

文体类别	颜师古	岑文本	李峤	崔融	张说	苏颋	常衮	李吉甫	李德裕
策（问）	5				10				1
表	4	2	93	39	53①	21	74	13	6
奏（启）	1		2		3	10		8	6
疏（议）	1	2	3	3	7	4		4	
状				1	7		10		157
论					2	1	1	1	46
书			6	1	8				18
箴					4				8
判				2	3	3			2
碑（铭）	1	3	4	4	52②	21	1	2	6
墓志			1		23	7	14	1	4
祭文					18				4
赋	1		1	1	5	1	2		32
序	1		1		16			1	5
记		2			2	2			10
题								2	4
其他	2	3			1	2	1		

　　由上表可以看出：1. "大手笔"作家的主要文体类型。颜师古：表、策；岑文本：册文；李峤：表、制；崔融：表；张说：碑志、祭文、表、颂赞、序、策（问）、书；苏颋：制、敕、表、碑志；常衮：制、表、墓志、状；李德裕：状、论、诏、制、赋、书、记。其中表、制、碑（铭）、赋、疏议等文体，是多数"大手笔"作家共通的文体类别，张说、苏颋、李德裕三人是文体种类较多的作家。2. 吸收后世学者对《全唐文》补遗成果的重要性。清编《全唐文》及《唐文拾遗》《唐文续拾》收文2047篇，其中16篇为伪作，后世补遗达143篇。辨伪存真、查漏补缺，对于

① 章2篇算作表类。
② 《兵部尚书代国公赠少保郭公行状》1篇乃张说独有，此处算作碑志类。

考察"大手笔"作家的创作情况提供了很好的保证。例如,"大手笔"作家的许多文章都已散失,现依靠补遗之文章可以知晓他们曾撰写过哪类文章,如陈叔达补遗 1 篇诏,颜师古补遗 1 篇制,岑文本补遗 1 篇制,李峤补遗 1 篇墓志和 1 篇奏,崔融补遗 1 篇墓志和 1 篇制,张说补遗 1 篇诰和 2 篇章,苏颋补遗 1 篇诰、1 篇诏和 1 篇疏,常衮补遗 1 篇誓文,李吉甫补遗 1 篇墓志,李德裕补遗 4 篇墓志、4 篇题和 2 篇判,这些均是清编《全唐文》(及《唐文拾遗》《唐文续拾》)所没有的文体。另外,还可以利用补遗成果更加认识这些"大手笔"作家的某类文体的特点,如张说《全唐文》只留存 1 篇制,又补遗 1 篇制;常衮《全唐文》只留存 2 篇册文,又补遗 3 篇册文;李吉甫《全唐文》只留存 1 篇碑铭,又补遗 1 篇《赠太傅岐国公杜佑碑》。还需要特别注意的是,未列入表中的崔行功,《全唐文》仅留存 1 篇碑,其他 5 篇墓志和另 1 篇碑均来自补遗。凡此种种,均说明补遗工作为深入研究"大手笔"作家奠定了基础。

　　本书拟以这 9 位作家为中心对唐代应用文作一个纵向考察,总结出各个时期创作的不同特点,力求从个案研究形成总体观照。本书将对"大手笔"作家的文章进行逐个的文本分析,并考虑到"大手笔"这一称谓的特定含义,着重关注他们的骈体应用文写作成就。在此基础上,由点及面,形成对唐代应用文的整体思考。本书采用比较研究的方法(包括同一时期的"大手笔"作家之间的比较、同一时期"大手笔"作家与其他代表性公文作家的比较和不同时期具有相似书写风格的作家之间的比较)和文体学的观照方式,并将这些作家作为整体进行综合考察,讨论他们对唐代文坛的推动作用。本书是一个探索性研究,也是一种史论性的叙述,希望此研究能引起更多学者对于应用文及应用文作家在古代文学研究中地位的重视。

　　这里补充说明一个问题。人们或许会有这样的疑问,无论是谈唐代的制诏奏议,还是唐代骈体文的创作,似乎都不可避免谈及陆贽,但是唐人所称的"大手笔"作家中为何没有陆贽一席之地?毋庸置疑,陆贽是唐代骈文大家,其文被称为"有足为万世龟鉴者"①,在他之后只有李德裕堪

① 《钦定四库全书总目》卷一五〇,中华书局(整理本)1997 年版,第 2005 页。

可与之比，故清人孙梅认为"超群特出，尤推陆贽、李德裕"，若论及影响力，则陆贽又远超于李德裕。笔者认为陆贽未被称作"大手笔"作家的原因除了历史的偶然因素之外，主要是由于陆贽创作的本身决定的。主要原因有三：其一，陆贽的成名之作主要完成于781—786年6年间，即所谓的"建中之乱"期间，而"大手笔"作家受到世人的称扬一般是在王朝的上升期，至少是表面上政局的稳定期。其二，安史之乱后的中唐政局，崇尚的是简约实用，而陆贽虽说亦是经世实用之文，但不够简约精练，翻检其制诰集和翰苑集，鸿篇巨制，如《均节赋税恤百姓六条》逾万言，《论裴延龄奸蠹书》达七千言，不是传统意义上的行政公文，只能说是在特殊时期的特殊体式，而并非常式，不具有典范性和示范意义。所谓一时有一时之"大手笔"，事实上陆贽本人在成为宰相后所写的奏议，虽然对于后世解读来说富有现实意义，但在当时来说不合时宜。其三，陆贽影响后世至深，"一为宋人之四六；二为清人之章奏"，苏轼、司马光均对他推崇备至，但这并不等于说，陆贽受到了唐人特别是政府高层撰写行政公文作家群的广泛认可，而且他对骈体文的改革，已偏离了骈文的正宗，前人指出"《唐骈体文钞》及《四六法海》，均不录宣公之文，则知骈文家固以宣公之文，为骈文中之别裁也"①。"别裁"尽管在美感上受到了后世的追摹，却并非当时士子所奉为矩矱者，自然在一定程度上影响他被称作"大手笔"作家。

四 本课题的研究现状与本书的创新点

目前，对于唐代"大手笔"作家的文章研究总体上较为单薄，大多蜻蜓点水，除张说、苏颋、李德裕三人有少数专著、论文涉及其文章创作的研究外，其他作家除一般的文学史、专门史著作有所涉及外，基本处于研究空白。

相对而言，张说、苏颋并称为"燕许大手笔"，在诸"大手笔"作家中尤为著名，对其研究较多一些。谢无量《中国大文学史》有"燕许"一

---

① 刘麟生：《中国骈文史》，商务印书馆1998年影印版，第94页。

节，刘麟生《中国骈文史》、郭预衡《中国散文史》、姜书阁《骈文史论》、中国社会科学院编《唐代文学史》、于景祥《中国骈文通史》对二人的文章有简单介绍，林大志《苏颋张说研究》（齐鲁书社 2007 年版）的第五章对苏颋、张说的文章进行了初步探讨，对二人的表状、颂赞、书序、制敕、判文、赋及碑志文进行了分体研究，并简述了苏张在初盛唐之际的变革文体之功，惜其分析的对象只限于《全唐文》所收篇目，且未对其进行辨伪，未吸收后人的补遗成果①，未对二人的写作艺术进行深入的剖析和比较。具体以"大手笔"作为考察切入点的论文有王太阁《论"燕许大手笔"》（《西北师大学报》2003 年第 6 期）认为二人的散文显示了盛世气象，开启了一代新风，在唐代散文史上居于重要地位。

随着近年来学术界对张说的关注日益加强，一些学术论文和硕士论文开始较为详细地研究张说的文章成就，如周曙光《张说的碑志及其贡献》（《河南机电高等专科学校学报》2002 年第 1 期）、王太阁《论张说散文创作的"新变"》（《郑州大学学报》2004 年第 4 期）、肖瑞锋、杨洁琛《论"大手笔"张说的散文》（《清华大学学报》2003 年第 6 期）、王贺《张说碑铭文的风骨美研究》（《绥化学院学报》2007 年第 1 期）、罗效智《张说对初盛唐文风的改变和散文发展的贡献》（《重庆工学院学报》2008 年第 1期）等都值得一提，特别是王太阁从文章体式、气格情调和方法技巧等对张说散文的创新进行了具体分析，肖瑞锋、杨洁琛指出张说散文以"笔"类应用文为主，手法多样，骈散兼行，气势雄浑，一扫初唐骈文浮靡之风。但笔者认为，尽管张说处于初盛唐之交，文风具有由骈趋散的过渡性，但将其文章归入散文类进行探讨是不恰当的②，其文章仍主要是骈文。此外，曾智安《张说与盛唐文学的关系》（首都师范大学硕士学位论文，2003 年）、笔者《张说诗文论稿》（安徽大学硕士学位论文，2006 年）都曾对张说的文章创作予以关注，并进行了较为具体深入的分析。关于苏颋的文章研究，陈钧《苏颋其人及其诗文》（《唐代文学研究》第四辑，广

---

① 《全唐文》中所收张说文（247 篇）有 1 篇和苏颋文（290 篇）有 12 篇已证为伪作，后世对《全唐文》多有补遗者，据笔者统计，张说现存文 265 篇，苏颋现存文 312 篇，两相比较可以看出，后人的补遗是研究二人文章创作时必须注意的。

② 翻检目前绝大多数论文及有关著作谈及张说的文章时都以散文命名，似乎不大准确。

西师范大学出版社 1993 年版）是目前看到较早的一篇涉及苏颋文章创作的论文，但限于篇幅，论述较为简单。邢蕊杰《燕许诗文研究》（苏州大学硕士学位论文，2005 年）、郑洁《苏颋诗文研究》（漳州师范学院硕士学位论文，2007 年）对苏颋文章有专门介绍。关于李德裕的文章研究，则主要集中在一些硕士论文当中，如罗燕萍《李德裕及其诗文研究》（西北大学硕士学位论文，2003 年）、徐晓峰《李德裕创作心态研究》（北京大学硕士学位论文，2006 年）、方海林《李德裕的文学创作及其与文坛的关系》（安徽师范大学硕士学位论文，2006 年），其中罗燕萍较早地考察了李德裕的公文创作，徐晓峰注意到了李德裕创作的文体意识，方海林则较为深入具体地分析了李德裕的政治应用文及论体文。

综上，无论是对张说、苏颋、李德裕这三位的文章研究，还是其他"大手笔"作家的文章研究都还稍嫌薄弱，对这些擅长公文写作的作家予以系统深入地研究有着一定的学术开拓空间和学术研究价值。值得特别提出的是，陈冠明《苏味道李峤年谱》（中央文献出版社 2000 年版）、《崔融年谱》（《中国古典文献学丛刊》第四卷，国际炎黄文化出版社 2005 年版）、陈祖言《张说年谱》（香港中文大学出版社 1984 年版）、陈钧《苏颋年谱》（《盐城师专学报》1991—1994 年共 8 期系列论文）及《苏颋诗文集编年考校》（山西古籍出版社 2001 年版）、傅璇琮《李德裕年谱》（齐鲁书社 1984 年版）、傅璇琮与周建国合作完成的《李德裕文集校笺》（河北教育出版社 2000 年版）及傅璇琮主编的《唐五代文学编年史》（辽海出版社 1998 年版）均为研究"大手笔"作家提供了非常详尽的文献资料。

但是本书的写作仍有相当的难度：第一，书中所涉及的知识相当全面而复杂，要考虑到文体学、文章学、文学史学、公文学等多方面的视角，既要有横向的比较，又要有纵向的考量，问题迭出，犬牙交错，需要较强的概括、提炼与驾驭能力；第二，研究对象文章数量丰富，作家多数是不被以往文学史所注意的人物，文章多是骈文，难以理解与剖析，加之可资借鉴的古代评点性材料非常之少，使得论文的开展有着相当的难度。日本学者铃木虎雄《赋史大要·自序》云："中国文章中极侈丽者，有四六文，欲知四六文，必解一般骈文，欲知一般骈文，必解汉赋，欲知汉赋，必解楚骚，此其为一贯系统，摘出其一，则不免支离矣。"如此，凭着自己粗浅的学识触碰这个宏大渊深的题目颇有些不自量力，只能勉强进行浅尝辄止式的探索性研究。

本书希冀从以下几方面寻求创新。

1. 首次以"大手笔"这一概念为视角勾叙出唐代应用文的发展变化，阐释这些"大手笔"作家的应用文写作在唐代文学发展史上的价值和意义。

2. 学术界对于颜师古、岑文本、李峤、崔融、常衮、李吉甫等作家的文章研究基本属于空白，本书第一次将他们的应用文写作纳入文学范畴进行讨论。具体方法是从每个作家的文章写作本身出发，既着眼于其创作的全貌，又兼顾到唐代应用文发展的阶段性特征，既属于草创性的文本研究，又试图描摹一种理论发展脉络。

3. 以往的文学史在谈及"文章四友""燕许大手笔"等文章家时更多的是关注其诗歌成就，殊不知这些美誉的缘由更多的是因为他们的文章成就。本书立足于研究他们的应用文写作来探讨他们在唐代文章发展史上的地位。

4. 本书将诸位"大手笔"作家作为一个整体，探讨他们在儒学嬗变、骈散消长及文风转换过程中的作用，对传统的"唐文三变"说与唐代应用文分期进行重新审视。

5. 诸"大手笔"作家具有政治家与文学家的双重身份，本书从政治与文学的角度结合其应用文与奉和应制诗创作及其文坛交游情况详论他们在唐代文坛的影响力。

第一章　绮靡骈俪文风的百年徘徊：
从颜岑至崔李

郑振铎指出："许多人都以为初唐时代是改革六朝风尚的开始，却不知道六朝风尚，到了初唐却更变本而加厉。"[①] 袁行霈在《百年徘徊》[②] 一文中将初唐文学的下限定在玄宗开元八年（720），并认为唐代诗歌经过初唐近百年的徘徊方步入盛唐。这些见解具有借鉴价值，尽管唐初君臣对颓靡文风有所警觉，在理论上批评浮华骈俪风气，但无论十八学士，还是史书实践，均仍沿袭六朝文风。笔者认为唐代文章的发展也是经过了初唐百年的徘徊才渐露盛唐气象，这可由初唐时"大手笔"作家的文章创作中略窥。从李唐开国初的陈叔达、颜师古、岑文本，到武后、高宗时的崔行功、李怀俨、苏瓌、李峤、崔融，这些"大手笔"作家的应用文创作虽各有所侧重，彼此之间亦有一些变化，但从总体上依然保持着江左余风、陈隋遗响，绮艳骈俪的文风充斥文坛百年，并在武后时期达到顶峰。

初唐是唐代"大手笔"作家人数最多的一个时期，涌现出 8 位文章圣手，虽以今天的眼光来看他们的思想艺术水平并无甚可取之处，但对于当时人来说确实是一代文章巨匠的荟萃，代表着彼时文学发展的最高水平。初唐留存下来的私人文集比较少，文人学者虽然著述颇丰，但大多已亡佚。"大手笔"作家表现得尤为明显。如史载陈叔达有文集十五卷，今只存文 3 篇[③]；颜师古有文集六十卷，今只存文 24 篇；岑文本有文集六十卷，今只存文 21 篇；崔行功有文集六十卷，今只存文 7 篇；苏瓌有文集十卷，今只存文 3 篇；李峤有文集五十卷，今只存文 159 篇；崔融有文集

---

① 郑振铎：《插图本中国文学史》，北京出版社 1999 年版，第 294 页。

② 袁行霈：《百年徘徊》，《北京大学学报》（哲学社会科学版）1994 年第 6 期。

③ 以下统计数字参看附录：《唐代"大手笔"作家现存文章著录汇考》。

六十卷，今只存文 51 篇。文集的散佚对于研究他们的创作风貌带来很大的困难，现只能尽量搜集他们的存世文章进行挂一漏万式的考量。他们的创作情况较为复杂，留存文章亦多寡不均（其中颜师古、岑文本、李峤、崔融相对文章数量较多），从文体上来说，大多是应用文。学术界对于这些作家的文章研究基本处于空白，笔者不揣浅陋，尝试初步探讨，并以之为线索来分析初唐百年应用文写作的基本面貌。

初唐"大手笔"作家总体的文风是绮艳骈俪，正所谓"陈、隋风流，浮靡相矜"①。又可分为高祖、太宗和高宗、武后两个时期，文风略有变化。陈、颜、岑二人是唐代开国"大手笔"作家，这一时期的应用文写作虽在形式上骈俪辞采，但并非完全文而无质，受时代风气和作家个性气质的影响，颜、岑的部分文章体现出太宗君臣所提倡的文质兼善的趋向；崔行功、李怀俨、苏瓌、李峤、崔融是高宗、武后时期"大手笔"作家，此期的应用文创作则除少数优秀作品外堕入踵事增华、浮躁浅露的文风之中，尤体现在李峤、崔融的大量代言体与颂体文中，基本以标准的四六结撰，篇幅宏大，采俪竞繁，雕章缛句。以下试分而述之。

第一节　开国"大手笔"作家

陈叔达、颜师古、岑文本为唐代开国时期的"大手笔"作家，三人的文学成就基本属于学术研究的空白。

白居易《冯宿除兵部郎中知制诰制》云："吾闻武德暨开元中，有颜师古、陈叔达、苏颋称'大手笔'，掌书王命，故一朝言语，焕成文章。"② 白居易认为颜师古、陈叔达、苏颋是武德至开元时的"大手笔"作家。苏颋这里暂不讨论，陈叔达应该稍早于颜师古。陈叔达（？—635），字子聪，吴兴长城（今浙江长兴）人，南朝陈宣帝之第十七子③，

---

① 《新唐书·杜甫传赞》卷二〇一，第 18 册，第 5738 页。
② 《全唐文》卷六六一，第 7 册，第 6724 页。
③ 陈宣帝共 42 子，其中皇子陈叔叡、陈叔忠、陈叔弘、陈叔毅、陈叔训、陈叔武、陈叔处、陈叔封等 8 人，并未及封，另有 3 子早卒。陈叔达为第十七子，封义阳王。《旧唐书》本传称其为"陈宣帝第十六子"，误。[英] 崔瑞德编：《剑桥中国隋唐史》亦因此误，中国社会科学出版社 2006 年版，第 154 页。

唐代开国宰相之一,与温大雅、窦威参定礼式、同掌机密,与李纲、郎余令撰定律令,与欧阳询、令狐德棻、袁朗、赵弘智等同修《艺文类聚》①,并以侍中身份参与修撰周史、隋史。《旧唐书·陈叔达传》云:"年十余岁,尝侍宴,赋诗十韵,援笔便就,仆射徐陵甚奇之。……义师至绛郡,叔达以郡归款,授丞相主簿,封汉东郡公,与记室温大雅同掌机密,军书、赦令及禅代文诰,多叔达所为。……叔达明辩,善容止,每有敷奏,搢绅莫不属目。江南名士薄游长安者,多为荐拔。"② 陈叔达早岁即有"援笔便就"的本事,这是为"大手笔"作家的基本要求,许多情势下作文没有更多的思考时间,特别是在战争年代,更要求作者才思敏捷。叔达因此得到当时"一代文宗"徐陵的赏识,观"军书、赦令及禅代文诰,多叔达所为"颇与"自陈创业,文檄军书及禅授诏策,皆(徐)陵所制"类。他是江南文士的代表,荐举了愿意投靠唐朝政府的南方文学之士。现存文3篇。

颜师古(581—645),字籀,一说名籀,字师古,以字行于世。祖籍琅琊临沂(今属山东),从4世纪开始历代在南朝任职,祖父颜之推为梁代著名文人,后徙居北方,遂为雍州万年(今西安市)人,但仍属于南朝门阀统治的世家大族之列③。他是唐高祖时的"大手笔"作家,然而李商隐《太尉卫公会昌一品集序》中谈及历代"大手笔"时则云"太宗有臣曰师古,曰文本",称颜师古为太宗时的"大手笔"作家,这种说法与事实相左。《旧唐书·颜师古传》称其"善属文",起义时曾为中书舍人,"专掌机密。于时军多务,凡有制诰,皆成其手。师古达于政理,册奏之工,时无及者"④。《旧唐书·岑文本传》亦云"初,武德中诏诰及军国大事,文皆出于颜师古",据此,颜师古是高祖时的"大手笔"作家无疑。他是唐初重要典章制度的制定者,参与撰写《武德律》《武德式》《武德令》《大唐仪礼》等,并撰有《匡谬正俗》八卷(《旧唐书·经籍志》卷四六

---

① 《旧唐书·令狐德棻传》:"与侍中陈叔达等受诏撰《艺文类聚》。"《新唐书·艺文志》此书列欧阳询名,又注云"令狐德棻、袁朗、赵弘智等同修",不及叔达名。

② 《旧唐书》卷六十一,第7册,第2363页。

③ 参见[美]包弼德《斯文:唐宋思想的转型·导论部分》,刘宁译,江苏人民出版社2001年版,第7—8页及注4。

④ 《旧唐书》卷七十三,第8册,第2594页。

载）。他是隋唐之际学术思想史上影响巨大的人物，尤以经学和史学著称。尽管魏晋以降江东玄学大盛，但颜氏家族世守儒家之学。其祖父之推、父思鲁均以儒学著称①。师古少传家业，博览群书，尤精训诂，为初唐大儒，颇负声望。贞观四年（630）考定五经，撰成《五经定本》，并参与了《五经正义》的编写。他精于史学，曾参编《隋书》中的许多纪传，尤以注《汉书》闻名，人称"班孟坚忠臣"，是初唐《汉书》学史上的关键人物②。现存文 24 篇③。

岑文本（595—645），字景仁，南阳棘阳（今河南南阳）人。据《元和姓纂》卷五岑氏载，文本祖上南朝梁时已徙居江陵（今属湖北），故刘禹锡称"岑江陵以润色闻"④。李商隐《太尉卫公会昌一品集序》称其为太宗时的"大手笔"作家。他成名甚早，仪表堂堂，博闻多识，健谈善文，"时年十四，诣司隶称冤，辞情慨节，召对明辩，众颇异之。试令作《莲花赋》，下笔便成，属意甚佳，合台莫不叹赏"，曾在萧铣称雄于荆州时"专典文翰"。贞观时文本为中书侍郎，专典机密，"所草诏诰，或众务繁凑，即命书僮六七人随口并写，须臾悉成，亦殆尽其妙"⑤。并受命与令狐德棻撰《周史》，史称"其史论多出于文本"，他还参与编纂《文思博要》《大唐氏族志》等，为太宗朝名相之一。文本深受太宗信任，"徒以文墨致位中书令"，乃至以此为忧，终于神情衰竭，暴疾而卒。现存文 21 篇⑥。

---

① 颜之推所著《颜氏家训》对南北朝文学文化有深远影响，他广泛重视儒家经典、史学、诸子百家和纯文学，对只知六经的陋儒不以为然，这对于形成颜氏家族的儒学品格有很大影响。
② 林传甲的京师大学堂国文讲义《中国文学史·唐颜师古诋廖正俗》中指出："（颜师古）生平精力所萃，在《汉书注》，条理通贯，征引翔实，洵班氏之功臣，而诋廖正俗，则群经之总类，其用尤广"，"后人以一人智力，数十载之岁月，置身于数千万卷之中，必欲为古人所不能，则勿以考古为功，而以知新为要也"。［上海科学书局宣统二年（1910）六月朔校正再版，第 32 页］
③ 《全唐文》23 篇，《全唐文补编》补 1 篇。
④ 《全唐文》卷六〇五，《唐故相国李公（绛）集序》第 6 册，第 6109 页。按：华林甫《论唐代宰相籍贯的地理分布》（《史学月刊》1995 年第 3 期）一文云："宋叶梦得称他（文本）为'岑江陵'"，注释⑤："《叶梦得集》卷二十三《唐故李相国集纪》"，显误。
⑤ 《旧唐书》卷七〇，《岑文本传》第 8 册，第 2535、2536 页。
⑥ 《全唐文》20 篇，其中《唐故特进尚书右仆射上柱国虞恭公温公碑》篇缺字甚多，文意难通，另有 1 篇误收。《唐文拾遗》卷十五亦收此文，而补足许多缺字，其文内容基本可解，故共计 20 篇。另，《全唐文补编》补 3 篇，其中 1 篇为伪作。

一 陈隋遗彦，徐庾旧体：颜、岑的骈俪文风

陈叔达文章只存 3 篇，其中《答王绩书》是针对王绩对于其在亡国之际所撰《隋纪》的质疑所作的回复。《大唐宗圣观铭》[①] 全用四言写成，颇见功力，清代陈均《唐骈体文钞》选此文作为叔达之代表作。但笔者认为最能显现其颂功称伐笔力的是《唐王以相国总百揆并九锡诏》一文[②]，连用十五个"王之功也"排比句对高祖之功勋进行称扬，出手不凡。

以下着重讨论颜师古、岑文本二人应用文书写中的沿与革。

欧阳修《集古录·隋太平寺碑跋尾》云："南北文章，至于陈隋，其弊极矣。以唐太宗之致治，几乎三王之盛，独于文章不能少变其体，岂其积习之势，其来也远，非久而众胜之，则不可以骤革也。"[③] 欧阳修站在古文家的立场，批评陈隋文积弊日久，唐初仍沿袭之。虽然未免一概而论，但指出浮艳文风的惯性势力确实影响着唐代开国文坛。

高步瀛《唐宋文举要·乙编》卷一云："唐初文体，沿六朝之习，虽以太宗之雄才，亦学庾子山为文，此一时风气使然，殊不关政治污隆。"[④] 谢无量《骈文指南》云："唐兴，文士半为陈隋之遗彦，沿徐庾之旧体。太宗本好轻艳之文，首用瀛洲学士，参与密勿，纶诰之言咸用俪偶。"颜师古、岑文本的文章纤丽，踵接六朝，流利有余，而简重不足，深受骈俪文风的影响。《唐会要》曾记载唐太宗于贞观四年立寺庙颂美其一生武功，甄选虞世南、李百药、褚遂良、颜师古、岑文本、许敬宗、朱子奢等当时著名学士文人撰写碑记和铭文，史载："破刘武周于汾州，立宏济寺，宗正卿李百药为碑铭。破宋老生于吕州，立普济寺，著作郎许敬宗为碑铭。破宋金刚于晋州，立慈云寺，起居郎褚遂良为碑铭。破王世充于邙山，立昭觉寺，著作郎虞世南为碑铭。破窦建德于汜水，立等慈寺，秘书监颜师古为碑铭。破刘黑闼于洺州，立昭福寺，中书侍郎岑文本为碑铭。"[⑤] 这

---

① （清）王昶：《金石萃编》卷四一《大唐宗圣观记》："给事中、骑都尉欧阳询撰序并书，侍中、柱国、江国公陈叔达撰铭。"（清嘉庆十年刻同治钱宝传等补修本）

② 《全唐文补编》（上）卷三，第 35—37 页。

③ 《欧阳文忠公集·集古录跋尾》卷第五，《四部丛刊》影元本。

④ 《唐宋文举要》，上海古籍出版社 1982 年版，第 1133 页。

⑤ （宋）王溥：《唐会要》卷四八，中册，中华书局 1955 年版，第 849 页。

条材料证明唐初开国人才济济，颇多秉笔善文之士，颜、岑是这其中的代表人物，唐太宗意在"刊刻碑铭，纪述功业，传诸简册"，而这些文学侍从亦能润色王业，彩笔图之，撰写的碑文皆"灿然可观"①。

先说颜师古。上举诸文人所撰碑铭，岑文并其他名臣所撰碑铭均已佚，唯颜文独存。《等慈寺碑》是颜师古文章中第一长文，碑文共 1975 字②，文末还有 10 首铭文，首首八句 32 字。碑记太宗大破王世充、窦建德之功业，语言浩博无穷，详尽赅洽，不愧为"大手笔"。宋代大文豪欧阳修虽批评唐太宗英雄智识犹崇信浮屠，但谈及太宗君臣的器业文笔仍赞叹不已："自古创业之君，其英雄智略，有非常人可及者矣。至其卓然信道而知义，则非积学诚明之士不能到也。"③ 这是一篇非常标准成熟的四六体，试举一段：

> 是以引麾北制，移眸东虞，天策频加，神锋累奋。其后首渠相命，妖孽并臻，凿齿之类为群，窦窳之徒成列。发自板渚，迄于兹地，犷狓争先，陆梁竞出。比角举尾，饮竭洪流，吞石唼沙，聚蔽阳景。皇赫斯怒，爰整六军，飞廉翊衡，丰隆先路。然后置天地之阵，扬日月之旗，震鼗鼓以申严，铿虬钟而大号。星流电击，凤矫龙腾，丘峦为之震跳，梗林于是靡拉。陷坚挫猛，刮野扫地，喋血僵尸，填坑满谷。禽兹元恶，未及旋踵。仍执丑虏，曾靡孑遗。涣若冰消，濯南鱼烂，氛祲祛除，风云融朗。列代神玺，莫不毕收；前王彝器，此焉总获。④

用词华丽铺张，文胜于质，六朝遗风尽显。难能可贵的是，师古以骈体叙事，述及战争场面颇为壮观震撼，读之有如身临其境，并不因骈俪而有损其内容上的表达，堪称文质兼美的典范之作。这篇碑文在唐书法史上也颇为有名，取法北魏，用笔明净雄健，是唐楷书中之一格，其五世重孙颜真

---

① （宋）王禹偁：《扬州建隆寺碑》，载《小畜集》卷十六，《四部丛刊》影宋本。
② 按："班倕□集"句第三字缺。
③ 《欧阳文忠公集·集古录跋尾》卷五，《四部丛刊》影元本。
④ 《全唐文》卷一四八，第 2 册，第 1498 页。

卿或受其影响。如果说《等慈寺碑》乃鸿篇巨制，而《上汉书注序》则属于短小精致之篇。此文将注《汉书》的方针原则简要论出，核心即"匡正暌违"，观师古称赞班固之史笔"宏赡"，宏赡二字确乎亦是师古为文的重要特点。颜师古虽是高祖时的"大手笔"作家，但今天已不能看到他为高祖所拟的诏令册奏，其留存的文章也多为太宗时所作。

再来看岑文本。当颜师古因"事亲居官，未为清论所许"被免去中书侍郎之职后，温彦博奏称其"谙练时事，长于文法，时无及者"，太宗却答曰："我自举一人，公勿忧也。"① 唐太宗所选之人就是岑文本。胡三省曰："唐太宗以武定祸乱，出入行间，与之俱者，皆西北骁武之士。至天下既定，精选弘文馆学生，日夕与之议论商榷者，皆东南儒生也。"② "东南儒士"即指陈叔达、岑文本等江左名士，其文风与华丽典赡。刘禹锡在《唐故相国李公（绛）集序》中纵论初唐"贵文"时云："起文章为大臣者，魏文贞以谏诤显，马高唐以智略奋，岑江陵以润色闻，无草豫汗马之劳，而任遇在功臣上。""以润色闻"点出了文本文章的优长。史书记载文本因颂文而文名大著，"太宗行藉田之礼，文本上《藉田颂》。及元日，临轩宴百僚，文本复上《三元颂》，其辞甚美"③。《藉田颂》《三元颂》二文今俱存，美盛德，述形容，文辞华美，工整对仗，特别是《藉田颂》颇合颂体轨范，全用四言为之，亦铭亦诗，显示了太宗朝的兴盛气象。此外《唐故特进尚书右仆射上柱国虞恭公温公碑》④ 亦属此类。

文本更有 7 篇册文，占其现存文章总数的四分之一强，值得留意。册文本来用作封官加爵，但唐以后则可用来祭祀、尊称、加谥、寓哀等多种用途。文本的册文仍是传统册文的沿袭，均用来册封官爵，末多以"朕闻"的方式，以儒家礼教规诫警示封王者，显示其"大手笔"作家，称谓颇为合体，模式化极强，以至成为后世范本："德宗昭德皇后王氏，初令

---

① 《旧唐书》卷七十，第 8 册，第 2536 页。
② （宋）司马光编著，（元）胡三省音注：《资治通鉴》卷一九二，第 13 册，中华书局 1956 年版，第 6023 页。
③ 《旧唐书》卷七十，《岑文本传》第 8 册，第 2536 页。
④ 按：此为唐初宰相温彦博所作的碑文，唐初著名书法家欧阳询手书，可与两《唐书》本传对读，其中与《唐书》传记所载有差，将其父与薛道衡、李纲三人相称莫逆一事安到温彦博的头上，显然有误。

兵部侍郎李纾撰谥册文，既进，帝以纾文谓皇后曰'大行皇后'非礼，留中不出。诏翰林学士吴通玄为之，通玄又云'咨后王氏'，议者亦以为非，知礼者以贞观中岑文本撰文德皇后谥册曰'皇后长孙氏'，斯得之矣。"① 然而，究其文本身，其思想、艺术价值均不高。

《文苑英华》卷三五九"杂文"类子目"帝道"类收录文本《拟剧秦美新》一文值得注意。该文仿扬雄《剧秦美新》美化王莽行封禅之礼而受命之君，意在歌颂新王朝政绩。且以赋体行文，661字，67个韵字，凡换韵18次②。文中认为汉承秦业，"虽步骤殊时，浇淳异世，道有文质，政有隆替，不在天文，因人垂制"。故汉初"仍踵秦之制度，尚沿秦之章程"，与此相对应，唐承隋业，"若夫文轨大同，夷狄向风，武功也。制礼裁乐，迁风变俗，文教也。肇改正朔，爰变服色，至圣也。尽礼郊禋，致敬鬼神，大孝也。幽人咸泊，奇士毕至，浚哲也，既厝刑书，亦废图圄，鸿德也"③。反复赞叹"岂不美哉！岂不美哉！"作者与唐初反思隋朝覆灭而否定隋制的整体大气候不同，认为"步骤殊时，浇淳异世，道有文质，政有隆替，不在天文，因人垂制"，立意独到，于天意与人道之间，歌颂之中亦有辩证的观点，继承了扬雄的历史唯物思想，颇有见地。此为文本颂文中有质有文的唯一作品。

二 颜、岑熟稔典章的奏议与忠贞体国的谏疏

颜、岑的文章总体上保留着陈隋骈俪风气的同时也表现出同中有异，分别体现出开国时期上层社会风气之一端（儒学的复振与谏诤风气的普遍存在)④。李唐开国儒学得到复振，师古为初唐鸿儒，颇负声望，精通经学和训诂，故其奏议文表现出对典章制度的高度熟稔。而岑文本不仅富有文才，且重操守，受贞观谏诤风气及修撰《周书》史论的影响，故谏疏文忠贞体国，以理服人，颇具特色。

师古的文章显示了其宏博的知识和对于典章制度的熟稔，如《第贤良

① 《旧唐书·后妃传》卷五二，第7册，第2193页。
② 可参考简宗梧《试论〈文苑英华〉的唐代赋体杂文》，《长庚人文社会学报》2008年第1卷第2期。
③ 《全唐文》卷一五○，第2册，第1525—1526页。
④ 这主要与太宗秉政时强调官员"必须以德行、学识为本"及充分认识纳谏的重要性有关。

问五道》《圣德颂》等即是典型的例子。清代陈均《唐骈体文钞》选后者作为师古之代表作。在开国礼制所存在的诸种对于礼乐制度的针锋相对的争论中，颜师古扮演着裁判者与论定者的角色，深受史家赞叹。《议明堂制度表》云"大唐明堂，足以传于万代，何必论户牖之多少，疑阶庭之广狭"①，并举汉武帝时，欲草封禅仪式，亦是儒者各执一词，最终倪宽劝上自定制度，表现了一名儒者的包容、实用的态度，并不拘囿于一己之见，陈规古法。师古的一些文章往往透露着"折中"的表象，却自显通达的本质，由于通达能在众莫能辨的情况下，予以裁夺。《封禅议》本着"赢缩之间，贵在折中"，"本资实用，岂云巧饰"②为原则，具体提出封禅步骤，切实可行。颜师古撰此文在贞观十一年，至贞观十五年，太宗下诏决定将封禅泰山，"所司与公卿并诸儒博士详定仪注。太常卿韦挺、礼部侍郎令狐德棻为封禅使，参考其仪，时论者竞起异端。师古奏曰：'臣撰定《封礼仪注书》在十一年春，于时诸儒参详，以为适中。'于是诏公卿定其可否，多从师古之说"③。再如《定宗庙议》《太原议寝庙议》《明堂议》《功臣配飨议》《嫂叔舅服议》均以"适事从宜"为准则对礼法有争议者予以定夺，拥有较高的经典解释权。

　　太宗被称作古代"从谏如流"的贤君，他本人亦颇以此自得，直言极谏乃一时风气，赵翼《廿二史札记》指出"贞观中直谏者不止魏徵"④。太宗亦曾对长孙无忌云："自朕临御天下，虚心正直，即有魏徵朝夕进谏。自徵云亡，刘洎、岑文本、马周、褚遂良等继之。"⑤文本亦以切谏而闻名，并得到重用，其谏疏文旨趣与魏徵略同。如载于旧唐书本传中的《上

---

① 《全唐文》卷一四七，第 2 册，第 1491 页。
② 同上书，第 1492 页。
③ 《旧唐书》卷七三，《颜师古传》第 8 册，第 2595 页。按：此段标点恐误，师古本人不应有"于时诸儒参详，以为适中"之语，此应贞观十五年太宗诏"所司并公卿诸儒博士"之"诸儒"参详贞观十一年师古所撰《封礼仪注》（《新唐书》为《封禅仪注书》）认为适中，再召"公卿"定其可否，多数公卿也认可师古所定的礼仪。所以此段应标点为："师古奏曰：'臣撰定《封礼仪注书》在十一年春。'于时诸儒参详，以为适中。于是诏公卿定其可否，多从师古之说。"另，2006 年上海古籍出版社版的《唐会要》卷七《封禅》即如此标点："秘书少监颜师古乃奏称'臣撰定封禅之礼书，在十一年春'，于是诸儒参详，以为适中。诏公卿定其可否，多从师古之礼。"（第 104 页）虽文字略有小异，但可为我之观点佐证。
④ （清）赵翼著，王树民校证：《廿二史札记校证》卷一九，中华书局 1984 年版，第 394 页。
⑤ 《旧唐书·刘洎传》卷七四，第 8 册，第 2611 页。

太宗勤政疏》堪与有名的谏臣魏徵的《谏太宗十思疏》相颉颃。疏，乃臣子向君王陈述己见的文体，《文心雕龙·奏启》云："夫奏之为笔，固以明允，笃诚为车，辨析疏通为首。"文本此文《全唐文》题为《大水上封事极言得失》，从文意看似不如《上太宗勤政疏》恰切。文章开篇即提出上疏本意："臣闻创拨乱之业，其功既难；守已成之基，其道不易。故居安思危，所以定其业也；有始有卒，所以隆其基也。"守业比创业更难，故当居安思危，有始有终。接着指出如此做法，确实有着现实的需要："今虽亿兆人安，方隅宁谧，既丧乱之后，又接凋弊之余，户口减损尚多，田畴垦辟犹少。覆焘之恩著矣，而疮痍未复；德教之风被矣，而资产屡空。"他巧设比喻："古人譬之种树，年祀绵远，则枝顺扶疏；若种之日浅，根本未固，虽壅之以黑坟，暖之以春日，一人摇之，必致枯槁。"以说明处事贵在有恒，否则即有若昙花，深刻指出社会的隐患："今之百姓，颇类于此。常加含养，则日就滋息；暂有征役，则随而凋耗。凋耗既甚，则人不聊生；人不聊生，则怨气充塞；怨气充塞，则离叛之心生矣。"再引圣典、圣贤，恳乞太宗览古今之事，察安危之机，上以国家为重，下以黎民为念，选贤任能，闻过即改，去奢从俭，不忘武备，认为："凡此数者，虽为国之常道，陛下之所常行，臣之愚心，唯愿陛下思之而不倦，行之而不怠。则至道之美，与三、五比隆；亿载之祚，随天地长久。虽使桑谷为妖，龙蛇作孽，雉雊于鼎耳，石言于晋地，犹当转祸为福，变咎为祥。况水雨之患，阴阳常理，岂可谓之天谴而系圣心哉？"文末仍以古典为结，"臣闻古人有言：'农夫劳而君子养焉，愚者言而智者择焉。'辄陈狂瞽，伏待斧钺"[①]。文本此文与魏徵文均作于贞观十一年太宗日益骄奢无复初期勤勉之时，故而文风相类，今人只知魏徵《谏太宗十思疏》，殊不知比起魏徵的直言犯上的谏诤风格，文本情真意切，赤胆忠心，剀切深厚，反复劝谏太宗居安思危，去奢从俭，比喻恰当，引经据典，切中为政之要。前人称其"开引其端，而所包至广，政之体要，略尽于此"[②]，所论非虚。再如《理侯君集等疏》亦颇为有名，侯君集灭高昌有功得到重赏，但三年

---

① 《全唐文》卷一五○，第 2 册，第 1523—1524 页。亦载于《旧唐书·岑文本传》，第 2536—2537 页。
② （清）陈鸿墀：《全唐文纪事·卷首》康熙语，中华书局 1959 年版，第 7 页。

之后因参与太子谋反被处以极刑，虽然李世民也曾想宽恕他，但遭到了大臣的普遍反对。岑文本是揣摩太宗意图而拟此文疏的，他认为高昌之役，"若论事实，并是陛下之功。君集等止有道路之劳，未足以称其勋力"。但重赏不久，即付大理，"当其有功也，虽贪残淫纵，必蒙青紫之宠，当其有罪也，虽勤躬洁己，不免斧钺之诛"，恐为不妥，引《尚书》"记人之功，忘人之过"为理证，举汉武帝对李广利、陈汤，晋武帝对王浚，隋文帝之于韩擒虎之不问罪来例证，并认为"将帅之臣，廉慎者少，贪求者众"，人主应"收人之长，弃人之短"，侯君集"虽非清贞之臣，犹是贪愚之将"①，虽似贬抑，实则保全，劝说太宗从轻对之。屈法申恩，措辞和婉，这样的开脱文字可谓别致。《旧唐书·侯君集传》云："君集初破高昌，曾未奏请，辄配没无罪，又私取宝物。将士知之，亦竞来盗窃。君集恐发其事，不敢制。及京师，有司请推其罪，诏下狱。"② 文本为人弘厚忠谨，洁身自爱，表现在他的奏疏中即以理入胜，忠心耿耿，深谙婉谏之三昧。这些谏书虽仍用骈体写成，但词旨剀切，内容充实，洗练简洁。

典雅而宏赡为师古文章的主要特点，华美而善论是文本文章的主要特点，二人继承陈隋绮丽风气的同时，亦受到唐初矫正六朝文风的影响，出现一些"文质斌斌"（《隋书·文学传论》中魏徵所倡导之文风）的作品。然而，诚如《新唐书·文艺传序》所云："高祖、太宗，大难始夷，沿江左余风，缔句绘章，揣合低昂。"③ 历史的惰性使得唐代开国"大手笔"作家的文风从总体上仍嫌典丽有余，而理质不足。

第二节　武周升平的颂歌与变本加厉的绮靡

一　雅颂之盛与李峤、崔融的词臣面貌

贞观以后，文风的发展并没有按照初唐太宗、魏徵君臣所倡导的革新一路发展下去，而是对六朝风尚变本加厉的追袭。学术界谈到高宗、武后时的唐代文学（无论诗文），多认为初唐四杰、陈子昂分别以刚健清新和

---

① 《全唐文》卷一五〇，第 2 册，第 1522—1523 页。
② 《旧唐书》卷六九，第 8 册，第 2511 页。
③ 《新唐书》卷二〇一，第 18 册，第 5725—5726 页。

风雅兴寄、汉魏风骨为宗旨对浮靡文风进行了改革，但实际上这种改革的呼声仍仅局限于下层，对文坛的影响力需要重新估价①，当时的文学并未下移，上层统治阶级的宫廷文学仍是文坛的主流，不但没有继续唐初太宗魏徵君臣所倡导的文质兼容的文风，反而因袭六朝绮靡华赡的风气，风雅之道扫地，庙堂文风一度颇为不振。就文章的内容而言，徇功称美、颂德称奖的华而不实之词大行其道，缺乏政教意义与真情实感的流露。作家的生活面过分狭窄，侍宴、朝拜、游冶、文牍成为宫廷文人的主要生活内容，创作个性泯灭在时代共性中。风雅之道扫地，庙堂文风一度颇为不振。

魏徵《隋书·文学传论》批评南朝梁代文风时称：

> 梁自大同之后，雅道沦缺，渐乖典则，争驰新巧，简文、湘东启其淫放；徐陵、庾信分路扬镳。其意浅而繁，其文匿而彩，词尚轻险，情多哀思，格以延陵之听，盖亦亡国之音乎！周氏吞并梁荆，此风扇于关右，狂简斐然成俗，流宕忘反，无所取裁。②

当时江南宫体诗文，"争驰新巧"，辞繁意浅，雕章缛句，尤重典故与声韵的雕琢。这种文风影响到唐初，魏徵所述的关右即指山东，李峤、崔融为山东大族出身③，受此风气影响甚深，高宗、武后长期以洛阳为东都，大量文辞之士云集洛阳。张说曾评价武后时文风云："自则天久视之后，中宗景龙之际，十数年间，六合清谧。内峻图书馆之府，外辟修文之馆，搜英猎俊，野无遗才。右职以精学为先，大臣以无文为耻。每豫游宫观，行幸河山，白云起而帝歌，翠华飞而臣赋。雅颂之盛，与三代同风。"④ 大臣们"以精学为先""以无文为耻"是整个社会风气由开国时的儒学化向文学化转化的表现，而"雅颂之盛"的代表即是御用文人李峤、崔融。大肆的铺排与夸张的渲染成为上层宫廷文人的普遍特色，而崔、李无疑是其中的佼佼者，完美的形式与空洞的内容相结合，内容的单一浅薄并不影响

---

① 卢藏用评价陈子昂的作用称当时"天下翕然，质文一变"（《右拾遗陈子昂文集序》），这种论断有言过其实之疑。

② （唐）魏徵等：《隋书》卷七六《文学传论》第 6 册，中华书局 1973 年版，第 1730 页。

③ 李峤为赵州赞皇（今属河北）人，崔融为齐州全节（今山东章丘）人。

④ 《全唐文》卷二二五，张说《昭容上官氏文集序》第 3 册，第 2275 页。

颂者的文字精美，实际上他们扮演的是南朝词臣的角色，是六朝锦色的复归。

杨炯《王勃集序》中云："尝以龙朔初载，文场变体，争构纤微，竞为雕刻；糅之以金玉龙凤，乱之以朱紫青黄；影带以徇其功，假对以称其美。骨气都尽，刚健不闻。"① 这一评价确乎抓住了当时文风的主要特征，杜晓勤在分析龙朔文场变体时指出，这种变体有上官仪的上官体也有许敬宗的颂体诗②，这是就诗歌而言。而其实，杨炯的这段评论恐怕是针对整个文学风尚而言，与许敬宗颂体诗、上官仪的绮错婉媚诗风相类，文风也走向了绮靡的极致。葛晓音指出：许敬宗所创造的"典奥华丽，极尽雕饰"的"张扬夸饰"的文风与"后进文人翕然效之而形成的夸诞之体"在武后时颇为流行，对宫廷的影响"主要表现为诗赋骈文的辞藻竞相追求华丽夸饰"③。李峤、崔融融绮错婉媚与歌功颂德于一炉，研章摘句，思郁文繁，他们是龙朔之后文坛的主将和领袖人物，后人称"崔融、李峤及张说，皆为一时宗匠"④。他们居高位而扬颂辞，是当时台阁体的典范，颂体文的典型代表。

李峤、崔融是当时文坛"大手笔"。李商隐《太尉卫公会昌一品集序》谈及历代"大手笔"作家时云"高宗有臣曰峤，曰融"⑤，认为李峤、崔融为高宗朝的"大手笔"作家，但实际上二人均受到武后的提携奖掖而成名。李峤于武后时期为凤阁舍人，深受武后称赏，《旧唐书·李峤传》云："则天深加接待，朝廷每有大手笔，皆特令峤为之。"⑥ 则天亦叹赏崔融所撰《启母庙碑》，命崔融撰封禅后的朝觐碑文，《旧唐书·崔融传》云："融为文典丽，当时罕有其比，朝廷所须《洛出宝图颂》《则天哀册文》及诸大手笔，并手敕付融。"⑦

李峤（645—715），赵州赞皇（今属河北）人。历仕高宗、武后、中

---

① 徐明霞点校：《杨炯集》，载《卢照邻集·杨炯集》卷三，中华书局1980年版，第36页。
② 参见杜晓勤《初盛唐诗歌的文化阐释》，东方出版社1999年版，第195页。
③ 葛晓音：《论宫廷文人在初唐诗歌艺术发展中的作用》，《诗国高潮与盛唐文化》，北京大学出版社1998年版，第29—30页。
④ （宋）王钦若等：《册府元龟》卷八四〇，第11册，中华书局1960年版，第9969页。
⑤ 《全唐文》卷七七九，第8册，第8132页。
⑥ 《旧唐书》卷九十四，第9册，第2992—2993页。
⑦ 同上书，第3000页。

宗、睿宗、玄宗五朝，曾先后担任凤阁舍人，参修国史，礼部侍郎、尚书、修文馆大学士等职务，圣历、长安、神龙三度拜相，一度为中书令，位极人臣，封赵国公。史称其"少负才华，代传儒学"①，与崔融连同当时的苏味道、宋之问、阎朝隐等人，气质接近，都是武周朝的御用学士，共同纂修《三教珠英》，诸珠英学士以李峤为首，说明他在当时文坛的领袖地位。"其仕前与王勃杨炯接，中与崔融、苏味道齐名，晚诸人没而为文章宿老，一时学者取法焉。"② 李峤"久宦成资"，累居台辅，高寿七十，且著述不辍。现存文 159 篇③。

崔融（653—706），字安成，齐州全节（今山东章丘）人。《旧唐书·崔融传》云："中宗在春宫，制融为侍读，兼侍属文，东朝表疏，多成其手。圣历中，则天幸嵩岳，见融所撰《启母庙碑》，深加叹美，及封禅毕，乃命融撰朝觐碑文。"④ 他曾担任著作佐郎、著作郎、凤阁舍人、知制诰等职，并长期兼修国史。他因撰写则天的哀册文而用思精苦，发病而卒，可见"大手笔"文字对人精神智力之耗费，特别是给皇帝撰写哀文，要求达到完美境地，为成就一文而殚精竭虑，付出生命的代价。崔融学识广博，才智超群，以文章显，长期担任知制诰职务，李峤《授崔融著作郎制》称其"长才广度，赡学多闻，词丽扬、班，行高曾、史"⑤，史称其"为文华婉，当时未有辈者"⑥，用语典丽，文虽数量不多，然篇篇精工，文采斐然。崔融今存文 51 篇⑦。

《自叙表》是垂拱元年（685）的上表自荐，李峤仿照三国名相诸葛亮《出师表》之笔法文脉对自己文章事功进行概括总结，此文体现了其文章风格。相对于《出师表》之简严，《自叙表》则满是虚辞谦语，时刻不忘对主上的夸饰："陛下以钦明抚运，齐圣握图，冠千龄而首出，超百王而

---

① 《大唐新语·文章》卷八，第 126 页。
② 《新唐书》卷一二三，第 14 册，第 4371 页。
③ 《全唐文》存文 155 篇，《唐文拾遗》补 1 篇，《全唐文补遗》（第二辑）补 1 篇，《全唐文补编》补 2 篇。
④ 《旧唐书》卷九十四，第 9 册，第 2996 页。
⑤ 《全唐文》卷二四二，第 3 册，第 2448 页。
⑥ 《新唐书·崔融传》卷一一四，第 13 册，第 4196 页。
⑦ 《全唐文》存文 48 篇，其中 2 篇误收，《唐文拾遗》补 1 篇，《唐文续拾》补 1 篇，但缺文（《全唐文补编》补足），《全唐文补遗》补 1 篇，《全唐文补编》补 2 篇，共计 51 篇。

高视。德泽汪濊，典章明密，至道共八风俱翔，神功与四时并运。是以众庶悦豫，符瑞胲蚃，九服清夷，百蛮职贡。"这是李峤多数文章的主要特点①。李峤对自己的文辞才能颇为自负，他在《自叙表》中称："臣曾涉经典，笃好文史，渐六艺之腴润，驰百家之阃阈。至若操觚秉牍，纪事属辞，虽窃比老、彭，诚未拟于先哲；而上追班、马，敢自强于后进。"他称自己精通五经六艺，文史百家，学问虽不若孔圣先哲，但可比拟于老聃、彭祖，文辞可追汉代文章圣手司马相如（或指司马迁）、班固，而当代后进之辞士莫可及之。他将自己的文章器业与武后的升平治世联系在一起："嵩高梁父，未修昭报之坛；礼官儒林，不辑升平之颂：使鸿名有时而郁，良史靡得而称，臣窃惧焉。昔成、康之隆，颂声并作；武、宣之盛，文章间起。虞德茂而杞繇作歌，鲁道兴而奚斯有述：然后功业显乎代，德音昭乎声。若夫保驭中和，宪章大雅，通讽谕之旨，撼嗟叹之怀：此臣子之旧经，国家之前式，不可阙也。""升平之颂"与"讽谕之旨"乃是其文章的两个主要内容，其中前者无疑是其创作的主体。表文的结尾李峤对文学功用这样评价："听歌探颂，以观四方之风；讲艺论诗，以崇三代之式。第其科目，载之简编，大以荐陈郊庙，报享成功；小以敷布乐章，润色鸿业。"② 这是其多数文章的主旨。崔融与李峤在文章内容与主旨上很相似，他在《大唐故中书令兼检校大子左庶子户部尚书汾阴男赠光禄大夫使持节都督秦成武渭四州诸军事秦州刺史薛公墓志铭并序》称颂薛元超："立辞比事，润色太平之业；述礼正乐，歌颂先王之道。"③ 崔融自己的多数文字即是如此。目前学术界对于李峤、崔融的文章甚少关注，故本文通读二人的作品后分类予以论述。

二　"润色太平"的颂体表文

刘勰云："章表奏议，经国之枢机。"（《文心雕龙·章表》）表，即奏表，又称表文，是臣属给君王的上书。唐宋时多用四六文体写成，表的用

---

① 按：李峤亦有舒卷开合、自然灵动之作，如《神龙历序》，高步瀛称此文"典丽精实，仍寓疏宕之气，故自可珍"。（《唐宋文举要》乙编卷二，第 1419 页）
② 《全唐文》卷二四六，第 3 册、《全唐文》卷七七五，第 8 册，第 2494—2495 页。
③ 吴钢主编：《全唐文补遗》第一辑，三秦出版社 1994 年版，第 72 页。

途较为广泛，在唐代它取代了原来"章""奏"等文体，用来谢恩、陈乞、劝进、辞官、庆贺、进献等。李峤、崔融的表文尤其突出，分别为 94 篇和 39 篇，占其文章总数的大半。

1. 李峤："润色鸿业"与谦词雅语

（1）李峤的表文多数均为代人捉刀，反映出御用文人的典型特征，处处映现着为武后称帝而策划的拜洛受图、修建明堂、立天枢、封嵩山等规模宏大，极尽奢华的礼仪活动，大多都是趋时应制之文，以粉饰歌颂武周见长，从总体上体格卑弱，华而不实。如《为杭州崔使君贺加尊号表》，称颂则天为"以天上天下之尊，为隆平太平之主"，对于武后称帝极尽夸赞之能事，尽露谄阿之媚态：

> 不言而理，三阶正而六气调；不怒而威，万寓清而百蛮服：延富寿于和平，制雍熙于易简。怀恩慕化之党，候雨占风；畴德瑞圣之符，非烟若雾：青襟咏叹于庠塾，黄发讴吟于衢路。固可使尧舜拥彗，禹汤扶毂，踰贤劫而首唱，邈梵天而高视，岂登三咸五，迈古超今而已哉？嘉号初登。殊章备举，铺帝容而建皇极，大宝重光；抚干轴而正坤维，洪炉再造。仙涣与祥风俱动，湛恩将洊雷并作：缓姬文之狱，既削爰书；锡汉后之醑，且颂戎级。滂流之泽，出九掖而浸群方；抃跃之音，自三川而周四海。加以崇祇肃于梵宇，致严恭于清庙，申冤举滞，而有善必甄；享德报功，而无文咸秩。规模粲而洋溢，道德纯而布濩，岂徒朝野称庆，观美化之维新；故亦神祇降祥，见鸿基之载永。[①]

表文全用骈体，文辞赡美，雍容典雅，气势恢宏，但华而不实，文采富足而没有实际内容。他颂赞武后对臣下的恩遇，如《为汴州司马唐授衣请预斋会表》云：

> 陛下降视万方，俯矜一物，哀老母虚羸之疾，愍愚臣煎迫之私，

[①] 《全唐文》卷二四三，第 3 册，第 2454 页。

宏以不匮之思，布以非常之泽，使得暂辞藩岳，别梁郡之襜帷；旋赴京都，求越人之砭石。①

针对武后嗜佛，投其所好，《为朝集使等上尊号表》《为百僚贺瑞石表》《贺天尊瑞石及雨表》等均能够融道于佛，以适应主上之思想倾向。此外《宣州大云寺碑》《洛州昭觉寺释迦牟尼佛金铜瑞像碑》二碑文，亦是武后大肆崇佛的产物。

李峤长期为王公大臣代写表文，久而久之，被公认为这一领域的能手，这也是其日后被尊称为"大手笔"作家的重要因素。他经常为当时显宦姚璹、宗楚客、娄师德等代言，还为武氏宗亲代写表章，为皇亲国戚代言，李峤总能找到冠冕堂皇的理由满足于达官贵人的各种需要，充分显示其富于才思的一面，如《为武攸宁辞夺礼表》《为武承嗣等贺贼平后新殿成上礼食表》《为皇太子请加相王封邑表》等可窥见一斑。

作为当时的文坛盟主，李峤诗文兼擅，其咏物诗"藻丽词清，调谐律雅，宏溢逾于灵运，密致掩于延年"②。长寿三年满朝文武的献诗中更是"唯峤诗冠绝当时"，说明其诗歌颂德的本领在当时有口皆碑，唐玄宗晚年听梨园歌其七言古诗《汾阴行》时有"李峤真才子"的赞叹。李峤的一些表文表现出他长于状物，这与其擅写咏物诗类似，如《为杭州刺史崔元将献绿毛龟表》云：

> 伏见所部钱塘县人聂干，于市内水中获毛龟一枚，修尾长头，元甲绿毵，名掩于楚宗，状奇于灵绎。虽六眸在首，未足尚其祯祥；五色成文，讵能齐其诡异？伏业著而自久，下芳连而暂出，美兼旷代，休踰群祉。③

再如《为司农卿宗晋卿进赤觜山鹊表》等，充分说明了其咏物状物的能力。他的表文文字精妙，语言优美，如《为百僚贺日抱戴庆云见表》之

---

① 《全唐文》卷二四六，第3册，第2487页。
② 《全唐文》卷三六四，张庭芳《故中书令郑国公李峤杂咏百二十首序》第4册，第3693页。
③ 《全唐文》卷二四五，第3册，第2479—2480页。

"凯泽将膏雨共流，协气与景风齐畅"；《为百僚贺雪表》之"紫楼栖槛，凝璧台之九重，落絮飘花，似芳林之二月"，等等。为了显示自己的文采与学识，表文用典繁多，无一文不用典，如《为百寮贺恩制表》乃是诛韦之后所作：

> 陛下伤浇、浞之为变，吊管、蔡之不臧，法雷电之威，诛而不怒；用《春秋》之义，断必以情。攉其发而葬其尸，歼其魁而宥其党，汉主三夷之法，黜而不行；秦王九族之刑，矜而莫用。①

一方面谦称自己"学术芜浅，才艺寡薄"（《与雍州崔录事司马录事书》），而另一方面，或云"四科函文，多谢于文学；七子登筵，有惭于词赋"（《谢撰懿德太子哀册文降敕褒扬表》），或有感而发"楚客之谣""潘生之思"（《与雍州崔录事司马录事书》），或赞人尺牍"重以语成四教，文总六诗"（《为何舍人贺御书杂文表》），或如《让成均祭酒表》之"况东序蚁学，称为教化之宫；西胶虎门，实应文章之宿：论姬孔之制度，谈夏商之损益"之类每句皆用典，让人叹服于其文章才艺和学识的宏博。

（2）李峤是一个撰写谦词雅语的行家里手，他每每端着雅正的身架，将一个简单的意思用一大堆典丽雅致的虚词套语进行表述，令人不得不叹服其才思富赡。而且，这些虚词并非单纯的谦虚、贬低自身，而是在华丽的装饰下将自己的才能、智慧、品行充分表达出来。有时难免有虚伪做作之嫌，尤其表现在许多"让官谢赏"的表文，如《让知政事表》《让地官尚书表》《让麟台少监表》《让成均祭酒表》《自内史再让成均祭酒表》等。让官表文虽出于礼仪的需要，但李峤的行文未免过分谦卑。他在许多表文中屡称自己"虚受荣遇，迄无成绩""植性愚陋，禀质庸疏""非亲非贤，无艺无识"，对于皇恩常怀"不次之恩""无涯之恩""非常之恩""逾涯之恩"，故"以荣为忧"，给人以不实之感，读之乏味，且缺乏新意，陷于陈套。李峤文集中还有一些干谒上书，亦露谄媚之态。如《上雍州高长史书》称颂高长史一段：

---

① 《全唐文》卷二四三，第 3 册，第 2462 页。

　　　　故其处则闭重元，坐虚白，龙盘凤峙，桂郁兰芬，下生川岳之
　　气，上发星辰之象；其出则擒景光，吐文质，风云相召，日月争明，
　　抚八翼而登太阶，提七星而酌元气。①

不过是为了希冀引荐，不免有夸张过誉，但这种干谒文字对当时文人来说
甚为重要，吹嘘别人也需要本领和技巧，李峤此篇即入选《唐文粹》卷八
十八《书十·自荐》类，成为自荐体书信的范本。

　　李峤的谦词并非一概自贬，事实上有许多表文是谦中自扬，贬中自
扬，李峤每每称自己如何"才阙行疏，艺殚术浅"，政事不通，"罕能治
国"，其实这是正话反说，骨子里他是颇以文词经术自许的，这可从上文
所举《自叙表》对自己才艺的自夸就可明白。越写得卑微就越是自矜的表
现，这种谦虚近于虚伪，似乎照见其性格本质。如《让鸾台侍郎表》：

　　　　子云以善属文词，始应夕拜，李真以妙通经术，方陪旦讲。臣之
　　愚陋，实畏友朋，产以奉帷幄之昌言，联名贤之逸轨。且短才不齿，
　　未减双兔之数；丰秩妄加，必丧群龙之绩。②

扬雄、李真以文词、经术闻名，李峤虽说自己不敢与之相比，但实际上正
好需要反着理解。《自内史再让成均祭酒表》称"臣本诸生，阶缘常调，
幼趋诗礼，才学修身，长习文章，罕能经国"③。分明是礼让成均祭酒这
样的文学官职，却称自己没有治国才能，而通诗礼，有辞章，这其实是在
自许。

　　"让官"表本是历代均有的一种常见表文，在朝为官者每当升迁时照
例都会上表让官，于是"大手笔"如李峤者就代不同阶层的官员写让官表
文，有让台阁之职者，如《为武承嗣让知政事第二表》《为王及善让内史
第二表》《为王方庆让凤阁侍郎表》《第二表》《为杨执柔让同凤阁鸾台平
章事表》《为张令让麟台监封国公表》；有代让刺史之职表者，如《为第二

---

① 《全唐文》卷二四七，第 3 册，第 2498 页。
② 《全唐文》卷二四四，第 3 册，第 2466 页。
③ 同上书，第 2474 页。

舅让江州刺史表》《为武嗣宗让陕州刺史表》《为窦教谌让润州刺史表》；有代让其他重要官职表者，如《为李景谌让天官尚书表》《为欧阳通让夏官尚书表》《为杨执柔让夏官尚书表》《为欧阳通让司礼卿第二表》《为武重规让司礼卿表》《为崔神基让司宾卿表》《为宗楚客让营缮大监第三表》《为王遗恕让殿中少监表》《为第十舅让殿中监兼仗内闲厩表》《为武攸暨让官封表》《为武攸暨让兼知司礼寺事表》《为武嗣宗让千牛将军表》《为武攸宜让扬州都督府长史表》；为公主驸马代写辞让表者，如《代公主让起新宅表》《为公主辞家人畜产官给料表》《为裴附马让官与父表》；为道士代写让官表者，如《为道士冯道力让官表》等。

除让官表外，最能表达谦逊才能的还有谢表，如《谢赐优诏矜全表》[1] 等。这些虚情假意的让谢官表文，习惯性的矫情导致其为文缺乏真情实感，虽然富有华丽的辞藻、规矩的对仗和丰富的典故，但没有很强的艺术感染力，读一篇与读多篇没有太大的差别。

李峤被称为"文章宿老"，指其年事高，资格深，长期代人从事颂文的创作，至老不衰。他的表文均极尽铺张华丽之能事，全力颂扬武后统治为升平盛世，言过其实，阿谀之态过于显露，招致时人的非议。《新唐书·李峤传》云："峤富才思，有所属缀，人多传讽。武后时，汜水获瑞石，峤为御史，上《皇符》一篇，为世讥薄。"[2] 与崔融相比，同样是歌颂武后，李峤备受讥薄，也许是因为身为御史未能刚正不阿，直言极谏反而无原则地夸赞，实在有失身份。虽然其才思巨富，然亦不免语言的重复，如《代公主让起新宅表》之"实愿归师老氏，以止足自防；仰慕周公，将逸豫为戒"与《为公主辞家人畜产官给料表》之"敢忘周公逸豫之诫，深念老氏止足之言"，用语颇为相似。

清代蒋士铨云："唐四六毕竟滞而不逸，丽而不遒。"（《评选四六法海·总论》）观李峤的文章的确表现为丽而不遒，华美有余而遒劲不足，比之丽逸兼备的庾信文来说略逊，而内容单一空洞，体式完全的骈体对仗，使得文章千篇一律，少有变化。

---

① 《全唐文》卷二四六，第 3 册，第 2488—2489 页。按：《全唐文补编》（上）卷二六，补李峤《代群官谢恩表》（第 327 页），实即此文。

② 《新唐书》卷一二三，第 14 册，第 4371 页。

　　2. 崔融:"润色太平"与为文华婉、句式多变

　　(1) 崔融擅长"立辞比事,润色太平之业"。前已述及,李峤与崔融均是武后提拔奖掖而成名,然而相较而言,崔融一生的创作与武后的关系更为紧密。崔融早年曾写有《瓦松赋》,文中即有"惟愿圣皇千万寿,但知倾叶向时明"①,可见其创作旨趣。崔融一生与武后之帝业息息相关,在他的笔下武后称帝乃承唐业,一脉相传,不以为武周时期为改朝换代,称其"显承遗托,敬守前基"。他是武后的忠实代言人,是则天朝润色王言、歌功颂德的代表。如武后嗜佛,崔融即以佛法喻之,其《为百官贺千叶瑞莲表》云:"臣等谨按《华严经》云:'莲花世界是卢舍郍佛成道之国,一莲花有百亿国。'《无量清净经》云:'无量清净佛七宝池中生莲花上。'夫莲花者,出尘离染,清净无瑕,有以见如来之心,有以察如来之法:道之行也,曾不徒然!"引证佛经,以莲花为佛祖之祥瑞之兆,"非学之睨,旷古未闻。殊特之珍,历代一见。"武后之适逢唐世,如同莲花之再现,使天下太平,四海安泰:"伏惟天册金轮圣神皇帝现此妙身,当兹巨瑞,符契冥合,影响不差。有百亿国,无量清净者,天意若曰:护苏蚁结,默啜蜂飞,闻鼓鼙而革面,望旌旗而悬首,指挥而边境获安,高枕而中国无事。风行电扫,纳噍类于百亿之区;雾廓尘销。反游魂于清净之域:深仁所及,不亦宏哉!"②类似的还有《代家奉御贺明堂成表》云:"伏惟天册金轮圣神皇帝陛下兴复旧邦,光启新邑,万物睹而圣人作,百宝用而神灵滋,远肃迩安,功成道洽。"③踵事增华,极尽夸饰,为武氏革命喝彩扬威。崔融善于对武氏加诸自身的光鲜头衔尊号予以阐释。《代宰相上尊号表》紧紧围绕"至神""至圣"展开,强调"阴阳不测之谓神,应变不穷之谓圣,洋洋乎发育万物,荡荡乎人无能名,尊号之来,岂徒然而已也?"④还可看《贺秦州河清表》对于"神圣文武"的诠释:"至若削平宇宙,混一华夷,乃武也;政教会昌,乐新礼创,乃文也;穆岩廊以凝睇,调风雨于绝垠,乃圣也;运埏埴以裁成,动阴阳而不测,乃神也:体

---

① 《全唐文》卷二一七,第3册,第2192页。
② 《全唐文》卷二一八,第3册,第2207页。
③ 同上书,第2208页。
④ 《全唐文》卷二一七,第3册,第2193页。

兹四霁，俾彼两仪，神物之来，盖惟常理。"① 语辞典重华美，乃是初唐"大手笔"文字的范型。

与李峤相类，崔融代人捉刀的文字亦超过半数，代宰相、代皇太子、代百官、代地方官等。崔融曾为太子侍读，代时为太子的中宗撰写各种表疏，现留存 15 篇，大体可分为三类，一为日常起居事务表，如《代皇太子请停幸东都表》《代皇太子上食表》《代皇太子请复膳表》《代皇太子请起居表》；二为贺祥瑞表，如《为皇太子贺甘露表》《代皇太子贺白龙见表》《代皇太子贺嘉麦表》《为皇太子贺瑞木表》《代皇太子贺芝草表》《代皇太子贺石龟负图表》《代皇太子贺天后芝草表》等；三为参与政务表，如《代皇太子请修书表》《代皇太子请放罪囚表》《代皇太子请家令寺地给贫人表》《代皇太子请给庶人衣服表》等。

崔融形式上常以"臣闻""臣又闻"等词汇，引经据典成文，表明其博闻广记，在他的文章中处处可见典故，如《为宗监请停政事表》"伏乞陛下察匹夫之志，思仲父之言，坦至公之方，宏灭私之道；羊叔子之辞开府，臣事君以忠；庾元规之让中书，君使臣以礼。博求于众，广听于人，停臣检校夏官，辍臣平章政事，臣得避位清切，待罪上方，罄竭单诚，庶几或济。伏惟陛下容纳纤陋，鉴揆愚蒙，使周勃无浃背之惭，虞邱有退身之地，则虽死之日，犹生之年矣"②。

（2）崔融擅长使用"连体"式的排比句，如《代宰相上尊号表》一文连续出现"其至公有如此者""其冲让有如此者""其制作有如此者"；"人君之美色也""人君之甘旨也""人君之骄也""人君之丽也"。崔融的应用文创作华婉高丽，虔诚地表达了他本人及朝臣对武后本人歌颂的普遍愿望，文辞更华丽，更工于修饰，强调构思与布局，即便是代人捉刀的文字，亦重视感情色彩的流露，更有文学性。如《为温给事请致仕归侍表》能够以情动人，以理服人。

崔融的句式更加灵活，除常用的四、六、七等句式外，尤喜爱"三字句"间插句中，富于变化，如"雍雍如，欣欣如""草章程，垂劝诚""崇七庙，广三雍""训甲兵，誓将帅""定都邑，殊徽号""日月光，风雨润，

---

① 《全唐文》卷二一八，第 3 册，第 2206 页。
② 《全唐文》卷二一九，第 3 册，第 2211 页。

庆云出，神泉涌""明至德，表至功""秩群望，情百神"。《为朝集使于思言等请封中岳表》之"刻玉篆，印金泥""致太平，必封禅""崇徽号，定都邑""建三朝，崇五茔""三阶平，万方晏""庆云出，神池涌，先宗扰，羽族驯""载巍巍，扇翼翼"；《代皇太子贺白龙见表》之"风雨顺，阴阳和，五谷登，百宝用"；《代百官贺明堂成上礼表》之"穆穆焉，禺禺焉"；《代家奉御贺明堂成表》之"发大教，陈盛容，会百神，朝万国"；等等。

3. 祥瑞观念在李峤、崔融的颂体表文中的体现

李峤、崔融的颂体表文中有一个共同的倾向就是祥瑞观念的大量体现，反映出时代的媚上取向。这种颂谀之文都是为武后的登基作舆论准备，或登基后的统治作揄扬颂歌，看待它们要结合当时诛杀流放的恐怖统治的背景。《唐会要·祥瑞上》云：

> 诸祥瑞若麟、凤、龟、龙之类，依图书大瑞者，即随表奏。其表惟言瑞物色目及出处，不得苟陈虚饰。告庙颂下后，百官表贺，其诸瑞并申所司，元日以闻。其鸟兽之类，有生获者，放之山野，余送太常。若不可获，及木连理之类，有生即具图书上进。①

由此可知，凡有祥瑞之物，均要表奏，百官称贺，自然"大手笔"作家要代为捉刀，甚至于鸟兽等平常之物也要上奏。

符瑞观念本是汉代董仲舒的天人合一理念和汉代谶纬之学形成的一种天意征兆，应用于皇权政治中则是一种天意测评。唐初君主是不重祥瑞的，贞观二年，太宗云："比见群臣屡上表贺祥瑞，夫家给人足而无瑞，不害为尧、舜；百姓愁怨而多瑞，不害为桀、纣。后魏之世，吏焚连理木，煮白雉而食之，岂足为至治乎！"② 第二天即下《诸符瑞申所司诏》。他曾嘲笑隋炀帝好闻祥瑞，对祥瑞之事始终保持清醒认识："朕观古之帝王，睹妖灾则惧而修德者，福自至；见祥瑞则逸而行恶者，祸必臻。今瑞

---

① 《唐会要》卷二八，《祥瑞上》上册，第531页。
② 《资治通鉴》卷一九三，第13册，第6056页。

应之来，朕当劳心劳力，以答天地耳，何烦致贺。"① 修德以求福，高宗
继位初，保持着太宗时对灾异祥瑞态度，令百官不得妄加称贺。

　　然而，从显庆五年（660）以后，高宗患风疾，目不能视，朝中大事
多由武后办理。武后掌政后，唐代进入崇尚祥瑞的兴盛期，则天在大兴冤
狱的同时，利用天命祥瑞之说证明自己称帝的合理性，于是各地争献符
瑞，一时呈泛滥景象②。武后四十五年（660—704）执政期内改元二十九
次，许多的改元均与祥瑞有关，如显庆六年二月，以曾、绵等州皆言龙
见，遂改元"龙朔"；龙朔三年十二月因绛州麟见，次年正月一日乃改元
为"麟德"；上元三年十一月一日陈州奏有凤凰集，同月三日乃改元为
"仪凤"，等等。虚美文字应运而生，歌颂盛赞虚夸的训练，是唐代前期每
一个文人的必修课③。祥瑞崇拜可以说是武后时期的社会风气和政治需
求，而崔融、李峤的大量贺表文充分说明这一点。崔融有《为皇太子贺甘
露表》《代皇太子贺白龙见表》《为皇太子贺佳麦表》《为皇太子贺瑞木表》
《代皇太子贺芝草表》《代皇太子贺石龟负图表》《代皇太子贺天后芝草表》
《代百官贺雨请复膳表》《为西京贺断狱甘露降表》《贺泰州河清表》《为泾
州李刺史贺庆山表》《为百官贺千叶瑞莲表》《为魏州成使君贺白狼表》
等。举《为泾州李刺史贺庆云见表》为例：

　　　　臣闻诸《瑞应图》曰："天下太平，则庆云见。大子大孝，则庆
　　云见。"伏惟皇帝陛下早朝宴坐，忧劳庶政，远无不肃，迩无不怀，
　　神感潜通，至诚上格。凉秋中月，滞雨移旬，天心合而喜气腾，阳德
　　动而愁阴歇。文章郁郁，惠日照而成彩；花花蓬蓬，晴风摇而不散。
　　虽复紫云来汉皇殿，白云入殷帝房，校其优劣，畴以为喻。臣运奉休
　　明，荣沾刺举，千年多幸，已逢河水之清；百辟相欢，重偶丛云之

---

① 按：此为贞观十八年十月，山南献木连理，长孙无忌等人率百官拜贺，太宗答语。
② 参见李申《隋唐三教哲学》关于唐初的"天命祥瑞崇拜及灾祥之争"的论述，巴蜀书社 2007
　年版，第 55—68 页。
③ 《文镜秘府论》北卷专门有"叙瑞物感致"一类内容，列举了各种祯祥符瑞之物，涵盖了天
　地山川所有的物类，这些均是文人们熟记的典故知识和雅颂辞藻。参见王利器《文镜秘府论
　校注》，中国社会科学出版社 1993 年版，第 593 页。

曲。不任悚跃之至，谨遣某官奉表称庆以闻。①

尽显词臣面貌，虽无实用，但足以全身保命。

李峤有《为百僚贺雪表》《为武攸暨贺雪表》《为纳言姚璹等贺雪表》《为百僚贺日抱戴庆云见表》《为百僚贺庆云见表》《为纳言姚璹等贺瑞桃表》《为百僚贺瑞笋表》《为纳言璹等贺瑞石龟表》《为纳言璹等贺瑞石表》《为百僚贺瑞石表》《贺天尊瑞石及雨表》《贺麟迹表》等。

当时贺表成为一种风气，凡是朝廷军国大事，均有贺表，崔融《为韦右相贺平贼表》，李峤《为纳言姚璹贺契丹表》《为雍州父老贺銮驾停幸洛邑表》《为贺舍人贺御书杂文表》《为秋官员外郎李敬仁贺圣躬新牙更生表》《为武承嗣等贺贼平后新殿成上礼食表》《为百僚贺恩制表》等。与此相伴的是大赦、上尊号、大酺等，普天同庆，造成盛世的和谐景象，虚美颂德的富丽表章即在这种背景下产生，而李、崔无疑也是这方面的典型代表。李峤《代百僚请立周七庙表》《为朝集使等上尊号表》《为杭州崔使君贺加尊号表》《为韦右相贺拜洛表》（另有《奉和拜洛应制》诗），崔融有《代宰相上尊号表》《代百官请上尊号第二表》《进洛图颂表》等。

李峤另有多达 42 篇"制"类文字（崔融只存有 1 篇），多以四六句式为主，仍难脱六朝遗迹，末尾一般以"可依前件，主者施行"结，不过程序套用而已。李峤使用"诚惶诚恐顿首顿首死罪死罪""无任忝窃惭惧屏营之至"这样的词汇很频繁，崔融亦反复使用诸如"悃款无任悚跃之至"的词汇，相较而言，较为实在，直切所奏，谦辞较少。

总体来说，李峤、崔融的颂体表文或属于礼节性公文，每逢皇帝生日或重大节日，品级较高的官员都要上表祝贺，他们代为捉刀，或属于谦词雅语，文采斐然华美，但其实没有什么实质性内容，形式千篇一律，格式化意味浓重。傅璇琮指出：则天时期"腾扬起一片虚假颂谀之声"，"时间约为五十年，比开元、天宝时期还多了好几年，比韩愈、柳宗元、白居易等活跃的贞元、元和时期多了十五年，而其文学的含金量却稀薄得多"②。

---

① 《全唐文》卷二一八，第 3 册，第 2203—2204 页。
② 《武则天与初唐文学》，收入傅璇琮《唐宋文史论丛及其他》，大象出版社 2004 年版，第 216 页。

观李峤、崔融的颂体表文即可见一斑，这些文字均是诛杀、贬逐、流放的恐怖环境下创作出来的，亦可窥见政治对文学的影响力。事实上，当时多数文人均写颂体以迎合时世，甚至是文坛下层人士的代表陈子昂亦有《大周受命颂》（即《神观颂》四章）、《庆云章》，王勃亦有《拜南郊颂》《九成宫颂》《干元殿颂》等颂美文字。

三　"才章富健"的功德碑与"用思精苦"的哀册文

1. 《大周降禅碑》与《嵩山启母庙碑》

封禅是古代帝王祭祀的最高礼，史称"封禅，所以告成功，祀事无重于此"（《旧唐书》），它是中国特有的敬天思想的产物。唐以前，历史上只有秦皇汉武国势极盛之时举行过封禅大典，唐太宗生前曾两度议封禅，但均因天灾、战争等原因未成，高宗乾封元年（666）、武后天册万岁二年（696，即万岁通天元年）先后进行了两次封禅，高宗封禅泰山，则天封禅嵩山。伴随着封禅大典，常会有大量的赋颂贺表。

《大周降禅碑》是李峤颂扬武后的巅峰之作，与武后本人之《大周升中述志碑》、武三思之《大周封祀坛碑》并为则天嵩山封禅之翘楚，且为三篇之魁首。则天是中国历史上第一个也是唯一一位正式封禅中岳的帝王，可谓前无古人，后无来者，独领风骚。李峤参与了则天封禅嵩山的全过程，并以极大的热情记录了此次封禅礼仪，积极地为则天践祚帝位造势、寻找法理。《大周降禅碑》与则天本人亲撰的《大周升中述志碑》并立于嵩山之巅，分立于西南、东南两侧，今天则天碑文已佚，唯有李峤碑文独存。当时"三灵耸听，万方翘首"[1]，李峤以其凌云健笔记载了武后嵩山封禅之盛况。文中开篇即言"变化莫神于开辟，崇高莫大于富贵"，强调则天开辟之功，富贵之身，值此"上下同德，幽明合契"之时，需名臣良史以记其事，"大手笔"李峤当仁不让。他在文中大肆宣扬武周革命的合理性："我大周之有天下也，鼓道德之林薮，恢圣神之事业，始于闾阎，成于家邦，辉光烛于两朝，德泽流于八裔。"将则天与虞舜大禹相比，称颂其"鼎新革故""改物承天"之功"千帝所不能及，六籍所不能谈"，

---

[1] 《全唐文》卷二三九，武三思《大周封祀坛碑》第3册，第2417页。

武周与周武灭商、曹魏代汉一样是新王朝的建立。文中称则天"屈己为登女皇之位",极尽阿谀溢美之能事,连续用"此之谓神力""此之谓天造""此之谓建国""此之谓立政""此之谓礼法""此之谓文教""此之谓武德""此之谓孝理""此之谓冲挹"等9组排比句从各个方面称扬则天帝业,列举则天锐意改革、制定礼乐、发展教育、劝课农桑等革新措施。李峤称颂当时"野无遗贤,朝无阙典",这与51年后(天宝六载)李林甫上表贺玄宗时的虚假繁荣如出一辙,真是"升平之浃洽也如彼,符命之昭彰也若此"。则天受命登基,乃天降符瑞,"钦承元命,对越上元,廓天地之宏图,张祖宗之丕业。臣妾四极,驱驭百灵,鼓舞发育,经纬弥纶之绩宣,渗漉沉潜,怀柔容保之恩备","恩泽流通,教化洽着",故九州岛万国同贺。碑文的后半叙述封禅的过程,具有一定的史料价值。李峤认为"秦嬴极暴,企踵于无为之朝;汉彻穷奢,厚颜于盛德之事:人不见义,其来自久",秦皇汉武封禅泰山被视为不义,甚至对传统尧舜至黄帝用事泰山梁甫也提出挑战,结尾的颂文云"知崇高之可封,悟梁甫之虚蹑"①,藐视泰山,突出嵩山,用李峤自己的话说此次封禅"炜炜煌煌""巍巍荡荡",真可谓震天撼地,摧枯拉朽。《大周降禅碑》是高宗、武后"采儒术,征礼官"后所进行的各项礼乐活动的最高峰,也是为武周革命营造盛世氛围的理论产物,其中的虚夸过誉之词,一味地逢迎女皇,实在是御用词人的谄媚嘴脸,虽辞藻华赡,才华横溢,亦难免读之令人生厌。

　　在则天封禅嵩山之前,崔融撰《嵩山启母庙碑》,《旧唐书·崔融传》曰:"圣历中,则天幸嵩岳,见融所撰《启母庙碑》,深加叹美。"② 这是真正使崔融名声大噪的作品,他因此文而被则天发现重用,迅速提升为著作佐郎。武周革命,则天以女性称帝,本是"牝鸡司晨",礼法不容,如此的反传统本来是非常不容易从女性的角度加以歌颂的。启母是传说中夏启的母亲,大禹的妻子涂山氏,崔融巧妙地通过赞美涂山氏来颂扬则天。文中云:"且夫穷圣神,备道德,滋萌元气,开辟太初,斯乃天皇氏之所以应乎天也;依土地,明神灵,驾六羽而上腾,度九州岛而下

---

① 以上所引李文见《全唐文》卷二四八,第3册,第2505—2508页。
② 《旧唐书》卷九四,第9册,第2996页。

济，斯乃人皇氏之所以顺乎人也；造书契，教畋渔，合五纬而节四时，登九天而类万物，斯乃牺皇氏之所以制人法也；务播殖，该变通，尝药以救兆人，聚货而交天下，斯乃农皇氏之所以兴人利也；振夔鼓，载龙旗，天则元女授符，帝则黄神降斗，斯乃轩辕氏之所以除人害也；均度量，正都邑，物秋令于金天，分瑞官于凤纪，斯乃帝昊氏之所以为人极也；洁祭祀，义鬼神，履时以象天，养财以任地，斯乃帝颛氏之所以为人教也；秋乘马，春乘龙，顺三辰而天道平，建五正而人事理，斯乃帝辛氏之所以为人政也；明如日，晦如阴，人无识其名，帝何力于我。"《唐宋文举要》乙编选入该文，碑文历叙鬼神变化之道，证启母异文，辨阳翟妇人之说，举古代圣母奇迹证启母化石之说非诬，说其神异，颂唐功德，修葺既成，像设供张，仙灵会集。观其"气为母则群物以萌，月为母则容光必照，坤为母则上下交泰，后为母则邦家有成"，历代歌颂母者不过如此，则天以母后而为天子，当然"深加叹美"这样的文字。文末有骚体："寿宫憺兮不扰，象设安兮逾肃。霜罗曳曳，云锦披披，鸳鸯褥兮翡翠帱，白羽扇兮青丝履。""青霞衣兮翠云裳，灵连蜷兮既留车，回风兮马飞，电视倏忽兮无见。"① 洋洋洒洒，一泻千里之气势，渊博厚重之学识得以彰显。《金石录》卷二十四跋尾有云："按《淮南子》云：禹治鸿水，通镮辕山，化为熊，涂山氏见之，惭而去，至嵩高山下，化为石，方生启，禹曰：归我子，石破北方而启生，其说可谓怪矣。然汉武帝幸缑氏至中岳，见夏后启母石，列于诏书，则固已信之矣。其后郭璞注《山海经》，颜师古注《汉书》，皆具载其语，而融又文其事于碑，流俗安得不惑乎？"②

2.《攀龙台碑》与《则天大圣皇后哀册文》

（1）"天下第一碑"：《攀龙台碑》。《攀龙台碑》又称《大周无上孝明高皇帝碑》，是则天为乃父立的功德碑，被誉为"天下第一碑"，据《永乐大典》卷五二零三记载：碑高5丈、宽9尺、厚3尺，《攀龙台碑》是李峤集中第一长文，共约6700字，是碑文中的长篇巨著。前人评其"错综

---

① 以上所引崔文见《全唐文》卷二二〇，第3册，第2220—2223页。
② 《四部丛刊续编》景旧抄本。

震荡，才章富健，斯则集中之胜"①，所言非虚。李峤的碑文记载了武氏家族的起源和籍贯，详细记述了武士彟一生的经历，对武氏极尽褒誉。碑文是则天皇帝亲自审定的，文中所勾勒的武士彟的生平仕宦，对于武后的出生地考证提供了最早（虽然并非是纯粹客观）的史料。李峤是武周革命建国理论的有力鼓吹者，在《代百僚请立周七庙表》即力申圣神皇帝遥继姬周之说，声言"后稷以弼谐大舜，隆姬锡受命之符；太皇以翼亮有唐，圣武当乐推之运。……神灵扶更始之运，亿兆庆维新之叶"②，追尊周文王和平王少子，使之纳入七庙。圣神皇帝之父早已有帝王之相。《大周降禅碑》称"太祖无上孝明高帝含几察道，尽睿穷神，屈帝象而龙潜，座台庭而虎变。黄星造魏，而文握汉图；赤羽兴姬，而武迁商鼎。天册金轮圣神皇帝遂荒三极，奄有万方，御六辩而高驰，凭九霄而下济"。太祖无上孝明皇帝（则天追封其父武士彟）是"屈帝象而龙潜"，助唐起事，至圣神皇帝则应命而生，更始维新，代唐立周。如果说《大周降禅碑》吹嘘则天的帝业还有些事实依据的话，那么《攀龙台碑》对武士彟的谀词则近乎于妖魔鬼怪，纯出于臆想，与其说是传记，不如说是小说，多为杜撰。笔者将此碑作为李峤的碑文中的传奇因素予以介绍③。碑文开首即云："乃提六合之枢纽，扣二仪之镭钥，日月既出，方利见于通三；风云未和，尚劳谦说初九。蓄宏图于缘鹤之邸，垂庆绪于断鳌之运，屈伸应物而无累于时，进退随方而不违于道：非圣人之睿智，其孰能于此乎？"描述其诞生时，颇类六朝志怪笔法："母文穆皇后，尝祈晋祠于水滨，得文石一枚，大如燕卵，上有紫文，成日月两字，异而吞之，其夕梦日入寝门，光耀满室，已而怀孕，遂产帝焉。及载诞之宵，梦人称唐叔虞者谓后曰：'余受命于帝，保护圣子。'惊寤而帝已生。明日，紫气氛氲，覆冒其城上，俄而化为五色，仿佛若文绣之衣，左右亲宾，莫不骇异。"形容其容貌"乃龙颜武肩，有含良之骨法，戴钤怀斗，似高密之容状"；形容其声望"帝

---

①　钱基博：《中国文学史》上册，中华书局1993年版，第278页。

②　《全唐文》卷二四三，第3册，第2453页。

③　按：笔者参加2012年5月18—21日于逢甲大学举办的"气候·环境与文明——第十届唐代文化国际学术研讨会"，与会学者指出20年前台湾《食货》杂志曾有系列论文从历史角度对《攀龙台碑》展开讨论，谨此致谢，惜暂未得以查询补正本文之论述。笔者此处仅以文学角度对这一碑文展开论述，希或有新意。

高名宿望，倾动当朝，承风仰流，揖拜无地，衣冠如宗海之赴，士庶均在田之睹";形容其风度"帝风仪伟丽，占对详明，朝端改容，左右属目"，由于武氏生之异于常人，出生即有帝王之相，形貌威仪出众，才兼文武，人品、学识、才干均名动当世，当时名流皆"虚心降节，投分申交"，但亦不免遭为猜忌，嫉贤妒能的杨素几生杀念:"吾观武氏风骨，实有英雄之度，今太平无事，安用此人？不如除之。"李峤巧妙比拟武氏之遭忌如"汉高以英威冠代，取忌范增，刘主以偓傥，见疑曹操"。接下来，描述炀帝大业七年征高丽，武氏进谏:"夷狄不宾，肇于上古，自当置之度外耳，未有纡万乘而雠小忿，扰群生而赴非急。夫兵犹火也。不戢自焚，祸乱之萌，从此始矣。"略陈"古今兵要"，后来"卒擒元感，帝之力焉"。同样出于"后主猜忌"，不愿多取功名，诚如"无忌之克敌让封，仲连之立功辞位"。大业十二年，炀帝再幸江都，武氏预言"此行也，不复还矣"，后又预言"(李)密虽有才气，未能经远，欲图功业，终恐无成"，而称唐高祖"雄杰简易，聪明神武"，遂投刺往谒，并被高祖称为"周文之得姜牙"，"成汤之逢伊尹"，并立下无上勋业，"决机于龙斗之日，定策于狐疑之辰，笑神谋之请车，同子房之借箸:实建王业，事符天启"。凡此种种如神仙道士般的神异。碑文详述武氏与高祖过从甚密，高祖因有武氏的匡辅才能"颓纲所以克振，令典于是毕修"，故而赏赐非常，并插入高祖的一段言辞以示尊崇:"朕在并州之日，恒往卿家，今欲使卿一门三公，用微答主人之意也。""尔后高祖行幸，常令帝总留台事，兼知南北牙兵马判六曹尚书。相国之处秦中，盖资镇抚;令君之住许下，仍参筹划:具瞻惟允，是谓国钧。""高祖亲为求偶"，娶隋纳言遂宁公杨达女为妻，并"自为帝婚王"，李峤编造这样一个谎言意在抬高则天的身世地位。碑文称太宗为储君时依然对武士彟"宠赐频繁，事以殊礼"，直至高祖驾崩后，武氏"举声大哭，呕血而崩"，真是"敬想忠义之风，缅惟臣主之分，求诸古昔，未之闻也"[1]。在碑文的最后，李峤一连串用 8 个"斯乃"句式将武氏比作"风皇"(指伏羲氏)、"火帝"(指燧人氏)、"轩后"(指轩辕氏)、"妫水"(代指舜)、"夏王"(指禹)、"商后"(指商汤)、

---

[1]　以上见《全唐文》卷二四九，第 3 册，第 2515—2523 页。

"周公"（指周文王）、"孔宣父"（指孔子）等几乎所有古代大德大贤之君主，在颂文中再次不厌其烦，不吝辞藻地用十五首颂辞反复咏赞武氏一生以作结。

（2）思苦神竭的武后哀册。崔融对武后充满感激之情，故武后死后，曾深情写下《则天皇后挽歌》两首以寄托哀思。后因撰写《则天大圣皇后哀册文》，发病而卒，一方面说明其用思精苦，另一方面说明他对武后的仰慕之情。这是一篇典型的骈体颂文，堪称诸"大手笔"作家中哀册文之翘楚，将骈文的功效发挥到了极致，虽不足千字（990 字），却耗尽了崔融所有的才华与心思，真可谓字字千金，难怪后世"以为三二百年来无此文"①。册文共分三个部分。第一部分讲明史臣撰文之原因，即"扬言圣德"；第二部分是文章的重点，崔融以六十四句骈四鸿文，将武后嗣位于唐世，对其功绩允当而又精练的歌颂；第三部分，三次"呜呼哀哉"，虽是册文中之习语，但能体会到作者的哀伤与凄绝，读来令人动容。如写到武后的驾崩云："出国门兮林邱，览旧迹兮新忧。具物森兮如在，良辰阙兮莫留。当赫曦之盛夏，宛萧瑟之穷秋。山隐隐兮崩裂，水洄洄兮逆流。呜呼哀哉！"②

崔融的册文及其挽歌虽是歌功颂德，但不乏真情实感，如实地概括了则天的千秋功业、无奈的抉择及最终圆满的结局。称此文为千古第一册文，并不为过。

3. 初唐墓志文的新变

唐代的墓志文虽然如其他文体一样基本是六朝墓志的亦步亦趋，但在初唐百年依然经历了从因袭旧制到缓慢发展的阶段。初唐"大手笔"作家可以反映这一变化，这里可以简单地介绍一下高宗时的另一位"大手笔"作家崔行功。崔行功（？—674），恒州井陉（今属河北）人，郡望博陵安平（今山东益都），北齐巨鹿太守崔伯让之曾孙，祖父崔谦之为北齐宦官。自幼聪颖好学，中书侍郎唐俭爱其才，以女妻之，高宗时为吏部郎中，以善奏疏，兼通事舍人，内供奉，官至秘书少监，曾预撰

---

① （唐）刘悚：《隋唐嘉话》卷下，《唐五代笔记小说大观》本，上海古籍出版社 2000 年版，第 110 页。
② 《全唐文》卷二二〇，第 3 册，第 2226 页。

《晋书》及《文思博要》，著述颇丰，有《崔行功集》六十卷，《崔氏纂要方》十卷，多散佚。他与李怀俨并称，为高宗时期的"大手笔"作家。《新唐书·崔行功》称其善占奏（口头奏对），与李怀俨并主朝廷大典册，其文章才能可见一斑。可惜，二人的生平材料较少，《全唐文》只收其文章1篇（李怀俨无文①），故而对于了解他们的创作情况较为困难。庆幸的是，补遗工作使后世能够看到崔行功在碑志方面的才华，尽管这并不一定是崔行功当时赖以成就"大手笔"殊荣的文体，但以墓志入手是了解其文章成就一个可操作性的方式。今存文7篇②，皆是标准的四六句式。他有一篇《赠太师鲁国孔宣公碑》③，为行功文章中第一长文，与虞世南之《孔子庙堂碑》并为初唐同类题材的代表性作品，与李、崔二人的功德碑文风颇类。

崔行功擅写墓志，其特点是开篇先标明墓主之名、字、籍贯，然后铺叙追叙祖上，这与一般墓志顺序稍有不同。其墓志铭在初唐时期很具有代表性，基本上均已骈体行文，很少散体，即便叙述墓主历仕的过程中，亦是如此，这显示出初唐"大手笔"作家行文仍然难脱六朝骈俪文风的影响。如《大唐故银青光禄大夫守司刑大常伯李公（爽）墓志铭并序》介绍祖上、李爽本人仕宦经历直至其妻儿，均先简明扼要地介绍后以骈体行文，加以铺叙夸扬，最后以铭文作结。中间描述李爽一生，按照"有隋将季""武德之初""贞观惟始""显庆之初""乾封二年"直至总章元年七月四日卒的顺序，以其人生的主要功绩、重要品格平面铺

---

① 李怀俨仅知他是唐初大臣李袭志从子，以文才著名，"历兰台侍郎，受制检校，写四部书进内，以书有污，左授郧州刺史"（《中国人名大辞典》，商务印书馆1921年版，第454页）。

② 崔行功之文《全唐文》只存1篇，其他6篇均补自后代辑佚，详见附录：《唐代"大手笔"作家文章著录汇考》。

③ 自孔子于周敬王四十一年（前479）逝世，鲁哀公亲诔孔子，尊其为"尼父"，开始祭祀孔子，"所居堂，弟子内，后世因庙，藏孔子衣冠琴车书，至于汉二百余年不绝"（《史记·孔子世家》卷四七，第6册，中华书局1960年版，第1945页）。汉高祖刘邦十二年（前195），"以太牢祀孔子"，开帝王祭祀孔子的先例。在汉代孔庙也经多次整修。隋唐时期，为巩固中央集权，提倡儒学，孔庙随之进行修缮。隋大业七年（611），曲阜令陈叔毅重修孔庙，面貌大为改观。唐贞观十一年（637），太宗诏兖州建阙里孔子庙。乾封元年（666），高宗诏命兖州都督霍王李元轨修建，崔行功撰《赠太师鲁国孔宣公碑》，这是孔庙有史以来第一次大规模改建，后开元、大历、咸通均有完缮。孔尚任《阙里（新）志》云："正庙五间，祀文宣王，南向坐，颜子面西，配闵子以下十哲及曾子，东西列坐，皆为塑像。两庑二十余间，祀七十二贤，图绘于壁上。庙后为寝庙，祀元官夫人。前为庙门，三间，甚壮丽。"

叙，思路较为清晰。中间满是夸张扬丽的语句，如论其学问、辞采以"学涉及缃篆而多见阙文，词丰藻绚而思含风雅"十字句铺陈，论其忠孝直谏则举"虽曩居周日，张仲以孝友见称；昔在晋朝，傅咸以几筵创许"之典，等等。值得注意的是，在赞其"以天资刚直，权豪惧惮"时述及"中书令褚遂良贸易之间，交涉财贿，既挥霜简，因触时蠹，遂良出为同州"一段，点出褚遂良因为抑价强买土地而遭到弹劾的历史事实，李爽因"缘隙兴嫌，厚成诬毁"，坐迁邢州刺史。墓志嗟叹"莺方二伍，言甚三至，柳奭遂良，共谋蔓百态，因被贬黜，远托瓯闽。浔阳极浦，空嗟臭物；长沙卑湿，方叹恶禽"，"臭物""恶禽"之瓖似乎对当时朝政有所非议。崔行功的墓志在初唐具有代表性，大抵"铺排郡望，藻饰官阶，殆于以人为赋，更无质实之意"①。其余如《唐故右骁卫大将军兼检校羽林军赠镇军大将军荆州大都督大柱国薛国公阿史那贞公墓志铭并序》《大唐故使持节歙州诸军事歙州刺史驸马都尉王君（大礼）墓志铭并序》《大唐故使持节青州诸军事青州刺史上柱国赠司徒扬州大都督虢庄王（李凤）墓志铭并序》《大唐故刑部郎中定州司马辛君墓志铭并序》（全篇以四言结撰）基本上都是陈陈相因，大段套语的铺排，没有实质的内容和特殊的变化。

初唐墓志到李峤、崔融时则有一些新变。李峤存有少量的墓志，较具代表性的有《大周故纳言博昌县开国男韦府君夫人琅耶郡大君王氏（婉）墓志铭》②。此文为韦承庆与李峤合撰，祭奠韦承庆之母，值得注意的是，文中采用以言记事的方法，抓住主要特点进行夸扬，突出其始终简朴，注重礼教的特点，赞其"瞻望仪范，用成楷模"，但从文风上而言，显然仍是颂德谀墓的继续。

而崔融在这方面更突出一些。《全唐文》中崔融目下并不存墓志文字，然后世补遗工作证明其亦擅长此类文字。《大唐故中书令兼检校大子左庶子户部尚书汾阴男赠光禄大夫使持节都督秦成武渭四州诸军事秦州刺史薛

---

① （清）章学诚著，刘公纯标点：《文史通义》外篇卷二，《墓铭辨例》，中华书局1961年版，第273—274页。

② 吴钢主编，吴敏霞、李辑副主编：《全唐文补遗》（第二辑），三秦出版社1995年版，第8—10页。

公（元超）墓志铭并序》①　即为代表。薛元超（623—684）②为高宗时的政治与文坛宗主，卒后杨炯为撰《中书令汾阴公薛振行状》《祭汾阴公文》，崔融撰墓志，开首有云："天之经者日月，其道可以烛大纮；地之纪者河海，其才可以营中国。然而和上下，变阴阳，三阶平，四方晏，非贤臣孰能为此哉。"为整篇墓志奠定基调。墓志前半骈散相杂，以散体为主，以墓主年龄为序，叙述其一生可称事迹，墓志通过许多细节与对话夸赞薛元超之文学才能及与高宗不平凡的君臣情谊。薛元超的事迹，见于《旧唐书》卷七三，但比较简略。崔融的墓志铭则详尽记述了墓主的世系、名字、爵位、行迹、年寿、卒葬日月、子孙大略和葬地等事项，不仅字数倍于《旧唐书》，更重要的是，崔融的文字对以往的墓志格式有明显突破。墓志多以片断勾连，补史传之不足，与其说是墓志，更不如说是一篇形神兼备的史传文学作品。作者通过对若干史实的叙述和描写，生动地表现了人物的鲜明个性和理想追求，从中可以看到一个有血有肉的薛元超形象。譬如文中记述薛元超少年时写诗的故事："八岁善属文，时房玄龄、虞（按：疑缺'世'字）南试公咏竹，援豪立就，卒章云：别有邻人笛，偏伤怀旧情。"这与初唐闻名诗人杜审言《和晋陵陆丞早春游望》"独有宦游人，偏惊物候新"确有异曲同工之妙。过去，人们对于杜审言这首诗的起句颇为欣赏，认为"起独有力"。殊不知，这种独特的起句，薛元超已开风气在前。虽然杜审言这首诗在《全唐诗》里又收录在中唐韦应物名下，但不论是杜审言还是韦应物，都在薛元超之后。杜审言约生于公元646年，卒于708年。韦应物更远在其后。而薛元超写作此诗时乃在贞观四年，其时杜审言尚未出生。当然，仅仅根据这方墓志，还不能确定杜审言这首诗的创作就一定受到薛元超的影响，但至少提供了一些有益的参照。文中记述了薛元超对父祖辈怀念的故事："中书内省旧有磐石，相传云，

---

①　吴钢主编：《全唐文补遗》（第一辑），三秦出版社1994年版，第69—72页。

②　按：关于薛元超的生卒年，《旧唐书》本传载"弘道元年（683），以疾乞骸，加金紫光禄大夫，听致仕。其年冬卒，年六十二"。周祖譔主编《中国文学家大辞典·唐五代卷》（中华书局1992年版，第830页）即认为是（622—683）。此不确。弘道是高宗李治的最后一个年号，即683年十二月，共计1个月时间。由于崔融的墓志是严格以墓主年岁为序叙述，较为可信，其中明确记载"以光宅元年十一月二日薨于洛阳之丰财里，春秋六十有二"。又，杨炯《中书令汾阴公薛振行状》亦称"以光宅元年季冬旁死魄亮于洛阳丰财里之私第"。光宅是睿宗李旦公元684年九月至十二月使用的年号，由此可推知其生年为武德六年公元623年。

内史府君常踞以草诏，公每游于斯，未尝不潸然下泣。"追想昔游，感人肺腑。薛元超确实继承了乃父薛收的遗志，得到太宗和高宗两代的恩宠："太宗尝夜晏王公于玄武内殿，诏公咏烛，赏彩卅段。他日，赋公泛鹢金塘诗成，谓高宗曰：'元超父事我，雅杖名节，我令元超事汝，汝宜重之。'"薛元超的姑母河东夫人是唐高宗的婕妤，高宗每谓"不见婕妤侄一日，即疑社稷不安"。高宗所说和《世说新语·德行》记载的"周子居常云：吾一日不见黄叔度，则鄙吝之心已复生矣"有相似之处，表现了唐高宗与薛元超之间异乎寻常的君臣友谊。君臣之间的关系之所以如此，显然不仅仅是由于裙带关系，更重要的是，薛元超尽忠匡辅，敢于抗疏危言，纵论社稷安危，指点君臣得失，而高宗则从善如流，说自己每读薛元超上疏，"若处暗室睹三光，览明镜见万象"。高宗幸洛阳时，留下薛元超侍太子，临别时将薛元超叫到车上说："朕留卿，若去一目，断一臂，关西一事，悉以委卿。"这种嘱托，确实超出了一般意义上的君臣关系。唐高宗与薛元超的推心置腹的对话显示出其中的缘由："帝尝机务余，语及人间盛衰事，不觉凄然，顾谓公曰：'忆昔我在春宫，髭犹未出；卿初事我，须亦未长。倏忽光阴卅余载，畴日良臣名将，并成灰土，唯我与卿白首相见。卿历观书记，君臣偕老者几人？我看卿事我大忠赤，我托卿亦甚厚。'公感咽稽首谢曰：'……窃观天仪贬损，良以旰食宵衣，唯愿遵黄老之术，养生卫寿，则天下甚幸。'"这里写出的不仅是君臣之情，而且布满着感于人事沧桑的常人之情。类似这样的摹神肖形的细节描写，所在多有，再如"大理尝奏疑狱，理官请论以死，公对御诘之，吏不能应。帝凛然改容曰：向不得元超在，几令我杀无辜"。墓志的后半多用骈体，盛赞其文学才干及事功："从容诏制，肃穆图书。清晨入龙凤之池，薄暮下麒麟之阁。东京辞赋，孟坚共武仲齐名；西国文儒，刘向与王褒并进。""唯公神韵潇洒，天才磊落。陈琳许其大巫，阮籍称其王佐。立辞比事，润色太平之业；述礼正乐，歌颂先王之道。擅一时之羽仪，光百代之宗匠。""立辞比事，润色太平之业；述礼正乐，歌颂先王之道"也正是崔融所追求的文学目标。作者还用一大段长长的文字给墓主以评论，文字写得非常老健，如"天下之人，谓公为地矣""天下之人，谓公为貌矣""天下之人，谓公为文矣""天下之人，谓公为学矣""天下之人，谓公为量矣""天下之人，谓公为言矣""天下之人，谓公为贤矣""天下之人，谓公为相矣"。洋洋洒洒，八个并列的句式，很自然地让人联想到杜牧为李贺诗集作序中那段闻名的排比句式。薛元超好学善文辞，曾编修国史，其著作颇丰，死后留有文集四十卷，今仅存奏疏数篇，诗1首，以实存的文学成就而言，这样的评价不免让人觉得有夸张过饰之嫌，但在墓志铭里展现如此激扬青云的笔调，以往的碑板文字确实罕见其匹。薛元超多引荐寒士，均一时之选，崔融即是其拔擢的崇文学士之一，从某种意义上说他和薛元超有着故吏门生的关系，把这种深厚的情感融入笔端，必定会使其行文带有浓郁的感情色彩，从而蕴含了文学的感染力，这对建安散文"以情纬文，以文被质"的范式是一种继续，就文体而言，更是对碑志文字的重要突破。某些学者已经注意到，陈子昂为亲属和朋友写的一些墓志，富有深情，且注重人物形象的塑造①，崔融显然更是如此，他们对后来张说的墓志创作的新变产生了一定的影响。

四　绮靡颂歌之外：李峤、崔融的实事奏议

武后时代，许多文人的创作均是颂体与谏议之复合体，李峤、崔融即是如此，《旧唐书》李峤、崔融的传记都记载了二人的谏书。当然，与陈子昂等切谏直言相比，崔、李的奏议文显得较为温和，但毕竟在润色鸿业、夸张润饰的主色调外，增添了一种实在与亮色。以下分别述之。

1. 李峤的别样面目

前人批评李峤文章趋时应制，不复直言极谏，而走向媚附权幸，这种观点虽从总体上不错，但亦不可一概而论。史载李峤与来俊臣构陷狄仁杰等人时申辩冤状，"岂有知其枉滥而不为申明哉！孔子曰：'见义不为，无勇也。'乃与（张）德裕等列其枉状"②，从而忤旨被贬。由此可以看出其品格中的另一面。诚如李峤自己所言，讽喻谏疏是"臣子之旧经，国家之前式"（《自叙表》），他的确写过一些拾遗补阙的文字。如《论巡察风俗疏》载于史传，提出"禁纲尚疏，法令宜简"，可谓切中时弊，强调加强

---

① 参见韩理洲《陈子昂评传》，西北大学出版社1987年版，第143—144页。
② 《旧唐书》卷九四，第9册，第2992页。

巡察御史的职能和行使权力的范围：

> 今巡使既出，其外州之事，悉当委之，则传驿大减矣。然则御史之职，故不可得闲，自非分州统理，无由济其繁务。请大小相兼，率十州置御史一人，以周年为限，使其亲至属县，或入闾里，督察奸讹，观采风俗，然后可以求其实效，课其成功，若此法果行，必大裨政化。①

文字质朴无华，用语平和，全用散体，武后阅览此疏后称善，欲择使巡察，只是因为有人沮议而未能施行。李峤一生节俭，反对铺张，这实际与武后之崇尚铺张夸饰的风格不类，久视元年所撰《谏建白马阪大象疏》亦载于史书：

> 臣以法王慈敏，菩萨护持，唯拟饶益众生，非要营修土木。伏闻造像税非户口钱出，僧尼不得州县祇承，必是不能济办，终须科率，岂免劳扰？天下编户，贫弱者众，亦有佣力客作，以济粮粮；亦有卖舍贴田，以供王役。造像钱见有一十七万余贯，若将散施，广济贫穷，人与一千，济得一十七万余户。拯饥寒之弊，省劳役之勤，顺诸佛慈悲之心，沾圣君亭育之意；人神胥悦，功德无穷。②

针对则天佞佛，主张广济贫穷，当然不能得到武后的采纳，但其精神仍是值得称道的。《请辍近侍典大州疏》之针对当世"重内官轻外职"的弊端：

> 伏思当今要务，莫过富国安人，富国安人之方，在择刺史。窃见朝廷物议，莫不重内官，轻外职，每除授牧伯，皆再三披诉。比来所遣外任，多是贬累之人，风俗不澄，实由于此。今望于台阁寺监，妙简贤良，分典大州，共康庶绩。臣等请辍近侍，率先具僚，务在忧国

---

① 《全唐文》卷二四七，第 3 册，第 2496 页。
② 同上书，第 2497 页。

济人，庶当有所补益。①

此文为李峤、唐休璟等人共同疏奏，文中建言放内官于外任，用语简明剀切。后来玄宗时张九龄亦建议玄宗重视地方官人选，纠正重内官轻外职的风气，玄宗采取京官和地方官交流任用制度，使出入常均，为了表示重视地方官的典选，玄宗有一次亲自殿试新授县令，将40多名考试成绩低的人放还。李峤这些均是主张对现行行政官员体制改革的奏议文章，富于现实意义。

李峤在中宗时奏置员外官数千员，导致官僚增多，府库减耗，故引咎辞职，"并陈利害十余事"，以宰相之尊，自陈失政，对中宗朝问题多所涉及，这就是著名的《上中宗书》。总体上除第一条是劝谏中宗"微服潜游"以外，基本上是从财政角度针对中宗朝的爵赏过滥与生活奢费造成府库的空虚而发，主张裁汰老病与员外官员②，停止对夷族京官的俸禄、寺观建设，避免出家入道以避赋役、贿赂贵戚"移没籍产"，进行"访察括举"，放还闲散等，大概是李峤笃定引咎辞职，故语词颇为激切，直击要害，畅言时政之失，无所顾忌，陈事简洁明快，与表类文章判若两人。此堪比著名的姚崇对玄宗的"十事要说"，只不过主上有昏明之别，臣子有贤愚之分，中宗虽"手制慰谕"不予李峤辞官，李峤继续做着中书令，弊政依旧存在，君臣依旧无所作为。

按照刘勰的说法，表是用来陈述衷情的，所谓"章表之为用也，所以对扬王庭，昭明心曲"。虽然章表是典型的公文体，但在功利目的下动之以情是其文体要求。上述对武后及王公大臣吹捧称赞的表文不能说完全出于矫情，但很难说是在表达真情实感。然而，表体多包，还有一些表文反映了李峤的另一面。如《为水潦灾异陈情表》之指陈时弊："衡镜失序，纪纲不张，官僚日增，府库岁减：谬职之谤，或讥于画武续貂；败官之尤，有议于谊卢吠鹊。""当今兵戎未静，费务方多，人庶空虚，官僚苟

---

① 《全唐文补编》（上）卷二六，题为《选贤为州县官奏》（题拟，164字），第327页。按：此文载于《旧唐书》卷八八《韦嗣立传》，但并非全为韦嗣立之语，张卫东《唐代官员不愿外任刺史原因新探》（《江汉论坛》2009年第3期）即将此语安在了韦嗣立的头上。又，此文较《全唐文》卷二四七，李峤《请辍近侍典大州疏》多87字，实为一文。

② 李峤另有《请减员外官疏》主张裁冗官员。

且，不可不深为防虑，妙思政术。"①《请令御史检校户口表》则是针对括户这一社会问题展开的讨论。则天执政后为收买人心，厚赏无度，增设机构官职，官僚体系迅速膨胀，加上连年的对外战争耗费了大量的人力物力，使得财政负担严重，造成"天下之人，流散非一，或违背军镇，或因缘逐粮。苟免岁时，偷避徭役。此等浮衣寓食，积岁淹年，王役不供，簿籍不挂，或出入关防，或往来山泽。非直课调虚蠲，阙于恒赋，亦自诱动愚俗，堪为祸患，不可不深虑也"。逃户问题相当严重，所以他认为"宜令御史督察简校，设禁令以防之，垂恩德以抚之，施权衡以御之，为制限以一之：然后逃亡可还，浮寓可绝"②。李峤可称得上是唐代主张实行括户的第一人，对以后玄宗时期宇文融等实行该政策有一定的影响。

2. 崔融的疏议

《文心雕龙·奏启》："自汉以来，奏天或称上疏，儒雅继踵，殊采可观。"疏，即疏通事理，条陈言辞之意，上书陈言是为了得到君王的属意与嘉纳，需要文采和事理兼善，需要远见卓识，也需要直言敢谏的勇气，中国古代许多政治家均以善疏奏闻名，崔融在这一方面表现得相当突出。众所周知，崔融因攀附张氏兄弟而为人诟病，史称"张易之兄弟颇延文学之士，融与李峤、苏味道、麟台少监王绍宗降节佞附"③。但史书亦载："崔融、卢藏用、徐彦伯等，文学之功，不让苏李……规谏之深，崔比卢、徐，稍为优矣。"④ 可见对于文人的评价不可偏信某一种说法。前人对崔融的谏疏文章殊少重视，然细读其仅存几篇文字，继承了初唐魏徵等人的讽谏传统，颇为可读。

《谏税关市疏》是一篇精彩的文字，《旧唐书》本传全载，并得到武后的采纳。文中历陈往古之时，中代已来，排比句式，细论关市税之六不可，后人称"陈六不可，利害深切"⑤。引用易系、班固、萧何、老子、孟轲、史籍、文子、古人有言等。逻辑严密，叙理有序，运用顶针手法，环环相扣，笔势雄浑。试举一段：

---

① 《全唐文》卷二四六，第 3 册，第 2494 页。
② 同上书，第 2487 页。
③ 《新唐书·崔融传》卷一一四，第 13 册，第 4196 页。
④ 《旧唐书》卷九四，第 9 册，第 3007 页。
⑤ 《全唐文纪事·论列》，引《习学记言》卷二二，第 277 页。

　　况承平岁积，薄赋日久，俗荷深恩，人知自乐，卒有变法，必多生怨。生怨则惊扰，惊扰则不安，中既不安，外何能御？①

前人评此文："毋扰是此篇大义，文则陆离璀璨，色泽弥古。"②《拔四镇议》可称得上是一篇西域史。首先历述"四镇"名称之演变，称"北狄之为中国患者久哉"，从唐虞之獯鬻，殷周之猃狁，汉代之匈奴、冒顿、乌丸、鲜卑，至"拓跋世则蠕蠕猖狂，宇文朝则突厥恣睢"，"名号因时而改，种落与运而迁，五帝不能臣，三王不能制，兵连祸结，无代不有，长策远算，旷古莫闻"。接着叙述北狄在西汉、王莽、汉光武帝、唐太宗时的历史及与中原的离合，直至唐高宗时王教杰始复四镇，崔融论之：

　　今若拔之，是弃已成之功，忘久安之策，小慈者大慈之贼，前事者后事之师，奈何不图也？四镇无守，则狂胡益赡，必兵加西域，诸蕃气赢，恐不能当长蛇之口。西域既动，自然威临南羌，南羌乐祸，必以封豕助虐。蛇豕交连，则河西危，河西危，则不得救。况复边境守御之具未整，内郡武卫之备未精，方须命将出师，兴役动众，向之所得，今之所失，向之所劳，今之所逸，可不谓然乎？而议者但忧其劳费，念其远征，曾不知其蹙国减土，春秋所讥，杜渐防萌，安危之计。③

后来郭震（元振）有《论去四镇兵疏》④，"今国之外患者十姓四镇是，内患者甘、凉、瓜、肃是"。"夫善为国者，当先料内以敌外，不贪外以害内。今议事者，舍近患而靡恤，务远患而是贪，臣愚驽，罔识厥策。"明贺泰辑《唐文鉴》卷四选《拔四镇议》为中宗朝谏言之楷范。崔融行文擅以气运笔，如"以天下之目视，以天下之耳听，以天下之智虑，以天下之力动"（《吏部兵部选人议》），大气磅礴，气势恢宏。

---

① 《全唐文》卷二一九，第 3 册，第 2213 页。
② 《全唐文纪事·卷首》康熙语，第 9 页。
③ 《全唐文》卷二一九，第 3 册，第 2215—2216 页。
④ 《全唐文》卷二〇五，第 3 册，第 2075—2076 页。

"有唐一代，律诗与古文之体，度越前代，而皆发于武后时，可谓彬彬焉。"① 李峤与崔融二人是初唐时期最负盛名的"大手笔"作家，皆以创作宫廷文学闻名，稍后于二者的文坛领袖张说曾给予大力褒扬，称其"如良金美玉，无施不可"②。李、崔二人生逢同时，李峤略长于崔融，且对之有提携之恩，崔融《报三原李少府书》云："仆少乏文章，长微学艺，缘情体物，诚所不工。周朽砺铅，有时牵拙。……而吾子广肆褒扬，深加提饰，上揆飞龙之奏，穿援仪凤之音，语人必于其伦，在仆何可至此。"崔融称李峤"词裁清雅，兴旨奥深"，"超超美论，上陵于八十五篇，婉婉成章，下该于五十六字"，"德擅宗师，名推雄伯"③。李峤亦曾于《授崔融著作郎制》中称赞崔融"词丽杨班，行高曾史"，"载笔西垣"，"绅文东观"④。他们无疑是武后一朝的文章魁首（沈宋之律诗还是富吴之古文，虽知名于时，但皆偏于一端），同处文章四友之列，政治地位显赫，是当时的宫廷文坛领袖，均有大量颂扬武后之文辞留存，在创作上有一定的类似之处，均工表文，代人捉刀之文均超过其文章总数的一半，奏议、碑志文字均有可称道之处。综观二人现存的创作实际，崔融"文章独步当时，莫出其右"⑤，更胜一筹。

五 从崔李文章看"文章四友"之含义及位次

文学史上向以李峤、崔融、苏味道、杜审言并称"文章四友"。"文章四友"最早出自《新唐书·杜审言传》云："（审言）少与李峤、崔融、苏味道为'文章四友'，世号崔、李、苏、杜。融之亡，审言为服缌云。"⑥计有功《唐诗纪事》卷六杜审言条、晁公武《郡斋读书志》卷四上《别集类上》均有类似记载。可见，在宋代这种说法已经成为普遍事实。四人先后由政治的边缘地带辗转进入武后政权的中心，成为武后新兴政权中以文

---

① 钱基博：《中国文学史》上册，第278—279页。

② 《大唐新语·文章》卷八，第130页。按：受张说此誉者尚有薛稷、宋之问二人。

③ 《全唐文》卷二二〇，第3册，第2219页。

④ 《全唐文》卷二四二，第3册，第2448页。

⑤ 《实宾录》卷四，引自周勋初主编《唐人轶事汇编》上册，上海古籍出版社1995年版，第439页。

⑥ 《新唐书》卷二〇一，第18册，第5736页。

词得名的典型。崔、李、苏、杜互有交往①，以前的文学史多将他们放在一起讨论四人的诗歌成就。崔融《全唐诗》存诗一卷 18 首，《全唐诗补编·补逸》卷三补 2 首，苏味道《全唐诗》存诗一卷 16 首，李峤《全唐诗》存诗五卷 209 首②，《全唐诗补编·续补遗》卷一补 1 首③，其中以 120 首《杂咏诗》和《汾阴行》最负盛名，杜审言《全唐诗》存诗一卷 43 首，特别是杜审言以诗著称，亦以诗恃才放旷，杜甫亦有"诗是吾家事"、"吾祖诗冠古"的名句，受此影响，后世认为"文章四友"指初唐诗坛的四位风格趋近的宫廷诗人④，从而甚少注意其真正的文章成就。笔者以为这种看法值得商榷。

　　如何理解这一称谓中的"文章"含义？"文章"一词，最早指错杂的色彩和花纹。许慎《说文解字》云："文，错画也，象交文。""章，乐竟为一章。""彰，文彰也。"这反映出汉人对这一词语的理解。事实上，从现存文献来看，到汉代人们才用"文章"来指称文字。如《史记·儒林传》云："臣谨案诏书律令下者，明天人分际，通古今之义，文章尔雅，训词深厚，恩施甚美。小吏浅闻，不能究宣，无以明布喻下。"⑤ 此处是现今能找到的"文章"合称的第一例。《汉书·艺文志》云："至秦患之，乃燔灭文章，以愚黔首。"王充云："汉世文章之徒，陆贾、司马迁、刘子政、扬子云，其材能若奇，其称不由人。"⑥《汉书·扬雄传赞》云："（雄）实好古而乐道，其意欲求文章成名于后世。"⑦ 汉人所云"文章"包括诏、书、律、令、赋、颂、记、奏、经、论、箴等文字作品，扬马之徒均以文章显天下。三国曹丕《典论·论文》称："文章，经国之大业，

----

① 四人交游诗可资参证。共 8 首，分别为杜审言《赠崔融二十韵》《赠苏味道》《送崔融》，崔融《留别杜审言并呈洛中旧游》，李峤《奉和杜员外扈从教阅》《和杜学士江南初霁羁怀》《和杜学士旅次淮口阻风》《酬杜五弟晴朝独人坐见赠》。

② 其中与宋之问诗相重 6 首，与张乔相重 2 首，与李义、徐彦伯、韦应物各相重 1 首，11 首中有 9 首为李峤所作，参见王启兴《初唐三诗人重出诗篇考辨》，《武汉大学学报》1997 年第 1 期。

③ 《全唐诗续拾》卷九，陈尚君比刊《佚存丛书》本《李峤杂咏百二十首》与《全唐诗》所载者，发现差异较大，其中《池》《筝》二诗完全不同，故另录之。

④ 关于此点，许多文学史教材及学术著作皆持此说，此处不一一述及。

⑤ （汉）司马迁：《史记》卷一二一，第 10 册，中华书局 1960 年版，第 3119 页。

⑥ （汉）王充著，黄晖校释：《论衡校释》卷二八，中华书局 1990 年版，第 1151 页。

⑦ （汉）班固：《汉书》卷八七下，第 11 册，中华书局 1962 年版，第 3583 页。

不朽之盛事。"其所说"文章"包括奏议、书论、铭诔、诗赋。《南齐书·文学传论》云:"文章者,盖情性之风标,神明之律吕也。"① 其所说"文章"包括各体诗文。这种概念一直延续至后代,唐代的"文章"概念亦复如此。具体到"文章四友"之"文章"应包括"诗"与"文"两部分,其在文学发展史上的地位应从这两方面加以认定。沈既济《词科论》云:"太后颇涉文史,好雕虫之艺,永隆中始以文章选士。及永淳之后,太后君天下二十余年,当时公卿百辟无不以文章因循迟久,寖以成风。"② 上有所好,下必效之,"以文章选士"是唐代选举制度的重要改革。从以上言论可以看出当时"文章"二字对于士子的影响,士大夫以擅长文章为晋升的方式,故而亦以文章闻名于士子群体之中。由于苏味道、杜审言均无文留存,故本文拟从李、崔之应用文书写成就这一角度将"文章四友"之"文章"含义厘清,还原文学史的真实。

"文章四友"之位次为崔、李、苏、杜,应如何理解?

首先,从唐人及史书中对于四人的文学评价来看,崔融是最负文名者。杨炯《庭菊赋》云:"崔融、徐彦伯、刘知柔、石抱忠以文章显。"《旧唐书·张行成传》:"时谀佞者奏云,昌宗是王子晋后身。……辞人皆赋诗以美之,崔融为其绝唱,其句有'昔遇浮丘伯,今同丁令威。中郎才貌是,藏史姓名非'。"③ 其诗技压四方,可见其当时成就不容小觑。《旧唐书·王方庆传》云:"则天以方庆家多书籍,尝访求右军遗迹。……则天御武成殿示群臣,仍令中书舍人崔融为《宝章集》以叙其事,复赐方庆,当时甚以为荣。"④ 一向狂傲的杜审言亦对其服膺,崔卒后为其服缌麻孝,说明崔融当时的文名。张说《祭崔侍郎文》中称赞崔融:"位以行成,名以才起……束带立朝,惟国之俊,抑扬吐纳,金声玉振,器不滞方,神无留韵。"⑤ 其为文华婉典丽,朝廷"大手笔"多出其手。《崔司业挽歌二首》其一亦赞云:"海岱英灵气,胶庠礼乐资。风流满天下,人物擅京师。疾起扬雄赋,魂游谢客诗。从今好文主,遗恨不同时。"再来看

---

① (梁)萧子显:《南齐书》卷五二,第3册,中华书局1972年版,第907页。
② 《全唐文》卷四七六,第5册,第4868页。
③ 《旧唐书》卷七八,第8册,第2706页。
④ 《旧唐书》卷八九,第9册,第2890页。
⑤ 《全唐文》卷二三三,第3册,第2358—2359页。

新旧《唐书》本传对崔融的评价。《旧唐书·崔融传》云:"中宗在春宫,制融为侍读,兼侍属文,东朝表疏,多成其手。""圣历中,则天幸嵩岳,见融所撰《启母庙碑》,深加叹美,及封禅毕,乃命融撰朝观碑文。""融为文典丽,当时罕有其比,朝廷所须《洛出宝图颂》《则天哀册文》及诸大手笔,并手敕付融。"《新唐书·崔融传》云:"融为文华婉,当时未有辈者。朝廷大笔,多手敕委之,其《洛出宝图颂》尤工。撰《武后哀册》最高丽。"说明崔融之文章艺术得到当时及后世的肯定。

李峤次之。《旧唐书·李峤传》云:"则天深加接待,朝廷大手笔,皆特令峤为之。"① 《新唐书·李峤传》云:"举制策甲科,迁长安。时畿尉名文章者,骆宾王、刘光业,峤最少,与等夷。"李峤 26 岁就与前辈骆宾王等齐名于制科试中。"久乃召为凤阁舍人,文册大号令,多主为之。"② "文册大号令",自指文章而言。李峤更是享誉当时诗坛,《本事诗》《唐诗纪事》卷十等称赏其《汾阴行》《侍宴桃花园咏桃花应制》《奉和天枢成宴夷夏群僚应制》等诗冠绝当时,其诗多次被引用或入选至《初学记》《国秀集》《诗式》中,其百首咏物诗更对于当时的初盛唐律诗创作具有示范普及作用,这已得到前辈学者的注意③,故不再赘述。

苏味道与李峤齐名,史书常以"苏李"并称,《旧唐书·苏味道传》云:"少与乡人李峤俱以文辞知名,时人谓之苏李。""教敬皇帝妃父裴居道再登左金吾将军,访当时才子为谢表,托于味道,援笔而成,辞理精密,盛传于代。"④ 可见其擅于代人捉刀,所写表文自当属现代文章范畴。《大唐新语·文章》:"苏味道使岭南,闻崔马二侍御入省,因寄诗曰:'振贵重齐飞日……'味道富才华,代以文章著称。"⑤ 又载其所写《正月十五夜》诗盛传于当代之事。《初学记》曾多次引用其诗。可见其诗文兼擅。虽则引其诗,"以文章著称"恐非只指其诗。《旧唐书·职官志二》翰林

---

① 《旧唐书》卷九四,第 9 册,第 2993 页。

② 《新唐书》卷一二三,第 14 册,第 4367 页。

③ 葛晓音:《创作范式的提倡和初盛唐诗的普及——从李峤〈百咏〉谈起》,《文学遗产》1995 年第 6 期,后收入葛晓音《诗国高潮与盛唐文化》,北京大学出版社 1998 年版,第 235—251 页。

④ 《旧唐书》卷九四,第 9 册,第 2991 页。

⑤ 《大唐新语》卷八,第 124 页。

院："皆以文词召入待诏。……天后时，苏味道、韦承庆，皆待诏禁中。"① 以"文词"待诏禁中，应当指其文章成就也。

杜审言之诗歌受到文学史许多关注，其诗亦被当时《初学记》《国秀集》《诗式》等引用。《旧唐书·杜审言传》云："杜审言雅善五言，尤工书翰。"② 说明杜审言不但能言诗，亦工书信或文书。《新唐书·杜甫传》云："先臣恕、预以来，承儒守官十一世，迨审言，以文章显中宗时。"③ 此段乃是杜甫在其先后数次献赋颂后所言，故而"以文章显中宗时"之"文章"应该包括那些表现奉儒守官思想的文章。

其次，"文章四友"的排序与四人在当时宫廷中的地位与成就对应。他们均以文学词臣的身份服务于朝廷，尤其是受到武后的拔擢而迅速由下层官吏一跃而为文学弄臣。崔、李二人文章成就较高，被冠之以"大手笔"的称号，代表朝廷发布诏令文书，深受皇帝宠信，地位显赫。《旧唐书》"史臣曰：苏味道、李峤等，俱为辅相，各处穹崇。观其章疏之能，非无奥赡；验以弼谐之道，罔有贞纯。故狄仁杰有言曰：'苏、李足为文吏矣。'得非齷齪者乎！模棱之病，尤足可讥。崔融、卢藏用、徐彦伯等，文学之功，不让苏、李，止有守常之道，而无应变之机。赞曰：……凡人有言，未必有德。崔与卢、徐，皆攻翰墨。文虽堪尚，义无可则。备位守常，斯言罔忒。"④ "文章四友"均曾以文才降节事张易之兄弟⑤，受到后世讥薄。但正恰恰说明在当时的宫廷文人中，四人能以其文章才学受到瞩目。有趣的是，李峤为当时文坛宿老，前后为相者三，是当之无愧的政坛与文坛双重领袖，四人之中如果以诗歌而论，李峤、杜审言的诗名与成就显然要高于崔融，以年龄而论，崔融最小，可是在"文章四友"中李峤位居崔融之后，由此可以推知这个排名当主要是依据四人的文章成就而言。李峤、崔融之文如上所述，以文章成就论，崔实较李更胜一筹，更精更美

---

① 《旧唐书》卷四三，第6册，第1853页。

② 《旧唐书》卷一〇九上，第15册，第4999页。

③ 《新唐书》卷二〇一，第18册，第5737页。

④ 《旧唐书》卷九四，第9册，第3007页。

⑤ 分别见《旧唐书·崔融传》："融与纳言李峤、凤阁侍郎苏味道、麟台少监王绍宗等俱以文才降节事之。"（卷九四，第9册，第3000页）《新唐书·杜审言传》："神龙初，坐交通张易之，流峰州。"（卷二〇一，第18册，第5736页）

更富于文学意味。至于苏杜二人，文不传世，位列三四名，恐文章成就难与崔李比美。从历史人物并称时的声调考察，平声居前，仄声列后乃为惯例，所以不难理解"崔李"、"苏杜"。

最后，从四人的著述情况亦约略而观。《新唐书·艺文志》录《崔融集》六十卷、《李峤集》五十卷、《苏味道集》十五卷、《杜审言集》十卷①。以四人著述之数量而论，"世号崔、李、苏、杜"的排序有一定道理，崔融年最小、寿最短，而著述不让诸君，其次才是李峤、苏味道、杜审言。

综上所述，笔者认为"文章四友"中的"文章"兼指诗赋与文章，而且偏重于文，"崔、李、苏、杜"的排序与其文章成就及在当时被认可的程度基本吻合。

---

① 《旧唐书·经籍志》崔融存文四十卷，李峤存文三十卷，苏味道存文十五卷，杜审言存文十卷，排序亦是如此。

第二章 盛世气象:张说与苏颋

第一节 "燕、许大手笔"

一 从"燕、许大手笔"到"燕许体"文

初唐文风经过百年徘徊,始终没有摆脱六朝骈俪绮靡文风的束缚,甚至在武后时期,这种文风甚嚣尘上,变本加厉。虽然来自下层改革呼声不绝如缕,但是主流的宫廷文风依然。初唐四杰、陈子昂等如上所述,"富吴体"也是当时一种以复古为革新的文体,《旧唐书·文苑传》云:"先是,文士撰碑颂,皆以徐、庾为宗,气调渐劣;(富)嘉谟与(吴)少微属词,皆以经典为本,时人钦慕之,文体一变,称为'富吴体'。"① 但所谓文体一变,似乎言过其实,富、吴二人在政坛上影响力有限,其文辞高雅追求经典,并不适应当时文风改革的需要。杜确《岑嘉州集序》云:"开元之际,王纲复举,浅薄之风,兹焉斯革。其时作者,凡十数辈。颇能以雅参丽,以古杂今,彬彬然,灿灿然,近建安之遗范矣。"② 开元时,出现一大批代为王言的文章圣手,名家里手辈出,《旧唐书·文苑中》云:"议者以为自开元以来,苏颋、齐浣、苏晋、贾曾、韩休、许景先及(孙)逖,为王言之最。逖尤善思,文理精练,加之谦退不伐,人多称之。"③ 孙逖、苏晋、贾曾等人同样擅长文诰,但未被称为"大手笔"作家,举齐

---

① 《旧唐书》卷一九〇中,第 15 册,第 5013 页。
② (唐)岑参著,陈铁民、侯忠义校注:《岑参集校注》附录,上海古籍出版社 2004 年版,第 509 页。
③ 《旧唐书》卷一九〇中,第 15 册,第 5044 页。

浣为例，"论驳书诏，润色王言，皆以古义谟诰为准的"①，这仍然是富吴体或者隋末大诰体的行文方式。

文风转换的重任历史性地落在了张说、苏颋二人身上。唐代"大手笔"作家中最负盛名者为张说和苏颋，二人"以辅相之重，擅述作之才，佐佑王化，粉泽典章"②，并称"燕、许大手笔"。明人许学夷云：张、苏"时称'燕、许大手笔'，盖指文章也"③。二人并称主要是因为文章成就相近。"燕、许大手笔"最初是指文，而非诗，但到宋以后则扩展至称诗④，后更进而指代一代文学大家，其含义逐渐发生了拓展和变化。"崇雅黜浮，气益雄浑"，乃是整个盛唐的社会文化风尚，而"燕、许擅其宗"，可见二人对于研究盛唐文风的代表性意义。在唐代后期，形成了所谓的"燕许体"文，《唐摭言》卷十："李巨川……工为'燕许体'文。""李凝古……工为'燕许体'文。"此外，亦有后来者仿学之，"顾蒙……博览经史，慕燕许刀尺"⑤。在中国人的眼中，"体"的内涵具有多样性，美国汉学家宇文所安（Stephen Owen）指出"体""既指风格（style），也指文类（genres）及各种各样的形式（forms），或许因为它的指涉范围如此之广，西方读者听起来很不习惯"⑥。"燕许体"的形成代表着"燕、许大手笔"已由一种文章风格成为一种文章体式，赢得后世效法，影响深远。

张说（667—731⑦），字道济，又字说之，祖籍河东（今山西永济），14岁丧父后迁居洛阳（今属河南），故自称洛阳人。又自称范阳人者，冒范阳族望也。一生历仕武后、中宗、睿宗、玄宗四朝，"三登左右丞相，

---

① 《旧唐书》卷一九〇中，第 15 册，第 5037 页。

② 钱基博：《中国文学史》上册，第 287 页。

③ 《诗源辩体》卷十四，人民文学出版社 1987 年版，第 151 页。

④ 如（宋）王珪《题瑞芝图》诗："谁为燕许手，洒笔播声诗。"（《华阳集》卷一，清乾隆武英殿活字印本）

⑤ 《唐五代笔记小说大观》本，第 1667、1668、1670 页。

⑥ ［美］宇文所安：《中国文论：英译与评论》，王柏华、陶庆梅译，上海社会科学出版社 2003 年版，第 4 页。

⑦ 关于张说的卒年，有学者标为 730 年，实误，可参看 Paul W. Kroll, "On the Date of Chang Yueh's Death", *CLEAR*, Vol. 2, No. 2, Jul. 1980, pp. 264—265。

三作中书令，唐兴以来，朝佐莫比"①，政治地位显赫。他曾两次使蜀，三度为相，三次总戎边塞，屡有边功，威震朝野。他"前后三秉大政，掌文学之任凡三十年"②，主一时坛坫，开一代风气，一生文治武功，乃是初盛唐之交政坛与文坛的双重领袖。

苏颋（670—727），字廷硕，京兆武功（今属陕西）人，苏瓌之子，袭封许国公，一生历仕高宗、武后、中宗、睿宗、玄宗五朝，也是初盛唐之交的重要历史人物。他家世显赫，世代身居要职，"四代相门，十卿崇构，海域挹其轩冕，缙绅推其轨仪"③。其父苏瓌在当时颇有声名，且位居宰相，中宗景龙三年，苏瓌拜右仆射、同中书门下三品，苏颋为中书舍人，"父子同掌枢密，时以为荣"（《旧唐书·苏颋传》）。后辈韩休称誉苏颋"翰动若飞，思如泉涌，典谟作制于邦国，书奏便蕃于禁省，敏以应用，婉而有章，则近代以来，未之前闻也"。苏颋工诗擅文，尤以文诰著称，玄宗朝官至宰相，颇受玄宗青睐。

鉴于二人的文章成就前人已有一定的论述，故本文拟将两人的创作对举，从二者的异同处切入，以比较的方法见出"燕、许大手笔"之特点。

二人的人生有许多共性，但亦显出同中有异。

首先，二人均以文学之名登科，张说对策天下第一，受到武则天赏识，苏颋亦"对策甲科"，有贾生之誉，景龙年间二人先后成为修文馆学士，并一度同朝为官；其次，二人同样两次入蜀，但张说入蜀在其早年，时间大约在天册万岁元年④，苏颋入蜀则在其晚年，时间在开元十一年夏秋间⑤；最后，二人同样做过宰相，但张说三次为相，苏颋仅为相一次，二人未曾同时为相。张说"前后三秉大政"，分别是：睿宗景云二年正月至本年十月，同中书门下平章事，任职十个月；玄宗先天二年九月至本年十二月，中书令，任职三个月；玄宗开元九年九月至开元十四年四月，开

①　《全唐文》卷二九二，张九龄：《故开府仪同三司行尚书左丞相燕国公赠太师张公墓志铭》第3册，第2965页。
②　《旧唐书》卷九十七，《张说传》第9册，第3057页。
③　《全唐文》，韩休：《唐金紫光禄大夫礼部尚书上柱国赠尚书右丞相许国文宪公苏颋文集序》卷二九五，第3册，第2987页。
④　陈祖言：《张说年谱》，香港中文大学出版社1984年版，第9页。
⑤　陈钧：《苏颋年谱》（五），《盐城师专学报》1993年第4期。

元九年九月为同中书门下三品，开元十一年四月为中书令，开元十三年十一月，为右丞相兼中书令，开元十四年四月癸丑停兼中书令，前后任职四年零七个月。而苏颋开元四年闰十二月己亥由紫微侍郎拜为同紫微黄门平章事，与宋璟同时拜相，并一起为相三年有余，至开元八年正月辛巳罢相。

张说今存文 265 篇，苏颋今存文 312 篇[①]，二人的文章无论在数量上还是质量上在盛唐之前均名列前茅，研究二人的文章成就对于盛唐乃至整个唐代文章的发展均十分有必要。

二　"纪述事业，润色王道"

张说曾在《齐黄门侍郎卢思道碑》夸赞卢思道文"吟咏性情，纪述事业，润色王道，发挥圣门，天下之人，谓之文伯"[②]。其实，"纪述事业，润色王道"八个字确乎可以概括张说、苏颋应用文创作的主要内容。

1."重道尊儒"

初唐后期，历经武周革命、中宗复辟、睿宗继统、玄宗登鼎，政治斗争此消彼长，特别是武韦之乱，使得朝纲不振，人心涣散。李隆基以非嫡长子继位，他逼其父睿宗退位与太宗逼乃父高祖退位颇为类似[③]，严重不符合儒家孝道之本，所以他极需拨乱反正，恢复儒家的礼乐文化，以确立其正统地位。作为一代文儒的张说重道尊儒、特别重视礼乐政教的建设，力图建立儒治轨范，并身体力行，这正符合玄宗摆脱政局混乱，以求稳定的心理。

张说被誉为"海内文章伯，朝端礼乐英"（孙逖《故右丞相赠太师燕文贞公挽词二首》），早在武后垂拱四年，他在《词标文苑科策》中就曾倡导礼乐思想，主张"以义制事，以礼制心"。景云元年（710）诛韦氏之乱，张说作《神人传庆》，颂曰："天帝下席，承韦干命，王赫斯兴，拨乱

---

① 张说文章:《全唐文》存 247 篇，《唐文拾遗》补 2 篇，《唐代墓志汇编续集》补 1 篇，《全唐文补编》补 15 篇。苏颋文章:《全唐文》存 278 篇，《唐文续拾》补 1 篇，《唐代墓志汇编》补 2 篇，《全唐文补遗》（第二辑）补 1 篇，《全唐文补遗》（第五辑）补 1 篇，《全唐文补遗》（第七辑）补 2 篇，《全唐文补编》补 27 篇，《全唐文补遗》（千唐志斋新藏专辑）补 1 篇。

② 《全唐文》卷二二七，第 3 册，第 2291 页。

③ 参见李锦绣《试论唐睿宗、玄宗地位的嬗代》，《原学》第三辑，第 161—162 页。

反正，击凶尊主，一麾大定，神人相欢，胏螽传庆。"① 有着较强的树立
政统的意识。张说一生与玄宗关系甚密。玄宗为太子时，张说和褚无量为
侍读，"尤见亲礼"。张说在《上东宫请讲学启》中云：

> 臣闻安国家定社稷者，武功也；经天地纬礼俗者，文教也。……
> 殿下之于天下，可谓不轻矣，监国理人，可谓至重矣。莫不拭目而
> 视，清耳而听，冀闻异政，以禅圣道。臣愚伏愿崇太学，简明师，重
> 道尊儒，以养天下之士。今礼经残缺，学校凌迟；历代经史，率多纰
> 缪。实殿下阐扬之日，刊定之秋。伏愿博采文士，旁求硕学，表正九
> 经，刊考三史。则圣贤遗范，粲然可观。况殿下至性神聪，留情国
> 体。幸以问安之暇，应务之余，引进文儒，详观古典，商略前载，讨
> 论得失。降温颜，闻谠议，则政途理体，日以增益；继业承祧，永重
> 德美。②

向太子李隆基建议"重道尊儒""博采文士""引进文儒"，努力以儒家正
统文化引导玄宗。景云二年二月，张说独排太平之党，请太子监国。在朝
政极度混乱的状态下，张说始终坚定地站在李隆基一边。他凭借与玄宗的
特殊关系，对玄宗的文学好尚及文化政策的制定有很大的影响。开元元
年，玄宗刚刚消灭太平公主一党，张说即谏禁泼寒胡戏。唐代是一个文化
相当开放的时代，乐舞文化同样空前繁荣，《泼寒胡舞》是唐代民间广为
流传的著名乐舞之一。张说曾作《苏摩遮》五首描绘泼寒胡戏演出的盛
况。但"裸身挥水"，不合礼法，中宗神龙元年（705）就有大臣上疏劝
禁③，疏奏不纳。时隔八年之后，张说再次上疏，效果却不同。其《谏泼
寒胡戏疏》云：

> 臣闻韩宣适鲁，见周礼而叹；孔子会齐，数倡优之罪：列国如
> 此，况天朝乎？今外蕃请和，选使朝调，所当接以礼乐，示以兵威，

---

① 《全唐文》卷二二一，第 3 册，第 2232 页。
② 《全唐文》卷二二四，第 3 册，第 2265—2266 页。
③ 《资治通鉴》卷二〇八，第 14 册，第 6596 页。

虽曰戎夷,不可轻易,焉知无驹支之辩,由余之贤哉?且泼寒胡未闻
典故,躶体跳足,盛德何观?挥水投泥,失容斯甚。法殊鲁礼,襄比
齐优,恐非干羽柔远之义,樽俎折冲之道。愿择刍言,特罢此戏,干
冒宸极,伏深战惧。[①]

削切直言,一语中的,指出"躶体跳足,盛德何观",经其劝谏,此舞遂
绝。开元九年,张说再次为相,面对玄宗朝政治稳定经济发展而文化却相
对疲弱的局面,适逢其会,逐步展开文化建设,标志着开元王朝进入文治
的阶段。此时正是太平盛世,玄宗是个好大喜功的君主,故往往要文饰盛
世,张说积极提倡文治,是当时的文儒典范。开元十一年,张说第二次拜
中书令,全面实施了其礼乐文化政策。经张说大力倡导并施行的文治,开
元前期出现了太平昌盛的繁荣局面。"文质之风,自上而始。"[②] 而"上之
好文,自说始"[③]。汪篯认为:"玄宗的重视文治,以张说的用事为真正的
转捩点。"[④] 而张说的正式用事,应该在开元十一年二月,中书令张嘉贞
因弟张嘉祐贪赃案牵连,被贬为幽州刺史,张说代为中书令之后,史称
"张嘉贞尚吏,张说尚文",贬谪嘉贞,重用张说,反映了玄宗"尚吏"到
"尚文"的变化。张说毕生致力于推行"重道尊儒""博采文士"、注重礼
乐政教的文艺方针,为大唐盛世局面的出现作出了一定的贡献,这是应予
充分肯定的。关于张说对唐玄宗时期礼乐政教的恢复和振兴所起的作用,
笔者在第五章还将有所论述。

　　苏颋亦以儒家道义作为行世轨范。其为人刚正不阿,一心为公,坚持
原则,与宋璟政风颇类,故能与之同为宰相,辅佐玄宗在姚崇之后进一步
推进"开元之治"。《旧唐书·苏颋传》云:"璟刚正,多所裁断,颋皆顺
从其美,若上前承旨、敷奏及应对,则颋为之助,相得甚悦。璟尝谓人
曰:'吾与苏家父子,前后同时为宰相。仆射长厚,诚为国器,若献可替

---

①　《全唐文》卷二二三,第 3 册,第 2256 页。

②　《册府元龟》卷五六《帝王部·节俭》第 1 册,第 626 页。亦见《全唐文》卷二五四,苏颋
　　《禁珠玉锦绣敕》第 3 册,第 2572 页。

③　(宋)孙逢吉:《职官分纪》卷一五《集贤院》节《十八学士》条引韦述《集贤注记》,旧
　　钞本。

④　唐长孺等编:《汪篯隋唐史论稿》,中国社会科学出版社 1981 年版,第 200 页。

否，馨尽臣节，断割吏事，至公无私，即颋过其父也。'"① 其任监察御史时，曾昭雪冤案，"长安中，诏颋按覆来俊臣等旧狱，颋皆申明其枉，由此雪冤者甚众"。他就任蜀地时停贡蜀锦等史实亦为明证。苏颋的《夷齐四皓优劣论》指出"君子疾没世而名不称"，"激清一时，流誉千古"，充斥着一种强烈的入世精神，认为"志以立节，功以成名"，"进足以成，退足以立，用足以兼济，否足以独善"。《唐紫微侍郎赠黄门监李乂神道碑》开篇即云"德为范，言为师，行为则，事为程"。《赠礼部尚书褚公神道碑》称褚无量"或史或儒，粤不可量已"，"儒有斯文，帝王者师"，推崇备至。

苏颋文中曾 8 次出现"文儒"一词，分别为《授张廷珪黄门侍郎制》《授李杰御史大夫制》《授李怀让御史中丞制》《授岐王范太子少师等制》《授王琚太子左赞善大夫制》《授田干之温王府司马制》《遣王志愔等各巡察本管内制》《对著服六年判》等。此外还曾多次提及尊儒，如"慕道尊儒"（《对勤学犯夜判》）、"尊儒养艾"（《双白鹰赞》）、"拥篲崇儒"（《授姚弈太子舍人制》）、"旁通儒者"（《授徐彦伯工部侍郎制》）；"礼乐同归""好在服儒"（《授宋王成器太子太师制》）；"旁求儒雅""执经遵道"（《命张说等两省侍臣讲读敕》②）；"以河间之硕儒，膺舞阳之茂宠"（《嗣虢王邕同知内外闲厩敕》）；"发挥文教，博综儒术"（《授姚元之等兼太子庶子制》），等等。

张说、苏颋如此推重儒学儒者是有历史针对性的，武后至中宗、睿宗时代，整个宫廷蔓延着阿谀奉承、谄媚主上之风，因而他们的文章意在扭转这一社会风气。作为盛唐一代文儒，张说、苏颋深深地浸淫于时代风气之中，然又能审时度势，把握现实政治和社会态势的走向，努力立足于当代来解决问题。作为儒者，张说、苏颋在纵横笔墨、铺陈辞藻的时候一直坚持儒学原则；作为文人，他们在考虑儒学建设的时候又能重新审视文学的角色位置。一方面纵论经国之大业，另一方面孜孜于文章技法，尽量做

---

① 《旧唐书》卷八八，第 9 册，第 2881 页。
② 宋敏求编，洪丕谟、张伯元、沈敖大点校：《唐大诏令集》卷一〇五《崇儒》，学林出版社 1992 年版，第 491 页。

到二者并存而不矛盾,这是盛唐文儒的特有观念意识①。

2. 崇尚孝道

"燕、许"文章中的忠孝观念较为浓厚,尤重孝道,这与二人"重道尊儒"的特点是相互联系在一起的。

百善孝当头,百行孝为先,儒家以孝为本,张说尤为重视,他在不少文章中反复强调忠孝观念,这是其"大手笔"的一个显著特征。景龙中,张说丁母忧去职,起复授黄门侍郎,而三上表坚辞,仿李密《陈情表》再三叙及"弱年早孤,母氏训立,得绍基构,忝列簪裾"之情状。《让起复黄门侍郎第三表》云:

> 臣亡母在日,朝夕诫臣,以臣独立无徒,好直多忤。知子者母,果验所言:往罹大狱,窜命炎海,晨出晚归,贻虑非一,况涉危难,伤心几途,追忆生平,倍增摧慕。侍养日少。违离日多,即臣母忧臣以终身,臣其忍服缞以从事?②

张说此事颇为后人所称道,当时"礼俗衰薄,士以夺服为荣,而说独以礼终,天下高之"(《新唐书》本传),这显然对于恢复儒家纲常、礼乐政教有着范式作用。再以《赠吏部尚书萧公神道碑》为例。碑文以"仁以度心施物,义以由道利贞,孝以养志安亲,慈以教忠仁有后。举四行之尤善必书成百代之余庆,盖得之于萧府君矣"起首。此绝非虚言,后面即有照应,在说明萧元茂之至孝时,云:"太夫人在堂有羸老之疾,公因数想计,得扶侍还京,下巫峡之波,上当阳之坂。殿转在侧,殷忧历时,席不安枕,衣不解带。及板舆长税,遂扶杖不起。子春视疾,加损徒勤;石建执丧,悲哀自绝。"③读之让人凄然落泪,这与张说以孝为本的儒士风范是颇相一致的,故为其大书特书。

张说曾于《祭殷仲堪羊叔子文》中云:"我闻立人之道,曰仁与义。

---

① 有关盛唐"文儒"这一命题,可参见葛晓音《盛唐"文儒"的形成和复古思潮的滥觞》,《文学遗产》1998 年第 6 期,收入葛晓音《诗国高潮与盛唐文化》,北京大学出版社 1998 年版。

② 《全唐文》卷二二二,第 3 册,第 2244 页。

③ 《全唐文》卷二二九,第 3 册,第 2314—2315 页。

仁者孝之先,义者忠之主。"《新唐书》本传载:"说尝自为其父碑,帝为书其额曰:'呜呼,积善之墓。'"可见张说的忠孝观念非常浓烈,这表现在他的许多文章中,如《唐故高内侍碑》以"孝足动天,义堪变地"起首;《赠户部尚书河东公杨君神道碑》以"若夫孝在扬名,忠归令德"起首;《卢舍那像赞·序》引《诗经》"哀哀父母,生我劬劳""欲报之德,昊天罔极",以证"是伤不可止之恋,而怀无所及之感,其有饰圣以资亲,修法以展慕,岂非孝子持明之心哉";《平偃师碑尾》云"君子谓成其子而植乎身,义方也;爱其臣而及其祖,孝理也。孝以行惠,惠以察忠;义以立慈,慈以昭顺。君臣父子,于是形焉";《唐故夏州都督太原王公神道碑》称誉王仲翔"孝友内兆于免怀,忠敬外灼于既冠",又云其"凤遭家艰,哀过柴瘁,京师号曰'孝童'";《赠户部尚书河东公杨君神道碑》中云"以孝敷闻,以忠特达";《赠太尉益州大都督王公神道碑奉敕撰》中云"君子谓勤孝者,仁之厚也,死悌者,友之难也,感神者,诚之至也"等,难以胜举。

但张说对于"孝"的提倡并不走向极端迂腐,如《百官请不从灵驾表》[1],谏阻中宗运送武后灵驾还京,开篇即以"圣人之孝"与"凡人之孝"作了对比,申述五层理由,语言中肯有力。这篇文章可能受到陈子昂《谏灵驾入京书》的影响,强调大孝,即所谓圣人之孝,以国家社稷为重,是一篇运思精密,事理融合的政论文。与此同时,更对封建君臣遇合的景象颇加赞誉,如《为留守奏庆山醴泉表》《东山记》等一些文字,以完成其"当承平岁久,志在粉饰盛时"(《旧唐书》本传)的旨趣。

苏颋在其文章中也非常重视孝道,但与张说类似也崇尚要"明大孝",认为"孝者贵合道,礼者贵从宜"(《为政事请公除状》第二状),他在《为群官固请公除表》(二篇)中指出玄宗孝心为睿宗守丧,"但事有通变,时有损益","天下至公,所直小,所枉大","陛下为天下主,作人父母,司牧群方,纂膺宝业,何忽以冕旒之贵,而行布衣之礼也"[2]。情真意切,理顺辞达。《为群官请虞卒哭表》引《晋书》杜预议,"天子之位至尊,万

---

① 按:此文收于《全唐文》卷二四五李峤名下,实为张说代李峤为之。详见附录:《唐代"大手笔"作家现存文章著录汇考》。

② 《全唐文》卷二五五,第3册,第2578—2579页。

机之政至大,群臣之众至广,不得同于凡人","不可以情过哀,而所枉斯大矣"①。《令道士女冠僧尼拜父母敕》云"孝者,天之经,地之义,人之行",指出"六亲有不和之戒,十号有报恩之旨,此又穷源本而启宗极也。今若为子而忘其生,傲亲而徇于末,背礼而强名于教,伤于教则不可行,行教而不废于礼,合于礼则无不遂。二亲之与二教,复何异焉"②。文章全未用典,但以情动人。同张说一样,苏颋亦有《让起复表》,但只是一般的"追惟慈父之恩,不可复得",没有张说文读之动人心魄。

3. 盛世颂歌

《旧唐书·文苑传序》云:"燕许之润色王言,并非肄业使然,自是天机秀绝。"③ 谢无量云:"开元初燕许齐称,文章闳赡,而不蹈浮靡之习。"④ 张说、苏颋的许多文章确乎起到了润色王道的作用,它们是盛唐开元王朝欣欣向荣的时代产物。同时,其歌颂盛世的华章并不蹈袭六朝骈文华靡雕琢的陋习,而典雅畅达,自是盛唐气象。

《大唐新语·匡赞》称张说"为文精思,老而益壮,尤工大手笔。……封泰山,祠睢上,举阙礼,谒五陵,开集贤,置学士,功业恢博,无以加矣"⑤。他用颂、表、疏、书、议、序、记、赞等文体将这些功业充分展示。这些体式多具有代王者立言的性质,写作内容已在很大程度上决定了文章体制和写作风格。其文章标明"奉敕撰"的就有近30篇⑥,"颂惟典懿,辞必清铄。敷写似赋,而不入华侈之区;敬慎如铭,而异乎夫戒之域。揄扬以发藻,汪洋以权义,虽纤巧曲致,与情而变,其大体所至,如斯而已"(《文心雕龙·颂赞第九》)。比如《圣德颂》《皇帝在潞州祥瑞颂》(十九首)《起义堂颂》《上党旧宫述圣颂》《大唐封祀坛颂》《开元正历握乾符颂》等多是歌功颂德,粉饰太平,"朝廷大述作多出其手"之"大述

① 《全唐文》卷二五五,第3册,第2580页。
② 《全唐文》卷二五四,第3册,第2571页。
③ 《旧唐书》卷一九〇,第15册,第4982页。
④ 谢无量编:《中国大文学史》卷六,第四编第四章第二节《燕许》,中州古籍出版社1992年版,第38页。
⑤ 《大唐新语》卷一,第10页。
⑥ 没有标明但实为奉敕之作的如《大唐封祀坛颂》(《新唐书》本传称:"诏说撰《封禅坛颂》,刻之泰山,以夸成功。")、《西岳太华山碑铭》(《唐国史补》云:"玄宗令张燕公撰《华岳碑》。")等。

作"即指此类文字，这同玄宗朝升平景象的需求是相呼应的，政治色彩非常浓厚，某些文章具有一定的史料价值。举《大唐封祀坛颂》为例，这是盛唐最为壮观的典礼，规模之宏大是秦始皇、汉武帝、汉光武帝、唐高宗等前代帝王的封禅仪式所无法比拟的。张说是封禅的积极倡导者，这之前曾写《请许王公百官封太山表》请求封禅。这篇文章首以"厥初生人，倏有君臣，其道茫昧，其风朴略。因时而欻起，与运而纷落，泯泯没没，无闻焉尔。后代圣人，取法象，立名位，衣裳以等之，甲兵以怛之，于是礼乐出而书记存焉。反其源，致敬乎天地；报其本，致美乎鬼神。则封禅者，帝王受天命告成功之为也。阅囊圣之奥训，考列辟之通术，畴若天而不成，曷背道而靡失"开篇，说明封禅的顺乎天命。之后言："封禅之义有三，帝王之略有七。七者何？传不云道、德、仕、义、礼、智、信乎？顺之称圣哲，逆之号狂悖。三者何？一位当五行图箓之序，二时会四海升平之运，三德具钦明文思之美，是谓与天合符，名不死矣！"① 对封禅之意予以重新解释，把儒家道德与封禅本身结合起来。颂文叙述了整个封禅过程，可补史料之不足。文笔参差错落，酣畅淋漓又不失庄重谨严，很能体现其"大手笔"风范。在词汇选择上不像初唐"大手笔"般瑰丽绚烂，是典型的应用文，宜于宣读。再如《大唐开元十三年陇右监牧颂德碑奉敕撰》，称颂王毛仲牧马的功绩。文章从历代养马之盛写起，为下面唐代牧马之盛况作铺垫，唐代养马"肇自贞观，成于麟德。四十年间，马至七十万六千匹，置八使以董之，设四十八监以掌之。跨陇西、金城、平凉、天水四郡之地，幅员千里，犹为隘狭，更析八监，布于河曲丰旷之野，乃能容之。于斯之时，天下以一缣易一马，秦汉之盛，未始闻也"② 盛况空前，何其繁盛！然而，这并不是文章的重心，所有这些不过是铺叙，接下来进入正题，谈王牧监养马，能使马"敬其本""时其事""宜其性""就其才"，到开元十三年数量虽只有 43 万匹，但马贵精不贵多，这些战马经过精心的挑选和严格的训练，致使"皇帝东巡狩，封岱岳，辇辂既陈，羽卫咸备，大驾百里，烟尘一色。其外又有闲人万夫，散马千队，骨必殊貌，毛不离群，行如动地，止若屯云，百蛮震眝，四方

① 《全唐文》卷二二六，第 3 册，第 2233—2234 页。
② 同上书，第 2382 页。

抃跃,威怀纷纭,壮观挥霍",使封禅的队伍颇为壮观威严,显示了大唐盛世的繁华与强盛。

苏颋亦不乏润色鸿业的文章,典丽宏赡,韩休称其"纪秦望,铭华山,勒函谷之关,刊燕然之石","壮思雄飞","缛采相辉"①。这方面开元十三年封禅时撰写的《封东岳朝觐颂》可为代表,此可与同时而作的张说《大唐封祀坛颂》相媲美。文章在序文中按时间顺序依次详述了封禅之因、封禅之行途,极力铺写了封禅过程的壮观场景,"封祀之山,五在中国,泰岳之首,昊穹之命,再集巨唐,皇帝受之"。威仪行止,要言不烦,严密典雅。《文心雕龙·封禅》称封禅之文是宣传"一代之典章","构位之始,宜明大体,树骨于训典之区,选言于宏富之路,使意古而不晦于深,文今而不坠于浅,义吐光芒,辞成廉锷,则为伟矣"。苏颋此文符合古雅但不失于晦涩,辞理通畅的文体要求。其颂文曰:"天子圣兮天孙崇,登以封兮报以功。受命再,惟皇代,天之赍,人所载。士马山巉,戈矛山沓,祯符山杂,灵响山答。天与人合,我铺衍兮长粹清。太元册兮太乙精,休光光我之庆成。舜四朝而禹万国,莫之我京。"② 再次宣扬了封禅的必要性及重大意义。此文与张说之《大唐封祀坛颂》、源乾曜之《社首坛颂》是对玄宗《太山铭》的最好诠释③。整篇文字铺张扬厉,典雅丰缛,"敷写似赋,而不入华侈之区",是唐代颂赞文的典范。

4. 边关政论

张说、苏颋二人对于边塞战争,同样主张不轻易用兵。

张说一向主张谨慎用兵,不轻易发动战事,这是与其多次从戎边塞的人生经历密切相关的。举《进㩗州斗羊表》为例。吐蕃在开元初自恃强大,向唐朝致书采用两国对等的礼节,言辞傲慢,玄宗非常愤怒。《资治通鉴》开元十五年,"张说言于上曰:'吐蕃无礼,诚宜诛夷,但连兵十余年,甘、凉、河、鄯,不胜其弊,虽师屡捷,所得不偿所亡。闻其悔过求和,愿听其款服,以纾边人。'上曰:'俟吾与王君奂议之。'说退,谓源

---

① 《全唐文》,韩休:《唐金紫光禄大夫礼部尚书上柱国赠尚书右丞相许国文宪公苏颋文集序》卷二九五,第3册,第2987页。
② 《全唐文》卷二五○,第3册,第2527页。
③ 《曝书亭集·开元泰山铭跋》云:"赵明诚《金石录目》载'泰山铭侧有题名三列',今已亡之。"《全唐文纪事》卷八引。

乾曜曰：'君㚟勇而无谋，常思侥幸，若二国和亲，何以为功！吾言必不用矣。'"① 果然，王君㚟入朝，请求玄宗让他率军深入吐蕃境内讨伐，结果大败而亡。《旧唐书·张说传》亦记载此事，并云张说获巂州羊，上表敬献，以申讽喻。其表曰：

> 臣闻勇士冠鸡，武夫戴鹖，推情举类，获此斗羊。远生越巂，蓄性刚决，故不避强，战不顾死，虽为微物，志不可挫。伏惟陛下选良家于六郡，求猛士于四方，鸟无遁材，兽不藏伎。如蒙效奇灵囿，角力天场，却鼓怒以作气，前踯躅以奋击。趹若奔云之交触，碎如转石之相叩，裂骨赌胜，溅血争雄，敢毅见而冲冠，鸷狠闻而击节。冀将少助明主市骏骨揖怒蛙之意也。若使羊能言，必将曰"苦斗不解，立有死者"。所赖至仁无残，量力取劝焉。②

玄宗最终深悟其意。张说的《并州论边事表》，也是劝谏玄宗谨慎用兵。

苏颋同样认为兵乃国之兴亡的基础，他曾引《左传》"兵之设久矣。所以威不轨而昭文德。圣人以兴，乱人以废，皆兵之帖"来说明养兵的重要性，指出："文事必有武备，耀德在于观兵，所以外清要荒，内辑华夏，其经济之致欤！"③ 但他也不主张轻易用兵，亦有《谏銮驾亲征吐蕃表》两篇。开元二年，吐蕃犯边，玄宗欲亲征，苏颋上表谏阻，《新唐书·苏颋传》详细记载此事，并大段引用苏文。《第一表》云："臣闻北狄西戎，自古而有，虽有夏殷之强，轩农之盛，未息其患也。《书》称蛮夷猾厦，《诗》著猃孔炽，未损东渐西被之化。"指出"戎狄荒服，忽慌之义也。来则拒之，去则勿逐，以禽兽处之，以羁縻御之"。如若亲征，缺点有三：人不堪命，我受其误，无法自得。不若"择将严边，旰食修德，为良算也"④。《第二表》说亲征"时不可"，"势不可"，"非太平之本"，劝玄宗"禅梁甫，登崆峒，雅歌从容，为后王法，阃外之事，属诸将军，何至厌

---

① 《资治通鉴》卷二一三，第 14 册，第 6776 页。
② 《全唐文》卷二二三，第 3 册，第 2250 页。
③ 《唐大诏令集》卷一〇七，（唐）苏颋：《骊山讲武赏慰将士诏》，第 506 页。
④ 《全唐文》卷二五五，第 3 册，第 2586 页。

玉辇,甘金革,邀功马上,为一人之敌也",此"适足以骄敌人羞天下",然后又接着指出亲征之弊端,阐明"居中制胜,为防萌杜渐之上略"。引汉高祖"吾不能斗力"来警示玄宗,"州县急于供费,力不足以救边,军容制于部伍,势不足以赴敌,脱胡骑纷扰,京城空虚,人情易动难安,不可不虑也"①。战争于国于民均弊大于利,确实需要三思而后行。

玄宗本好大喜功,穷兵黩武,许多边将更利用他这种心理,鼓动用兵以邀边功。但在开元初年他还能有所克制,发动的战争大多还以自卫为主,对吐蕃的用兵,亦复如此。而且,此时的玄宗在战争失败后能及时醒悟,对于大臣的讽谏尚能嘉纳。

5. 佛禅风尚

二人都有相当数量的与佛禅有关的文章,从中可以见出盛唐崇佛风气亦浓。

张说 14 篇,分别为《进佛像表》《龙门西龛苏合宫等身观世音菩萨像颂》《为僧普润辞公封表》《唐玉泉寺大通禅师碑铭》《谢赐御书大通禅师碑额状》《石刻般若心经序》《卢舍那像赞》《蓝田法池寺二法堂赞》《三归堂赞》《善法堂赞》《唐陈州龙兴寺碑》《元识阇黎庐墓碑》《造像记》《与度门禅众表》等。张说曾自称"栖志禅门",对佛教尤其是禅宗经义颇为精通,有的文章直接大段抒发佛教思想,如"智周万物,而理证本无"②一段即是。苏颋亦有 6 篇,分别是《利州北题佛龛记》《为韦附马奉为先圣绣阿弥陀像赞》《净信变赞》《唐长安西明寺塔碑》《陕西龙兴寺碑》《唐河南龙门天竺寺碑》等,其中后三篇值得一观。《唐长安西明寺塔碑》最佳,盛赞唐业"鸿勋铺亿载,盛业冠三代",描绘塔之建构、外观一段颇见气势。神龙年间,唐中宗复位后,"制天下州尽置大唐龙兴寺"以纪复国,二人为陈州和陕州的龙兴寺撰写过碑文,内容相近,苏颋《陕州龙兴寺碑》"修心观心,惟凡证圣;即色非色,惟觉悟迷。小者得其小,大者得其大:药草之喻是也;有者见其有,无者见其无:露泡之喻是也。使般若之门,随方而启;仁寿之域,举代咸登:用于国家六度齐,行于人伦五常等"一段将佛论与治国和人伦联系在一起,表现出唐代佛

---

① 《全唐文》卷二五五,第 3 册,第 2587 页。
② 《全唐文》卷二二八,《元识阇黎庐墓碑》第 3 册,第 2302 页。

教的实用性。

　　6. 代他人立言

　　张说、苏颋有大量的代言体文字，表明二人经常代人捉刀，为文颇能符合代笔者的身份地位，不愧"大手笔"之称。张说 21 篇，分别是神功元年（697）为幽州节度管记时代武攸宜作《为清边道大总管建安王奏失利表》《为建安王谢赐衣及药表》《为建安王让羽林卫大将军兼检校司宾卿表》3 篇；万岁通天元年（696）代万年县令郑国忠作《为留守奏庆山醴泉表》《为留守奏瑞禾杏表》《为留守作贺崛山表》《为留守奏羊乳獐表》《为留守奏嘉禾表》5 篇；《为河内王作祭冀州文》《为薛稷让官表》《为郭振让官表》《为僧普润辞公封表》《为河内郡王武懿宗平冀州贼契丹等露布》《为河内王作祭陆冀州文》《为魏元忠作祭石岭战亡兵士文等》《为魏元忠作祭古岭没陷士女文》《为人作祭弟文》（两篇）《为郑虚已作祭舅文》《为将军高力士祭父文》《为伎人祭元十郎文》。

　　苏颋代言文亦有 21 篇，分别是《为群官请公除表》《为群官固请公除表》（2 篇）《为群官请虞卒哭表》《代家君让左仆射表》《代家君让侍中表》《为王尚书让宰相表》《为岐王让太常卿表》《太阳亏为宰臣乞退表》《为宋尚书谢加三品表》《为政事贺雨状》《为政事贺苗稼状》《为政事进白雀状》《为政事请公除状》（3 篇）《为宰相论月应蚀状》《为卢监被盗衣物谢赐御衣物状》《为韦驸马奉为先圣绣阿弥陀像赞》《为人作连珠二首》。

三　"崇雅黜浮，气益雄浑"

　　《新唐书·文艺上》云："玄宗好经术，群臣稍厌雕瑑，索理致，崇雅黜浮，气益雄浑。"① 唐玄宗开元前期的这种"崇雅黜浮，气益雄浑"的士风与文风在张说与苏颋的文章中得到了充分的艺术展现。

　　1. 以气格为主

　　高步瀛《唐宋文举要》乙编序言云："唐初文体，沿六朝之习，虽以太宗雄才，亦学庾子山为文，此一时风气使然，殊关政治污隆。……及

---

① 《新唐书》卷二〇一，第 18 册，第 5725 页。

燕、许以气格为主,而风气一变。于是厌齐、梁,而崇汉、魏矣。"指出二人革六朝至初唐之习,而能开创新体,以气势浑厚取胜,这确乎是二人为文的共同之处。

韩愈《答李翊书》云:"气盛则言之短长与声之高下者皆宜。"张说的文章自然有雍容华贵之气象,境界阔大,格调雄浑,气势恢宏,气韵畅达,高步瀛曾评张说文曰:"燕公文以气势胜。"① 清人孙梅云:"燕公笔力沉雄,直追东汉,非独魏晋而下,无堪相匹,即合唐、宋诸家,自柳州而外,未有能劘其全者。"指出其文直追东汉古文,有一定的复古特色,复古即革新。又云:"笔力古劲,气韵沉雄,至燕公极矣。"② 对张说之文非常推崇,许之为唐文四六作家"集大成者"三家之一③,孙氏所看重的即是张说沉雄的笔力和气韵。《右羽林大将军王公神道碑》开头即以劲阔雄健之笔发以议论:"夫事君效命之谓忠,杀敌荣亲之谓勇,干星袭月之谓气,逐日拔山之谓力。有一于此,名犹盖代,矧兼其四,人何间焉?是晋昌所以错落将星,峥嵘山岳者也。"④ 为全文定下壮丽雄伟的基调。苏颋亦是如此,《命薛讷等与九姓共伐默啜制》表现出军容盛壮,必胜的信念,"三军既整,百道齐入,吴钩楚练,照曜阴山之峰;冀马燕犀,张皇穷漠之地。况彼寇恶积,我师义动,知存亡者观其兆,摧枯朽者鲜其力,庶使疆场罢候,从此息人,边鄙不虞,因而尽敌"⑤。

张说之《请许王公百官封太山表》《大唐封祀坛颂》与苏颋之《贺封禅表》《封东岳朝觐并序》,气势壮阔,自豪感与自信心溢于言表,表现出盛唐气象,这是苏张的共同特点,说明二人在"润色王言",颂赞大唐盛世方面的突出才能,二人之所以能在唐代众多"大手笔"中最为后世推崇,与其所表现的时代密不可分,正所谓"英词鼓动天下"(玄宗赞张说)、"鼓动江山之气"(韩休赞苏颋)。

---

① 《唐宋文举要》乙编卷二,第1428页。

② 《四六丛话》卷三二,《历代文话》本,第5册,第4914、4929页。

③ 孙梅称张说、柳宗元、令狐楚为"唐文四六"集大成者三家:"于燕公(张说)极其厚,于柳州(宗元)致其精,于文公(令狐楚)仰其高。"(第4936页)

④ 《全唐文》卷二二九,第3册,第2313页。

⑤ 《全唐文》卷二五三,第3册,第2565页。

2. 简洁典重，擅于炼意

瞿兑之曾说："张氏之文，最是淡泊之中，又有醇厚之味。"① 刘麟生认为："（燕许）其文雍容华贵，与其所处之时代，适相称。四杰承六朝之风，以流丽相尚，燕许处太平之疏，以凝重见长，而后唐文始趋于博大昌明之域，作风时代之反映，不益信欤？"② 两位民国时的文论家对于张说、苏颋文风的感悟可谓恰到好处，一语中的。雍容华贵，凝重流丽乃是就张说、苏颋的整体文风的概括性描述。

张说的碑志能以几句极警切的语句概括碑主的生平或显著之处。《文贞公神道碑》以"位为帝之四辅，才为国之六翮，言为代之轨物，行为人之师表"二十四个字对姚崇的生平作了精练而又扼要的概括，笔墨简括，可谓是统领全篇的警句。二人虽有嫌隙，但碑文却雍容典雅，极有分寸。清康熙皇帝也评此碑铭云："详整巨丽，叙功纪行，皆举其大，故要而不烦。"③ 高步瀛评曰："不事铺张驰骤，而气象万千，自是大手笔。"④ 切中肯綮。为宋璟作的碑文则抓住其刚直的个性这一点，《广州都督岭南按察五府经略使宋公遗爱碑颂》用"执白简，登琐闼，推诚謇谔，不私形骸，忤英主之龙鳞，蹈奸臣之虎尾。挫二张之锐，则声恒寰域；折三思之角，则气盖风云"，概括其执政时的威名，形象而又简练，宋璟"不怒而威，不言而信"的精神风貌跃然纸上。康熙皇帝评此文"古质有鼎彝之色，颂辞跌荡岸异，迥非恒径"。全文仅 600 余字，却深受清人蔡世远的赞赏："大手笔人方有此大文章，惟广平公足以当之。"⑤ 可见所谓大文章，并不在篇幅长，而在于分量重。本文典雅堂正，精练确凿，真切感人，毫无溢美之词。龚自珍《唐文目》选张说文只此一篇，可谓独具慧眼。姚、宋历来被称为开元贤相，张说对二人的描述恰切允当，充分显示了其高超的概括本领，碑文和史传互读，更可以见出开元二贤相的风神。此外如《唐西台舍人赠泗州刺史徐府君碑》起始对于碑主品行为人、文才礼治、"嘉猷说言"的简笔概括；《故括州刺史赠工部尚书冯神道碑》用"金之为宝，

---

① 《中国文学八论》第三种，瞿兑之：《中国骈文概论》，中国书店 1985 年版，第 40 页。
② 刘麟生：《中国骈文史》，商务印书馆 1998 年影印版，第 76 页。
③ 《全唐文纪事·卷首》康熙语，第 11 页。
④ 《唐宋文举要》乙编卷二，第 1443 页。
⑤ 《古文雅正》卷七，《四库全书》（文渊阁）本。

百炼而惟精;玉之称德,久幽而不昧。圣人美焉,君子比焉。可铄也,不可夺其刚;可毁也,不可污其洁"概括碑主坚定不移的操守;《西岳太华山碑铭》全用四言骈文写成,但突出描写了华山的景色奇异,雄峻峭拔,写景状物,简洁精美等,最短的《子曲阳阿令墓志铭》全文只有16字。

苏颋为文亦言简意明,其《封安吉县主制》只53字,收于《唐大诏令集》中的封官制敕均在开首加以四句或六句的话语对封官理由或所封官职给予扼要简明的概括。如《卢怀慎去官养疾敕》:"留侯多病,汉皇许其颐养;吕蒙未瘳,吴主因而懵戚,此则古之义也。"① 《加张昕食实封制》:"疏爵列土,是称王制;大功盛德,必建侯封。"② 《加郭虔瓘食实封制》:"闻鼓鼙之声者,则思将帅;裂茅土之赋者,则念勋庸。"③ 《卢怀慎检校黄门监制》:"古称纳言,亦号常伯,厥命惟允,朕之股肱,俾乂成绩,聿归良辅。"④ 《赠重俊皇太子制》给李重俊这位有过极为不光彩过去的逆太子作赠制,行文用语颇为恰切允当:"重俊大行之子,元良守器,往罹构间,困于谗嫉,莫顾铁钺,轻盗甲兵,有此诛夷,无不悲惋。今以四凶咸服,十起何追,方申赤晕之冤,以纾黄泉之痛。"⑤ 既指出忤逆事实,又言其为人所误之可惜可惋,深得制诏真谛,玄宗当然喜爱。

骈文自六朝徐陵、庾信以来,一直以踵事增华、铺采摛文为能事,这种情况一直延续至初唐四杰等人。张说的文章,除《大唐封祀坛颂》《赠太尉裴公神道碑》《兵部尚书代国公赠少保郭公行状》等少数几篇篇幅较长,苏颋的文章除《陕州龙兴寺碑》《唐河南龙门天竺寺碑》《司农卿刘公神道碑》《右仆射太子少师唐璇神道碑》等碑文较长,二人的许多文章皆以简笔勾勒,并不崇尚铺排扬厉,挥毫泼墨。他们的文章虽仍多以骈文为主,但避免了烦冗铺张,雕琢刻露,而是以简洁典重为特色。

3. 骈散结合,少用事典

骈文源出于汉赋,本以用词华美,引经据典为尚,而张说、苏颋却不

---

① 《唐大诏令集》卷五七,《全唐文》卷三四收玄宗名下。
② 《唐大诏令集》卷六三,《全唐文》卷二〇收玄宗名下。
③ 同上。
④ 《唐大诏令集》卷四四,《全唐文》卷二一收玄宗名下。
⑤ 《全唐文》卷二五三,第3册,第2553页。

然。其二人文章骈散结合，夹奇句于骈句之中，错落有致，简净典雅，与六朝靡丽的骈文不同，运笔行文以流畅代艰涩，以典丽革浮靡，于宏丽之中洋溢雄浑之气，表现出对骈体文体进行改革与创新，正所谓"波澜颇畅，而骈俪犹存"①。

张说《延州豆卢使君万泉县主薛氏神道碑》开首几句云："或称达性命者，齐生死之域；违忧怯者，一修短之数。斯盖无心之论耳，焉足与议于情哉？"短短数十字，先骈后散，运用颇为纯熟。《并州论边事表》行文错落有致，明白晓畅。苏文骈散结合之作，如《禁断锦乡珠玉敕》，寓骈于散，不求对仗，词显意明，读来琅琅上口，清新超拔。如《谏銮驾亲征吐蕃表》："况今四海之内，皆为臣妾，普天之下，莫非王土，而蕞尔一寇，如一蚊之附九牛，陛下便欲万乘之尊，亲衔橛之变，轻其帝重，逸此庸臣，臣窃为陛下不取也。"② 句式颇为灵活。再如《谏銮驾亲征吐蕃表》亦多用散体，康熙曾评云："摅沥款诚，不烦雕饰，而自然精采。唐文之绝无俳偶者。"③

瞿兑之有云："骈文不尽需以用典为高，其用典者，亦贵于融合无迹，剪裁得当，虽用典而不觉其用典，方为妙手。凡专以堆砌为能者，固非骈文上乘也。"④ 这在张说、苏颋文章中表现出较大的普遍性。瞿氏又云："张氏（说）的文章是不甚用典的，也不用华丽的字眼，工整的格式，就是随笔写出，自然有雍容华贵的气象。"⑤ 如《请置屯田表》一段：

> 臣闻求人安者，莫过于足食；求国富者，莫先于疾耕。臣再任河北，备知川泽，窃见漳水可以灌巨野，淇水可以溉汤阴，若开屯田，不减万顷，化葏苇为粳稻，变斥卤为膏腴，用力非多，为利甚溥。谚云："岁在申酉乞浆得酒。"来岁甫尔，春事方兴，愿陛下不失天时，急趋地利，上可以丰国，下可以廪边，河漕通流，易于转运，此百代

① （明）袁黄：《群书备考》语，《中国大文学史》卷六，第四编第一章第一节《唐文学总论》引语，第 1 页。
② 《全唐文》卷二五五，第 3 册，第 2586 页。
③ 《全唐文纪事·卷首》康熙语，第 10 页。
④ 刘麟生：《中国骈文史·序》，商务印书馆 1998 年影印版，第 5—6 页。
⑤ 《中国文学八论》第三种，瞿兑之：《中国骈文概论》，中国书店 1985 年版，第 40 页。

之利也。当今国储未赡,边军未息,静人业农,愿留圣意。①

剀切直陈实事,耿耿忠心可见,语言流畅,甚少用典。即便用典,也尽量用熟典,没有难以卒读之感。唐人郑綮《开天传信记》称颂苏颋"学问日新,文章盖代",郑处诲《明皇杂录》卷上更称其"文学该博,冠于一时"②,苏颋的文章讲究学问的渊博,但却并不过分运用事典,如《授宋王成器太子太师制》用"太伯之风"类比宋王成器让太子之位于其弟平王隆基,较为贴切,再如《令道士女冠僧尼拜父母敕》等全不用典。这两点上二人表现出较一致的取向,只是两相比较,张说似乎更胜一筹。

张说、苏颋使实用性很强的骈体公牍文字趋向自然质朴化,且能有一种浑融的气势贯注其中,以华彩文章铸就了大唐盛世的辉煌。

四 "骈俪犹存,波澜渐畅"
——"燕许"在唐文发展史上的过渡与革新

张说、苏颋均为开元重臣和文坛词宗,二人筚路蓝缕,披荆斩棘,革六朝之积弊,开一代之新风,在唐代文章史上占有相当重要的地位,其过渡与革新作用不容忽视。

古文运动不是一蹴而就,而是有一个萌芽酝酿的过程。自中唐以降,"燕许"一直被视作唐文三变的关键一环。中唐梁肃《补阙李君前集序》云:"唐有天下几二百载,而文章三变。初则广汉陈子昂以风雅革浮侈,次则燕国公张说以宏茂广波澜,天宝以还,则李员外、萧功曹、贾常侍、独孤常州比肩而出,故其道益炽。"③ 宋初姚铉的《唐文粹·序》亦有关于"唐文三变"的轮廓:"有唐三百年,用文治天下。陈子昂崛起庸蜀,始振风雅,由是沈、宋嗣兴,李、杜杰出,六义四始,一变至道。泊张燕公以辅相之才,专撰述之任,雄辞逸气,耸动群听,苏许公继以宏丽,丕变习俗,而后萧、李以二雅辞本述作,常、杨以三盘之体演丝纶,郁郁之

---

① 《全唐文》卷二二三,第3册,第2253页。
② 以上两条并用《唐五代笔记小说大观》本,第1215、956页。
③ 《全唐文》卷五一八,第6册,第5261页。

文，于是乎在。"① 宋祁《新唐书·文艺传序》开宗明义揭橥了"唐文三变"："唐有天下三百年，文章无虑三变。高祖、太宗，大难始夷，沿江左余风，绨句绘章，揣合低卬，故王、杨为之伯。玄宗好经术，群臣稍厌雕琢，索理致，崇雅黜浮，气益雄浑，则燕、许擅其宗。是时，唐兴已百年，诸儒争自名家。大历、贞元间，美才辈出，擩哜道真，涵泳圣涯，于是韩愈倡之，柳宗元、李翰、皇甫湜等和之，排逐百家，法度森严，抵轹晋、魏，上轶汉、周，唐之文完然为一王法，此其极也。"② 元人吴莱《春秋集传纂例序》云："自唐世言文者，一变而王杨卢骆，再变而燕许，三变而韩柳。"③ 明人袁黄《群书备考》亦云："唐之文章，无虑三变。王、杨始霸，如丽服靓妆，燕歌赵舞，虽绮丽盈前，而殊乏风骨。燕、许继兴，波澜颇畅，而骈俪犹存。韩愈始以古文为学者倡，柳宗元翼之，豪健雄肆，相与主盟当世。"④

　　张说、苏颋以海纳百川的博大胸襟对前人的文学思想兼收并蓄，纠正了陈子昂以汉魏风骨取代齐梁诗风的理论偏颇，形成了融汉魏风骨和齐梁文采为一体，内容与形式并重的审美观，并以大量的创作实践了他们的美学理论，对后来的古文运动影响至深。德宗贞元后期至宪宗元和年间，受到梁肃赏识的韩愈、李翱、柳宗元、皇甫湜等人，同声相应，同气相求，从先行者手中接过复古的大旗，以"文以明道"为口号，以恢复儒家道统为己任，扬弃了柳冕等人的偏激主张，踵武梁肃，沿着张说、苏颋所开创的正确道路前进，登上了唐代古文创作的顶峰。

　　1949 年以后，言唐文必谈古文运动，谈古文运动必溯其源论其先驱，论先驱则将张说、苏颋排斥在外。文学史家对于二人很少述及，究其原因，在于重质轻文的文学观念日益严重，对六朝骈文的评价过低，久而久之，形成了否定骈文的思维定式，致使人们只看到了张说散文"骈俪犹存"的一面，而忽略其"波澜渐畅"的一面。清末学者沈曾植《海日楼札丛》之《开元文盛》条说："开元文盛，百家皆有跨晋、宋追两汉之思。

---

① （宋）姚铉：《唐文粹·序》，台北商务印书馆 1968 年版。
② 《新唐书》卷二〇一，第 18 册，第 5725—5726 页。
③ （元）吴莱：《渊颖集》卷一二《春秋纂例辨疑后题》，《四部丛刊》影元至正本。
④ 《中国大文学史》卷六，第四编第一章第一节《唐文学总论》引语，第 1 页。

经大历、贞元、元和，而唐之为唐也，六艺九流，遂成满一代之大业。燕、许宗经典重，实开梁、独孤、韩、柳之先。李、杜、王、孟，包晋、宋以跂建安，而元、白、韩、孟，实承其绪。"① 认为"燕许宗经典重"，已开中唐古文作家梁肃、独孤及和韩愈、柳宗元古文运动的先声，可谓卓见。近代国学大师章太炎《国学概论》第四章《文学之派别》曾指出："中唐以后，文体大变，变化推张燕公、苏许公为最先。他们行文不同于庾，也不同于陆，大有仿司马相如的气象……韩柳的文，虽是别开生面，却也从燕许出来，这是桐城派不肯说的。"② 从韩愈、柳宗元一些带有传奇色彩的碑传中，可以看出张说碑文的影响。

　　"燕、许"二人，张说的作用显得更大一些。他骈散相融、少用事典的文风对于骈文形式上的改革与创新，对于后来古文运动的兴起有着导夫先路的作用，清人蔡世远云："昌黎公未出以前，推燕公为巨手，未能去排偶之习，然典重矜贵有西汉之风味而无六朝之绮靡。"③ 即指出张说在韩愈之前为唐代古文运动的兴起开辟了一条新的道路。尤为重要的是其碑志创作对古文作家的影响和作用。碑志在张说手中进入到文学散文的行列中，并在后来发展成为独具特色的传记文。"韩碑杜律"被认为是唐代诗歌与散文发展的顶峰。韩愈许多碑志文的文风是在张说碑志文的基础上加以发扬光大而成就的，因此，清人孙梅一针见血地指出："若夫格沿齐、梁，文高秦、汉，词雄而意古，体峻而骨坚，称有唐之冠冕，为昌黎所服膺者，其惟张燕公乎。"④ 岑仲勉认为张说是韩柳古文运动的较早源头之一，岑氏认为："陈子昂生高、武间，承四杰之弊，虽诗序小品仍参用骈俪，然大致能恢复古代散文之格局，唐文起八代之衰，断推子昂为最。"并在这一节中对于"陈氏（按：指陈寅恪）云：古文运动之初起，由于萧颖士、李华、独孤及之倡导与梁肃之发扬，此诸公者，皆身经天宝之乱离，而流寓于南土，其发思古之情，怀拨乱之旨，乃安史变叛之刺激反应也"的说法给予辩驳，指出："此其说非特无视唐人之公论及子昂、二张、

---

① （清）沈曾植：《海日楼札丛》卷七，辽宁教育出版社 1998 年版，第 262 页。
② （清）章太炎讲演，曹聚仁记录：《国学概论》，巴蜀书社 1987 年版，第 91 页。
③ 《古文雅正》卷七。
④ 《四六丛话》卷一八，《历代文话》本，第 4615 页。

富吴、李邕等之成绩，亦极忽视历史之时间性；萧、李、独孤致力古文，皆在天宝末以前……天宝末颖士已驰名国外，（参旧新《唐书》本传）是知受安史刺激云者之任意牵合也。"他以为张说、张九龄、吴少微、李邕、李华、萧颖士、李翰、独孤及、颜真卿、元结、梁肃、符载"皆子昂之为导也"①。岑仲勉的这段话旨在强调陈子昂对唐代古文发展的功绩。他与陈寅恪在某些问题上有一些学术分歧，这里暂不作深入讨论。但有一点是显然的，就是张说乃是唐代由骈趋散的古文运动中一个不可忽视的重要作家，对其历史功绩的忽视是不应该的。

"文变一代之英"（贾曾《饯张尚书赴朔方序》）的张说与"文阵之雄帅"②的苏颋，处于"初唐之渐盛"的历史时期，他们的文章打破了六朝至初唐骈文文胜质的纤弱格局，成为唐文三变的关键一环，推动唐代文章创作从初唐骈文向中唐古文的转变。南宋魏了翁《唐文为一王法论》高度评价了张说、苏颋筚路蓝缕之功："天下之习沉溺浸渍之久，则其弊非一朝之可革。……使文章之变，非燕、许诸人为之先，则一进韩愈岂能以一发挽千钧哉？"③洵为的评。

第二节　张说、苏颋之比较

一　文体差异——制敕与碑志

张说之文有赋、颂、制、策问、表、奏、疏、书、章、状、议、科策、启、露布、序、记、赞、箴、铭、碑、墓志铭、行状、祭文、诰④等24类，苏颋之文有赋、颂、制、敕、册文、书、表、状、判、序、记、论、赞、铭、连珠、碑、哀册文、墓志铭、诰、诏、疏⑤等21类。二人文章从文体上说有同有异，相同者有赋、颂、制、表、疏、书、状、序、

---

① 岑仲勉：《隋唐史》，中华书局 1957 年版，第 176—179 页。
② （五代）王仁裕：《开元天宝遗事》卷下云："张九龄尝览苏颋文卷，谓同僚曰：'苏生之俊赡无敌，真文阵之雄帅也。'"（《唐五代笔记小说大观》本，第 1736 页）
③ 郭绍虞主编：《中国历代文论选》第 2 册，上海古籍出版社 1980 年版，第 422 页。
④ 仅存《卿士诰》1 篇，《全唐文补编》卷三二补。
⑤ 诰、诏、疏均仅存 1 篇，分别为《睿宗遗诰》《骊山讲武赏慰将士诏》《荐西蜀人才疏》，《全唐文补编》卷三一补。

记、赞、碑、墓志铭、诰等 13 类。策问、章、议、科策、启、露布、箴、祭文等 8 类为张说所独有，敕、册文、判、连珠、哀册文、诏等 7 类为苏颋所独有。在这其中，碑志类与制敕类文字分别是张说与苏颋二人的代表性文体，而这恰恰是二人在文体上的最大差别。

碑志，张说现存碑志 76 篇①，占其文章总数的三分之一，而苏颋现存碑志 28 篇，只占其总数的百分之六。制敕，在多数"大手笔"文章中都占有很大的比例，也是通常被认为是"代为王者言"的典型文体。苏颋在这方面的表现非常突出，现存制 192 篇，加上敕 27 篇（其中 1 篇敕文），册 3 篇，共 222 篇，占其全部 312 篇文章的一大半，而张说并不长于作制敕文书，他只有 2 篇制《答宰臣员破贼制》《睿宗命皇太子监国制》存世，或者与其职位有关系，他很少作这类文字。《旧唐书·孙逖传》云："议者以为自开元以来，苏颋、齐浣、苏晋、贾曾、韩休、许景先及逖，为王言之最。"这里以制诏著称的文章家中就不包括张说。

明人王世贞《艺苑卮言》卷四："开元彩笔，无过燕、许，制册碑颂，舂容大雅。"② 这是笼统而言，实际上张说更长于碑志，苏颋更长于制敕，他们被称为"大手笔"，主要原因亦在于分别长于碑志和制敕的创作，这一方面表现出"大手笔"文体的不局限性，另一方面也表现出二人在文体上的同中之异，下面分别加以说明。

1. 长于碑志的张说

六朝人作碑志都是骈体，"为人志铭，铺排郡望，藻饰官阶，殆于以人为赋，更无质实之意"。唐人好作碑志，第一章中已指出，早在太宗时，就喜好在交兵之处刻碑立铭，以记功德，初唐四杰和富嘉谟、吴少微等人也大体承袭了这种风气。"大手笔"作家从崔行功到崔融，墓志写作虽有缓慢的发展，但没有大的突破。玄宗时作碑颂风气炽盛，玄宗本人经常敕令张说撰写碑文，擅写碑志会受到时人的尊重，当时著名的文士，大都会写碑志。而张说"尤长于碑文、墓志"，"为文属思精壮，长于碑志，世所不逮"（《新唐书·张说传》）。当时无能及者，所以许多名士作碑志都会不自觉地向其文风靠拢。

---

① 　按：另有 18 篇祭文，亦属此类。
② 　丁福保辑:《历代诗话续编》，中华书局 1983 年版，第 1005 页。

　　碑文是刻在石碑上的文辞。所谓碑，本是古人置于宫室、宗庙的石柱前，有的是为了"识日影"，有的则备拴牲畜，后面发展为刻在石上以记事，因而产生了碑文。一般是前有散文记事，后有韵语颂赞，散文部分称为"志""序"，韵语部分称为"铭"，刘勰《文心雕龙·诔碑》云："属碑之体，资乎史才，其序则'传'，其文则'铭'。"但这两部分在唐代多以骈文为主。张说的碑志仍然是这样一种模式：序文（漂亮的起兴文字＋个人姓名别号籍贯＋家世考述＋概括其人一生的警句＋主要典型事迹＋追叙＋颂赞感叹）＋铭文。但张说的碑志遍及社会各色人物，他为声名显赫的名相宗臣撰碑，如姚崇、宋璟、苏瓌、苏颋父子、韦嗣立、卢思道、萧元茂、王仁皎等；为边关重将撰碑，如王方翼、郭震、裴行俭、王君㚟等；为各级官吏撰碑，如《河州刺史冉府君神道碑》《延州豆卢使君万泉县主薛氏神道碑》《贞节君碑》等；为得道高僧撰碑，如《唐玉泉寺大通禅师碑铭》《元识阇黎庐墓碑》；为各类妇女撰碑或铭，如《颍川郡太夫人陈氏碑》《郑国夫人神道碑奉敕撰》《鄎国长公主神道碑铭》《昭容上官氏碑铭》等；为自己家人撰碑，如为其父张骘、祖父张恪、曾祖张弋撰写碑志四篇，为其侄女撰《张氏女墓志铭》；为早夭的神童撰写墓志铭《徐氏子墓志铭》；也曾为玄宗近臣宦官高力士之继父撰《唐故高内侍碑》；诸如此类，难以一一称述。以下择其要者简述。

　　《故吏部侍郎元公碑铭》为世所称颂，崔湜《故吏部侍郎元公碑铭》云："公执交兵部侍郎南阳张说、吏部侍郎范阳卢藏用当代英秀、文华冠时，而卢兼有临池之妙，故张述铭、卢篆石，天下称是碑有二美焉。"[①]《元城府左果毅赠郎将葛公碑》对于碑主的尚武个性有着一段简洁精到的描述："公生而开朗，长而英拔，非因马、郑之学，动合《礼经》，不待孙、吴之书，暗同《兵法》。有拳勇，尚气概，顾眄棱华，风神都爽，五驭善于东野，六射劲于西霜，少以嫖姚之才，入光供奉之选。御桥骖驾，犯清跸而不惊；辇道啼乌，应鸣弓而自落。"[②]张说有些碑文末的铭文写得非常切实，与一般铭文作表面文章不类。如《故括剌州刺史赠工部尚书冯公神道碑》末尾的铭文："古之志士，忠不违难。倬哉冯公，矫此云翰。

---

① 《文苑英华》卷八九八，第5册，第4726页。
② 《全唐文》卷二二七，第3册，第2292页。

嚣嚣群小,彼何足算?屡困忠直,天下改观。经用百年,穷达相半。贻庆二子,双承天涣。严严大理,人命是悬。圣朝表赠,王道无偏。六卿冬官,百工攸序。韩棱虽没,龙泉可许。邱陵鼓舞兮改谷移山,岁月奔波兮有去不还。惟德音与颂石,传不朽于人间。"① 对冯昭泰这位屡受讪谤的耿耿忠臣,给予深深的追悼和崇敬的礼赞。

由于其特殊的宰辅身份,张说经常奉敕撰写碑志,包括给姚崇写的《故开府仪同三司上柱国赠扬州刺史大都督梁国公姚文贞公神道碑奉敕撰》《赠凉州都督上柱国太原郡开国公郭君碑奉敕撰》等。比如后者,满是赞誉之词,其出生福贵无比,"公太白之精,雷泉之灵,膺家之祯,为国而生。身长七尺,力能扛鼎,猿臂虎口,虬髯鹗瞵,射穿七札,剑敌万人。子卿路逢,遥识将军之相;唐举一见,足辨封侯之骨",称其有将军封侯之相,后果立边功受厚封,其性情宽猛相济,"惟公气猛而性和,量宽而精锐,沈谋可以掩蓍蔡,雄断可以夺鬼神"。"树恩结信,立威用武,烜赫如风涛,荡震如雷雨,战必克,攻必取。每有奏谒,上特称叹:'孝文之得魏尚,虏不足忧;太祖之见郭嘉,知成吾事。'"对其宠爱有加,"前后锡锦衣宝带,文马素女,烂其盈门,长鸣在厩",其死后"千里送丧,三军凄怆"②。显然有夸大的成分在内,不过依然叹服其雄辞健笔。张说曾奉旨为异族撰写碑文,如《拨川郡王碑奉敕撰》即是为一位原吐蕃王族后裔的藏族将领而写,盛赞其"拔身向化,首变华风",归顺朝廷,向中土学习。他治军有方,"坚三革,利五刃,偶拳勇,齐足力,信赏罚,分甘苦",连用三字句加以概括,对大唐忠心耿耿,与朔方诸军誓死捍卫边疆,为人称道。又有武略,"几前后大战数十,小战数百,算无遗策,后有全胜",使"六狄逃遁,三垂乂宁"③,从而受到皇帝亲信,后世敬仰。张说有些奉敕所撰的碑文也能够忠实于客观,如《右羽林大将军王公神道碑奉敕撰》既云:"公未登一命,事主将之旌麾;不出十年,代总戎之节钺。慷慨之士,以为美谈。"又似对这位恃勇冒进、贪图边功的王君㚟有所讽刺:"当斯时也,踌躇攘袂,三垂可以气压,百蛮可以力制,即叙者,老生之常

① 《全唐文》卷二二九,第 3 册,第 2317 页。
② 《全唐文》卷二二七,第 3 册,第 2295 页。
③ 同上书,第 2297 页。

谈；和亲者，竖儒之法，安足为神武非常之主道哉！誓请先拔犬戎，次系猃狁，尽区域于西海，辟郡县于北荒，聊皇灵于天外图壮节于云阁。其事如果，旷古未侔，惟君知臣，保斯言之可复；何神与善？负厥志而无成。"①

张说有一些祭文，如《祭崔侍郎文》《为伎人祭元十郎文》等均情真意切，读之动容。尤其是后者，是为一个女伎人祭奠他死去的丈夫元十郎而写。文中诉说了元十郎死后这位女伎人被其原配妻子卖掉的悲惨遭遇："绮罗脂粉娇上春，自言终代保情亲，宁知一旦君恩断，繁弦清管为何人？怀主君之异顾，愿徇命于九泉，迫夫人之严旨，遂投足于他门：生有十年之爱，没无一日之恩。虽强容饰于新奉，心摧绝而不敢言。"② 文中的四句七言诗道出了人世变幻的感慨与人情世态的悲凉。整篇文字类似赋体，且在文中夹诗，颇为新异。

张说曾在《与魏安州书》中表达了自己撰写碑志祭文的原则："不敢假称虚善，附丽其迹。虽意简野、文朴陋，不足媚于众眼，然敢实录、除楦醇，亦无愧于达旨。"③ 他的碑志文总体上是能够遵循这一规则的，虽然有时亦难免失实，比如张说与玄宗宠宦高力士关系密切，曾多次为高力士之父撰碑铭祭文，如为其生父撰《赠潘州刺史冯君墓志铭》《赠广州大都督冯府君神碑铭》；为其继父撰《唐故高内侍碑》《为将军高力士祭父文》，文章并无实际内容，多是奉承颂赞之语，不无诌谀之嫌。一些碑传也有出错时，如《河西节度副使安公碑铭》，把安兴贵、安修仁兄弟当作安同之六世孙。

苏颋的碑志与张说相比，无论在数量上还是质量上都略逊一筹，并无太多特色。其所撰多为皇族、贵族、显宦等，不如张说涉及面广；一些碑志过于典奥，如《赠礼部尚书褚公神道碑》等甚至有些拗涩不畅。相对来说，他较为擅长神道碑④，《右仆射太子少师唐璿神道碑》称赞唐璿"始自谋于将帅，终见器于公辅"，"王孝杰之复四镇，实赖其谋"，因边功卓

---

① 《全唐文》卷二二九，第 3 册，第 2313 页。
② 《全唐文》卷二三三，第 3 册，第 2362 页。
③ 《全唐文》卷二二四，第 3 册，第 2265 页。
④ 《封氏闻见记》卷六"碑碣"云："天子诸侯葬时，下棺之柱，其上有孔，以贯绰索，悬棺而下，取其安审，事毕因闭圹中。臣子或书君父勋伐于碑上，后又立之于隧口，故谓之'神道'，言神灵之道也。"（明雪晴斋钞本）

越而入阁为宰相，是出将入相的典型代表，"入则献规，出不言政，石建、孔光之比；决胜千里，通知四夷，子房、充国之亚"。"为将军，尊重于位，而谢宾客，公之不敢专；为丞相，开陈其端，以归人主，公之不敢伐"，在封建时代能做到唐璿这样"时已偕，用不竭，身已康，名不灭者"，且"任位益高而勇退，年愈迈而思止"，知止知退，故"既明而且哲"①。有些碑志亦有真情实感，《唐紫微侍郎赠黄门监李乂神道碑》可为代表。碑主李乂为苏颋舅父，苏颋与李乂舅甥二人对掌书命，亦并称"苏、李"②。李乂为一代"奇士"，年十一从学，十二属词，即"含商咀徵"，碑文称引当时名人对李乂的赞赏为文，如薛元超称"此子必负海内盛名"，苏味道亦"伟藏器而嗟韫椟"，甚为器重。李乂确实兼有吏才与文才，担任殿中侍御，"平而不颇，疏而不漏"，开元中掌文诰，深受玄宗信用，秉承儒家忠信公顺的礼法行事，"邦释令典，公敷大猷"。死后许多好友痛悼其"弗冥冥隳行，弗察察从政，弗执利邀宠，弗夸毗耀荣；无躁求，无苟得，结友朋义也。海子弟仁也，荐贤畏其知，闻善若已出；急于病，让于夷，轻于财，重于施：乃中山之度矣"。文末又作颂言五首，称其为"王佐之才"，"守位以正，行己无私，无私伊何，惟忠是效，以正伊何，临事不挠"③。可见其对李乂情真意重，他在开元四年为李乂写的一篇悼文《故刑部尚书中山李公诗法记》也证明了这一点④。

苏颋亦能写墓志铭⑤。如《大周故朝请大夫行鼎州三原县令卢府君墓志铭并序》云：

---

① 《全唐文》卷二五七，第 3 册，第 2605—2606 页。

② 玄宗自豪地宣称"前世李峤、苏味道，文擅当时，号苏、李。今朕得颋及乂，何愧前人"（《新唐书·苏颋传》）。又，初唐时李峤与苏味道，同为赵州人，"俱以文翰显"，亦并称苏、李，苏、李并称受到托名苏武、李陵的苏李诗的影响，明人胡震亨《唐音癸签》卷五云："汉称苏、李，唐亦曰苏、李（自注：峤、味道，乂、颋。）"（第 46 页）显然"二李"在二"苏李"中占据主导地位，其应用文写作才能受到普遍认可。

③ 《全唐文》卷二五八，第 3 册，第 2609—2610 页。

④ 该文讲述李乂扈驾新丰汤井还，作感从诗十韵，"诗成而寝，奄忽生灾，此即夫子获麟之卒章"。骈散结合，追忆以往交往及作诗经历，感情悲切，痛彻心扉："呜呼，翰墨未燥，形神已离。举朝惊嗟之声，不崇朝而达于远矣。公文特称于世，每谓知音则寡，同气相求。逮观此词，何异于理！正在心而为咏，岂交臂而相失！曾未数刻，恨不回车击节而如旧也。抚膺一恸，不觉涕之涟洏。痛矣中山，长无山日。虽子期不听，存者可以绝弦；而相如有作，殁者竟传遗草。"（《全唐文》卷二五六，第 3 册，第 2593 页）

⑤ 《全唐文》苏颋并没有墓志留存，但后世辑佚的工作证明他亦写此种文体。

> 曾祖齐黄门思道，祖唐太子率更令赤松，父齐州长史承泰，莫不
> 思含风雅，道冠儒墨，衣簪之会，羔为群。易曰：积善之家，必有余
> 庆。诗云：无忝尔祖，聿修厥德，不其然乎？公幼而符彩炳发，机情
> 俊朗，临事每中柔刚，与人不违诚信。教者德本，行而有恒；静为躁
> 君，言则无玷。程才练识，聚学探微，肇自宾贡，扬于铨列。①

简洁明了，语言通俗，不同于唐初之难读。且描述极具个性，并不千篇
一律。

《大周故京兆男子杜并墓志铭并序》云：

> 子生而聪敏，有老成人之量，日诵万言，尤精翰墨。八岁丧母，
> 不胜其哀，每号哭涕，中有血。宗族归美，搢绅虚期者久矣。圣历
> 中，杜君公事左迁为吉州司户，子亦随赴官。联者阿党比周，惑邪丑
> 正，兰芳则败，木秀而摧，遂构君于司马周季童，妄陷于法。君缨系
> 之日，子盐酱俱断，形积于毁，口无所言。因公府宴集，手刃季童于
> 座，期钉身以请代，故视死以如归。仇怨果复，神情无挠。呜呼！彼
> 奚弗仁，子毙之以鞭挞；我则非罪，父超我在于爵。为谶之理莫申，
> 丧明之痛宁甚。②

其中"童"与"重"，墓志铭可以纠笔记名字之错讹，从叙述上来说比笔
记更加生动③。

　　2. 长于制敕的苏颋

　　制敕是"大手笔"作家的代表性文体，苏颋尤擅长之。因为其制敕雍
容典雅，契合人主意，深得玄宗嘉赏，为其开政事之先例，礼遇有加，曾

---

① 《唐代墓志汇编》上册，大足〇〇八，上海古籍出版社1992年版，第989页。
② 《唐代墓志汇编》上册，长安〇〇七，第995页。
③ 《大唐新语》卷五《孝行第十一》亦有记载："杜审言，雅善五言，尤工书翰，恃才謇傲，为
　时辈所嫉。自洛阳县丞贬吉州司户，又与群寮不叶。司马周季重与员外司户郭若讷共构之，
　审言系狱，将因事杀之。审言子并，年十三，伺季重等酬宴，密怀刃以刺季重。季重中刃而
　死，并亦见害。季重临死，叹曰：'吾不知杜审言有孝子，郭若讷误我至此！'审言由是免官
　归东都，自为祭文以祭并。士友咸哀并孝烈，苏颋为墓志，刘允济为祭文。则天召见审言，
　甚加叹异，累迁膳部员外。"（第79页）

对颋说:"前朝有李峤、苏味道,谓谓之苏、李;今有卿及李义,亦不让之。卿所制文诰,可录一本封进,题云'臣某撰',朕要留中披览。"①　又云:"朕每见卿文章,与诸人尤异,当令后代作法,岂惟独称朕心。"②　张说《送苏合宫颋》称其制敕"畴昔圭璋友,雍容文雅多",颇能"扬我巨唐之声"(《大清观钟铭》)。

他的制敕反映了玄宗开元前期励精图治、改革时弊的伟业。如《禁断女乐敕》《禁断锦绣珠玉制》《禁断大酺广费敕》;《戒励官僚制》《每日听政勉励百僚制》;《听百僚进状及廷争敕》、9 道《处分朝集使敕》组文等,其中绝大部分都出于玄宗朝,典丽雅正、气格超拔,与蒸蒸日上的时代相吻合,具有一定的史料和文献价值,但从文学性来说并未见有大的开拓与特色。他有许多朝廷事务制敕,体现出新朝"邦政惟新"的气象,玄宗颇爱苏颋制敕,其制文颇能显示出玄宗的文治武功,这是玄宗要留其制诰于中披览的原因之一。

苏颋常引儒家经典,如《论语》《尚书》《周礼》《礼记》《易经》等证明"政俗清静,词尚省要"(《至都大赦天下制》)、"务在节省,无得劳费"(《幸长安制》)等观点。在一些禁断体中,更是指出许多当时革除的弊政,"触类实繁,蠹政为甚"(《禁断妖讹等敕》)、"伤风害政"(《禁断女乐敕》)。如《禁断腊月乞寒敕》云:"乘肥衣轻,竞矜胡服,阗城溢陌,深玷华风。"引《尚书》"不作无益害有益,功乃成。不贵异物贱用物,人乃足"语力证其令。《洗涤官吏负犯制》引圣人语"过则勿惮改,过而能改,善莫大焉",指出清贪吏"贵于必行","贵于适中",以前的弊端在于"未能发明大体,颇亦委曲小疵",着眼于大处,而忽略小节,显示出玄宗执政初期励精图治的气象。玄宗初期非常注意巡察诸道,按察使职权兼选贤、考核、地方庶务等,非常突出,《遣王志愔等各巡察本管内制》即是任命包括王志愔、宋璟、韦抗、倪若水、张嘉贞等人在内为各诸州长史、都督、刺史。开元初年攻伐契丹是玄宗军事上的一件大事,所以《命吕体

<hr>

① 《旧唐书》卷八十八,第 9 册,第 2880 页。按:事实上,唐中宗即曾有"欲得卿长在中书"之语,见《唐会要》卷八二,下册,第 1517 页。

② 《全唐文》卷二九五,韩休:《唐金紫光禄大夫礼部尚书上柱国赠尚书右丞相许国文宪公苏颋文集序》第 3 册,第 2987 页。

璟等北伐制》《命姚崇等北伐制》《命薛讷等与九姓共伐默啜制》，均围绕着这一事件展开。

韩休称苏颋文诰"成一家之言"①，李德裕《文章论》云："近世诰命，唯苏廷硕叙事之外，自为文章，才实有余，用之不竭。"②"成一家之言"，"叙事之外，自为文章"道出了苏颋非一般制诰里手，他能于程式之中显出个性，于套路之中自有章法。苏颋起草官制，看似寥寥数语，却需句句切中肯綮。高步瀛《唐宋文举要》云："（苏文）敛典丽为肃括，易铺排为包扫，摆落一切，直趣深微，诚大手笔也。"③ 其制敕结构谨严，言简意赅，抓住被封者的主要特点进行概括，如从功勋、门第、声望、儒学、礼法、文辞、吏能等官员的典型特征来定位，而非千篇一律。李峤评其文"思如泉涌"亦是此意。对立有功勋者的制敕具有代表性的是对刘幽求，这位"茂勋立艰难之际"的功臣，玄宗多次封赏，苏颋制文就有三篇，《授刘幽求左仆射制》《授刘幽求同中书门下三品制》《加刘幽求食实封制》。苏颋亦重视门第，如"河汾之英""相门前社"（《授薛稷中书侍郎制》）；"相门华胄"（《授杨祯太子右谕德制》）；"族茂汾鼎"（《授姚弈太子舍人制》）。对有声望者，如"台阁许其精练，缙绅推其望实"（《授韦抗太子左庶子制》）；"名迹早著，朝廷所推"（《授崔秀太子左庶子等制》）；"早以声华"（《授柳涣给事中制》）；"早负声猷"（《授齐浣紫微舍人制》）。此外对儒学者，已在上文中述及。

苏颋尤为注重人的才学辞章，所以"词场云郁""文学可以比事""文有幽致""文章著名""文词富赡""早负文词""尝推起草之能"之类的词语在其制敕中比比皆是，当然这种辞采应是符合儒家轨范、风雅如"悦礼敦诗，为文可观"（《授于光寓太子中允制》）；"弈代雄词，身济共美，光时雅量，士慕其风"（《授薛稷谏议大夫制》）；"思会风雅，文成典谟"（《授王邱紫微舍人制》）；"属词每穷其雅实"（《授齐浣紫微舍人制》）；"属词婉丽"（《授韩休起居郎制》）；"业优词学，时重才行"（《授贺知章起居

① 《全唐文》卷二九五，韩休：《唐金紫光禄大夫礼部尚书上柱国赠尚书右丞相许国文宪公苏颋文集序》第 3 册，第 2988 页。
② 《全唐文》卷七〇九，第 7 册，第 7280 页。
③ 《唐宋文举要》乙编卷二，第 1449 页。

郎制》);"士行纯密,文词典丽,时人许其清秀"(《授裴耀卿检校考功员外郎制》);"早闻诗礼,兼著词学"(《授于光庭闻喜县令制》);"词含风雅,有公直之量"(《授许景先左补阙等制》);"当代词雄,居成准的"(《授李乂刑部尚书制》);"学通儒墨,词精比兴"(《授卢藏用检校吏部侍郎制》);"俾征荀勖之才,更允潘尼之拜"(《授马怀素秘书监制》);"以文饰吏事"(《授源乾曜尚书右丞等制》);"以文守法"(《授源乾曜庆部侍郎制》);"为文沉郁""以高才逸群,懿声满听"(《授李邕户部郎中制》);"色庄心劲,赡学能文,坚守宪章,务从条理,为时所重"(《授柳涣司门郎中制》);"珥笔记言,才光东观,张灯起草,誉动南宫"(《授柳涣左司员外郎制》);"属文用思,知名最久,才清调远,寓兴绵新,顷掌祕文,仁刊良史"(《授胡皓著作制》),等等,这是苏颋及玄宗朝的一种风尚,上层对于文学的重视必定会促进文学本身的繁荣。

苏颋在授不同人同一职务的制文中亦能申述不同的理由,指出不同人的特出优长,以解琬、褚无量、王晙同授左右散骑常侍一职为例"文合骚雅,学殚经籍"(《授解琬左散骑常侍制》),重其文采学养;"佩服纯行,周旋雅道,夙侍金华之讲,屡膺石渠之命,故能礼自柔嘉,动多忠益。顷在艰罚,近终丧礼,覃思研精,华皓不倦,直辞谠议,清明可观。俾重春卿之儒,迁居德班之任"(《授褚无量右散骑常侍制》),重其合礼;"受一方之委,惣三军之令"(《授王晙左散骑常侍制》),重其边功。再如同授张说、姚崇为中书(紫微令)[1],尹思贞、宋璟、李杰为御史大夫(副相)一职亦是如此。

苏颋不仅拟了许多中央重要官职的诏令,也拟了许多司马别驾制、县令制等小官,这与唐玄宗当时重视地方官有关,如《命新除牧守面辞敕》之"自古帝王,莫能独理。爰树侯伯,所以分政。则今都督刺史之谓矣",即强调地方官吏的重要性。

二 散体化与骚体、"三字句"

1. 散体化程度更高的张说

张说、苏颋在改革骈体文方面均做出了一定的成就,这在上文已述

---

[1] 《授张说中书令制》和《授姚崇兼紫微令制》为同一年所作。

及。但相对来说，张说文章骈散结合的特点更明显，散体化程度更高。

张说的文章虽在总体上多是骈文，但却敢于创新，引领了唐文转变的发展方向，显示了较强的前瞻性。他的文章遣词造句由骈趋散，化整饬为错落，运散体之气于骈体之内，这显示出唐文转变风气，"透露了唐文由骈入散的最初消息"①。如《上党旧宫述圣颂·序文》《开元正历握乾符颂》《贞节君碑》《故洛阳尉赠朝散大夫马府君碑》等文章多有散体文字，这对于后来韩愈等人的行文方式是有影响的。

张说叙述一件事情时常用散体，举《赠陈州刺史义阳王神道碑》为例：

> 开元四年二月，至桂林。王同气三人，往偕遇祸，殡殓无主，封树缺如。岁月茫茫，尽为野草。问邻母而失处，访樵童而莫识。议者以为不可复得，宜招魂而葬。行休拊心苍昊，誓不徒还，乃扫亭馆，设地席，洁斋恳恻，觊乎幽报。遂频夜仿象，曲示其端，梦鲁王乘舟，舟分为两；既而适野，见东洲中断，因忽悟焉：阴隐微明，率此类也。又灵堂锁茎，一夕自屈，管上有三指四迹，一奇二并，其傍铁生文理，布列成卦。众骇其异，使善易者张法著之，曰："屈者于文为尸出，指者于义为指踪，一奇二并，三殡近阔。若引涡山揆之，可以察先王之心矣。"考梦协卜，定处克辰，以其月二十八日，于桂城东洲发见神枢，举体咸备，而一节阙焉。行休甚痛忱，若自毁裂，其夜，又梦王告在南洛州。厥明，直旧殡而南，十有九步，沙洲痕下，掘而得之，安合如故。他日，北郭之外并收二叔父焉，于是乎验著梦之有征也。子子三旐，连舳归飞，遥遥百越，经途瞻叹，零桂人士，以为美谈。②

这段记述颇为诡异的安葬故事与后世的鬼故事不相上下，行文参差有序，故事性极强，同时亦表现出张说文章尚奇特点。

张说的有些文章甚至几乎全用散体。如《张氏女墓志铭》：

---

① 章培恒、骆玉明主编：《中国文学史》中册，复旦大学出版社1996年版，第43页。
② 《全唐文》卷二三〇，第3册，第2324页。

女郎名炎，姓张氏，洪洞丞府君之少女也。聪慧孝友，蕍条冀皙，能读史书，善奏丝桐，举族珍之。未成人而夭，命也。圣历中，随仲昆之任，殒折于庆州，归殡于蓝田别业。景龙年属家艰，季兄说，徙黄门侍郎，哀请不拜，诏许终服。家贫，佣文以取资，冬十月，获葬女弟于万安山阳。差池姊莹，顾瞻尊阙，不忘孝弟，慰尔幽魂，含酸属铭，投笔气索。词曰：陟彼京兮，痛同生兮。奈何朝露，在薤荣兮。共天地之大德，焉早落而无成兮！[①]

为妹妹夭折，伤心悲痛，情文并茂。再有如《孔补阙集序》等亦是如此。

2. 骚体和三字句成分更多的苏颋

苏颋在一些文章里全部用骚体成文，如《利州北题佛龛记》："吾见夫山连岷嶓，水合江沱，山兮水兮路穷崄，郁南望兮此情多。吾又见像法住世于岩之阿，百千万亿兮相观我，载琢载追兮吾匪他，伊古昔兮焦芼不惧，必忠信兮艰危若何？故吾因空而即有，孰不回向于檀那？行矣些！阳景颓兮翠改色，阴风起兮白增波。"此外，《司农卿刘公神道碑》《高安长公主神道碑》《唐紫微侍郎赠黄门监李乂神道碑》（文末两首颂）《赠礼部尚书褚公神道碑》《御史大夫赠右丞相程行谌神道碑》等亦是如此。

骚体成为铭文的主要体式，这一点较张说突出。如《章怀太子良娣张氏神道碑》铭曰："天祚有唐，于昭烈光兮。土分五色，作我藩国兮。雷震百里，维皇元子。元子伊何？匪淑不娣。厥娣伊何？终温且惠。桂宫甲观之声迹，竹苑平台之往昔。车已折兮我未亡，鼎其新兮子为王。子既王兮我为太，殷圣造兮沐嘉会。岁不与兮时迅奔，华榱坏兮托寝园。闉阇崇于上京，松柏被于长原。子哀哀兮篆碑于是，亲永永兮殁代如存。"张说有的文章末尾以骚体收束，如《大唐开元十三年陇右监牧颂德碑》《广州都督岭南按察五府经略使宋公遗爱碑颂》末尾均用骚体赋颂，《唐故瀛州河间县丞崔君神道碑》末也以"人世之转然兮，山川之宛然兮，德音之缅然兮"三个"兮"字句结尾，表示对人世沧海桑田的感叹。但从总体来说，没有苏颋使用频率高。

① 《全唐文》卷二三二，第 3 册，第 2339 页。

　　间插大量三字句于四六骈句之中在初唐崔融文章中即颇为显著，这也是苏颋为文的一个特点，三字句的运用使得文章节奏明快，简洁明了。这在《封东岳朝觐颂》一文中表现相当突出，为减省篇幅，只提炼文中的三字句，"扈封台，列升陛""冕裘立，珪璧序，洁罍俎，调钟吕""当芝检，引紫薰""端兮晔，圣之门""载大旂，合大乐""朝君牧推辞千官，底邦赋，数庭实""帝命出，皇恩溥，扬巽风，作解两，施舍之，荡涤之，寡法罪，除颇类""两仪动，六叶承""三才贞，万物亨，六典平，九功成，官不滔，狱不放""狃阛阓，绝勾陈，趋北军，正北辰""幸太原，祭汾脽，耀金甲，肃边鄙""获宝鼎，献宗庙""籍三春，盛六穗""严卤簿，腾七萃，启禁关，廻九重""动植赞，华夷观""出成皋，踰荥波，凭滑台，眺洪河""饩归之，觞之""国邹鲁，家洙泗""户二十，供王祀，环十里，禁人樵""抚遗甿，赐之复"。文中叙述玄宗封源乾曜和张说为左右丞相时所说的一段话："帝曰：'吁！夫艰难系王业，休咎牵人事，况天监之，殊祥也，殊典敢。不自满而虔巩于位，朕宝臣曰乾曜泪说，有初有终，时乃风。钦哉！汝作朕左右丞相，黟汝忠，益以嘉猷，补衮之阙，罔或怠。'遂宏天封，焕天章，篆介邱而旋德阳，大飨乎群方。程后代，美其律，声其实，坆作四而籍言七也。"最后的颂词亦有三字句"受命再，惟皇代，天之赏，人所载"。再如《陕州龙兴寺碑》中亦含有大量的三字句。这种例子在苏颋的文章中还有许多，如《遣王志愔等各巡察本管内制》之"廉败政，恤冤刑，问悖嫠，招茂异，宽赋敛，节更徭"；《上开元神武皇帝册文》之"降氤氲，垂耿光"，"开者泰也，罔不亨；元者善也，罔不利；神者圣也，罔不通；武者威也，罔不服"；《谏銮驾亲征吐蕃表》之"焚珠翠，放鹰狗，出宫女，纳直言"；《唐长安西明寺塔碑》之"于是召以正，工以考，安瑞表，湛真容"，"导天衢，指天寺"，"禁六贼，制六衰"，"格上下，秩神祇，万人敬，百蛮服"；《右仆射太子少师唐璿神道碑》之"法三象，鼓洪炉，宜万物"，"屠郅支，刺楼兰，执浑邪，逐呼韩"，"涉龟沙，薄乌垒，矛精绝，慰渠犁，此之谓也"，"入萧关，杀都尉，绝梓岭，讨符离，此之谓也"，"镂彝器，图旂常，载史官"；《高安长公主神道碑》之"泰忘约，吝动，宠怙权，邪丑正"；《唐紫微侍郎赠门监李乂神道碑》之"德为范，言为师，行为则，事为程"；《赠礼部尚书褚公神道碑》之"宽得众，易有亲，晦而明"，"寝思益，居待问，功可倍，谕可博"；《骊山讲武赏慰将士诏》之"斩长蛇，截封豨，戮枭獍，扫欃枪"，"布三令，询九章"；《贺封禅表》之"封太山，至梁甫"，"登日观，拜云封，泥瑞芝，检珍玉"；《唐河南龙门天竺寺碑》之"形有分，有宰匠，名言立，有导师"，"立三会，开八关，撞鸿钟，伐灵鼓，引清梵，称神咒"，等等，不胜枚举。以"三字句"来加强表现力和感染力，打破了骈文双句成文的传统格局，崔融与苏颋是利用三字句较多的两位骈文作家，对于后来者是很有启发的。

　　张说有的文章中亦时有三字句，如《贞节君碑》末尾的铭文："倬良士，纵自天。辨方物，核山川。厥志大哉！峻刚节，殷义声。返旅榇，宴穷城。厥德迈哉！哀斯文，命莫赎。德不朽，温如玉。轨来世哉！"这是一个形式上颇为新颖别致的铭文，三个三字句后加以四字感叹句，且押同一韵，造成一种错落有致，徐疾有序的韵律美，典雅古质，"孤情远韵，瑰放出奇"，后人评其为"雅絜渊懿，中郎遗则"[1]，深得汉代蔡邕碑文笔法。《唐赠丹州刺史先府君碑》末尾的铭文："猗严考，用元妙。体太和，竭高志。贞夫一，戒其多。孝于亲，正于家。形于训，清厥心。晦厥迹，畏厥闻。宝如何其？谦俭孝慈。皇哉褒德，永世有词。"与上文类似，连续 12 个三字句后用四个四字句收束；再如《开元正历握乾符颂》[2] 一文，采用主客问答这种本是赋的常用手法，骈散结合，行文流畅，在颂体文中别有特色。其中有一段于四字句中加以二组三字句，"步玉斗，握金镜，地维续，天柱正"和"游姑射，神人窅，登太山，天下小"。但总体来说，没有苏颋使用三字句多。

三　"唐骈文之盛轨"
——张说的卓荦入奇及其文学特质

　　中唐封演《封氏闻见记》卷五曰："开元中，燕公张说当朝文伯。"张说的文章有其独特的艺术风貌，所谓"逸势标起，奇情新拔""天然壮丽"。"燕、许"二人的文章相比，张说更有文学性，相对苏颋有如下几个

---

① 《唐宋文举要》甲编卷一，第 43 页。
② 按：所谓正历，即纠正立法，广德修仁、顺应天命都方能"握符"。

特点。

1. 尚奇

张说突破了"铭诔尚实"(《典论·论文》)的传统，把传记笔法用于碑志之中，传奇因素与强烈的叙事性，开启了后世所谓的传记文学。可以说"尚奇"是其最显著的特点，举几篇较有代表性的作品加以分析。

(1)《赠太尉裴公神道碑》

裴行俭(619—682)，出身名门世家，史称"儒将之雄"。一生的经历与张说颇为相似，二人均因政治斗争被贬在外，在军事上均有勇有谋，屡立战功，同样大力提拔人才，张说对这位前辈颇为崇敬。这篇碑文确实鲜明地体现了张说碑志的传奇特色。裴行俭是唐代一个传奇式人物，早在未中举时就已显露："以高荫为宏文生，绝事笃学，累年不举。"房仆射异而问焉，对曰："隋室丧乱，家乏典籍，馆有良书，探讨未遍，故少留耳。"梁公惊曰："骥子志气凌云，当一日千里。其早为通人之目也如是。"此段基本为四字句，但非严格意义上的对句，"梁公惊曰"(梁公即房玄龄)亦非一般骈文句法，而是古文体式。行俭为吏部侍郎时，品评人物颇为神异："在选曹见骆宾王、卢照邻、王勃、杨炯，评曰：'炯虽有才名，不过令长，其余华而不实，鲜克令终。'见苏味道、王勮，叹曰：'十数年外，当居衡石。'后各如其言。"此条资料的真伪后人有争议，真实与否，这里姑且不论，但这却显示了裴行俭人生经历的奇异和张说碑传善采奇异的传奇特色[①]。后来，行俭多年在军中所"择帐下之士"，"进拔之将"，皆为一时之英，碑传盛赞其"有道之人伦，武侯之赏鉴"。

碑传以生动非凡的笔致记述了调露中(679—680)裴行俭用兵的故事。当时单于可汗伏念外叛，朝廷委任裴行俭为襄道大总管，碑传载："军至朔州，斥候相接。匈奴故态，狃劫粮以馁师；神将出奇，张虚势以

_____

① 《旧唐书·裴行俭传》所述更详细一些："行俭尤晓阴阳、算术，兼有人伦之鉴，自掌选及为大总管，凡遇贤俊，无不甄采。每制敌推凶，必先期捷日。时有后进杨炯、王勃、卢照邻、骆宾王并以文章见称，吏部侍郎李敬玄盛为延誉，引以示行俭，行俭曰：'才名有之，爵禄盖寡。杨应至令长，余并鲜能令终。'是时，苏味道、王勮未知名，因调选，行俭一见，深礼异之，仍谓曰：'有晚年子息，恨不见其成长。二公数十年当居衡石，愿记识此辈。'其后相继为吏部，皆如其言。"(《旧唐书》卷八十四，第8册，第2805页)又，《大唐新语》卷七《知微》《资治通鉴》卷二〇三均有类似记载。

啖敌。伪为转运，伏其壮士，示赢师以缓行，隐精骑以蹑迹。寇果大下，援兵奔散，骄虏益骜，自为得色，驱此车牛，憩彼泉井。于是箱中兵起，千弩齐发。要路骑飞，一息而至，群胡颠沛，杀伤满野，从兹馈运，路无惊者。"行俭采取奇袭之法，虚张声势，欺骗敌军，用类似特洛伊木马的计策，击溃抢粮的敌军，迫使其"阴送降状"，可见其用兵之神。

碑传的后半部分，连续穿插了裴行俭传奇人生中几件颇为传奇的故事。他出使波斯时，"入莫贺延碛中，遇风沙大起，天地暝晦，引导皆迷，因命息徒，至诚虔祷，狗于众曰:'井泉不远。'须臾，风止氛开，有香泉丰草，宛在营侧，后来之人，莫知其处。此乃耿恭之拜井，商人之化城也"。他在朝时:"敕赐善马及宝鞍，令史夺驰，马倒鞍破，惧而逃罪。公使召之曰:'知汝误耳。'"他平叛都支、遮匐时:"大获珍异，酋长将吏，请遍观焉。有马瑙大盘，希代之宝也，随军王休烈捧盘跌倒，应时而碎，叩头流血，惶怖请死。公笑曰:'事有不意，何至重玉而害人乎?'"① 真可谓是奇之又奇，人神莫测。②

综观这篇文字，鲜明地体现了张说碑志重奇的特色，清人姚大荣云其为"燕公谀墓之词"(《跋骆宾王上裴侍郎书》)，似乎是说张说在故意揄扬碑主，恐不确。

(2)《兵部尚书代国公赠少保郭公行状》

此乃张说文集中第一长文，收入《文苑英华》卷九七二，全文 3244 字③，历述郭元振一生的传奇经历，前人评其"卓荦入奇"，传奇小说的色彩更浓。《文选》有"行状"一体，仅录任昉《齐竟陵文宣王行状》一篇，盖为"状"之变体，人死而亲旧门人表其事状，以供诔谥，文体上虽与碑志有别，但大同有小异。

郭元振(656—713)，名震，字元振，是玄宗的登基功臣，屡立边功，

---

① 《全唐文》卷二二八，第 3 册，第 2304—2307 页。

② 史书亦记载其用兵之神异，《资治通鉴》高宗永隆元年(680)载:"军至单于府北，抵暮下，下营，掘堑已周，行俭遽命移就高岗;诸将皆言士卒已安堵，不可复动，行俭不从，趣使移。是夜，风雨暴至，前所营地，水深丈余，诸将惊服，问其故，行俭笑曰:'自今但从我命，不必问其所由知也。'"(《资治通鉴》卷二百二，第 14 册，第 6394 页)

③ 日本学者笕文生《关于张说的散文——唐代古文运动的源流》称此文"二千七百多字"(收入[日]笕文生、笕久美子《唐宋诗文的艺术世界》，卢盛江、刘春林编译，中华书局 2007 年版，第 213 页)，林大志《苏颋张说研究》称此文"三千三百字"(第 227 页)，均不确。

与张说为忘年交，性行相近①。元振少入太学后之义举，即表现不凡："时有家仆至，寄钱四百千以为学粮，忽有一人，缞服叩门云：'五世未葬，棺柩各在一方，今欲齐举大事，苦乏资用。闻君家信至，颇能相济否？'不问姓名，以车载去，一无所留，深为赵（彦昭）、薛（稷）所诮。公怡然曰：'济彼大事，亦何诮焉？'"他的这种豪侠义气后来果然得到了回报，数年后，在他"既伏西戎，震威北狄"稳固了北部边疆之后，朝廷召他入朝，可他并无家宅，只得寄宿在朋友家里，意想不到的事发生了："忽有人马前送状，开缄前人已去，状中惟有物数，而无姓名，便于树下获骡马二十余匹，帛三千匹。公曰：'岂非太学请葬之士乎？'因以买宅居止，薛稷、赵彦昭闻之，皆嗟叹良久。"元振行为处事不同凡响可见一斑。

在他十八岁擢进士第后，不同于常人以京官为荣，元振"独请外官"，到四川梓州通泉尉任后，"落拓不拘小节，尝铸钱，掠良人财，以济四方"，他的名声引起了武后的注意，专门召见他，与之长谈直至深夜，"甚奇之。问蜀川之迹，对而不隐，令录旧文"，乃上《古剑歌》，其词曰："君不见，昆吾铁冶飞炎烟，红光紫气俱赫然。良工煅炼凡几日，铸得宝剑名龙泉。龙泉颜色如霜雪，良工咨嗟叹奇绝。琉璃玉匣吐莲花，错镂金环生明月。正逢天下无风尘，幸且用防君子身。精光黯黯青蛇色，文章片片绿龟鳞。非直结交游侠子，亦曾亲近英雄人。那知中路遭弃捐，零落漂沦古狱边。虽则沈埋无所用，犹能夜夜气冲天。"② 武后览文称佳，并将诗赐予李峤、阎朝隐等当朝学士，可见元振文武兼善，且确如衍状所述，其"文章有逸气"。

龙泉宝剑是唐人刚健精神的象征，整篇行状即着重突出了郭元振的威武胆识。仪凤中（676—679），吐蕃请和亲，元振出使吐蕃，以其诚信果敢而不辱国威，"远近疆界，立谈悉定"。元振出任安西大都护十余年，确保了安西四镇的稳定和发展。当时，少数民族首领乌质勒倨傲不逊，不驯服于朝廷，经常滋扰内地，而又难以一举将其歼灭。元振"因率麾下数十

---

① 《旧唐书》将二人置于同一卷中。

② 《新唐书·郭元振传》亦载元振为通泉尉，武则天召见，"既为语，奇之，索所为文章，上《宝剑篇》，后览嘉叹，诏示学士李峤等，即授右武卫铠曹参军"。[《新唐书》卷一二二，第14册，第4361页]《宝剑篇》即为"行状"所载《古剑歌》。

骑，径入部落。乌质勒大出兵卫出迎，望见公威容端毅，风飚若神，不觉屈膝，因而下拜。公宣国威命，抗声与语，自朝至暮，雪深尺余，竟不移足，质勒频再拜伏"。乌质勒因久立雪中，旧疾复发，暴卒而亡，其子认为是郭元振杀死其父，准备复仇，战争一触即发。在此剑拔弩张之际，郭元振再次表现出其大无畏的精神和胆略，最终化干戈为玉帛："公闻质勒死，迟明，素服来吊，道路相逢，兵围数匝。娑葛见公忽来，未之敢逼，但言卫护汉使。公至其帐下，大哭流涕，因抚定其嗣，蕃人大喜。留数十日，助其葬事，娑葛献马三千匹，牛羊十余万，移居千里，西域无事，道路肃清。诸蕃闻之，遣使归降者十余国。时人语之曰：'郭元振诡杀乌质勒。'"一时被传为佳话。后来韦后执政时，征召他入京，他不去，韦后即派人准备暗害他，可是派去的将军还没到边境，就被娑葛等诸蕃劫杀之，可见当时他在安西的威望。安西西南有一毒河源，人畜不得碰触，触之即死，"其河源上有大树，高千余尺，垂阴数顷，大军至日，有黄龙绕树，以口吐毒气而拒官军，三军悉睹焉。公手书操檄文，令左拾遗张宣抗声读之毕，黄龙解树而下，公率诸军诛之，数日方倒，聚而焚焉"。至此，数十里内悉为良田，为边境人民除了大患，办了好事。睿宗即位，征拜他为太仆卿，将要走的时候："安西士庶，诸蕃酋长，号哭数百里，或劓面截耳，抗表请留，因给之而后即路。其至玉门关也。去凉州八百里，河西诸州百姓蕃部落，闻公之至，贫者携壶浆，富者设供帐，联绵七百里不绝。公旌节下玉门关，百姓望之，宛转叫呼，声动岩谷，自朝至暮，传呼至凉州。凉州城中男女在衢路，并歌舞出城，咸言我父至矣，通夜城门不受禁制。都督司马逸客闻之。谓公近矣，陈兵出迎，会候骑至，云始入玉门关，都督嗟叹良久，且状闻。"① 真是惊天地，泣鬼神，一个边关将领受到百姓如此的厚爱与拥戴，难能可贵。传奇人生的传奇传记，这篇行状传奇的色彩非常浓厚，有些地方不无夸张渲染之嫌，但并不给人以虚假生硬之感，确乎代表了张说文章的一个创作倾向，即尚奇。

（3）《钱本草》

张说有一篇奇文《钱本草》。兹录《钱本草》全文如下：

① 《全唐文》卷二三三，第3册，第2353—2356页。

钱味甘，大热有毒，偏能驻颜，彩泽流润，善疗饥寒，困厄之患，立验。能利邦国，污贤达，畏清廉。贪婪者服之，以均平为良，如不均平，则冷热相激，令人霍乱。其药采无时，采至非理则伤神。此既流行，能役神灵，通鬼气。如积而不散，则有水火盗贼之灾生；如散而不积，则有饥寒困厄之患至。一积一散谓之道，不以为珍谓之德，取与合宜谓之义，使无非分谓之礼，博施济众谓之仁，出不失期谓之信，入不妨己谓之智，以此七术精炼方可。久而服之，令人长寿；若服之非理，则弱志伤神，切须忌之。①

这篇只有 200 多字的小文章可谓是短文中之短文，奇文中之奇文，对钱的道德价值和实用价值尽力铺排，用医学记叙中草药的语气，标本互喻，浅深相济，把钱的利弊刻画得入木三分，且苦心孤诣，深有寓意。文章指出，若贪婪地追求金钱，就会埋下有"毒"的种子。清末林则徐有一对名联："海纳百川，有容乃大；壁立千仞，无欲则刚。"该文为世人开出了一剂良方，以钱喻药，诊治时弊，语句精练，内容新奇。

清代著名学者钱大昕《潜研堂文集》卷三《跋〈钱本草〉》谓"此好事所为，托之燕公"。近代学者钱锺书认为："盖唐人游戏文章有此一体，后世祖构如《罗湖野录》卷四慧日雅禅师《禅本草》、董说《丰草庵前集》卷三《梦本草》、张潮《檀弓丛书·书本草》，其万雅令者也。"② 钱氏以为《钱本草》是唐代游戏文章之一体，张说写此文章并不是异事，并举后世类似作品以佐证。钱先生在谈全晋文鲁褒《钱神论》中之"贪人见我，如病得医"时，有云："按《全宋文》卷三六颜延之《庭诰》：'谚曰：富则盛，贫则病'；唐张说所以撰《钱本草》耳。其文有云：'钱、味甘，大热，能驻颜，彩泽流润'；《西湖二集》卷二九引谚：'家宽出少年'；皆其意，'盛'与'病'对，谓强健也。"③

钱氏所举晋人鲁褒的《钱神论》，是流传至今最早的一篇专门描写金钱的文字。《晋书·鲁褒传》云："自元康之后，纲纪大坏。褒伤时之贪

---

① 《全唐文》卷二二六，第 3 册，第 2281 页。
② 《管锥编》册二，中华书局 1986 年版，第 744 页。
③ 《管锥编》册四，第 1230 页。

鄙,乃隐姓名而著《钱神论》以刺之。"该文《艺文类聚》卷六十六转引,但非全文。文中采用对话体的方式,借司空公子之口表白当时社会之风气,"钱之所在,危可使安,死可使活;怨仇嫌恨,非钱不解;令问笑谈,非钱不发",甚至赤裸裸地发出"天有所短,钱有所长"的金钱万能论调。后面乃是綦毋潜针锋相对的批判,可惜已亡佚。相比之下,张说之《钱本草》在戏谑的口吻之下,流露出理性体验和人生感悟。文中指出金钱的特性和功能形成二律悖反,它像味道甘美的毒药使人青春永驻,免除饥寒困顿之苦。一方面,它"能利国";另一方面,它又"污贤达,畏清廉",所以对不同的人会产生不同的作用。故张说指出对金钱要持适度原则,要取之有道,积散流行,否则后患无穷。行文充满辩证思维,且持一种中和的态度:"一积一散谓之道,不以为珍谓之德,取与合宜谓之义,使无非分谓之礼,博施济众谓之仁,出不失期谓之信,入不妨己谓之智。"《钱神论》《钱本草》体现出了不同的审美价值。而张说对金钱正反作用的分析,显得更为理性[1]。

此外,《唐昭容上官氏文集序》叙述上官昭容诞生一段颇为传奇:"初沛国夫人之方娠也,梦巨人俾之大秤,曰:'以是秤量天下。'既而昭容生。弥月,夫人弄之曰:'秤量天下,岂在子乎?'孩遂哑哑应之曰:'是。'生而能言,盖为灵也。"[2]《四门助教尹先生墓志铭》叙尹先生死一段:"长安二年六月十日昼寝,忽梦麟台两局争召修文,觉而叹曰:'十二日稷,吾当往矣。'因命亲族序诀。至日,安枕俟期,俄然而卒,春秋四十,可谓古之达化知命者也。"[3]亦为奇文。《唐故夏州都督太原王公神道碑》追叙王方翼的一段奇遇:"尝独行入夜,有怪人长丈,直来趣逼,射而仆焉,乃朽木也";《右羽林大将军王氏神道碑》描写王威战死沙场一段;《大通禅师碑》写神秀圆寂后"白雾积晦于禅山,素莲寄生于坐树","双林变色,泗水逆流"等均颇为神异,体现出张说撰文的一个显著的兴趣点。

---

[1]　参见史实《从〈钱神论〉到〈钱本草〉——谈古代文学的金钱描写》,《河南大学学报》1994年第 3 期。

[2]　《全唐文》卷二二五,第 3 册,第 2275 页。

[3]　《全唐文》卷二三一,第 3 册,第 2343 页。

2. 叙事写人，选取典型事例，突出个性

以《太尉裴公神道碑》为例。裴行俭是唐代高宗时名将，屡立边功，善于用兵，闻名于史。张说的碑传抓住裴行俭作为军事统帅智勇双全的特点，选取两件典型事件加以表现。一是仪凤二年（677），十姓可汗匐延都支及李遮匐侵扰西域，高宗用裴行俭之计，让其以使者身份假以册立波斯王子为名，途经二蕃之地借机歼灭之："公往莅，遗爱洽于人心。是行也，百城故老，望尘而雅拜；四镇酋渠，连营而谰酒；一言召募，万骑云集。公乃解严以反谍，托猎以训旅，误之多方，间其无备。裹粮十日，执都支于帐前；破竹一呼，钳遮匐于麾下。华戎相应，立碑碎叶。"以计谋成功破敌，生擒敌首。"盖美克隽不杀而用谋，安人以德而去害，廓氛祲于地表，焯皇灵于天外。充国有屯田之颂，窦宪有燕山之铭，询兹远略，彼何微也"赞扬其功德。文章对于战争的过程只用"裹粮十日，执都支于帐前；破竹一呼，钳遮匐于麾下"简短的 20 字加以精练描述，重在突出行俭的智谋及其战争前的障敌耳目。另一件事是调露年间，突厥可汗伏念外叛，行俭率兵征讨，颇有谋略："匈奴故态，狙劫粮以饿师；神将出奇，张虚势以啖敌。伪为转运，伏其壮士，示羸师以缓行，隐精骑以蹑迹。寇果大下，援兵奔散，骄虏益骜，自为得色，驱此车牛，憩彼泉井。于是箱中兵起，千弩齐发。要路骑飞，一息而至，群胡颠沛，杀伤满野，从兹馈运，路无惊者。"面对匈奴大军，避其锋芒，以羸师麻痹敌军注意力，使其骄傲轻敌，攻其不备，一举破敌，之后便乘胜诱降，而密不透风："观夫大漠无倪，穹庐靡所，追之逃遁，舍之凭陵，费日老师，兵家所病，公潜使缓颊，均其利心。深图既入，狼意亦改，及委罪衙官，阴送降状，公密上其事，人莫知之。"待到真正投降之日，"举国归附，烟尘大起，师徒惶惑"，行俭却镇定自若，稳如泰山，"徐使令军曰：'此是伏念执温傅来降，非他寇也。'俄而衔璧辕门，释缚纳款"。颇具戏剧色彩，看之如在目前。此篇碑传可谓是张说集中以典型事件刻画人物的翘楚之作。

再如《贞节君碑》。此碑为神功元年（697）所作，碑传以县令阳鸿的"贞节"为主脑，着重以他为友人治丧和在战乱中守城而不受伪职两件事，展示了人物的品格："初，鸿游大学，有书生山东李思言物故南馆，鸿伤其终远，家属有丧无主，乃驾枢车，送归东土。及在曲阿，敬业作难，润州籍鸿得人,历旬坚守,城既陷而犹斗,力虽屈而蹈节。寇义而脱之,因伪加朝散大夫,即署曲阿令。鸿贞而不谅,诡应求伸,既入邑,则焚服阖门而设拒矣,故得殿邦奋旅,一境赖存。淮海底绩,勋答效功,卒不言赏,赏亦不及。"主题突出,人物形象鲜明,具有较强的传记色彩。最后,张说加以切当的评价:"君子以为急友成哀,高义也;临危抗节,秉礼也;矫寇违祸,明知也;保邑匡勋,近仁也。义以利物,智以周身,礼以和众,仁以安人:道有五常,鸿擅其四;武有七德,鸿秉其二。大虑克就之谓贞,好廉自克之谓节,粤若夫子,可谥为贞节也已。"① 照应题目中之"贞节"二字,说明为什么一个区区县令能当此荣誉。《右豹韬卫大将军赠益州大都督汝阳公独孤公燕郡夫人李氏墓铭》塑造了一个性情豪放,具有阳刚气质的奇女子,作为继母,对子女能一视同仁,轻财好义,把家中珠宝分散给亲戚,特别是其勇救落水儿童一段"前夫人之孙苏氏之妇,弱岁嬉而随焉,举家环流,惮莫能救,夫人投身赴水,或沈或浮,久之,提挈仅免,其行已也实多此类"②,聊聊几十个字,简笔勾勒了这一典型事件,凸显出其可贵的精神品质。《故开府仪同三司上柱国赠扬州刺史大都督梁国公姚文贞公神道碑奉敕撰》中描写姚崇忠孝难以两全一段:"初太夫人在堂,公授职西掖,颇限局禁,求侍晨昏。优诏既许,寻令还职,公固请以泣,制曰:'家有令弟,足尉母心;国有栋臣,安可暂阙?'其后剖符江表,敦谕起复。衰麻外墨,栾棘内毁,变礼中权,通识所贵。神龙之首,预闻兴复,畴其井赋,累让而停。夫以革故鼎新,大来小往,得丧而不形于色,进退而不失其正者,鲜矣!"③事母纯孝,是姚崇一生品行方面张说较为认同的地方,故作为典型事件加以铺写。凡此均说明张说文章的文学色彩较为浓厚。张说的这种碑志写作技法对后来韩愈等人的碑志创作是有一定影响的。

　　3.史笔文笔结合,有些可补史传之不足

　　张说长期监修国史,兼具史才。张说从睿宗景云二年(711)为相时,开始兼修国史,从此即常被诏命修史。开元元年十一月即诏令张说

---

① 《全唐文》卷二二六,第3册,第2286页。
② 《全唐文》卷二三二,第3册,第2347页。
③ 《全唐文》卷二三〇,第3册,第2328页。

修史，即使是在张说从戎时也同样如此，《唐会要》卷六三《在外修史》："开元八年十二月二十日诏：'右羽林将军、检校并州大都督府长、燕国公张说，多识前志，学于旧史，文成微婉，词润金石，可以昭振风雅，光扬轨训。可兼修国史，仍赏史本就并州随军修撰。'"这种在外修史的情况恐怕并不多见，这表明玄宗此时对张说的亲敬及即将重用的先兆。开元十年，经修《唐六典》，开元十五年致仕后诏说专心在家修史，李元纮等奏请张说等就史馆修撰，一直到开元十八年卒。张说修史的经历对其文章写作是有影响的，他常常能将史笔与文笔结合起来，发挥其良史优长，有些甚至可补史之不足。如《崔公神道碑》《兵部尚书代国公赠少保郭公行状》等。

《兵部尚书代国公赠少保郭公行状》所载，久视元年（700）郭元振被任命为凉州都督兼陇右诸军大使："公以凉州西拒吐蕃，北有突厥，久示其弱，未扬天威，因征陇右兵马一百二十万，号二百万，集于湟州，营幕千里，举烽号令。时宗楚客为相，素与公不协，令人告变。武后惶惧，计无所出。狄仁杰、魏元忠、韦安石、李峤、宋璟、姚崇、赵彦昭、韦嗣立、张说二十五人抗表请保，如公有异图，并请身死籍没。武后由是稍安。兵既大集，人又知教，分兵十道齐进，过青海，几至赞普牙帐。赞普屈膝请和，献马三千匹、金三万斤，牛羊不可胜数。公大张军威，受其蕃礼而还。"关于这段历史，《旧唐书·郭元振传》只说："大足元年，迁凉州都督、陇右诸军州大使。"然而狄仁杰卒于久视元年九月，所以这件事只能发生在久视元年九月前，张说以一篇行状，补充了历史。再如有名的《赠太尉裴公神道碑》已如前所述，诸如此类，不一而足。

4. 典雅的诗序

张说《夕宴房主簿舍》序文云：

> 旅听清馆，崇扃严钥。岩云暗山，微月白夜。悄群动之俱息，感孤鸿之远音。有美房公，霞海其量。友我以丝竹，好我以樽俎。纾蕴结之雅怀，豁幽旷之陈意。满堂既醉，因赋是焉。

这篇小文字，颇有文采，可称得上是一段骈体美文，与诗中所写内容大体相同,不过由诗末"不逢君蹇涸,幽意长郁蒸"两句来看,乃是卒章显志,说明此时张说不甚得意。

《扈从幸韦嗣立山庄应制》序言:"岚气入野,榛烟出谷,鱼潭竹岸,松斋药畹,虹泉电射,云木虚吟,恍惚疑梦,间关忘术,兹所谓丘壑夔龙,衣冠巢许也。"《玄武门侍射》序言:"侑以纯锦,颁以珍器。尔其射堋新成,布侯既设,棨仗林立,帷轩雾布。众官半醉,皇情载悦。卷珠箔,临玉队,唐弓在手,夏箭斯发,应弦命中,属羽连飞,弧矢以来,未之有也。"对这场大型的射箭活动进行了生动的描绘,并借以鼓吹大唐盛世一派祥和圣明的景象:"若夫天地合道,星辰献仪,端视和容,内正外直,自近而制远,耀威而观德,无不通神,无不极用。是射也,其惟圣人乎!于时繁云覆城,大雪飞苑,天人同泽,上下交欢。"此外如《邺公园池饯韦侍郎神都留守序》《东都酺宴四首》序言、《会诸友诗序》《送工部尚书弟赴定州诗序》等,或绘景,或抒情,或言理,均值得一读。

"文章之雄,谈者为楷"[1],这是卢藏用对张说文章的高度评价,说明当时张说的文章已成为人们竞相效法的范式。张说之后的文坛领袖张九龄对张说极为推崇,在写给他的墓志铭序言中对其文章作出过极为精当的评价:"始公之从事,实以懿文。而风雅陵夷,已数百年矣。时多吏议,摈落文人,庸引雕虫,沮我胜气。邱明有耻,子云不为。乃知宗匠所作,王霸尽在,及公大用,激昂后来,天将以公为木铎矣。"他又作《祭张燕公文》指出:"人亡令则,国失良相。学堕司南,文殒宗匠。"[2]"木铎""宗匠",准确地概括了张说在唐代文章史上的成就和地位。

王谠《唐语林》有云:"张燕公文逸而学奥,苏许公文似古,学少简而密。"[3]姚铉《唐文粹·序》云:"洎张燕公以辅相之才,专撰述之任,雄辞逸气,耸动群听;苏许公继以宏丽,丕变习俗。"清人贺裳《载酒园诗话·又编》云:"'燕许'并称,燕警敏,许质厚。吾评两公,亦犹庞士元之止顾、陆,一有逸足之用,一任负重之能也。"高步瀛认为张文"气象万千",苏文"直趣深微"。古代文论家已指出二者文章的差异。大体

① 《全唐文》卷二三八,卢藏用:《太子少傅苏瓌神道碑》第3册,第2410页。
② 《全唐文》卷二九二,第2965页;卷二九三,第2974页。
③ (宋)王谠撰,周勋初校证:《唐语林校证》卷二,中华书局1987年版,第171页。

上，张文较苏文更典奥更雄放一些，苏文较张文更古朴更细丽一些。皇甫湜《谕业》对燕、许二人的文章作了一个生动形象的比喻："燕国之文，如梗木柟枝，缔构大厦，上栋下宇，有孕育气象，可以燮阴阳而阅寒暑，坐天子而朝群后。许公之文，如应锺鼖鼓，笙簧诞镈磬，崇牙树羽，考以宫县，可以奉明神，享宗庙。"① 张说之文如"梗木柟枝"，雄辞伟逸，气象宏阔，正所谓"以宏茂广波澜"，苏颋文如"应钟鼖鼓，笙簧诞镈磬"，雍容典雅，简净凝练，多"奉明神，享宗庙"的制敕，袭用套语，较少生新，所论恰切。通过以上对张说和苏颋应用文创作的比较可以看出，张说的文学成就更为显著，有学者鲜明地指出张说较苏颋的优胜之处。近人钱基博云："今诵颋所传诗文，动无虚散，颇乖秀逸，远不如说之偭傥卓荦，风力遒矫；又喜用古事，弥见拘束。……以视说之词采华茂，风流调达，亦何异跛鳖之与骐骥哉。"② 瞿兑之云："张说以文人当国，便着实发挥他的天才，开出真正的唐文宗派。"③ 谢无量云："（张说）其所自为文，特为典质，韩柳之徒，颇讥评文士，犹时称燕许。故其气势深厚，卓尔不群，唐骈文之盛轨也。苏颋自制诰以外，他作工者不多，张说稍有杂篇。"④ "开出真正的唐文宗派"与"唐骈文之盛轨"的评价无疑是将张说文章的地位抬到了制高点，至于所指为何似还可以深入研究和讨论。从总体上，燕、许虽并称，若以二人的创作实绩而言，苏实不如张，苏颋的文学成就特别是他的文学影响力是不能与张说相提并论的。

---

① 《全唐文》卷二五〇，第 3 册，第 2527 页。
② 钱基博：《中国文学史》上册，第 289 页。
③ 瞿兑之：《中国骈文概论·唐代之骈文与古文》，中国书店 1985 年版。
④ 《骈文指南》，中华书局 1933 年版，第 61 页。

第三章　走向经世致用:常衮与李吉甫

第一节　安史乱后的中兴梦与经世致用风气的形成

唐人有一种中兴理念显现于各个时代。此肇始于公元705年,则天退位之后,中宗李显复位,唐人将这次复兴帝业称为"神龙中兴"。张说《唐故夏州都督太原王公神道碑》《常州刺史平君神道碑》等碑文中即呼喊着中兴,《开元正历握乾符颂》更是赞云:"粤若我大唐庆始白云,道升紫气,属汉东失驭,淮南不返,高祖举晋阳之甲,戡定关西;太宗因傒后之师,削平天下。高宗收图海外,检玉封中,九域黎人,重代饮泽。虽鸣鸷改号,神龙中兴,周鼎归唐,元圭祀夏,中宗违代,婴孽窥国,于是乎圣上起藩邸,入钩陈,一麾水心,群凶泥首,崇复大圣,越践少阳。受禅当宁,而光大前烈;垂统拜璧,而慎宁后嗣,四海有覆盂之安,百代无委裘之隙:是之谓圣人握符之大宝也。"① 稍后的贾至《工部侍郎李公(适之)集序》云:"皇唐绍周继汉,颂声大作,神龙中兴,朝称多士。济济儒术,焕乎文章,则我李公,杰立当代。"② 苏颋在《为群官固请公除表》《代家君让侍中表》《陕州龙兴寺碑》等文中认为玄宗的登基是一种中兴。但从根本上说,安史之乱前,唐帝国的政治经济发展基本处于上升期,所谓的中兴是王朝内部政权的更迭,而并不从根本上影响士人的心态。

"渔阳鼙鼓动地来,惊破《霓裳羽衣曲》。"安史之乱是唐代盛衰转变的枢纽,大唐帝国从此一蹶不振,中央集权制遭到严重破坏,唐王朝仿佛

---

① 《全唐文》卷二二二,第3册,第2236页。
② 《全唐文》卷三六八,第4册,第3736页。

一下子由盛世转入艰危，中央权威急剧下降。中唐士人从盛唐士人布衣卿相的空言大志转向务实图强的经国济世之心，从理想主义走向现实主义。受政治思潮中改革朝政、整顿朝纲、以求中兴的影响，文坛经世致用的功利主义思潮逐渐占据主导地位。面对盛唐，遽衰难继，宦官专权、藩镇割据、朋党倾轧、边患四起等社会问题层出不穷，固有的各种社会矛盾充分暴露，像是一个废墟上的失乐园，士人的忧患意识大大加深，较之盛唐人的生活、思想及整个社会风气都发生了巨变，盛唐人积极进取、浪漫热情的情怀烟消云散，传统的道德风尚不再，皇甫湜元和初年写有著名的《对贤良方正直言极谏策》，对当时的社会风气有精准的交代："自中代以还，求理者继作，皆意甚砥砺，效难彰明；莫不欲还朴厚，而浇风常扇；莫不欲遵俭约，而侈物常贵；莫不欲远小人，而巧谀常近；莫不欲近庄士，而忠直常疏；莫不欲勉人于义，而廉隅常不修；莫不欲禁人为非，而抵冒常不息。"① 这表明社会缺少什么，士人呼唤什么，浇薄谬戾之风乃是那个时代的影像。而在文学思想领域，尤其是居庙堂高位者必然要相应地予以纠正，这无疑会渗透到文学创作中。肃宗时元结有《大唐中兴颂》②，写于安史之乱基本结束的上元二年（761）秋，历经离乱之苦的元结感到"地辟天开，蠲除妖，瑞庆大来"即乘兴写下这篇高简古雅、义正词严的颂文。高仲武《中兴间气集》诗集二卷，选录肃宗至德到代宗大历末二十多年的作家作品，因为旧史家称此时为安史乱后之"中兴"时期，故有此书名。战乱后的唐政府尤为强调忠义，试图重振纲纪，以达到王朝中兴，经世致用本是儒家文化的价值依归，于是儒家原始哲学中的经世致用理念得到广泛的应用。

常衮的创作中以各种方式表露中兴的愿望，他或引《晋中兴书》（《为宰相贺连理木表》）、"光武中兴"（《中书门下贺醴泉表》）以振奋朝纲，当下处于"沛然发祥，千岁一睹"的大好时机，认为"中兴之业，实赖经纶"（《承天皇帝哀册文》），需要"中兴之勋"（《授令狐彰右仆射制》），张仲孝友之行，吉甫文武之才，"上戴君父，绍开中兴，会五原之兵车，复

---

① 《全唐文》卷六八五，第 7 册，第 7013 页。
② 今立于湖南浯溪汇入湘江的中峰悬崖下，元次山文、颜鲁公书与浯溪境象清绝的山光岚气，并称"三绝"，故《大唐中兴颂》又被称作"三绝碑"。

四海之疆宇"(《册谥承天皇帝文》)。或以"不有殷忧,何以启中兴之盛业"(《李采访贺收西京表》),称颂"先帝中兴","遭逢盛时"(《代杜相公让剑南元帅表》)激励当代君王。事实上,过渡时代的君主们也时常梦呓般地宣称社会已重回"小康"①。

《大唐传载》云:"李西台文南公避暑于青龙寺,梦戴白神人云:'昔尹氏相宣王,致中兴;君男亦佐中兴,君宜以吉甫名之。'"② 周代的尹吉甫辅佐周宣王致中兴之业,李吉甫的名字即由此而来,他本人的政治实绩也证明名实相副,他对元和中兴功不可没。

吉甫《睿圣文武皇帝册文》云:

> 自尧及唐,历纪三千,致理之君,不过十数,升平之运,不至五百。天人之交际,不其难欤?我唐运之兴,昌期是膺。四海一统,十圣丕承。以至于皇帝,则君十一而年二百矣。历考前代,丁于斯时,皆王泽已竭,君明寖替,未若我后之维新厥命。我唐之中兴厥祚,顾视周汉,不其蔑欤?③

从尧舜至唐代三千年的历史,只有不超过十位君王为圣明君主,升平之年代不超过五百年,宪宗之前,唐代历经二百年十位君主的统治已走向衰亡,至宪宗(按:谥号为睿圣文武皇帝)革故鼎新,堪比周宣王与汉宣帝之中兴。他甚至将唐之中兴上溯到肃宗,《右龙武统军张伯仪谥议》④ 云:"自中兴三十年而来,兵未战者,患在将帅以养寇自重,纵敌藩身。"⑤ 李德裕的应用文创作更与中兴意识紧密结合,旧史所称的会昌中兴即指李德

---

① 唐代宗《大历八年大赦》云:"天地幽赞,阴阳化育,关辅之内,农祥荐臻,嘉谷丰衍,宿麦滋植,闾净之间,仓廪皆实,百价低贱,实曰小康。"德宗《奉天改兴元元年赦》云:"自顷军旅所给,赋役繁兴,吏因为奸,人不堪命,咨嗟怨苦,道路无聊,讫可小康,与之休息。"《贞元四年贤良方正策问》云:"今者官署尚存,法令明具。封域之内,可谓小康。"(《唐大诏令集》卷八五;一○六)
② 《唐五代笔记小说大观》本,第898页。
③ 《全唐文》卷五一二,第6册,第5198页。
④ 李吉甫此文约作于贞观四年,《旧唐书·德宗本纪》云:"贞元四年春正月……丁巳,右龙武统军张伯仪卒。"卷十三,第2册,第364页。据此可知此文作于贞元四年(788),上推三十年,应是肃宗乾元元年(758),肃宗本年二月改"载"为"年",改元乾元,以示中兴。
⑤ 《全唐文》卷五一二,第6册,第5204页。

裕主相时取得一连串振兴朝廷的政绩，出现的短暂稳定的政治局面，关于此点将在第四章中对此有专门论述。代宗时的大历中兴、宪宗时的元和中兴，武宗时的会昌中兴，与常衮、李吉甫、李德裕三人密不可分①，这三位"大手笔"作家的应用文写作也与唐后期这种一以贯之的中兴理念密不可分。目前学术界已经注意到陆贽的公文成就，但中唐以后的公文圣手远不止陆贽，陆贽之前的常衮，之后的李吉甫、李德裕父子亦是其中的杰出代表。

在中唐，具有政治哲学性质的儒学比盛唐更受士人重视，重新提倡汉武帝任用儒术，采用儒家大一统观念，这也是中唐士人用世精神的显著特点。中兴的愿望促成了当时儒学的复兴，也促成了经世致用风气的形成。思想领域的变革必然引起文体文风的改革。以往的学界一般只注重韩愈、吕温等散文家重振儒家道统，以排斥佛老，定儒学于一尊，从而掀起古文运动的改革主张。然而这其实乃是当时时势的总体发展。像常衮、李吉甫这样的"大手笔"作家、政治家也充分重视儒学中的经世致用思想，并付之于创作当中，使文章成为干预现实政治强有力的舆论工具。此外，新的《春秋》学成为显学，并对政治产生较大影响，啖助、赵匡、陆质（淳）等借《春秋》而表述对现实政治的见解，永贞革新即是在《春秋》学派的直接影响下发起的一场政治运动。

然而，中唐开始时，尊崇儒学与崇尚实用似乎是矛盾的，这可以从唐肃宗对待儒学士子的态度看出。房琯等帝王师王式的儒生迂阔空言，显然与肃宗黜华用实的方针不合。安史之乱后期，随着房琯、李泌、张镐、高适等尚空谈的儒士被贬或被冷落之后，崇实黜华风气甚盛，朝廷选拔任用人才的标准亦随之改变。时逢多难，必须有吏干之才，故肃宗"去华而就实"②，不尚空谈，务求勤于吏事，从实际出发，这种士风的转变必然会对文学创作发生影响。直至代宗时的杨绾等醇儒虽也收到"镇俗移风"的效果，但这些儒者仍局限于对儒学本义的弘扬显得不切实际。随着崇尚儒学到崇尚儒术的转换，儒家思想中经世致用思想得到了逐步认知，

---

① 虽然常衮的政治功绩与李吉甫、李德裕父子不可比，但他倡导中兴的许多政治举措对于稳定局势有一定作用，对于他的评价也需要重新认识。

② 《旧唐书·肃宗本纪》卷十，第1册，第262页。

儒术的现实意义使得政风与文风得到了统一。上层统治阶级利用儒术来维系中央集权，而表现在文化上，作家作文章更多地着眼于现实问题，文风简洁实用。常衮可以说处于文风的一个过渡阶段，他的创作仍兼顾着文采与实用，至李吉甫则明确地将儒家的经世致用思想在文章中大大增强，华赡的词语在务实精神的社会风潮下显得烦琐而无用，文风进一步趋向实用与简洁，直至李德裕则是彻底地转为一种实用的纯公文写作。以时代而论，常衮是盛而渐中，文采与实用兼顾，李吉甫则是完全的中唐面目，强调经世致用，李德裕则中而渐晚，将实用目的走向极致，以文章治天下。

第二节 "文采赡蔚，长于应用"的常衮

一 岑寂的大历文坛与常衮的应用文写作

文学史上一般认为，大历文坛是相对岑寂的。大乱之后的唐王朝处于风雨飘摇之中，史称：

> 明皇之失驭也，则禄山暴起于幽陵；至德之失驭也，则思明再陷于河洛；大历之失驭也，则怀恩乡导于犬戎。自三盗合从，九州岛羹沸，军士膏于原野，民力殚于转输，室家相吊，人不聊生。[①]

安史之乱使得国家元气大伤，朝廷对于各地的控制力大为削弱，藩镇割据势力甚嚣尘上，所谓"四镇三王"和李希烈、朱泚称帝，西北边患日益严重，吐蕃长年的袭扰，使朝廷疲惫不堪。"文变染乎世情，兴废繁乎时序"，几经离乱，社会凋敝导致世情的变化，影响着文学的演进。在相对岑寂的大历文坛，庙堂之上的秉笔者如常衮、杨炎，无疑是此期文章家中的佼佼者。

常衮（729—783），字夷甫，京兆（今陕西西安）人，天宝十五载（753）状元及第，由太子正字授补缺起居郎。代宗宝应元年（762）选为

---

① 《旧唐书》卷十一，《代宗本纪》后史臣曰，第1册，第316页。

翰林学士①，考功员外郎中兼知制诰。永泰元年（765）为中书舍人，加集贤院学士。大历元年（766），迁礼部侍郎，仍为学士。大历九年（774）升礼部侍郎。常衮连续三年主持科举考试，处事谨慎，墨守成规，后与刘晏等审理元载案有功，大历十二年（777）拜相（门下侍郎、同平章事），加弘文、崇文馆大学士②。杨绾死后，常衮独揽朝政。德宗即位后，被贬为河南少尹，再贬为潮州刺史。不久由于好友杨炎为相被擢为福建观察使，任上注重教育，增设乡校，使作为文章，并亲自讲导，闽地风俗一振。建中四年（783）死于任上，享年五十五岁，追赠为尚书左仆射。有文集十卷、诏集六十卷行世。现存文 321 篇③，以文体而言，多为制文、表文、册文和墓志等应用性文体。

　　常衮主政时，以文辞出众而又登科第者为用人标准，朝中众官俸禄，视其好恶而酌定，世谓之"鹾伯"，讥诮其不辨奸贤。当时有所谓"京师语"，将常衮与元载之贪贿对比："常无分别元好钱，贤者愚，愚者贤。"④亦有人批评其"令天下受屈"，"以小道矫俗，以大言夸时，宏辞曾下登科，平判又不入等，徒以窃居翰苑，谬践掖垣，虽十年掌于王言，岂一句在于人口？"⑤究竟如何认识常衮的这种行径？他在唐代政治和历史上到底起了怎样的作用？

　　战乱后的代宗朝政局紊乱，动荡不安，史称元载、王缙、杜鸿渐

①　《翰林志》载："常衮，翰林学士，制视草北宫。……又，唐至德后，天子召集贤学士于禁中草书诏，虽宸翰所挥，亦资其检讨，谓之视草."（《翰苑新书前集》卷十，文渊阁四库全书本）《旧唐书·常衮传》称常衮于宝应二年（763）选为翰林学士，傅璇琮《唐代宗翰林学士传》考定为宝应元年四月后入院，永泰元年（765）下半年出院，约三年有余，是代宗朝的首任翰林学士。该文收入氏著《唐宋文史论丛及其他》，大象出版社 2004 年版，第 152—154页。傅文留意到常衮在中唐诏令革新及其与当时文人的交往等问题，颇富启发性。

②　此为新旧《唐书·常衮传》所载，清人钱大昕有所怀疑，《廿二史考异》卷五十四云："《百官志》，崇文馆隶东宫，干元初以宰相为学士，总馆事，不云何年置大学士，亦脱漏也。"（上海古籍出版社 2004 年版，第 790 页）

③　经笔者统计：董诰《全唐文》存 283 篇，其中 3 篇伪作，陆心源《唐文续拾》补 6 篇，1 篇为误收，吴钢《全唐文补遗》（第六辑，三秦出版社 1999 年版）补 1 篇，陈尚君《全唐文补编》上册补 8 篇，《全唐文补编》下册补 27 篇（含残篇）。

④　语出（唐）苏鹗《杜阳杂编》卷上，明刻稗海本。（宋）王谠《唐语林》卷三作"常分别，元好钱，贤者愚，愚者贤"。[（宋）王谠撰，周勋初校证：《唐语林校证》，中华书局 1987 年版，第 191 页]应以《杜阳杂编》所载为是。

⑤　语出（五代）王定保《唐摭言》卷十三，清嘉庆学津讨原本。

为相，三人皆好佛，"中外臣民承流相化，皆废人事而奉佛，政刑日紊矣"①。当时藩镇割据日益严重，他们"相与根据蟠结，虽奉事朝廷而不用其法令，官爵、甲兵、租赋、刑杀皆自专之。……朝廷或完一城，增一兵，辄有怨言，以为猜贰，常为之罢役；而自于境内筑垒、缮兵无虚日。以是虽在中国名藩臣，而实如蛮貊异域焉"②。而代宗对藩镇含容姑息太过，对功臣恩赐过多，对于朝恩如此，对元载、王缙亦是如此。特别是对官员的滥赏滥封，使得朝廷的财政捉襟见肘。官家的行政效率非常低下，常衮当政时力主予以革除。史称：

> 至德以后，天下用兵，诸将竞论功赏，故官爵不能无滥。及永泰以来，天下稍平，而元载、王缙秉政，四方以贿求官者相属于门，大者出于载、缙，小者出于卓英倩等，皆如所欲而去。及常衮为相，思革其弊，杜绝侥幸，四方奏请一切不与；而无所甄别，贤愚同滞。崔佑甫代之，欲收时望，推荐引拔，常无虚日；作相未二百日，除官八百人，前后相矫，终不得其适。③

常衮的苛细，无所甄别而一概不允，针对的是从肃宗以来封官太多的弊政而采取的革新措施，堵塞买官之路，相比元载、王缙之卖官鬻爵，崔佑甫之以滥举官员以收时望，常衮虽有矫枉过正之嫌（《旧唐书》本传称其"虽窒卖官之路，政事大致壅滞"），实乃不得已而为之。常衮的做法，朝野上下均感不满，只有中兴勋臣郭子仪赏识他的正直，遂入朝为请，加常衮银青光禄大夫，封河内郡公。郭子仪之所以欣赏常衮，正是因为当时朝政的不正之风甚盛，常衮的正直难能可贵。《旧唐书·常衮传》云："时中官刘忠翼权倾内外，泾原节度马璘又累着功勋，恩宠莫二，各有亲戚干贡部及求为两馆生，衮皆执理，人皆畏之。"代宗在除去元载之后，本想倚重杨绾，厘革弊政，但杨绾不久即病逝，故其后继事业实际由常衮来完成。常衮为人清高孤傲，不妄交游，"当朝廷厘革之时，佐海内安危之重"（《谢每

---

① 《资治通鉴》卷二二四，第15册，第7196—7197页。
② 《资治通鉴》卷二二五，第15册，第7250页。
③ 同上书，第7257—7258页。

日赐食状》），为政苛细，崇尚节俭，反对腐败，对于当时朝风有所更正。大历十二年八月，"元载、王缙之为相也，上日赐以内厨御馔，可食十人，遂为故事。癸卯，常衮与朱泚上言：'餐钱已多，乞停赐馔。'许之。衮又欲辞堂封，同列不可而止。时人讥衮，以为：'朝廷厚禄，所以养贤，不能，当辞位，不当辞禄。'"司马光有评曰："君子耻食浮于人；衮之辞禄，廉耻存焉，与夫固位贪禄者，不犹愈乎！诗云：'彼君子兮，不素餐兮！'如衮者，亦未可以深讥也。"① 可谓公允之论。对于常衮的历史定位应充分考虑当时的朝政困境，对其功不可一概抹杀。

　　学术界对常衮的应用文研究基本上是空白，然而在当时他的文章是颇受称赏的，任华即称常衮为"朝廷之词伯"②，《新唐书·常衮传》称其"文采赡蔚，长于应用，誉重一时"③，这是常衮被称作"大手笔"作家的主要原因。文采赡蔚与长于应用，正好反映常衮创作中文质兼擅的优长。具体而言，"文采赡蔚"指其文辞丰美且有滋味，富丽堂皇，充满庙堂之气；"长于应用"则指其文章的内容一目了然，主题明确，实用性强，恰当地反映当时的社会风气和社会问题。"文胜质则史，质胜文则野"，过分突出文采或者内容的哪一方面，都有不足，而常衮能够驾轻就熟，分寸得宜，将辞和意的关系处理得妥帖、合理，这是颇为难能可贵的，也因此能够获得时人的称赞。常衮受盛唐文儒歌颂盛世的华美辞章影响，仍然注重文采，讲究词句，尤以骈句为主④。同时，应用文原有的实用价值在中唐出于现实的需要而越来越突出，在扭转乱世后的社会秩序，重建儒家轨范中发挥重要的作用。重视实用与重视文采，在常衮的制书中都能得到直接的反映。常衮顺应了随着国家社会对于儒家忠孝的整体呼唤这一趋势，其应用文创作每依经以制事，反映时世的艰危与上层试图改革的意愿，充分体现了实用的时代风气。

---

① 《资治通鉴》卷二二五，第 15 册，第 7246—7247 页。

② 《全唐文》卷三七六，《秦中奉送前涪城贺拔明府归蜀序》第 4 册，第 3822 页。

③ 《新唐书》卷一五〇，第 15 册，第 4809 页。

④ 散体化在常衮文章中表现不是很明显，这主要是由于常衮的个性气质及文体要求造成的。岑仲勉《隋唐史》称"若朝廷授官之制敕，则终唐以迄两宋，皆用骈俪行之"，"盖当日制诏体裁，迁擢者须辅叙其资历、政绩，降谪者须指斥其罪过，散文难于措辞，骈文易得含糊而已"。（第 185 页）

常衮从永泰元年任中书舍人至大历九年十二月改任礼部侍郎，在中书舍人任上长达九年，故人称其"十年掌于王言"，这在唐代是很少见的。从他的制文中可以真实而全面地看到代宗朝中前期的朝政面貌与民生实景，因而他的制文具有相当的历史文献价值和认识价值。常衮所拟制词颇多，今存185篇制书，占其全部文章总数的一半以上。《新唐书·艺文志》载其有诏集六十卷，说明本来常衮的制书还远不止此数。本文即以其制书为中心，探讨常衮的文章价值。

二　制书的文献价值与认识价值

1. 文献价值

常衮的制书真实地反映了当时战后的荒乱惨况，中央政府相应采取救弊救亡的方针和策略。首先，一些制文反映时事艰危与社会弊病。天宝末以来，国家饱受战乱袭扰，社会凋敝，《刘晏宣慰河南淮南制》描述了战乱后真实的衰败景象："自兵乱一纪，事殷四方，耕夫困于军旅，蚕妇病于馈饷，欲求无事，岂可得乎？"地方官到处抓丁补充兵源，横征暴敛，百姓苦不堪言，"致令户口减耗，十无一二"，"其于赋役，多患不均，靡室靡家，皆籍其谷；无衣无褐，亦调其庸。虽节制廉察，皆务令条理，而贪官冒法，未绝奸源。诛求无厌，鳏寡重困，永叹遐想，过实在予"。河南淮南比起诸道尤其如此，饱受战争创伤，苦于赋税征敛不断。《喻安西北庭诸将制》则述及西北边患，"往以蕃戎并暴，纵毒边表，乘衅伺隙，连兵累年。城门昼闭，王师遐阻，遮杀汉使，盗取节印，恣睢横厉，甚逆天理。而国朝未暇袭远，置于度外，实五京二庭存亡危急之秋也"，而长年在外戍守的士卒，"十年不得解甲，白首戎阵"，唐王朝确乎到了生死存亡的境遇，用语简洁，却切中要害。《减征京畿夏麦制》一针见血地指出当时税收的弊端："属外攘四夷，岁会戎事，军国用度，公储匮乏，役费荐至，近于倍征。而吏或奉法不谨，失我字人之意，孤茕者恣其厚敛，豪富者贷以轻徭，动而生奸，浸以流弊，谓之什一，其实太半。致有去父母之邦，甘保佣之役，流离逋荡，靡室靡家。或阽于死亡，而莫之省，每一念至，良深悯恻。"[①] 战乱给

社会带来的莫大危害，致使"万姓不安，三农将废"，百姓现实生活的困窘已达到了极端恶化。览此制文，不禁让人感慨万千，故后人评价"制词莹净，诵之犹能感人"①。

其次，唐政府为了改变这种惨况，采取减俸、大赦、减征等革新措施。常衮在《减京兆尹以下俸钱制》即称"革其既往，制在惟新"，针对"艰难已来，禁网渐弛，于是增置使额，厚请俸钱。故大历中，权臣月俸有至九十贯者。列郡刺史，无大小给皆千贯。常衮为相，始立限约"②，主张限制大乱之后增添官额、增加薪俸的做法。《减征京畿丁役等制》又指出"以令有缓急，物有重轻。故粟轻而易散，钱重而难聚，古人所谓籴之至贱与贵，其伤一也"，可谓见解不凡。"以京师烦剧，供应颇多，苟从权宜，遂倍其数。自今以后，宜准诸州例征率。朕以帝王之教人，如父母之训子，所以至纤至悉，必躬必亲，苟或便之，岂惮烦也。宣示百姓，知朕意焉。"颇有爱民如子的口吻，后人评其"音节词句，皆能取泽于古"③。《京兆府减税制》称"征地之数，有踰常典"，"今旧谷既没，宿麦未登，尚使馁殍相望，流庸不返。邦畿千里，编户六残"，"百姓不安，皆因税重"。反映出大乱以后，朝廷财政紧缺；又由于连年征伐，必须强征赋税，以供应前线将士的军饷，所以造成百姓与官府的双重经济压力。明乎此，就可以了解建中元年两税法的实施势在必行。

《大唐新语·厘革》云："元载既伏诛，代宗始躬亲政事，励精求理。时常衮当国，竭节奉公，天下翕然，有升平之望。衮奏罢诸州团练、防御等使，以节财省费。……衮独出群拟，为戢兵之渐，持衡数岁，时用小康焉。"④ 史称："自兵兴以来，所在赋敛无度，仓库出入无法，国用虚耗。"⑤ 所以，减省成为当时的时尚名词，《减京畿秋税制》提出"爱人之体，先于博施，富国之源，必在均节"，"慕淳朴之风，守冲检之道"的省约政策。《放京畿丁役及免税制》云："故天下有道，藏于百姓，古之使

---

① 《全唐文纪事·卷首》康熙语，第 14 页。
② 《全唐文》卷九六五，阙名《减冗员奏》（元和六年六月中书门下），第 11 册，第 10020 页。
③ 《全唐文纪事·卷首》康熙语，第 14 页。
④ 《大唐新语》卷十，第 155 页。
⑤ 《资治通鉴》卷二二四，第 15 册，第 7218 页。

人，不过三日，可以长孺齿，可以养孤老，盖太平至理之化，何施而集于此乎？""然时或多故，事非获已，属外攘夷狄，连岁备边，兵车之会，不下十万。饷馈耗竭，邦畿大残。又郊社宗庙之祀，府库赐与之用，庶事之费，皆仰给焉。急赋暴征，日益烦重，加以水旱相乘，岁非丰熟，方冬之首，谷已翔贵。又宿豪大猾，横恣侵渔，致有半价倍称，分田劫假。于是弃田宅，鬻子孙，荡然逋散，转徙就食，行其甚众，念之疚心。"制书非常详细，甚至琐细至每一个实际运作的细节，后人称其"蠲赋省役，以忧百姓，中多恺悌之言"①。

赦宥之事由来已久，是帝王专制的一种权力。大赦的源头可以追溯到鲁庄公二十二年，"春正月，肆大眚"②。初无定由，赦免限制亦少，至唐后期开始逐渐有规律可循，到宋代赦宥成为一种政治制度。赦文是古代重要的法律文书，国家颁布大赦或出于祥瑞，或出于灾异，或出于加尊号，或出于封禅改元，或出于新朝登基执政制造舆论，作为一种宣传工具，它要以言辞动人。史称："代宗皇帝少属乱离，老于军旅，识人间之情伪，知稼穑之艰难。"③ 大历四年（769）、五年（770）、七年（772）代宗三次下诏大赦天下，均由常衮代草制文。赦文中反复申说大乱的原因"其咎不远，在予一人"，"皆由朕过"等，这虽说是官样文法，但确实代表官家以最高的法律文书诏诰天下，以求换取民心的支持。

《大历四年大赦天下制》云："至理之代，先德后刑，上欢心以临下，下忻然而奉上。祸乱不作，法令何施？去圣久远，薄于教化。""内访卿士，外咨方岳，日不暇给，八年于兹。而大道淳风，郁而不振，四郊多垒，连岁备边。……此皆朕之不明，教之未至，上失其道，而绳下以刑，敢不罪己，以答灾眚。且人者君之支体，害之则君有所伤；刑者教之辅助，失之则人无所措。"④ 充满内省自责精神，有如兴元元年（784）德宗出亡奉天时陆贽代为起草的《奉天改元大赦制》（即《罪己诏》），"虽武夫悍卒，无不挥涕感激"，故后人评其"诚恳所至，笔能曲折赴之，深得哀

---

① 《全唐文纪事·卷首》康熙语，第 14 页。
② （晋）杜预注，（唐）孔颖达疏：《春秋左传正义》卷九，北京大学出版社 1999 年版，第 266 页。
③ 《旧唐书》卷十一，《代宗本纪》第 2 册，第 316 页。
④ 《全唐文》卷四一五，第 5 册，第 4246 页。

矜勿喜之意"①。

《大历五年大赦天下制》则表现出大乱之后渴求贤才的趋向:"内外文武官及前资官六品以下,并草泽中有硕学专门,茂才异等,智谋经武,讽谏主文者,仰所在州府观察牧宰,精求表荐。如所由搜扬未尽,遗逸林间者,即宜诣闻自举,亲当策试,量能擢用。""朕每览汉文诏书,至阳和之时,草木群生之类,皆有以自乐,而吾百姓,或阽于死亡而莫之省,缅然遐想,感叹增怀,哀今之人,又甚于昔,思有赡恤,俾安其居。"与汉代相比,"于戏!武德贞观之间,有若魏徵、王圭、李靖、李绩、房元龄、杜如晦等,扶翼大运,勤劳王家,尊主庇人,匪躬致命,咸有一德,格于皇天,缅然长怀,风烈犹在"②。武德贞观时有许多明臣,都是后世臣子的楷模,这则制文即表达了当时朝廷对于人才的重视。

《大历七年大赦天下制》因为大旱大赦,则是一封赦免囚徒的赦文,"如闻天下诸州,自春以来,咸愆时雨,首种不入,宿麦未登,哀此矜人,何恃不恐?皆由朕过,益用惧焉,惕然忧嗟,深自咎责。""其大历七年五月十五日昧爽已前,已发觉未发觉,已结正未结正,应天下见禁囚徒,罪无轻重,一切悉宜放免。""宜令诸道节度观察及诸州牧县宰,于当管内所有名山灵迹,各精诚致祭,祈降甘泽,冀获丰稔,永思流弊,庶振风猷。""敢以赦前事相告言者,以其罪罪之。"③ 严禁再旧事重提。代宗时是唐代颁布赦文较少的时期④,但常衮的这三篇赦文却是真挚感人,要言不烦,比起陆贽的细密与震撼,有所不同,但在行政公文中表露真情实感确属难得。

2. 认识价值

从常衮制文中可以看到中唐官员兼职多,官名长。这种现象肇始于肃宗,至德二载(757)四月,"是时府库无蓄积,朝廷专以官爵赏功,诸将

---

① 《全唐文纪事·卷首》康熙语,第 14 页。
② 《全唐文》卷四一五,第 5 册,第 4247 页。
③ 同上书,第 4248 页。
④ 据田红玉《唐代大赦研究》统计数据显示:唐代颁布大赦总计 193 次,颁赦频率最高者并不是社会处于动乱之时,中宗、睿宗、则天和玄宗时期是唐代颁布赦文频次较高的时期。首都师范大学硕士学位论文,2002 年,第 22—23 页,并见文末《唐代大赦总表》。

出征，皆给空名告身，自开府、特进、列卿、大将军、下至中郎、郎将，听临事注名。其后又听以信牒授人官爵，有至异姓王者。诸军但以职任相统摄，不复计官爵高下。及清渠之败，复以官爵收散卒。由是官爵轻而货重，大将军告身一通，才易一醉。凡应募入军者，一切衣金紫，至有朝士僮仆衣金紫，称大官，而执贱役者。名器之滥，至是而极焉"①。胡三省云:"信牒者，未有告身，先给牒以为信也。"可是经过战乱，国库窭贫，无力犒赏官员，只好拿空名的告身和信牒安抚。"恐其溃散，畏罪而归贼，复以官爵收之。"赵翼《陔余丛考》卷十七《唐时王爵之滥》云:"古来王爵之滥，未有如唐中叶以后之甚者。……自肃宗起兵灵武，其时府库空竭，专以官爵赏功，诸将出征，皆给空名告身，自开府、特进、列卿、大将军，皆听临事注授，有至异姓王者。及德宗奉天之难，危窘万状，爵赏尤殷。""不复计爵之高下，至有僮仆衣紫金、称大官而执贱役如故者。……可见是时爵命虽荣，人皆不以为贵，即身受者亦不以为荣，故大将军告身才易一醉。爵赏驭人之柄，于是乎穷。此亦可以观世变也!"② 由此以"观世变"，由于官职的滥赏造成官名逾数十字，如《加朱希彩幽州管内观察使制》之"开府仪同三司试太常卿兼幽州大都督府长史御史大夫持节充幽州节度兼营田等副大使知节度事经略军使兼卢龙节度并管内支度营田及押奚契丹两藩等使上柱国朱希彩";又如《授庾准杨炎知制诰制》中之"中大夫行尚书吏部郎中上柱国庾准检校尚书兵部郎中充山南副元帅判官赐绯鱼袋杨炎"，同时任命多个职务，其中虚职很多，所以诸军以职任相统摄，官爵的高下没有实在的意义。

　　常衮的一些制文可以帮助了解唐后期的官制与任官原则。有些可与《通典》《唐六典》等文献进行对照。如对尚书一职，"尚书万事之本，选部五曹之右，以掌邦典，以抡官材。汉魏以来，多用宿儒高德，盖重其任也"(《授裴遵庆吏部尚书制》)，认为"非国之髦硕，详于典制，则不可以综事训工，建明理本也"(《授工部尚书制》③)。唐后期御史这样的长官要

①　《资治通鉴》卷二一九，第15册，第7023—7024页。
②　(清)赵翼:《陔余丛考》，河北人民出版社1990年版，第278—279页。
③　《全唐文补编》，《全唐文又再补》卷四，第2281页。

多年担任尚书郎或其他郎官的官员来总领其事以重其任①，常衮有《授崔宽侍御史知杂事制》云："南台是两丞之亚，以久于其职者参领群务，近制或选尚书郎，累更执宪，著称一时，多以本秩行年史曹事。"唐后期观察处置使的职责非常重大，是仅次于节度使的地方官，常衮有《授辛杲京湖南观察使制》云："劝察列郡之风，督诸军之事，兼兹二柄，守分一方，其在素名，俾之专任。"常衮的制书中道出安史乱后朝廷的任官原则。为了恢复纲常与礼制，制文皆因旧制以任官，如《授贾至京兆尹制》之"前代尹京，多用经术之士，翟方进隽不疑，皆首参此选，称于毂下，今亦因其制而进用也"，"今京府九卿，率由旧典，大变风俗，以明朝纲"。《授孟媖京兆尹制》之"汉以郡国二千石高第人守，而毂下称之，今因其制而选用，亦陟明于辨理也"。《宣慰湖南百姓制》之"自汉魏以来，水旱之处，必遣使巡问，以安集之，国朝因其制焉"。国家刚从战乱中走出，任命官员要起到示范作用，用《授崔瓘自澧州刺史除湖南观察使制》的话，就是"海内甫定，方澄化源"之际，"纲理郡县"，需要"大明黜陟"，明确赏罚。大郡的官员选拔至关重要，"安人之寄，历选惟难，必二千石职连最者处之，晓然明劝，以训天下"，制文中赞赏崔瓘"出言而信，出令而从"，可堪"吏人之师"②。正是基于这一用意，任用孟媖为京兆尹时亦说他为"大郡表率"。当然，在军事上，常衮似乎也意识到中唐用兵的问题，"臣伏以秋成以来，群帅宣力，陛下皆先授方略，合如符契"（《贺破山南贼表》）的表述，仿佛在不经意间透露出中央收回武将军权所产生的弊病③。

从常衮的制书中可知，此时的朝廷频繁减免税收的制诏，实际上只针对京畿三辅一带具有实际行政管理权的地方，如《减征京畿夏麦制》《减征京畿丁役等制》《京兆府减税制》《放京畿丁役及免税制》《减京光府秋

---

① 杜牧《郑处晦守职方员外郎兼侍御史杂事制》云："御史府其属三十人，例以中台郎官一人稽参其事，以重风宪。"［《全唐文》卷七四八，第 8 册，第 7748—7749 页］（宋）王应麟《玉海》卷一二一《唐御史台》云："（御史）大夫秩崇不常置，中丞为宪台之长，升正四品，与丞郎出入迭用，以重其任。"（元至元庆元路儒学刻明递修本）

② 《全唐文》卷四一三，第 5 册，第 4230 页。

③ 常衮在《代相公让剑南元帅表》借杜鸿渐之口再次切中此弊："将在阃外，事得专之，远道取决，恐失要会，坐而临制，诚亦非宜。"（《全唐文》卷四一七，第 5 册，第 4264 页）这种笔法更是直接而大胆。

税制》《减京畿秋税制》《大赦京畿三辅制》《赦京城内囚徒制》等。这一方面说明当时各边镇并不听调度，至于"所资军费，皆出邦畿"；另一方面京畿地区由于连年征税，政局亦不稳定，国家处于风雨飘摇之中。与此同时，制书的风格与盛唐彰显盛世大国气象亦不同，上对下的制书不再高高在上，而是多以褒奖夸赞为主，有时近乎一种可怜的腔调在乞求，这反映出中央权威的衰落。特别是对京畿之外的制文更复如此，如大历三年（768），西域守军与朝廷恢复了联系，代宗对他们"忘身报国"的精神予以褒奖，常衮拟《喻安西北庭诸将制》云："不动中国，不劳济师，横制数千里，有辅车首尾之应。以威以怀，张我右掖，凌振于绝域，烈切于昔贤。微三臣之力，则度隍踰陇，不复汉有矣。"对河西节度使周鼎安、安西北庭都护曹令忠、尔朱某三人之功大加赞扬，甚至有一种感激之情："每有使至，说令忠等忧国勤王，诚彻骨髓，朝廷闻之，莫不酸鼻流泪，而况于朕心哉。"至此，"西北边患，荡然以清，至于九夷，南尽百越，玉帛来朝于魏阙，苞茅入贡于王祭。党项内附，回中大宁，天下郡国，一其教理，王畿征调，渐复平时"[1]。代宗与常衮认为收回西北标志着王朝的再一次大一统，其实这只是满足了秉承华夷之分的天朝上国的一点点虚荣心，从侧面反映出当时朝廷的孱弱与自欺欺人。

　　还可以从常衮的制文看到当时中央和地方、边疆的关系。当时"天下方镇，东南最宁"（《代杜相公让河南等道副元帅表》）。除此之外，以长安为中心的皇室政权与以幽燕为轴心的诸地方藩镇，是一种复杂微妙的关系。朝廷对这些分庭抗礼的独立王国基本上采取褒奖安抚的态度。这可从常衮一些关于节度使的制文中略窥一斑。如对功臣李抱玉赞美不绝，《授李抱玉河西等道副元帅制》云："文以经邦，德以镇俗，孝友忠信，人之模表。礼乐刑政，朝之训式，以道匡朕，允升之大猷。"《授李抱玉开府仪同三司制》又云："秉德者必先于冲让，报功者亦资于礼秩。遂其所执，以彰明哲之心；存其所赏，以称勖贤之策。则劳臣知劝，群议允从。"再如对田神功，分别有《授田神功右仆射制》《加田神功实封制》等。当时河朔三镇战略地位重要，所谓"河朔一隅，地方千里，外捍夷狄，内辅成

---

[1]　《全唐文》卷四一四，第5册，第4239—4240页。

周。抚勤王之师，修任土之贡，顾其方镇，可谓崇重”（《李涵河北宣慰制》）。其中以魏博田承嗣最强，代宗对其百般恩宠，甚至将其女安乐公主下嫁给田承嗣之子田华，不吝加封，以结其心。常衮的《加田承嗣实封制》称：“出自河朔，挺兹才器，公忠有素，文武是经。行惟高简，言必诚信，委之腹心，实所亲重。内列端揆，外当藩翰，距河作镇，涉海抚封。”并以“贞一以奉上，明恕以临下，谋出韬钤之外，功成战伐之前。专精牧人，尽瘁事国，政刑必中，都鄙有章”①之语加以旌表，实在是一种渴望其能忠心的愿望。但是大历九年（744）十月，田承嗣还是反叛了，常衮在《为崔中丞贺讨田承嗣表》中对承嗣痛加指斥：“本辅逆臣，罪当参夷。……豺狼之心，饱而增凶，动摇邻境，慢易君命。”②

三　新“文儒”的转型

代宗“仁孝温恭，动必由礼”，是中唐平乱守成的中材之主。史称：“代宗皇帝少属乱离，老于军旅，识人间之情伪，知稼穑之艰难，内有李、郭之效忠，外有昆戎之幸利。遂得凶渠传首，叛党革心，关辅载宁，獯戎渐弭。至如稔辅国之恶，议元振之罪，去朝恩之权，不以酷刑，俾之自咎，亦立法念功之旨也。罪己以伤仆固，彻乐而悼神功，惩缙、载之奸回，重衮、绾之儒雅，修己以禳星变，侧身以谢咎征，古之贤君，未能及此。”③强调重用儒雅的常衮、杨绾是代宗的英明贤德之处。细细分析，常衮跟杨绾的尊儒不同，杨绾的尊儒仍固守于儒家经典，而常衮的尊儒已经逐渐将儒家经典与经世致用结合起来。他可以说是新一代“文儒”的代表。

“文儒”是文与儒的合成词，葛晓音引用《唐大诏令集》卷四《改元天宝赦》文中“儒学博通及文词秀逸”来概括“文儒”一词的基本含义，巧妙精当④。但这里想强调的是，“文儒”最开始除了“儒学”与“文词”之外，应是具备政事能力的。《论语》有所谓“四科”：德行、言语、政事、文学。孔子就是一个文儒兼具的圣贤，此后一直作为中国士大夫的典

---

① 《全唐文》卷四四四，第 5 册，第 4238 页。
② 《全唐文》卷四一六，第 5 册，第 4259—4260 页。
③ 《旧唐书·代宗本纪》卷一一，第 2 册，第 316 页。
④ 葛晓音：《盛唐“文儒”的形成和复古思潮的滥觞》，收入《诗国高潮与盛唐文化》，北京大学出版社 1998 年版，第 275 页。

范备受尊崇,直至唐代孔门四科依然出现在行政选举、宗教论争中。最初儒学、吏才、文学三者是分立的,西汉时"独尊儒术",儒生与文吏是并用的。追溯"文儒"二字的起源,以目前的材料看,东汉的王充是较早提出"文儒"一词并用以概括士大夫,其《论衡·效力篇》云:"夫文儒之力过于儒生,况文吏乎?"① 他认为文吏不如儒生,儒生不如文儒,文吏、儒生、文儒三者之中,文儒是最高级的知识分子范型,是所谓"多力之人",兼容"儒生""文吏""文学"的多重功能,既有儒学的深厚学养,又有理事的实际才能,又有章奏笔墨的文学才华。可是到了东晋以后,"文儒"之"文"的实际才能淡化,东晋葛洪《抱朴子外集·序》云:"念精治五经,着一部子书,令后世知其为文儒而已。"② 葛洪少年的志向就是做一名"文儒",兼有儒学与著述能力,并不想出仕,可见此时的"文儒"与行政才能已无关。至南朝齐代王融《永明十一年策秀才文五首》之四云:"今农战不修,文儒是竞,弃本殉末,厥弊兹多。"③ "文儒"进一步指永明年间以沈约为代表的文士,儒学色彩也淡化了,这是六朝尚文传统的一种反映。

唐代一开始史官在总结历史兴亡的基础上,对"文儒"有自己的认识,"文儒"一词的含义逐渐也经历了一些变化,前人对此有所论述④。由于开国君主重视儒学,使得此期的文儒重视以民生为本的政本儒学理念,而随着社会的稳定和持续发展,到盛唐以张说为代表的"文儒"则以礼乐文化为核心,将文学、儒学、治术结合起来,并适度地扩大了"文儒"之为儒者所固有的实践性,"文儒"复归其本义。张说之后,伴随着"文儒"在吏治与文治之争的败北,⑤ 盛唐"文儒"走向衰落。

安史之乱后,百业荒废,亟待振兴,于是需要在思想领域重新扛起儒

① 《论衡校释》卷一三,第2册,第581页。
② (晋)葛洪著,杨明照校笺:《抱朴子外篇校笺·自序》卷五〇,中华书局1991年版,第710页。
③ (梁)萧统编撰,(唐)李善注:《文选》卷三六,第4册,上海古籍出版社1986年版,第1656页。
④ 臧清:《盛唐文儒研究:以张说为中心》,北京大学博士学位论文,2007年,第一章;李伟:《初唐史官对"文儒"的认识》,《山东大学学报》(哲学社会科学版)2009年第3期。
⑤ 《汪篯隋唐史论稿·唐玄宗朝吏治与文学之争——玄宗朝政治史发微之二》,中国社会科学出版社1981年版。丁放对此有不同看法,丁放:《开元前期的"吏治与文学之争"》《光明日报》(理论版)2006年12月1日。

学的大旗，强调伦理与道统，以唤起地方对中央的尊奉，百姓对朝廷的忠孝意识。代宗"宏奖文儒"，"崇重儒术"，试图以儒学来拯救士风与政风，特别倡导忠孝以救时弊。代宗称赞常衮"志业贞谅，理识宏深。守正居中，确乎难夺"（《授杨绾中书侍郎常衮门下侍郎并同中书门下平章事制》）。"守正居中"是常衮为人为文的基本特点，他本人即是一个传统的儒士。《新唐书》本传称常衮敢于在宦官鱼朝恩势倾朝野之时上言："成均之任，当用名儒，不易以宦臣领职。"此举受到代宗的肯定，但当代宗仍然应鱼朝恩之请授其为国子监时，常衮所拟的《授鱼朝恩国子监制》中"有两朝侍从之勤，监六师征伐之事，雅达名理，参尚儒元，远涉源流，旁通训诂"，"用宏儒风，式允公望"等阿谀之词，表现出相反的两种格调，这恐怕并非其真实想法。大历九年，终于将鱼朝恩除掉后，常衮曾借《大赦京畿三辅制》中痛斥鱼朝恩"恣行忍虐"，申述其诸种罪恶，发其怨愤："顷者鱼朝恩夙有功勋，委之戎事，而征求黎庶，空竭闾阎，加之广有贸易之，夺人贿利，京城之内，擅致刑狱，恣行忍虐，幽执无辜，部领帅人，乖于抚驭，资粮刻薄，劳役烦苛，恶稔衅盈，自婴沉痼。念其勋旧，许以优闲，令罪兵权，遂其养疾。而宗社降鉴，神明所殛，羸瘵不起，旋至殂亡，既往无追，一切不问。所管将士等，同坐于王事，各效忠勤，是朕爪牙，自致勋业，并宜仍旧，勿有忧惧。"中唐以前，闽中之俗还少儒风，管元惠、李椅、常衮诸人相继"兴学劝士，文儒汇征"[1]，特别是大历十四年（779）常衮由首相之位被贬至潮州刺史，"兴学教士，潮俗为之丕变"[2]，教化普施，功莫大焉[3]。

"制"体作为王言，兴起于秦始皇的改"命为制"（《史记·秦始皇本纪》），汉代其体制得到规范，到唐宋时"以制命官"成为制度。重儒之风

---

① （明）王应山纂，福州市地方志编纂委员会整理：《闽都记》卷之一，《福郡建志总叙》，海风出版社2001年版，第2页。

② （明）《潮州府志》，嘉靖二十六年刻本，卷五。

③ 唐代贬谪潮州的中央大员可谓多矣，如张元素、唐临、常怀德、卢怡、李皋、常衮、李德裕、李宗闵、杨嗣复等，最著名的当然还有宪宗元和十四年（819）刑部侍郎韩愈因谏迎佛骨，触怒宪宗，被贬至此。另外，贞元末郑余庆亦贬至潮州司马。明代嘉靖十年（1531），潮州知府丘其仁在府治前新街兴建"十相留声坊"，其中唐宰相有常衮、李宗闵、李德裕、杨嗣复，宋丞相有陈尧佐、赵鼎、吴潜、文天祥、陆秀夫、张世杰。文人与潮州结下不解之缘。

体现在常衮的大量封官制书中，他以恪守儒家轨范为标尺，衡量评价，称扬质量，引导整个社会风气。例如重视儒学本身，如《授杨绾太常卿制》之"乃者崇进名儒，俾其宣明师训，讲求三代，稽合五经"；《授裴遵庆吏部尚书制》之"尚书……汉魏以来，多用宿儒高德，盖重其任也"；《授王翊刑部侍郎制》之"力行近乎仁，率性之谓道"；《授李溆秘书监制》之"俾领儒官，是崇礼秩"；《授陆鼎史馆知修撰制》之"终始于学，以致其道，先儒未详，多所究博"；《授薛伯高少府少监制》之"昔杨洪公孙贺，皆以儒术居于少府"；《授荀尚史馆修撰制》之"而尚远承儒史之业，深得述作之意。思精大体，经通王道，慨然论事，来自山东"。重视礼秩典坟，德行孝道，如《授李廙太子左庶子制》之"究典坟之至精，考礼乐之所极"；《授辛德谦丹延团练使制》之"长才伟略，主之以忠，峻节明断，服之以礼"；《授房宗偃膳部员外郎制》之"孝谨之风，克传素业，贤良之器，早负清才"；《授蒋涣鸿胪卿制》之"颜子之德行，张仲之孝友"；《授郭曙太子詹事制》之"丞相之子，夙闻礼训，孝悌信让，清公仁厚"，"澹然儒者之行"等。

但是，从常衮的制文中可以看出当时朝廷的选才看重儒学、文才、吏术、时议、重门第（家世）等诸多因素，实际上最高的标准是实际才能与传统美德的结合，门第观念已逐渐淡出评判视域，或者表现出才学与门第观念的融合①。儒学、文才与吏术兼擅者是最佳的官员，这无疑即是新一代"文儒"的标准，也是东汉王充所认可的"文儒"特征。常衮文章中"文儒"一词出现凡8次：

　　　　陛下宏奖文儒，优容侍从，恕其职事之阙，录以岁时之深。（《谢除考功郎中知制诰表》）
　　　　永惟臣之祖父，业茂文儒，夙荷重名，不跻通列。（《谢赠官表》）
　　　　以文儒致用。（《授崔伉萧直给事中制》）

---

① 关于中唐门第与才学观念的融合，参见刘占召《门第才学之争与中唐文学》（北京大学博士学位论文，2008年），第四章。常衮的谢表文中一再自称"臣本布衣，列于贱品"（《谢冬至赐羊酒等表》）、"臣出于孤贱"（《谢赐宴表》）、"臣出自孤贱，素甘贫苦"（《谢米面羊酒等状》），并不讳言，也从侧面反映出许多中唐官员出身低微，但这并不在仕宦当中起决定作用。

忠义之门，懋昭前烈，文儒之道，宏着休问。（《授李深兵部郎中制》）

非文儒硕茂，鉴裁精实，重于一时者，不在此地。（《授张谓礼部侍郎制》）

业擅文儒，行资忠信。（《授景延之大理少卿制》）

祗服文儒，精祥礼体，持素范以行己，秉清心而在公。（《授蒋将明侍御史制》）

俎豆之训，不坠文儒。（《咸阳县丞郭君墓志铭》）

贾至无疑是"文儒"的代表。京兆尹对于当时的唐政府来说至关重要，选拔要慎之又慎。常衮《授贾至京兆尹制》指出，当时的选官仍沿袭旧制，任用经术之士，贾至的思想特点即是尊崇儒学，无疑是上佳的人选。他是当时有名的制册圣手，"高文典诰"，又合乎五经大义，有强烈的复古色彩，每当朝廷举行大议时，"举汉魏名臣之奏，不失其正，有补于时"，受到时人的称赞①；而且"历阶要重"，有优秀的仕宦经历，"堪任烦剧"②。杨绾也是这样的典范，《授杨绾吏部侍郎制》称赞他"澹雅贞亮，宏其素范"，"能守谦光"，"不忘恭敬"，"令猷自洽，厚德弥彰"，充分突出杨绾作为中唐硕儒的气质，但是笔者也注意到，在"学究先儒之旨"的同时，杨绾也具备"文高作者之兴"，且"司纶言""掌史笔"的文才和"领春卿佐辖之任，有奏议纪纲之绩"的吏才，由这样兼通经、史、文且有行政能力的综合性人才担任吏部侍郎的职务是再恰当不过的。五代宋初徐铉《故朝散大夫守礼部尚书柱国河内县开国男食邑三百户赐紫金鱼袋常公行状》对常衮有这样的评价："惟公诚纯性刚，文高学富。词赋典丽，而执笔甚稀。名理精核，而吐论甚简。多识故事，洞明政体。"③ 诚纯性刚、名理精核乃是儒者品节，多识故事、洞明政体乃指其行政能力，文高学富、辞赋典丽乃指其文学才华（执笔甚稀可能指其词赋作品少而精，今存赋两篇

---

① 李舟《独孤常州集序》称其"为玄宗巡蜀分命之诏，历历如西汉文"（《文苑英华》卷七〇二，第3622页）。皇甫湜《谕业》云："贾常侍之文，如高冠华簪，曳裾鸣玉，立于廊庙，非法不言。可以望为羽仪，资以道义。"（《全唐文》卷六八七，第7册，第7035页）
② 《全唐文》卷四一二，第5册，第4226页。
③ 《全唐文》卷八八七，第9册，第9273页。

《春搜赋》《浮萍赋》），吐论甚简乃是中唐文风，这些说明常衮本人就是中唐新"文儒"的重要一员[①]。

在常衮的制文中处处可以看到儒学与吏才的并重，儒学与文才的结合。这一方面体现出中唐实用的风气，另一方面从盛唐的雅颂之文讴歌盛世，粉饰太平，到文采与实用的兼顾，体现出常衮的过渡性。首先是儒学与吏才并重。如《授崔夷甫金部员外郎等制》之"缘饰以儒，素推强敏，参订奏议，颇练朝章"；《授贾耽太原少尹制》之"燕赵环奇之士，儒雅之才，循良秉懿，冲用经远。着安边之上策，佐分阃之中权，行达理体，精详法度。论兵契要，先务于止戈；馈运惟艰，且闻于足食"；《加韦之晋御史大夫制》之"以道自处，行成乎身，言合精理，文多雅兴。学以润政，当孔氏之徒；忠而好谋，得兵家之要"；《授王延林殿中侍御史制》之"雅有文行，精于吏术"；《授师良太子左赞善大夫制》之"既精文理，尤达事经"；《授梁襃监察御史制》之"业继儒门，才优吏术"[②]；《授邵说兵部郎中制》之"学致其道，文达其变"，"长于奏议，多所损益"；《授郑叔则吏部员外郎制》之"省理辨疑，时称简达，才盛居东之佐，礼处司南之重"；《授许从之太子右谕德制》之"学究儒流，文推策府，行能优敏，政事通明"，等等。

叛乱之后，朝廷认为对于文学的奖掖是重要的文官之道，重视文才，"以人文化成天下"，赋予文士以政治权威，开始出现重文抑武的文治倾向。史载常衮尤排摈非文辞及非进士及第的士人，在其制文中常表现出对"擅于文词"（《授张增凤翔少尹制》）、"文词典丽"（《授崔涣工部尚书制》）者的青睐，如《授崔圆左仆射制》之"文高大雅，学富全经"；《授苗发都官员外郎制》之"丽以文藻，振以英华"；《授张谓太子左庶子制》之"往以鸿笔丽藻，列于近侍，典谟训诰，多所润色"等。

---

① 此后，陆贽、韩愈、裴度等人均具备了新"文儒"的质素。他们完成了"文儒"从粉饰盛世向经世致用的转型，儒学、文学与治术三者均发生了变化。又，《因话录》称颂裴度云："宪宗平荡宿寇，数致太平，正当元和十三年，而晋公以文儒作相，竟立殊勋，为章武佐命，观其辞赋气概，岂得无异日之事乎？"（卷三《商部下》，《唐五代笔记小说大观》本，第848页）

② 《授王寅太子左谕德制》再次使用"业继儒门，才通吏术"（《全唐文》卷四一二，第5册，第4225页）的字眼，这应该不是出于常衮文字能力匮乏或者制体文固定模式的局限，而是当时选拔任命官员风尚的体现。

但是，常衮的制书更倾向于重视儒学与文才的两相结合，如《授敬括御史大夫制》之"河汾大儒，博达今古，清心素行，高简自居。粲然文章，如振金石，职更要重，处以公亮。不恃禄以私身，每依经以制事"；《授阎伯玙刑部侍郎等制》之"古者参用名儒，典领大郡"，"早以文章侍从，润色纶言"；《授赵涓给事中制》之"儒林表仪，炳文扬彩"；《授褚长孺祠部员外郎等制》之"精力于学，五经之大儒；覃思于文，三变而合雅"；《授陆海主客员外郎制》之"儒流贯穿，词韵清丽"；《授孙会侍御史制》之"绍儒门之学行，工诗人之比兴"；《授杜济东川防御使制》之"本以忠信，饰之文学"；《谢除考功郎中知制诰表》之"臣本诸生，素亏令望，凭借儒业，遭逢圣时。幸从彝序，累践清秩，得以文墨，侍于轩墀"；《授蒋涣工部侍郎制》之"忠信孝友，周而不器，得元和之纯，能以礼节；有至静之妙，岂因物迁。溢声华于文藻，润理体于经术，中外之秩，备更要重，不失其正，行之有恒"等。

中唐士子在战乱困苦中走向凡俗，精神境界大为降低，甚至可以说从一端走向另外一端。他们不再自比管晏，做着布衣卿相，高而不切实际的梦想，而是通通陷于功利主义泥淖中，儒家的忠孝节义，恪己守礼的纲常伦理不再受重视，朝廷需要立典范以引导整个士风。于是在常衮的制书中存在大量的重儒字句，说明这是当时判断官员士大夫的标准。与盛唐时代苏颋制书的重儒相比，二人都出于政治需求，苏颋重儒是政治上拨乱反正的需求，而常衮重儒则意在用儒学以振朝纲。而且，常衮的制书创作将实用与文学结合起来，兼具文与儒两方面的才能。

还有一点需注意，在文学史和史学史中，陆贽与常衮是没有太多交集的两代实权宰相、公文圣手，但阅读他们的公文创作之后，却发现了二人的继承关系。所有文学的新变均是在继承的基础上产生的。文学发展到某一个作家或某一时期发生重大变化和突破时，在肯定这一作家或这一时期所取得的成就的同时，也应该看到在此之前一些作家的努力和贡献。比如说，中唐的古文运动与盛唐燕许等骈文作家的作用无法分开；同样，陆贽"可为后世法"的公文成就，与他之前常衮（包括常衮之后的元稹、白居易）的制诰新体，也是分不开的。

四　制诏新体的前奏

制诏体从秦始皇改"命为制，令为诏"，汉代承其绪，以散体为文，崇尚古朴。六朝以后至唐前期则易散为骈，风格趋于雅丽，相当程序化。中唐是中国社会发展中的一个变革时期，社会政治的革新引发了文学发展的新变。清人叶燮谈及中唐时说："时值古今诗运之中，与文运相表里，为古今一大关键，灼然不易。"① 诗运与文运在中唐均发生了转关，险怪奇崛的韩孟诗派与通俗浅近的元白诗派是中唐诗运转关的代表，而古文运动与骈文自身的革新也是中唐文运转关的两大趋向。继盛唐贾至开启制诰文的改革后，中唐常衮、杨炎、陆贽、权德舆、元稹、白居易等人，对于制诏类骈文进行了革新，内容直面社会现实问题，向着平易务实简练的方向迈进，以散体的构思写骈文，形式上散体化趋势进一步凸显。在这革新的过程中，常衮、杨炎的这一环似乎不够为人重视。

事实上，宋代姚铉《唐文粹·序》即云："萧、李以二雅之辞本述作，常、杨以三盘之体演丝纶，郁郁之文，于是乎在。"② 以"三盘"对"二雅"，指《尚书·盘庚》篇，点明常衮、杨炎为文的复古特质③。《礼记·

---

① （清）叶燮：《已畦集》卷八《百家唐诗序》，四库全书（文渊阁）本。

② （明）叶盛：《水东日记》卷一二，清康熙刻本。

③ 当时常衮与杨炎并称，《旧唐书·杨炎传》亦云："（炎）与常衮并掌纶诰，衮长于除书，炎善为德音，自开元已来，言诏制之美者，时称常、杨焉。"（卷一百一十八，第10册，第3419页）常、杨并重，各有所长，常擅长作制，杨擅长作颂，二人是继开元"燕许"之后的制诰圣手。李肇《唐国史补》卷下在"燕许"之后，列"常杨"，并注"制诰"。（《唐五代笔记小说大观》本，第191页）又，（宋）王禹偁《酬高邮知军蒋殿丞见寄》诗云："三人承明已过分，有何词笔敌常杨。"杨炎存文并不多，今存文18篇。其中颂3篇，制2篇，诏1篇，奏3篇，记1篇，碑7篇，册1篇。所谓"文藻雄丽"，"善德音"（《旧唐书·杨炎传》卷一一八，第10册，第3419页），所谓德音者，即指《灵武受命宫颂》《凤翔出师纪圣功颂》《大唐河西平比圣德颂》等颂体文，比如《灵武受命宫颂》之"言禅代者，陋苍梧易姓之名；语嗣守者，羞陶唐积善之辱；述戡定者，叹四纪而复夏；美中兴者，嗤四七而灭新"（《全唐文》卷四二一，第5册，第4297页）的句子即属典型的润色鸿丽。皇甫湜《谕业》云："杨崖州（炎）之文，如长桥新构，铁骑夜渡，雄震威厉，动心骇耳，然而鼓作多容，君子所慎。"（《全唐文》卷六八七，第7册，第7035页）他曾参修国史，受到宰相元载亲重，崔佑甫称其"有文学器用"，因而拜相，"以片言移人主意，议者以为难，中外称之"。史称其《李楷洛碑》得德宗称赏，"辞甚工，文士莫不成诵之"（《旧唐书·杨炎传》卷一一八，第10册，第3419—3420页），可惜今已不存。现存的还有《言天下公赋奏》等奏疏较有特色，全用散文，明白如话，要言不烦，亦是当时章奏文章的新体。

緇衣》云:"王言如丝,其出如纶。"孔颖达疏:"王言初出,微细如丝,及其出行于外,言更渐大,如似纶也。"① 后因称帝王诏书为"丝纶",如刘勰《文心雕龙·诏策》云:"《记》称丝纶,所以应接群后。"杨炯《为刘少傅谢敕书慰劳表》云:"虔奉丝纶,躬亲政事。"② 在唐代诸位"大手笔"作家中,李峤、苏颋、常衮、李德裕分别代表唐代各个时期的"丝纶"圣手。帝王制诏有其固定的写作模式,不易突破。姚铉对常衮、杨炎的制诏大加赞赏,以为唐文三变的代表,称誉其文采丰富、浓郁,具有《尚书·盘庚》篇遗风,可谓知言。惜其对缘何将常、杨作为唐文三变的重要一环,他们的制诏与前代发生了怎样的变化,未予明言。

宋代古文家欧阳修评论制诰体时曾云:"世所谓常、杨、元、白,不足多也。"③ 对于常衮、杨炎、元稹、白居易四人的制诰不以为然,认为上古三代、西汉文章才是正宗。但欧阳公指出四人制诰的相似却从反面揭示了大历时常衮、杨炎的制诏与长庆年间元稹、白居易所写的制诏有前后的承续性,元、白的新体受到常、杨二人的影响。常衮曾在《授庾准杨炎知制诰制》中表述了自己的文艺观:"诏令之重,润色攸难,其文流则失正,其词质则不丽。固宜酌《风》《雅》之变,参汉魏之作,发挥纶旨,其在兹乎?"④ 他认为诏令体文"流则失正",过于雕饰则有失正统,"质则不丽",过于质朴则有失文采。把握恰当的尺度非常重要,做到这一点要参酌风雅汉魏之风,即所谓"取泽于古",发挥纶旨,有一种复古意识⑤。这是对诏令体的一种革新主张,是文质兼包的一种风格体现。与此

---

① (汉)郑玄注,(唐)孔颖达疏:《礼记正义》卷五五,北京大学出版社1999年版,第1504—1505页。

② 《全唐文》卷一九○,第2册,第1923页。

③ 《欧阳文忠公集·居士集》卷二六《尚书兵部员外郎知制诰谢公墓志铭》,《四部丛刊初编》影元本。此处欧阳修意在揄扬谢绛,称其制诰得西汉之体,比起常杨元白,毫不逊色。

④ 《全唐文》卷四一○,第5册,第4209页。

⑤ 事实上,常衮这种复古意识与古文运动的先驱李华、萧颖士、独孤及主张文体复古是相类的,只不过古文家的复古更为极端绝对,如"反魏晋之浮诞"(李华:《赠礼部尚书清河孝公崔沔集序》,《全唐文》卷三一五,第4册,第3197页);"仆平生属文,格不近俗,几所拟议,必希古人。魏晋以来,未尝留意"(萧颖士:《赠韦司业》,《全唐文》卷三二三,第4册,第3276页);"振三代风,复雕为朴,正始是崇"(独孤及:《祭贾尚书文》,《全唐文》卷三九三,第4册,第4001页)。可见骈文家与古文家均是以复古为革新,这是理解唐代文风转变的两个面向。

相类,元稹于元和十五年五月为祠部郎中知制诰,长庆元年二月充翰林学士,《新唐书·元稹传》称其"变诏书体,务纯厚明切,盛传一时"①,白居易《唐故武昌军节度处置等使正议大夫检校户部尚书鄂州刺史兼御史大夫赐紫金鱼袋赠尚书右仆射河南元公墓志铭》称其"自公下笔,俗一变至于雅,三变至于典谟,时谓得人"②。白居易给自己编集时,将其中书制诰分为"旧体"和"新体"。元稹《制诰自序》云:

> 制诰本于《书》。《书》之诰、命、训、誓,皆一时之约束也,自非训导职业,则必指言美恶,以明诛赏之意焉。是以读《说命》则知辅相之不易,读《允征》则知废怠之可诛。秦汉以来,未之或改。近世以科试取士文章,司言者苟务刊饰,不根事实,升之者美溢于词,而不知所以美之之谓;黜之者罪溢于纸,而不知所以罪之之来。而又拘以属对,局以圆方,类之于赋、判者流。先王之约束,荡扫地矣。元和十五年,余始以祠部郎中知制诰,初约束不暇,及后累月,辄以古道干丞相,丞相信然之。又明年,召入禁林,专掌内命。上好文,一日,从容议及此,上曰:"通事舍人不知书便其宜,宣赞之外无不可。"自是司言之臣,皆得追用古道,不从中覆。然而余所宣行者,文不能自足其意,率皆浅近,无以变例。追而序之,荡所以表明天子之复古,而张后来者之趣尚耳。③

元稹认为制诰一体源于《尚书》的诰命训誓,指出秦汉以来一直坚持"指言美恶,以明诛赏"的传统,这与上文所述姚铉称颂常衮"以三盘之体演丝纶"非常类似。元稹反对近世"苟务刊饰,不根事实"的溢美之词,过分地"拘以属对,局以圆方"而丧失古道。白居易在《元稹除中书舍人翰林学士赐金紫鱼袋制》中曾指出制诰"文章言语,与三代同风"的指归。值得注意的是,元白追求古道,有所谓"制从长庆辞高古"(《余思未尽加为六韵重寄微之》),高古并非艰涩,而恰是从"浅

① 《新唐书》卷一七四,第 15 册,第 5228 页。
② 《全唐文》卷六七九,第 7 册,第 6945 页。
③ 《全唐文》卷六五三,第 7 册,第 6642 页。

近"一途达到"纯厚明切"的境界。但"制体"是否从长庆时才"高古"呢？笔者以为，在此之前，常衮的制书即已发生新变，可视作元白制诏新体的前奏。

长庆制诰新体的主张与常衮的主张和实践有一致性。"取泽于古"，这是前人对常衮《减征京畿丁役等制》的评价，其实也是常衮文章的特征。他在《授王缙侍中兼河南都统制》称颂王缙"学该古训，文正国风"，在《授嗣吴王祇太子宾客制》以古训选才辅助太子："古者选孝悌闳博有道术者辅翼太子，今以宗室之老，处宾师之位，亦亲亲而教敬也。"他的文章中多次主张效法汉魏，如《授裴遵庆吏部尚书制》《授贾至京兆尹制》《宣慰湖南百姓制》《授庾准杨炎知制诰制》《代裴相公让将相封爵表》第二表等。他重视恢复前代礼制、风雅、仁孝、儒风，这在他的各体创作中都能鲜明地反映出来。以他的册文为例，均以"于戏"发语，引出先训古典，如《册郑王邈为天下兵马元帅文》云："于戏！周之藩翰，选用宗盟，则怀德惟宁，大邦惟屏也；汉之郡国，分建子弟，则燕代边辽，齐赵渐海也。莫不赋兼千乘，土过数圻，赐铁钺以专征，参卿士而夹辅。拜之于庙，命之于庭，俾其外合群后，同奖王室，是用师古，率由至公。"[1] 这之后再进入对郑王李邈的个人评价和册命。

常衮的制文准确典雅，言简意赅，即所谓"制词莹净"。从体式上而言，基本没有长篇大论、鸿篇巨制，而多以简练、精到的语言出之，这也是当时实用风气的需求。长则几百字，短则数十字[2]，一般视职官之重要程度使用文墨。体制短小决定了其概括力强，往往能抓住被封官者的主要特点下笔立意。如《授郭晞左散骑常侍制》之"以少年之才雄，有老成之持重，俾张我武，克定西疆"；《授令狐彰右仆射制》之"有张仲孝友之行，有吉甫文武之才"（用典），"早擅韬略，尤工墨妙。艰危致命，出入勤王，中兴之勋，群帅难尚"；《授田神功右仆射制》之"经之以诗书，纬之以韬略"，"精贯白日，气陵高秋，驭卢龙之军，万里横海；讨淮夷之叛，一战平吴"，"宣文教以布朝章，训武经以明军法"；《授郗昂知制诰

---

[1] 《全唐文》卷四九代宗名下，第1册，第537页。

[2] 按：最短者《授李业节度使制》仅34字，但此文已经劳格《读全唐文札记》（《全唐文》附录，上海古籍出版社据原刊本剪贴缩印1990年版，第2页）指出为沈珣文。

制》之"冲和简朴,不饰其外,雄俊之才,可变《风》《雅》有精深之学,实究儒元";《授韦谔给事中制》之"朝之清序,多所阶历,参我六典,冠于诸曹。学以辨疑,文以决滞,五年勤职,时谓淹才"。再如明人王志庆编《古俪府》①卷六所选的《授李忠臣右仆射制》《授李漵秘书监制》《授庾准杨炎知制诰制》等文均是如此。

将常衮的一些制文与人物的传记相对读,会叹服于他概括的准确与精当。比如他对著名理财家刘晏的评价,史称:"时新承兵戈之后,中外艰食,京师米价斗至一千,官厨无兼时之积,禁军乏食,畿县百姓乃捋穗以供之。"②常衮在《授刘晏吏部尚书制》中先总的称赞其"时杰国桢,高才博学,超诣精理,澹然素怀,礼法之纲纪,人伦之模表。尝处台弼,以宏训范,载其清静,济我艰难"。那么,刘晏如何"济我艰难"呢?制文之后着重评价刘晏在担任东都、河南、江淮、山南等道转运租庸盐铁使时对这种状况所作出的贡献:"自劳于外,又竭心力,苟利于国,不惮其烦。领钱榖转输之重,资国家经费之本,务其省约,加以躬亲。小大之政,必关于虑,出入农里,止舍乡亭。先访便安,以之均节,事积而不乱,理简而易从。"③刘晏不是理论家,而是一个勤恳的实干家,对此后代史书的记载亦是如此。《新唐书·刘晏传》云:"晏乃自桉行,浮淮、泗,达于汴,入于河。右循厎柱、碛石,观三门遗迹;至河阴、巩、洛,见宇文恺梁公堰,斯河为通济渠,视李杰新堤,尽得其病利。"④用常衮制文的话就是"可谓尽瘁事国,勤劳王家"。刘晏的许多政策不是出自想象臆构,而是来自实际调查,故而行之有效。他管理财政达二十年,实行一系列的改革,改进南北水运方法,整理盐法,"富其国而不劳于民,俭于家而利于众"⑤,对唐后期经济的困境和财政的紊乱卓有功绩。刘晏任吏部尚书是在大历初,常衮虽然在大历十三年(778)执政时忌刘晏时望而去其实权,但时任中书舍人的常衮在这封制文中对刘晏功绩的概括是非常允当精练的。

---

① 四库全书(文渊阁)本。
② 《旧唐书·刘晏传》卷一二三,第 11 册,第 3511—3512 页。
③ 《全唐文》卷四一一,第 5 册,第 4212 页。
④ 《新唐书》卷一四九,第 15 册,第 4794 页。
⑤ 《旧唐书》卷一二三,第 11 册,第 3523 页。

常衮的文章虽未如元、白全是散体行文或骈散间行，充分显示古朴自然的文风，但诚如清代钱振伦在《唐文节钞序》中所言，"体虽沿乎旧制，才已引其新机"。他的创作基本是四六式骈文，更有甚者如《请入汤表》全用四言，《潮州刺史谢上表》之"臣自辞阙庭，深省罪衅，未尝顷刻，辄忘悔尤。终朝再驰，每怀惩戒，终夜不寐，每思兢惭。尚偷余生，誓将改过，敢惜微命，以自怀安，敬励丹诚，庶答鸿覆"更是四言结阵的代表。但常衮不乏散体，如《与吐蕃盟誓文》："尔先君赞普，遂长诸戎。太宗时，吐蕃赞普使鹿东赞来朝结亲邻之约，我太宗许之以结婚姻，乃命上卿送爱女于蕃国，故赞普有驸马之拜，西海之封。因遣子弟业于太学，数十年内，遂无边境之虞。中宗之朝，先赞普愿继旧姻，故金城公主割爱宁边。后大历元年，遣宰相论起藏求成于我，乃命二相同盟于魏阙之下。"①这似乎考虑到文章对象是少数民族而一改其骈化。常衮时以散文笔法写骈文，如《禁诸道将士逃入诸军制》：

顷以寇难未平，师徒尚聚，嗟我有众，勤王积劳。各隶戎麾，安于所属，恩信素结，久而益怀，亲同父子之军，战有手足之扞，上下相得，死生以之，爵神妙相先，慰荐亦厚。或有见利而动，不顾所从，弃军畔官，改事新将，且携阻而至，虽纳而见疑，将欲侥求，终乖始望。至于任用之际，赏劝之间，必以同劳苦之人，久服习于事。既亲又信，固先及之，当不使后居其上，亲废其旧也。况贰于统部，挠我师律，弃恩不义，犯教不忠，何名节之顿亏，亦功劳之可惜。今未息边患，犹张威武，实赖干城致命之臣，叶心戮力，勤悴于外，忠卫王室也。所以解衣推食，恤其暴露，念东山之不归，歌采薇以勤息，未尝一日而忘于怀。休戚之间，终始宜保，岂轻于去就而自取累哉。如闻诸节度及团练使下官健，多有逃入诸军，亡而不追，浸以成弊，议于军令。事则非轻，念以戎勋，恕其既往。自今以后，切宜禁绝，应有此色，诸军不得辄容，差人递还，各付所统，其额内官健有逃死者，不须更填，宣示军州，各知朝旨。②

---

① 《全唐文补编》下册，《全唐文又再补》卷四，第2283页。
② 《全唐文补编》上册，卷五二，第632页。句读略有修改。

常年征战之后，对劳苦将士下达禁制，要十分注意以情以理动人，常衮显示了其高超的语言艺术。制文以战争中将士之间形成的父子手足之情、上下死生相得之意为发端，故而"弃军畔官，改事新将"自然是不忠不义。接着一方面教导诸将任用赏劝的原则是"既亲又信"，另一方面警示"贰于统部"的将士名节、功劳之可贵可惜。然后指出当今国家仍是边患未息，将士正是同心协力，戮力杀敌以"忠卫王室"之时，怎可以置军法军纪于不顾？有此番谆谆训诫，再对已然"逃入诸军，亡而不追"之弊统统不予追究，最后再发生制命。加之"顷""或""至于""况""今""如闻""自今以后"等转折词的运用，使得层次非常清晰，虽是骈文体制，但循循善诱，没有生硬之感，无生涩言辞，易于让行武军旅之人接受听命，完全是散文笔法了。

常衮为文以简省实用，主旨鲜明见长。比如《萧昕等分祭名山大川制》之"朕纂戎八载，外寇未平，多废旧章，尚劳戎备"；《禁诸道将校逃亡制》之"军兴以来，十有四载，未息戎备，尚劳师徒"，寥寥数句即点出国家长期用兵、疲惫不堪的困境。《宣慰湖南百姓制》开门见山，直趋主题，如实反映当时灾情："震泽之南，数州之地，顷以水涝暴至，沱潜溃溢。既败城郭，复潴原田，连岁大歉，元元重困。馁殍相望，流庸莫返，加之以师旅，烦之以赋役，哀我矜人，何以堪命？"富有很强的纪实性。常衮的制文大多少用典，如《授崔伦尚书左丞制》之"苏武张骞，使匈奴十余岁，不失节而归汉，武不过典属国，骞拜中大夫而已。朕每以劳大赏薄而流叹也"，也是用熟典。但也有例外，如《授崔炎监察御史制》之"莅事咸许于宓生，遗风尚传于绛老"；《授李溲秘书监制》之"传鲁恭之古文，禀吴季之知乐"；《授京兆尹魏少游加御史大夫制》之"宜授赵尧之印，俾雄张敞之职"等。

常衮的语言流畅典雅，颇富于表现力和感染力。《李采访贺收西京表》可视为卓荦之作：

> 顷者胡羯乱常，崤函失守，暴殄天物，凭陵帝京。上皇兴避狄之仁，陛下有蒙尘之难。赖宸衷果决，睿算昭宣，愤陵寝之樵苏，悲黎元之涂炭。必将尝胆，誓使然脐，不有殷忧，何以启中兴之盛业。不

有患难，何以彰拨乱之英哲。步自邰郊，至于朔漠，抚巡城邑，招致甲兵。诰命俯临，三让而登九五；师徒走集，一呼而喻百万。设坛拜将，虚左迎师，临朝有怵惕之容，率土下哀痛之诏。六军之号令既肃，万人之赏罚且明，汤火不辞，矢石何惧？及清秋戒节，太白方高，爰整军容，顺乎杀气。龚行天罚，扫彼妖氛，千里貔武之营，百里龙蛇之阵。沸若云海，聚如雪山，垒揭终峰，堑回渭水。阒军声而邱陵籁荡，炀兵气而天地晦冥，蠢兹凶徒，犹敢旅拒。鼓噪白刃，来聚犬羊之群；旗靡黄尘，旋就鲸鲵之戮。渠魁不漏，噍类无遗，枝梧者面缚中军，颠背者头悬后殿。败苻融于肥水，自可惭功；破王邑于昆阳，未云快意。遂封尸于京观，旋振旅于王城，启辟千门，扫除九陌。柀膻腥于宫阙，洗毒螫于闾阎，耆艾欢迎，久思周德。衣冠两泣，还睹汉仪，讴吟变噢咻之声，气象迥严凝之惨。廓丹霄以瞻羽卫，肃黄道而复銮舆，正宝位于北辰，道光主鬯；迎上皇于西蜀，欢展奉亲。永惟宗社之灵，实荷乾坤之庆。[①]

以"顷者"回顾过往的艰难时局，血雨腥风的沙场征战实景如在眼前，得胜凯旋的重振雄风气象感同身受，辞采华赡的骈俪语言却有叙事功能与穿透力，读来怦然心动，荡气回肠，不愧为"大手笔"风范[②]。

当然，客观地说，常衮一些公文文字确实无甚新意，程式化现象严重，虚词谦辞套语偏多，真情实感少，干瘪空洞，乏善可陈。

五　墓志文的新变

常衮的墓志文也很有特色。如果说制表文表现出其"长于应用"的一面，其碑志文则体现出其"文采赡蔚"的一面。总体来说，常衮的墓志仍然属于传统一路，骈俪句式，隶事用典，但亦有突破革新。

---

① 《全唐文》卷四一六，第 5 册，第 4258—4259 页。
② 在唐代诸"大手笔"作家中，初唐时的李峤、盛唐时的苏颋、中唐时的常衮与晚唐时的李德裕皆长于撰写制诏（敕）文书，对比李峤、苏颋与常衮、李德裕的文字可以看出，唐代前期国势与文风的变化。以常衮与苏颋为例，二人均擅长撰写制文，制文均占其文章总数的一半以上，语言均尚华美。但从苏颋到常衮，从"扬我巨唐之声"到"启中兴之盛业"，从雍容典雅到精到实用，时代的盛衰差异自别。

以《故四镇北庭行营节度使扶风郡王赠司徒马公神道碑铭》为例。这是一篇典型的奉敕撰墓志。开首即云:"皇帝使常侍以故征西扶风郡王臣璘功行之录,诏门下侍郎平章事臣衮曰:'古诸侯大夫,计功称伐,书于太常,勒之彝器。德勋高故其文懿,事业实故其言远,有国之大经也。纳忠于王室,岂褒纪之礼阙欤?宜文其颂声,以昭示承休于丰碑焉。'"常衮以宰相之职奉代宗之命为马璘撰写墓志,记录其功勋,表现出皇帝对墓主的重视,同时也说明常衮具备"计功称伐"的能力,这也是其作为"大手笔"作家的职能所在。这是一般墓志所没有的写法。墓志又是非历时性的记述。墓志称"臣谨按司勋之戎籍,史官之年表,而叙之"。而事实上,并非按照年代顺序记述马璘一生事迹展开,劈空而来,先叙大历三年吐蕃大将尚结息率兵十万再次攻唐,进逼灵武,京师戒严的危急之时,时任邠宁节度使的马璘率兵主动迎战,大败吐蕃。墓志称马璘奉旨,"拜手稽首,不敢辞难,遂帅师朝那,弭节泾流,恢耀武威,以临于戎狄"。接下来记述了马璘以戎服立于军门之外,"奉扬天子之威命"以誓师的场面,这里常衮大段地引述了誓词:"惟昔盛明,必有忧难,其在殷高宗也,有鬼方之征,其在周文祖也,有昆夷之患。秦以安定北地戎狄内侮,汉以金城陇西氏羌入寇,故遣率以守卫中国,修战而高尚武力。国家道德盛于殷周,甲兵雄于秦汉,亦有边患,尚劳睿谋,则疆臣之罪也,将何以塞责?誓将。上奉神武之算,下凭戎士之力,鼓行而前,殄歼群慝。"以殷、周、秦、汉对西戎的征讨模拟,大力称扬大唐的神武与军威,墓志称此段誓师"词情抗厉,风云动色","于是举军法以誓之,令简而一,众畏而服,虽噢咻老将,闻而悚然"。难怪《旧唐书》本传也称其"词气慷慨,以破虏为己任"。对于马璘治军的描写,颇具文采,显示了常衮的语言表现能力:"乃周览其山川,以备其战守。有若犀兕其威,貙豻其勇,屹立而不动者,持重之将统焉,御于水碛之冲。蒙轮超乘,缦胡突鬓眈盼而横奋者,雄毅之将董焉,捍于瓦亭之阴。轻轩飞干,阗阗桓桓,隶于射声校尉,以出松谷。百夫之特,万人之敌,属于车师后部,以殿铜城。火渠门之旗,舒于大回川;雷密须之鼓,殷于都庐山。周之以木樵校联,布之以蔺石渠答,部勒既定,天地肃然。"马璘从此驻守泾州八年之久,"令宽而肃,人皆乐为之用"(《旧唐书》本传),成效显著,"遂使魁健气索,猛鸷魂骇,却略

引去，不敢近塞。故八年间，再寇而已"。虽无拓境之功，而城堡获全，
虏不敢犯，为此深得朝廷信任，以检校尚书左仆射知省事，晋封扶风郡
王。当其大历十一年（776）逝世之时①，墓志云："天子废朝而叹曰：
'安得雄边威敌之臣如扶风乎？'"

墓志到此忽然顿笔，转而详细地追叙马璘在大历三年以前三次重要战
役中的功绩。至德初，马璘率精兵三千至凤翔护驾勤王一段："初公自二
庭统甲士三千，赴凤翔行在，遂陈灭胡之策。先皇帝奇之曰：'吾无忧于
东方也。'"接着墓志以颇富感染力的笔法描述了马璘以百骑破叛军五千之
众的壮举和邙山大战的再立殊功，表现出马璘的果敢与英武："遂战青渠，
阵澧水，收二陕，复三川；卫南以百骑破五千，河阳以一旅摧十万。史朝
义悉师自将，大战邙山，国家以天下劲兵，夹攻未动，公独率所部，不阵
而驰。偃旗先登，阚如虓虎，斗醻披靡，横贯而出，回戈奋击，虏阵始
破，交突数合，轰然大溃。"马璘单骑驰入敌阵英勇杀敌在此次决战中起
到了关键作用，当时的副元帅太尉李光弼盛赞"吾用兵三十年，未见以少
击众，雄捷之若此"。此后"每有征伐大计，悉咨访焉，斯亦群帅之杰"。
马璘也因此迁试太常卿。宝应二年，史朝义自杀，安史之乱基本结束。孰
料，河北仆固怀恩叛唐，战火重燃，吐蕃曾一度攻克长安，代宗被迫到陕
州避难。时任镇西节度使的马璘听闻此消息后，立即率精骑四千到长安救
难，墓志描述了马璘突入城中身先士卒的战斗场景："及闻仆固怀恩之变，
即日旋师，万类千群，延蔓山谷，轻行转斗，虏杀而归。届于岐都，寇已
四合，公乃持满外向，坌入悬门，未及解甲，背城出战。戎师北走，数骑
前追，眦血横洒，朱殷金甲，楇载而坠，应弦而倒者，数千万人，可谓三
军之绝也。"此战使马璘声名大振。墓志在此之后以简笔略叙其"至于理
郑国，抚颍封，化郇邠，宁上郡，勤于藩职，惠于长人。劳徕流庸，赡恤
孤老，缣综绵纩，工于织纴。入而有制，故《大东》之刺不作，禾麻菽
麦，业于播艺，用之有节，故自北之化可怀，此又列郡之率化也"。这一
大段的插叙，新旧《唐书》本传的记载都较为简略，墓志可补史传的不
足。而且，先抓住其最主要的战绩，然后追叙其在另外三次战役中的神武

---

① 按：《旧唐书》本传称其"大历十二年卒，德宗悼之"，大历为代宗年号，显误。又，《新唐
书》本传亦称其大历十一年卒，故可证墓志为是。

表现，充分凸显出马璘作为一代"中兴之猛将"的光辉形象，具有很强的传记文学倾向。

墓志至此才开始叙述马璘姓字名谁及先祖仕宦，"宦婚之盛，士族有耀"。马璘少年落拓不事生业，"少有四方之志，以才气自任，摆落凡格，不婴细微，故弋猎畋渔，啸咤川泽"，颇有唐代士大夫落拓不羁之品格。"年二十，读《伏波传》至'大丈夫当于边野以马革裹尸而还'，慨然崅叹曰:'岂使吾祖勋业，坠于地乎?'"①《伏波传》即《马援传》(马援于汉武帝时官拜伏波将军)。马璘"由是忾愤边戎，徘徊孤剑，遂西至绝域，以奇功累授裨将"。墓志对其"副军以降，略而不书"，只记重要官职，避免了流水账式的烦冗。

常衮具有很强的概括能力，对于马璘，他总结道:"以英明之识，遇圣明之运，故得竭其智谋，极其任遇，抗大节以激危难，摅洪仁以庇伤残。"将马璘的一生分为理军与事君两个方面:"公之理军也，以穰苴《兵法》《孙子》十三篇，先以正合，终以奇胜，闲廓深邃，应变无端。与之安，与之危，奇可合不可离。同其败，同其成，故乐死不乐生。至于木罂济河、登山拔帜、解鞍而卧、鞭马而驰，兼之有余，亦不差异。尝以家财二百万赡三军，与其散己食于行伍，陈赐金于廊庑，何相去之远哉!公之事君也，奉之以实，纳之以忠，造膝前筹，词理明顺，检身无过，恭谨畏慎。禄赐所加，则受小辞大，任使所及，则履险让夷。以忠材而亲重，有绛侯之遇也;以简质而倚爱，有吴汉之信也。"节奏紧凑，条理清晰，语言简洁明快。马璘行军之以奇取胜，受益于穰苴、孙子兵法，其散家财以赡三军，可与汉代名将李广、窦婴相比，其事君之忠信又可比西汉开国功臣周勃、东汉中兴名将吴汉，故马璘当真无愧于"国之神将，朝之荩臣"的称誉。前人评为"撷左国之菁华，兼两汉之隽腴，恢奇英岸，光气熊炳"②。墓志末以四言铭文作结，其中有"峨峨雍城，积高气灵。气主金行，良将乃生。琅琅司徒，雄略纵横。眈眈其视，震震厥声"之句，巧妙

---

① 《旧唐书》本传也记载了此事:"读《马援传》'大丈夫当死于边野，以马革裹尸而归'时，慨然叹曰:'岂使吾祖勋业坠于地乎!'"(《旧唐书》卷一五二，第 12 册，第 4065 页)文字略有不同。

② 《全唐文纪事·卷首》康熙语，第 14 页。

运用叠字，颇有气势。

常衮尝以议论入墓志，如《御史大夫王公墓志铭》以议论发端："尊主直人，则丑正者售祸；权伴才忌，则害能者构怍。况位抗三府，势倾一时，天下之事，悬在掌握，而刚肠立朝，鸷鹗横秋，匡拂摩切，奸邪是惩。至使阴谋协比，承间窃发，暧昧摧辱，加于大臣。"为全篇造势，整篇墓志意在突出墓主的治理才干和超卓的才艺，但却才高遭忌，终而自裁。又在墓志中插入议论，直接表达自己的不平之气："知者谋始，不能知终；明者察微，昧于数穷。任我以事，效我以功，吉凶悔吝，生于其中。无象无端，茫茫蒙蒙，伏恨黄垆，孰问苍穹。"这是在以往的墓志中较少见到的，可以说是一种创新。常衮有时会在墓志中表露自我的评价与感慨，如《御史大夫王公墓志铭》中一段："呜呼！历观忧国爱君之臣，忠信未达，而左右所鞠，按成其无状之罪，岂胜言也？则王章、晁错，纳忠汉朝，衣冠僇于都市，家属徙于合浦。古人有言曰：'刑罚出于身实难，自他及之，又何害也。知我者其天乎？'"[①] 虽说墓主王铁在历史上以险刻厚敛而名声不佳，但常衮"追叙遗烈"依然表达了对陈希烈、杨国忠之流迫害忠臣的愤慨。再如《剑南节度判官崔君墓志铭》："公始以文显，中以道胜，终以义全，斯亦成名矣，何必乘轩服冕，方谓之达欤？然以有王霸之略，通质文之变，不得与公卿大夫，高议明庭，郁湮重泉，知者悼惜。"[②] 对崔巨源这样的位卑而才高者予以充分肯定。

《太子宾客卢君墓志铭》将墓主的姓字放在行事之后，又把族出放在姓字之后，也是前所未有的安排。"公之作镇也""公之议刑也""公之居守也""公之调护也"这样的排比句式概括墓主卢元裕生平的各个阶段，用"则群服庶尹执表之人不可欺矣""蛮夷君长异姓侯王从乂矣""则鳏寡孤独废疾者知所养矣""则三老悌乡啬夫知所劝矣"这样的排比句式描述墓主的治理才能，以"夫大贤济时而不独善，大才当事而不辞难。凡所任遇，皆以国之艰急，帝所亲信，而在厥服也"来总结其一生的品性。"洞于学，炳于文"，"在遗居陋，乐而不更"，反映出中唐尚俭之风。铭文仅"五侯九伯，太公征之。大辂龙旗，桓公受之。子子孙孙，勿替引之。前

---

① 《全唐文》卷四二〇，第 5 册，第 4291 页。
② 同上书，第 4290 页。

人光明,我公昭之。天子作师,我公师之。懿德显猷,永世则之"① 几句,简而精,这也是中唐风范。

常衮或以制文手法入墓志,典型的表现在每篇墓志的开端。如《故开府仪同三司上柱国赠太傅信王墓志铭》开首云:"昔周以仁厚之化,睦于宗戚,而武王之弟,有国者三,无官者五。汉家虽皇子毕王,而犹各守疆土,不在京师。我唐以孝理万国,周亲并建,至元宗仪制益重,宠以留邸,罢其归藩,大第连乎北宫,高台接乎双阙。今旧典不易,特恩有加,所以广亲亲之道,洽骨肉之爱也。"② 非常讲求礼制。又如《华州刺史李公墓志铭》之"天垂将星,着在三象,国有武柄,宁于四方。援钺其难,止戈斯重,定封豕长蛇之孽,致攀龙附凤之功。朱戟在门,黄金横带,命掌师旅,化成公侯"。再如《叔父故礼部员外郎墓志铭》之"鲁有先大夫,其言立于世,《春秋》谓之不朽,儒有今世行之,后世以成楷则,君子之道,不患时之不逢,患其道之不显。故贤哲所以启正宗教,盖风于人伦,垂之无穷者矣"。像"自周隋已来,选部率以书判取士,海内之所称服者,二百年间,数人而已"这样的句子,与其制书无异,些微可以见出其制体对其他文体的影响。

常衮曾云:"公始自一命,骤更显秩,举其大者,不可备书。"(《华州刺史李公墓志铭》)为小人物写墓志,最重要的就是要突出其可为人称道者加以铺陈,故秉承"举其大者,不可备书"的原则。如《华州刺史李公墓志铭》就突出李怀让为"汉将军(李)陵之后","久雄朔北",以勇闻名,"以安危为己任,取富贵于掌上"的雄毅之气。代宗被吐蕃军队逼近仓皇出逃陕州时,怀让一路忠心卫主一段颇为精彩:"节见时危,捧六龙于岐下;口陈天命,从五马于回中。披荆棒而执殳,冒风雨而持盖,中原行在,实掌禁戎。领护钩陈,典司环列,出入警跸,肃清捍抑。羽卫甚严,军容益振,夜合枪累,晓开旌门。拥嘉气于月营,横大风于天仗,始自灵武,至于扶风,险阻屯蒙,未尝离上。"事与时并,名与功偕。③ 再如《咸阳县丞郭君墓志铭》开端即说"公讳某,字某"

---

① 《全唐文》卷四二〇,第 5 册,第 4292—4293 页。
② 《全唐文》卷四一九,第 5 册,第 4284 页。
③ 同上书,第 4285—4287 页。

云云，没有什么发语词，直接讲述其异于常人之处，"好言王霸大略，经术大义，简而无傲，刚近于仁，而能端本静末，仗雅居正。年十二，有老成之量，季父崇默，不以常儿见遇，谓必大吾门"。"公之护戎事也，善用文韬，制其边患，本诗书之义府，资德刑之战器，军吏缓带，兵车税輗，谭笑樽俎。疆陲晏然。凡所介贰，皆有卓绝之称，每归功于上，岂代帅受名？而士君子多所推重。"之后选取墓主几件典型事件加以陈述："理命薄葬，布车一乘而已，不忘平生之俭以示后昆之训。""惟公博识强辨，尤好理论，至于揶绅风教，得失之间，处正其义，不以锱毫假物，善与人交，不改柯叶，一时之俊，千里应言，分宅字孤，谓之已任。""每一拜命，未尝不相谓曰：'使君不殁，吾辈岂先处显地？'其精鉴雅望，有如此者。"叙述重点突出，简明扼要，平实有据，有良史风范。介绍其夫人一段亦精简有文，"夫人安定梁氏，执礼之坊，有仪可则，哀敬以事宗庙，谦柔以和娣姒。柏舟之誓，年在幼冲，诸姑始孩。一生所寄，送往过礼，抚存以慈，鱼菽之祭，以彰勤俭，俎豆之训，不坠文儒。时人谓之大家，国史编于《列女》。徽音淑行，雅有余芳"，感叹其"有才无年"①。

最后顺带谈谈常衮的铭文与册文。关于铭文，西晋陆机认为"博约而温润"，梁代刘勰认为"体贵弘润"，常衮的墓志铭文可谓合乎正体。铭文多为四言程序，容易枯槁，没有实际内容。但常衮却不然。至德元年，年仅十八岁的董氏卒，常衮奉敕撰《赠婕好董氏墓志铭》，铭曰："二九之年，丽容嫣然。春风转蕙，秋水开莲。浣纱选貌，纳袂求贤。承恩玉殿，侍宴琼筵。光阴不借，神道何偏。椒房爱促，蒿里悲缠。婕好宠赠，女史芳传。丹凤城外，黑龙水边。鸣呼此地，永闭神仙。"②文辞华美，并不悲绝，合乎应制体。整个墓志及铭文体制虽小，但内容健全合体，后人称此"月日、籍贯、姓氏、死地、年岁、姿质、出生、才藻、德艺、入宫、承宠、度量、谦让、贤声、从驾、供职、夭逝、圣恩、封赠、赐葬、志墓、勒石、容貌、采选、职衔、葬地。竟体叙事明备，措辞稳，为志铭之好模范。奉诏撰文，果应尔尔，不得谓其敷衍

---

① 《全唐文》卷四二○，第5册，第4288页。
② 同上书，第4295页。

也。铭内数项,补序文所不及"①。再如《华州刺史李公墓志铭》铭文亦
是如此。

另外,常衮的册文亦表现出辞章华赡且富于情感的特征。大历十年
十月,代宗宠妃独孤氏薨,代宗对其悼念不已,累年不忍葬,直到大历
十二年八月丁酉,始葬于庄陵。宰相常衮为其撰写《贞懿皇后哀册文》,
情辞华美且凄婉动人。贞懿皇后以美丽入宫,得以专宠,封为贵妃,薨
后谥为贞懿皇后。《旧唐书·皇后传上》曰:"命宰臣常衮为哀册,帝追
思不已,每事欲极哀情,常衮当代才臣,诏为哀词,文皆凄悼,览之者
恻然。"②　华阳公主先葬于城东,地卑湿,至是徙葬,祔于庄陵之园,
故哀词云:"招帝子于北渚,从母后于东陵。"《新唐书·后妃传》曰:
"衮极道凄婉,以中帝意。"册文追叙后之家世、才德、被选、从代宗之
能尽礼、妇功女学、内治戒慎、薨逝追号卜葬及帝之哀悼之情。高步瀛
云:"文自凄惋动人,然以视《文选》颜谢等作,则骨力不逮远矣。"③
高氏所论《文选》中的颜谢等作应指颜延之《宋文元皇后哀策文》、谢
朓之《齐敬皇后哀策文》,常文的骨力或许不及颜延之、谢朓,但文辞
足以动人。再如为齐王李倓所作的册文《承天皇帝哀册文》:"出仙禁兮
逶迤,指横桥兮西去""紫殿丹台兮相属,临洞宵宵兮沉沉""出国门兮
苍山转,辞白日兮长安远""建翠凤兮葳蕤,瞻略马兮迟迟,寿宫闭兮
与天毕,玉座深兮无晓时,嫔嫱俨兮侍新寝,凫雁游兮非故池。戢神辉
之杳霭,结吾君之眷思。唯鸿勋之不泯,渺然终古兮同斯",运用大量
骚体,抒情性极强。

值得注意的是,常衮的墓志册文多引儒家经典,以儒家标准作为品
评墓主的标准,这与其制诏体的重儒倾向相类。他特别注重丧葬的合乎
礼制,有九次以"礼也"为结句词,分别是《承天皇帝哀册文》《贞懿
皇后哀册文》《故开府仪同三司上柱国赠太傅信王墓志铭》《奉天皇帝长
子新平郡王墓志铭》《王第七子赠太常卿邠国公墓志铭》《滑州匡城县令

①　(清)王仁溥评选:《详注骈文笔法百篇》第二册,卷二,于霁川译,中原书局1932年版,
　　第1页。
②　《旧唐书》卷五二,第7册,第2193页。
③　《唐宋文举要》乙编卷二,第1482页。

杨君墓志铭》《咸阳县丞郭君墓志铭》《赠婕妤董氏墓志铭》《凉王妃张氏墓志铭》。

六　研究常衮的意义

常衮的文章成就颇受时人称赏，以往对其不够重视。本文在分析常衮应用文写作的过程中尝试挖掘其意义与价值，以抛砖引玉。

首先，常衮的制、表等文体是中唐政治生活、文化礼仪、国力形势与对外交往的一面镜子，具有较高的历史文献价值和认识价值。

其次，常衮的过渡性特征。以思想、文风与体貌三个方面而言，常衮的应用文创作实属于盛而渐中（唐）的一个过渡。何以言之？就思想而言，其创作表现出尤为注重儒学礼法的倾向，就文风而言，其创作表现出注重文采与趋向实用两方面兼而有之，就体貌而言，因其创作主要是制文，所以多数仍是骈体文，但亦不乏散体间入。常衮本人的崇尚辞学文才加上时代要求儒学礼法，使得其应用文创作表现出复而有变的过渡倾向。

再次，常衮代表了新"文儒"的兴起与转型。从他的制文中可以看出中唐中央权威的失坠后，朝廷任命文官的一个取向。既要求符合传统的儒家轨范，又要具有实际的史事能力，同时还要富于辞章文采，而这种综合素质的具备者就是新"文儒"的代表。贾至、常衮、陆贽、韩愈、裴度①等人均具备了新"文儒"的质素。所不同者，新一代"文儒"完成了从粉饰盛世向经世致用转型，儒学、文学与治术三者均随之发生了变化。

最后，常衮在文体上的新变。唐代"大手笔"作家多数都有制诏体、碑志体的创作，而常衮在这两方面均有所新变。制体文由于固有的程式化很难有所突破，从大历时的常衮、杨炎到长庆时的元稹、白居易都对制诏进行了不同程度的改革，而这种革新是有前后连续性的，常衮无疑是开风

---

① 《因话录》卷三《商部下》云："宪宗平荡宿寇，数致太平，正当元和十三年，而晋公以文儒作相，竟立殊勋，为章武佐命，观其辞赋气概，岂得无异日之事乎？"（《唐五代笔记小说大观》本，第 848 页）

气之先的①。墓志文从初唐时的崔行功、崔融，到盛唐时的张说之一变，再到中唐时的常衮，再次发生了新变。

第三节　"竭心膂以振皇纲"之李吉甫及其他

一　李吉甫的经世用心与其应用文写作

李商隐《太尉卫公会昌一品集序》谈及历代"大手笔"作家时云"至于宪祖则有臣祢庙曰忠公"，祢庙即李德裕先父李吉甫，称其为宪宗朝的"大手笔"作家②。

李吉甫（758—814），字弘宪，赵郡（今河北赵县）人。其父李栖筠有远度，庄重寡言，能文章，善书法，不妄交游，常衮在《授李栖筠浙西观察使制》中称其"其学博而精，其文简而当。明以辨政，居官可纪，秩更三署，名重一时"，官至御史大夫。吉甫少好学，能属文，明练典故，"该洽多闻，尤精国朝故实，沿革折衷，时多称之"③，颇受宰相李泌、窦参推重。宪宗即位，为考功员功郎、知制诰，不久又入为翰林学士，转中

---

① 这可以从常杨开始撰写制诰的时间推求，常衮从永泰元年（765）即为中书舍人，而杨炎是大历二年（767）入中书。参见《唐五代文学编年史》（中唐卷），辽海出版社1998年版，第158、182页。

② 按：关于李吉甫被称作"大手笔"作家，这里需要说明一下。李商隐《太尉卫公会昌一品集序》记述历代"大手笔"作家时，是引述唐武宗和李德裕的对话，李德裕称"玄宗有臣曰说，曰璟"，这里"璟"应为"颋"，考《旧唐书·苏璟传》苏璟于睿宗景云元年（710）十一月即卒，何谈其为玄宗时的"大手笔"？李德裕如此推崇苏璟为"大手笔"作家恐怕是把其子苏颋的殊荣加诸其父身上，这样他就可以推崇其父李吉甫。杜牧《唐故太子少师奇章郡开国公赠太尉牛公墓志铭》时引牛僧孺讥讽李德裕溢美其父事云："李太尉德裕会昌中以恩撰元和朝实录四十篇，溢美其父吉甫为相事，公（牛僧孺）上言曰：'人君惟不改史，人臣可改乎？《元和实录》皆当时名士目书事实，今不信，而信德裕后三十年自名己功众所不知者而书之，此若垂后，谁信史？'"又按：苏璟是有吏能的，景云初对于朝廷制度的恢复起到一定的作用，史称其"明晓法令，多识台省旧章，一朝格式，皆所删正"，在地方和中央为宦均有声名，《新唐书·苏璟传》称"璟治州考课常最，为宰相，陈当世病利甚多"。苏璟谥号"文贞"，说明其生前能文，撰有《中枢龟镜》（又称《中枢龟鉴》）一卷，值得注意，可参见王齐洲《苏璟〈中枢龟鉴〉初探》一文的相关论述，《文学遗产》2009年第3期。综上，苏璟与李吉甫被称作"大手笔"作家是与其子苏颋、李德裕的政治与文学分不开的，称他们为"大手笔"作家需要审慎对待。李吉甫的政治功绩与留存文章均有可称述之处，故本节略述如下。

③ 《旧唐书》卷一四八，第12册，第3992页。

书舍人，元和二年、六年两度拜相。始当国，"经综政事，众职咸治"，再辅政，稍修怨，然总体上"畏慎奉法，不忮害，顾大体"，深受宪宗宠信。吉甫曾为集贤殿大学士，监修国史，著述颇为丰富，文集二十卷，编有《古今文集略》二十卷、集唐人表章笺启露布等为《类表》五十卷（亦名《表启集》）、集梁陈迄唐开元歌诗三百二十首为《丽则集》五卷、《国朝哀策文》四卷、《梁大同古铭记》一卷，可见其文学素养，并注意文集的编纂。也许由于陷于党争等原因，其作品流失颇为严重，显示其代为王者言的"大手笔"文字很有可能亦随之湮没，仅能从其现存的文章中拟推其应用文创作成就。现存文 33 篇①。此外，新旧《唐书·李吉甫传》记载了吉甫为相时的大量奏对，均是本文研究的重要材料。吉甫的文章以谢表和疏奏较为突出，在藩镇时以谢表为主，居庙堂时则以奏疏为主。

1. 志灭强藩

藩镇问题是唐代后期的主要祸患，肃宗、代宗过于优容，德宗初继位尚有讨伐之心，然建元四年发生兵乱，大臣杜黄裳称其"自经忧患，务为姑息，不生除节帅，有物故者，先遣中使察军情所与则授之。中使或私受大将赂，归而誉之，即降旄钺，未尝有出朝廷之意者"②。

李栖筠、李吉甫、李德裕祖孙三代均"尤精藩职"（常衮《授李栖筠浙西观察使制》），在行政作风、政治态度、为人处世、道德文章等方面，具有很大的相似性和传承性。赞皇李氏，政治上的务实派。陈寅恪《唐代政治史述论稿》认为李氏为北朝数百年以来的显著士族，实可代表唐代士大夫中主要的一个派别，是以经术礼法为"家学门风"的"山东旧族"③。"吉甫性聪敏，详练物务，自员外郎出官，留滞江淮十五余年，备详闾里疾苦"（《旧唐书·李吉甫传》），任淮南节度使及各地刺史时对人民疾苦切身体察，为政时务实为民，在朝为相时，针对当时方镇贪恣，予以坚决弹压，以法度裁制藩镇，使属郡刺史自为政，限制藩镇势

---

① 《全唐文》存 21 篇，《唐文拾遗》补 2 篇，《唐文续拾》补 3 篇，《全唐文补编》（中）补 5 篇，《全唐文补遗》（千唐志斋新藏专辑）补 1 篇，另据《唐会要》卷五三补 1 篇。

② 《资治通鉴》卷二三七，第 16 册，第 7627 页。

③ 《唐代政治史述论稿》中篇《政治革命及党派分野》，上海古籍出版社 1992 年版，第 70—86 页。

力,振举朝纲。

吉甫所精研者,纯为经世致用之学。他认为安邦定国,舆地之学最为重要。他一生志灭强藩,对舆地之学的情有独钟,亦是为其政治器业服务的。元和二年,吉甫上《元和国计簿》十卷,元和八年进所撰《元和郡国图》《六代略》《十道州郡图》等,其《元和郡县图志序》云:"汉祖入关,诸将争走金帛之府,惟萧何收秦图书。高祖所以知山川厄塞,户口虚实。厥后受命汜水,定都洛阳,留侯演委辂之谋,田肯贺入关之策。事关兴替,理切安危。举斯而言,断可识矣。"① 笔者认为宪宗时的元和中兴和武宗时的会昌中兴,都深赖此书指引。吉甫具有很强的恢复中央集权的愿望,认为"方镇之权杀,而朝廷之威令可行",并一针见血地指出"自中兴三十年而来,兵未战者,患在将帅以养寇自重,纵敌藩身"(《右龙武统军张伯仪谥议》)。

《唐会要》卷五三《杂录》云:"国以民为本,亲民之任,莫先牧宰,能否实系一方。"又云:"末世署官,多轻外任,选授之际,意涉沙汰,委以藩部,自然非才。"② 元和二年,吉甫首次为相,鉴于当时方镇贪恣与专权,为削弱节度使权力,提高中央对地方的控制力,建议令方镇所属州郡刺史可自为政,不必听命于节度使或观察使,并由朝廷派出郎吏为刺史,加重刺史的权任。他主张对平浙西节度使李锜的擅命专权采取坚决处置,并迅速平定,功封赞皇县侯,徙赵国公。为相岁余,功绩卓著,史称:"德宗以来,姑息藩镇,有终身不易地者。吉甫为相年余,凡易三十六镇,殿最分明。"③ 此传文虽可能略有夸张④,但无可否认的是吉甫对藩镇的强硬态度。

---

① 《全唐文》卷五一二,第6册,第5205页。
② 此文并未见收录于李德裕文,参看《李德裕年谱》,齐鲁书社1984年版,第54—55页。
③ 《新唐书》卷一四六,《李吉甫传》第15册,第4740页。
④ 钱大昕《廿二史考异》卷五十四云:"吉甫以元和二年正月拜相,明年九月出镇,其时魏博则田季安,恒冀则王士真,卢龙则刘济,淄青则李师道,淮西则吴少诚,沧景则程权,易定则张茂昭,汴宋则韩弘,泽潞则卢从史,陈许则刘昌裔,河东则严绶,凤翔陇右则李鄘,东川则严砺,俱未从节。所更代者,不过河中、邠宁、西川诸近镇而已,恐未必有三十六镇之多。传文不足深信。"(第789页)。此条材料,钱大昕与岑仲勉有争论,后经傅璇琮考证为是,参见《李德裕年谱》,齐鲁书社1984年版,第56—58页。

元和三年，吉甫为御史中丞窦群弹劾，出为淮南节度使①。在淮南三年，筑富人、固本二塘，溉田数千顷，修浚漕渠，颇有政绩。时“江淮旱，浙东、西尤甚，有司不为请，吉甫白以时求恤，帝惊，驰遣使分道赈贷。吉甫虽居外，每朝廷得失轧以闻”（《新唐书·李吉甫传》），“在扬州，每有朝廷得失，军国利害，皆密疏论列”（《旧唐书·李吉甫传》）。

元和八年（813）二月，吉甫进所撰《元和郡国图》《六代略》《十道州郡图》等。今存《上元和郡县图志序》云：“况古今言地理者凡数千家，尚古远者或搜古而略今，采谣俗者多传疑而失实。饰州邦而叙人物，因邱墓而徵鬼神，流于异端，莫切根要。至于邱壤山川，攻守利害，本于地理者，皆略而不书，将何以佐明王扼天下之吭，制群生之命？收地保势胜之利，示形束壤制之端，此微臣之所以精研，圣后之所宜周览也。”② 这透露出吉甫作此图志的现实用意，即鉴于安史之乱后的藩镇割据，通过编写地图，加强中央政权对地方的权威与控制。“久而伏思，方得所效，以为成当今之务，树将来之势，则莫若版图地理之为切也。所以前上《元和国计簿》，审户口之丰耗；续撰《元和郡县图志》，辨州域之疆理”。这是中唐以来经世思想的集中反映，也是这部地理总志的独特风格。程大昌的跋语盛赞此书“此于唐家郡县疆境，方面险要，必皆熟按，当时图籍言之，最为可据”；“宪宗经略诸镇，吉甫实赞成之，其于河北、淮西，悉尝图上地形，宪宗得以坐览要害而隃定策画者，图之助多也”③。清人孙星衍《元和郡县图志序》称吉甫“皆切时政之本务”，称《志》“文义简括，便上省览。唐宰相之善读书者，吉甫为第一人矣”④。《四库全书总目》以《元和郡县图志》列于地理总志之首，称“舆记图经，《隋》《唐志》所著录者，率散佚无存，其传于今者，惟此书为最古，其体例亦为最善”⑤。

---

① 此并非如司马光《资治通鉴考异》所云“吉甫诬构郑絪，贬斥裴垍等，盖宪宗察见其情而疏薄之，故出镇淮南。及子德裕秉政，掩先人之恶，改定《实录》”者，岑仲勉《隋唐史》《通鉴隋唐纪比事质疑》已予以驳斥，谓非实情，淮南为当日中央政府之第一节镇，宪宗授吉甫并“亲临通化门饯行”，岂是“疏薄”，傅璇琮《李德裕年谱》引新旧《唐书·吕温传》证吉甫出镇乃为当时宦官所抑，甚为有理。

② 《全唐文》卷五一二，第6册，第5205页。

③ （清）陆心源：《皕宋楼藏书志》卷二九，清光绪万卷楼藏本。

④ （清）孙星衍：《孙渊如先生全集》之《岱南阁集》卷二，《四部丛刊》影清嘉庆兰陵孙氏本。

⑤ 《钦定四库全书总目》卷六八，第925页。

是年八月,回纥入犯,吉甫对回纥侵扰采取积极政策予以防御,修复夏州到天德的驿馆,重置宥州,治经略军,加强北方防御。《元和郡县志》卷四新宥州条亦载:"今之多士,居平则横生异议,深沮边计,及闻边警,又承虚声,以汹朝廷,冀因几危,摇动时事。但当设备,不足为虑。"此言切中要害。

吉甫"内参密命,外正戎机,竭心膂以振皇纲,励精诚以辅元化"[1]。为相期间,取得了突出的政绩,他的文章彰显着"尊王室,卑诸侯"的宗旨,处处意在"显王言""彰帝范"。晚年一直为宪宗征讨淮西吴元济作积极准备,可惜暴卒,后由其继任者武元衡、裴度等人继续施行其方略,完成了元和中兴伟业。

2. 改革弊政

首先是打击宦官。元和元年,史载:"中书史滑涣素厚中人刘光琦,凡宰相议为光琦持异者,使涣请,常得如素。宦人传诏,或不至中书,召涣于延英承旨,迎附群意,即为文书,宰相至有不及知者。则是通四方赂谢,弟泳官至刺史。郑余庆当国,尝一责怒,数日即罢去。吉甫请间,劾其奸,帝使簿涣家,得赀数千万,贬死雷州。又建言:'州刺史不得擅见本道使,罢诸道岁终巡句以绝苛敛,命有司举材堪县令者,军国大事以宝书易墨诏。'由是帝愈倚信。"元和六年,李吉甫再次入相,声誉甚高,"中外延望风采"(《旧唐书·李吉甫传》),"入对延英,凡五刻罢,帝尊任之,官而不名"(《新唐书·李吉甫传》)。他大刀阔斧地采取了一系列改革措施,省官减俸、废京城诸僧的庄田、水碨免税主特权,减轻贫民负担。他还建议宗室诸女由有司管理其婚配。六月,精简冗官八百零八员,吏一千七百六十九员,他有著名的《请汰冗吏疏》:

> 方今置吏不精,流品庞杂。存无事之官,食至重之税。故生人日困,冗食日滋。又国家自天宝以来,宿兵常八十余万。其去为商贩,度为佛老,杂入科役者,率十五以上。天下常以劳苦之人三,奉坐侍衣食之人七。而内外官仰俸廪者,无虑万员,有职局重出,名异事杂

---

[1] 《全唐文》卷五三一,武元衡《祭李吉甫文》第6册,第5390页。

者甚众。故财日寡而受禄多，官有限而调无数，九流安得不杂。万务安得不烦？汉初制郡，不过六十，而文景化几三王。则郡少不必政紊，郡多不必事治。今列州三百，县千四百，以邑设州，以乡分县，费广制轻，非致化之本。愿诏有司博议，州县有可并并之，岁时入仕有可停停之。则吏寡易求，官少易治。国家之制，官一品，俸三千，职田禄米，大抵不过千石。大历时，权臣月俸至九千缗者，州刺史无大小皆千缗。宰相常衮始为裁限，至李泌量闲剧稍增之，使相通济。然有名在职废，俸存额去，闲剧之闲，厚薄异类。亦请一切商定。①

吉甫认识到“清浊之由，在官之省烦”（《旧唐书·李吉甫传》），反映出时弊，勇于面对，果敢裁撤不必要的官员，以汉代官制作为证据，肯定了代宗时前辈“大手笔”作家常衮裁限官员之功，前后一脉相承。吉甫又有《请减职员量定中外官俸料奏》② 一文，引晋代荀勖“省吏不如省官，省官不如省事”之语，认为“官省则事省，事省则人省”，“清浊之由，在于官之烦省”，针对官员过多主张予以厘革，以求达到“官省则易治”的目的。《旧唐书·李吉甫传》称道吉甫再次入相时“请减省职员并诸色出身胥吏等，及量定中外官俸料，时以为当”。

3. 儒者品格与革新精神

吉甫“业以儒进”，《新唐书·李吉甫传》称吉甫为太常博士时年尚幼，即“明练典故”，“昭德皇后崩，自天宝后中宫虚，恤礼废缺。吉甫草具其仪，德宗称善”。吉甫有《修元献皇后斋奏》一文。其《忠州刺史谢上表》这样概括自己：“臣往岁曲台掌礼，已蒙访对之荣；南宫起草，犹兼奉蕝之任，陛下展事宫庙，臣实职导乘舆。”吉甫博学宏识，应对机敏，元和八年十月，宪宗在延英殿问时政记，吉甫身为监修国史，率先对曰：“是宰相记天子事以授史官之实录也。古者右史记言，今起居舍人是；左史记事，今起居郎是。永徽中，宰相姚琦监修国史，虑造膝之言，或不可闻，因请随奏对而记于仗下，以授于史官，今时政记是也。”宪宗紧跟着问：“间或不修，何也？”吉甫又对曰：“面奉德音，未及施行，总谓机密，

① 《全唐文》卷五一二，第6册，第5203页。

② 《全唐文补编》（上）卷六一，第745—746页。

故不可书以送史官;其间有谋议出于臣下者,又不可自书以付史官;及已行者,制令昭然,天下皆得闻知,即史官之记,不待书以授也。且臣观时政记者,姚璹修之于长寿,及璹罢而事寝;贾耽、齐抗修之于贞元,及耽、抗罢而事废。然则关时政化者,不虚美,不隐恶,谓之良史也。"其才学可见一斑。

一方面他主张"诚以非礼之事,人君所当慎也"(《请罢永昌公主祠堂疏》),"敦肃风教"①。另一方面他思想开明,不为迷信所扰,富于革新的勇气和胆识。他在饶州刺史任上,"州城以频丧四牧,废而不居,物怪变异,郡人信验;吉甫至,发城门管钥,剪荆榛而居之,后人乃安"。(《旧唐书·李吉甫传》)当时的郡吏以有怪坚请,李吉甫云:"神好正直,守直则神避;妖不胜德,失德则妖兴。居之在人。"②后在宰相任上,"初,政事堂会食,有巨床,相传徙者宰相辄罢,不敢迁,吉甫笑曰:'世俗禁忌,何足疑邪?'彻而新之"。(《新唐书·李吉甫传》)

4. 以片言移人主意

吉甫擅以片言移人主意,史书所载元和元年(806)的两件事例可资证明。第一,吉甫赞宰相杜黄裳请征剑南西川节度使刘辟,献计献策,史称"刘辟平,吉甫谋居多","上由是器之"。当时是否征讨刘辟,宪宗还未拿定主意。吉甫力主"绝朝贡以折奸谋",适逢浙西观察使李锜厚贿贵幸,意欲领盐铁转运使,恃宠揽权,骄横不法,吉甫奏言:"昔韦皋蓄财多,故刘辟因以构乱。李锜不臣有萌,若益以盐铁之饶、采石之险,是趣其反也。"(《新唐书·李吉甫传》)宪宗由此认识到财货过多容易因生祸乱,故委派李巽为盐铁使。征伐伊始,高崇文围攻鹿头山未下,有人建议出并州兵合围,吉甫不以为然。奏曰:"汉伐公孙述,晋伐李势,宋伐谯纵,梁伐刘季连、萧纪,凡五攻蜀,繇江道者四。且宣、洪、蕲、鄂强弩,号天下精兵,争险地兵家所长,请起其兵捣三峡之虚,则贼势必分,首尾不救,崇文惧舟师成功,人有斗志矣。"吉甫以其宏学博识和对攻蜀历史的娴熟,主张另调精兵攻三峡以分贼势,并以此激励高宗文的斗志,

---

① 《全唐文补编》(中)卷六一,补《赠太傅岐国公杜佑碑》,第746页。
② (宋)王谠撰,周勋初校证:《唐语林校证》卷三,中华书局1987年版,第200页。按:此条材料原出《大唐传载》。

后来崇文八战皆捷，收复成都，终立大功。吉甫在这里显示出高超的军事艺术与识人用人的才智。第二，吐蕃遣使请求结盟，吉甫认为不可："德宗初，未得南诏，故与吐蕃盟。自异牟寻归国，吐蕃不敢犯塞，诚许盟，则南诏怨望，边隙日生。"因而宪宗辞其盟使。吐蕃又请献滨塞亭障南北数千里求盟，吉甫以为："边境荒岨，犬牙相吞，边吏按图覆视，且不能知。今吐蕃绵山跨谷，以数番纸而图千里，起灵武，著剑门，要险之地所亡二三百所，有得地之名，而实丧之，陛下将安用此？"吉甫识破了吐蕃试图与唐结盟然而侵蚀南诏的阴谋。吉甫有《谏畋猎表》一文，颇为讲究规谏艺术。宪宗也在一定程度上听从，元和七年七月，宪宗在延英殿有"朕近日畋游悉废"（《旧唐书·李吉甫传》）云云。

5. 创作风貌

吉甫首先是作为一个政治家而存在，他身后陷于党争泥淖，使其著述的流传颇受影响。他不以文学著名，语言简洁，平实通达，由于曾监修国史，其文笔具有史家笔法，不铺张，不雕饰。散体化非常明显，《全唐文补编》之文字均是，且具有较强的叙事性。

武元衡《祭李吉甫文》称吉甫"出入三朝，徘徊二纪，论思禁掖，润色王猷"。"润色王猷"是李吉甫被称为"大手笔"的原因。吉甫现存文章中有许多谢表，如《忠州刺史谢上表》《柳〔郴〕州刺史谢上表》①《饶州刺史谢上表》多以工整妥帖的四字句为主，如"郡守分符，朝有常典，王人赐告，荣并贵臣。事出非常，恩超往例。拜舞之际，悲欢失容"，四字句工整妥帖。他前后共有《贺赦表》六篇，都是标准的骈体公文，显示出模式化的特征：先闻赦诏，中贺，臣闻，夸饰圣德，顿首。

贞元九年（793），明州员外长史时作《杭州径山寺大觉禅师碑铭》并序，这在其文章中属于较长的一篇。此文最大的特点富于叙事色彩，间插入对话或人物的语言结撰碑文。如受诏入京时："春秋二十有八，将就宾贡，途经丹阳，雅闻鹤林马素之名，往申款谒。还得超然自诣，如来密印，一念尽传，王子妙力，他人莫识。即日剃落，是真出家。因问以所

---

① "柳"当为"郴"字误，《困学纪闻》卷一七《评文》"柳文多有非子厚之文者"条："《柳州谢上表》，其一乃李吉甫《郴州谢上表》也。"（《四部丛刊》三编影元本）此参看《李德裕年谱》，齐鲁书社1984年版，第37页。

从，素公曰：'逢径则止，随汝心也。'他日游方至余杭西山，问于樵人，曰：'此天目山之上径。'大师感鹤林逢径之言，知雪山成道之所，于是荫松藉草，不立茅茨，无非道场。于是宴坐之久，邦人有构室者，大师亦因而安处，心不住于三界，名自闻于十方。""大历初，代宗睿武皇帝高其名而徵之，授以肩舆，迎于内殿。既而幡幢设列，龙象围绕，万乘有顺风之请，兆民渴洒露之仁。问我所行，终无少法。寻制于章敬寺安置，自王公逮于士庶，其诣者日有千人。司徒杨公绾，情游道枢，行出人表，大师一见于众，二三目之。过此默然，吾无示说。杨公亦退而叹曰：'此方外高士也，固当顺之，不宜羁致。'"将圆寂时，"其徒有未悟者，以日暮恐不克集事。大师曰：'若过明日，则无所及。'""大师贞立迷妄，除其羹宴，破一切相，归无余道。乳毒既去，正味常存。众生妄除，法亦如故。尝有设问于大师曰：'今传舍有二使，邮吏为刲一羊。二使既闻，一人救，一人不救，罪福异乎？'大师曰：'救者慈悲，不救者解脱。'"碑文融合儒释道思想，称赏大觉禅师"有若似夫子之言，庚桑得老聃之道"。贞元九年十一月，吉甫撰《编次郑钦悦辨大同古铭论》，世以为传奇小说，鲁迅据《太平广记》卷三九一辑入《唐宋传奇集》卷二，卷末《稗边小缀》云："文亦原非传奇；而《广记》注云出《异闻记》，盖其事奥异，唐宋人固已以小说视之，因编于集。"郑钦悦，开元天宝时人，《新唐书》卷二〇〇《儒学·赵冬曦传》附其事迹，李商隐有《请卢尚书撰曾祖妣志文状》。类似的还有《唐茶山诗述碑阴记》[1]。

二　唐代"大手笔"作家特例

令狐楚、韩愈、皇甫湜是中唐著名的文学家，均工诗擅文，此三人可作为唐代"大手笔"作家的特例，因为他们均是因为一篇文章而被称作"大手笔"作家。

令狐楚（766—837），字慤士，自号白云孺子，敦煌（今属甘肃）人，擅长章奏，天下则之，《直斋书录解题》："令狐公表奏十卷。唐宰相令狐楚撰，楚长于应用，尝以授李商隐。"他家世儒业，年幼时即善属文。在

---

[1]　《全唐文补编》（中）卷六一，第 745 页。

做太原府从事时，郑儋暴卒，不及吩咐后事，军中将有哗变。"中夜十数骑持刃迫楚至军门，诸将环之，令草遗表。楚在白刃之中，搦管即成，读示三军，无不感泣，军情乃安。自是声名益重。"说明其处乱不惊，才思敏捷，为文能晓理动人。他曾担任知制诰、翰林学士、中书舍人等职，并一度成为宪宗宰相。《全唐文纪事》卷一引《隆平集》云："乾德三年，宰相范质、王溥、魏仁浦同罢。翌日，制书以赵普为相，无宰相书敕。上召学士问故事，陶榖曰：'自来辅相，未尝虚位，唯太和中甘露事，数日无宰相，命仆射令狐楚奉行制书。'"① 楚才思俊丽，颇为德宗称赏，"德宗好文，每太原奏至，能辨楚之所为。"元和十五年，宪宗崩，诏楚为山陵使撰哀册文，即《唐宪宗章武皇帝哀册文》，"辞情典郁，为文士所重"②，反复咏叹，虚而不泛，实具匠心，他亦因这篇册文被称作"大手笔"。刘禹锡《唐故相国赠司空令狐公集序》称其不仅"文雄于边"，且"文雄于国"，"导畎浍于章奏，鼓洪澜于训诰。笔端肤寸，膏润天下。文章之用，极其至矣"，盛赞其文。并云："昔王珣为晋仆射，梦人授大笔如椽，觉而谓人曰：'此必有大手笔事。'后孝武哀册文，乃珣之词也。公为宰相，奉诏撰《宪宗圣神章武孝皇帝哀册文》时称乾陵崔文公之比。今考之而信，故以为首冠，尊重事也。"③ 将令狐楚为宪宗撰哀册文比之王珣为晋孝武帝作哀册文、崔融为武后作哀册文，显然是将这篇文字认作"大手笔"。

韩愈（768—825），字退之，河阳（今河南孟州市）人，郡望昌黎，为一代文宗。据《旧唐书·韩愈传》记载，韩愈亦曾做过知制诰、中书舍人等官职，但他一生基本没有起草过制诰类文字。李商隐《韩碑》诗云："帝曰'汝度功第一，汝从事愈宜为辞'。愈拜稽首蹈且舞，'金石刻画臣能为。古者世称大手笔，此事不系于职司。当仁自古有不让'，言讫屡颔天子颐。"诗中推崇韩愈的《平淮西碑》文为"大手笔"文字，确也有理。苏轼有诗云："淮西功业冠吾唐，吏部文章日月光。"后人盛称"裴度平淮西，绝世之功也；韩愈《平淮西碑》，绝世之文也。非裴之功，不足以当

---

① 《全唐文纪事》（上），第 5 页。
② 《旧唐书·令狐楚传》卷一七二，第 14 册，第 4459—4460、4465 页。
③ 《全唐文》卷六〇五，第 6 册，第 6108—6109 页。刘禹锡另有《东都留守令狐楚家庙碑》（《全唐文》卷六〇八）。

韩之文;非韩之文,不足以发裴之功"①。乾隆《读韩愈〈平定淮西碑〉》诗云:"淮蔡中原弹丸地,元和平定诩鸿功。磨碑纵易墨卿作,仍是斯文传不穷。"裴度是才兼将相的中兴名臣,中唐转关时期的一位非常重要的宰相,平定淮西叛乱是其一生的重要功勋,也是一场稳定大唐基业的重要战役。韩愈为行军司马,目睹了战役的全过程,故而宪宗亲点其撰文立碑,勒碑之时,国人视为奇文,争相诵之。清代康熙皇帝甚至称此文:"浑噩似诰铭,高古如雅颂,体裁宏巨,断为唐文第一。"② 碑文符合"大手笔""荷明天子旨"和"计功称伐"的基本特点,在文学史上颇为有名。因此,称《平淮西碑》为"大手笔"文字是没有问题的。

皇甫湜(约777—约830),字持正,睦州新安(今浙江建德)人。是韩愈的弟子,性格褊直,恃才傲物,为文古奥怪僻。他之被称作"大手笔"亦与裴度有关。唐人高彦休《阙史》卷上《裴晋公大度》条载:

> 先是,公讨淮西日,恩赐巨万,贮于集贤私第。公信浮图教,且曰:"燎原之火,漂杵之诛,其无玉石俱焚者乎?"因尽讨叛所得,再修福先寺。危楼飞阁,琼砌璇题,就有日矣。将致书于秘监白乐天,请为刻珉之词。值正郎(即皇甫湜)在座,忽发怒曰:"近舍某而远征白,信获戾于门下矣。且某之文,方白之作,自谓瑶琴宝瑟,而比之桑间濮上之音也!然何门不可曳长裾?某自此请。"长揖而退。宾客旁观,靡不股栗。公婉词敬谢之,且曰:"初不敢以仰烦长者,虑为大手笔见拒。是所愿也,非敢望也。"正郎颓怒稍解,则请斗酿而归。至家独饮其半,寝酣数刻,呕哕而兴,乘醉挥毫,黄绢立就。③

裴度平淮西后,造福先寺,裴度欲请白居易作碑文,惹得时为郎中的皇甫湜勃然大怒,裴度大度地称其为"大手笔",皇甫湜归后醉中援笔立就成文。后还因裴度给予的酬劳不厚而发怒,裴度终如其所愿,称其"真命世

---

① (唐)李商隐著,刘学锴、余恕诚集解:《李商隐诗歌集解·韩碑》引黄彻之笺评,第2册,中华书局2004年第2版,第919页。

② 《全唐文纪事·卷首》康熙语,第23页。

③ 《唐五代笔记小说大观》本,第1331—1332页。

不羁之才"。皇甫湜的碑文不过 3000 字,裴度除了赠送他车马丝绸外,又酬谢他绢 9000 匹,被称为"碑文三千,一字值三绢",成为我国碑文化发展史上流传的逸谈。这个故事在《新唐书·皇甫湜传》中亦有记载,只不过较为简略,没有述及"大手笔"之词。

第四章　李德裕以文章治天下

　　李德裕是研究中晚唐文史时必须注意的一个重要人物，他是穆宗和武宗两朝的"大手笔"作家。《旧唐书·李德裕传》云："德裕幼有壮志，苦心力学，尤精《西汉书》《左氏春秋》。耻与诸生从乡赋，不喜科试。……穆宗即位，召入翰林充学士。帝在东宫，素闻吉甫之名，既见德裕，尤重之。禁中书诏，大手笔多诏德裕草之。"① 可知李德裕是穆宗朝的文章圣手，曾担任翰林学士、知制诰、中书舍人等职，并曾一度在文宗大和七年短暂为相。德裕"性孤峭，明辨有风采，善为文章"。会昌年间，德裕"以经纶天下自为，武宗知而能任之，言从计行，是时王室几中兴"，元和后数用兵，"德裕在位，虽遽书警奏，皆从容裁决，率午漏下还第，休沐辄如令，沛然若无事时。其处报机急，帝一切令德裕作诏，德裕数辞，帝曰：'学士不能尽吾意。'"② 说明德裕在武宗时虽官至首相，却依然行使着"大手笔"的职能③。李商隐《上李太尉状》云："伏惟武宗皇帝英断无疑，睿姿不测，绿畴缉美，瑞鼎刊规。太尉妙简宸襟，式光洪祚，有大手笔，居第一功。"④ 之前反复征引过的李《序》一文中，唐武宗也是这样称赞李德裕的。凡此都证明着德裕是晚唐当之无愧的"大手笔"作家。李德裕现存文 397 篇。

---

① 《旧唐书》卷一七四，第 14 册，第 4509 页。
② 《新唐书·李德裕传》卷一八〇，第 17 册，第 5342 页。
③ 《石林燕语》有记载："唐诏令虽一出于翰林学士，然遇有边防机要大事，学士所不能尽知者，则多宰相以其处分之要者自为之辞，而付学士院，使增其首尾常式之言而已，故无所更易增损。今犹见于李德裕、郑畋集中。"［（清）王正功：《中华典故汇纪》卷二引，民国嘉业堂丛书本］
④ 《全唐文》卷七七五，第 8 册，第 8080 页。

　　李德裕（787—850），字文饶，河北赵郡（今河北赵县）人，晚唐杰出的政治家，也是位饱受争议的历史人物，关于其生平业绩傅璇琮《李德裕年谱》及相关论文分析已非常详细，毋庸赘述。德裕之文学亦卓然为晚唐大家，前人称其"文学过人"①，"盛有词藻"②，德裕的文章制作与其半生的宦海浮沉紧密相关，鲜明地表现出文体的阶段性使用特征③。本文的研究首先立足于其开成五年至会昌六年的七年中所创作的制诏奏议。

　　开成五年九月，德裕由淮南奉诏入相，开始了其六年相业。史称其"当国凡六年，方用兵时，决策制胜，它相无与，故威名独重于时"（《新唐书·李德裕传》）。所谓"天下安否系朝廷，朝廷轻重在辅相"④，会昌年间，武宗"专任德裕"，既能用之，且能信之委之，德裕"独立不惧，经制四方"⑤，外讨回鹘，内平泽潞，取得安内攘外双重胜利，"唐祚几至中兴"⑥。

　　德裕"决策论兵，举无遗悔，以身捍难，功流社稷"，"语文章，则严、马扶轮；论政事，则萧、曹避席"（《旧唐书·李德裕传》）。宋代姚铉称"有唐三百年，用文治天下"（《唐文粹·序》），以德裕之会昌政论文视之，可谓一语中的。德裕现存制诏书状265篇之多，其中制31，诏书（诏意、敕、赐书、敕旨）等43，册文2，表6，奏疏6（题拟1），状157，书18（题拟1），它们不但是德裕文治武功的记录，亦是以文章治天

---

① （唐）裴庭裕：《东观奏记》卷上，丛书集成初编本。

② （五代）孙光宪撰，贾二强点校：《北梦琐言》卷六，中华书局2002年版，第126页。

③ 大和八年（834）遭贬前（幕府时期及首次为相时期），乃是其文体自觉的准备期，多种文体并用，为以后的文体选择做准备。其文学创作主要集中于大和八年以后，此时德裕已年近半百（48岁），步入人生的后半段，文风日趋成熟，开始根据自己的人生体会选择一定的文体类别进行创作。笔者发现，德裕的中兴器业与其文学创作均可谓大器晚成。大体来说，可分为三个阶段三种文体类别，每一阶段主要选择某一文体进行创作，而较少使用其他文体，然后于晚年分别编集（第一次会昌五年（845）；第二次大中元年（847），即《会昌一品制集》；第三次大中三年（849），即《穷愁志》）。一、大和八年九月遭贬至开成元年（3年）：以赋为主（存赋32篇，此期创作26篇）；二、开成五年九月复相至会昌六年（6年）：以公文为主（绝大部分制诏奏议均创作于此期）；三、大中元年至三年再贬（3年）：以论为主（"论"文均创作于此期）。无论创作还是编集，均是有意识的自觉行为，这是颇为值得注意的文学现象。

④ 《新唐书·皇甫镈传》卷一六七，第16册，第5113页。

⑤ （宋）范仲淹：《范文正集》卷六《述梦诗序》，《四部丛刊》初编本。

⑥ （宋）李之仪：《姑溪居士集》卷十七《书牛李事》，清钞本。

下的范型。

第一节　讨胡平叛之中兴实录
——李德裕的文章之功

德裕曾于大中元年致书郑亚称："某当先圣御极，再参枢务，两度册文，及《宣懿太后初会庙制》《圣容赞》《幽州纪圣功碑》《讨回纥制》《讨刘稹制》、五度黜夏斯书，两度用兵诏敕、告昊天上帝文并奏议等，勒成十五卷。"① 此即著名的《会昌一品制集》，郑亚在后来的序中称此集"合武宗一朝，册命典诰，奏议碑赞，军机羽檄"②，认为武宗之圣德与德裕之勋业尽在其中。查索唐代按文类编集者，此可与陆贽《翰苑集》《陆宣公奏议》相提并论。而由臣子之如椽巨笔记述一朝盛事者，唯德裕此集。故清人陈鸿墀评"德裕所上诏意敕书意至多，为唐人文集所仅见，其筹边之策，经世之文，俱略备于此矣"③。这些制诏奏议类公文是其被称作"大手笔"的主要原因。

前人评云："会昌功烈，非卫公孰能形容之?"④ 可以这样说，会昌中兴并非单纯务武，德裕"料敌制胜""罔有虚发"（《旧唐书·李德裕传》）的文章功效不容忽略，正所谓"文章之功，省力于长枪大剑如此"⑤。《会昌一品制集》中的制诏书状见证了其德绥北狄与智平泽潞的整个过程，试以其文勾勒之。

一　以文章德绥北狄

唐自高宗以后，吐蕃与回鹘并为边患，犹如宋之辽夏，唐王朝的主要策略是亲回鹘而拒吐蕃，盖回鹘与西汉之匈奴、初唐之突厥、吐蕃不同，

---

① 《全唐文》卷七〇七，《与桂州郑中丞书》第7册，第7260页。
② 郑亚：《太尉卫公会昌一品制集序》，本文所引该文均自《全唐文》卷七三〇，第8册，第7531—7533页，以下不再一一出注。
③ 《全唐文纪事》卷一《体例》，第2页。
④ （宋）无名氏：《李文饶文集》后序，《四部丛刊》本。
⑤ （宋）朱翌：《猗觉寮杂记》卷上，《全宋笔记》第三编·十，大象出版社2003年版，第40页。

"叛唐之时少","助唐之时多",唐政府曾经采取和亲和市的政策,联合回鹘以平安史,抗吐蕃。会昌年间,德裕以"德绥为主,修刑为辅"的方略,"示信推恩",兼以威制,"不伤官军","以全取胜",获得了边境几十年的安宁。这一过程能清晰地在德裕的制诏书状中反映出来。

德裕认为:"自古御戎,只有二道,一是厚加抚慰,二是以力驱除,此事利害较然,前古皆有明效。"① 对回鹘两部即分以制之,对嗢没斯部奉行"将欲取之,必固与之"的怀柔政策,离间拉拢的方式,力主德绥,使之逐步归唐。会昌元年三月,德裕撰《赐背叛回鹘敕书》,劝其停止侵扰边境,回归故土,与此同时,令唐之守将不许与回鹘交兵。八月,德裕撰《赐回鹘嗢没斯等诏书》一面安抚嗢没斯,济之以粮食,结为和好,一面力排众议,不使边将匆忙出击。八月二十四日,德裕又撰《论田牟请许党项雠复回鹘嗢没斯部落事状》,对边关防御采取谨慎态度,防止田牟等"欲击回鹘以求功",认为嗢没斯并未犯边,不宜使党项等击之而"大亏恩信"。主张安抚嗢没斯,为日后最终招抚,"以竭力扞边"打下基础。闰九月,张贾巡边回,德裕撰《赐回鹘嗢没斯等诏》劝其拥立新可汗。会昌二年德裕先后撰有《授嗢没斯可特进左金吾卫大将军员外置仍封怀化郡王制》《授历支特勒以下官制》《论别没斯特勒等状》《论嗢没斯下将士二千六百一十八人赐号状》《授嗢没斯检校工部尚书兼归义军使制》《请赐嗢没斯枪旗状》《谢宣示嗢没斯等冠带论图状》《奉宣嗢没斯所请落下马价绢便赐与可汗称便否奏来者状》《论嗢没斯家口状》等,有步骤有秩序且细致入微地对其归降做妥善安置。

对于回鹘乌介部,德裕深谙"柔能制刚,弱能制强"(《授刘沔招抚回鹘使制》)之术,"每念戎事,务安生灵;既获远图,宜恢长箅"(《授张仲武东面招抚回鹘使制》),先后撰写《赐回鹘可汗书》(我国家统临万寓)、《赐回鹘可汗书意》《赐回鹘可汗书》(朕自临寰区)、《赐回鹘嗢没斯特勤等诏书》《代忠顺报回鹘宰相书意》《代刘沔与回鹘宰相颉于伽思书》《代刘沔与回鹘宰相书意》等书。晓之以理,动之以情,"抚纳之间,无所不至"(《赐回鹘可汗书》),俟时机成熟时则辅之以修刑,予以

---

① 《全唐文》卷七○一,《请赐回鹘嗢没斯等物诏状》第 7 册,第 7200 页。

驱除。会昌元年十一月，德裕上书请派遣使臣到嗢没斯处访寻太和公主下落，有《请遣使访问太和公主状》。乌介以太和公主名义遣使入朝，欲借振武以居，此乃三国刘备借荆州以图巴蜀之计，德裕撰《遣王会等安抚回鹘制》《赐回鹘可汗书》同时发出，对其无理要求进行有理有力的驳斥。

会昌二年，德裕撰《赐回鹘书意》婉言拒绝乌介借振武之军事重镇以图谋不轨，又撰《条疏太原以北边备事宜状》采取积极的防御措施。与此同时，禁止边将杀害回鹘投降者及俘虏，有《论天德军捉到回鹘生口等状》。对于回鹘入侵唐横水栅，德裕绝不姑息，撰《请密诏塞上事宜状》令刘沔、李忠顺进击，使之有所警惧，称"摧此一支，可汗必自知惧"。四月，德裕有《条疏应接天德讨逐回鹘事宜状》《奏回鹘事宜状》下令驱逐回鹘出唐边界。八月，德裕上《讨袭回鹘事宜状》提出令石雄夜袭斫乌介营的计策，但因朝臣有异议而作罢。他在《驱逐回鹘事宜状》提出了处理乌介的具体办法，但以牛僧孺为首的部分朝臣则主张采取消极应对的态度，德裕对之一一加以辩驳，先后有《公卿集议须便施行其中有未尽处须更令分析闻奏谨具一一如后状》《牛僧孺等奉敕公卿集议须便施行其中有未尽处须更令分析谨连如前》。九月上旬，德裕撰《授刘沔招抚回鹘使制》《授张仲武东面招抚回鹘使制》正式任命讨伐回鹘的将帅，充实军备，采集蕃马，作实际部署。另有《请发镇州马军状》《请市蕃马状》《请契苾通等分领沙陀退浑马军共六千人状》等。十二月，德裕奏《请发河中马军五百骑赴振武状》《请发李思忠进军于保大栅屯集状》《赐刘沔张仲武密诏》等，作与乌介决战准备，催促刘沔、张仲武进军。会昌三年正月，石雄、刘沔等采用突袭战术在黑山大破回鹘乌介部，迎太和公主归唐。捷书至，德裕撰《讨回鹘制》，"布告中外"，以示朝廷讨之咎由自取，又撰《请更发兵山外邀击回鹘状》《殄灭回鹘事宜状》，强调"既已讨除，须令殄灭"的原则，彻底剿灭其残余势力。

至此，回鹘对唐的威胁基本解除，并在此后保持了相当长一段时间的和平与安定。在处理回鹘问题上，李德裕可谓功不可没，后人评价云："唐时回鹘最强盛，武帝（宗）时为黠戛斯可汗所破，其一支奔天德塞下，天德军使温德彝奏回鹘溃兵侵逼西域，亘六十里，不见其后。回鹘及可汗双来袭振武城居之，赖李德裕在朝，随事应接，不为巨患。"① 洵为的评。

二 以文章智平泽潞

自安史之乱后，"朝廷之权，散在四方"②，德宗奉行姑息主义，唐代藩镇的骄悍使得皇帝俨然成为东周天子。宪宗元和短暂中兴后，穆宗、敬宗时宰相萧俛、段文昌倡言偃革尚文，施行"销兵政策"，于是藩镇复炽，"喜则连衡而叛上，怒则以力而相并"③。唐中央力量变得十分薄弱，在姑息为常轨，伐叛为变态的大背景下，德裕"所历方镇，大着功效"④ 的经历给了他平叛的经验。他面临危境，处乱不惊，深知平叛三镇最为关键，故云"刘稹所恃者，河朔三镇耳。但得魏博不与稹同，破之必矣"（《旧唐书·李德裕传》），故"以一相而制御三镇，如运之掌"⑤，又以三镇讨平泽潞，化政治力量为军事力量，利用有限的兵力，无大战而获大胜，最终荡平叛乱。

会昌平泽潞与元和平淮蔡，德裕与裴度均发挥了巨大的作用，但有一点不同，即裴度是亲临前线，而德裕是坐镇后方，决策制胜依靠的是制诏文书，故其文章所起的作用不容忽视。

会昌元年，德裕首先于卢龙军复乱，陈行泰、张绛相继拥兵之际，成功地解决了这一危机，撰同题《论幽州事宜状》二札，责陈、张二人，并有《请令符澈与幽州大将书状》《代符澈与幽州大将书意》呼应。会昌二年春正月，以张仲武为卢龙节度使，相当于在河朔之北端置一据点，与关中相呼应，则所谓"三镇"者，只余成德、魏博。故陈寅恪称"如非文饶之策略，仲武未必遽为镇将相"⑥。之后又降服二镇，为平泽潞打下基础。以藩制藩，统制河北三镇共平泽潞。

会昌三年四月十九日，德裕撰《赐何重顺诏》《赐张仲武诏》，为讨伐刘稹做军事上的准备。五月初二，德裕撰《论昭义三军请刘稹勾当军务

---

① （宋）孔平仲：《珩璜新论》卷四，《全宋笔记》第二编·五，第282页。
② 《资治通鉴》卷二六二，韩偓语，第18册，第8554页。
③ 《新唐书》卷六四，《方镇表序》第6册，第1759页。
④ （宋）孙甫：《唐史论断》卷下，清刻粤雅堂丛书本。
⑤ （宋）范祖禹：《唐鉴》卷一〇，上海古籍出版社1984年版，第301页。
⑥ 《唐代政治史述论稿·上篇》，上海古籍出版社1992年版，第40—41页。

状》，面对巨大的阻力，坚持讨伐。五月十三日，撰《讨刘稹制》，命王元逵、何弘敬、陈夷行、刘沔及王茂元合力攻讨。五月下旬，撰《代弘敬与泽潞军将书》《代彦佐与泽潞三军书》，劝说诸将勿从刘稹叛逆。七月，撰《幽州镇魏使状》《李回宣慰三道敕旨》，建议派李回出使，宣慰三州，命幽州张仲武讨灭回鹘残部，成德、魏博二镇进军泽潞。七月十七日，德裕发出"毋得取县"以防借县邀功之素弊：责元逵以邢州；以洺州责弘敬；以泽州责王茂元；以潞州责刘沔及李彦佐，撰《赐刘沔茂元诏》，稍后王元逵率兵先于诸军进入昭义境内，撰《授王元逵平章事制》赞其"拔宣务要害之垒，绝尧山应援之兵"，封其为同平章事以讽厉诸帅。十八日，德裕以石雄代李彦佐讨平泽潞，撰《赐彦佐诏意》。八月，魏博何弘敬观望形势，逗留不进，故德裕诏河南王宰将忠武全军，入魏博境内，分散贼势，迫弘敬进战，并撰有《请赐弘敬诏状》《论陈许兵马状》。八月十三日，河阳王茂元兵败，朝中停战之议又起，"议罢兵者蚁聚，请宥过者雷同"（《太尉卫公会昌一品制集序》），"议者鼎沸"，"上亦疑之"。德裕力劝武宗坚持戡乱到底，避免功亏一篑，于是浮言异议乃止，德裕调王宰守河阳以稳定泽潞南面战线，有《论河阳事宜状》第一状、第二状，《请授王宰兼行营诸军攻讨使制》等。九月下旬，德裕任石雄为晋绛行营节度使代李彦佐，并增益其兵，有《授石雄晋绛行营节度使制》《论石雄请添兵状》。因为张仲武与刘沔有隙，李回和解不成，故徙沔镇滑州，德裕撰《赐刘沔诏意》，另有《论彦佐刘沔下诸道客军状》《奉宣王宰欲令直抵磁州得否宜商量奏来状》《请赐仲武诏状》《赐石雄诏意》《请问生口取贼计策状》《赐王元逵诏意》《请诸道进军状》等。

会昌四年正月初四，德裕上《论刘稹送款与李石状》，称刘稹为缓兵之计，李石不应受降。又同时有《赐李石诏意》《代李石与刘稹书》。恰在此时，河东杨弁作乱，罢兵之议又起，正月初五，德裕撰《论刘稹状》《宰相与王宰书》言虽有太原杨弁之乱，刘稹必不可恕，督其进兵。二月初三，撰《赐王宰诏意》，再次督责王宰进兵，不得迁延，同时还有《赐石雄诏意》与此大致相同。另有《赐刘沔诏意》，将刘沔由滑州调至河阳，监督王宰。二月八日，德裕撰《处置杨弁敕》。三月初一，奏请李回出使天井、冀氏，至王宰、石雄军中宣慰，督其进军，有《请遣制使至天井冀氏宣慰状》。三月上旬，德裕任命李丕为晋州刺史，有《授李丕晋州刺史充冀氏行营攻讨副使制》。四月，王宰进攻泽州，德裕撰《赐王宰诏意》《代卢钧与昭义大将书》《代李丕与郭谊书》，在军事进攻的同时，对泽潞将领晓以利害，劝其早日归降，实现分化。四月五日，德裕奏《魏城入贼路状》，改变作战部署，由魏城取武乡直南攻潞州。闰七月中旬，撰《论镇州奏事官高迪陈意见二事状》《续得高文端贼中事宜状》《赐王元逵何弘敬诏意》，探听昭义内部虚实（这是德裕成功平叛的一大法宝），以采取对策，令各方尽速进军。八月，郭宜杀刘稹，遣使奉表降于王宰，王宰奏其事，德裕以为郭谊罪不可赦，下定决心以武力惩办首恶，达到以儆效尤的目的，有《赐潞州军人赦书意》。九月中，诛杀郭谊等，德裕有《诛郭谊等赦》《诛张谷等告示中外赦》。九月七日，卢钧入潞州，昭义平，德裕有《宰相与卢钧书》。

德裕曾既镇中原，又历边疆，具有丰富的地方边镇的从政经验。他曾描述其制敌方略云："多设反间，密用奇谋，使自归心，岂劳兵力，欢衅而动，取若拾遗。此兵法所谓不战而屈人之兵，善之善也。"（《赐缘边诸镇密诏意》）无论反间还是奇谋，或者其他战略战术，作为实际的军事统帅，"自开成五年冬回纥至天德，至会昌四年八月平泽潞，首尾五年，其筹度机宜，选用将帅，军中书诏，奏请云合，起草指踪，皆独决于德裕"（《旧唐书·李德裕传》）。"万里胜负，决于帷中"（《太尉卫公会昌一品制集序》），《会昌一品制集》即是其"攻伐"之中"制作"的"典诰制命"合集，是讨胡平叛的忠实记录①。19 世纪著名的军事学家克劳塞维茨（Karl Von Clauswitz）认为"战争是政治的延续"，而政治文书有时恰是最好的战争利器，会昌年间的德绥回鹘与智平泽潞，即说明这一点。

第二节　李德裕的公文制作与《左传》《汉书》之关系

史称德裕"幼有壮志，苦心力学，尤精《西汉书》《左氏春秋》"（《旧唐书·李德裕传》），及为相则学以致用，故其文章与两书联系甚密，学术

---

①　关于德裕之创作印证武宗朝讨胡平叛之历史，可参看［美］Drompp, Michael Robert 的博士学位论文：*The writings of LiTe-yu as sources for the history of T'ang*，Indiana University，1986。

之至高境界即经世致用，德裕可谓得之。盖《左传》尊王攘夷之大义与《汉书》的旁博兼搜之典故分别对其文章制作产生了一定的影响。

一　尊王攘夷，"深全国体"

德裕的制诏奏议是其尊王攘夷思想的具体体现，基于唐王朝自肃代以来尾大不掉的积弱现实，将《春秋》尊王攘夷的大一统思想贯注于文章之中，意在尊国体，树威信，使"朝廷尊，臣下肃"（《论朝廷事体状》），以达到中兴的目的。

德裕文书每以"深全国体"（《赐回鹘嗢没斯等诏》）为指归，尝称"有国之制，固须立防，朝廷法度，理当划一"，"恩信不一，非抚御之远图；赐与频繁，隳朝廷之旧制"（《赐王元逵诏书》）；"王者之功，莫大于耀德戢兵，安人柔远"（《谢赐锦彩银器状》）。本书所谓尊王就是德裕力图恢复唐王朝的中央权威，对方镇节制，对叛藩采取坚决讨伐；攘夷则主要是对回鹘等戎狄各部采取招抚和驱逐等方式，以扫除边患，使"蛮夷震慑"（《上尊号玉册文》）。当幽州发生兵变屡易节度使之时，他说"幽州旬月之内，移易三人，因此翻覆多端，亦要令其知愧"（《代符澈与幽州大将书意》）；当昭义叛乱之时，他说"若不加讨伐，何以号令四方！若因循授之，则藩镇相效，自兹威令去矣"（《旧唐书·李德裕传》）；当回鹘欲"借振武一城，权以可汗公主居住"之际，他则遵循"戎不乱华，国之大典"（《授刘沔招抚回鹘使制》）的原则，以历来"未有深入汉界，藉以一城"，此乃"乱中国之旧规"（《赐回鹘可汗书》）为由拒之。

1. 特别重视朝廷的权威

德裕为相以"不损朝廷威命"（《太原状》）、"制置之间，须存远大"（《赐回鹘可汗书》）为要义，故伐叛之前，则云"前代伐叛，皆须先谕文诰，倘未柔服，则当临以兵威"，"切要存以大信，示以优恩，抚纳不悛①。一旦见诸讨伐，则"昭示四方，称朝廷吊人伐罪之意"（《论赤头赤心健儿等状》）。平昭义时，"三镇每奏事，德裕引使者戒敕为忠义，指意丁宁，使归各谓其帅道之，故河朔畏威不敢慢"（《新唐书·李德裕

---

① 《全唐文》卷七〇二，《请先降使至党项屯集处状》第7册，第7209页。

传》)。德裕有著名的《讨刘稹制》,开篇即言"定天下者,致风俗于大同,安人生者,齐法度于划一",强调国家制度的一统,故讨刘稹实乃"建十二州之旗鼓,以列降人,削六十年之厉阶,尽归王化"①。当刘稹兵败欲降时,王宰不明事体,答应了其请降要求,德裕却从国体立论,称"只可令王宰失信,岂可损朝廷武威","须令全家面缚"(《论刘稹状》),否则决不饶恕,表明朝廷的绝对权威不容侵犯,以昭义警戒四方,可谓杀一儆百。

德裕对回鹘的总体策略是"欲曲全恩信,告谕丁宁","纵要驱除……常令曲在于彼"(《论回鹘事宜状》),故"不用严辞诮让,而多劝谕之言"②。在对回鹘的一系列文章中,德裕尽显上国风范止仪,曾云"蛮夷之情,不可开纵,若为之报怨,以快其心,则是不贵王臣,取笑戎狄"(《论故循州司马杜元颖状》)。他曾先后"有谕回鹘之命五,慰坚昆之书四"(《太尉卫公会昌一品制集序》),恩威并施,最终使嗢没斯部归降。针对乌介部欲借振武一城居留之事,德裕接连撰三篇《回鹘可汗书(意)》,"温言抚慰,而开谕晓晰,深得布告诸蕃之体"③,最终以弱胜强,成功驱除乌介部。

2. 赞颂中兴,以尊王业

德裕"幼习儒风"(《进真容赞状》),早年在翰林院"禁中书诏,大手笔多诏德裕草之"(《旧唐书·李德裕传》)深谙王者之言,会昌之中兴伟绩实赖德裕之"鸿笔"记之,他曾自谦"以浅陋之词,上述鸿明之德"(《谢恩赐锦彩银器状》),引东汉王充言"古之帝王建德者,须鸿笔之臣褒述纪德"(《进上尊号玉册文状》);"陛下神武雄断,智出无方,震天威以霆声,碎獯戎而瓦解,武功盛烈,高视百王,岂比周穆犬戎之征,荒服不至,汉武马邑之诈,群帅无功,将垂耿光,宜着鸿笔"(《进幽州纪圣功碑文状》)。在德裕的文章中屡发"中兴"之叹,竭尽所能颂扬皇朝的神武器业。如"陛下所以丕承王业,为中兴之君"(《黠戛斯朝贡图传序》),"故能怀异俗之心,盛中兴之业"(《异域归忠传序》),"唐运中兴,天授大君"

---

① 《全唐文》卷六九七,第7册,第7162页。
② (清)徐乾学编:《御制古文渊鉴》(二)卷三九,清康熙内府刻四色套印本。
③ 《全唐文纪事·卷首》康熙语,第30页。

（《仁圣文武至神大孝皇帝真容赞》）等。

会昌元年，德裕撰写阐发宪宗元和中兴的重要文章《请尊宪宗章武孝皇帝为不迁庙状》。状文夹叙夹议，力赞宪宗中兴之功绩，高屋建瓴，气势恢宏，粲然可观。会昌五年，奉武宗之诏命撰《幽州纪圣功碑铭》，文中虽未有直接赞叹，但对武宗的中兴业绩称颂最为有力。清人孙梅称此文"经济大文，英雄本色，自非兼资文武，未易学步邯郸也"[1]。文章本记张仲武之功绩，但不同一般碑铭，没有繁叙其先祖夫人子孙，而是将碑主之功名完全置于武宗中兴之业、灭鹘之功下[2]。文章分碑与铭两部分。碑文开首即言："岂不以诸侯有四夷之功，献其戎捷，《春秋》旧典也；宗周纳肃慎之贡，铭于楛矢，天子令德也。斯可以为元侯表，可以为后世法。"意在为各藩镇树立表率，"尊王攘夷"思想尽显。接着叙述武帝业绩，"当其时也，烽燧迭警，羽书狎至，人心大摇，群师沮气。皇帝以轩后之威神，汉高之大略，光武之雄断，魏祖之机权，合而用之，以定王业，此议臣所以不敢望于清光也"。再论君臣遇合，"天地应而品物生，君臣应而功业成，故龙跃而云从，鹤鸣而子和，方叔伐猃狁，蛮荆来威，安远击车师，西域振服，宜有良将，殿于朔边"。"则知龙颜善将，任人杰而不疑，日角好谋，叹敌国而强意。"复叙回鹘，称臣"百有余年"而叛，乌介可汗"外是柔服，内有桀心"，"上乃赐公玺书，授以方略"，公则"戢以听命，严而有威"，"于是据于莽平，环以武刚，首尾蛇伸，左右翼张。轻骑既合，奇锋横骛，如摧枯株，如搏畜兔，摄耆者弗取，陆梁者皆仆，虏王侯贵人，计以千数。然后尽众服听，悉数系累，谷静山空，靡有孑遗，橐驼驶骡，风泽而散，旃墙𣮄幕，布野毕收，马牛几至于谷量，虏血殆同于川决，径路宝刀，祭天金人，奇货珍器，不可殚论"[3]。详述仲武平定回鹘过程，盛赞其"勖哉上将，光我中兴"，条分缕析，严密周全。叙事与抒情兼容，文笔灿然且明白如话，可谓文质彬彬，与一般铭文徒然堆砌辞藻不同。

---

[1] 《四六丛话》卷一八，《历代文话》本，第 5 册，第 4615 页。

[2] 故前人评曰："《平淮西碑》于诸将相皆称官称名，盖归功主上，自合如此。此文以纪圣为题，而篇中称仲武为公，非体也。岂至此而藩镇之势愈重耶？"〔（明）王志坚编：《四六法海》卷一一，明天启刻本〕

[3] 《全唐文》卷七一一，第 7 册，第 7300—7301 页。

德裕与武宗诚"君臣之分，千载一时"（《旧唐书·李德裕传》史臣语），他曾深感君臣遇合之不易："伏以自古臣得其君，最为难遇，非龙颜英主，良、平无以效其谋，非日角圣姿，寇、邓莫能申其志，则知致理不由于臣力，成功皆系于上心"（《谢恩不许让官表状》），德裕每每感念武宗对之重用，而使其得以实现宏图，故不惜文墨，施展其"大手笔"才华，歌颂武宗。较为集中的润色王业者为两篇《上尊号册文》，分别作于会昌二年和五年。详细地概括了武宗朝前期的文治武功，对于唐王朝的中兴与继续繁盛，寄予了极大的希望与期待，亦是为自己能有所作为感到无比的自豪。综观德裕的这些"大手笔"文字，可以看出，德裕并非虚泛地歌功颂德，而是富于实际内容，立意高远，气度恢宏，显示出强大的精神力量。

二　以汉史为纲，典实"衮衮"

前人每言唐人喜《文选》而宋人嗜《汉书》，李德裕则较为特殊，其家不置《文选》，而精于《西汉书》，作文每以汉史为纲，且文多用典，"衮衮可喜"（《新唐书·李德裕传》），这在唐代文人中独标风范。

《汉书》历来被视作典故库，唐初《汉书》学为显学，清人赵翼对此有过较为详尽地论述：

> 《汉书》之学，隋人已究心，及唐而益以考究为业。颜师古为太子承干注《汉书》，解释详明，承干表上之，太宗命编之秘阁。时人谓杜征南、颜秘书为左丘明、班孟坚忠臣。其叔游秦先撰《汉书决疑》，师古多取其义。此颜注《汉书》，至今奉为准的者也。（《师古传》）房玄龄以其文繁难省，又令敬播撮其要成四十卷。当时《汉书》之学大行。又有刘伯庄撰《汉书音义》二十卷。秦景通与弟暠皆精《汉书》，号大秦君、小秦君。当时治《汉书》者，非其指授，以为无法。又有刘纳言，亦以《汉书》名家。（《敬播传》）姚思廉少受《汉书》学于其父察。（《思廉传》）思廉之孙班，以察所撰《汉书训纂》，多为后之注《汉书》者隐其姓氏，攘为己说，班乃撰《汉书绍训》四十卷，以发明其家学。（《姚璹传》）又顾胤撰《汉书古今集》二十卷。

（《胤传》）李善撰《汉书辨惑》三十卷。（《善传》）王方庆尝就任希古受《史记》《汉书》，希古迁官，方庆仍随之卒业。（《方庆传》）他如郝处俊好读《汉书》，能暗诵。（《处俊传》）裴炎亦好《左氏传》《汉书》。（《炎传》）此又唐人之究心《汉书》，各禀承旧说，不敢以意为穿凿者也。[①]

赵氏言简意明地论述了唐初《汉书》学的发达，称"当时《汉书》之学大行"。所可举者，尚有沈遵《汉书问答》五卷；唐高宗好《汉书》，曾与郝处俊共同撰定《汉书》八十七卷。唐初一些文人学士亦精《汉书》，陆南金之祖陆士季，"从同郡顾野王学《左氏春秋》《司马史》《班氏汉书》"[②]；赵弘智"学通《三礼》《史记》《汉书》"[③]；隋末瓦岗军领袖李密"将《汉书》一帙于角上，一手捉牛鞅，一手翻卷书读之"[④]。初唐"四杰"之一王勃年幼即通《汉书》，"九岁得颜师古注《汉书》读之，作《指瑕》以摘其失"[⑤]。唐代的边将亦喜读《汉书》，如哥舒翰、李光弼、浑瑊、郗士美等，以《汉书》培养性情与气质，史载："（哥舒）翰好读《左氏春秋传》及《汉书》，疏财重气，士多归之。"[⑥] 他皆若此，这是一个非常有趣的现象。

《汉书》学至晚唐似已衰微，德裕熟读史书，是晚唐较为突出的喜读《汉书》而能出将入相的人物，其受《汉书》之影响至深，《汉书》语言的丰赡与雅洁、冷峻与深情、严谨与生动的特点，对于德裕的整体书写风格均有着或隐或显的作用。

表现在制诏奏议上，尤为注意的是德裕文章所引典故以《汉书》最多，盖"以汉喻唐"之意，与其行文注重信实与博洽的目标相符合。他亦能将古典与今典并用，皇帝名臣将相，信手拈来，恰如其分，多以"臣闻""昔……""古人云""古人称"等引出故典，历史与典实交织，

① 《廿二史札记校证》卷二〇，《唐初三〈礼〉〈汉书〉〈文选〉之学》，第441页。
② 《新唐书》卷一九五，《孝友传》第18册，第5583页。
③ 《旧唐书》卷一八八，《孝友传》第15册，第4922页。
④ 《旧唐书》卷五三，《李密传》第7册，第2207页。
⑤ 《新唐书》卷二〇一，《王勃传》第18册，第5739页。
⑥ 《旧唐书》卷一〇四，《哥舒翰传》第10册，第3212页。

或警戒君主，或致书蕃胡，或筹划方略，或纵论人世，影响其文风者则朴质古雅，故前人评其"凡制文章，动行于世，或有不知者，谓为古人焉"①。翻检其现存的 397 篇文章，发现德裕文多用典，但文风并不因此而佶屈聱牙。下面将其典故分作两类进行探讨。

第一，有意识地反复的重现某一类典故。比如为褒扬武宗的中兴绩业，经常会汉宣比武宗。在德裕的文章中，称颂汉宣帝 14 次，主要表彰其在匈奴乖乱时厚抚呼韩单于，使边境安宁六十年的事迹，《仁圣义武章天成功大孝皇帝改名制》称"汉宣帝柔服北夷，宏宣祖业，功德之盛，侔于周宣，御历十年，乃从美称"②，这与武宗德绥回鹘嗢没斯部归降效命，并成功安定乌介部，使西北边患得以解除颇为类似，故反复称述这一典故，如《遣王会等安抚回鹘制》之"昔匈奴乖乱，呼韩款塞，汉宣帝转粟赈救，权时施宜，故得三代称藩，北边罢警。前代令典，可不务乎？"《讨回鹘制》之"昔汉宣帝值匈奴乖乱，推亡固存，呼韩单于携国归命，入朝保塞，汉后所以有拥护之恩"；《论田牟请许党项仇复回鹘嗢没斯部落事状》之"汉宣帝五凤中，匈奴大乱，议者多曰：'匈奴为害日久，可因其坏乱，举兵灭之。'萧望之对曰：'宜遣使吊问，救其灾患。四夷闻之，咸贵中国之仁义。'其后南单于果是臣服，六十年边境无事"等，武宗封赏嗢没斯正与"汉宣帝时，呼韩单于来朝京邑"（《谢宣示嗢没斯等冠带讫图状》）得到封赏类，故德裕以"汉朝呼延邪单于款塞，其下大将乌厉屈、乌厉温敦并来降附，汉宣帝封以列侯"（《赐回鹘可汗书意》）及"汉宣帝厚抚呼韩，代享其利"（《请赐回鹘嗢没斯等物诏状》）比附。汉宣帝乃西汉"中兴之主"，故德裕夸赞武宗之"会昌中兴"时称"暨于汉宣，北夷乖乱，呼韩慕义，郅支远遁，则简策着其美"（《上尊号玉册文》）；"伏惟仁圣文武至神大孝皇帝去邪用相，有大舜之功，柔远固存，臻汉宣之罪"（《让官表》）；《请尊宪宗章武孝皇帝为不迁庙状》更引汉宣帝诏"夙夜惟念孝武皇帝躬履仁义，选明将，讨不服，功德茂盛，不能尽宣，而庙乐未称，其议奏"称"有司奏请尊孝武为世宗庙，奏盛德文始五行之舞，天子

---

① （宋）叶庭珪：《海录碎事》卷十八，明万历二十六年刻本。
② 《全唐文》卷六九七，第 7 册，第 7162 页。

代代献此"，"所谓隆道中兴，与殷高宗、周宣王、汉宣帝侔德矣"①。凡此种种，均表达了德裕对武宗攘除外患，重振国威的赞叹，亦充满了自己"功烈光明，佐武中兴"（《新唐书·李德裕传》）的自豪。

第二，"戡乱以武，守业以文"，"文武之道，各随其时"②。德裕选择恰当的文臣武将之典来提高文章的说服力。会昌年间唐王朝"营垒多虚"，兵力不足③，德裕崇尚以智取胜，以少胜多，故喜用韩信等智帅的典故为文，如以《授王宰兼充河阳行营诸军攻讨使制》之"昔韩信建旗，出井陉之隘，邓艾束马，越阴平之艰，皆立奇功，称为名将"；《赐王宰诏意》之"韩信袭历下之军"；《论刘稹状》之"昔韩信破田荣，李靖擒颉利，皆是纳降之后，潜兵掩袭"；《请问生口取贼计策状》之"远则韩信，近则李靖，皆临列免死，后立殊勋，忽有其人，亦不可料"；反复使用韩信破田荣这一典故，希望王宰如韩信一样出奇策，立奇功，故《授王宰兼充河阳行营诸军攻讨使制》以"昔韩信建旗，出井陉之隘，邓艾束马，越阴平之艰，皆立奇功，称为名将"激励之。德裕的作战思维深具法家思想，主张"始于武功，终致刑措"（《上尊号玉册文》），故对管仲、诸葛亮等法家代表人物亦颇为喜爱。梁启超编《中国六大政治家》时将李德裕与管仲、商鞅、诸葛亮、王安石、张居正相提并论，实为卓见④。

当战火未起或销烟散去之时，德裕能够极力推行改革，革除弊政，他曾有感于汉景帝诛晁错之误，"汉景所以闻邓公之说，恨晁错之诛"（《论故循州司马杜元颖状》），而他本人在讨伐刘稹时遭受停战的非议，几与汉代晁错同一下场。他对汉代贾谊、汲黯等谨遵儒家典制，敢于针对秦朝败俗提出改革的经纬之才、社稷之臣深为欣赏。以贾谊为例，《授李丕汾州刺史制》引贾谊"守圉捍敌之臣，诚死城郭封疆。圣人有金城者，此物此志也"之言，称"若火焚冈而不改其贞，风振野而独标其劲，临危自奋，见义必为"，强调身负守土保疆之使用，具备坚贞不屈的精神，写于长庆二年的《荐处士李源表》亦引用贾谊此典，称"自天宝之后，俗尚浮华，

---

① 《全唐文》卷七〇六，第7册，第7243—7244页。
② 《旧唐书》卷二八，《音乐一》唐太宗语，第4册，第1045页。
③ 参见汤承业《李德裕研究》关于德裕可掌握多少兵力之考证，（台北）学生书局1974年再版，第216—218页。
④ 梁启超主编：《中国六大政治家》，广智书局1910年版。

士罕仗义，人怀苟免，至有弃城郭、委符节者，其身不以为耻，当代不以为非"，缅怀古典，痛恨当代。《论朝廷事体状》引贾谊"人主之尊譬如堂，群臣如陛，众庶如地"之语，指出"故陛九级，上廉远地则堂高，陛无级，廉近地则堂卑，亦由将相重则君尊，其势然也"的道理。

三　征引"故事"，"援古为质"

与以上两点联系在一起的是，德裕善于征引"故事"，以古治今，史称其"援古为质"（《新唐书·李德裕传》），此乃德裕谋议的显著特点。

这里首先需要特别辨明的是，德裕文章中的"故事"意义有所不同，可以分作三类。第一，乃用"故事"之原意，指旧事、事迹，如《唐故左神策军护军中尉兼左街功德使知内侍省事刘公神道碑铭》之"公学富邱坟，智参神化，叶机赞命，发挥王猷，故事蔼然，内廷繄赖"[1]；《唐故开府仪同三司行右领军卫上将军致仕上柱国扶风马公神道碑铭》之"以某知公故事，见托斯文，刻石路隅，庶纪佳绩，俾后代知天子闻鼓鼙而忆名将，鉴丹青而思老臣"[2]；《祭唐叔文》之"余元和中掌记戎幕，时因晋祠止雨，太保高平公命余为此文，尝对诸从事称赏，以为征唐叔故事迨无遗漏"[3]；《剑池赋》之"虽人亡剑去，而故事可悲"[4]。

第二，《会昌一品集》"厘革故事"卷中的"故事"，则是指当朝或先朝的制度弊端，"厘革"乃改革之意，德裕意在革除旧弊，恢复古制。

第三，指先例或旧日好的典章制度。《汉书·刘向传》："宣帝循武帝故事，招名儒俊材置左右。"[5]这一类"故事"在德裕中表现得非常突出，又可分为以下四类。

汉代故事，如《请赐泽潞四面节度使状》之"臣等谨录汉朝故事如前，望付翰林录示元逵、彦佐、刘沔、茂元、宏敬及义逸、行周等，诏令准此处分"[6]；《论田群状》之"伏见后汉时，河间尹入、颍川人史玉，皆

---

① 《全唐文》卷七一一，第 7 册，第 7295 页。
② 同上书，第 7299 页。
③ 同上书，第 7303 页。
④ 《全唐文》卷六九七，第 7 册，第 7155 页。
⑤ （汉）班固：《汉书》卷三六，第 7 册，中华书局 1962 年版，第 1928 页。
⑥ 《全唐文》卷七〇一，第 7 册，第 7200 页。

坐杀人当死，尹次兄初、史玉母浑，皆诣官曹求代其命，因缢而物故，汉帝哀之，并赦其死。既有故事，敢不密陈"①；《请立昭武庙状》之"西汉故事，祖宗尝所行幸，皆令郡国立庙"②；《武宗改名告天地文》之"今则循汉宣之故事，禀皇祖之贻谋，采用离明，以符一德"③；《让官表》之"复韦贤之故事"④；《谢恩不许让官表状》之"今日行深、绍宗奉宣圣旨，'卿太尉官，自朕意与，不是他门侥求而得，不要更引故事辞让'者"⑤；《议礼法等大事状》之"须先据经义，其次取正史策故事，不得自为意见，言涉浮华"；《赐回鹘可汗书意》之"况前代以来，尽有故事：汉朝呼延邪单于款塞，其下大将乌厉屈、乌厉温敦并来降附，汉宣帝封以列侯；又国初颉利可汗之破败也，降者甚众，酋豪首领，至朝廷皆拜将军，仅百余人，无不抚纳"⑥；《幽州纪圣功碑铭》之"或邀我甲兵，复其故地，外虽柔服，内有桀心，因行人致辞，征呼韩故事，愿居光禄塞，急保受降城"⑦。

国朝故事⑧，如《驸马不许至要官私第状》之"臣伏见国朝故事，驸马缘是亲密，并不合与朝廷要官往来"⑨；《论时政记等状》之"长寿二年，宰臣姚崇以为帝王谟训，不可阙于纪述，史官疏远，无因得书，请自今以后，所论军国政要，宰臣一人撰录，号为《时政记》。厥后因循，多阙纪述。臣等商量，向后坐日，每闻圣言，如有虑及生灵，事关兴替，可昭示百代，贻谋后昆者，及宰臣献替谋猷，有益风教，并请依国朝故事，其日知印宰臣撰录，联署名封印，至岁末送史馆"⑩；《请复中书舍人故事状》之"伏见天宝以前中书舍人六员，除机密迁授之外，其他政事，皆得商量。宰臣姚崇奏云：'事有是非，理均与夺，人心既异，所见或殊，抑

① 《全唐文》卷七○二，第 7 册，第 7210—7211 页。

② 《全唐文》卷七○六，第 7 册，第 7245 页。

③ 《全唐文》卷七一一，第 7 册，第 7302 页。

④ 《全唐文》卷七○○，第 7 册，第 7194 页。

⑤ 《全唐文》卷七○四，第 7 册，第 7130 页。

⑥ 《全唐文》卷六九九，第 7 册，第 7182 页。

⑦ 《全唐文》卷七一一，第 7 册，第 7301 页。

⑧ 按：《旧唐书·李德裕传》德裕回答武宗讨伐刘稹能否成功时，亦引用"故事"："自艰难已来，列圣皆许三镇嗣袭，已成故事。"亦可算作此类。

⑨ 《全唐文》卷七○五，第 7 册，第 7240 页。

⑩ 《全唐文》卷七○六，第 7 册，第 7248 页。

使雷同，情有不尽。臣既是官长，望于状后略言事理优劣，奏闻进止。'自艰难以来，务从权便。政颇去于台阁，事多系于军期，决遣万机，专在宰弼。伏以陛下神武功成，昧旦思理，精核庶政，在广询谋。《诗》云：'不愆不忘，率由旧章。'前汉魏相，好观故事，以为古今异制，方今务在奉行故事而已，数条汉兴以来国家便宜行事，奏请施行。臣等商量，今日以后，除机密及诸镇奏请戎事、有司支遣钱粮等外，其他台阁常务，关于沿革，州县奏请，系于典章，及刑狱等，并令中书舍人依故事商量，臣等详其可否，当别奏闻"①；《请改单于大都护状》之"臣等谨详国史，武德平突厥后，于振武置云州都督，麟德三年改为单于大都督，圣历元年改为安北都护，开元八年复为单于都护。其安北都护本在天德，自贞观二十一年以来，移在甘州，迁徙不定。今单于都护望改为安北都护，如此制置，稍存故事，未审可否"②。

开元故事③，如《进瑞橘赋状》之"伏见元宗朝种柑结实，宣付史馆，祖宗故事，敢不奏闻"④；《谢恩加特进阶改封卫国公状》之"伏以支庶嗣侯，虽存故事，玄成以兄有谴，乃绍扶阳之封，耿霸以父属爱，遂继牟平之爵，开元中苏颋特封许国公，亦无袭字，然地居嫡长，受则无嫌"⑤；《宰相再议添徽号状》之"今者陛下蹈轩后之灵踪，修开元之故事，进道不遗于尺璧，澄必已得于元珠，圣寿必过于殷宗，景化方跻于汉代"⑥。

自立故事，如《赐黠戛斯书》之"令彼国明知册命之礼，并依回鹘故事"⑦；《进所撰黠戛斯书状》之"缘册命时须令其称蕃事，须云册命之

①　《全唐文》卷七〇六，第 7 册，第 7249—7250 页。

②　《全唐文》卷七〇五，第 7 册，第 7240 页。

③　按：状中征引"开元格"者亦可算作此类，《请准兵部依开元二年军功格置跳荡及第一第二功状》四次引用"开元格"（《全唐文》卷七〇二，第 7 册，第 7206—7207 页）。关于"开元格"的研究，可参见日本学者中村裕一《唐代公文书研究》第七章《唐格に关する文书の考察——〈通典〉刑法典所载の"开元格"を中心に》中的前四节。（汲古书院 1991 年版，第 432—461 页）

④　《全唐文》卷七〇三，第 7 册，第 7217 页。

⑤　《全唐文》卷七〇四，第 7 册，第 7230 页。

⑥　《全唐文》卷七〇六，第 7 册，第 7244 页。

⑦　《全唐文》卷七〇〇，第 7 册，第 7188 页。

礼，依回鹘故事"①；《张仲武寄回鹘生口驼马状》之"臣等旧读《实录》不至遗忘，伏思累圣以来，未有此例。谨按《左传》：'诸侯不相遗俘。'昔鲁受齐俘，见讥左氏。诸侯尚为非礼，况在台臣？臣等忝备钧衡，须谨绳墨，若苟受私遗，不守旧章，则何以上戴圣君，仪刑百辟？伏望圣恩尽许却还，从此便为故事，仍望许臣与一书报答，令其深谕国体"②。

综观德裕文章中的"故事"，是一种颇为有意识的创作行为，可以得出几点认识。

首先"厘革故事"与德裕文章中直接引用之"故事"在概念上有点模糊与对立，"厘革"之"故事"，"故事"乃为当朝制度中的弊端，而德裕直接引用之"故事"又恰是其所信奉遵从的旧制旧典，德裕似乎是在用前代或前朝的"好""故事"革除当代的"坏""故事"。

其次，这些"故事"反映出德裕主政会昌时，特别重视前代或先朝的典章制度，强调"式遵令典"（《仁圣文武章天成功大孝皇帝改名制》），"既遵旧典，尤惬众情"（《宣懿皇后祔陵庙状》），遵行古礼古制，"以申严敬"，"以修坠礼"，这表现在他对前代皇家礼法的恢复与尊崇，希冀"汉魏之风，复行今日"（《议礼法等大事状》），"臣子之道，因此正名"（《论公主上表状》），"不违礼意，感悦人心"（《奉宣今日以后百官不得于京城置庙状》）。对不合古制礼法者，坚决予以改革，以提高皇室威信，恢复大唐昔日之盛世。《会昌一品集》专门有《厘革故事》一卷③，便是这一思想的产物。

再次，德裕治国有一种复古思想，旨在以古治今，故他的文章中常常会出现"西汉故事""汉朝故事""开元之故事""国朝故事""呼韩故事""回鹘故事"等，体现了德裕的为政之道。其中，尤为推崇汉代故事和开元故事，以古喻今，以前朝喻当代，以汉喻唐。他曾说："暨汉之文景，尊奉黄老，理致刑措，时称大康。开元中，元宗经始清宫，追尊元祖，阐绎道要，遂臻治平，六合晏然，四十余年。"（《宰相再议添徽号状》）武宗

---

① 《全唐文》卷七〇六，第 7 册，第 7250 页。
② 《全唐文》卷七〇四，第 7 册，第 7223 页。
③ 《会昌一品制集》文集卷第十一：《请增谏议大夫等品秩状》《论时政记等状》《论九宫贵神坛状》《论九宫贵神合是大祠状》《论冬至岁朝贺状》《请复中书舍人故事状》《议礼法等大事》《请改单于大都护状》《公主上表》等 9 篇。

极奉道教，在征讨回鹘、昭义之后，德裕力求追摹盛世故事，以求中兴之治。

复次，从"故事"中可以反映德裕的为相艺术与鉴戒艺术。德裕以"故事"告诫前方将领，以"故事"封赏大臣，以"故事"治戎狄，以"故事"明礼法，其为相之道并非独谋专断，既有章可循，又注意众议，"广谘诹以定国"①，有些"故事"乃引以为鉴戒，鉴察往事，警戒将来。

最后，还应注意到，德裕提出以"故事"为政，又不限于"故事"二字，但有些虽不以"故事"为名，然亦是"故事"，如《驱逐回鹘事宜状》"伏以自两汉每四夷有事，必令公卿集议，盖以国之大事，最在戎机"②；《代高平公进书画状》"伏以前代帝王，多求遗逸，朝观夕览，取鉴于斯"③，等等。

第三节　李德裕制诏奏议之风貌

一　气象雄毅，"英雄本色"

德裕本人"卓荦有大节"，主政仅五年有余，则内讨叛藩，外平戎狄，立下盖世奇功，其为人处乱不惊，气概非凡，"元和后数用兵，宰相不休沐，或继火乃得罢。德裕在位，虽遽书警奏，皆从容裁决，率午漏下还第，休沐辄如令，沛然若无事之时"（《新唐书·李德裕传》）。当泽潞叛平的捷报传来时，神色自若，"万里来袁尚之头颅，二冢葬蚩尤之肩髀；欢声虽震于朝市，喜气不见于形容"（《太尉卫公会昌一品制集序》）。这种气质表现在文风上则"气象雄毅，见事明审"，"钟镗球鼎，震曜耳目，非于喁细响所可及也"④，此正所谓文如其人。

自古英雄多寂寥，德裕"性孤峭"，"以器业自负，特达不群"，铸就了其坚毅的品质。会昌讨胡平叛的成功，更多的是德裕个人的自信、果决、坚毅、智谋等因素起了作用，而"所草诸敕，皆深略玮文，洞见

---

① 《全唐文纪事·卷首》康熙语，第31页。
② 《全唐文》卷七○五，第7册，第7235页。
③ 同上书，第7240页。
④ 《御制古文渊鉴》（二）卷四○末之按语。

万里，直是相业所系，非徒以词命见推"①，盖德裕并非只是一介儒生词手，其运筹帷幄的攻心、速战等战略战术显示了一代大政治家之才略，而其气势恢宏的制诏书则充分展示了其超凡的英雄气概与胆识毅力。

试以平定昭义为例加以申述。"泽潞五州，据山东要害，河北连结，惟此制之。磁洺邢三州，入其腹内，国纪所在，实系安危。"②德裕亦知"上党居天下之脊，当河朔之喉"（《太尉卫公会昌一品制集序》引），泽潞刘稹在乃叔刘从谏故后，希图获得与河北三镇一样的半独立状态，便公开与朝廷对立。德裕态度明确，坚决主张予以讨伐。初议兵时，绝大多数朝臣均表示反对，史载"朝官上疏相继，请依从谏例许之继袭，而宰臣四人，亦有以出师非便者。德裕奏曰：'如师出无功，臣请自当罪戾，请不累李绅、让夷等。'"（《旧唐书·李德裕传》）连友人李绅、李让夷两位宰相亦在反对者的行列中。当时"中外交章固争，皆曰：'悟功高，不可绝其嗣。又从谏畜兵万，粟支十年，未可以破也。'它宰相亦婑婉趋和，德裕独曰：'诸葛亮言曹操善为兵，犹五攻昌霸，三越濞，况其下哉。然赢缩胜负，兵家之常，惟陛下圣策先定，不以小利钝为浮议所摇，则有功矣。有如不利，臣请以死塞责！'"（《新唐书·李德裕传》）太原杨弁叛乱，时"稹未下，朝廷益为忧。议者颇言兵皆可罢"，讨伐随时可能前功尽弃，德裕则独排众议，坚决继续讨伐，奏称"弁贼伍，不可赦。如力不足，请舍稹而诛弁"，后人有评曰："时昭义之乱未平而太原之变复起，非卫公之深识毅力百折不挠，则两盗合而大局不可问矣。"③

德裕将之雄毅气韵贯之于文章中，且能因人制辞，尽显英雄本色。对于反叛主脑刘稹，他曾多次以严词痛斥魁首之罪孽，每称其"罪恶贯盈，言词甚悖"（《赐王宰诏意》）；"为子为臣，忠孝并弃，居丧求袭，阻命专权，数遣乱军，侵轶邻境。……悖言肆口，逆节滔天"（《代李石与刘稹书》）；"刘稹父子无功，皆负重衅，既不诣尚书面缚，又不遣家属祈哀，置章表于衢路之间，望朝廷降非常之泽，悖慢无礼，前古未闻"（《宰相与

---

① 《御制古文渊鉴》（二）卷三九，评《讨刘稹制》语。
② 《全唐文》卷六四六，李绛：《论泽潞事宜状》第 7 册，第 6537 页。
③ （清）李岳瑞：《李卫公》，《中国六大政治家》第四编，第 69 页。

王宰书》），义正词严，气势如虹。特别是《讨刘稹制》一文，"特凛冽，有风霜之色"①，开首即云："定天下者，致风俗于大同；安生人者，齐法度于画一。虽晋之栾赵，家有旧勋，汉之韩黥，身为佐命，至于干纪乱律，罔不枭夷，禁暴除残，古今大义。"历述刘悟、刘从谏之悖逆，刘悟已然"招致死士，固护一方，逮于末年，已亏臣节"，刘从谏更甚，"生禀戾气，幼习乱风，因跋扈之资，以专封壤，恃纪纲之律，以袭兵符，暂展执圭之仪，终无上绶之请。……诱受亡命，妄作妖言，中伺朝廷，潜图左道。接坏戎帅，屡奏阴谋"。先后举栾赵、韩黥、魏豹、公孙述等数典比附，称其狂妄犯上之举，已赫然昭彰，"顾苕卵之可矜，岂泉鱼之自察？暨乎沉痼，曾靡哀鸣，犹驻将尽之魂，恣行邪僻之志，罔惑旧校，树立狡童。中使挟医，莫睹其朝服；近臣衔命，不入于垒门"，"逆节甚明，人神共弃"②。读此文人人皆欲杀刘稹而后快，能无胜乎？故康熙皇帝曾批注此文曰："似此辞义严明，所谓制胜于庙堂也。"③

对刘氏叛乱的主要参与者亦斥之以"久怀怨望，得肆阴谋，或妄设妖言，成其逆志，或伪草章表，饰以悖词，既无礼于君亲，曾不愧于天地"，"夫为善者天报以福，为恶者天报以殃"（《诛张谷等告示中外敕》），故对其绝不容情，"理髋髀者不可以芒刃，图蔓草者必绝乎本根，故前代陈甲兵以正其刑，伐钟鼓以声其罪，爰用重典，庶清乱邦"（《诛郭谊等敕》）。

对太原杨弁的叛乱深为不屑，绝不姑息，"杨弁起于卒伍，获在偏裨，方属徂征，敢为桀逆，追逐戎帅，啸聚叛徒。朕姑务苟安，未加显戮，舍其悖乱，令赴行营。遂驻南辕之轩，已盗北门之管，战备符玺，并而窃之，启石会重关，潜输逆积，释贾群缧绁，俾远奸谋，惑榆社之义心，召横水之同恶，蛊毒近发于怀袖，蚁坏几漏于江河。康政等被粉邑之遗风，习华墟之有礼，遽亡臣节，仍助凶威，抚弦登陴，曾不兴叹，以卵投石，自取灭亡。虽禁暴除残，国之大典，然俾其陷辟，终用愧怀"④。这是典

---

① 《御制古文渊鉴》（二）卷三九。

② 《全唐文》卷六九七，第 7 册，第 7162—7163 页。

③ 《全唐文纪事·卷首》康熙语，第 30 页。

④ 《全唐文》卷六九九，《处置杨弁敕》第 7 册，第 7180 页。

型的骈文句法，以气使文，酣畅淋漓。

对于敌我双方的将士则每每"激励将士，在感以大义"①，所写文书既令敌人叛将胆寒，前方将士亦为之感服，不愧为"大手笔"做法。对泽潞三军将士则谴责中有劝服，运用心理战瓦解其斗志。《代彦佐与泽潞三军书》云："自天宝以后，兵起山东，惟泽潞一军，不亏臣节。……六十年间，忠名尚在。""奈何拒君亲之命，从逆乱之谋？"称述其对国家曾有的功绩，"破朱滔之功未朽，擒从史之效又彰，诚动上元，忠贯白日，一军盛美，可不惜哉！"故劝将属"岂可舍累代之美名，忘近岁之深耻，将性命家族，以徇骏童，生为不忠之人，死为不臣之鬼？""岂得临难因循，为人受祸？"同样，在《代宏敬与泽潞军将书》中亦称叛乱"既亏子道，深累国章，远近闻知，无不骇听"，"自是公等行诡谲之计，诬罔朝廷，凡所施为，事多矫诈。在朝廷须知事实，焉得不一一追问？"在《代卢钧与昭义大将书》云"况昭义艰难之后，常保忠名，兴元之初，又着勋力"，"穆宗以刘稹祖宗，乘机变归款，朝廷委以节义之军，授以腹心之寄。岂谓移淄青旧染之俗，污上党为善之人，日往月来，群情如醉。今王师问罪，将及岁期，悯彼一方，迷而不返，皆以奉刘稹为义，实所懵然。且封壤城池，莫非王土，军人黎庶，岂非王臣？"末以古典晓之利害，"昔晋侯重耳曰，君父之命不校，校者吾雠，公等岂无诚心，见此事理？"德裕善以反问句式，且说以"成败利害"，有理有据，令人信服，气势夺人心魄。

对王宰、石雄、李石等前方一线将领，"词锋精整，足以壮鼓旗而新壁垒"②，同时保持绝对的领袖权威，要求属下坚决贯彻其旨意，"词不过严，而意甚英决"③。当刘稹兵败伪降以求暂缓之时，德裕识破敌情，屡发文书告诫前方，主张一鼓而平泽潞，如《代李石与刘稹书》之"如拟先求解兵，次望洗雪，则此暂延旬月之命，以偷顷刻之安，苟怀是心，谁敢保信？……至于事迫计穷，潜输密款，伪词变诈，无不备谙，今欲行之，必恐非计"。《赐李石诏意》之"比者河朔诸镇，惟淄青变诈最

---

① 《御制古文渊鉴》（二）卷三九，评《又赐王宰诏意》语。
② 《全唐文纪事·卷首》康熙评《赐石雄诏意》语，第 30 页。
③ 同上书，第 31 页。

多，刘悟随来旧将，皆习见此事，察其情伪，深要精详"。"城孤援绝，情计已穷，所以密将款词，归命上相，恐是偷安旬月，溃缓王师，稍得自完，复来侵轶。况馈运日有所费，春作渐已及时，劳我师徒，恐非至计。卿与其要约，令面缚来降，卿即驰至界首，亲自受纳。苟不如此，且须进军。必不得因此迁延，令其得计。"① 《赐王宰诏意》之"迩来颇自知惧，方献伪词"，"然天夺其心，鬼迷其志，宋人已病，不告析骸之情，朱鲔乞降，曾无面缚之效。"引星占之术，证其"网罗不善之人"，末以"韩信袭历下之军，李靖剪阴山之寇，皆因敌心懈弛，故得机讨不遗"激励之早立奇功。

后人评德裕《幽州纪圣功碑铭》一文"经济大文，英雄本色"②。此言非虚，用之以形容德裕整个《会昌一品制集》，同样适用。德裕以当朝鸿笔，坐镇后方，秉笔撰文，从容裁决，这些制诏奏议无异于千军万马，最大限度地发挥了文以致用的功效，诚如其《文章论》所云"气不可以不贯，不贯则虽有英词丽藻，如编珠缀玉，不得为全璞之宝矣"。"鼓气以势壮为美"③，德裕为文与其为相的非凡气度互为表里，宏大的气势贯穿文章，读之使人心血沸腾，震曜耳目，故后世有识者称其"雄奇骏伟，与陆宣公（贽）上下"④。

二　"简严中能尽事理"

在讨平回鹘与伐叛泽潞的战争中需要简单、快速、准确地布置方略或应变举措，文章一方面不能过于冗长枝蔓，故观德裕会昌制诏奏议一般都三五百字，一事一议，约略形成一文一事制度，并影响到宋以后公文。在南宋时奏议公文形成法律条文："奏陈公事，皆直述事状。若名件不同应分送所属而非一宗一事者，不得同为一状。"⑤ 会昌五年为政处理政务之外自行撰写文书诏令奏状数百篇，可见其出手之快。简洁之外还需要严

---

① 《全唐文》卷六九九，第 7 册，第 7176 页。

② 《四六丛话》卷一八，《历代文话》本，第 4615 页。

③ 《全唐文》卷七○九，第 7 册，第 7280 页。

④ （清）王士禛：《池北偶谈》卷一七，清康熙三十九年刻本。

⑤ （宋）谢深甫编撰，戴建国点校：《庆元条法事类》卷一六《文书门》，杨一凡、田涛主编：《中国珍稀法律典籍续编》第 1 册，黑龙江人民出版社 2002 年版，第 344 页。

谨，言简意赅，"切应事机"，故武宗称"学士不能尽人意，须卿自为之"①，普通学士确实难以应对这种紧张复杂的政治局面，唯有才气、学识、气度、威仪俱佳的"大手笔"德裕才堪其重任，前人称其文"简严中能尽事理"②，所言非虚。

德裕长于以简洁的语言概括事件的终始，在处置刘稹、杨弁、回鹘嗢没斯部、乌介部、纥扢斯可汗、吐蕃悉恒谋等错综复杂的事宜中，均显示出了较强的叙述概括能力。如《赐回鹘嗢没斯等诏书》云：

> 彼蕃自忠义毗伽可汗以来，代为亲邻，连降爱主，恩礼特异，古今莫及。昨遣嗣泽王溶吊册先可汗回，始闻卿国中丧乱，诸部乖离。救患恤邻，岂忘令典，方图镇抚，以命使臣。今又知坚昆等五族，深入凌虐，可汗被害，公主及新可汗抚越他所，未归城邑，特勒等力不能制，思存远图，相率遁逃，万里归命。又知欲奉公主朝觐，忠谋不从，已逾大漠之南，同款五原之塞，发此单使，布其赤心。言念艰危，恻然轸叹，料卿等皆英苗贵族，羁寓沙场，怀土之情，如何可处？岂非欲讨除外寇，匡复本蕃，抱此至忠，托于大援？但缘未知指的，难便听从。又虑边境守臣，见卿忽至，或怀疑阻，不副朕心，故遣鸿胪卿张贾驰往安抚。③

叙述井然有序，条理清晰，细心真诚，顾虑周全。

"文以载事，文以著言，则文贵其简也。文简而理周，斯得其简也。"④ 前人评德裕文"揣摩悬断，曲中利害"⑤，可谓一针见血。如《代符澈与幽州大将书意》云："比闻海内之论，幽州师有纪律，人怀义心，河朔诸军，以为模楷，今之所睹，异于是矣。""取舍之间，苍黄骤变。且举棋不定，《春秋》所讥，远近闻之，莫不嗤笑。旬月之内，移易三人，

---

① 《资治通鉴》卷二四七："自回鹘至塞上及黠戛斯入贡，每有诏敕，上多命德裕草之。德裕请委翰林学士，上曰：'学士不能尽人意，须卿自为之。'"（第 17 册，第 7976 页）
② 《全唐文纪事·卷首》康熙语，第 30 页。
③ 《全唐文》卷六九八，第 7 册，第 7171—7172 页。
④ （宋）陈骙：《文则·甲》，香港中华书局 1977 年版，第 6 页。
⑤ （明）王世贞：《弇州四部稿》卷一一二，明万历刻本。

不可谓师有纪律矣；不俟朝旨，专自树置，不可谓人怀义心矣。"① 一语道破其屡换主帅，自立而不得人心，语词锋利，切中要害。《代刘沔与回鹘宰相颉于伽思书》云："回鹘立国立家，莫非唐德。"根据来书——予以反驳，"来书又云：'蕃人易动难安，加忿怒后，不可制得。'只如回鹘为纥扢斯所困，岂可一日暂忘，举国将相遗骸，弃于草莽，累代可汗坟墓，隔在天涯，固宜闻血枕戈，尝胆思报，大雪冤耻，告谢幽魂。回鹘忿怒之心，合施于彼。而欲灭弃仁义，逞志中华，天地神祇，岂容此事？"言辞激烈强硬，陈以利害，"今弊邑恃回鹘之信，不惮回鹘之怒。若外与中国结怨，内为纥扢斯所排，迁集鸟徙，流离蓬转，以沔揣度，终难取济"。"今相公以伟才宏略，匡弼可汗，既无秩訾之明，谨于事大，又无驹支之辨，自达其诚，而欲绝累代之欢，兴二国之祸，偶虽释憾，何以戴天？又古人云：'失之东隅，收之桑榆。'倘自改悔，实未为晚。"② 《论昭义三军请刘稹勾当军务状》云："伏以元和中李师道自擅一方，久为桀逆。及王师压境，天网四陈，刘悟颇识转祸之机，乃有纳忠之效。朝廷奖其归命，宠遇优渥，待以信臣，委之雄镇。从谏因父殁，自总兵权，属宝历中政务因循，事归苟且，与其符节，以紊国章。然犹恭守诏条，咨诹善道，亦修觐礼，一至阙庭，骤陟台阶，实非公议。爰自近岁，颇聚申兵，招致亡命之徒，遂成逋逃之薮，怵于邪说，自谓雄豪。及寝疾弥留，罔思臣节，又令纪纲旧校，诱动军情，树置骄童，再图兵柄。"③ 概述刘稹家世及反叛过程，简明扼要，切中要害。

德裕每每在叙事之中兼以议论，如《赐缘边诸镇密诏意》云：

近者寇孽初平，海内无事，方欲永櫜弓矢，保乂生人，国远开边，诚非朕志。然盛衰倚伏，皆有其时，古人云：'圣人无巧，时变是守。'盖惜其时也。昔汉武帝命将出师，轻赍深入，耗中国三十余年，竟不得臣伏匈奴，荡定沙漠，此未得其时也。至宣帝值匈奴百年之运，因坏乱危亡之机，单于稽首，三代称藩，锋燧不设，边城晏

① 《全唐文》卷七〇七，第 7 册，第 7253—7254 页。
② 同上书，第 7253 页。
③ 《全唐文》卷七〇一，第 7 册，第 7199 页。

开，此遭遇其时也。近则回鹘常以兵助中国，有戡难之功，朝廷累降
姻亲，岁致缯絮，因我为缘，振服诸蕃，百有余年，最为强盛。及本
国衰乱，种落流离，景附北边，犹为杰骜。因其入塞，暂举偏师，遂
大破穹庐，却收公主，归降甚众，枭戮至多，一国销亡，易于拉朽，
岂非得其时也！

这是会昌五年二月撰写的应对吐蕃方略的一篇诏意，文中简笔描述了当时
国内的情形，讨胡与平叛的战火硝烟刚刚逝去，一切百废待兴，实不应再
挑起战端，"永橐弓矢，保乂生人，国远开边，诚非朕志"16 字扼要地表
明国家的基本边境策略，并举古典与今典为戒，说明时与不时的道理：汉
武未得时而开边导致国力巨损，汉宣则遇其时不费吹灰之力使呼韩归降，
回鹘由强转弱之何其迅速，乃"得其时"矣。在此基础上，表明了朝廷目
前对吐蕃的方针："多设反间，密用奇谋，使自归心，岂劳兵力，欢衅而
动，取若拾遗。此兵法所谓不战而屈人之兵，善之善也。"可谓深得用兵
御敌之道，并且能晓之以理："今当其破灭之势，正是倚伏之期"，"以直
报怨，非是不守和盟"，故"制置之间，尤须密静"①。既守盟约，不贪图
小利，落井下石，又以静制动，"务修实效"，夹叙夹议，有理有利，充分
显示了其对边境形势的估计与判断能力。

　　这里再谈一下德裕文集中大量的状体奏议。奏议，即大臣向皇帝陈述
己见的文字。《说文》云："奏，进也。"《论衡·对作》云："上书谓之
奏。"它的来源很早，《尚书》中的《伊训》《无逸》等即属于此类。姚鼐
《古文辞类纂·序》云："奏议类者，盖唐虞三代圣贤陈说其君之辞，《尚
书》具之矣。"其文体特点是"谊忠而辞美"，针对具体政事而发，具有较
强的论辩性。这类文字在古代公文中比重颇大，并名目繁多，以《文选》
为例，有表、上书、启、弹事、笺、奏记六类，选文共 39 篇。《文心雕
龙》中的《章表》《奏启》《议对》阐述了这类上行公文的基本特点。"唐
制近臣上书言事用表，亦用状。表辞多文，状辞多质。……盖以表之与
状，为体不同。……状之为体，盖纯乎官文书也。"② 德裕状体文 157 篇，

①　《全唐文》卷六九九，第 7 册，第 7178—7179 页。
②　许同莘著，王毓、孔德兴校点：《公牍学史》，档案出版社 1989 年版，第 87—88 页。

占其文章总数的八分之三强，均短小精悍，简洁实用。这些状体文又可分为赐状、论状、表状等，均以"右"起首，状后一般以"未审可否"结尾，有较强的模式化，可以看出一些形式特征。

第一，保密性密状。德裕曾言"事贵神速，须务至密"（《任畹李丕与臣状共三道》），故在其状文中可以看到有类状文乃"留中不出"的密状。这表明武宗之独任，亦是德裕取胜之法宝。"留中不出"指皇帝把臣下的奏章留在宫禁中，不交议也不批答。《史记·三王世家》云："四月癸未，奏未央宫，留中不下。"① 这是目前史料所见最早以密状形式上疏者。由于这种留中不出的做法缺乏公开公正性，唐人已意识到他的弊端。唐武宗在《厘革请留中不出状诏》中云："宜起今后，应有朝官及上封事人进章表论人罪恶，并须证验明白。状中仍言请付御史台按问，不得更云请留中不出。"② 元稹《戒励风俗德音》认为"留中不出之请，盖发其阴私，公论不容之词，实生于朋党"，指出它容易引发朋党之争，建议罢去。但元稹的《同州刺史谢上表》末又云："臣此表并臣手疏，并请留中不出。"③反对之，又用之。而武宗欲厘革此弊的诏书中又云"如军国要机事关密切者，不在此例"。这种不宜公开的密状密旨历朝历代均有，乃是封建君主与臣子私密沟通的重要渠道。《会昌一品集》卷第十七《密状》载：《论游幸状》《论讨袭回鹘事宜状》《论幽州事宜状》《论田群状》《论刘稹状》《论镇州奏事官高迪陈意见二事状》《第二状》《进任畹李丕与臣状共三道状》《续得高文端贼中事宜四状》《天井冀氏事宜状》《论回鹘事宜状》《进振武节度使李忠顺与臣状一道状》《论潞府事宜状》《论昭义军事宜状》等，乃至一些诏文亦似密诏，如《赐刘沔诏意》德裕对刘沔的临行叮咛之语："缘卿二年在外，城府久虚，今残虏未平，南北皆有戎事，欲今卿却归本镇，应接两隅。""卿宜审自筹度，归本镇后，在朝及侧近武臣，谁人堪付行营兵事，宜密状俱一两人进来。如卿离行营后，兵力事势，深入未得，亦须审具事实闻奏，不要隐情。今取决于卿，切在审详。"再如《请诸道进军状》云："戎事尚密，所降中使，望计行程，令取事前两日到行

---

① （汉）司马迁：《史记》卷六〇，第 7 册，中华书局 1960 年版，第 2109 页。
② 《全唐文》卷七六，第 1 册，第 803—804 页。
③ 《全唐文》卷六五〇，第 7 册，第 6591、6597 页。

营即待。又恐贼中困蹙，即自有变，望密诏王宰、石雄、义忠等，闻彼有变，便须星夜兼进，先差专使与彼大将书，具云：初经变革，须得王师应接，以安人心，兵马并不入潞州，只在三数十里内下营，并不惊扰村间，即当秋毫不犯，直须待立功军出潞州，新节度使入后，处置大段公事了，方得抽军。其元逵、宏敬，缘隔山东，又恐漏泄此意，并望不赐诏示。"①反映出其处事机密，保密性强，小心谨慎，计划周全。

第二，通过访问或向前方归来者了解敌情战况，探知前方具体消息，据以作出判断。德裕曾访问王逢、李丕、任畹、高文端，细问雄武、高迪、徐乃文、邱宏、孙方造等，虽不能亲临前线，但努力通过此种方式了解战况敌情，进而拟出战略部署。如《论彦佐刘沔下诸道各军状》云："访闻诸道各军，皆自有都头，常相顾望，不肯效命。"此为安史之乱时之弊端，故抓住这一要害，使前方各路人马统一指挥，最终取得胜利。

第三，"以前"与"以前件"。以前：《潞磁等四州县令录事参军状》："以前并是积久之弊，且要改张。所冀刺史得主兵权，免受牵制。官人皆由选择，可委缉绥，既无军头干侵，自然得施教化。臣等商量如前，未审可否？"《论游幸状》："以前，臣伏蒙陛下自远镇授之钧衡，若畏避不言，实负恩德。不敢对诸宰臣论奏，谨具密状以闻，不任惶惧迫切之至。"《论仪凤以后大臣褒赠状》："以前，臣等伏见元和以来，褚遂良、狄仁杰、张柬之等子孙，累有恩制授，惟此数家，未蒙甄录。望各访求子孙承嫡者，特授一官。如先未有谥者，各令有司定谥；如无子孙，特与追赠。所贵百代之下，再振清风，海内忠良，无不感厉。未审可否？"以前谨具如前：《公卿集议须便施行其中有未尽处须更令分析闻奏谨具一一如后状》："以前谨具如前。昨所降敕旨云：'且须切应事机，不得更为虚论。'今详议状，并未切事机。臣等商量，望令牛僧孺与夷行同议，仔细分析，两日内闻奏。未审可否？"《续得高文端贼中事宜四状》："以前谨具如前。昨日高文端到宅辞臣，因子细问得贼中事宜，兼共商量计策，皆似可，谨录奏闻。谨奏。"交代缘由。以前件与以前兼用：《条疏太原以北边备事宜状》："以前件，臣等伏以回鹘在边，切须有备，边备既壮，制置不难。访问利

① 《全唐文》卷七〇二，第7册，第7204页。

害，大约如此。"以下又列八条，"以前，臣等商量，若待天德奏到，已恐不及事机。望付翰林各撰密诏，令中使向前审详事势，如已接战，便须准此处分。如蒙允许，其石雄便须今日降敕，未审可否？"以前件：《太原状》："以前件，臣缘假日，兵机切速，不暇与李绅等参议。谨密状奏闻，如蒙允许，便望今日。"《请准兵部依开元二年军功格置跳荡及第一第二功状》："以前件开元格如前，臣等商量，缘比来大阵酬赏，只是十将以上得官，其副将已上至长行，并无甄录，今但与格文相当，即使酬官，所冀尽沾渥泽。又缘每阵获生，并有优赏，今据开元旧格，等级加恩，如此则颁赏有名，人心知劝。如蒙允许，望各赐召，仍封赏格，令榜示三军。未审可否？"目的是使"颁赏有名，人心知劝"。

第四，"谨连如前"和"与臣状"。《牛僧孺等奉敕公卿集议须便施行其中有未尽处须更令分析谨连如前》；《请密诏塞上事宜状》："右，谨件如前。望各赐密诏，潜令以此为意。"《续得高文端贼中事宜四状》："伏望依此诏示王宰""伏望依此诏示王逢""伏望专降中使，密赐诏示"（宏敬）、"伏望诏王宰"四状。尚有《任畹李丕与臣状共三道》《振武节度使李忠顺与臣状一道》两篇。

第五，提要性副标题。《论镇州奏事官高迪陈意见二事状》题下注："请官军回避偷兵处不战。"《请淮南等五道置游奕船状》题下注："淮南缘疆界阔远，请令出三百人、浙西、宣歙、江西、鄂岳各出一百人。"内容如提要一般，类似副标题。

其中，德裕的"论状"奏议充分发挥了汉代政论文的风格。他与陆贽的状体有一定的可比性，大体而言，陆贽反复申论娓娓动听，以深切入情取胜，德裕雄奇骏伟讲求气势，以析理精微见胜，陆贽相对更质朴平实，德裕相对更讲究文采，陆贽文长，德裕精练。以对后世的影响而言，德裕远不如陆贽，但对当时为政来说，德裕更具实用性，陆贽故能于危难之际唤起朝廷上下的忠贞报国之情，然于复杂繁细的朝政公务与为相治国来说，就显得愈来愈捉襟见肘，不合时宜。

三　"明白晓畅"，辞情兼备

德裕的制诰奏议崇尚实用，"敦务实去华之美"（《奏银妆具状》），鄙弃浮议泛言，故其文虚词套语较少，喜开门见山，直截了当，指陈其事。郑亚称其"文章等于训传"，训传本义为对词语文句的解说，文章等于训传，即是说其文对文意解释得详明恰切，览文意显。德裕的文书均以实用明白为指归，对回鹘等少数民族，"不为文言，遣其易会"（《进所撰黠戛斯书状》），以浅显之文字感动回鹘嗢没斯部，避免对嗢没斯部与乌介部的同时用兵；对泽潞叛将"不引古事，不饰虚词，直指目前，易于取信"（《代卢钧与昭义大将书》），以通俗之文字晓以大义，作为心理战的媒介与无形武器，赢得高文端、李丕、王钊等刘稹部心腹将领的归降。一些文字甚至随意如白话，如以"了"字入文，如《赐王宰诏意》"故令中使专往，看卿处置，须待事了，方得遣回"[1]；《殄灭回鹘事宜状》之"回鹘衰残，取之在速，一切须令三月已前事了"；《请诸道进军状》之"即当秋毫不犯，直须待立功军出潞州，新节度使入后，处置大段公事了，方得抽军"；《天井冀氏事宜状》之"今山东三州归降已平了"；《公卿集议须便施行其中有未尽处须更令分析闻奏谨具一一如后状》之"如此相守，何时得了"；《进所撰黠戛斯书状》之"臣请待郑肃等与语了撰述"；等等。德裕为文喜用典故，已如上述，但这并未影响其文意的表达。读其文并不晦涩难懂，相反却明白晓畅，意旨明确，"切于时机，明于利害，人主易晓，当世可行"（《谋议论》）。故清人孙梅评其"明白晓畅，自足以伐敌国阴谋之计"[2]，洵是的评。

德裕"才猷迥出，词笔参长"，其文章并非干瘪烦躁的虚词套语之累积，亦有至诚之语，"实非饰情"（《让司空后举太常卿王起自代状》），其感人心的力量已见诸对回鹘与对刘稹的强大宣传功能。此举《赐太和公主敕书》为例。太和公主乃宪宗之女，穆宗第十妹，武宗之亲姑母，作为唐代第四位和亲公主于长庆元年（821）五月远嫁回鹘崇德可汗，一去廿载，后被黠戛斯破回鹘后送归途中又被回鹘乌介部劫持，以此威胁唐政府借振武一城，会昌二年八月十五日，德裕撰写此文，"词意谆详，妙有操纵"[3]，文中以武宗口气表达对姑母的思念与深情："姑远嫁绝域，二十余年，跋

①　按：《赐石雄诏意》与此篇文意略同，亦有此句。
②　《四六丛话》卷六《制敕诏册》，《历代文话》本，第5册，第4372页。
③　《全唐文纪事·卷首》康熙语，第30页。

履险难，备罹屯苦，朕每念于此，良用惘然。恭惟太皇太后春秋已高，慈爱深厚，比者望姑朝谒，再叙悲欢，倏已岁暮，寂无音耗。相姑见旧国之城邑，能不销魂，望汉将之旌麾，必当流涕。今朔风既至，霰雪已零，绝国萧条，固难久处，旃墙羴幕，何以御冬，肉饭酪浆，且非适口。朕抚临万宇，子育群生，一物未安，终食三叹，况姑累年漂泊，何日忘怀? 想姑高明，必是悬鉴。"① 文章的后半段转入乌介"不得以姑为词"的婉言绝辞中，然这段对太和公主的真情流露亦足以感人，后人称其"感之以情，谕之以理，措辞宛转之中，不失严厉气象，是谓得体"②。

再如德裕大功之后所写的谢恩与辞官表状，对于封赏的推辞和功成身退的眷恋读之亦触人心弦。如《谢恩不许让官表状》云："臣昨者以位高疾仆，器满忌倾，实怀瞰室之忧，敢喜在闼之贺，辄陈微恳，退积惭惶。陛下察臣孤立事君，宠拔皆由于睿鉴，一心守道。"《让太尉第三表》云："臣伏念齿发虽雕，心力犹壮，实愿赞陛下升平之运，见万方仁寿之期；东封告成，大典咸备，然后散金娱老，归守邱园。"德裕曾有诗《雨后静望怆然成咏》云："只恨无功书史籍，岂悲临老事戎轩。惟怀药饵蠲衰病，为惜余年报主恩。"表达了自己鞠躬尽瘁一心事上的赤胆忠心与不恋荣华甘心归守的夙愿，浓浓深情，非一般矫情饰辞可比。

德裕的某些应用性公文亦能做到"语直而意婉，文特妙于布置"③，盖德裕并非只是视自身为最高行政长官，除了传达具体指令之外，他能兼顾到语意的委婉与遣词的艺术，"字斟句酌而真挚坦白之意自溢行间"④，襟怀坦诚，不露斧凿痕迹，更容易让人接受，从而最大限度地发挥出公文的效力。

明代大政治家张居正曾有云："天下之事，虑之贵详，行之贵力；谋之在众，断之在独。"⑤ 会昌年间，德裕为相，"首请政事，皆出中书"（《旧唐书·李德裕传》），中书不得专权，武宗对德裕"知而任能之，言从计行"（《新唐书·李德裕传》），会昌五年四月德裕进献其文十卷，其《进

---

① 《全唐文》卷六九九，第 7 册，第 7183 页。
② （清）王文濡编：《唐文评注读本》下册，《诏令类》，上海文明书局 1916 年版，第 13 页。
③ 《全唐文纪事·卷首》康熙评《宰相与李执方书》语，第 31 页。
④ 《御制古文渊鉴》（二）卷三九。
⑤ （明）张居正：《陈六事疏》，《张太岳先生文集》卷三六，明万历四十年唐国达刻本。

新旧文十卷状》对自己的文学创作作了一个总结："往在弱龄，即好词赋，性情所得，衰老不忘。属吏职岁深，文业多废，翊之所感，时乃成章。岂谓击壤庸音，谬入帝尧之听，巴渝末曲，猥蒙汉祖之知。"① 德裕所写之制诏奏议气势恢宏，句语坦明，词情恳切，简严中能尽事理。他充分利用了自己精于《左传》和《汉书》的优长，征引典故与故事，尊王攘夷，讨胡平叛，实现了经世致用与文采斐然、实用与美感的和谐统一，他不愧为继中唐陆贽之后的又一公文大家，在唐文发展史上应有一席之地。

第四节　李德裕的"论"体文

一　论体溯源与李德裕文章的议论性

《文心雕龙·论说》云："圣哲彝训曰经，术经叙理曰论。"又云："原夫论之为体，所以辨正然否；穷于有数，追于无形，钻坚求通，钩深取极；乃百虑之筌蹄，万事之权衡也。""论"体是一种通过具体现象推求抽象道理，认识本质，权衡得失的文体，"述经叙理""辨正然否"是其核心特点。刘宁《"论"体文与中国思想的阐述形式》一文对"论"体进行溯源，从《公孙龙子》之《白马论》《指物论》《通变论》《坚白论》《名实论》与荀子之《礼论》《乐论》《正论》《天论》入手，认为"论"体在一开始着眼的"不是一事一议的具体功利问题，而是关乎根本大义的伦理问题、逻辑问题"，认为"论"体讲求折中群言、辨正然否以达到条分缕析地层次体系，"往复辨难"与"反思性"是论体的重要特征。论体在六朝"主流是以哲理探讨为主的理论性文体"，至中唐转向实用和注重修辞，幽玄的色彩在柳宗元、刘禹锡等中唐士子身上明显削弱②。刘宁对于"论"体的分析甚为精辟，只是可能由于篇幅所限，对于中唐以后的"论"体文语焉不详。本文认为李德裕为唐代后期"论"体文的卓越代表。论体文，即说理之文，是一种典型的应用文。《文心雕龙》有"论说"类，姚鼐《古文辞类纂》有"论辨"类。德裕的《穷愁志》诸论即属于论体。然而，德裕的论说却有一个从规谏到论辨的过程，观其在敬宗朝和宣宗朝的迥异

① 《全唐文》卷七〇三，第 7 册，第 7217 页。
② 参见《北京大学学报》（哲学社会科学版）2010 年第 1 期。

文风可见一斑。关于德裕会昌主政时的制诏奏议的议论性，已见上文，此处谈一下德裕早年对规谏传统的继承和以议论入赋的特点。

1. 早年对规谏传统的继承

长庆二年（822）九月至大和三年（829）八月，德裕坐镇浙西八年，颇有政绩，他"虽在疏远，犹思献替"（《旧唐书·李德裕传》），忠君爱国之心尽显。其规谏注意方式方法，如《奏银妆具状》先指明国家的现状，"数年以来，灾旱相继，罄竭微虑，粗免流亡，物力之间，尚未完复"。朝廷下诏"上宏俭约之德，下敷恻悯之仁"，寻访茅山真隐，"师处谦守约之道，敦务实去华之美"，德裕摆出这些崇尚节俭的作风与诏示均为其谏阻进献找到法定论据。此外，他还描述自贞元中李锜等观察使官员利用盐铁、椎酒的专卖聚敛财物，进奉德宗，造成祸患。有此铺垫，德裕再针对打造银盝子妆所需银两过大，地方向下摊派，百姓负担过重，婉谏主上请停，并云"臣若因循不奏，则负陛下任使之恩，若分外诛求，又累陛下慈俭之德"，非如此不能达到"上不违宣旨，下不阙军储，不困疲人，不招物议"的目的，其谏君之心，忠而辞婉。再如《奏缭绫状》也是先引前朝故事，太宗朝李大亮，玄宗朝倪若水、苏颋之前例，指出"容纳善道，增光祖宗，不尽忠规，过在臣下"，并引汉代帝王勤俭之典，"昔汉文衣弋绨之衣，元帝罢轻纤之服，仁德慈俭，至今称之"，认为其文采珍奇，所需费用至多，劝谏朝廷："伏乞陛下近览太宗、元宗之容纳，远思文帝、孝元之恭己，以臣前表，宣示群臣，酌当道物力所宜，更赐节减，则海隅苍生，无不受赐。"德裕在浙西几次抗拒诏命，驳回进献，受到宋代士大夫的称赞，孙甫《唐史论断》卷下云："李德裕在浙西，昭愍凡有宣索，再三论奏，罢其贡献，此以生民为意，不奉君之侈欲也。"毕游《西台集》卷十五《丞相仪国韩公行状》和洪迈《容斋五笔》卷二《谏缭绫戏龙罗》均引德裕所奏而向上进谏，可见其奏议对后代的影响。

德裕继承其父李吉甫的遗志，针对当时的积习进行改革，如长庆四年奏《王智兴度僧尼状》云地方逼迫平民落发为僧以躲避徭役，"江淮自元和二年后，不敢私度，闻泗州有坛，户有三丁，必令一丁落发，意欲规避王徭，影庇资产。自正月以来，落发者无虑数万"，以至于一百多人当中只有十四人是原来的沙弥，其余均是苏州、常州的百姓，"此事非细，系于朝廷法度"。《论丧葬逾制疏》针对时弊发论，奏称"闾里编甿，罕知教义，生无孝养可纪，没以厚葬相矜，器仗僭差，祭奠奢靡，仍以音乐，荣其送终"，造成"或结社相资，或息利自办，生产储蓄，为之皆空，习以为常，不敢自废，人户贫破，抑此之由"的恶果，故对百姓"丧葬祭奠"提出具体要求，官吏"依本官品第仪则"，对各色人等的丧葬均以法律手段抑制铺张奢靡，不得私自增加一物。德裕对妖妄之说痛加驳斥，《亳州圣水状》称亳州圣水之妄，"昔吴时有圣水，宋齐有圣火，事皆妖妄，古人所非"，请加禁止，当时宰相裴度判曰："妖由人兴，水不自作"，支持德裕的义举。

宝历二年（825），德裕身处地方，却毅然上疏朝廷，对唐敬宗游幸无常、荒废朝政进行大胆劝谏，此即著名的《丹扆六箴》。"箴之为道，亦有二焉：一以自励，一以尽规。"[①] 德裕之箴乃为后者。"箴者，所以攻疾防患，喻箴石也"（《文心雕龙·铭箴》），具有明显的谏书性质。德裕的序文云："臣闻《诗》云：'心乎爱矣，遐不谓矣。'此古之贤人所以笃于事君者也。夫迹疏而言亲者危，地远而意忠者忤，然臣窃念，拔自先圣，偏荷宠光，或不爱君以忠，则是上负灵鉴。"表明自己一片拳拳赤诚之心，穆宗朝他曾献《大明赋》以讽谏，得到嘉纳，故"今日尽节明主，亦犹是心"，"昔张敞之守远郡，梅福之在遐徼，尚竭诚尽规，不避尤悔，况臣尝学旧史，颇知箴讽，虽在疏远，犹思献替"[②]。德裕喜用汉张敞、梅福身处边远仍不忘进谏之典以激励自身，"虽在疏远，犹思献替"恰切地点明了六篇箴文的用意。德裕意在劝谏，不欲斥言，托箴以尽意。《旧唐书·李德裕传》录此六箴，并对此六箴主旨概括：《宵衣》，讽坐朝稀晚也，指古代帝王天未亮即上朝听政；《正服》，讽服御乖异也，指圣人对服装非常慎重，虽是游宴亦着装严整；《罢献》，讽征求玩好也，指敬宗不应搜罗珍奇无度；《纳诲》，讽侮弃谠言也，指敬宗应嘉纳忠言；《辨邪》，讽信任群小也，指敬宗不应被谄佞之徒蒙昧；《防微》，讽轻出游幸也，指敬宗应居安思危，防微杜渐。德裕每箴皆切中时弊，当时当朝士大夫莫比。明人陈廷敬曰："辞繁者易美，约者难工，六事而括之以数十言，可谓徽而达矣。

① 《四六丛话》卷二十三，《历代文话》本，第5册，第4678页。
② 《全唐文》卷七一〇，第7册，第7292—7293页。

德裕不以形迹疏远，替其惓惓荩臣之恩也。"① 敬宗昏荒，朝政废驰，德裕身处偏远，大胆进言，语工意深，"六事所陈，周详笃挚，名言粲然"②，故敬宗看后大受感动，手诏称其"激爱君之诚，喻诗人之旨，在远而不忘忠告，讽上而常深虑微。博我以端躬，约予以循礼"。并"三复规谏，累夕称嗟。置之座隅，用比韦弦之益；铭诸心腑，何啻药石之功"？虽不能尽纳，但褒奖有加。在语言上，乃是典型的四言骈文，每箴一典，15 句 60 字，用语古质典重，深得古代贤臣进谏之法。

　　2. 以议论入赋

　　德裕"幼有壮志，苦心力学"，"年才及冠，志业大成"，"常以经纶天下自为"。元和初，"以父（吉甫）再秉国钧，避嫌不仕台省"，元和间六年不调，大和间又沮于李宗闵，"中怀于悒，无以自申"。曾经两次与宰相之位擦肩而过③。大和七年，终于得入宰职，然正当其踌躇满志，一展抱负之时，为相仅一年七个月即遭排斥，年近半百，素业未成，"顾稚子而凄恻，想田庐而涕夷"（《伤年赋》），其心情之郁闷可想而知。大和八年（834）至开成元年（836）的贬谪时期，由于时间较为充裕，故德裕特借赋体以议论抒怀，体会人生，感悟生命，创作出许多高质量的赋作。按题材而言，径可分作两类④。

　　赋体本身是较隐的一种文体，一般重点在铺陈与描绘，可是在德裕笔下，均作为抒情之载体，无论咏物赋抑或言志赋，处处可见德裕抒情主体的外显，处处可以看到他自身的影子。清人刘熙载《艺概》中云："志士之赋，无一语随人笑叹。故虽或颠倒复沓，纠缭隐晦，而断非文人才客，求慊人而不求自慊者所能拟效。"⑤ 德裕之赋即能自立论，有深见识，不

① 《御制古文渊鉴》（二）卷三九引。
② 《全唐文纪事·卷首》康熙语，第 31 页。
③ 分别为：元和二年有望登相位，遭李逢吉排挤出镇浙西；大和三年入为兵部侍郎，裴度欲荐以为相，宗闵得宦官之助而拜相，出德裕为义成节度使。
④ 一为言志赋，直抒己怀。有《黄冶赋》《鼓吹赋》《智囊赋》《积薪赋》《欹器赋》《问泉途赋》《伤年赋》《观钓赋》《畏途赋》《知止赋》《剑池赋》《望匡庐赋》《大孤山赋》《项王亭赋》《灵泉赋》《秋声赋》；二为咏物赋，体物抒怀。其中赋器物者有《画桐花凤扇赋》《孔雀尾赋》《通犀带赋》《斑竹管赋》；赋植物者有《白芙蓉赋》《重台芙蓉赋》《柳柏赋》《二芳丛赋》《金松赋》《牡丹赋》《瑞橘赋》；赋动物者有《山凤凰赋》《蚍蜉赋》《振鹭赋》《怀鸮赋》《白猿赋》。
⑤ 刘熙载：《艺概·赋概》，上海古籍出版社 1978 年版，第 96—97 页。

人云亦云，随波逐流，称得上是"志士之赋"。大体而言，言志赋多精警议论，咏物赋多人生体悟，试分别述之。

德裕的言志赋中体现出他对官场成败的思考，探讨了诸如"以智杀身""虽后来而高处，亦居上而先焚""难守者成，难持者盈"等主题，鞭辟入里，发人深省。如《智囊赋》以古喻今，深刻地剖析了"以智杀身"这一命题。德裕对历史上有才智的人不得善终表示深切的同情，"感汉晁错、魏桓范，皆号为智囊，不能全身，竟罹大患"，同时由彼而己，以史为鉴，以"记古今兴败"。文章指出"水济舟以致远，亦覆舟于畏途"，同样"智排患以解纷，亦有患于不虞"，事物均有矛盾性的两面，故有所谓"智忧"。对"智"的作用有了新的理解，它是一种由内到外的体用："智可以养生，乃能周物。道无夷险，用有工拙。得于身也，祭以免而苟以全；失于邦也，臧不容而汤不没。"要合理地使用心智。德裕一向以智自负，在会昌年间就是靠"攻心伐谋"取得平泽潞与讨回鹘的盖世武功，但此时的他经历了多年的压抑之后，稍展鸿图即遭再弃，苦闷与消极情绪在所难免。此赋基本是以道家思想结撰，开篇即云"夫天之清气为人，而人之清气为智。苟虚心而冲用，必穷神而索至。况恬养以保身，岂忧患之能累。何与败之相诡，乃躁静而殊致。或明远而无疵，或驰骛而役思。故由于彼而入圣门，出于此而争利器。若乃淡然元默，应变无方。韬随和而不耀，匣干越而宝藏。虽不止如炙輠，犹渊然如括囊。君子所以有斯号者，盖欲保无咎于末光"。末则以"今我所谓智者，乘五湖之浩荡，永终老于扁舟"①的归隐思想作为暂时的慰藉。德裕赋中的道家思想较为浓重②，这恐怕是其人生失意后借之以为精神寄托，心态看似平和，而实则隐含愤懑与无奈。

《积薪赋》借客人之口叹"贵则近祸，富多不仁"，他深切地感受到达

---

① 本节所引德裕赋作均出自《全唐文》卷六九六、卷六九七，第 7 册，第 7142—7160 页，以下不再一一出注。

② 如《积薪赋》之"贵则近祸，富多不仁。寄迹于此，养吾真"；《蚍蜉赋》之"其聚无声，其行无迹。值晏温而出游，当祁寒而入隙。迅雷作而不骇，微雨洒而自适。生虽琐细，亦有行藏。止若群羊之聚，进加旅雁之翔。乘其便也，虽鳣鲸而可制；无其势也，虽蛭蟥而不伤"；《项王亭赋》之"若乃蠖屈鸿门，龙潜天汉，始降志于一人，终申威于四海"；《秋声赋》之"草木阴虫，皆有秋声；自虚无而响作，由寂寞而音生"，等等。

到权力高峰就意味着有先被打击的危险，并难逃"虽后来而高处，亦居上而先焚"的命运，切中肯綮，颇为精警，对官场的险恶与变幻感触体悟至深。"积薪"之典源自《汉书·贾谊传》："夫抱火厝之积薪之下而寝其上，火未及燃，因谓之安，方今之势，何以异此！"① 德裕是根据自己亲身经历有感而赋，他坐镇地方多年久而不调，二十年后终于秉政，可谓"虽后来而高处"者，不想一年有余即遭陷害而罢，又可谓"亦居上而先焚"者。故在赋末不禁生出隐逸之念，以求自解，"使薪为能言之物，岂容入龚而扬芬。未若生幽崖之侧，纠芳桂之轮。不近野田之燎，免催匠者之斤。冒被雪以终岁，齐天年于大椿"。这篇赋很受后世称颂："公亟称李卫公之文，谓不减燕、许。每读《积薪赋》，曰：虽后来而居高处，亦居上而先焚。真文章之精致也。"② 浦铣称："唐宋人《积薪赋》皆以后来居上为正解，李卫公独云'虽后来而居高处，亦居上而先焚。使薪为能言之物，岂容入爨而扬芬'。盖卫公既放，特为此有激之论耳。"③ 浦铣所言"正解"者即汉代汲黯之原典，《史记·汲黯传》云："黯褊心，不能无少望，见上，言曰：'陛下用群臣如积薪耳，后来者居上。'"④ 表示选用人才后来居上之意，唐人亦有用此为赋者⑤，"卫公既放，特为此有激之论"，所言甚为有理。

---

① （汉）班固：《汉书》卷四八，第 8 册，中华书局 1962 年版，第 2230 页。

② 《王氏谈录》，《全宋笔记》第三编·三，第 16 页。按：傅璇琮《李德裕年谱》据《全唐文纪事》卷七十二《评骘》五转引此条材料，疑"王氏"指清人王士禛，并标明"待查核"，第 335 页。后来河北教育出版社 2001 年再版修订此书时未见改动，第 262—263 页。今查《钦定四库全书总目·子部·杂家类》载："《王氏谈录》一卷，不著撰人名氏。《说郛》载之，题曰王洙撰。《书录解题》则以为翰林学士南京王洙之子录其父所言。今观此书，凡九十九则，而称先公及公者七十余则，则非洙所著明甚。盖编此书者，见卷尾有编录观览书止，一则末题云王洙敬录，遂以为全书皆出洙手。不知此一则，乃嘉祐以前人所为。洙特录而跋之，其子附载书末耳。世无自著书而自票敬录者也。"又云："（王洙）子钦臣，字仲至，赐进士及第，官终待制，知成德军。据《本传》及《东都事略》，（王）洙之惟钦臣一人，则此书即钦臣所录也。"（卷一二〇，第 1605 页）然则《王氏谈录》为宋人王洙之子王钦若所作已明。

③ （清）浦铣：《复小斋赋话》卷八，《续修四库全书·集部·诗文评类》第 1716 册，上海古籍出版社 2002 年版，第 190 页。

④ （汉）司马迁：《史记》卷一二〇，第 10 册，中华书局 1960 年版，第 3109 页。

⑤ 《文苑英华》卷一二三，载张敦实《积薪赋》（以"后来者居上"为韵）、《积薪赋》（以"帝取汲黯"为韵），第 562—564 页。《全唐文》卷六九四，载张敦实《积薪赋》（以"后来者居上"为韵）卷九六〇，载阙名《积薪赋》（以"帝取汲黯"为韵）。未详孰是。

　　再来看作于开成元年（836）春的名篇《欹器赋》。大和七年（833），路隋与李德裕同为相，而相赠欹器，后李被贬，路为其争辩，亦贬为镇海军节度使，死于途中。赋前小序言德裕睹物思人，"凄然怀旧"，在赋中德裕谈及"昔与君子，同秉国钧，公得之为贤相，余失之为放臣"，呼应序文。在这篇赋中，"欹器"显然具有象征意义，"虚则鞬觥，似君子之困蒙；中则端平，若君子之中庸"，"既满则跌，霆流电发。器如坻隤，水若河决"，德裕由此感悟"任重之力及，悟物盈之难久。虽神道于无形，常参然于前后"。"难守者成，难持者盈"，路隋与他自己的放逐遭遇即是如此。德裕努力地以君子"不以中而自藏，不以跌而自伤"而安慰自己，但读者分明感受到的是他那颗不平之心的愤激跳荡。该赋是由《荀子》卷二十《宥坐》演化而成①。赋以儒家中庸的道德观念来平衡调整自己被贬的心态。文体不拘泥于骈散，气韵流畅，文风淡雅自然，辞意本于儒家，然无生搬硬套之嫌。唐代许敬宗、张鼎、韦肇、张玄览有同题赋②，可参览，宋代宋祁、刘敞、刘攽、范仲淹等人均沿袭此种文风。

　　至如《畏途赋》则直接道出知识分子出世与入世的二律悖反。此赋作于开成元年四月，"俟罪南服"之时，作者于酷暑难耐之秋，拜访陶渊明的故里，羡慕其"辞簪组，返蓬庐。逸妻宾敬，稚子欢娱。临流赋诗，卧壑观书。对南山之幽霭，荫嘉木之扶疏"的闲适生活，明白"不为轩冕之累，焉得风波之虞"的道理，可是德裕又辛辣地指出："代有覆舟之子，皆由任其智力。比鹢舳为轻禽，以席帆为快翼。载已重而皆积，途既远而未息。志扰扰以争先，日冥冥而作慝。既而戕风鼓怒，氛祲改色。深则困于巨浪，浅则触于危石。虽有神人，莫能拯溺。"一代代士子像是跳入"川流""蠹泽"一般难以逃脱仕途的困扰，停止争名逐利的脚步，终归头破血流，莫能相救。《知止赋》与此赋作于同一时期，亦指出"山林之士，往而不能返，朝廷之士，入而不能出""兼之鲜矣"的深刻道理。德裕洞悉了这一宿命般的无情事实，看透了世事的险恶，故曾云"嗟世路之险隘，矧驽骀之已疲"（《伤年赋》），融入了其个人的生命体悟，感慨至深，

① 《荀子·宥坐》："孔子观于鲁桓公之庙，有欹器焉，孔子问于守庙者曰：'此为何器？'守庙者曰：'此盖为宥坐之器。'""孔子曰：'吾闻宥坐之器者，虚则欹，中则正，满则覆。'"
② 《文苑英华》卷一〇七，第1册，第487—489页。

无怪乎"亲爱闻之，无不挥泪"。盛唐"大手笔"张说亦有《畏途赋》，表达了人生苦短的慨叹"客有梦兮在城阙""忧人宿昔兮生白发"，想建功立业之不能，与德裕此赋相比，见识不可同日而语。

《项王亭赋》是末路英雄项羽的又一篇绝美的祭悼文，但同时也是一篇典型的以议论入赋的文字。在序文中，德裕分析项氏失败之因，"项氏纵火咸阳，失秦中之固，迁主炎裔，伤义士之心，违天违人，霸业隳矣。汉皆反是，故能成功"。并直接跳出来以议论的口吻评价项羽，"余尝论之：汉祖犹龙，项氏如虎，龙虽困而其变不测，虎虽雄而其力易摧，一神一鸷，宜乎复绝。然舣舟不渡，留雎报德，亦谓知命矣。自汤武以干戈创业，后之英雄，莫高项氏"。对项羽有着高度的赞赏，故在正文中他反复嗟叹，"望牛渚以怅然，叹乌江之不渡。想山川之未改，嗟斯人之何遽"；"嗟乎！楚声既合，汉围已布。歌既阕而甚悲，酒盈樽而不御。当其盛也，天下侯伯自我而宰制；及其衰也，帐中美人寄命而无处，季数遁而不亡，羽一败而终仆"，同情惋惜之意溢于言表。同时，德裕一针见血地指出项羽失败的原因："恃八千之剽疾，弃百二之险固"，"谓天命之可欺，何霸王之不寤"，"岂非独任于威力，不由于智虑"。然而，德裕可贵之处在于他不拘于成者王败者寇的思维定式，在赋末给予项羽"虽霸业之无成，亦终古而独步"的无冕之誉，对其英雄本色由衷赞叹，明显含有惺惺相惜之意味，赋序言"感其（项羽）伏剑此地"而作赋，与《剑池赋》之"宝常弃于兹地，人载怀而孔悲"一样乃自伤自怜。此赋可与司马迁《史记·项羽本纪》一论一记，一简一繁，同映成辉，相得益彰，在项羽的后世接受史上应占有一定的地位。

德裕的咏物赋，并非只是单纯地对于所咏之物的摹写体物，在其背后均有一定的指向性，均采用象征或比喻的手法，寄寓着德裕的愁苦心志、忧郁情结，依稀可以看到其本人的心绪在涌动。德裕是在用一颗不平之心对所咏之物进行审美观照，从而表现为抒情主体的凸显与张扬。有咏叹己之不遇与遭嫉者，如《白芙蓉赋》赞芙蓉之美，"楚泽之中，无莲不红。惟斯华以素为绚，犹美人以礼防躬"。悲芙蓉之凋零，犹叹己之不遇，"秋水阔兮秋露浓，盛华落兮叹芙蓉。菖花紫兮君不识，萍实丹兮君不逢"，"降玄实于瑶池，徙灵根于天汉。怅霄路兮永绝，与时芳兮共玩。听高柳之早蝉，悲此岁之过半"。《重台白芙蓉赋》更"代美人托意"，"惟斯物之特丽，宜独秀于寥天。在灵境而何降，居下泽而何偏"，以美人自比，特丽独秀而遭贬斥，原因是"有繁华而不实，嗟濒类而莫传。念庄姜之无子，非巧笑之未妍"，故而"彼天意之所属，谅难得而知焉"。《山凤凰赋》凤凰绝世姿容，"混赤宵而一色，与白日而增辉，焕若玉女携宓妃，凌丹壑兮游翠微"，却"既而衡网高悬，虞人合围。身挂纤缴，足履骇机"。德裕借凤凰的摧落，叹己之沦落，从而"乃知玉之败也，以致其琼弁；翠之焚也，犹袭其宝衣。何异夫怀禄耽宠，乐而忘归。玩轩冕而不去，惜印绶而无时。嗟乎乘君子之器，与兹鸟而同讥"。《孔雀尾赋》孔雀尾"兰色芊郁，金华陆离。垂之兮疑拖绿鳌，举之兮如飞翠绶"。"嗟绂冕之寄身，与锻翮而一概。虽暂荣而可乐，终以饰而贾害"。自嘲"何必负斯尾之翘翘，冒长途而效爱"。寄寓了才高而遭嫉的感受。

有表现己之不同流俗，坚持高洁者，如《大孤山赋》以大孤山与瀛洲、方丈对比，表现其承受百川之冲击而卓然不群、不为流俗所移的精神，颇有新意，措辞精美，音韵和谐，"念前世之独立，知君子之难遇。如介石者袁杨，制横流者李杜"，反映出德裕非凡的政治家胸怀，立意高远，气势雄健。欧阳修赞誉此赋"文辞甚可爱也"①，苏轼《滟滪赋》可能从此赋开首几句得到启发②。《柳柏赋》之"夫受天地之正者，惟松柏而已。故圣人称其有心，美其后凋。岂无他木，莫可俦匹。予尝叹柏之为物，贞苦有余，而姿华不足"，"虽草森之殊性，皆荣落之有时。感松柏兮得真，经隆冬而乃知。常集霰于穷节，终秉心而不移"，"楚山侧兮湘水源，美斯栢兮托幽根。条总翠兮冬转茂，实垂珠兮秋始繁。彼变化兮不测，焉知非缓也之精魂"，赞叹松柏之高洁。《金松赋》之"其柯肃肃，可比于贞松；其叶纤纤，实侔于瞿麦"。"不受命于严霜，谅同心于寒柏。""殊橘柚之不迁，同甘棠之可惜"，"奇树以垂珠而擅名，金松以潜颖而莫睹。亦犹处子在于隐沦，奇才遗于草泽"，嗟其待遇不公。《振鹭赋》之"尔其游止有度，不徐不疾。散雪彩于江烟，皎霜容于寒日……岂不知陂泽可宿，荆榛易固，恶下流而不居"，赞扬其从容不迫，不同流合污的品

---

① 《欧阳文忠公集·集古录跋尾》卷九，《四部丛刊》影元本。
② 《文苑英华》卷三〇，此赋小注，第1册，第135页。

质，亦"叹美羽之翩翩，感余生之忧慄"。德裕有《白鹭鹚》诗："余心怜白鹭，潭上日相依。拂石疑星落，凌风似雪飞。碧沙常独立，清景自忘归。所乐惟烟水，徘徊恋钓矶。"美国唐诗研究专家柯睿（Paul W. Kroll）教授专门分析中国中世纪文学中的白鹭意象，涉及李德裕白鹭的象征意义①。

此外，《怀鸮赋》之"翔集无所，摧颓逼威"②；《白猿赋》之"人之化也，实可悲辛"，"乃知人世之可厌，不足控搏而自珍"；《二芳丛赋》之"嗟衰老之已遽，念流芳之可惜"等均是德裕由物及人，是自我的一种心灵呼喊。

德裕在这些"沦弃"之后的"逐辞"中每称"自我放逐"，"获戾放逐"，以"楚泽之放臣"自嘲，并时常出现屈平、渔父、楚泽、湘中、二妃等意象，深叹己之"久婴沉疴，楚泽卑湿，杳无归期"，流露归隐心态，骚体赋的特征较为明显。在形式上，不仅有大量的"兮"字句式，且不时于赋中、赋末以"歌曰"（如《画桐花凤扇赋》《白芙蓉赋》）、"重曰"（如《振鹭赋》《灵泉赋》）、"嗟乎"（如《山凤凰赋》《智囊赋》《伤年赋》《柳柏赋》《白猿赋》《项王亭赋》）；"叹曰"（《智囊赋》《怀鸮赋》）等引出议论，抒发感慨，使整个赋作的主旨得以升华。

以议论入赋，在德裕之前已有人为之，杜牧《阿房宫赋》③ 即是如此，其结尾的议论精警，具有极强的感染力与讽刺力量，对德裕赋中的史论中应有一些影响，所不同的是，以议论入赋，从偶一为之到德裕赋中已成为一种普遍现象。

二　"精深峻洁，有为而发"的"论"体文

大中元年（847），德裕被贬至潮州司马，"纵逢恩赦，不在量移之

---

① 可参看 Paul W. Kroll, "The Egretin Medieval Chinese Literature", *CLEAR*, Vol. 1, No. 2, Jul. 1979, pp. 181—196。

② 关于德裕《怀鸮赋》与杜鹃意象的阐释，可参看 Edward H. Schafer, "LiTe-yu and the Azalea", *Asiatische Studien*, 1965, 18—19, pp. 105—14。

③ 杜牧此赋作于宝历元年（825），《上知己文章启》中云："宝历大起宫室，广声色，故作《阿房宫赋》。"《全唐文》卷七五二，第 8 册，第 7801 页。

限"①，从此进入其人生末年。大中二年九月，再贬至崖州司户参军，直至次年忧卒。史称德裕"性孤峭，明辨有风采，善为文章"（《新唐书·李德裕传》），"好著书为文，奖善嫉恶"，"虽苍黄颠沛之中，犹留心著述"（《旧唐书·李德裕传》）。《会昌一品集》外集49篇"论"体文②（分为"评史"和"论"两类③），又名《穷愁志》，即是此期所作的史论杂文的合集。德裕由威名独重到"天地穷人"，且"无由再望旌棨"（《与姚谏议郎书三首》④），乃"思当世之所疑惑，前贤之所未发，各为一论"⑤，借史论杂文"叙平生所志"⑥，一事一议，富于强烈的现实针对性。

德裕创作的第一阶段年近半百，被贬袁州，尚能自我调节，以一种较为平和雅正的心态看待仕途的进退，并怀抱东山再起的希望。然而，贬崖州时，他遭到了巨大的不公平，品尝了常人难有的惨痛，思维方式随之发生巨变，一反此前的平和与雅正，而更多地表现出尖酸刻薄的语调与文风，充满了强烈的现实针对性，隐喻当朝政治或自身遭遇的意味浓重。

1. 史论：对历史之翻案新解

此所谓德裕思"前贤之所未发"者。《穷愁志》中有《夷齐论》《三良论》《汉昭帝论》《张辟疆论》《爰盎以周勃为功臣论》《汉昭帝论》《汉元帝论》《荀悦论高祖武宣论》《荀悦哀王商论》《张禹论》《三国论》《羊祜留贾充论》《羊祜留贾充论》《宋齐论》《管仲害霸论》《梁武论》⑦ 等多篇史学专论。德裕擅长以史论今，《穷愁志》中除《文章论》《喜征论》《祥瑞论》《黄冶论》《祷祝论》《折群疑相论》六篇未涉史实外，均以史明理，以史为证，他常常借对史实的翻案与新解，抒发自我无由遭受巨贬的愤懑，立论精深，见解独到。

---

① 《唐大诏令集》卷五八《李德裕潮州司马制》，第281页。

② 按：《周秦行纪论》《冥数有报论》前人已证为伪作，参见傅璇琮《李德裕年谱》，齐鲁书社1984年版，第532页。另，傅璇琮后来在编纂《李德裕文集校笺》和修订《李德裕年谱》时改变了原来《穷愁志》非李德裕所作的态度，认为《穷愁志》绝大部分为李德裕所作，这一观点得到了学术界的普遍认同。

③ 《文苑英华》亦有"史论""杂论"两类，与此合。

④ 按：文中言"闰十二月二十八日"，《李德裕文集校笺》系于"大中三年十一月"，恐误。

⑤ 《全唐文》卷七○七，《穷愁志序》第7册，第7263页。

⑥ 《北梦琐言》卷八《李太尉与段少常书》，第172页。

⑦ 本节德裕诸论均引自《全唐文》卷七○八至卷七一○，第7册，第7268—7291页，以下不再一一出注。

德裕喜做翻案文章，他批判伯夷叔齐、三良等这些史书中被赞颂的高士忠臣。如伯夷叔齐，司马迁将其作为《史记》七十列传第一篇，历来为孔孟至韩愈的儒家代表视作古代高士的范型而倍加尊崇，然而德裕却反其道言之："昔夷齐不食周粟，饿于首阳之下，仲尼称其仁，孟轲美其德，盖以取其节而激贪也。"开篇即认为孔孟称扬夷齐乃是不满于当世的贪婪之人，新人耳目；更云"辍飧薇蕨，斯可谓不智矣"，"若以粟者周人之播殖，则夷齐得非周人乎？反覆其道，尽未当理。然夷齐之行，实误后人"（《夷齐论》），讥讽伯夷、叔齐的迂腐。再如秦穆公宠臣车家三良，在其死后殉葬，被视为忠贞，而德裕却云："咎繇尚不殉于舜、禹二后，周公尚不殉于文、武二王，三良讵可许之死乎？""三良者，所谓殉荣乐也，非所谓殉仁义也"（《三良论》），乍听起来，颇为狂悖，细细品味，亦有一番道理在。

德裕对汉代张辟疆、袁盎、张禹等儒士更有微词。针对张辟疆建议丞相陈平迎合吕后，封吕禄、吕产为王以免杀身大祸一事，德裕云："扬子美辟疆之觉陈平，非也。若以童子肤敏，善揣吕氏之情，奇之可也；若以为反道合权，以安社稷，不其悖哉！"（《张辟疆论》）"无双国士"袁盎谏于文帝，称周勃乃功臣，非社稷之臣，德裕认为此"见勃自德其功，有以激之也，非至理笃论，此言足以惑文帝聪明，伤仁厚之政"，周勃"心存社稷，志在刘氏，外虽顺逊，内守忠贞"，真可谓"社稷之臣"。袁盎虽后来解救周勃于危难之中，德裕仍以为"杨子称盎忠不足而谈有余，斯言当矣"（《袁盎以周勃为功臣论》），至于"七国之乱"时建议景帝杀晁错更是有违神明，故有"安陵之祸"。汉文帝时大儒张禹对大将薄昭的死负有责任，德裕极言："致汉室之亡，成王莽之篡，皆因禹而发，可谓汉之贼也，国之妖也。"（《张禹论》）

德裕每每对前代史臣共识之语不以为然，如《汉元帝论》之"汉元帝习武帝游宴后庭，又性好音乐，与宏恭、石显图议帷幄之中进退天下之士，史臣赞曰：'优游不断，汉宣之业衰焉'。余以班固之言，未尽其癖"。《荀悦论高祖武宣论》之"班固、荀悦，皆文雅之士，以元帝好儒，征用儒生，故以兹为美，而深罪石显，痛心泣血，称诗人'投畀豺虎'，嫉之甚也。异乎余之所闻也"。《梁武论》之"世人疑梁武建佛刹三百余所，而国破家亡，残祸甚酷，以为释氏之力，不能拯其颠危。余以为不然也"。德裕的这三篇史论均对史家提出反驳与质疑，并且进一步提出理由：他反问"（汉）元帝自称淫乱之君，各贤其臣，令皆觉悟，天下安得危亡之君？"感叹："（汉）宣帝称'乱吾家者太子也'，知子莫若父，信哉是言！"讥讽"梁武所建佛刹，未尝自损一毫"，故有遭软禁而死的劫难。这些均一针见血，角度新颖，而言之成理。

德裕好发新论，这在前文论其赋时已有探讨，在论体当中也不乏新见。如《退身论》对于老子"功成名遂身退，天之道也"的命题提出新见，举历代功臣名相难以全身而退的例子以证功成身退之艰难与可行性的缺失，文中云："自前朝李右相、元中书，皆宴安厚味，终婴大戮。所以文种有藏弓之恨，李斯有税驾之叹，张华愿优游而不获，傅亮赞识微而不免。此四子者，皆神敏知几，聪明志古，图国致霸，动必成功，而自谋其身，犹有所恨，况常人哉！其难于退者，以余忖度，颇得古人微旨。"他解释了难以隐退的原因："天下善人少，恶人多，一旦去权，祸机不测。掺政柄以御怨诽者，如荷戟以当狡兽，闭关以待暴客；若舍戟开关，则寇难立至。迟迟不去者，以延一日之命，庶免终身之祸，亦犹奔马者不可以委辔，乘流者不可以去楫，是以惧祸而不断，未必皆耽禄而患失矣。"这里渗透着德裕自身命运在其中，故颇有说服力，结尾云："则知勇退者岂容易哉！而陆士衡称'不知去势以求安，辞宠以招福'，斯言过矣。"整篇文章入情入理，引人深思，虽是新见，却并不给人生硬牵强之感。其余如"夫明主可以理夺，其要在于闻所未闻"（《天性论》），亦新而入理，深谙驾驭之术，并非单纯书生之见。再如《豪侠论》："夫侠者，盖非常之人也。虽以然诺许人，必以节气为本。义非侠不立，侠非义不成，难兼之矣。"最早将"侠义"并提，强调两者的互相依存关系，突出为侠者"节气"的重要性，将"侠"与"盗"区分，认为"士之任气而不知义者，可谓之盗矣"，对后世武侠小说有一定影响①。

2. 杂文：对当世之影射针砭

此所谓德裕思"当世之所疑惑"者。德裕的杂文对现实世界的影射意

---

① 参见陈平原《千古文人侠客梦》，新世界出版社 2002 年版，第 16 页。

义显而易见，许多抨击与讽刺当世的言论没有顾忌与保留之心。如果说德裕的史论还是借史以言己意的话，其杂文则直面惨淡的人生，真若匕首和投枪，向世界呐喊与鸣冤。

可举党争为例。德裕一生深陷朋党争斗之中，屡遭异己之排斥打压，终于在晚年被牛党贬死海南，诚如《北梦琐言》所言："愚曾览太尉《三朝献替录》，真可谓英才，竟罹朋党，亦独秀之所致也。"① 德裕自身是否为朋党，前人颇有争论，或认为其无党，或认为其为李党魁首。以德裕的文章看来，他是深深痛恨于朋党之苦的，曾在多篇文章中申述自己对朋党问题的理解。《朋党论》是晚年对于这一问题的总结："治平之世，教化兴行，群臣和于朝，百姓和于野，人自砥砺，无所是非，天下焉有朋党哉？仲长统所谓'同异生是非，爱憎生朋党，朋党致怨隙'是也。"强调太平之世不会有朋党，朋党产生于是非爱憎之分歧当中。他追述"东汉桓灵之朝，政在阉寺，纲纪以乱，风教寖衰，党锢之士。始以议论疵物，于是危言危行，刺讥当世，其志在于维持名教，斥远佞邪，虽乖大道，犹不失正"，党锢之士于东汉时为正义之士，而"今之朋党者，皆依倚幸臣，诬陷君子，鼓天下之动以养交游，窃儒家之术以资大盗，所谓教猱升木，嗾犬害人，穴居城社，不可薰凿"，矛头直指政敌，所谓依倚之"幸臣"，乃指牛党当时之党魁牛僧孺、李宗闵、杨虞卿、白敏中等人，"诬陷君子"，即指己之无故遭贬，"鼓天下之动以养交游"乃指牛党私结亲己势力，"窃儒家之术以资大盗"指牛党以儒家学说为招牌，实无大用，"大盗"即指前所称之幸臣②，并用形象之比喻称其陷害忠良。"汉之党锢，为理世之罪人矣；今之朋邪，又党锢之罪人矣"，朋党之辈"皆小才小勇，祇能用诡道入邪径，鼠牙穿屋，虺毒螫人，如巨海阴夜，百色妖露，焉能白日为怪哉？大道之行，当蘜粉矣"。末句已然语出愤恨。《宾客论》其实也是针对当朝宰相的一篇朋党论，文章首先指出目前的社会现象，"始皆欲招贤人，而天下贤人少，小人多，贤人难进，小人易合，难进者鸿冥，易合者胶固矣"。并以汉代史实证明之。"谓之贤人，必非党附朝宰，交乱将相者矣。""况世秉大政者，常不下三四人，而轻薄游相门，与柳槐齐列，所谋

① 《北梦琐言》卷六《李太尉请修狄梁公庙事》，《唐五代笔记小说大观》本，第126页。
② 参见此句下德裕之自注。

以倾夺为首，所议以利为先"，末尾认为"余谓丞相闭关谢绝宾客，则朝廷静矣"，宰相是朋党兴衰的关键所在。《小人论》更是锋芒毕露，直指白敏中、杨嗣复、李珏等人忘恩负义，以怨报德："世所谓小人者，便辟巧佞，翻覆难信，此小人常态，不足惧也；以怨报德，此其甚者也；背本忘义，抑又次之。便辟者疏远之，则无患矣；翻覆者不信之，则无尤矣；唯以怨报德者，不可预防，此所谓小人之甚者也；背本者虽不害人，亦不知感。"德裕在《虚名论》中借刘向、干宝之口发抒己之愤激，"君子独处守正，不挠众枉，勉强以从王事，则反见憎毒谗诉"。讥讽虚名者"分曹为党，往往群朋，将同心以陷正臣"，"其倚伏虚旷，依阿无心者，皆名重海内"，故深深不齿于山涛、魏舒之行径。然虚名者本人"腼貌于世，未尝自愧，趋之者如飞蛾赴火，惟耻不及，岂蚩蚩负蹶之谓哉？"他们往往人多势众以自保："以众多为其羽翼，时不敢害，后来者以声价出其口吻，人不敢议，以此相死，自谓保太山之安，可以痛心哉！"所有这些，均有着较强的影射针砭意义，处处透露着对当时牛党新人对自己的打击迫害的愤懑与控诉。

到底何为朋党？德裕在会昌秉政时曾有专论。会昌五年十一月针对"孔子其徒三千，亦可谓之朋党"的言论，德裕撰《论侍讲奏孔子门徒事状》。他首先举刘向观点认为"昔孔子与颜回、子贡更相称誉，不为朋党；禹稷与杞陶转相汲引，不为比周。何则？忠于为国，无邪心也"。贤人君子"忠于国则同心，闻于义则同志，退而各自行已，不可交以私"。可见在德裕心中"忠于为国，无邪心""各自行已"，不交以私即不是朋党。故公孙宏、汲黯、房玄龄、杜如晦皆不为党。那么，何者为党？德裕以古今事例与孔子师徒之行为对比来说明。先是举汉代的例子："《汉书》称朱博、陈咸相为腹心，背公死党。东汉周福、房植，各以其党相倾，议论相轧。故汉朝朋党，始于甘陵二部，及其甚也，谓之钩党，继受诛夷，以《王制》言之，非不幸也。魏朝何晏、丁谧，依附曹爽，祖尚浮虚，使有魏风俗，由兹大坏。此皆为朋党也，略举数节，以明其类。至于历代朋党，不可殚言。""仲尼知季路之不免，子游识子张之未仁，曾子罪卜商丧亲无闻，夫子罪宰我钻燧为久，恶既不掩，善国宜称，此又不可为党也。"不掩恶则不为党。接着举战国四公子的例子："班固称周室既微，由是列国公子，魏有信陵，赵有平原，齐有孟尝，楚有春申，抵掌而游谈者，以四豪为称首，于是背公死党之议成，守职奉上之义废矣。此四豪者，各有门客三千，而谓之党；仲尼三千，则不为党。盖仲尼之徒，惟务仁义，不以爵禄为贵；四豪之门，惟务谲诈，尝以势力相高。”党与不党在于务仁义还是务谲诈。进而由古及今，“臣未知元和以来，所谓党者，为国乎，为身乎？若以为国，则随会、叔向、汲黯、房元龄之道，可得行矣，不必聚党成群。以臣观之，今所谓党者，进则诬善蔽忠，附下罔上，歙歙相是，態不可容，退则车马驰驱，唯务权势，聚于私室，朝夜合谋，清美之官，尽须其党，华要之选，不在他人，阴附者羽翼自生，中立者抑压不进。孔门颜、冉，岂有是哉？”前人评此文“理解明确，正论肃然”[①]，深得儒家治国之旨，故新旧《唐书·李德裕传》《资治通鉴》均引用之。德裕的政敌牛僧孺亦有《辨私论》《守在四夷论》等文，入选《文苑英华》，但其胸襟气度与德裕相比相差何啻千里。但是，德裕此文虽然“分别邪正公私，可谓穷源讨本”。但在具体的实际政治斗争中，“惜其行不逮言，不能免于清议也”[②]，德裕当政即有排挤他人的行为，亦不必为其讳饰。

德裕针对时事而发论者，还有《奇才论》之于甘露之变。德裕虽被称为奇才，但对世之所谓“奇才”的李训则嗤之以鼻。直言：“李训甚狂而愚，曾不及于徒隶，焉得谓之奇才也？自古天下有常势，不可变也。”德裕举三例予以证明，陈平寤“将相和，则社稷安”之道理，“将相交欢，以败产、禄”“近世五王之诛二张”“元载之图鱼朝恩”。“夫举大事，非北门无以成功，此所谓天下之常势也。”实切中要害。陈寅恪认为“唐代历次中央政治革命之成败，悉决于玄武门即宫城北门军事之胜负，而北军统制之权实中央政柄之所寄托也”[③] 的观点，当渊源有自。他最后感叹道：“嗟乎！焚林而畋，明年无兽，竭泽而渔，明年无鱼，既经李训猖獗，则天下大势，亦不可用也。”诚如德裕《任臣论》所称“唯异于人者，可以惧矣”，貌似才华出众，实无大略，岂可用来安天下之大计？《伐国论》是一篇女子祸水论，“自古得伐国之女以为妃，未尝不致危亡之患者”。“危

① 《全唐文纪事·卷首》康熙语，第 31 页。

② 《御制古文渊鉴》（二）卷三九。

③ 《唐代政治史述论稿·中篇》，上海古籍出版社 1992 年版，第 53 页。

亡之兆，鲜不由此。史苏所谓必有女戎，妹喜、妲己、褒姒是也。"文中举晋献公、苻坚、梁武帝、隋文帝皆因女子而误国为史证，但实际上乃针对武宗宠信之王贤妃有专房之宠①，恐于社稷不利。《食货论》一文云"非宰相之器，以此职为发身之捷径，取位之要津，皆此汲引，以塞讪谤。领此职者，窃天子之财"，针对王涯等"聚货制用"的度支使一类财政大臣榷茶厚敛钱财，以为晋身之阶，最后官至宰辅。德裕另有《货殖论》却与《食货论》不同，主张宰相当掌握丰厚的财物方能有所作为，德裕认为"欲知将相之贤不肖，视其货殖之厚薄。彼货殖厚者，可以回天机，斡河岳，使左右贵幸，役当世奸人，若孝子之养父母矣。阴阳不能为其寇，寒暑不能成其疾，鬼神不能促其数，雷霆不能震其邪，是以危而不困，老而不死，纵人生之大欲，处将相之极位，兄弟光华，子孙安乐"。这是对会昌五年自己建物库直接控制财政的一种辩驳②。

3. 精深峻洁，有为而发

与其赋体文、制诏奏议文相类，无论是对历史的评说还是对现实的抨击，德裕的史论杂文均有为而发，且立论精深，言辞峻洁，用他自己的话说就是"箴而体要"（《穷愁志序》）。

德裕对历史人物的新解与颠覆，有其性格中追新猎奇的因素，但更多的是借历史人物的评说抒胸中之块垒，辩论自己的君臣大义。故他认为为君者"在于能断"（《张禹论》），"任之不疑"（《汉元帝论》），为臣者应"为社稷死则死之"（《三良论》），"仁智兼备"（《夷齐论》）而"不尚权谲"（《张辟疆论》）。他的杂文的核心主题亦是论为君为臣之道。德裕可以说是继中唐韩愈等人之后强调君权重要性的典型代表。他主张为君者驾驭臣子当御之以气，言之以礼。故云："帝王之于英杰，当须御之以气，结之以恩，然后可使也。若不以英气折之，而宠以姑息，则骄不可任；若不以恩爱结之，而肃以体貌，则怨不为用。"（《英杰论》）"帝王与群臣言，不在援引古今以饰雄辩，惟在简而当礼。雄辩不足以服奸臣之心，惟能塞诤臣之口。"（《王言论》）对皇权的强调，乃是针对中唐之后大权旁落的现状有

①　参见孙敏《李德裕与牛李党争》，四川大学出版社 2004 年版，第 124—125 页。

②　会昌五年所作《论朝廷事体状》一文中即明言给事中韦私质受人唆使上疏言中书权重，三司钱谷不合由相府兼领。

感而发。德裕认为"武帝躬亲万机，严明御下，人自守法，不敢为非"（《宾客论》），"后代能如汉之文武……虽有幸臣，亦何害于理哉"（《近幸论》），在《英杰论》中谈到帝王对于人才的如何驾御与使用，以汉元帝比唐宣帝，对其崇尚儒术，任用宏恭、石显不以为然，对宣帝"雅尚文学"的方式亦有微词，事实上"至成哀凌替，才三世而王莽篡汉"，唐帝国亦"亡于宣帝"手中。盖国势日颓，以儒术、文学统治，终难救国于衰颓。

德裕的史论并非单纯地追新出奇，读其文可以见其身世遭际。他切叹于汉昭帝之明德，"百邪不能蔽"，然"才弱冠而殂，功德未尽，良可痛矣"（《汉昭帝论》），诚如武宗之早崩。对于臣下的权力他有着清醒的认识，一方面谈到大权授之奸人的后果，如《三国论》云："人君不可一日失其柄也，如神龙之脱深泉，震雷之无烟气，威灵既露，人得制之。蒋济睹魏文帝与夏侯尚诏曰：'作福作威，为亡国之言。'所谓柄者，威福是也，岂可假于臣下哉。后代睹三国之事，可不戒惧哉。"近人李岳瑞对此有着精彩的分析："向余读是文，疑其有为而发，必非泛论古人。及读至终篇，丁宁反复，情见乎辞，且明著后世有类此者之语，然后益信其所疑为不诬也。观宣宗得国以后，其于端陵君臣，如有深仇殊毒，必尽去之而后为快，使仅为区区戏谑侮弄小事，报复何至若此之甚，疑武宗在日，必尝致疑于宣宗，有意去之以除后患，而文饶亦尝以此劝之，逮不顾耳！白敏中无尺寸之功，而大中嗣历，骤升元辅，非夙有因德，胡以致此。文饶意中之张禹，殆即指此人耶？敏中之得入翰林，由文饶之汲引，极力反噬，其隐情可见矣。书缺有闲疑未能明，姑附识于此，以质诸世之精熟唐时事者。"[1] 所论不虚，其怀疑有史实根据，德裕确是针对白敏中当国之后的种种有所为而发，近人王文濡亦云："此篇与柳宗元《晋文公问守原议》[2]，同一用意，结末二句，显然可见。"[3] 另一方面，却认为"非专任亦不能致霸"，要重用贤臣，才能

---

[1]　《李卫公》，第113页。
[2]　按：柳文乃借晋文公问守原于寺人一事的非议，影射当时威柄下移，政在宦官，有着鲜明的现实针对性。
[3]　《唐文评注读本》上册，《论辨类》，第11页。

成就伟业，此桓公所以"一则仲父，二则仲父，桓公所以能九合诸侯，为五霸之首。中代蜀主之任孔明，苻坚之用景略，虽关羽不能移，樊世不能惑，蜀与秦皆君安国理，非专任之效欤？"（《管仲害霸论》）齐桓之于管仲、蜀主之任孔明、苻坚之用景略。这显然是以之比附自身的，会昌年间，武帝正是专用德裕而成就中兴事业。

德裕的杂文，亦复如此。他曾精辟地指出"欲知国之隆替，时之盛衰，察其任臣而已"（《任臣论》），主张为臣者应慎独诚实，注重名节，故云"士君子爱身防患，无蹰于慎独矣。能惧显觌，不为暗欺，忠信参于外，虽有盗贼，不能为患矣"，"人不可以不诚矣"（《慎独论》）；"夫名节者，非危乱不显，非险难不彰，免铁锁全性命者，尚十无二三，况福禄乎？若使不受困辱，不婴楚毒，父母妻子，恬然安乐，则天下之人尽为之矣，又何贵于名节者哉？"（《近世节士论》）同时，对于文臣与武将的使用自应有所区别，对方镇戎帅"与见道德之人，接方正之士不同也"，"不可以繁礼饰貌，以浮辞足言，宜洞开胸怀，令见肝肺。气慑其勇，恩结其心，虽踞洗召之，不为薄矣"。《臣子论》具体讨论为臣之道，"士之有气志而思富贵者，必能建功业；有志气而轻爵禄者，必能立名节"。二者志向虽有不同，但身处乱世，一者可以戡乱，一者可以死难，皆能救人君之急，然"唯重名节者，理乱皆可以大任"。前人评云："立功立节两言，已括臣道，而又以名节为本，洵为卓尔之见。"[1]文章围绕"立节"二字，对各类臣子进行分析评价："平淡和雅"之君子虽于太平之世不能急病理烦，于时危世乱之时不能捐躯济危，但亦能"羽仪朝廷、润色名教"，自然可贵，于名节亦无所损；"有不拘小疵而能全大节者"，如玉之微玷，瑕难掩瑜，在大是大非问题上能"心存王室"，亦为不悖节义之本；最不可恕者，是背本忘义者，应当尽力驱除。难怪明人李东阳评曰："此文较量前世功名之士，不无出入于名节之闲，盖欲使用人者，知所容耳，非为矜功自肆之人借口也。末数句当时必有所指。"[2] 文章的末尾称"今士之背本者，人君岂可保之哉"似即影射白敏中等人忘恩负义。

---

[1] 《全唐文纪事·卷首》康熙语，第32页。
[2] 《御制古文渊鉴》（二）卷三九引。

《穷愁志》中尚有多篇谈及为臣为相之道,影射当世及自身。《旧臣论》云"不改先王之道则事之,改先王之道则去之","伤废先王之道","魏晋以降,居相位者,皆腼面愧心而已"。"弃先王之故老以掩其羞,用先王之罪人以协其志,若天地间无神明则已,倘有神明,鬼得而诛之矣。""虽时移政改,莫非旧臣","为人臣者,罔念于此,可谓有百心矣"(《宋齐论》),"国之衰也,忠贤先去",此所谓"弃善人"(《荀悦哀王商论》),均是有所针对性地隐含己之被弃。德裕对历代辅弼君主成就盛世的贤相非常推崇,如周公、管仲、张良、诸葛亮,本朝之郭元振、张说、宋璟等,《新唐书·李德裕传》谈及德裕与武宗关于本朝任用宰相的一段议论,专门引述此论的主要内容,并云:"太、玄、德、宪四宗皆盛朝,其始临御,自视若尧、舜,寖久则不及初,陛下知其然乎?始一委辅相,故贤者得尽心。久则小人并进,造党与,乱视听,故上疑而不专。政去宰相则不治矣。在德宗最甚,晚节宰相惟奉行诏书,所与图事者,李齐运、裴延龄、韦渠牟等,讫今谓之乱政。夫辅相有欺罔不忠,当亟免,忠而材者属任之。政无它门,天下安有不治?先帝任人,始皆回容,积纤微以至诛贬。诚使虽小过必知而改之,君臣无猜,则谗邪不干其间矣。"充满着德裕对于明君能臣的向往,武宗与自己即是最好的范型,可惜与宣宗时德裕的现实遭际相比照,无疑已是盛朝不再,故这些杂论更显出其愤恨之意。

　　将德裕早年的奏疏、箴文与晚季"穷愁"诸论进行对比,可以明显看出其思想心理与创作技法的变化。德裕写作《穷愁志》时,"平生旧知,无复吊问","大海之中,无人拯恤"(《与姚谏议郎书三首》),且贬官崖州,根本无由进谏,故其此时的杂文史论均具有论辨性质。这可由德裕对方士的前后态度略见。唐代帝王多为药所误,如太宗、宪宗、穆宗、敬宗、武宗、宣宗之死均与服药有关[①]。早在宝历二年(826),德裕就曾上《谏敬宗搜访道士疏》引广成子和孔子之语言修身之理,"臣所虑赴召者,必怪迂之士,苟合之徒,使物淖冰,以为小术,炫耀邪僻,蔽欺聪明,如文成五利,无一可验","盖以宗庙社稷之重,不可轻

[①] 《廿二史札记校证》卷一九《唐诸帝多饵丹药》,第398—399页。

易。此事炳然，具载国史"。切中时弊，写于敬宗迷信方士正浓之时，这需要过人的胆识与具有说服力的文字为依托。大和五年（831），德裕任西川节度使作《黄冶赋》，此乃有感于方士炼丹求长生之术的欺骗性，篇首言"汉武帝遭世承平，百蛮以宁。自谓德成尧禹，功高汤武"，遂迷信方士，并以此问董仲舒，答曰"臣惟闻天地变化，圣人镕范，方士之言，臣以为诒"，并分析圣人之道，"若乃不务德业，营信秘录，祈年永久，以极嗜欲，斯则不由于正道，无益于景福"。武帝听后罢方士而后"汉道隆盛，令名不亏"。这是一篇托名喻上之辞，用以劝谏，与其在浙西时上书反对征召周息元入朝为相的观点相同，前人称其"与古文同一格调"①，表明铸金术之误人，反对方士炼丹。宝历与大和年间，德裕乃深感于方术的危害而上疏言事，希望帝王能有所开悟，而大中时期，德裕则淡去了这种劝谏之心，所写关于方术的论文，则意在阐明自己的观点，并非单纯反对的无根之谈。如《黄冶论》虽自称对于黄冶变化不甚了了，但却自有一番言语申说其奥妙，他认为丹药乃是用天地之精，合阴阳之粹炼制而成，"若以药石镕铸，术则疏矣"，并明言"方士固不足恃"。《方上论》开篇即言"秦皇、汉武，非好道者也"，这是一个不同于流俗的新异观点，德裕解释云："盖以享国既久，观乐已极，驰骋弋猎之力疲矣，天马碧鸡之求息矣，鱼龙角抵之戏倦矣，丝竹鞞鼓之音厌矣，以神仙为奇，以方士为玩，亦庶几黄金可成，青霄可上，固不在于啬神炼形矣。"深入透析到历代帝王贪恋丹药的原因所在。德裕曾力劝武宗勿亲近道士，但武宗以"宫中无事，以此遣闷"为由拒绝谏议。最后德裕感慨道："大抵方士皆习静者，为之隐身岩穴，不求闻达，如山鹿野麋，是其志也。岂乐翘车之召哉？敢自炫其术，面欺明主者亦鲜矣。"德裕作此文意在讽刺武宗宠信道士赵归真，终服其丹药中毒致死。在《祥瑞论》中，德裕提出应对外表美丽实为妖孽的所谓祥瑞之物有所戒备，"夫天地万物，异于常者，虽至美至丽，无不为妖，睹之宜先戒惧，不可以为祯祥"。德裕举实例以为证："贞元中，余在瓯越，有隐者王遇，好黄冶之术，暮年有芝草数十茎，产于丹灶之前。遇自以为

---

① 郭预衡：《中国散文史》中册，上海古籍出版社1993年版，第375页。

名在金格，畅然满志，逾月而遇病卒。"类似芝草为凶兆的还有两例，德裕"耳目所验，非自传闻"。德裕由此引申其义，深刻地指出国家兴亡亦为同理，"褒姒、骊姬，皆为国妖，以祸周、晋，绿珠、窈娘，皆为家妖，以灾乔、石，不可不察也"。而且"徵应不在于当世明"，三国魏时在张掖郡柳谷村发掘的瑞石，就是一个典型的例证，瑞石实乃魏室灭亡的凶兆，预示着晋取代魏，所以要警惕桑谷、雊雉类的鄙物，鄙物出而国亡。凡此，讥讽之意尽在其中，显然有着强烈的现实针对性。

德裕论体的论辨性也可表现在前述的进谏主题当中。如《忠谏论》前人即称其"多引事实，略发辨议，而意已明"①。文章分别举人君拒谏与人臣忠谏之二端，拒谏或因为爱名，或因为不能去欲，"必不能去之，亦不欲人谏已"；忠谏者或希望君行天道，身安国理，故其辞婉，或企图名高后世而不顾身危国倾，故其辞讦。然后列举古代贤臣忠谏之例，说明谏之道在于婉，英主必能从谏。这不单是对自己身世的论辨，也包括对于朝政的论辨，有时二者是交织在一起的。明人方孝孺曾就此申说云："欲道行而辞婉，才是本乎诚心。勿欺乃犯，若老泉欲使龙比，学苏张之舌，则全以权谲用事，失之远矣。"②再如《近幸论》分析幸臣干预朝政这一现象，颇具论辨性，自有理趣。文章首先指出："自古中主以降，皆安于近习，疏远忠良。其主非不知君子可亲，小人可去，而不改者，其蔽有二：一曰性相近，二曰嗜欲深。"并举出许多汉代幸臣侯览、张让、宏恭、石显乱政等为例，然而汉文帝、武帝，盛唐开元时，虽有幸臣而六合晏然，千古莫及，原因是"幸臣不得干政故"。前人称此文"切于唐季一时之事实，千古之龟鉴也"③。可谓切中肯綮。大中三年（849）十一月底，当德裕穷困潦倒，人生即将走向终点之际，深感姚崇《口箴》慎言可贵，撰下《舌箴》以诉愁肠，强调"言贵无瑕，辩贵若纳"，"勿以寐一言而取宰相，以舌三寸而为帝师"④。相较二十五年前的《丹扆六箴》，内敛中饱含着愤

① 《全唐文纪事·卷首》康熙语，第 32 页。
② 《御制古文渊鉴》（二）卷三九引。
③ 《全唐文纪事·卷首》康熙语，第 32 页。
④ 《全唐文》卷七一〇，第 7 册，第 7293 页。

澹之心，显示出其文风的变化。

陈振孙《直斋书录解题》对德裕有评价云："其论精深，其词峻洁，可见其英伟之气。"① 真可谓有识之论，准确地概括了德裕论体文的特性。

综上所述，"大手笔"作家李德裕的应用文创作特点可用"雄且奇，简却精，骈亦散，典而畅"来概括。

（1）所谓"雄且奇"者，指德裕为文充溢着浓郁的雄毅气象，其制诏代为王者言，雄骏而深全国体，其赋与论体文亦一以贯之。诚如《汉元帝论》所云："夫帝王者天也，天以刚健为气，粹精为体。气刚而健，则三光不昏；体粹而精，则四气不乱。刚也者，不息之谓也，故权衡独运，四时不忒；粹也者，不杂之谓也，故乖气消散，阴阳不谬。"故其文讲求以气行文，且将汪洋恣肆与凝练蕴藉两相结合，自显英雄本色。文之奇者是指其论之翻案新解，出语不俗，令人耳目一新。

（2）所谓"简更精"者，指德裕为文"意尽而止"（《文章论》），其《大迦叶赞》《圣祖院石磬铭》仅 32 字，制诏奏议最多三五百字，较少长篇，所谓"辞达而已矣"。中国古代诗文本以简约为尚，德裕的公文奏议即颇为简练，而且一事一议，约略形成一文一事制度。论体文一般亦 300 字左右，咏物言志，意旨明确，观点集中，并不芜杂。德裕为文务求"简而当理"，其为文具有极强的议论性，公文中叙事之中兼以议论，其文集卷第十二"杂状"一卷与卷第十三至第十六"论用兵"四卷，均有很强的议论性，如《幽州纪圣功碑铭》中关于用兵的议论："夫兵者，所以除基害也，爱人则恶其为害，禁幕则恶其为乱。虽赛智不杀，化之以神；至德允怀，招之以礼。然《书》有猾夏之戒，《传》有修刑之训，皮舜四罪，乃成大功，文王一怒，以至无侮，非德教之助欤！"至于早年的以议论入赋和晚年所作的论体文往往开宗明义，然后引用古今史例，结以点睛之笔而意显为结构特色，文简而理周。

（3）所谓"骈亦散"者，主要乃指德裕之句式而言。骈体文的主要特点是语言对偶、四六句式、音韵声律、用典藻饰。德裕的文章总体上不骈不散，不独平侧对偶，大体而言，制书、让官、谢表与箴铭均为典型骈

① （宋）陈振孙：《直斋书录解题》卷一六，上海古籍出版社 1987 年版，第 482 页。

文。《讨刘稹制》即为骈文之有力者，已如上述。可举者还有《与黠戛斯可汗书》一段："可汗特禀英姿，生知雄略，奋扬威武，底定龙荒，扫回鹘之穹居，报怨以直，护公主之厮幕，事大以诚，又遣贵族信臣，载驰朔漠，名马鸷鸟，远涉流沙，既展同姓之亲，克副怀柔之旨，眷言勋绩，深慰予衷。"更是标准的骈体公文。但其他的奏议多用散体，至若《论嗢没斯家口等状》全用散体。而且骈体其实不便于议论，故德裕的论难之文不时以散体结构或以散运骈。

（4）所谓"典而畅"者，是指德裕的制诏奏议及论体文中均广泛地使用典故人文，题命篇章，悉有所本，对史典事典信手拈来，且将古典与今典交织在一起，前后映衬，具有极强的说服力。所谓"畅"，则无论是奏议之明白晓畅，还是论体之酣畅淋漓，不因大量的用典而使文章生涩难读，尽量避免生典，或是典故的反复使用，或是古典与今典对于同一事件的申说力证，有时还忍不住自注以明其文意，均使其文章易懂，前人评其"生平论文，以明白翔实、曲情事理为之，而不屑于声调藻绘之末"①，可谓知言。

---

① 《李卫公》，第 103 页。

第五章　唐代"大手笔"作家综论

通过以上几章的个案分析，对于唐代"大手笔"作家的创作成就有了较为全面的认识和理解。以下再从唐代"大手笔"与儒学复振、骈散消长及文风转换之间的关系及他们身为王朝重臣与文坛宗主对唐代文坛产生的影响等角度作纵向的综合考察。

第一节　唐代"大手笔"作家与儒学、文风的演进、转换

一　"大手笔"作家与唐代儒学的三次复振

在中国历史上，儒学有多种形态，每一发展阶段所起的作用不同。清人皮锡瑞《经学历史》中断言"唯唐不重经术"，唐代儒学的理论著述确实无甚光彩。有学者指出，在唐代三教实际的势力而言，佛教第一，道教第二，儒家居末[①]，对此似可商榷。"判断某一时代的某种思想是否有光彩，或者说是兴盛还是衰弱，不能仅仅看其理论著述，还要看这种思想是否发挥了作用，是否产生广泛的影响。即是说，要看思想的实践化程度。如果从这一角度看，唐代不仅不是儒学思想的衰弱时期，相反，倒是儒学思想大放光彩的时期。"[②]唐代儒学的实践性体现在大量的文章创作中，唐代每一次思想秩序的重建与复振都与"大手笔"作家的政治与文学活动紧密相连。这是讨论政治兴衰与思想、文风转换的价值所在。唐代儒学是汉代经学与宋代理学的过渡环节。虽然唐代关于儒学的著述相对于汉、宋

---

① 任继愈：《中国哲学发展史·绪论》（隋唐卷），人民出版社1994年版。
② 唐晓敏：《中唐文学思想研究》第二章《儒学与中唐文学革新运动》，北京师范大学出版社2000年版，第33页。

两代相形见绌，但儒学依然在思想领域占据统治地位，所谓"三教之中儒最尊"（罗隐《代文宣王答》）。"大手笔"作家在唐代儒学的三次复振过程中均起着非常突出的作用。

1. 初唐"大手笔"作家与儒学化向文学化的转换

自汉武帝"罢黜百家，独尊儒术"，定儒学为一尊，儒学从此成为汉代正统思想。汉末迄唐初四百余年，经历魏晋六朝浮华，渐呈古道夷替。《旧唐书·儒学上》："近代重文轻儒，或参以法律，儒道既丧，淳风大衰。"[①] 从北魏孝文帝振兴"文教"、北周武帝灭佛灭道以加强儒教典祀教义，隋暨唐初统治者继承北朝的作风，网罗儒者，收集古代典籍，以复兴儒教。

"儒为教化之本，学者之宗；儒教不兴，风俗将替。"[②] 唐代建国之初，对于政权的合法性与合理性有着相当深的忧虑，故唐高祖"虽得之马上，而颇好儒臣"，"兴化崇儒"，大力复兴儒学教育。特别是太宗从秦王到天子，从创业到守成，继位的不合法性使他深刻感受到文治的重要性，于是"建礼作乐，偃武修文"[③]，"饰贲帛而礼儒生"，广召天下儒士讨论教义，史称当时周边高丽、百济、新罗、高昌、吐蕃等国均派贵族子弟来长安求学，"鼓箧而升讲筵者，八千余人，济济洋洋焉。儒学之盛，古昔未之有也"。尤可注意者为贞观四年（630）颜师古考定五经一事。五经被认为是"群言之祖"（《文心雕龙·宗经》），颜师古以晋、宋以来古今本为依据，悉心厘正，校勘审定《五经定本》，当时诸儒提出了许多意见，"异端锋起"，"师古一一辩答，取晋宋古本以相发明，所立援据，咸出其意表，诸儒皆惊所未闻，叹服而去"[④]。于是，贞观七年十一

---

① 《旧唐书》卷一三九上，第 15 册，第 4939 页。

② 《全唐文》卷一六二，刘祥道：《陈铨选六事疏》第 2 册，第 1655 页。

③ 《旧唐书·萧德言传》载德言以年老请致仕，太宗不许，遗之书，云："自隋季版荡，庠序无闻，儒道坠泥途，《诗》《书》填坑穽，眷言坟典，每用伤情。顷年已来，天下无事，方欲建礼作乐，偃武修文。"（卷一八九上，第 15 册，第 4952—4953 页）

④ 《册府元龟》卷六〇一，《学校部·辩博恩奖辩博》第 8 册，第 7217 页。《新唐书·儒学上》记载：唐太宗叹《《五经》去圣远，传习寖讹，诏师古于秘书省考定，多所厘正。既成，悉诏诸儒议，于是各执所习，共非诘师古。师古辄引晋、宋旧文，随方晓答，谊据该明，出其悟表，人人叹服。……帝因颁所定书于天下，学者赖之。"（卷一九八，第 18 册，第 5641—5642 页）

月，颁示天下，作为天下学子的标准读本，影响极大。后来孔颖达以"五经定本"为底本，带领一群当时最著名的经学家，经过十二年的时间，编成《五经正义》，颜师古是主要的修撰参与人员，综合古今，考订异说，定于一尊，以统一南北经义与学风，使得宗派门户之见销声匿迹。这虽说仍是章句之学，但统一的国家有了统一的思想与文化，使儒家思想再度成为官方正统的指导思想，成为各级学术教材，科举考试的依据，这是汉代以来从未有过的盛举，影响甚远，一直至北宋熙宁年间王安石用新经义取士为止。这其中颜师古居功甚伟。故《新唐书》将师古归入《儒学传》。

贞观五年，太宗将造明堂，孔颖达以诸儒立议颇乖故实，主张简朴，作《明堂议》，师古亦有《明堂议》。贞观九年，因太原乃李唐王业肇基之所，故于太原建寝庙，颜师古引经据典反对在京师之外别置宗庙，作《庙议》。贞观十一年，师古与长孙无忌、房玄龄、魏徵、李百药、令狐德棻、于志宁等撰定《五礼》（即《大唐新礼》）。因太宗要封禅，令诸臣讨论，所见不同，有的人认为封禅仪注简略未周，太宗下诏四方名儒参议得失，结果递相驳难，久不能决，师古的《封禅议》被诸儒认为适中，于是付有司实行。贞观十七年五月，作《明堂制度议》，时人以为精审。由于其学术上的巨大贡献，贞观十七年迁秘书监，贞观中此职相继由魏徵、虞世南、颜师古担任，对唐代文化繁荣起了积极作用。他所写的文章大多明于典章制度，对儒学轨范熟稔于心。

唐高宗、武则天时期，儒学逐渐走向衰微，"高宗嗣位，政教渐衰，薄于儒术，尤重文吏"[①]，特别是武后时期，李氏王朝被女性取代，并改朝换代为周，旗帜、历法等象征着传统思想与秩序的儒家教义、教规受到了严峻的挑战，甚至可说是天崩地裂，日月颠倒[②]。在神龙元年（705）唐中宗复位以后，礼崩乐坏的现象也因惯性而依然存在。王朝政治在很长一段时间内被女性（如武后、太平公主、韦后、上官婉儿、安乐公主等）积极地干预，以阴乘阳，以妇凌夫，秩序彻底颠倒，儒学成为徒具装饰性

① 以上见《旧唐书·儒学传》卷一八九上，第 15 册，第 4939—4942 页。
② 葛兆光：《7 世纪至 19 世纪中国的知识、思想与信仰》（第二卷），第一编第一节《盛世的平庸：8 世纪上半叶的知识与思想状况》，复旦大学出版社 2009 年版，第 9—11 页。

的条文，成为背诵和应急的文本，缺乏实际的生活意义，"整个社会都弥漫着一种非学术化的趋向"①。史称"宰相李峤、苏味道等及沈佺期、宋之问诸有名士，造作文辞，慢泄相矜，无复礼法"②。与此同时，取士途径大大放松，一大批非贵族子弟的士人从边缘进入中心，以文章取士成为显著特征，整个上层知识界由儒学化转为文学化，以文章论优劣，并以文章取士，故而文风充满了华而不实的色彩，笃实庄重的经学被轻浮华丽的文学替代。此一时期的"大手笔"作家李峤、崔融正是适应这样的要求登上政治与文学舞台，他们是标准的文学侍臣，歌功颂德，夸饰比附，所写的文章是这一时代浅躁浮露风气的最好体现。

　　2. 张说与开元礼乐文明的振兴

　　唐初的《五经定本》《五经正义》，虽统一了儒学经说，但这一举措是一把双刃剑，经说既定，争端遂绝，知识阶层只知背诵和记忆，而不再务求新说，于是思想的批判性意义消失，经典在考试制度的胁迫下被简约化为一些无意味的文本和公式。近人文廷式《纯常子枝语》卷十四云："《五经正义》既定，而经学遂废，一代谈经之人，廖廖可数。"③ 这种墨守注文的方式，严重束缚了儒学的发展。安史之乱前，儒学基本停滞于章句注疏，儒生不谙事情，不通世务，故李白有"鲁叟谈五经，白发死章句。问以经济策，茫如坠烟雾"（《嘲鲁儒》）之嘲讽。史称玄宗好经术，自注《孝经》，开元十四年下《求儒学诏》，后来又有《崇太学诏》，开元前期尤为重视文治，这与张说是密不可分的。

　　（1）重视儒家礼乐政教。早在则天垂拱四年，张说在《词标文苑科策》中就曾倡导礼乐思想，主张"以义制事，以礼制心"。他曾参预修撰《三教珠英》，《旧唐书·徐坚传》载徐坚与徐彦伯、刘知几、张说同修《三教珠英》，"坚独与说构意撰录，以《文思博要》为本，更加《姓氏》《亲族》二部，渐有条流。诸人依坚等规制，俄而书成"④。在修书过程中，张说与徐坚出力尤多。

---

① 《7世纪至19世纪中国的知识、思想与信仰》（第二卷），第22页。

② 《新唐书·武三思传》卷二〇六，第19册，第5840页。

③ 江苏广陵古籍刻印社影印双照楼本1990年版。

④ 《旧唐书》卷一〇二，第10册，第3175页。

开元元年六月，张说促玄宗果断诛灭太平公主，于玄宗的登基有功。孙逖《唐故幽州都督河北节度使燕国文贞张公遗爱颂》称颂张说此举："首谋四凶，决安危于天下。"《旧唐书·张说传》云："说既知太平等阴怀异计，乃因使献佩刀于玄宗，请先事讨之，玄宗深嘉纳焉。"玄宗不久即征拜张说为中书令。诚如玄宗在封张说为燕国公时的诏书所言："说又定策监抚，谋始危言，防萌屯难，虑终竭节，以身许国，其诚动天。"在朝政极度混乱的状态下，张说始终坚定地站在李隆基一边，后来张说受到玄宗宠信，这是重要原因。即使是开元十四年，张说遭崔隐甫、宇文融及李林甫弹奏，被停中书令职，依然如此。《旧唐书》本传载："（张说）既罢政事，在集贤院专修国史。又乞停右丞相，不许。然每军国大务，帝辄访焉。"开元十八年，张说遇疾，"玄宗每日令中使问疾，并手写药方赐之。十二月薨，时年六十四。上愍恻久之，遽于光顺门举哀，因罢十九年元正朝会"。玄宗下诏书褒美："经济艰难，参其功者时杰；经纬礼乐，赞其道者人师。式瞻而百度允釐，既往而千载遗范。台衡轩鼎，垂黼藻于当今；徽策宠章，播芳菶于后叶。"称其为"时杰""人师"，对其一生给予充分肯定，这无疑向百官发出以张说为楷式学习追摹的信号。

张说凭借与玄宗的特殊关系，对玄宗的文学好尚及文化政策的制定有很大的影响。他在为太子侍读时，即努力以儒家正统文化引导玄宗。玄宗《命张说等两省侍臣讲读敕》云："朕往在储副，旁求儒雅，则张说、褚无量等，为朕侍读。诗不云乎：如切如磋，如琢如磨。斯之谓也。咸能发挥启迪，执经遵道，以微言匡菲德者，朕甚休之。"① "旁求儒雅""执经遵道"，乃是符合其礼乐政教的宗旨。前文曾述及，张说在《上东宫请讲学启》中向李隆基建议"重道尊儒""博采文士"，所以史载玄宗此时对"问理言诗，唯以篇章为主；浮词广说，多以嘲谑为能"② 的文风提出了批评，这可能与张说的疏奏有关。

开元元年，玄宗刚刚消灭太平公主一党，张说即谏禁泼寒胡戏。之后，由于张说在与姚崇的仕宦争斗中失败而被贬（按：张说被贬有玄宗为

---

① 《唐大诏令集》卷一〇五，第491页。

② （清）徐松、孟二冬：《登科记考补正》，北京燕山出版社2003年版，第185页。

树立权威，巩固新政，防止大臣居功自傲以整治功臣的原因①），其文治主张并不适应当时需要强权肃清不稳定因素以巩固皇权的政治局面。一般历史学家认为，姚崇为相期间，唐王朝的政治才又逐渐清明，国力才又日渐增强，在很大程度上，开元盛世的到来，归功于姚崇及其继任者宋璟的"吏治"。但从文学发展的角度看，姚崇等人的吏治，排斥、打击、鄙薄、压制文学之士（后来韦嗣立、赵彦昭、李峤均被贬），却阻碍了文学艺术的发展。所以，张说开元九年再次为相，面对玄宗朝政治稳定经济发展而文化却相对疲弱的局面，适逢其会，逐步展开文化建设，标志着开元王朝进入文治的阶段。此时正是太平盛世，玄宗是个好大喜功的君主，故往往要粉饰文治，张说积极提倡文治，是当时的文儒典范。开元十一年张说第二次拜中书令，全面实施其礼乐文化政策。《旧唐书》本传云："是岁，玄宗将还京，而便幸并州，说进言曰：'原是国家王业所起，陛下行幸，振威耀武，并建碑纪德，以申永思之意。若便入京，路由河东，有汉武脽上后土之祀，此礼久阙，历代莫能行之。愿陛下绍斯坠典，以为三农祈谷，此诚万姓之福也。'从其言。"到并州后，玄宗撰《起义堂颂序》，文曰："礼不忘本，乐保其德，如姬咏周原，而刘歌沛邑，思我列祖如闻叹息之音，嗟尔后人无忘成功之颂。"②申述追怀先帝功业以求长治久安的主旨。张说撰《起义堂颂》对李唐统治的正统性予以充分肯定与赞颂。之后张说作为礼仪使，随玄宗于汾阴脽上上"后土神祠"，撰《后土神祠碑铭》，以期开创礼乐文化的新纪元。玄宗称赞张说："以道佐时，以忠处事。颜虽不犯，尝闻献替之诚；言则不谀，自得谋猷之体。政令必俟其增损，图书又借其刊削，才望兼著，理合褒升。考中上。"③ 开元十三年封禅回途中，至曲阜祭拜孔子，张说有《奉和圣制经邹鲁祭孔子应制》云："孔圣家邹鲁，儒风蔼典坟。龙骖回旧宅，凤德咏余芬。入室神如在，升堂乐似闻。悬知一王法，今日待明君。"对大唐礼乐文明有高度期望。开元十四年，张说奏请删修五礼，又有《唐享太庙乐章》《唐封泰山乐章》等诗，致力

---

① 唐长孺等编：《汪籛隋唐史论稿·唐玄宗时期吏治与文学之争》，中国社会科学出版社 1981 年版，第 196—208 页。

② 《全唐文》卷四一，第 1 册，第 446 页。

③ 《全唐文》卷四一，唐玄宗《赐源乾曜张说考中上词》第 1 册，第 450 页。

于礼乐教化。虽然张说于开元十五年二月，因与崔隐甫、宇文融等"吏治"一派党争，而致仕在家，然文治方略并未有大的改动。张说卒后，张九龄入相，继承了张说的用人观、文学观，直至开元二十五年。

张说作为盛唐一代文儒，对于儒家经义持谨严态度。王应麟《困学纪闻》卷五"礼记"条曰："征《传》曰：'《小戴礼》综汇不伦，更作《类礼》二十篇，数年而成。太宗美其书，录置内府。《艺文志》云'次《礼记》二十卷'。旧史谓采先儒训注，择善从之。《谏录》载诏曰：'类相从，别为篇第，并更注解，文义粲然。'《会要》云：'五十篇，合二十卷。'行冲《传》'元中，魏光乘请用《类礼》列于经，命行冲与诸儒义作疏，将立之学，采获刊缀为五十篇。张说言：戴圣所录，向已千载，与经并立，不可罢。魏孙炎始因旧书，摘类相比，有如抄掇，诸儒共非之。至征，更加整次，乃为训注，恐不可用。帝然之，书留中不出'。"① 魏徵《类礼》改易《礼记》次序，不合儒家轨范，其书因为张说的反对，渐至亡佚。作为文儒之士，张说有较通达的识见。中宗驾崩之后，时为同中书门下三品的李峤曾上表韦后，请出"相王（睿宗）诸子于外"，矛头即指当时为太子的玄宗，玄宗即位后，得到李峤的奏表，遍示侍臣，有人请杀李峤，张说云："峤虽不识逆顺，然为当时之谋，则忠矣。"张说试图以开放的心态，创造开明的政局，表现了其远见卓识。《旧唐书·张嘉贞传》载张嘉贞主张对品阶很高的官员杖责，当时为兵部尚书的张说进言："臣闻刑不上大夫，以其近于君也。故曰：士可杀，不可辱。臣今秋受诏巡边，中途闻姜皎以罪于朝堂决杖，配流而死。皎官是三品，亦有微功。若其有犯，应死即杀，应流即流，不宜决杖廷辱，以卒伍待之。且律有八议，勋贵在焉。皎事已往，不可追悔。迪先只宜据状流贬，不可轻又决罚。"② 玄宗认为张说有理。此处先不论张说与张嘉贞之间的矛盾，单说张说在陈述观点时确实是从尊重士人的尊严、人格的角度出发，对于提高士阶层的社会地位有积极意义，也是提倡礼乐政教的体现。张说实行的礼乐政教，对玄宗开元时期盛世景象的出现起到了至关重要的作用。《新唐书·张说传》云："说善用人之长，多引天下知名士以佐佑王化，粉泽典章，成一王法。

---

① （宋）王应麟：《困学纪闻》卷五，《四部丛刊》三编影元本。
② 《旧唐书》卷九九，第 9 册，第 3093—3094 页。

天子尊尚经术，开馆置学士，修太宗之政，皆说倡之。"又赞曰："说于玄宗最有德，及太平用事，纳忠悭悭，又图封禅，发明典章，开元文物彬彬，说力居多。"

(2) 重视文儒之士，建立儒治轨范。张说拔擢了大批文儒之士，前人已有述及。这里想主要谈一下集贤院。集贤院是唐玄宗实行礼乐政教，崇兴儒学的重镇，且有着非同一般的参政职能，张说在其中的作用至关重要①。开元五年，玄宗于乾元殿设乾元修书院，左散骑常侍、国子祭酒褚无量，秘书监、昭文馆学士马怀素总其事。开元六年，改名丽正修书院，褚、马二人相继亡故，左散骑常侍、国子祭酒、弘文馆学士元行冲总代其职，但时间不长便因衰老体弱卸任。开元十年，由张说接任修书事。开元十二年，由玄宗颁诏，建丽正学院。书院收集、整理全国典籍，撰修国史，奏献策议，举荐贤才，是唐代最早、最大的一所官办书院，张说总其事，一时云集全国许多著名文人、学者。开元十三年，张说受诏与诸儒撰写泰山封禅仪注，《旧唐书》本传云："说又首倡封禅之议。十三年，受诏与右散骑常侍徐坚、太常少卿韦绦等撰东封仪注。旧仪不便者，说多所裁正，语在《礼志》。"四月，玄宗召见了众礼官学士，并于集仙殿设宴款待。玄宗心情大畅，将集仙殿改名为集贤殿，并下制改丽正书院为集贤殿书院。授张说为大学士，知院事，五品以上为学士，六品以下为直学士，张说认为学士无大小，坚持不受"大"字，固辞乃免。集贤院在当时是一个参与国家政务的高级"智囊团"，《唐六典》卷九谈及其职责时云："刊辑古今之经籍，以辨明邦国之大典，而备顾问应对。凡天下图书之遗逸，贤才之隐滞，则承旨而征求焉。其有筹策之可施于时，著述之可行于代者，较其才艺，考其学述，而申表之。"② 表明了书院的多功能性。张说进一步提高了学士的地位，打破了按官阶高低举杯饮酒的惯例，强调对众

---

① 关于盛唐集贤院的情况，可参看日本学者池田温《盛唐之集贤院》，《北海道大学文学部纪要》19—2 期（1971 年），收入《唐研究论文选集》，中国社会科学出版社 1999 年版，第190—242 页。另有郑伟章《唐集贤院考》，《文史》第 19 辑，中华书局 1983 年版，第 65—85 页；赵永东《唐代集贤殿书院考论》，《南开学报》1986 年第 4 期；刘健明《唐玄宗时期的集贤院》，黄约瑟、刘健明合编《隋唐史论集》，香港大学亚洲研究中心 1993 年版，第54—64 页。

② （唐）李林甫等撰，陈促夫点校：《唐六典》，中华书局 1992 年版，第 280—281 页。

学士一视同仁，没有高低之别。《新唐书》本传载："后宴集贤院，故事，官重者先饮，说曰：'吾闻儒以道相高，不以官阀为先后。大帝时修史十九人，长孙无忌以元舅，每宴不表先举爵。长安中，与修珠英，当时学士亦不以品秩为限。'于是引觞同饮，时伏其有体。中书舍人陆坚以学士或非其人，而供拟太厚，无益国家者，议白罢之。说闻曰：'古帝王功成，则有奢满之失，或兴池观，或尚声色。今陛下崇儒向道，躬自讲论，详延豪俊，则丽正乃天子礼乐之司，所费细而所益者大。陆生之言，盖未达邪。'帝知，遂薄坚。"① 张说还曾说学士之荣美于礼部侍郎。《大唐新语·褒锡》："贺知章自太常少卿迁礼部侍郎兼集贤学士，一日并谢二恩。时源乾曜与张说同秉政，乾曜问说曰：'贺公久著盛名，今日一时两加荣命，足为学者光耀。然学士与侍郎何者为美？'说对曰：'侍郎自皇朝已来，为衣冠之华选，自非望实具美，无以居之。虽然，终是具员之吏，又非德贤所慕。学士者，怀先王之道，为搢绅轨仪，蕴扬、班之词彩，兼游、夏之文学，始可处之无愧。二美之中，此为最矣。'"② 身居学士之列是一个文人的无上荣耀。集贤院既是文化机构又是参政机构，是唐代文人政治形成的标志。张说身为知院事，尤为称扬渲染，居功甚伟，开元十三年时有十八学士，除张说、徐坚外，有贺知章、陆坚、康子元、赵冬曦、咸廙业、韦述、李子钊、陆元泰、吕向、毌煚、余钦、赵玄默、孙季良、侯行果、敬会真、冯骘，多为当时名士。《职官分纪》卷一五载："张燕公等因献赋诗，上各赐赞以褒美之。敕曰：'得所进诗，甚有佳妙。风雅之道，斯为可观。并据才能，略为赞述。具如别纸，宜各领之。'上自以五色笺八分书之，赍付院，散付学士。"给张说的赞为："德重和鼎，功逾济川。词林秀逸，翰苑光鲜。"③ 评价颇高。

作为盛唐一代文儒，张说深深地浸润于时代风气之中，然又能审时度势，把握现实政治和社会态势的走向，努力立足于当代来解决问题。他既不赞同以儒学来取代文学，也不取后来沉湎诗艺锻造而遗失儒道本旨的做法，而是在最贴近盛世理解的天人关系的理性基础上，使其礼乐观念深入

① 《旧唐书》本传玄宗诏书中载其事时，误云"陆坚"为"徐坚"。
② 《大唐新语》卷一一，第165页。
③ 《职官分纪》卷一五。

人心，找到了儒学与文学的契合点，为传统的诗教文学观注入了相融于时代的新内涵，也为他们的志趣、行为、立身方式乃至社会地位做出了定位和诠释。张说有关如何使"文"更好地助成礼乐目的的实现的论述，尤能超越文儒对立的僵固思路，切中时代肯綮。文儒有机勾连的文艺观为盛唐文学的发展开拓了广阔的现实空间和理论空间，于其时具有振聋发聩的力量，于其后有着深远的历史影响。

《大唐新语·匡赞》云："张说独排太平之党，请太子监国，平定祸乱，迄为宗臣，前后三秉大政，掌文学之任，凡三十年。为文思精，老而益壮，尤工大手笔，善用所长，引文儒之士以佐王化。得僧一行赞明阴阳律历，以敬授人时，封泰山，祠睢上，举阙礼，谒五陵，开集贤，置学士，功业恢博，无以加矣。"① 对张说的文化功绩给予概括和充分肯定。经张说大力倡导并施行的文治，使开元前期出现了太平昌盛的繁荣局面。

3. 从常衮到李德裕：中央权威失坠下的儒学复兴

中唐海内板荡，朝纲一蹶不振，局势岌岌可危，政治危机导致了严重的思想危机。与此同时中唐又是风气转变之际，文学如此，儒学、史学亦如此。近代学者柳诒徵云："自唐室中晚以降，为吾国中世纪变化最大之时期。前此犹多古风，后则别成一种社会，综而观之，无往不见其蜕变之迹焉。"②

汉武帝提的是"独尊儒术"而不是"独尊儒学"，含义颇为深远。董仲舒的儒学，既有构思精密的理论体系，又有务实的实践价值。中唐儒学的复兴，是当时政治形势的需要。当唐人自豪地认为以中国为中心的文明已经远播四裔，各种思想与文明在华夏大地进行交流与碰撞时，以汉族文明为中心的伦理准则渐渐失去了普遍的约束力与合理性，整个社会陷入一种信仰的真空。安史之乱爆发，唐王朝陷入空前的危机，传统伦理道德陷于崩溃，一方面"禄山之祸，两京所藏，一为炎埃。官牒私褚，丧脱几尽！章甫之徒，劫为缦胡"，公私经籍大多沦丧，文臣儒生，纷纷罹难，儒学一片衰颓景象，而另一方面统治者和有识之士迫切需要恢复儒家尊王

---

① 《大唐新语》卷一，第10页。
② 《中国文化史》下册，东方出版中心1988年版，第478页。

忠君的思想以促成中兴事业。史载"肃宗、代宗，崇重儒术"①，此时的儒者对儒学进行反思，他们从单纯的义疏儒学走向经世之儒术，反映了对传统文化经世致用方面的重视。代宗特别重视战后纲纪的重建工作，大历时，"天下士议益归缙"，杨缙作为士大夫的精神领袖，仍然建议恢复古代察孝廉的方法，改变单纯背诵记忆与墨守一家，规范选举，这是不合时宜的。其儒学亦与玄佛合流，史称其"雅尚玄言，宗释道二教，尝著《王开先生传》以见意，文多不载。凡所知友，皆一时名流。或造之者，清谈终日，未尝及名利。或有客欲以世务干者，见缙言必玄远，不敢发辞，内愧而退。大历中，德望日崇，天下雅正之士争趋其门，至有数千里来者。以清德坐镇雅俗，时比之杨震、邴吉、山涛、谢安之俦也"②。终究于颓败的帝国没有现实功用。又因其执政颇短即病卒，故厘革旧弊的重任是靠其继任者常衮等人完成的。他们对社会现实采取异常实用的态度，这恐怕受到大历时啖助、赵匡一派新春秋学的影响，虽然啖、赵的新学"异儒"备受后世指责③，但他们兼取三传，提倡忠君尊王，指归意在经世致用，拨乱反正④，适应了当时国家形势的需要，也为宋人言学志在经世之先驱。汉人重君臣之节，然"自六朝以来，君臣大义不明。其视贪生利己，背国忘君，已为常事。有唐虽统一区宇，已百余年，而见闻习尚，犹未尽改"⑤。安史之乱后，此风更甚。此时，士大夫将掀起复兴儒学的大旗，意在强调君臣大义，建立纲纪，古文先驱萧颖士、李华、梁肃等复古宗经乃是其基本主张，韩愈、李翱等人沿着新春秋学派所开辟的道路，从形式和内容进一步舍弃章句之学，着重采用原经求道，依经立义的形式来构建新型王道仁政学说。以往人们关注较多的是古文运动与中唐儒学

① 《旧唐书·经籍志》卷四六，第 6 册，第 1962 页。
② 《旧唐书·杨缙传》卷一一九，第 10 册，第 3437 页。另，李吉甫《杭州径山寺大觉禅师碑铭》在述及代宗征召大觉禅师来朝时，有云："司徒杨公缙，情游道枢，行出人表，大师一见于众，二三目之。过此默然，吾无示说。杨公亦退而叹曰：'此方外高士也，固当顺之，不宜羁致。'"杨缙对佛的尊敬，说明其思想的复杂性。
③ 《新唐书·儒学传》批评啖助对《春秋》的理解失之穿凿，臆断是啖助一派之弊。
④ 啖助认为：《春秋》的宗旨即"救时之弊，革礼之薄"（《春秋啖赵集传纂例》卷一），要正以忠道，"尊王室，正陵僭，举三纲，提五常，彰善瘅恶，不失纤芥"。不再墨守前代儒经注疏，独立思考。
⑤ 《廿二史札记校证》卷二○《六等定罪三日除服之论》条，第 434 页。

的复兴相伴而生,殊不知中唐骈文创作与儒学的复振也是息息相关,因为以儒学来拯救社会乃是整个时代的呼声,它必然会影响到文学创作的各个方面。前人在谈到中唐儒学复兴时常常只是谈德宗"文治"的作用,其实代宗也"志承理体,尤重儒术"。常衮以儒学知名,史称"大历中,有儒学高名如张参、蒋义、杨绾、常衮"①,常衮位列其一。他不畏权阉鱼朝恩,大胆直言,阻止其为成均祭酒,称"成均之任,当用名儒,不宜以宦者领之";他执政"颇务苛细",性清真孤绝,不妄交游,杜绝贿赂、朋党等弊端,亦不失为贤者;他主张"参用名儒,典领大郡"(《授阎伯玙刑部侍郎等制》),作文尤为推重礼法与儒学;德宗初年被贬后,他在闽中时加强了潮州的儒学教育,"设乡学延名师儒以教闽人,闽人始知向学,海滨邹鲁之风实开于此"②。常衮的"崇儒礼士"③,在潮州的崇儒兴教之举,对后世深有影响,宋人胡寅即有"崇儒继常衮之规猷,兴教有文翁之忠厚"④ 之美誉。

中唐以韩愈为代表的儒学复兴运动乃是时代的要求,需要强调指出儒学复兴与古文运动没有必然的因果关系(或者必然的内容形式关系)。事实上,当时杨绾、贾至、陆贽、权德舆等骈文大家都在儒学复兴中发挥了作用。比如杨绾为礼部侍郎时曾上疏陈述唐代科举贡试之弊,主张恢复古制,倡导士子习经以通要务。唐代宗故后,唐德宗虽然迫于情势的需要,听从儒者陆贽的建议,但本人刚愎自用,任用宦官,使儒学治国的改革事业迅速夭折。

元和时代李吉甫,强调儒学的实用功能。他少年时代即"明练典故","唐宰相之善读书者,吉甫为第一人矣"⑤。注重舆地之学,体例完备,搜录周全的地理总志《元和郡县志》即以"佐明王扼天下之吭,制群生之

---

① 《旧唐书·郑细传》卷一五九,第 13 册,第 4180 页。
② 《唐代福建观察使常衮墓志铭》(题拟),清代道光十三年(1833)重修常衮墓时所刻,现存于永泰县地方志。
③ (宋)刘克庄:《后村集》卷一三四《答英帅卿》,《四部丛刊》影旧钞本。
④ (宋)胡寅:《斐然集》卷三十《新州鹿鸣宴致语口号》,(文渊阁)《四库全书》补配(文津阁)《四库全书》本。按:文翁(前156—前101),汉景帝末年为蜀郡郡守,兴教育、兴贤能、修水利,政绩卓著,后世常以之与常衮对举,如(明)方凤《咏事十七首》之三有"常衮儒风夸岭峤,文翁学校振岷峨"句。(《改亭存稿》卷十,明崇祯刻本)
⑤ (清)孙星衍:《元和郡县图志序》,中华书局 2005 年版。

命，收地保势胜之利，示形束壤制之端"(《元和郡县图志原序》)，辅佐中央政府制控藩镇，维护中央集权，充分体现了儒家经世致用的传统。唐宪宗平淮蔡以前，宰相用事者，杜黄裳、李吉甫、武元衡、裴垍、李绛、裴度六人，持权最久者为李吉甫，他是摧抑藩镇的主谋，吉甫卒而代之为武元衡，元衡见刺，才代之以裴度。今将平蔡之功归于裴度，不尽然也。从粉饰盛世到经世致用，重儒的旨趣发生了变化，此时所重的"儒"非章句之儒、礼乐之儒，而是发生了由儒学向儒术的转化。中唐著名政治家、文学家几乎无一不具备儒学修养，以儒业为素怀。他们像汉儒一样，"术"化儒家思想，由重"道"转向重"术"，将儒学由理论形态转化为统治术，强调通过振兴儒学以达到治世的目的。晚唐的儒学总体衰落，李德裕钻研《左氏春秋》，继承乃父的宗旨，从儒学颂太平到儒术治天下，试图像李吉甫、裴度一样对国家的权威和秩序从根本上加以重建，呼吁传统儒学权威的复归。他精于《左传》，与啖赵一派的新"春秋学"意旨相同。另外，他制状中的"厘革故事"与《令御史台榜兴礼门》之"朝官有事见宰相，皆须牒台，其他退朝从龙尾道出，不得横入兴礼门"[①] 等均说明他在主政会昌时以一己之力试图恢复国家秩序的努力。

汉代扬雄提出"明道、征圣、宗经"，后经刘勰鼓吹，成为儒家文学观。儒学从孔子开始，古典主义就是强势传统，其"述而不作，信而好古"的思想为复古主义埋下了种子。中国文化是将华夏文化作为一种"生命整体的延续"，并且内化为一种原则性的要求[②]。如上所述，唐代儒学经历三次复振，每一次复兴都与"大手笔"作家密不可分。在这其中就有一种复古主义意识。古今文化制度虽形态有变，但有其内在连续性，儒家讲"以道观尽，古今一度"(《荀子·非相》)，这在颜师古、张说、常衮、李德裕四人的创作上可以充分显示。首先从内容上，颜师古注《汉书》，对于典章制度的推崇，张说的创作讲求孝道，力求恢复礼乐文化，常衮制诏主张参酌风雅之风，以汉魏之风发挥纶旨，其墓志创作亦非常讲求礼法，李德裕的制诏奏议将《左传》中的"尊王攘夷"与现实中的中兴愿望

---

① 《全唐文补编》(下)《全唐文再补》卷四，第 2135 页。
② 参见［美］杜维明《生存的连续性：中国人的自然观》,《儒家思想新论——创造性转换的自我》，江苏人民出版社 1995 年版。

相结合，重视前代或先朝的典章制度，特别是他对各种"故事"的追慕体现出一种浓厚的以古治今意识。这充分说明儒学与文学的交融。虽然儒学在唐代后期逐渐"术"化，但尊王、攘夷、黜藩仍是儒家寻求大一统和中央权威的宗旨，只不过经世致用的味道很强，离开了儒学本身的探讨与钻研。初唐时颜师古作五经定本考定文义，盛唐时张说对于礼乐文化的尊崇，中唐时常衮对礼学和儒学的再度推崇，晚唐时李德裕直接以春秋学治天下，均使得"大手笔"作家的应用文中体现出一种复古倾向和对古典主义的复归。葛兆光曾指出："魏晋以来，儒学各种经典中，《礼》学与《春秋》之学一直是与社会秩序最密切的学问，《春秋》之学是从历史时间上为政治意识形态与政治控制权力提供援助的，而《礼》则是从社会空间上为附层之间建立秩序的。"① 以此来看唐代儒学的发展与文学的关系，即可发现五经、《孝经》《左传》《汉书》等经典著作常被作为"大手笔"作家笔下的典故来源，崇尚经典、追慕"秦汉文章"的"大手笔"作家所写的应用文，与古文运动的理论主张不谋而合，都是那个时代对于文章写作的内在要求，只是文章写作的形式有别而已。

4. "大手笔"作家的史书修撰经历与其创作之关系

儒学的复兴与史书的修撰密不可分，二者皆是官方统治意识的反映。综观唐代"大手笔"作家，笔者发现另外一个共性，那就是他们中的绝大多数有修史的经历，而这种修史经历对其文章创作是有一定影响的。

中国史学从来与文学关系密切，密切程度以唐代为最。唐初，新兴王朝的统治者基于隋朝短命亡国的经验教训，特别注重史书修撰，"览前王之得失，为在身之龟镜"②，从前代的危、乱、亡求得本朝的安、治、存，把修史与求治紧密结合在一起，将中国古代的鉴戒史学推进到了一个新的层次，作为初唐官修五代史的重要参与者陈叔达、颜师古、岑文本，三人皆富文采，精于典制，文笔严谨，符合时代要求，这与其修撰史书应有一定关系。陈叔达曾参与修撰周史和隋史。高祖武德五年叔达与令狐德棻、庾俭修周史。叔达有《答王绩书》云："聊因掌壶之暇，著《隋纪》二十卷。骋辞流离，则愧于心矣；书事简要，则尝有志焉。""掌壶"乃为侍中

---

① 《7世纪至19世纪中国的知识、思想与信仰》（第二卷），第29页。
② 《太平御览》卷六〇三，第3册，中华书局1960年版，第2715—2716页。

故事，记述孔门言行的子书《孔丛子·与子琳书》这样记载："侍中安国特见崇礼，不供亵事，独得掌御唾壶。朝廷之士莫不荣之。"① 可见叔达在武德时成为侍中后修撰过隋史。颜师古在高祖时曾参与修隋史，后于贞观年间继续参与编修《隋书》，其中许多纪传出自其手，清人赵翼称《隋书》文笔"简练""严净"，师古本人议论明堂制度、封禅步骤、宗庙礼仪等文章，即是如此。岑文本在贞观三年与令狐德棻、崔仁师一起修周书，至贞观十年成书五十卷。《周书》"尚儒雅"，注释文饰，详记制度沿革，这与北周风气略同。北周诏令文书多仿先秦文体，《周书》如实照录。但书中叙事纪言，往往文雅有余，华而失实，因而《周书》在《史通》中多处受到刘知几的批评，《史通·杂说中》称其"真迹甚寡，客气尤烦"。文本的文章以华美骈俪为主导，《周书·王褒庾信传论》是一篇精美的骈体论文，一定程度上肯定了魏晋六朝以来侈丽的文风，这一史论很有可能出自岑文本之手②。贞观二十年（646），太宗下诏修撰《晋书》，"大手笔"作家李怀俨、崔行功此期曾预修《晋书》③。武后时李峤、崔融曾修国史，长安三年，"令特进梁王武一思与纳言李峤、正谏大夫朱敬则、司农少卿徐彦伯、凤阁舍人魏知古、崔融、司封郎中徐坚、左史刘知几、直史馆吴兢等修唐史，采四方之志，成一家之言，长悬楷则，以贻劝诫"④。《晋书》与国史均是多人集体修撰，很难看出个人的特点，张说长于修史，曾主持了好几部典籍的编撰，如《唐六典》《大唐开元礼》《大唐乐》《唐文府》《初学记》等，这些均是其礼乐文化政策的具体实现。王维《上张令公》诗中赞其"致君光帝典"，所言非虚。史载李吉甫著述非常丰富，特

① 《四部丛刊初编》影印明翻宋本。

② 《旧唐书·岑文本传》云："与令狐德棻撰周史，其史论多出于文本。"《周书·王褒庾信传论》正是史臣论的部分。由于令狐德棻主编写《周书》，许多学人即认为《王褒庾信传论》是由令狐氏完成，比如傅璇琮《初唐三十年的文学流程》（《文学遗产》1998年第5期）即有"令狐德棻在《周书·王褒庾信传》论"之语，贾晋华《唐代集会总集与诗人群研究》（第40页）有"令狐德棻著《周书·王褒庾信传论》"之语，这种观点有待商榷。岑文本是湖北人，而令狐德棻是陕西人，从文学思想倾向与地域习尚上来说，文本更有可能肯定六朝文风。

③ 《新唐书·艺文志二》载《晋书》一百三十卷："房玄龄、褚遂良、许敬宗、来济、陆元仕、刘子翼、令狐德棻、李义府、薛元超、上官仪、崔行功、李淳风、辛丘驭、刘引之、阳仁卿、李延寿、张文恭、敬播、李安期、李怀俨、赵弘智等修，而名为御撰。"（卷五八，第5册，第1456页）

④ 《唐会要》卷六三，中册，第1094页。

别长于史典史籍，《旧唐书·李吉甫传》载其"缀录东汉、魏、晋、周、隋故事，讫其成败损益大端，目为六代略，凡三十卷；分天下诸镇，纪其山川险易故事，各写其图于篇首，为五十四卷，号为《元和郡国图》；又与史官等录当时户赋兵籍，号为《国计簿》，凡十卷；纂《六典》诸职为《百司举要》一卷"①。凡此说明李吉甫修史的政治目的，特别是其方志的修撰对于唐中央收复和统率藩镇具有重要作用，笔者在第三章第三节曾有专门论述。此外，颜师古、李德裕都精于《汉书》，师古取其叔游秦先《汉书决疑》注《汉书》，"解释详明，深为学者所重"②，时人将其与晋代杜预相提并论，美称为"左丘明、班孟坚忠臣"，盖其二人尤能发明《春秋左氏传》与《汉书》。李德裕乃是唐代"《汉书》学"的后劲，他将《汉书》旁博精粹之典融入公文写作。此外，他还精于《左传》，并有意识地将尊王意识与王朝中兴结合起来。

这里还想专门谈一下担任过"监修国史"的几位"大手笔"作家。李峤武周、中宗两朝皆监修国史，苏瓌中宗朝监修国史，张说睿宗、玄宗两朝监修国史，苏颋玄宗朝监修国史，李吉甫宪宗朝监修国史③。监修国史是朝廷任命的主管官方修史机构和修史活动的官员。早在北魏太武帝拓跋焘时期，司徒崔浩就曾"监秘书事""综理史务"④。这里的"监秘书事"实际就是监修国史⑤。北齐修撰国史，监修人员径称"监国史"，当时重臣如高隆之、赵彦深、祖珽等均曾兼任此职。北周无"监国史"之名，但大臣赵善曾"监著作"⑥，实即监修国史。唐朝设监修国史，就目前史料来看，肇始于贞观三年房玄龄担任此职，且有别人前代修史，"前代修史，率成于一人之手，虽或由政府之命，亦必其人夙尝有志于此，从事于此，政府乃从而命之，实不过助之而已。唐世则设馆纂修，事资众力。既为众力，则无复一家之法。其修当代之史，则取禀监修。虽馆员或有隽才，亦

---

① 《旧唐书》卷一四八，第 12 册，第 3997 页。
② 《旧唐书》卷七三，《颜师古传》第 8 册，第 2595 页。
③ 参见各人新旧《唐书》本传及岳纯之《唐代监修国史制度考》（《史学史研究》2002 年第 1 期）之《唐代监修国史名录》。
④ （北齐）魏收：《魏书》卷三五《崔浩传》第 3 册，中华书局 1974 年版，第 824 页。
⑤ 雷家骥：《中古史学观念史》第八章之四《6 世纪北朝官修制度的变化与风气》，（台北）学生书局 1990 年版，第 413 页。
⑥ 《周书》卷三四，《赵善传》第 2 册，第 588 页。

格不得行其志。此其大异于前世者也"①。贞观三年，移史馆于禁中，以宰相监修国史，著作郎罢史职，史官无常员，如有修撰大事，则用他官兼之，事毕则停。监修自贞观后多用宰相，遂成故事。之后监修国史的设置遂形成定制，直至唐朝灭亡。监修国史制度，作为唐代史学的一项重要制度，旨在加强当局对国史修撰的控制，几位"大手笔"作家在其中均起过重要作用。

综上所述，高祖、太宗建国伊始，儒学受到重视，统治者将修史纳入到尊崇儒学的实践当中，以史为鉴，求得王朝长治久安，陈叔达、颜师古、岑文本的修史身份与应用文创作符合这一需求。高宗、武后时期，儒学与史学的背离，儒学的衰微，使得崔行功、李怀俨、苏瓌、李峤、崔融的修史，只是一种虚假文饰，因而他们的奏议谏疏也相对温和，无关痛痒，多不能为人主采纳。张说、苏颋时逢唐王朝政治达到顶峰，儒学中的礼乐文化有了用武之地，张、苏二人即用历史中的这部分知识作为恢复礼乐政教的武器，同时他们的制敕碑颂也成为美化粉饰的工具。然而，张、苏二人与李、崔等人最大的区别在于，他们更多的不是谄媚阿谀，而是一种时逢盛世的衷心礼赞。到了中唐以后，儒学与史学中的经世致用风气的交融，李吉甫、李德裕父子或者修撰地志以图收复强藩，或者通过历史上的尊王思想和中兴实际来吸取现实经验，力图求得再次中兴。

具体而言，修史经历对于"大手笔"作家的创作影响可举以下几个方面。

（1）史笔与文笔，史才与文才的融合。史传文字与制诏奏议碑志都是应用类文字，叙事的笔法或技法存在一定的相似性。刘勰《文心雕龙》特设了《史传》一篇，说明在他心目中，文与史关系密切，二者是相通相容的。史才与文才往往是相通的，刘知己《史通·覈才》有云："昔尼父有言，文胜质则史。盖史者，当时之文也。"李大钊《史学要论》云："古者文、史相通，一言历史，即联想到班、马的文章。这是因为，文、史的发展，都源于古代的神话与传说。这些神话与传说的记载，即是古代的文学，亦是古代的历史。故文、史不分，相沿下来，纂著历史的人，必为长

---

① 吕思勉：《隋唐五代史》，中华书局1959年版，第1325页。

于文学的人。"① 这里对文史发源的观点还可以讨论，但言历史会想到作者的文章，而谈擅长修史者的文章，自然也应该想到长于修史对于文章创作的影响。唐代"大手笔"作家将史才与文才较好地结合在了一起。

（2）无论"大手笔"作家的文风如何，但均有劝谏意识。唐代是谏疏最多的朝代，举凡修史者，作文常以古喻今。以史为鉴，见盛观衰，站在历史兴亡的高度立意，对于事件的条理化、逻辑性、因果性有清晰的认识。在所有"大手笔"作家中唯独常衮没有修史的经历，而恰恰他的文章中讽谏意识的奏议最少。其他如颜、岑、李、崔、李吉甫、李德裕均有许多奏议文上书劝谏，只不过劝谏的程度不同，效果有别而已，有的得到了统治者的采纳，有的主导了帝王的统治方向，有的则没有起到应有的作用。

（3）从语言风格上来说，梁、陈以来至于唐初，骈文盛行，不仅文学作品，史书也受到影响。无论六朝人所撰《宋书》《南齐书》《魏书》，还是唐初所修《晋书》《北齐书》《周书》《隋书》《南史》《北史》，无不沾染了骈俪的习气，确乎达到了刘知几所说"编字不只，捶句皆双"（《史通·叙事》）的地步，典型的四六对偶格式。史学家的严谨与缜密在"大手笔"作家的行文中得到了很好的印证。

（4）《文心雕龙》里《颂赞》篇谈到"迁史、固书"里的论赞、《诔碑》篇说写碑文须借助史家的才能（"属碑之体，资乎史才"），碑志与史传密不可分。碑志与史传中有许多是悼词，它们提供了许多舍此就不能知道的人物的详细生平，但所祭悼的对象大都是精英集团的重要人物，提供了可与历史记载相印证的材料及独立于历史进程之外的证据。当两者能互相印证时，它们就一致证明了这些历史叙事的可靠性。

二　"大手笔"作家与唐代文风的转换

1. 从"大手笔"作家看唐代骈体文的演进

骈文萌芽于两汉，兴起于魏晋，至六朝广为流行。但作为一种文体的名称，至唐代以后才有，柳宗元《乞巧文》里有"骈四俪六，锦心绣口"

---

① 《史学要论》，北京师范大学出版社1980年重印本，第41页。

之语，后人简称骈文。清人李兆洛《骈体文钞序》曰："自秦迄隋，其体递变，而文无异名。自唐以来，如有古文之目，而目六朝之文为骈俪。而其为学者，亦自以为与古文殊路。"① 骈文与古文体式殊异，《文心雕龙·章句》云："笔句无常，而字有常数，四字密而不促，六字格而非缓，或变之以三、五，盖应机之权节也。"一般以四字句、六字句为主体，间或也用三字句或五字句，但只是为了调和一下音节。骈文到中晚唐特别是宋代，一般又称为"四六文"。谢无量《骈文指南》："综考有唐一代骈文：初唐犹袭陈隋余响。燕许微有气骨。陆宣公善论事，质直而不尚藻饰。温李诸人，所谓三十六体者，稍为秀发。唐骈文之变迁，其荦荦大者，如是而已。"再扩展而言，从六朝时的徐庾，到初唐的四杰、盛唐的"燕许"、中唐的陆贽、晚唐的温李，发展至宋四六，最后到清八股，骈体文的发展脉络线索大体可循。

　　骈文从六朝开始一直是文坛的主流文体，及至唐代最通行之文体仍是骈文而不是后代为人津津乐道的古文，这是一个不争的事实。然而，从隋到唐初，复古主张一直绵延不断，复古思潮与当时流行的六朝骈体文风之间的对抗或隐或显。隋文帝立国之初，"每仿斫雕为朴，发号施令，咸去浮华。然时俗词藻，犹多淫丽，故宪台执法，屡飞霜简"②。他为了革正文体，于开皇四年下诏，要求"公私文翰，并宜实录"，泗州刺史司马幼因文辞华艳被治罪，但仅用行政命令来寻求改革成功收效甚微。唐初，太宗李世民、魏徵君臣也曾做过一定的努力，同样没有彻底改变华靡文风，这种情况一直延续到初盛唐之交。然而，诚如清代钱振伦《唐文节钞序》所云唐代骈文"体虽沿乎旧制，才已引其新机，大抵丘壑易寻，而持论较正；枝条稍简，而□骨独遒"，各个时期的骈体文作家均为这种文体注入了新的活力，这其中当然有作为王朝代言的"大手笔"作家的作用。

　　可以通过唐代"大手笔"作家的应用文写作认识唐代骈体文发展的脉络，从总体而言，由骈俪绮靡到崇雅黜浮再到功利实用，文风凡三变③。

---

① 《中国历代文论选》第 3 册，第 405 页。
② （唐）魏徵等：《隋书》卷七六，《文学传论》第 6 册，中华书局 1973 年版，第 1730 页。
③ 按：晚唐后期没有再出现"大手笔"作家，其实此时骈体文再次复归唯美主义，从而开始新一轮的复变。

整个初唐近百年仍是陈隋遗响的因袭。大难夷始,沿江左余风,在理论上极力反对骈体和浮艳文风,但在实际写作中依然是徐庾体式的文字,欧阳修曾云:"予尝考前世文章政理之盛衰,而怪唐太宗致治几乎三王之盛,而文章不能革五代之余习。"① 唐代立国之初,高祖于武德六年(618)即发布《诚表疏不实诏》,严厉批评"表疏因循,尚多虚诞"的弊端,唐太宗魏徵君臣虽然向往合南北两长的文质彬彬,事实上却并没有达到这一点。当时有才气有名望的文士多出于南方士族,开国"大手笔"陈叔达、颜师古、岑文本等东南儒士、江左名士绮靡骈俪文风,"缔句绘章",至白居易时仍以"勉继颜、陈"(《冯宿除兵部郎中知制诰制》)之语称赞这种华丽词章,至武后时的李峤、崔融更是变本加厉,走向了极致。物极必反,初而渐盛的张说和苏颋开始有所变化,前人称其"崇雅黜浮,气益雄浑",浮华之文风得到一定的革新,虽然他们的文章"骈俪犹存",但毕竟"波澜渐畅",体现出文风转换、骈散结合的趋势,二人为文讲求气势,实用性有所加强。至于他们的文章所体现出的盛世景象,不能单纯说他们粉饰太平而加以否定,因为他们文章中反映的太平本身就是事实。"唐之中叶,文章特盛"②,安史之乱后,由盛世骤然走向衰败,文人特别是"大手笔"作家如常衮、李吉甫黜华从实,本着中兴的愿望,大力提倡儒学,重视经世致用,充满务实精神。与此相适应,中唐以后长篇巨制大为减少,"矫入省净一途",以应时世之需。中而渐晚的李德裕更是如此,他熟读"左氏春秋",尊王攘夷,深全国体,使王朝一度中兴,公文的现实功用性大大增强,在他笔下的奏议制诏,彻底改变了骈体华丽辞藻堆积的倾向,体式上也逐渐走向散体化。文学反映时代,随着王朝走向衰亡,宫廷文学也完全衰落,晚唐宣宗以后,由于唐王朝再也无法有效地控制地方藩镇,也就没有再出现应用文大家。唐代前期与后期的应用文,一方面,由骈俪趋向实用,逐步摆脱六朝的骈俪,走向经世致用;另一方面,中唐以后的"大手笔"作家虽代王言,却借其以运己见,与初盛唐之王言有所不同,作家的个性与情感体现在创作之中,这是需要留意的。

---

① 《居士集》卷四一《苏氏文集序》,《四部丛刊》影元本。
② (宋)司马光:《温公续诗话》,《历代诗话》本,中华书局1981年版,第278页。

2. 从"大手笔"作家的应用文写作看骈散之争

古代文章可分为散文与骈文，这似乎是从形式上着眼，孔子云"文胜质则史，质胜文则野，文质彬彬，然后君子"，端庄的外表礼仪和崇高的内心修养配合协调，才能达到表里一致，成为君子。文章创作亦复如此，只有文采和朴实配合得当、内容与形式均达到极致，才算是好文章。文质兼美的骈文和散文固然有很多，但在事实上，这是很难达到的境界。一般来说，散体更易于表达人的想法、感情（这也是后来白话文取代文言文，散体取代骈体的原因），而声韵和谐、典雅庄重的骈体文总是给人以美的感受。

秦汉时期，应用文基本用散体写作，汉赋出现以后，排比对偶的修辞手法得到广泛应用，一直发展到齐梁，骈文成为文坛主导，应用文亦用骈体，明代徐师曾云："六朝而下，文尚偶俪，而诏亦用之，然非独用于诏也。后代渐复古文，而专以四六施诸诏、诰、制、敕、表、笺、简、启等类。"① 以往传统的观点轻骈文而重散文，给人的印象是骈俪的就是不好的，其实在中国古代曾出现许多形式很好又有内容的骈体文，用骈体结撰的文体不乏佳作。六朝优秀的骈文作品中有许多是应用文，诸如制诏、颂赞、碑铭、册文一般均以骈句、丽藻、用典、声韵为特征。骈文讲究对仗、声韵、典事、辞藻的修辞艺术，日本学者吉川幸次郎指出中国文章有一种装饰性特征②，特别是四六骈文将这种装饰性发展到极致（民国初年的所谓"文学革命"发生的主要契机就是对中国文章里过度装饰的反省）。

骈文最初是一种功利性、实用性很强的文体，文人与达官贵人的交往，需要一种高雅而得体的文学样式，帝王制诏本身就需要空泛，所以空泛就意味着实用。洪迈《容斋三笔》云："四六骈丽，于文章家为至浅，然上自进行命令、诏册，下而缙绅之间笺书、祝疏，无所不用，则属辞比事，固宜警策精切，使人读之激昂，讽味不厌，乃为得体。"③ 朱自清

---

① （明）徐师曾著，罗根泽校点：《文体明辨序说》，人民文学出版社 1962 年版，第 112 页。
② ［日］吉川幸次郎：《中国文章论》，吴鸿春译，王水照、吴鸿春编选：《日本学者中国文章学论著选》，上海古籍出版社 1994 年版，第 274—295 页。
③ （宋）洪迈：《容斋随笔》之《容斋三笔》卷八，清修明崇祯马元调刻本。

《经典常谈》也说:"骈体声调铿锵,便于宣读,又可铺张辞藻,不着边便于醉酢,作应用文是很相宜的。"① 今天的我们自然认为骈文难读,难以理解,但在当时来说骈文比古文更加实用,便于宣读,比起不易断句的古文要实用得多。与古文相比,骈文易于写作,因为骈文多用典故,具备基本的行文范式,"但记数十篇通套文字,便可取用不穷"(程杲《四六丛话·序》),应用时只需将这已有"通套文字"进行重新排列组合就可以了。"大凡庙廷之上,敷陈圣德,典丽博大,有厚德载物之致,则此(骈)体为宜。"② "大手笔"作家崔融《进洛图颂表》即提出"言大道者,莫先于典诰,序以之生焉,美盛德者,莫近于诗什,颂以成焉。其辞婉而微,其事简而要"③ 的主张。今天感觉古文似乎好写一些,骈文难写,而对于古人恰好相反。

　　唐代应用文从总体上来说多以骈文写成,但逐渐地表现出亦骈亦散的倾向。如何理解这一现象?值得思考。制诏奏议、碑志颂赞一方面在文体形式上要求骈俪工整、对仗用典、声韵;而另一方面它的实用性又很强,所谓文以明道,要想兼顾二者,就必然要在合其两长的同时,舍弃绝对的散或骈,所以应用文的发展趋势是亦骈亦散,骈散结合。"大手笔"作家均是文章圣手,所写的应用文则是应用文中的极品,自然在辞采方面也是高手,具备在形式上追求唯美的能力;另外,由于他们大多身居高位,代王者立言,所以往往能够站在王朝前途与命运的高度撰写文章,文章内容与时代需求紧密相连,尤为强调文章的政治功用性,这是文学社会教化功能的本质所在。

　　文学的发展有其自身的内在规律,从总体趋势来看是自身不断否定的相对独立过程,是文与质、骈与散的否定与统一。由简到繁,由骈趋散,由质而无文,到文质彬彬,再到以质朴为主。这一点从整个古代应用文写作的发展和唐代应用文写作的发展都可以得到证明。西汉以前的应用文质朴无华,汉武帝时开始讲究铺采摛文,追求辞采,魏晋六朝骈文盛行,形式主义发展到极致,隋唐五代骈文逐渐散体化,讲求内容与形容并重,到

① 朱自清:《经典常谈》,上海古籍出版社 1999 年版,第 106 页。
② (宋)吴育:《骈体文钞·序》,《四部备要·集部》,中华书局据康刻谭校本校刊。
③ 《全唐文》卷二一七,第 3 册,第 2194 页。

宋代达到应用文写作的最高水平。明清应用文则逐渐复归质朴，注重实用性。而唐代应用文亦复如此。初唐百年，骈俪化的倾向是非常明显的，总体上文而无质，盛唐"燕许"典重的同时语言开始注意骈散结合，文与质两相结合，中唐以后经世致用渐成，对王朝的颂赞转为对时弊的反映，渴望改革，以图中兴。文学的变化带有规律性，它是内外因素共同作用下而发生变化的，循自我规律演进的同时，其他外部条件在一定限度与范围内对文学发展亦产生影响。以唐代为例，政治的兴衰完整映现在"大手笔"作家的创作当中。这里需要强调指出，初唐绮靡浮华文风只是就其整体而言，具体到每位作家并非篇篇皆如是，岑文本、李峤、崔融等均有切实的谏议奏疏；唐代应用文的创作从总体上由骈俪走向实用，但讲究辞采是"大手笔"作家的普遍风格也不容置疑。另外，由骈趋散只是相对而言，"大手笔"作家由于其职责所司，制诏、册文等文体仍然主要以骈文为之。

纵观中国文章发展史，文章发生根本的变化是在唐朝，但是并不能简单地认为古文运动才是变化，要注意骈文与古文的消长对文章变化的影响以及文章功能的转换使得文风亦发生转化。中唐梁肃在《补阙李君前集序》中谈及文章的功用时云："上所以发扬道德，正性命之纪；次所以财成典礼，厚人伦之义；又其次所以昭显义类，立天下之中。"[1] 经邦济世是中唐以后文章创作的重要内容，骈散皆如是。古文运动的文以贯道，反对的只是六朝骈文及时下俗文的追求声色之美、没有实际内容，就句法而言，与骈散无涉。以往的文学史过分地夸大了古文运动在文体革新上的作用，而忽视了骈体应用文对于文以载道的内容和骈散结合的形式上的改造作用。实际上，骈文家亦有强烈的补救时弊意识，如张说、常衮、李德裕在自我救赎的过程中，分别从不同程度上为骈体文注入了新的活力，古文与骈文并非截然对立，其互动关系应得到充分重视。

3. "唐文三变"的再认识与唐代应用文的分期

从 8 世纪后期至 20 世纪前期，"唐文三变"说绵延千余年，发端于梁肃、基本定型于宋祁的"唐文三变"说，为后世许多论家所接受。中间魏了翁《唐文为一王法论》、姚铉《唐文粹·序》、金代元好问《闲闲公墓

---

① 《全唐文》卷五一八，第 6 册，第 5261 页。

表》、元代王恽《浑源刘氏世德碑》、明代陆深《山西策问》、清代李渔《论唐兵三变·唐文三变》、蒋湘南《唐十二家文选序》，近代以降，谢无量《中国大文学史》、钱基博《中国文学史》等人都有着自己的说法，变自何时、凡有几变，所论不一。

有唐一代，文章不断进行变革，古文家们掀起古文运动，而骈文家们也在自觉地对骈体本身进行改革，由此生出对"唐文三变"论的疑惑。在谈论"燕许大手笔"时曾述及此一问题，这里再将所有"大手笔"作家放在一处，申述如下。唐文三变观①首倡于梁肃、李华等古文先驱，梁肃《补阙李君前集序》云："唐有天下几二百载，而文章三变。初则广汉陈子昂以风雅革浮侈，次则燕国公张说以宏茂广波澜，天宝以还，则李员外、萧功曹、贾常侍、独孤常州比肩而出，故其道益炽。"② 韩愈之前就有三变，一变为陈子昂；二变为张说；三变为李华、萧颖士、贾至、独孤及，特别突出陈子昂的作用，但实际上陈子昂的文章创作和文学观点并没有十分影响到时文发展。宋初姚铉的《唐文粹·序》亦有关于"唐文三变"的轮廓："有唐三百年，用文治天下。陈子昂崛起庸蜀，始振风雅，由是沈、宋嗣兴，李、杜杰出，六义四始，一变至道。洎张燕公以辅相之才，专撰述之任，雄辞逸气，耸动群听，苏许公继以宏丽，丕变习俗，而后萧、李以二雅辞本述作，常、杨以三盘之体演丝纶，郁郁之文，于是乎在。"③姚铉认为唐文一变指陈子昂，沈宋李杜继之；二变为燕许；三变为萧李和常杨，也认为韩愈之前就有三变，姚氏选录诗文时并不取四六，但却在三变时提出常、杨为三变，萧、李和常、杨文风自是不同。这些文论家谈"唐文三变"实际上只讲到中唐，不是唐文发展的整个脉络。而且，"唐文三变"说多偏重于古文家的作用，《新唐书》的编撰者欧阳修、宋祁皆尚韩柳古文，所以谈文章流变时亦偏重古文作家。清人赵翼对于《新唐书》尽删骈体的做法颇有异议："欧、宋二公，不喜骈体，故凡遇诏诰章疏四六行文者，必尽删之。""夫一代有一代之文体，六朝以来，诏疏尚骈丽，皆载入纪传，本国史旧法，今以其骈体而尽删之，遂使有唐一代馆阁台省

---

① 按：唐代的"文章"观念包括诗文。
② 《全唐文》卷五一八，第 6 页，第 5261 页。
③ 《水东日记》卷一二引。

之文不见于世，究未免偏见也。"① 但是，从另一个角度而言，欧、宋二公又比较全面地反映了唐文创作的实际，宋祁《新唐书·文艺传序》开宗明义揭橥了"唐文三变"："唐有天下三百年，文章无虑三变。高祖、太宗，大难始夷，沿江左余风，缔句绘章，揣合低印，故王、杨为之伯。玄宗好经术，群臣稍厌雕琢，索理致，崇雅黜浮，气益雄浑，则燕、许擅其宗。是时，唐兴已百年，诸儒争自名家。大历、贞元间，美才辈出，擩哜道真，涵泳圣涯，于是韩愈倡之，柳宗元、李翰、皇甫湜等和之，排逐百家，法度森严，抵轹晋、魏，上轧汉、周，唐之文完然为一王法，此其极也。若侍从酬奉则李峤、宋之问、沈佺期、王维，制册则常衮、杨炎、陆贽、权德舆、王仲舒、李德裕，言诗则杜甫、李白、元稹、白居易、刘禹锡，谲怪则李贺、杜牧、李商隐，皆卓然以所长为一世冠，其可尚已。"②宋祁的三变论贯穿整个唐代，认为一变为王杨；二变为燕许；三变为韩愈、柳宗元一派。可贵的是他突出了燕许之后诸如侍从酬奉中李峤等人，制册中常衮、李德裕等人的文章贡献。

明乎此，再来看一下唐代应用文的分期问题。学术界通常将唐代文学分为初、盛、中、晚四个阶段，这对于唐诗的发展面貌而言具有很大的合理性，甚至对于唐代骈文来说，也经历了由初唐四杰、盛唐燕许、中唐陆贽、晚唐李商隐等三十六体的发展过程。然则，唐代应用文的发展不尽然，它自有一发展线索。针对"大手笔"作家而言，可将唐代应用文分为三段五期。第一段：初唐江左余风甚炽，从太宗到武后，从颜师古、岑文本到李峤、崔融，绮靡文风经历了百年徘徊。第二段（过渡期）："燕、许大手笔"，虽然他们的文风仍然"骈俪犹存"，然而"波澜渐畅"，表现出一派盛世景象，张说、苏颋是整个唐文发展中一个非常重要的过渡阶段。第三段：安史之乱后，文风陡转，务实精神猛然抬头，常衮、李吉甫、李德裕越来越重视儒术在王朝重振当中的作用，文章表现出鲜明的经世致用倾向。而初唐百年与中唐以后分别可再分为两个时期。颜师古与岑文本，李峤与崔融，张说与苏颋，常衮、李吉甫与李德裕父子代表了各个阶段各个时期的文学潮流，庙堂文章的变化很能反映时代文风的转换。当然，任

① 《廿二史札记校证》卷一八，第 379—380 页。
② 《新唐书》卷二〇一，第 18 册，第 5725—5726 页。

何一个时代的文风转换都不是一蹴而就的，明人王世懋《艺圃撷余》云：
"唐律由初而盛，由盛而中，由中而晚，时代声调，故自必不可同。然亦
有初而逗盛，盛而逗中，中而逗晚者。何则，逗者，变之渐也，非逗，故
无由变。"王世懋是针对律诗而言，而其实对于其他文学样式也同样适用。
张说属于初而逗盛者，常衮属于盛而渐中，李德裕属于中而入晚者。另
外，唐代"大手笔"作家彼此之间亦有一些相似点和连贯性，如崔融的
"用思精苦"、典丽宏赡与张说的"用思精密"、为文俊丽颇有相似之处；
李峤、苏颋、常衮、李德裕分别代表唐代各个时期擅长制书的代言人，他
们的制文同中有异；初唐的墓志、张说的碑志、常衮的墓志，亦一脉相
承，各有特色。

第二节　"大手笔"作家对唐代文坛的影响

综观唐代"大手笔"作家，分别出现于不同的历史时期，陈颜岑与
高祖、太宗，崔李与武后，燕许与玄宗，常衮与代宗，吉甫与宪宗，德
裕与武宗，脉络清晰可见，"大手笔"作家在唐代诸帝王的江山事业中
均起着举足轻重的作用，可以这样说，"大手笔"作家与王朝政治有着
密切的关系，且这种作用显得越来越突出，从宫廷的文学侍从到社稷的
心膂股肱，显示了他们优秀的政治才干，同时他们的文学才能帮助他们
出色地完成了政治使命。关于"大手笔"作家的应用文成就及在当时政
坛的影响、皇帝对他们的信赖与尊崇，在前文已有所论述。本节将会渗
入"大手笔"作家的应制诗和赠答诗创作，因为"大手笔"作家具有文
士与政客的双重身份，在宫廷文会中居于重要地位，所以将其诗歌创作
纳入考察范围可以更好地透视他们与当时宫廷文会的关系。另外，"大
手笔"作家通过奖掖、交游与评议的方式对当时众多文学家产生了不同
程度的影响。凡此种种，均确立了他们在当时文坛的范式地位。以下的
论述，将充分利用作家年谱与《唐五代文学编年史》对于作品的系年来
说明问题。

一　奉和应制与宫廷文会

明人胡震亨《唐音癸签》卷二七在谈及唐代帝王对唐代宫廷文会的

推动时有云："上好下甚，风偃化移，固宜于嘘遍于群伦，爽籁袭于异代矣。"① 确实，尤其初盛唐时期，唐太宗、武后、唐中宗、唐睿宗、唐玄宗对文学的喜爱②，使得宫廷文士"朝野景从，谣习寖广"，带动了一次又一次宫廷创作高潮。本节着力于"大手笔"作家的奉和应制对宫廷文坛的影响（需要注意的是，李峤、崔融、张说、苏颋四人是有时代交叉性的），重点突出武后中宗时期与玄宗开元时期这两个创作高峰期。

1. 陈叔达、颜师古、岑文本与高祖、太宗朝的宫廷文会

李唐开国起，朝野文会不断，大型宫廷诗会有 11 次③，而开国"大手笔"作家均是积极的参与者。贞观五年，太宗作《正日临朝》，颜师古④、岑文本⑤与魏徵、杨师道、李百药有和作。约贞观九年，太宗君臣曾宴桂林殿赋诗，陈叔达⑥有《早春桂林殿应诏》："金铺照春色，玉律动年华。朱楼云似盖，丹桂雪如花。水岸衔阶转，风条出柳斜。轻舆临太液，湛露酌流霞。"《唐诗笺注》评此诗："应诏诗是赋体，只骈丽铺叙，不讲骨格，然唐人气味犹厚。"⑦ 以赋为诗，虽是应制，却已显露了唐人气象。《全唐诗》卷四〇上官仪有同题诗，中有"晓树流莺满，春堤芳草积"二句，仍是齐梁体，不如叔达诗。岑文本是唐初以太宗为首的宫廷唱和群体中的重要成员，卢照邻《南阳公集序》中云："贞观年中，太宗外厌兵革，垂衣裳于万国，舞干戚于两阶，留思政涂，内兴文事。虞（世南）、李（百药）、岑（文本）、许（敬宗）之俦以文章进……雍容侍从，朝夕献纳。"⑧ 贞观十二年冬，于志宁在太子左庶子任，岑文本与令狐德棻、封行高、杜正伦、刘孝孙、许敬宗等五人各有诗作，文本"行平"，

① 《唐音癸签》卷二七，上海古籍出版社 1981 年版，第 281 页。
② 按：晚唐文宗、德宗、宣宗对文学亦较为喜爱，但从总体上，由于时世的艰危、权力的失控及兴趣点的转移，导致宫廷文会的衰微。
③ 参见杜晓勤《齐梁诗歌向盛唐诗歌的嬗变》（修订版），北京大学出版社 2009 年版，第 57 页注①。
④ 颜师古诗今只存《奉和正日临朝》1 首。
⑤ 《全唐诗》卷三三存 4 首，《全唐诗补编》卷二补 1 首。
⑥ 按：《全唐诗》卷三〇录 9 首，《全唐诗补编·续拾》卷一补 1 首。
⑦ 陈伯海主编：《唐诗汇评》，浙江教育出版社 1995 年版，第 18 页。
⑧ （唐）卢照邻著，李运逸校注：《卢照邻集校注》，中华书局 1998 年版，第 423 页。

诗题为《冬日宴于庶子宅各赋一字得平》。贞观十三年，始置崇贤馆，太宗命颜师古赞诸学士，参见颜真卿《颜惟贞碑》（《全唐文》卷三四〇）。贞观十四年三月，宴于中书令杨师道家，岑文本与李百药、刘洎、褚遂良、杨续、许敬宗、上官仪等六人有诗作。贞观十八年二月，太宗宴群臣于玄武门，作飞白书赋诗，文本有和作《奉述飞白书势》。这年春前，岑文本与李百药、许敬宗、刘洎、褚遂良、上官仪、杨续等六人会聚杨师道园林赋诗，文本诗为《安德山池宴集》。贞观十九年三月，太宗至定州，作《春日望海》诗，岑文本与杨师道、许敬宗、褚遂良、长孙无忌、刘洎、上官仪、高士廉、郑仁轨等八人有和作，文本诗为《王言春日侍宴望海应诏》，见《唐人选唐诗》之《翰林学士集》。太宗时期宫廷文会的逐渐增多，预示着此后大量宫廷文学的繁荣。陈、岑二人皆有江南士族背景（如之前所述，颜师古其实也属南朝世家大族之列），所以创作流丽轻艳，从侧面说明当时宫廷诗坛的主导风尚仍沿袭南朝遗彦。

2. 李峤、崔融与武后、中宗朝的宫廷文会

贞观后至高宗统治的永徽、显庆年间的宫廷文坛是非常冷寂的，诗坛一直弥漫着上官宫体绮错婉媚诗风。龙朔初载高宗归政武后，武后和中宗时游宴赋诗活动盛况空前，李峤无疑是此时宫廷诗坛的领军人物[1]，而崔融在武后朝几乎与李峤并驾齐驱，后进苏颋、张说在中宗朝逐渐参与其中。与宫廷中各色人等的诗歌唱酬成为那个时代最富代表性的文学，或以诗应制，或以文会友，形成了两次诗歌唱和高潮，蔚为壮观。

李峤武后时为珠英学士，撰修《三教珠英》的实际总领事，中宗时又为修文馆大学士，他是无可争议的文坛领袖，"当代词宗"[2]。早在垂拱二年（686）左右李峤为英王府官，即与同僚唱和甚夥，有《二月奉教作》至《十二月奉教作》诸作，《奉教追赴九成宫口号》《夏晚九成宫呈同僚》《刘侍读见和山邸十篇重申此赠》《和同府李祭酒沐田居》等。垂拱四年十

---

① 李峤的诗歌有其正面作用，参见葛晓音《创作范式的提倡和初盛唐诗的普及——从李峤〈百咏〉谈起》。

② 《全唐文》卷四四〇，《唐尚书右丞相中书令张公神道碑》云："中书令李公（峤），当代词宗。"（第 5 册，第 4490 页）

二月，武后拜洛水赋诗，李峤与苏味道、牛凤及有和作，从此开始了其宫廷文坛的创作，逐渐显示出其优秀的文才。天授元年九月，则天即帝位赋诗，李峤与陈子昂有应制之作，李峤诗为《皇帝上礼抚事述怀》。天授二年九月，上命李嗣真等为十道存抚使，合朝有诗送，崔融与杜审言、苏味道诗尤为著名①。证圣元年（695），武后造天枢成，题曰"大周万国述德天枢"，纪革命之功，贬皇家之德，李峤《奉和天枢成宴夷夏群僚应制》，据说当时"朝士献诗者不可胜纪，惟峤诗冠绝当时"②。其诗云："辙迹光西崦，勋庸纪北燕。何如万方会，颂德九门前。灼灼临黄道，迢迢入紫烟。仙盘正下露，高柱欲承天。山类丛云起，珠疑大火悬。声流尘作劫，业固海成田。帝泽倾尧酒，宸歌掩舜弦。欣逢下生日，还睹上皇年。"可见当时明堂制作之辉煌，文人学士谄媚之状③。圣历三年（700），武后幸汝州，苏颋与武三思、姚元崇、薛曜等赋诗凡七首，李峤作序。苏颋从此时开始加入宫廷唱和群体。五月，武后与群臣游于嵩山石淙，赋七言律诗，太子李显、相王李旦及李峤、崔融等八人均有和作。六月改控鹤府为奉宸府，以张易之为令，引阎朝隐、薛稷、员半千等为奉宸供奉，谀佞之人称张昌宗乃王子晋后身，并在缑氏山立升仙太子庙，辞人赋诗以美昌宗，时人凤阁舍人的崔融作《和梁王众传张光禄是王子晋后身》诗，为其绝唱。诗云："闻有冲天客，披云下帝儿。三年上宾去，千载忽来归。昔遇浮丘伯，今同丁令威。中郎才貌是，藏史姓名非。只召趋龙阙，承恩拜虎闱。丹成金鼎献，酒至玉杯挥。天仗分旄节，朝容问羽衣。旧宫何处所，新庙坐光辉。汉主存仙要，淮南爱道机。朝朝缑氏鹤，长向洛城飞。"对"冲天客"旷远姿容的描摹，栩栩如生。夸饰张昌宗有西晋虎贲中郎将潘岳之才之美，与东周柱下史老子李耳一样的角色，只是姓名不同。"丹成"以下四句，人物形象鲜明，颇能引发人

---

① 《唐会要》卷七七："天授二年，发十道存抚使，以右肃政、御史中丞知大夫事李嗣真等为之，合朝有诗送之，名曰《存抚集》十卷，行于世。杜审言、崔融、苏味道等诗尤著焉。"（第 1414 页）

② 《大唐新语》卷八，第 126 页。

③ 杜晓勤认为："李峤此诗并未采用龙朔诗人习用的藻饰、雕刻手法，而是从大处着眼、宏观把握，注重天枢之高大、壮丽，以气势取胜，诗境宏阔，初步显露出此时宫廷颂体诗创作风格由重藻饰向重气势、气象转变的端倪。"（杜晓勤：《齐梁诗歌向盛唐诗歌的嬗变·武后、中宗朝宫廷士风与诗风》，北京大学出版社 2009 年版，第 261 页。）

的联想，饶有意趣，就诗歌本身而言，不失为描绘才人风姿的佳作。久视元年十月大赦，张昌宗作观赦诗，张说有和作《和张监凤赦》，张说从此时加入宫廷唱和群体。长安三年十月，武后还洛阳，李峤、杜审言、沈佺期扈从，李峤有《扈从还洛呈侍从群官》诗。十一月，武三思子武崇训尚安乐郡主，命李峤、张说、崔融等十人赋《花烛行》以美之，张说另有《安乐郡主花烛行》诗。

神龙元年（705），李峤、苏味道、崔融、宋之问等文学侍臣均被贬。宋之问流放途中，与崔融、胡皓有诗赠答，崔融有《和宋之问寒食题黄梅临江驿》诗。李峤不久即回朝，在崔融卒后，成为宫廷文学侍臣的领袖，在中宗景龙文馆学士中处于主导地位。《旧唐书·徐坚传》载，编撰《三教珠英》时，李峤总领其事，但"广引文词之士，日夕谈论，赋诗聚会"①，致使编撰工作多年未能下笔。"和事天子"中宗李显被则天磨尽锐气，沉湎于奢侈的歌舞宴游中，作为对昔日压抑的一种补偿与慰藉，于是宫廷唱和此起彼伏，与六朝宫廷的狂欢和狎昵颇类。中宗景龙二年（708）七月，中宗御两仪殿赋诗，学士李峤、苏颋等六人有和作。九月，中宗游慈恩寺塔，上官婉儿献诗，中宗及李峤等八人均有诗作，李峤为首。中宗游总持寺，登浮图，李峤等四人献诗。十月，中宗游三会寺，李峤等六人有应制诗。十一月十五日，中宗诞辰，宴于内殿，与李峤、苏颋等十五人为柏梁体联句，"帝谓侍臣曰：'今天下无事，朝野多欢，欲与卿等词人，时赋诗宴乐，可识朕意，不须惜醉。'大学士李峤、宗楚客等跪奏曰：'臣等多幸，同遇昌期。谬以不才，策名文馆。思励驽朽，庶裨河岳。既陪天欢，不敢不醉。'此后每游别殿，幸离宫，驻跸芳苑，鸣箛仙禁，或戚里宸筵，王门香席，无不毕从"②。明人胡震亨称："于时文馆既集多材，内庭又依奥主，游谦以兴其篇，奖赏以激其价，谁甽可遗功首？虽猥狎见讥，尤作兴有属者焉。"③可见景龙文馆的盛况④。十二月，中宗游荐福寺、幸临渭亭、汉长安未央宫故基，李峤、苏颋等十人各有诗作。景龙三

①　《旧唐书》卷一〇二，第10册，第3175页。
②　（宋）计有功撰，王仲镛校笺：《唐诗纪事校笺》卷一，巴蜀书社1989年版，第17页。
③　《唐音癸签》卷二七，281页。
④　参见陶敏《〈景龙文馆记〉考》，《文史》1999年第3期；贾晋华《〈景龙文馆记〉与中宗朝文馆学士群》，《唐代集会总集与诗人群研究》，北京大学出版社2001年版，第43—73页。

年正月人日，中宗游清晖阁，李峤、苏颋等六人各应制为五言律诗，峤与宋之问、沈佺期、赵彦昭等又各为七言绝句。晦日，中宗至昆明池赋诗，群臣应制百余篇，沈、宋二诗最优，上官婉儿、苏颋有《奉和晦日幸昆明池应制》。二月，中宗游太平公主南庄，李峤、苏颋等六人各有诗作，李峤《奉和初春幸太平公主南庄应制》七言律诗："主家山第接云开，天子春游动地来。羽骑参差花外转，霓旌摇曳日边回。还将石溜调琴曲，更取峰霞入酒杯。銮络已辞乌鹊渚，箫声犹绕凤凰台。"后人评价此诗"八句皆偶对，自是初唐律法，而对必工切，精警流丽，无一懈字。此题工者甚多，巨山自当擅场"①，"唐初如此大篇，允为一代冠冕"②。七月，中宗幸望春宫，制序作诗送朔方总管张仁愿赴军，李峤、苏颋等六人有和作。八月，中宗游安乐公主西庄，李峤、苏颋等十五人均有七律应制诗，中宗制序。九月，中宗游临渭亭，与李峤、苏瓌、苏颋等二十二人分韵赋诗，中宗亲为之序。十一月，中宗诞辰，长宁公主满月，李峤、郑愔应制作诗。十二月，中宗游温泉宫，登骊山，李峤、苏颋、张说等九人有和作。前人称苏颋《奉和圣制登骊山高顶寓目应制》："高华自不必言，更有一种隽越之气出人意表，应制似此，何等清贵！"③ 至韦嗣立庄，李峤、苏颋、张说等十人各应制作五言排律及七言绝句，张说为作《东山记》以纪期事。游白鹿观，诸人复有应制诗。景龙四年（710）正月七日，中宗宴于大明宫，赐彩缕人胜，李峤、苏颋等十一人各有七律应制。晦日，中宗游浐水，宗楚客、张说、沈佺期有应制诗。二月，中宗至始平，送金城公主和蕃，李峤、苏颋、张说等十七人应制赋诗，张说等又别有送郑惟忠诗，徐彦伯为序。二十一日，中宗宴张仁愿于桃花园，李峤、苏颋、张说等六人有七绝应制，《全唐诗》卷二八载《桃花行》组诗，序云："张仁亶自朔方入朝，帝宴之西苑之桃花园，命李峤等各赋绝句。明日晏承庆殿，令宫中善讴者唱之，乐府号《桃花行》。"三月上巳，中宗被褉渭滨，张说等六人有七绝应制诗。八日，中宗与修文馆学士同宴于窦希玠宅，苏颋等有应制

---

① 《唐七律选》，《唐诗汇评》，第110页。
② 《桐城吴先生评点唐诗鼓吹》，《唐诗汇评》，第110页。按：金圣叹《选批唐才子诗》亦批曰："纯用大笔大墨，不着一毫纤巧，允为一代作者冠冕。"又曰："后贤不睹唐初人如此大篇，便于律诗更不知所措手。"
③ 《唐风怀》，南邨语《唐诗汇评》，第140页。

诗，张说为之序。二十七日，特进李峤入都祔庙，徐彦伯赋诗饯送。中宗游望春宫，学士苏颋、张说等十四人应制赋七律诗，其中苏颋《奉和春日幸望春宫应制》，《升庵诗话》卷八云："唐自贞观至景龙，诗人之作，尽是应制。命题既同，体制复一，其绮绘有余，而微乏韵度。独苏颋'东望望春春可怜'一篇，迥出群英矣。"① 前人称美此诗为"应制诸篇中第一"，不涉应制中绮丽语。四月一日，中宗游长宁公主庄，李峤等六人有应制诗。六日，中宗至兴庆池观竞渡之戏，苏瑰、苏颋、张说等十一人有七律应制诗。苏颋诗为著名的《兴庆池侍宴应制》："降鹤池前回步辇，栖鸾树杪出行宫。山光积翠遥疑逼，水态含青近若空②。直视天河垂象外，俯窥京室画图中。泉欢未使恩波极，日暮楼船更起风。"（《全唐诗》卷七三）后人评其"巧不伤雅，即象外，即圜中，应制中唯此擅场"③，"气味醇正，写景深细，而结有乐不可极之意。唐甚和婉，又雄壮，又清灵，无美不备，细细读之，不觉为应制诗"④。苏颋的应制诗许多作于中宗时⑤，且颇受后世青睐："许公天命英标，凤年妙悟，遭时丰豫，大启菁华，凡宴赏览游，靡不应制。虽君臣道合，侪辈同声，足以成其令节，而祥麟威凤，世所罕睹，盛时气候，亦可想见之尔。"⑥

　　纵观武后和中宗时的宫廷唱和，可以看出李峤对于武后、中宗两朝宫廷文坛的引导与示范作用，事实上正是这样频繁的有竞争的文会，使得诗歌艺术的声律技巧得到了超常的发展，促成了唐代律诗的成熟定型。《新唐书·宋之问传》云："魏建安后讫江左，诗律屡变，至沈约、庾信，以音韵相婉附，属对精密。之问、沈佺期，又加靡丽，回忌声病，约句准篇，如锦绣成文。学者宗之，号为'沈、宋'，语曰'苏、李居前，沈、宋比肩'，谓苏武、李陵也。"⑦ 此处之前有"苏、李"，宋祁认为"苏、

① 《历代诗话续编》本，第787页。
② 原注：以上二句初云："山光逼屿疑无地，水态迎帆若有风。"时为赵郡李乂、苑阳卢从愿所赏，但末句又押风字，故易之。
③ 《唐诗评选》，《唐诗汇评》，第141页。
④ 《唐诗成法》，《唐诗汇评》，第141页。
⑤ 按：《唐诗纪事》卷十"苏颋"条所诸诗，除《扈从明皇出雀鼠谷应制》外，均为中宗朝所作。又按：苏颋《全唐诗》卷七三、卷七四存其诗二卷，《全唐诗补编·续拾》补1首。
⑥ 《唐诗品》，《唐诗汇评》，第139页。
⑦ 《新唐书·文艺中》卷二〇二，第18册，第5751页。

李"为苏武、李陵，这实在有误①，"苏、李"乃指苏味道、李峤，可为定论，相比之下，苏味道从现存的文学创作来说，显得逊色了许多。张说《五君咏·李赵公峤》称颂李峤"故事遵台阁，新诗冠宇宙"，在"台阁"创作的"新诗"即是指律诗这种新兴的体裁，在当时的宫廷文坛中李峤无疑成为一种标杆而具有典范性。

3. 张说、苏颋与开元前期宫廷文会

景云元年（710）七月，睿宗即位后，李峤被贬为怀州刺史，从此退出了宫廷文会，苏颋和张说则先后活跃于开元初及开元九年后的宫廷文坛。景云二年春，皇太子李隆基作《春日出苑游瞩》诗，张说有和作，过慈恩寺有诗，睿宗和作，张说与沈佺期有应制之作。十二月，京师坊市相率为泼胡王乞寒戏，张说作《苏摩遮》五首咏之。先天二年三月，苏颋服阕，奉诏作《蒋烈女碑》。张说入相后不久即遭外贬，苏颋继续在宫廷应制。开元二年六月，右拾遗蔡孚集龙池诗一百三十篇献之，苏颋等十人诗在选。秋，苏颋与李乂、崔日用、张九龄、卢怀慎等同在朝，有诗唱和。开元四年，紫微令姚崇扈从骊山温汤，应制作喜雪诗，苏颋等有和作。裴耀卿、许景先等朝廷官员，苏颋行制。苏颋景龙二年拜中书舍人，次年专知制诰，至开元四年为相，至开元八年罢相，这期间姚崇、宋璟相继主政，宫廷创作较为贫乏，老一批诗人已经谢世，新一代诗人尚未成熟，盛唐诗歌高潮还未来到②。苏颋在景龙二年（708）十月拜中书舍人至开元四年（716）闰十二月拜相，六年多的时间撰写了大量制诰文书，曾为韦嗣立、唐休璟、刘幽求、薛讷、薛稷、徐彦伯、王琚、韩休、贺知章、张廷珪、宋璟、姚崇、张说、崔沔、张仁愿、卢怀慎、王晙、吴兢、许景先、李邕、韦抗、源乾曜、李乂、马怀素、褚无量、郑惟忠、柳涣、胡皓、萧嵩、李怀让、王丘、李元纮、沈佺期等一大批政治家、文学家撰写官制，其中不乏对于他们文学艺术的品评，这是研究此期文学史时需要留意的。唐王朝经开元初期的文治建设逐步安定下来以后，宫廷应制唱和之

---

① （明）胡应麟：《诗薮》外编卷四云："唐人语云：'苏、李居前，沈、宋比肩。'诗话谓苏武、李陵，非也。汉苏、李未有律诗，于沈、宋何为？盖谓苏味道、李峤，与佺期、之问同辈，而年行差前。"当代唐诗专家马茂元《读两〈唐书·文艺（苑）传〉札记》（《文史》第8辑）对此有专门论述。

② 参见丁放、袁行霈《姚崇宋璟与盛唐诗坛》，《文学遗产》2007年第3期。

风渐炽。开元七年十月，张说自幽州入朝，戎服入见，有《宿直温泉宫羽林献诗》。王仁皎卒，张说奉诏撰神道碑。开元八年三月，玄宗作《春台望》诗，苏颋等有和作。张说开元九年九月张说自并州入朝，守兵部尚书，同中书门下三品，从此开始了他文坛领袖及宫廷应制奉和创作核心的角色①。不久姚崇卒，有集十卷，张说奉敕撰碑。玄宗游兴庆宫作诗，张说和之。

　　开元十年（722）闰五月，张说以兵部尚书、同中书门下三品的宰职往朔方巡边，玄宗诏百官祖饯郊外，亲制《送张说巡边》诗以示恩宠。由此拉开了新一轮长达八年的宫廷应制唱和高潮，张说是这轮高潮的绝对主角。源乾曜、张嘉贞、宋璟、卢从愿、许景光（先）、韩休、徐知仁、崔禹锡、王翰、苏晋、王光庭、袁晖、席豫、张九龄、徐坚、崔日用、贺知章等十七人作《奉和圣制送张尚书巡边》诗，诗存于《张燕公集》卷四，另外崔泰之、胡皓、王丘亦有送诗，分别见于《全唐诗》卷九一、卷一〇八、卷一一〇。贾曾奉敕作序，编为《朝英集》三卷②。玄宗的御制诗，十七人的奉和诗，崔、胡、王三人的送和诗，加上张说的应制诗，共 22 首，从帝王到卿相，从故知到亲信，人员涉及面相当大，其中不少为当时及后来的文坛大家，他们共同掀起了一股巡边诗的创作高潮，其影响力巨大。一年之后，王晙赴朔方巡边，玄宗亦有《饯王晙巡边》，张说有《奉和送王晙巡边应制》。王是张的继任者，也是以兵部尚书、同中书门下三品的宰职出为朔方巡边，受到玄宗的重用宠幸也类似，但如送张说般的诗坛盛会则无法再见。贾曾序云："公智以阐物，精以造微，文为一变之英，武有万人之敌。"这组诗浓墨重笔集中地褒扬了张说的文治武功，文武全才。如源乾耀说其"声华振台阁，功德标文武"，张嘉贞说其"经纬称人杰，文章作代英"，许景先说其"文武承邦式，风云感国祯"，徐知仁说其

---

① 张说的宫廷文学创作可分为前后两期，前期为武后、中宗、睿宗朝，是宫廷文会的参与者，后期为玄宗开元九年再次入相至开元十八年卒，是宫廷文会的领导者。张说今存诗三百五十余首，据陈祖言《张说年谱》考证，开元以前之作六十余首，其余作于开元时期。

② 《新唐书》卷六〇《艺文志》集部总集类著录有《朝英集》，认为是张九龄、韩休、崔沔、王翰、胡皓、贺知章等送张孝嵩出塞之作。傅璇琮经过考证疑是宋人误记，应为送张说朔方巡边之作，有理，见傅璇琮《唐代诗人丛考·王翰》，中华书局 2003 年新一版，第 46 页。另外，笔者发现，胡皓的和诗开首即云"燕公为汉将"，张说被封为燕国公乃人所共识，亦可论证《朝英集》为送张说巡边所作。

"由来词翰首，今见勒燕然"，王光庭说其"贤相德符充，朝推文武雄"，袁晖说其"欲识恩华盛，平生文武材"，席豫说其"已勤封山记，犹闻遗戒篇"。将张说称作"词翰首""文雄"等，揄扬其文学才华，并比之以仲山甫、张良等古之辅边名臣，赞赏其武力智谋。另外，组诗中还道出玄宗派遣张说巡边的目的，"礼乐临轩送，威声出塞扬"（卢从愿），"定功彰武事，陈颂纪天声"（韩休），"用师敷礼乐，非是为獯戎"（王光庭），并乐观地预期张说的成功安边和秋日凯旋，"归来画麟阁，蔼蔼武功传"（席豫），"威风六郡勇，计日五戎平。山甫归应疾，留侯功复成。歌钟旋可望，枕席岂难行"（张九龄），"燕山应勒颂，麟阁伫名扬"（徐坚），"伫勒燕然颂，鸣驺计日归"（崔泰之）等，这些虽是应制诗篇，但均富有时代气息和政治意味，反映了当时唐朝军事国力的强大和对外作战的自信。其中以玄宗的御制诗《送张说巡边》为代表："端拱复垂裳，长怀御远方。股肱申教义，戈剑静要荒。命将绥边服，雄图出庙堂。三台入武帐，八座起文昌。宝胄匡韩主，华宗辅汉王。茂先惭博物，平子谢文章。尽节恢时佐，输诚御寇场。三军临朔野，驰马即戎行。鼓吹威夷狄，旌旗溢洛阳。云台先著美，今日更贻方。"指出其御边意在垂衣而治，要以"教义"与"戈剑"双重效力使敌人绥服，玄宗大力褒扬了张说的文武功德与忠贞本色，竭力鼓吹了大唐三军的威武雄壮，表现出一代君王的勃勃生气。《朝英集》中水平较高的作品当属张说的《将赴朔方军应制》："礼乐逢明主，韬钤用老臣。恭凭神武策，远御鬼方人。供帐荣恩饯，山川喜诏巡。天文日月丽，朝赋管弦新。幼志传三略，衰材谢六钧。胆由忠作伴，心固道为邻。汉保河南地，胡清塞北尘。连年大军后，不日小康辰。剑舞轻离别，歌酣忘苦辛。从来思博望，许国不谋身。"既符合应制温厚敬上之旨，又能"以老法引奇情，夫翔矩步中自有掀髯慷慨之气"①。张骞因出使西域有功，被汉武帝封为博望侯，张说"以张骞自比，立言有体"②。表达了许身报国的爱国情操。起笔端重苍莽，中叙简洁，"胆由"二句尤合应制

① （明）周珽集注，（明）陈继儒批点：《删补唐诗选脉笺释会通评林》，安徽省图书馆藏明崇祯八年毂采斋刻本，初五排下，第21页。
② （清）沈德潜：《唐诗别裁集》卷十七，《历代诗别裁集》，浙江古籍出版社1998年版，第158页。

之道，"连年大军后，不日小康辰"两句对句精妙，末四句呼应题目，收转至"将赴"，表现为国建功立业之豪情。清人说此诗"骨气坚凝，气体雄厚，此工部先鞭也"①，认为其开杜甫雄健之先河，评价甚高。明人胡震亨云："凡排律起句极宜冠裳雄浑，不得作小家语。唐人可法者，卢照邻'地道巴陵北，天山弱水东'，骆宾王'二庭归望断，万里客心愁'，杜审言'六位乾坤动，三微历数迁'，沈佺期'闾阖连云起，岩廊拂雾开'，玄宗'钟鼓严更曙，山河野望通'，张说'礼乐逢明主，韬钤用老臣'，李白'独坐清天下，专征出海隅'，高适'云纪轩皇代，星高太白年'，此类最为得体。"②把张说《将赴朔方军应制》与诸大家之五排相提并论，可见其水平。清人李因培云："燕公五排如幽燕老将，气韵沉雄，时于坚壁中作浑脱舞。后人竭力效之，终不可至。"③"气韵沉雄"抓住了张说五排的总体特征。玄宗及朝臣们的这些和诗多关边塞，玄宗诗已见上文，朝臣和诗如"匈奴迩河朔，汉地须戎旅"（源乾耀）、"德风边地偃，胜气朔云平"（宋璟）、"晓光摇组甲，晚吹绕云旌"（韩休）、"度关行照月，乘帐坐销烟"（徐知仁）、"旌摇天月迥，骑入塞云长"（崔禹锡）、"骑历河南树，旌摇塞北沙"（王翰）等，描绘出征场景与边关景象，豪壮雄浑，典重整齐，精工赡逸。虽然以今天的眼光来看，上述诗的内容还显单薄，基本上都是想象之词，缺乏对边境的实景描绘与切身感受，艺术水准亦有缺憾，每首诗从整体上还未达到浑融之美。但上有所好，下必效之，组诗中这些有关边塞的句子，对于盛唐边塞诗的创作应该有导夫先路的作用。

　　开元十一年至十四年（723—726）是张说政治权力达到顶峰的时期，也是其真正成为文坛领袖的时期。以张说为核心的宫廷诗人群再次成为诗坛的中心，前后数次进行唱酬，且均由皇帝亲自发起或参与，这在开元前期诗坛乃至整个唐代诗史上都颇为罕见。开元十一年，玄宗自洛阳北巡有诗，张说、苏颋等扈从④，均有和作。玄宗至并州，作《过

① （清）李因培：《唐诗观澜集》卷九，第21页，安徽大学图书馆藏本。
② 《唐音癸签》卷十，第99页。
③ 《唐诗观澜集》卷九，第22页。
④ 按：开元十年九月，苏颋回朝，为礼部尚书，从此加入到张说为首的宫廷唱和群。

晋阳诗》，张说、苏颋等五人有和作。开元十一年二月，玄宗自太原南行，出汾州雀鼠谷，张说献《扈从南出雀鼠谷》诗，玄宗有《答张说南出雀鼠谷》。群臣苏颋与宋璟、王丘、袁晖、崔翘、张九龄、王光庭、席豫、梁升卿、赵冬曦有和作《奉和圣制答张说南出雀鼠谷》，见《张燕公集》卷四，徐安贞亦有和诗，见《全唐诗》卷一二四①，共十三首。张说诗云："豫动三灵赞，时巡四海威。陕关凌曙出，平路半春归。霍镇迎云罕，汾河送羽旂。山南柳半密，谷北草全稀。迟日宜华盖，和风入袷衣。上林千里近，应见百花飞。"全诗用语精确，中二联对仗工稳，除实景的细致描述外，也注意了诗境的营造。壬子，玄宗祭后土于汾阴，苏颋等十一人作《祭皇地祇于汾阴乐章》。三月，玄宗自河东归秦，有诗作，张说、苏颋等四人有和作。六月，王晙赴朔方巡边，玄宗御制诗宠行，张说应制和作。十二月，玄宗至凤泉汤有诗，张说有和作。本年，丽正殿学士张说等六人进诗，玄宗作赞以褒美之，稍后殷季友等奉旨写张说等集贤学士像。开元十二年二月，玄宗赐宰相群臣于乐游园，作《同二相已下群官乐游园宴》，题下注"二相谓张说、宋璟"，张说、宋璟、崔沔、张九龄、胡皓、王翰、崔尚、赵冬曦等均有和作②，见《张燕公集》卷四，苏颋亦有和作，见《全唐诗》卷七四，共 10 首。八月，宇文融为安辑户口使，玄宗作诗送，张说有应制和作。十一月，玄宗至东都，经华阴、华岳、陕州均有诗，张说、苏颋、张九龄有应制和作。开元十三年二月，玄宗择十一人为刺史，命百官饯送，自书十韵诗以赐之，张说、苏颋、张九龄均有和作。四月，张说任集贤院知院事，此前此后以张说为首的诸学士创作多达数百首。《新唐书·艺文志》集部总集类载"《集贤院壁记诗》二卷"③，所编当是集贤学士所赋诗。这是张说作为文坛领袖所引领的宫廷诗人群体创作的典型代表。这年三月，玄宗赐学士宴于集仙殿，有《春晚宴两相及礼官丽正殿学士探得风

---

① 《唐五代文学编年史》（初盛唐卷）漏"赵冬曦"，辽海出版社 1998 年版，第 580 页。《张燕公集》卷四有赵诗，《全唐诗》卷九十八题为《奉和圣制答张说扈从南出雀鼠谷》，多"扈从"二字。徐安贞诗题为《奉和圣制答二相出雀鼠谷》。
② 《唐五代文学编年史》（初盛唐卷）缺"张九龄"，第 588 页。
③ 《新唐书》卷六〇，第 5 册，第 1623 页。又，《宋史·艺文志》载"《唐集贤院诗集》二卷"（卷二〇九，第 16 册，中华书局 1977 年版，第 5395 页），或即为此集，待考。

字》诗，张说有和作《侍宴探得开字》。四月，张说赴集贤殿上任，玄宗有《集贤书院成送张说上集》诗，张说和作有得辉字诗，苏颋赋得兹字，还有源乾曜赋得迎字，裴漼赋得升字，韦杭赋得西字，程行谌赋得廻字，李暠赋得催字，萧嵩赋得登字，李元纮赋得私字，贺知章赋得谟字，陆坚赋得今字，刘升赋得宾字，王翰赋得筵字，赵冬曦赋得莲字，韦述赋得华字，见《张燕公集》卷四①。另外徐坚（赋得虚字）、褚琇（赋得风字）亦有和作，分见于《全唐诗》卷一〇七、卷一〇九，共18首。本年玄宗频赐集贤学士酒宴，张说有《皇帝降诞日集贤殿赐宴》等诗。集贤院在当时是一个参与国家政务的高级"智囊团"，是唐代文人政治形成的标志。张说身为知院事，居功至伟，玄宗云："广学开书殿，崇儒引席珍。集贤招褒职，论道命台臣。礼乐沿今古，文章革旧新。"萧嵩和诗亦云："文章体一变，礼乐道逾弘。"说明张说的变革礼乐及文风之功得到皇帝大臣的认可，而且在组诗中多有施行礼乐政教的意识，如"问道图书盛，尊儒礼教兴"（裴漼），"幸逢文教盛，还睹颂声新"（刘升），"重文教"（陆坚）、"重文化"（程行谌）等，这些均是以张说为核心的盛唐文儒为玄宗所制定的"重道尊儒"②文艺方针的反映。

　　开元十三年十月，玄宗欲东封泰山，行至成皋太宗破窦建德处，玄宗有《行次成皋途经先圣擒窦建德之所缅思功业感而赋诗》诗，张说、苏颋等有和作。途中遇雪，玄宗又作《喜雪》，张说亦有和作。十一月庚寅，东封泰山，张说撰《封祀坛颂》，苏颋撰《朝觐坛颂》，张说并有《唐封泰山乐章》九首。玄宗自泰山归经孔子宅，致祭，有诗，张说有和作。十二月，玄宗自泰山归至东都酺宴，有诗，苏颋、张九龄有和作。开元十四年正月，张嘉贞自工部尚书出为定州刺史，玄宗时在洛阳，自赋诗送，诏百官祖饯于上东门，张说等有应制诗若干篇，并为之

---

① 《唐五代文学编年史》（初盛唐卷）所用《全唐诗》本与《张燕公集》本的和作者有一些差异，第598—599页。《全唐诗》裴"崔"为"漼"，韦"杭"为"抗"，王"翰"为"湾"。前两处应从《全唐诗》。王"湾"应为王"翰"。按：《四部丛刊》本《张说之集》卷四载《答张说南出雀鼠谷》组诗、《送张尚书巡边》组诗、《送张说集贤上学士》（按：应为《送张说上集贤学士》）组诗，其中颠倒错接处甚多。

② 《全唐文》卷二二四，张说《上东宫请讲学启》第3册，第2265页。

序。尽管这年四月，张说为宇文融、崔隐甫所弹停兼中书令，但此后仍唱和不断。十月，玄宗至汝州，至温汤行宫，赋《温汤对雪》诗，张说有和作。开元十五年七月，苏颋卒，此后，张说仍然保持着较高的创作力，并依然与玄宗及诸大臣唱和往还。开元十五年十二月，玄宗登骊山石瓮寺赋诗，张说等有诗和之。开元十六年五月，玄宗作《喜雨赋》，张说等六人有和作。开元十七年（729）八月五日，张说与源乾曜等上表请定千秋节，自此每年为唐玄宗过寿大宴天下。史载："开元十七年八月癸亥，以降诞之日大置酒张乐宴百僚于花萼楼下，终宴，尚书左丞相源乾曜、右丞相张说率文武百官等上表曰：……'请以八月五日为千秋节（臣钦若等曰：诞圣节名始于此）。……群臣以是日献甘露醇酎，上万岁寿酒（臣钦若等曰：上寿自此始）'"[1] 张说有《奉和圣制千秋节宴应制》。九月，因张说、宋璟、源乾曜同日上官，玄宗赋《左丞相张说右丞相璟太子少傅乾曜同日上官命宴东堂赐诗》云："赤帝收三杰，黄轩命二臣。"张说、宋璟、源乾曜三人及萧嵩、裴光庭、宇文融三宰相都有和作。张说又有《奉萧令嵩酒并诗》《奉宇文黄门融酒》《奉裴中书光庭酒》诗三首。这可以算作是以张说为核心的宫廷群体创作的余绪。开元十八年二月，玄宗宴百僚于兴庆宫，有《春中兴庆宫酺宴》，张说有和作云："应接郊禋后，酺承农事稀。"三月，诏宴于定昆池，张说有《三月三日诏宴定昆池宫庄赋得筵字》和《三月三日定昆池奉和萧令得潭字》。这年千秋节，玄宗有《千秋节赐群臣镜》诗，张说有和作。十二月，张说卒，玄宗为罢朝会，亲制神道碑，张九龄为撰墓志铭及祭文，孙逖为作挽歌及遗爱颂。

葛晓音曾指出："神龙至开元前期，五言律诗和五言排律成为诗坛的主要体裁，是一个引人注目的现象。……到开元初，五排又更多于五律。"[2] 这在张说及其周围的群体创作中表现得非常明显。张说诗今存五排有六十五首，虽然还不十分合律，但他与这些和作者如此集中地创作五排（基本为12句），包括上文谈及的《朝英集》所载的诗作也均为五言二十句的排律体（除王丘为18句之外），这在当时确实是一个非常突出的现

---

① 《册府元龟》卷二《帝王部·诞圣》，第20—21页。

② 《论开元诗坛》，收入氏著《诗国高潮与盛唐文化》，北京大学出版社1998年版，第332页。

象，它无疑推动了唐代五排律诗的繁荣和发展，极大地锻炼和提高了诗歌在形式技巧方面的能力，标志着声律的完备和律诗的普及。笔者认为，张说及这些和作者们继初唐沈、宋、崔、李完成律体的定型之后①，进一步促进了律体的成熟。前文已述，唐代从贞观至龙朔年间，诗坛一直弥漫着上官宫体绮错婉媚的诗风，武后、中宗时期游宴赋诗活动盛况空前，酬唱应和之作仍然不脱宫廷诗创作的程式。然而以张说为首的宫廷诗人群体创作有了新的变化，这反映出随着寒门庶族政治地位的确立，大批寒士入朝，他们把自己的生活体验带进宫廷，从而使诗学趣味有所改变。至此，盛唐诗坛的大幕已经彻底拉开，开元十五年前后，形成了以清新、壮丽为美的诗歌审美特征，盛唐诗歌的整体风貌真正形成②。明人黄佐《唐音类选·序》云："盛唐之诗，玄宗为主，而张说、苏颋，世称'燕许'者，鸣于馆阁；李白、杜甫各为大家者鸣于朝野；王、孟、高、岑，名亦次之。"③ 视张说、苏颋为在馆阁鸣盛唐之盛者，实具只眼。《全唐诗》卷三存玄宗诗 64 首，细检有 30 首（还有一篇《喜雨赋》）与张说有关或有张说奉和④，这说明张说对于玄宗及当时整个宫廷诗创作的影响。以张说、苏颋等人为代表的宫廷诗人的群体创作拉开了盛唐诗国高潮的大幕。

近年来，学术界对于张说的研究日益深入。笔者认为，将围绕在其周围的诗歌群体创作进行整体性的考量，对于把握盛唐诗歌发展的风貌会有一定的作用。相对于唐代其他阶段，盛唐人崇尚个体，不重群体，而在开元前期，以张说为核心却形成了一个又一个诗歌创作群体，当时结集者就有《岳阳集》《朝英集》《集贤院壁记诗》，它们分别代表了三个阶段的群体创作情况，虽然这三个集子今天均已亡佚，但其面貌还部分地留存于《张燕公集》中。以《岳阳集》为中心的岳州诗人群属在

---

① 参见陈铁民《论律体定型于初唐诸学士》，《文学遗产》2000 年第 1 期。
② 盛唐之音何时形成，论者常引用殷璠《河岳英灵集·序》所云："开元十五年后，声律风骨始备矣。"关于这个时间界标的阐述，可参见赵昌平《开元十五年前后——论盛唐诗的形成与分期》，《中国文化》1990 年第 1 期。
③ 《唐音类选》卷首，见陈伯海主编《历代唐诗论评选》，河北大学出版社 2002 年版，第513 页。
④ 具体可参看《张燕公集》卷一、卷二、卷三、卷四。

野，他们形成了一段不容忽视的山水诗创作高潮，以《集贤院壁记诗》为代表的宫廷诗人群属在朝，他们的诗歌反映了其时玄宗与张说的文治理念，《朝英集》的创作虽属在朝，但其诗多关边塞，此前此后张说均有一些边塞诗篇，它与前两者共同开启了盛唐山水诗、应制诗和边塞诗创作的高潮。从文学成就而言，岳州诗人群的创作水平显然要高一些，而另两个群体则主要是形成一种创作氛围，树立一种创作范式，并促进了律体的进一步成熟。以往的文学史向以玄宗开元、天宝时期为唐代诗歌创作的高潮，给人感觉是"声律风骨兼备"的"盛唐气象"从开元元年开始已然全面显露于诗坛，但细观开元前期的七八年，宫廷诗坛实际上正处于青黄不接的相对寂寥时期，此时，张说在地方的创作及以其为核心的岳州诗人群体创作部分地弥补了这一缺憾，从而使诗坛重心由京都转到谪所。在这之后，随着张说的再次入朝为相并达到权力顶峰成为文坛领袖，诗歌中心又逐渐由地方回归京城，以张说为核心的巡边唱和组诗与大量应制唱和组诗蔚然成风，他们以律诗创作为主锤炼诗歌艺术，形成一时风尚。至此，唐诗在内容和形式两个方面均已圆熟，盛唐诗风真正形成。可以这样说，是张说及其周围的诗人群体创作，促成了诗国高潮的到来。

4. 开元之后宫廷文会的衰落

张说病逝后，张九龄成为文坛盟主，一度仍有一些奉和应制，与张说一脉相承，但并没有更多的开拓与创新。随着玄宗厌于政事，对文学的喜爱也有所退减，特别是开元二十四年张九龄遭贬以后，宫廷文会逐渐减少。此后的文学创作主体逐渐下移，下层文士将唐代文学特别是诗歌创作推向了高潮。

常衮与杨炎在代宗时期凭借其制词与碑颂的本领带动宫廷文坛创作，史称"开元以来，言制诰之美者，时称'常、杨'焉"（《旧唐书·杨炎传》），常衮曾为杨炎、郎士元、崔圆、刘晏、裴遵庆、崔涣、薛邕、杨绾、阎伯玙、张谓、敬括、贾至、张延赏、李勉、贾耽、王缙、李栖筠等一大批政治家、文学家做官制，对其儒学、文学、事功才能多有评论，笔者在第三章已有所论述。常衮《全唐诗》卷二五四存诗9首及一个单句，《全唐诗补编》补遗3首。常衮与卢纶的七首诗不能辨别为谁所作①，从常衮现有的诗歌创作看，亦偶有《奉和圣制麟德殿燕百僚应制》这样的应制诗，但数量非常少。

李吉甫《全唐诗》卷三一八存诗 4 首，元和八年六月，他曾与武元衡、李绛、郑余庆、权德舆奉诏进诗，事见《旧唐书·宪宗纪》。《宋史·艺文志》载《集贤院诸厅壁记》二卷，云："李吉甫、武元衡、常衮题咏集。"② 著名唐代文史专家陈尚君认为今存常、武二人诗中，有述及集贤院者，但未必即出此集③。

李德裕现存诗 130 余首，多作于大和八年前与平泉时期，且是自我的心灵抒唱，应制奉和诗仅有《奉和圣制南郊礼毕诗》《寒食日三殿侍宴，奉进诗一首》两首，他在主政会昌时所写的官制文较少对文学的评价。

唐代后期"大手笔"作家的宫廷应制创作锐减，他们对整个文坛的影响力与唐前期的"大手笔"作家相比是不能同日而语的。

二　奖掖、交游与评议

"大手笔"作家对当时文坛的影响表现在对后辈文士奖掖、与当时文人的交游以及对文人文风的品评上。

---

① 《全唐诗》卷二七六，卢纶《和考功王员外杪秋忆终南旧居》，题下注："一作《和大理裴卿杪秋忆山下旧居》。一作岑参诗，一作常衮诗。"《全唐诗》卷二七八，卢纶《代员将军罢战后归旧里赠朔北故人》，题下注："一作常衮诗。"《全唐诗》卷二七九，卢纶《题金吾郭将军石伏茅堂》，题下注："一作常衮诗。"《奉和李益游栖岩寺》，题下注："一作《登西岩寺》，一作常衮诗。"（《全唐诗》卷二五四，常衮诗题为《登栖霞寺》，题下注："一作《奉和李益游栖岩寺》。"）《奉和李舍人昆季咏玫瑰花寄赠徐侍郎》，题下注："一作常衮诗。"（《全唐诗》卷二五四，常衮诗题为《咏冬瑰花》，题下注："奉和中书李舍人昆季咏寄徐郎中之作。"）《早秋望华清宫中树因以成咏》，题下注："一作常衮诗。"另，《全唐诗》卷二五四，常衮《逢南中使寄岭外故人》亦与卷二七八，卢纶《逢南中使因寄岭外故人》为一诗。
② 《宋史》卷二〇九，第 16 册，第 5398 页。按：此可从侧面证明《宋史·艺文志》又载《"唐集贤院诗集"二卷》很可能为开元中张说等所为，详见前述。
③ 陈尚君：《唐代文学丛考·唐人编选诗歌总集叙录》，中国社会科学出版社 1997 年版，第 205 页。按：陈尚君记为《集贤院诸厅壁记诗》二卷，查《宋史·艺文志》实无"诗"字。又按：今常衮有《晚秋集贤院即事寄徐薛二侍郎》，武元衡有《奉酬中书相公至日圜丘行事合于中书宿斋移止于集贤院叙情见寄之什》。另，李吉甫有《癸巳岁，吉甫圜丘摄事合于中书后阁宿斋，常负忝愧，移止于集贤院，会门下相公以七言垂寄，亦有所酬，短章绝韵，不足抒意，因叙所怀，奉寄相公，兼呈集贤院诸学士》诗。

1. 陈叔达、岑文本与开国文坛

江左名士是唐代开国时文人的主要构成，陈叔达与岑文本提拔奖掖了大批江南士子①，他们的文章才华出众，忠于新政权并受到重用，对当时文坛的导向有相当的影响力。

陈叔达能诗擅文，他荐举了大量江南名士，"江南名士薄游长安者，多为荐拔"（《旧唐书·陈叔达传》）。崔仁师，颇有史才，参预编撰《周书》，主张对待刑法以仁厚宽大为怀，太宗朝曾一度为相，与其子崔挹、崔湜皆有文辞。武德五年，叔达"荐仁师才堪史职，进拜右武卫录事参军，预修梁、魏等史"②。叔达与初唐著名诗人王绩有书信往还，王绩欲续其兄王度《隋书》，寄书陈书达，借其所著《隋纪》，叔达即作《答王绩书》，并缮录驰送之。王绩"斗酒学士"的美誉亦与叔达有关，《新唐书·王绩传》载王绩"高祖武德初，以前官待诏门下省。故事，官给酒日三升，或问：'待诏何乐邪？'答曰：'良酝可恋耳！'侍中陈叔达闻之，日给一斗，时称'斗酒学士'。"③叔达爱才若此。岑文本更是因向太宗举才闻名，《旧唐书·岑文本传》记载了这一段佳话："太宗选学行之士为其僚属，谓中书侍郎岑文本曰：'梁、陈名臣，有谁可称？复有子弟堪招引否？'文本因言：'隋师入陈，百司奔散，莫有留者，唯袁宪独在其主之傍。王世充将受隋禅，群僚表请劝进，宪子给事中承家托疾，独不署名。此父子足称忠烈。承家弟承序，清贞雅操，实继先风。'由是召守晋王友，仍令侍读，加授弘文馆学士。"袁宪（529—598），聪敏好学，学有雅量，性喜玄言，每有新议，出人新表，同辈嗟服，以忠烈之名被称为一代国师，文本荐举袁宪之子出仕对于收揽当时江南民心是有益处的。杜易简，博学有高名，《旧唐书·杜易简传》称"姨兄中书令岑文本甚推重之"④。太宗朝布衣卿相的马周（601—648），"善敷奏，机辩明锐，动中事会，裁处周密，时誉归之"，亦颇受太宗器重，文本对其文辞这样评价："马君论事，会文切理，无一言可损益，听之缅缅，令人忘倦。

① 按：同为此期"大手笔"作家的颜师古因性行简峭傲慢，史称其"罕有推接"人才。
② 《旧唐书·崔仁师传》卷七四，第8册，第2620页。
③ 《新唐书》卷一九六，第18册，第5595页。
④ 《旧唐书》卷一九〇上，第15册，第4998—4999页。

苏、张、终、贾正应此耳。然鸢肩火色，腾上必速，恐不能久。"① 称其论事极其有条理，不能增损一二，很快即可飞黄腾达，但马周长期操劳国事，壮年早逝，正应了文本"恐不能久"的谶语，可见文本之识人。岑文本《周书·王褒庾信传论》对南朝宋、齐、梁初的谢灵运、颜延之、江淹、谢朓、沈约、任昉等均给予高度评价，对文学的审美功能予以肯定，而批评了苏绰复古矫枉过正，不合时宜②，这与其江南名士的出身背景是有关联的。

2. 李峤、崔融与高宗、武后文坛

李峤推荐苏颋为考功员外郎，称"考功郎非苏君莫可"③，称苏颋"思如涌泉，峤所不及也"(《旧唐书·苏颋传》)。刘知几作《思慎赋》讥刺当世，李峤与苏味道称"陆机《豪士》所不及也"④。他曾引荐杜审言为著作郎。长安二年，考功员外郎沈佺期知贡举，张九龄、徐秀等登进士第，复令李峤重试，九龄再拔其萃⑤，诏令重试的原因是对沈佺期作主考的考试不满意，而张九龄仍然名列前茅，这一方面说明张九龄有真才实学，也表现出李峤坚持对才学的激扬。张氲（653—745），有《醉吟三首》，一名蕴，字藏真，晋州人。神情秀逸倏闲，学道不娶。尝寓李峤家十余年，栖息洪岸古坛，自号洪崖子。天后及明皇朝屡召不赴。长安二年三月，李峤为东都副留守，有《饯薛大夫护边》《送李侍郎迥秀薛长史季昶同赋得水字》诗送薛季昶、李迥秀。李邕（678—747），少负才名，尤长碑颂，李峤称赏之，《旧唐书·李邕传》："长安初，内史李峤及监察御史张廷珪，并荐邕词高行直，堪为谏诤之官，由是召拜左拾遗。"⑥ 李峤有《送李邕》："落日荒郊外，风景正凄凄。离人席上起，征马路旁嘶。别酒倾壶赠，行书掩泪题。殷勤御沟水，从此各东西。""纯用清气成章"⑦，

① 《新唐书·马周传》卷九八，第 13 册，第 3900 页。
② 参见王运熙、杨明《中国文学批评通史》（隋唐五代卷），上海古籍出版社 1996 年版，第 46—48 页。
③ 《全唐文》卷二九五，韩休：《唐金紫光禄大夫礼部尚书上柱国赠尚书右丞相许国文宪公苏颋文集序》第 3 册，第 2987 页。
④ 《旧唐书》卷一〇二，第 10 册，第 3168 页。
⑤ 徐浩：《张九龄神道碑》，《全唐文》卷四四〇。
⑥ 《旧唐书》卷一九〇中，第 15 册，第 5039 页。
⑦ 《闻鹤轩初盛唐近体读本》载陈德公评语，《唐诗汇评》，第 110 页。

道送别情事，生动有情趣。崔融称颂四杰之文，《旧唐书·文苑传》云："王勃文章宏逸，有绝尘之迹，固非常流所及。炯与照邻可以企之，盈川之言信矣!"①崔融、李峤、张说三位文坛"大手笔"作家俱重四杰之文，这是四杰的声名能够为当时及后世接受的重要原因。崔融与陈子昂、杜审言交情深厚，武后垂拱元年（685），崔融自洛阳赴泾州为官，杜审言作《赠崔融二十韵》，崔融有《留别杜审言并呈洛中旧游》，略述不得志之意。696年崔融从武三思东征，陈子昂、杜审言有诗送之，后来崔融自幽州归洛，陈子昂又有诗送行。崔融死，"膳部员外郎杜审言为融所引，为服缌麻"（《新唐书·崔融传》）。崔知悌（615—685），出身宦族，为官至户部尚书，于政事之暇，性喜从事医疗活动，以著述《骨蒸病灸方》最为著名，其卒后崔融有《户部尚书崔公挽歌》："八座图书魏，三台章奏盈。举杯常用劝，曳履忽无声。市若荆州罢，池如薛县平。空馀济南剑，天子署高名。"生动地描述了崔知悌的为宦经历，明人周珽对此诗有着非常精到的评价和分析："挽诗乃碑、铭、表、诔馀词也，须摹肖其人，得真始妙。古来作者填实病板，虚模病肤。如此篇，述崔之位高责尽，忠贞德泽，素孚上下，而没后君民思念不忘。用事融化恰当，措调悲切感人，故是有唐巨笔。"②"故是有唐巨笔"，肯定了崔融的文才。崔融为薛元超拔擢，薛著述颇丰，好学善文辞，曾编修国史，官至宰相，薛死后崔融为之撰写墓志，非常动情，笔者在第一章有所论述。神龙元年，宋之问流放途中，与崔融、胡皓有诗赠答，崔融诗为《和宋之问寒食题黄梅临江驿》。崔融与文人学士的交往和创作，体现其一贯的以情动人，与"大手笔"文字虽是颂体但不乏真情的创作风格相一致。圣历三年（700），崔融编《珠英学士集》五卷，四十七人诗二百七十六首，收李峤、张说等诗，有意识地将诗歌编集在一起，为律诗体制的定型作出了贡献。

3. 张说、苏颋与初盛唐文坛

张说对当代作家及后辈诗人的评价颇为通达平稳，公允客观。《大唐

---

① 《旧唐书》卷一九〇上，第15册，第5033页。

② 《删补唐诗选脉笺释会通评林》，初五律中，《四库全书存目丛书》影印"清华大学图书馆藏明崇祯八年刻本"，第26册，齐鲁书社2001年版，第161页。

新语·文章》载张说、徐坚共评当代文人之事的材料常被人引用：

> 　　张说、徐坚同为集贤学士十余年，好尚颇同，情契相得。时诸学
> 士凋落者众，唯说、坚二人存焉。说手疏诸人名，与坚同观之。坚谓
> 说曰："诸公昔年皆擅一时之美，敢问孰为先后？"说曰："李峤、崔
> 融、薛稷、宋之问之文，皆如良金美玉，无施不可。富嘉谟之文，如
> 孤峰绝岸，壁立万仞，丛云郁兴，震雷俱发，诚可畏乎！若施之廊
> 庙，则为骇矣。阎朝隐之文，则如丽色靓妆，衣之绮绣，燕歌赵舞，
> 观者忘忧。然类之风雅，则为俳矣。"坚又曰："今之后进，文词孰
> 贤？"说曰："韩休之文，有如太羹玄酒，虽雅有典则，而薄于滋味。
> 许景先之文，有如丰肌腻体，虽秾华可爱，而乏风骨。张九龄之文，
> 如轻缣素练，虽济时适用，而窘于边幅。王翰之文，有如琼林玉斝，
> 虽烂然可珍，而多有玷缺。若能箴其所阙，济其所长，亦一时之
> 秀也。"①

　　这是张说一段非常重要的文学评论，《旧唐书·杨炯传》② 叙述大体相同。
这里需要说明的是，开元十三年（725）唐玄宗改丽正殿书院为集贤殿书
院，张说已五十九岁，开元十八年过世，故这段所云"张说、徐坚同为集
贤学士十余年"，应是从开元五年算起③，到开元十六七年，张说为学士、
知院事④，徐坚是他的副手，徐坚于开元十七年五月卒，故应在此之前二
人进行讨论，前后十余年。此时，张说年近古稀，思想渐趋成熟稳定，故
这段评论文字颇能代表其文学主张。张、徐二人是因为伤叹诸珠英学士、
修文馆学士亡殁殆尽而引发这段重要评论的。大体上，这段文字可以分作
三个部分，现一一加以分析。
　　李峤、崔融、薛稷、宋之问是稍前于张说的文坛宿老，皆以写宫廷

---

① 《大唐新语》卷八，第 130 页。
② 《旧唐书》卷一百九十上，第 15 册，第 5004 页。
③ 《全唐文》卷八九〇，王锴《上蜀主奏记》云："元宗开元五年，于乾元殿置修书使，召学士
　 张说等燕于集仙殿东廊下，写四部书以充内库。"乾元修书院是丽正修书院的前身。
④ 《职官分纪》卷一五《集贤院》门《大学士学士》节《擅一时文词之美》条："（开元）十六
　 年，张燕公拜右丞相，依旧学士，知院事。"

诗闻名，张说给予非常高的评价，"如良金美玉，无施不可"，没有瑕疵，大力褒扬前辈文士。李峤诗文兼擅，乃是张说之前的文坛领袖，并曾领修《三教珠英》，张说《五君咏·李赵公峤》诗云："李公实神敏，才华乃天授。……新诗冠宇宙。"盛赞李峤之诗为天下第一。《祭崔侍郎文》中称赞崔融"位以行成，名以才起，束带立朝，惟国之俊，抑扬吐纳，金声玉振，器不滞方，神无留韵"。《崔司业挽歌二首》其一赞云："海岱英灵气，胶庠礼乐资。风流满天下，人物擅京师。疾起扬雄赋，魂游谢客诗。从今好文主，遗恨不同时。"薛稷（649—713）是魏徵的外甥，著名的书画家，其实并不以文闻名，大概因属于年辈较高、"首膺其选"的珠英学士，且与张说为故交，故列于此。有"夺袍"之荣的宋之问，更以文辞知名。此四人，张说只是从整体上给予褒誉，并未展开评述，也未指出其不足。

接下来是富嘉谟、阎朝隐二人。《旧唐书·富嘉谟传》："先是，文士撰碑颂，皆以徐、庾为宗，气调渐劣；嘉谟与少微属词，皆以经典为本，时人钦慕之，文体一变，称为富吴体。"①"富吴体"是唐代古文运动前最早出现的新型散文体式，开唐代古文运动之端绪，富嘉谟和吴少微二人反对六朝骈文"纤靡淫丽"的陈腐气，文风"雅厚雄迈"②，令人耳目一新，他们"以经典为本"的创作特色，对后来的古文运动影响至深。张说肯定其文风气象卓异宏大，有气魄有气势，具有较强的艺术感染力。这是未来文风的发展方向，张说给予充分肯定，但同时指出若施之于廊庙之上不很合适，因为宫廷中更需要得"中和之气"的作品，以适应粉饰太平的功用。至于阎朝隐，《旧唐书·阎朝隐传》称阎文"善构奇，甚为时人所赏"③，但"无《风》《雅》之体"，张说称其文章艳丽绮绣，如美女歌舞，使"观者忘忧"，然缺乏美刺，不合乎风雅，形同俳优，供人娱乐遣兴，从总体上，是持否定态度的。

韩休、许景先、张九龄、王翰四人是当时的文学后进。韩休（673—739），早有词学，一度为相，为人方直，比如他为虢州刺史时，《旧唐

---

① 《旧唐书》卷一九〇中，第15册，第5013页。
② 《新唐书·文艺中》卷二〇二，第18册，第5752页。
③ 《旧唐书》卷一九〇中，第15册，第5026页。

书·韩休传》云："时虢州以地在两京之间，驾在京及东都，并为近州，常被支税草以纳闲厩。休奏请均配徐州，中书令张说驳之曰：'若独免虢州，即当移向他郡，牧守欲为私惠，国体固不可依。'又下符不许之。休复将执奏，僚吏曰：'更奏必忤执政之意。'休曰：'为刺史不能救百姓之弊，何以为政！必以忤上得罪，所甘心也。'竟执奏获免。"① 虢州百姓负担过重，要供应两京，韩休为民生疾苦执意上奏，不怕乖违当时的执政张说，个性可见一斑。张说不计前嫌，评其为文严正典雅，谨守法度。对于这一点张说是颇为认同的，他强调诗歌要立意雅正，曾在《奉和圣制过宁王宅应制》评价《诗经》："大风将小雅，一字尽千金。"值得注意的是，张说在这里用"薄于滋味"来评价韩休之文，说其文辞淡薄，缺乏含蕴之美。"滋味"说导源于钟嵘《诗品》。他以为"使味之者无极，闻之者动心"，才是"诗之至也"。好作品应是"滋味浓厚、深远之作"。自此"滋味"成为中国古代文论中的一个重要审美范畴。但在唐代，张说以前并未见有人使用"滋味"来评价作家作品，张说意识到文学作品光有典雅的内容是不够的，还要注意形象性，要表达出"言有尽而意无穷"的韵味，这无疑对之后盛唐文学的发展是有指导意义的。张说的滋味观可以说上承钟嵘"滋味说"下启司空图"韵味说"，填补了初盛唐之间滋味说的理论空白。许景先，以雅厚称，为文细腻艳丽，很符合当时台阁创作风气，为一时之秀，中宗时他曾献《大像阁赋》，"词甚美丽"。但张说也批评他缺乏骨气，缺乏壮阔的气势，而这正是张说所要大力提倡的。《旧唐书·许景先传》："自开元初，景先与中书舍人齐浣、王丘、韩休、张九龄掌知制诰，以文翰见称。中书令张说尝称曰：'许舍人之文，虽无峻峰激流崭绝之势，然属词丰美，得中和之气，亦一时之秀也。'"② "中和"这个概念，来自《礼记·中庸》，强调和谐。后来，刘勰、钟嵘利用这种中国传统文化特有的中和美思想，用以比喻文质关系，张说在这里称许文具有中和之气，主旨是肯定的。张九龄（678—740），是张说最赏识的，曾赞美他"后来词人称首也"③，其诗文

---

① 《旧唐书》卷九八，第9册，第3078页。
② 《旧唐书》卷一九〇中，第15册，第5033页。
③ 《旧唐书·张九龄传》卷九九，第9册，第3098页。

均取得较高的成就，他和张说一起共同引导盛唐文学的到来，张说对其期望值很高，批评其文太过务实，境界不够阔大，可谓切中肯綮。王翰也是一位与张说仕宦共进退的文学才士，"少豪荡，恃才不羁。喜纵酒，枥多名马，家蓄妓乐。翰发言立意，自比王侯"①。颇有盛唐人之行止。前人对其诗歌成就评价较高，《凉州词》被评为唐人七绝压卷之作，张说评其文辞采斑斓，但仍存在不少缺点。最后，希望他们四个能"箴其所阙，济其所长"，朝着文质彬彬的方向发展，则能达到尽善尽美。以上，张说从文辞、风骨、滋味等方面对这十位作家逐一进行评论，以通达的态度肯定其优长，却又中肯地指出了后六位文士的不足之处，颇显出文坛领袖特有的风范。

张说对"年少而才高，官小而名大"的四杰亦予肯定，并对"王杨卢骆"的次序有自己的观点，其《裴公神道碑》云："在选曹见骆宾王、卢照邻、王勃、杨炯。""卢骆王杨"的排列顺序可代表当时人对四杰的另一种认可角度②。四杰中他特别对杨炯尤为称扬。《旧唐书·杨炯传》云："炯与王勃、卢照邻、骆宾王以文词齐名，海内称为王杨卢骆，亦号为四杰。炯闻之，谓人曰：'吾愧在卢前，耻居王后。'当时议者亦以为然。崔融曰：'王勃文章宏逸，有绝尘之迹，固非常流所及。炯与照邻可以企之。盈川之言信矣。'说曰：'杨盈川文思如悬河注水，酌之不竭，既优于卢，亦不减王。耻居王后，信然；愧在卢前，谦也。'"③ 但张说对杨炯也曾有所忠告，《赠别杨盈川炯箴》云："君居百里，风化之源，才勿骄吝，政勿烦苛。"杨炯之"骄吝"世有所载，托名五代冯贽所作之《云仙杂记》卷九载："唐杨炯每呼朝士为麒麟楦，或问之，曰：今假弄麒麟者，必修饰其行，覆之驴上，宛然异物，及去其皮，还是驴耳。无德而朱紫，何以异是！"此又见《太平广记》卷二百六十五轻薄门，并评云："（炯）词学优长，恃才简傲，不容于时。每见朝官，目为麒麟楦许怨。"两书所载皆云

---

① 傅璇琮主编：《唐才子传校笺》卷一，中华书局1987年版，第142页。
② 郗云卿《骆丞集序》云："与卢照邻、王勃、杨炯文词齐名。"王世贞《全唐诗说》也持此说。
③ 《旧唐书》卷一九○上，第15册，第5003页。

出自《朝野佥载》①。此书为张鷟作，鷟与杨炯同时稍晚，所记当有据，此亦可见杨炯对当时朝政及文士之看法。张说所赠箴言，有云："作诰之酒，成败之根。勒铭其口，祸福之门。虽有韶复，勿弃轩辕。岂无车马，敢赠一言。"似亦有所指，与杨炯之恃才傲物，讥讽朝士有关。曾经亲附武三思、上官昭容的崔湜（671—713），品行不好，张说也曾评价过他。宋人张表臣《珊瑚钩诗话》卷三有这样一段记载："'春回上林苑，花满洛阳城。'崔湜诗也。湜弱冠登科，不十年掌贡举。父挹，同省为侍郎。及登宰辅，始三十有七，容止端雅，文辞清丽。尝暮出端门，下天津桥，马上吟此句。时张说为工部侍郎，望之杳然而叹曰：'此句可效，此位可得，其年不可及也。'"② 对于他如此之小的年纪就在政治与文学两方面均取得如此高的成就，甚表钦羡。此外，与宋之问齐名的沈佺期，张说亦予以肯定。《隋唐嘉话》卷下云："沈佺期以工诗著名，燕公张说尝谓之曰：'沈三兄诗，直须还他第一。'"③ 张说《兵部尚书代国公赠少保郭公行状》称赞郭元振："文章有逸气，为世所重。"张说倡导意境开阔高远的诗歌风范，殷璠《河岳英灵集》卷下载："（王）湾词翰早著，为天下所称，最者不过一二。游吴中作《江南意》诗云：'海日生残夜，江春入旧年。'诗人已来，少有此句。张燕公手题政事堂，每示能文，令为楷式。"④ 张说自己的诗虽未能达到这种高度，但他抓住了这首诗所代表的盛唐时代的气息及盛唐诗歌的气象，对于诗歌走向有一定的启示意义和导夫先路的作用。晚唐诗人郑谷有云："何如海日生残夜，一句能令万古传。"可见它在当时的影响。此诗可以说是盛唐的标准诗风，明人胡应麟《诗薮·内编》卷四特标举"海日"二句为盛唐典型句式，闻一多指出张说激赏的王湾这两句诗体现了"盛唐所提倡的标准诗风"⑤，说明张说的眼光受到当时及后世的普遍认可。

---

① 此条并未见《唐五代笔记小说大观》本《朝野佥载》，而是在后人补辑中载："唐衢州盈川县令杨炯，词学优长，恃才简倨，不容于时。每见朝官，目为麒麟楦许愿。人问其故，杨曰：'今哺乐假弄麒麟者，刻画头角，修饰皮毛，覆之驴上，巡场而走。及脱皮褐，还是驴马。无德而衣朱紫者，与驴覆麟皮何别矣！'"
② 《历代诗话》本，第 471 页。
③ 《唐五代笔记小说大观》本，第 109 页。
④ 《唐人选唐诗》（十种），上海古籍出版社 1978 年版，第 106 页。
⑤ 郑临川编：《闻一多论古典文学》，重庆出版社 1984 年版，第 117 页。

　　张说"喜延纳后进"（《旧唐书》本传），被他奖掖提携的文学后进据陈祖言《张说年谱》考证就有张九龄、贺知章、徐坚、孙逖、王翰、徐安贞、许景先、袁晖、韦述兄弟六人、赵冬曦兄弟六人、齐浣、王丘、徐浩、裴漼、尹知章、吕向、王湾、常敬忠、崔沔、康子元、敬会真等三十余人。此外还有当时以文学受知于张说，日后却并非以文学著称的房琯、李泌、刘晏等①。这些人又提拔了一批盛唐大家，如张九龄于孟浩然、王维、裴迪、万齐融，贺知章于李白，孙逖于李华、萧颖士等，这一份长长的开元前期文学家名单足以说明张说对整个唐代文学的影响和作用。当时文人无不以"起自燕国门下"②，此处不再赘述。这里谈谈他的文坛交往。

　　天授二年，张说在太子校书任上作《虚室赋》，魏克己作《宴居赋》以和。长寿二年（693），杨炯出为盈川令，张说有《赠杨盈川箴》送行。圣历元年，武平一畏祸隐居嵩山，张说有《别平一师》诗赠之。圣历二年，郭震再使吐蕃，张说以《磅郭大夫元振再使吐蕃》送之。圣历三年冬，尹元凯返长安接取家室，张说有《送尹补阙元凯琴歌》诗，宋之问有《送尹补阙入京序》。久视二年春、夏，乔备出为安邑令，张说有《送乔安邑》诗送。长安三年三月，桓彦范使吐藩，张说作《和戎篇》。久视二年闰四月，韦安石出为东都留守，群臣于张昌宗园池赋诗送之，合成一卷，张说有《邺公园池饯韦侍郎神都留守序》。张说在凤阁舍人任，因证魏元忠不反，忤旨流钦州，过岭南经韶州，见张九龄文章，甚为器重。至端州，与高戢有诗赠答。神龙二年三月，富嘉谟卒，张说与徐彦伯、尹元凯、元希声、徐坚均甚悼惜。崔融撰则天哀册文发病卒，张说有《崔司业挽歌二首》。王晙出为永昌令，苏颋自考功郎中出为合宫令，张说有《送苏合宫颋》《送王晙自羽林赴永昌令》二诗，宋之问亦有诗送苏颋。景龙二年，杜审言卒，李峤、张说、武平一等上表请赠官。景龙三年十一月甲戌，豆卢钦望卒，苏颋作词挽之。景龙四年二月，武平一使嵩山署神秀舍利塔，张说、徐坚有诗送之。三月，高

① 此外还可补充，如《旧唐书·孝友传》载："（陆）南金颇涉经史，言行修谨，左丞相张说及宗人太子少保象先皆钦重之。"（卷一八八，第15册，第4932页）

② 《全唐文》卷三三二，房琯《上燕公书》第4册，第3368页。

询赴唐州刺史任，苏颋、张说等十人作诗送之。六月，上官婉儿被杀，有集二十卷，张说于景云二年七月为《唐昭容上官氏文集序》。十一月，苏瓌卒，张说为撰铭文。景云二年十一月，李适卒，张说有《李工部挽歌三首》。唐睿宗太极元年正月，张说被贬东都，为尚书左丞，张说与韦嗣立、魏奉古有唱和。三月，韦嗣立自汤还洛，有诗赠张说等人，张说有诗酬答。冬，崔日知作诗述怀，张说等人和之，勒成一卷，张说为序。十一月，平贞眘卒，有文集十卷，张说有《常州刺史平贞眘神道碑》。先天二年十月，赵彦昭为朔方大总管，苏颋、张说有诗送之。张说被贬岳州与梁知微、赵冬曦、尹懋、张均、张垍、王琚、王熊等友人门客游历唱和，形成了一段不应被忽视的山水诗创作高潮，张说自编《岳阳集》。开元七年九月，韦嗣立于陈州刺史任卒，张说为撰《中书令逍遥公墓志铭》。开元十年崔日用卒，张说有诗挽之。开元十四年冬，赵颐真赴安西副大都督府任，张说等有诗送之。开元十七年五月，徐坚卒，张说为撰挽歌，张九龄为撰神道碑。

苏颋与许多文坛士子有交游。

杜审言为吉州司马周季重所构系狱，其子杜并怀刃刺杀季重，并亦见害，苏颋为作墓志，笔者在第二章中曾略述此志。玄宗开元二年闰二月，苏颋作诗及序送褚无量归觐，后来开元八年褚无量卒，苏颋作挽诗及神道碑。开元三年，正月十五日，李乂观灯有诗，苏颋作《和黄门舅十五夜作》和之。三月，裴耀卿赴河南府士曹参军任，苏颋有诗送之。十月，苏颋扈从凤泉，途中与崔泰之有诗唱和。十一月，苏颋扈从骊山汤泉，有诗呈李乂、崔泰之、马怀素。二十一日，李乂自新丰扈从还，两日后，作《扈从诗》十韵示苏颋，旋卒，苏颋作《故刑部尚书中山李公诗法记》，后又作《唐紫微侍郎赠黄门监李乂神道碑》以祭之，称其"所著文集，成六十卷。五言之妙，一变乎时。流便轻婉，经纶密致，犹乐箫韶、工繡黼黻也"。开元四年二月十二月，姚崇从至温汤，作诗怀卢怀慎，苏颋和之。张说被贬岳州，拟颜延之《五君咏》，因瓌之忌日以献苏颋。《全唐诗话》卷之一张说条有云："张说谪岳州，常郁郁不乐。时宰相以说机辩才略，互相排摈。苏颋方大用，说与瓌善，说因为《五君咏》，致书封其诗台贻颋。诚其使曰：'当候忌日近暮送之。'使者近暮至，吊客多说先公僚旧，颐览诗，呜咽流涕。翌日，上对，大陈说忠正蹇谔，人望所属，不宜沦滞遐方。上因降玺书劳问，俄迁荆州长史。"① 令苏颐呜咽流涕的便是《苏许公瓌》："许公信国桢，克美具瞻情。百事资朝问，三章广世程。处高心不有，临节自为名。朱户传新戟，青松拱旧茔。凄凉丞相府，余庆在玄成。"称苏瓌国家栋梁，美德令其敬仰，用东汉胡广处世练达及汉高祖刘邦与民约法三章之典来称扬苏瓌的才干及品德，又以汉代韦贤、韦玄成父子比喻苏瓌、苏颐父子，《汉书·韦贤传》载韦贤"号称邹鲁大儒"，韦玄成"修父业"，父子为相，颇为荣耀，韦玄成乐于接济别人，"其接人，贫贱者益加敬"②，这正如张说希望苏颐念父辈之交，援引自己，所谓"积善之家必有余庆"，此等善举定能恩泽后代。后来开元十五年七月，苏颐卒，张说有《右丞相苏公挽歌词》二首悼之。开元九年二月，苏颐为益州大都督府长史，行前有诗，宋瓌、郑惟忠有诗送行。本年，李白游成都，谒见苏颐，颐称其"天才英丽"，"若广之以学，可以相如比肩"（李白《上安州裴长史书》引）。开元十四年八月，韦抗卒，苏颐为撰神道碑，抗兄抱贞相继去世，苏颐有诗伤之。

4. 常衮、李吉甫与中唐文坛

常衮"性颇嗜诱进后生，推拔于寒素中"。大历十二年，常衮推荐窦叔向，后者因此自江阴令除左拾遗内供奉，事见《新唐书·艺文志》卷四。刘从一，"雅为常衮所推重。及衮为相，迁监察御史"③，后为宰相、集贤殿大学士，深受德宗顾遇。元结大历七年卒于京师，常衮与杨炎"皆作碑志，以抒君之志业"④。这一年，常衮与杨绾为相，推荐被元载贬谪的颜真卿，又荐淮南判官汲人关播。于邵，与常衮同年登进士科，亦曾任知制诰职，"当时大诏令，皆出于邵"⑤，其《与常相公书》赞常衮为相"既绝横议，且无多门"，声称："相公首荐之恩，鄙夫膺受之美，徒拭人

---

① 《历代诗话》本，第 75 页。
② （汉）班固：《汉书》卷七三，第 11 册，中华书局 1962 年版，第 2550 页。
③ 《旧唐书》卷一二五，第 11 册，第 3550 页。
④ 《颜鲁公文集》卷一一，《唐故容州都督兼御史中丞本管经略使元君表墓碑铭》，清三长物斋丛书本。
⑤ 《旧唐书·于邵传》卷一三七，第 11 册，第 3766 页。

目，孰知其心?"① 常衮对中唐散文名家欧阳詹的提携更为著名，李贻孙《故四六助教欧阳詹文集序》记载"故相常衮来为福之观察使，有文章高名，又性颇嗜诱进后生，推拔于寒素中，惟恐不及。至之日，比君为芝英，每有一作，屡加赏进，游如燕飨，必召同席"②。韩愈称"（欧阳）詹于时独秀出，（常）衮加敬爱，诸生皆推服"③。常衮作为礼部侍郎，于大历十年至十二年连续主持三年的科场考试，当时有所谓"杂帖语"云："常衮为礼部，放杂文，过者常不百人。鲍防为礼部，帖经，落人亦其。时谓云：常杂鲍帖。"（《全唐诗》卷八七六）常衮所举者皆是有才识之人，所针对的是当时选官太滥的弊端。常衮亦与当时文人有所唱和。大历九年，常衮作《晚秋集贤院即事寄徐薛二侍郎》诗寄怀徐浩、薛邕④，叙及与徐浩、薛邕的交往："旧德双游处，联芳十载余。北朝荣庾薛，西汉盛严徐。侍讲新华宸，微吟步绮疏。"末二句"承明期重入，江海意何如"颇有气骨，《唐诗观澜集》称此诗"浓不落纤，腴而有骨"⑤。此诗影响甚广，著名的大历诗人钱起、包佶、卢纶、司空曙在长安均有和作，独孤及在常州亦有遥和之作。

　　李吉甫曾与当时许多政客文人有交往，此只述其奖擢人才与交游事迹。贞元十一年（795），一代名相与制状奏议的文章圣手陆贽被贬为忠州别驾，吉甫为忠州刺史，是其上司。《旧唐书·李吉甫传》云："时贽已谪在忠州，议者谓吉甫必逞憾于贽，重构其罪。"可是，吉甫尽释前嫌，深重陆贽，《旧唐书·陆贽传》云："初，贽秉政，贬驾部员外郎李吉甫为明州长史，量移忠州刺史。贽在忠州，与吉甫相遇，昆弟、门人咸为贽忧，而吉甫忻然为厚礼，都不衔前事，以宰相礼事之，犹恐其未信不安，日与贽相狎，若平生交契者。贽初犹惭惧，后乃深交。时论以吉甫为长者。"由此可显吉甫之器量，他"坐此不徙者六岁"。吉甫元和

① 《全唐文》卷四二六，第 4 册，第 4340 页。
② 《全唐文》卷五四四，第 6 册，第 5514 页。
③ 马伯通校注：《韩昌黎文集校注》卷二二，《欧阳生哀辞》，古典文学出版社 1957 年版，第 176 页。
④ 对于此诗的政治背景傅璇琮《唐代宗朝翰林学士传》有所考释，见《唐宋文史论丛及其他》，大象出版社 2004 年版，第 157 页。
⑤ 《唐诗汇评》，第 1362 页。

二年正月拜相,《新唐书·李吉甫传》云:"始,吉甫当国,经综政事,众职咸治。引荐贤士大夫,爱善无遗,褒忠臣俊,以起义烈。"《旧唐书·李吉甫传》云:"自员外郎出官,留滞江淮十五余年,备详闾里疾苦。及是为相,患方镇贪恣,乃上言使属郡刺史得自为政。叙进群材,其有美称。"由朝廷派出郎吏为刺史改变了王叔文以来的选官弊政。吉甫与裴垍一起选拔人才,"人得叙进,官无留才",史称"李吉甫自翰林承旨拜平章事,诏将下之夕,感出涕,谓垍曰:'吉甫自尚书郎流落远地,十余年方归,便入禁署,今才满岁,后进人物,罕所接识。宰相之职,宜选擢贤俊,今则懵然莫知能否。卿多精鉴,今之才杰,为我言之。'垍取笔疏其名氏,得三十余人;数月之内,选用略尽,当时翕然称吉甫有得人之称。"① 关于吉甫与裴垍在选官中的作用,南宋胡寅有所评价:"李吉甫不得端亮之列,夫听言莫惟于受荐,以人才志趣有异有同,故忌克之人,必自选择,以防参商矛盾之为己害也。今吉甫一旦用垍所疏三十余人,曾不猜靳。知人之明,虽在裴垍,得人之誉,乃归吉甫。"② 《旧唐书》裴垍、吉甫传末史臣曰:"吉甫知垍之能别髦彦,垍知吉甫之善任贤良,相须而成,不忌不克。"③ 后来,吉甫更密奏裴垍为相。元和四年,李吉甫镇淮南,武元衡镇西蜀,二人有诗唱和,武元衡《奉酬淮南中书相公见寄》序云:"公手提兵柄,心匠化源,芳词况余,情勤靡极,质文相映,金玉铿然。蜀道之阻长,楚郊之风物,襟灵所属,尽在斯矣!永怀赵公岁寒交友之情,因成诗人不可方思之议,聊书匪报,以款遐心。"李吉甫自扬州寄诗刘禹锡(已佚),命禹锡追和之,后者有《奉和淮南李相公早秋即事寄成都李相公》。元和五年,柳宗元有《上扬州李吉甫相公献所著文启》,盛赞吉甫治绩,"盛德大业,光明如此",李吉甫托吕温以手札致谢,宗元又作《谢李吉甫相公示手札启》

① 《旧唐书·裴垍传》卷一四八,第 12 册,第 3989—3990 页。
② 《致堂读史管见》卷二四,宋嘉定十一年刻本。又,《翰林志》载:"初,姜公辅行在命相,乃就第而拜之。至李吉甫除中书侍郎平章事,适与裴垍同直,垍草吉甫制吉甫草武元衡制,垂簾挥翰,两不相知。至暮,吉甫有叹惋之声,垍终不言,书麻尾之后,乃相庆贺。礼绝之敬,生于座中。及时,院中使学士送至银台门,而相府官吏候于门外,禁署之盛,未之有也。"(《唐人轶事汇编》卷一九,第 1006 页)
③ 《旧唐书》卷一四八,第 12 册,第 4005 页。按:关于二人后来交恶的问题,《李德裕年谱》有辨正,齐鲁书社 1984 年版,第 91—93 页。

谢之。元和八年，王建在长安求官，有诗《上李吉甫相公》："圣朝齐贺说逢殷，宵汉无云日月真。金鼎调和天膳美，瑶池沐浴赐衣新。两河开地山川正，四海休兵造化仁。曾向山东为散吏，当今窦宪是贤臣。"元和九年十月，吉甫在相位暴卒，武元衡有《祭李吉甫文》称其"出入三朝，徘徊二纪，论思禁掖，润色王猷"，"内参密命，外正戎机，竭心膂以振皇纲，励精诚以辅元化"，对其弃世，深表痛悼。另还有诗悼念吉甫。吉甫拔擢了大量文辞之士，如他曾奖掖羊士谔与吕温。羊士谔（约763—819后），工诗，以典重称；吕温（772—811），能文，被时人推尚，《旧唐书·李吉甫传》称其"早岁知奖羊士谔，擢为监察御史；又司封员外郎吕温有词艺，吉甫亦眷接之"。窦群（760—814），元和初为唐州刺史，李吉甫与武元衡共引之，召拜吏部郎中。此三人后来与吉甫交恶，于元和三年摭拾宰相李吉甫，阴事告之，辞多不实。段文昌（773—835），段成式之父，历任中书舍人、翰林学士，有文名，他曾在吉甫为忠州刺史时以文谒吉甫，后吉甫居相位，奖擢之。骆峻（763—841）①，有诗《题度支杂事典庭中柏树》，吉甫因见此诗而拔擢之。《唐语林》卷三云："骆浚（误，应为峻）者，度支司书手也。尝健羡一杂事典，题诗一绝于柏树曰：'干耸一条青玉直，叶铺千叠绿云低。争如燕雀偏巢此，却是鸾鸾不得栖。'会度支使巡诸司，见此题，问左右，云：'浚所为也。'召与语，可听。曰：'钱谷粗晓，词气不卑，言语古壮，人品亦佳。'翌日，以语巡官李吉甫，遂擢为度支巡官。"②骆峻后来典领名郡，有令名。林宝，著名史官，其《元和姓纂》一书是在吉甫的赞助下完成，其发凡起例、规模体制有吉甫的功劳③。凡此，均证明李吉甫是乐于奖掖文学士子的。另外，李吉甫曾有意识地集梁陈迄唐开元歌诗三百二十首，为《丽则集》五卷，并分门编类，可惜今不存，但这说明吉

① 《中国文学家大辞典·唐五代卷》云："《全唐诗》作骆浚，误。"中华书局1992年版，第608—609页。另，其生卒年标为762—841，小误。杜牧《唐故瀍陵骆处士墓志铭》云："建中四年，年二十，游京师……会昌元年十一月某日卒，年七十九。"［《全唐文》卷七五六，第8册，第6839—6940页］唐人以虚岁纪年岁，故其生卒年为763/764—841，"年二十"盖虚指，故生年为763年较为可靠。《中国历史人名大辞典》其生卒年即标为763—841（上海古籍出版社1999年版，第1815页）。

② （宋）王谠撰，周勋初校证：《唐语林校证》卷三，中华书局1987年版，第259—260页。

③ 《全唐文》卷四四八，王涯：《元和姓纂序》。

甫对于诗歌的喜爱。

5. 李德裕与中晚唐文坛

李德裕一生经历德宗、顺宗、宪宗、穆宗、敬宗、文宗、武宗、宣宗八朝，如果以甘露事变为界标，前后分成中唐和晚唐的话，德裕基本属于从中唐后期向晚唐前期过渡的阶段。德裕首先是一个政治家，当国家处于危急存亡之秋时，其关注的乃是国家的中兴，故他重视实学，而非浮华的辞章，虽然他本人并不缺少这样的才能，但却并不主张以此为晋身之路。在政治与文学之间，他毫不犹豫地选择了政治。他"性简傲"①，"特达不群"（《旧唐书·李德裕传》），曾自称"独学无友，未尝琢磨"（《上尊号玉册文》），"绝于附会，门无宾客"（《玉泉子》）。但实际上他喜欢交结朋友，且十分广泛，坐镇淮南时，"会有朝之英彦，廉问剖符于东南者，相继而至"（《奇才论》），只不过他认为"天下贤人少，小人多"，"贤人难进，小人易合"（《宾客论》），故交友极其慎重，他的交友宗旨是"友人之际，本以义合"，"以志气为先，患难为急"（《臣友论》）。据笔者考察，与其有过交往或唱酬者有刘禹锡、元稹、白居易、裴度、韦处厚、李绅、郑亚、郑覃、姚勖、刘三复、刘邺、杨敬之、封敖、李商隐、卢肇、沈传师、王起、杜牧、姚合、温庭筠、段成式、韦绚、徐凝、裴潾、张祜、令狐梅、李石、路隋、崔郸、崔琪、郑肃、李回、卢商、王质、崔从、韦瓘、薛元赏、柳仲郢、刘濛、裴璟、崔𧒭、柳公权、王茂元、刘轲、允躬等四十五位，其中许多为当时著名的文人学士，三分之二为进士出身，可见德裕并不反对进士，只是针对当时士风浮薄，"稍杀"进士之繁礼，对进士试有所改革而已，德裕"奖拔孤寒"，却"恒嫉进士"，看似有矛盾，其实不然②。总体而言，品德、门第、才能、学问、行谊是其择友的标准③。本文探讨李德裕与当时文坛上知名人士交游唱和，他或作

---

① 《唐语林校证》卷七，第613页。

② 按：关于李德裕与进士改革的问题，涉及党争，前人多有争论，此处不拟深究。

③ 参见汤承业《李德裕研究·李德裕的家世与交游》，（台北）学生书局1974年再版，第44—65页。按：汤氏考出与李德裕交游者30位，笔者增添15位。又，德裕崇尚门第，擢用实学，这与乃父之旨趣略同，李吉甫颇重门阀，《新唐书·李吉甫传》云："十宅诸王既不出阁，诸女嫁不时，而选尚皆猥中人，厚为财谢乃得遭。吉甫奏：'自古尚主必慎择其人。江左悉取名士，独近世不然。'帝乃下诏皆封县主，令有司取门阀者配焉。"

为后辈，或作为长官，或作为同僚，对于当时的文坛创作发生着潜移默化的影响。

（1）李德裕与元、刘、白之唱酬

元稹、刘禹锡、白居易为中唐著名文学家，三人年岁相仿，德裕稍晚①，四人于长庆三年至元和开成元年的十三年间不断有唱和并结集，其中德裕与刘禹锡交往最久，唱酬最多，笔者认为研究他们的交往唱和对于理解中唐向晚唐的文坛发展有一定的意义。元和十五年（820）闰正月，李德裕与李绅、庾敬休同时任命为时号"内相"的翰林学士②，得到穆宗的信任。长庆元年（821）二月，元稹为翰林学士，与德裕、李绅相善，时称"三俊"。长庆三年（823）德裕在浙西任上有诗寄元稹，已佚，时任越州刺史、浙东观察使的元稹有《酬李浙西先因从事见寄之作》。长庆四年，元稹又有《寄浙西李大夫四首》寄赠德裕，德裕此时有新诗二首，已佚，时任杭州刺史的白居易有《奉和李大夫题新诗二首各六韵》和之，中有"酒容同座劝，诗借属城传"，说明当时诸人唱酬之频，元稹与时任和州刺史的刘禹锡亦应有和作。宝历元年，德裕有《近于伊川卜山居，将命者画图而至，欣然有感，聊赋此诗，兼寄上浙东元相公大夫使求青田胎化鹤》《述梦诗四十韵》，德裕还曾有《晚下北固山喜松径成阴怅然怀古偶题临江亭》（已佚），元、刘均有诗和之。此年冬，德裕有《霜夜对月听小童吹觱篥歌》（佚句六句），刘、元、白有和作，今刘、白诗存，元诗佚，晚唐罗隐有《薛阳陶觱篥歌》诗赞美四人之唱和，"平泉上相东征日，曾为阳陶歌觱篥。吴江太守会稽侯，相次三篇皆俊逸"。白居易宝历二年因病休假百日后罢郡北返，从此结束了四人的唱和，此后未再见白居易与李德裕有文字交往。大和元年，德裕有《晚下北固山喜径松成阴怅然怀古偶题临江亭》诗，元、刘和之，九月德裕与元稹同时加检校礼部尚书，从此直至元稹卒未见二人有诗歌唱和。李德裕与白居易、元稹、刘禹锡的唱和之作，后成《吴越唱和集》。李德裕与白居易兄弟的关系错综复杂，前人已

---

① 白居易（772—846）、刘禹锡（772—842）、元稹（779—831）、李德裕（787—850）。

② 据丁居晦《重修承旨学士壁记》，本年翰林学士尚有段文昌、沈传师、杜元颖、李肇、韦处厚、路隋、柳公权。

有论述①。蔡启《蔡宽夫诗话》云："白乐天，杨虞卿之姑夫，故世言与李文饶不相能。文饶藏其文集不肯看，以为看则必好之。文饶镇京口时，乐天在苏州，元微之在越州，刘禹锡在和州，元、刘与文饶唱和往来甚多，谓之《吴越唱和集》。乐天惟首载《和文饶薛童觱栗歌》一篇，后遂不复有，亦可见情也。"②蔡氏的这段话有些蹊跷，分明言李德裕、白居易、元稹、刘禹锡四人在不同地方任职，却只说元、刘二人与李德裕成《吴越唱和集》，不及白居易，但根据以上叙述，白居易确实参与过与李德裕的唱和③，至少此时白居易与李德裕交谊友善，蔡氏恐怕受到唐代党争的影响，故有此论。在此之后，德裕主要与刘禹锡唱和较多。大和三年九月，德裕回朝后不久即出镇滑州，刘禹锡有《送李尚书镇滑州》诗送行，称赞德裕议文武之才："视草名高同蜀客，拥旄年少胜荀（一作'周'，是）郎。"大和四年三月，德裕有《上巳忆江南禊事》诗，刘禹

①　较早关于李德裕与白居易关系的记载出自五代孙光宪《北梦琐言》卷一："禹锡谒于德裕曰：'近曾得白居易文集否？'德裕曰：'累有相示，别令收贮，然未一披，今日为吾子览之。'及取看，盈其箱笥，没于尘坌，既启之而复卷之，谓禹锡曰：'吾于此人，不足久矣。其文章精绝，何必览焉，但恐回吾之心，所以不欲观览。'其见抑也如此。"宋人钱易《南部新书》乙集载："白傅与赞皇不协，白每有所寄文章，李缄之一筐，未尝开。刘三复或请之，曰：'见词翰，则回吾心矣。'"开成元年，李德裕与白居易同在洛阳，二人未有任何文字交往。《李德裕年谱》（第328—330页）有辨正，认为笔记小说所言非，并认为《资治通鉴》载李德裕素恶白居易，后来排斥居易为相，乃出于司马光对德裕的偏见，缺乏证据。而新旧《唐书》所记德裕称居易"衰病不任朝谒"等属事实，未言"素恶居易"事，对此《李德裕年谱》第434—436页有辨正。李德裕在武宗朝任宰相时，特别提拔白居易的从弟白敏中为翰林学士、中书舍人，白敏中于会昌年间仕途的晋升全得力于李德裕引荐。康骈《剧谈录》卷上"李朱崖知白令公"云："白中书方居郎署，未有知者，唯朱崖李相国器之，许于搢绅间多所延誉。"（《唐五代笔记小说大观》本，第1477页）此条材料亦见于王谠《唐语林》卷三。会昌二年九月，唐武宗欲征用白居易为相，李德裕以居易衰病，不宜入朝，荐居易从弟白敏中为翰林学士。后来白敏中为相亦为德裕推荐。但武宗一死，宣宗继位，所谓一朝天子一朝臣，不到半个月，李德裕就马上被贬官，连续受到打击。这之中，白敏中是起了很大作用的，大中元年（847）二月，《资治通鉴》卷二四八云："及武宗崩，德裕失势，敏中乘上下之怒，竭力排之，使其党李咸讼德裕罪，德裕由是自东都留守以太子少保、分司。"清人王士禛在《池北偶谈》中说："及德裕之贬，（白敏中）诋之不遗余力。……尤为当世鄙薄。"

②　（宋）蔡启：《蔡居厚诗话·蔡宽夫诗话》，第60条，吴文治主编《宋诗话全编》第1册，江苏古籍出版社1998年版，第628页。卞孝萱《元稹年谱》称："《吴越唱和集》当始于长庆三年，终于大和三年。"（齐鲁书社1980年版，第475页）按：根据现存诗歌来看，《吴越唱和集》应终于大和三年以前，笔者认为可能为大和元年。

③　周建国《白居易与中晚唐的党争》（《文献》1994年第4期）一文专门对长庆宝历时期白居易与李德裕唱酬之事加以考辨。

锡有和作。本年秋，刘禹锡有《酬滑州李尚书秋日见寄》诗，可见二人又有诗歌往还。十月，德裕为李宗闵、牛僧孺所挤，由义成节度使徙剑南西川节度副大使、知节度事，有《汉川月夕游房太尉西湖》《房公旧竹亭闻琴缅慕风流神期如在因重题此作》诗，刘禹锡、郑浣和均有和诗。元稹于大和五年（831）暴卒于武昌军节度使任，卒前曾派人乞蜀琴于李德裕，使未还而卒。德裕哀其卒，有诗二首吊之并寄刘禹锡，禹锡复诗共悲之。李诗已佚，《全唐诗》卷三六四刘禹锡《西川李尚书知愚与元武昌有旧远示二篇吟之泫然因以继和二首》。本年冬，德裕又作《忆金门旧游奉寄江西沈大夫》诗悼念元稹及韦处厚、杜元颖等，并寄沈传师。大和六年夏，薛涛卒于成都，薛涛当时颇负诗名，与诸多文士有唱和。德裕在西川有悼薛涛诗，已佚，刘禹锡有和作《和西川李尚书伤韦令孔雀及薛涛之什》。大和七年，刘禹锡在苏州刺史任将与李德裕唱和诗编为《吴蜀集》，其《吴蜀集引》云："长庆四年，余为历阳守，今丞相赵郡李公。时镇南徐州。每赋诗，飞函相示，且命同作。尔后出处乖远，亦如邻封。凡酬唱始于江南，而终于剑外，故以吴蜀为目云。"① 可知，此集收诗始于长庆四年，终于大和六年，前后共九年。二月，李德裕由兵部尚书同中书门下平章事，入相，约于此时前后贾餗撰《赞皇公李德裕德政碑》称颂其在西川之功业。十月，李德裕罢相为山南西道节度使，又改为兵部尚书，十一月出为镇海节度使，途经汝州，刘禹锡送之，并应德裕之请赋诗，《全唐诗》卷三五九有《奉送浙西李仆射相公赴镇》《重送浙西李相公顷廉问江南已经七载后历滑台剑南两镇遂入相今复领旧地新加旌旄》二诗。开成元年（836）七月德裕由滁州刺史迁太子宾客分司东都，抵洛阳住于平泉别墅，多有诗作咏唱别墅风物及寄人之作，刘禹锡等人与其赋诗酬和。德裕有《潭上喜见新月》，刘禹锡有和作；德裕有《初归平泉过龙门南岭遥望山居即事》，刘禹锡有和作；德裕有《洛中士君子多以平泉见呼愧获方外之名因以此诗为报奉寄刘宾客》，刘禹锡有和作。事实上，在此之前，德裕即有诗寄刘禹锡，诗已佚，刘禹锡有《酬李相公喜归乡国自巩县夜泛洛水见寄》。

---

① 《全唐文》卷六〇五，第6册，第6115页。

在此之后未见德裕与刘禹锡的唱和①。综观德裕与元、刘、白三位中唐诗坛的主将的唱酬过程，德裕在唱和中居于中心地位，元、刘、白围绕他唱和，刘禹锡编《吴越唱和集》与《吴蜀集》的主角都是德裕，二集应有交叉，德裕的诗风由刚强劲健渐趋雅正平和，从总体上来说离于晚唐，合于中唐。

（2）李德裕与晚唐诸文人的交游

李德裕与晚唐三大家杜牧、李商隐、温庭筠有过往，三人都是德裕的后辈、下级。杜牧一生曾多次上书向李德裕，可惜一直未被重用②。杜牧开成三年有《上淮南李相公状》，称颂德裕治理淮南之功绩。会昌元年（841）十一月，崔郸出任剑南西川节度使，李德裕有诗送之（已佚），姚合、杜牧有和诗。姚后来还有《太尉李德裕自城外拜辞后归敝居瞻望音徽即书一绝寄上》。会昌二年春，杜牧由比部员外郎移任黄州刺史，后来他在大中五年七月湖州刺史任上撰《祭周相公文》对德裕颇有微词："会昌之政，柄者为谁？忿忍阴污，多逐良善。牧实忝幸，亦在遣中。"③ 文中表达了对执柄者德裕的愤恨不满之情，杜牧自认为此次出守是被德裕排挤④。会昌三年八月，"黄州刺史杜牧上李德裕书，自言尝问淮西将董重质以三州之众四岁不破之由"，即《上李司徒相公论用兵书》，该文对德裕为相颇为称颂，"伏睹明诏诛山东不受命者，庙堂之上，事在相公"，"昨者北虏才毕，复生上党。赖相公庙算深远，北虏即日败亡"⑤。会昌四年八九月间，杜牧《贺中书门下平泽潞启》云："伏维相公上符神断，潜运庙谟，仗宗社威灵，驱风云雷电。掌上必取，彀

---

① 李德裕与元、刘、白的唱和诗系年参考卞孝萱《刘禹锡年谱》（中华书局1963年版）、《元稹年谱》（齐鲁书社1980年版）、王拾遗《白居易生活系年》（宁夏人民出版社1981年版）及《唐五代文学编年史》（中唐卷、晚唐卷）。

② 参见封野《李德裕遣逐杜牧探因》（《宁波大学学报》1999年第3期）一文，作者认为杜牧不被李德裕所用的原因有四：一是与牛僧孺长期保持密切关系；二是其从兄杜悰与德裕是宿敌（会昌四年七月杜悰为相，八月昭义平，即加德裕为太尉赐爵卫国公，十一月贬牛僧孺，流李宗闵，应与杜悰有关）；三是分属于不同的利益集团（进士集团和山东士族集团）；四是道德方面，杜牧之风流率意与李德裕的传统礼法观念不合。

③ 《全唐文》卷七五六，第8册，第7851页。

④ 杜牧一生汲汲功名，怀才不遇，曾向许多朝廷重臣（包括牛僧孺、白敏中等）上书寻求援引。

⑤ 《全唐文》卷七五一，第8册，第7787页。

中难逃,才逾周星,果枭逆首。周公东征之役,捷至三年,宪皇淮夷之师,克闻四岁。校房寇之强弱,曾不等伦;考攻取之败亡,何至容易。若非睿算英略,借划深谋,比之前修,一何远出。自此鞭笞反侧,洒扫河湟,大开明堂,再振儒校。穷天尽地,皆为寿域之人;赤子秀眉,共老止戈之代。"又有《上李太尉论北边事启》:"伏惟太尉相公文德素昭,武功复著,画地而兵形尽见,招璩而边事无遗,唯一指踪,即可扫迹。昔汉武帝之求贤也,有上书不足采者,辄报罢去,未尝罪之,故能羁越臣胡,大兴礼乐。今太尉与仁圣天子同德,有志之士,无不愿死。"① 盛赞德裕之功勋,《资治通鉴》称"时德裕制置泽潞,亦颇牧言"。台湾学者傅锡壬亦分析了李杜二人的关系②,李对杜的军事策略大加赞誉,且深加采用。但实际上德裕在军事行动中早已定下计谋,只是部分与杜牧相合,《通鉴》的说法似略有夸大之处。会昌五年六七月间,杜牧在池州刺史任上有《上李太尉论江贼书》,再次称颂德裕之功德。与杜牧一样,当开成二年五月德裕为淮南节度使时,李商隐亦上书德裕,他代王茂元致书德裕,即《为汝南公上淮南李相公状》共三札。状中颇恭维德裕之政事吏能,并追叙吉甫元和为相时对藩镇用兵之功绩,又赞颂德裕在淮南的治绩。会昌四年,李商隐有《为李贻孙上李相公启》称德裕文采:"重以心游书囿,思托文林。提枹于绝艺之场,班扬扫地;鞠旅于无前之敌,江鲍舆尸。故矫枉则黄冶之赋兴,游道则知止之篇作。辞穷体物,律变登高。文星留伏于笔间,彩凤翱翔于梦里。此固谈扬绝意,仿效何阶!"③ 大中年间,李商隐有《李卫公》《旧将军》《泪》《漫成》等诗伤德裕远贬④。温庭筠(801⑤或812—870?),诗、词、文皆擅,开成三年,温庭筠另有《觱篥歌》,原注:"李相伎人吹。"叙李德裕事。大中二年,温庭筠亦有《题李相公敕赐屏风》诗伤德

---

① 《全唐文》卷七五二,第 8 册,第 7799 页。
② 参见氏著《牛李党争与唐代文学·杜牧与李德裕》,台北东大图书有限公司 1984 年版,第273—281 页。
③ 《全唐文》卷七七七,第 8 册,第 8109 页。
④ 按:晚唐诗人汪遵亦有《题李太尉平泉庄》诗,对德裕贬逐有感慨。材料引自《李德裕年谱》,齐鲁书社 1984 年版,第 674 页。
⑤ 参见陈尚君《温庭筠早年事迹考辨》(载《中华文史论丛》1981 年第 2 期)及刘学锴《温庭筠传论》(安徽大学出版社 2008 年版,第 16—23 页)。

裕远贬："丰沛曾为社稷臣，赐书名画墨犹新。几人同保山河誓，独自栖栖九陌尘。"①

德裕与王起、沈传师、郑亚亦有文字交往。王起（760—847），穆宗朝拜中书舍人，文宗朝加集贤学士，武宗时四次知贡举，选士皆知名人士，本人亦工诗善文能赋，李德裕为校书郎时即与王起有诗唱和，德裕《七言九韵雨中自秘书省访王三侍御》，据《唐人行第录》考王三实即王十一，即王起。会昌元年德裕与王起、裴度一起欣赏牡丹，作《牡丹赋》。《牡丹赋》序云："余观前贤之赋草木者多矣，靡不言托植之幽深，采斸之莫致，风景之妍丽，追赏之欢愉，至于体物，良有未尽。惟牡丹未有赋者，聊以状之。仆射十一丈蔚为儒宗，词赋之首，声气所感，或能相和。又见陈思王赋序，我言命王粲、刘桢继作，今亦效之，邀侍御裴舍人同作。"会昌四年四月二十五日，王起由左仆射同平章事充山南西道节度使，德裕有《仆射相公偶话于故集贤张学士听写得德裕与仆射旧时唱和诗其时和者五人惟仆射与德裕皆列高位凄然怀旧辄献此诗》送之，二人可为知交。德裕与郑亚关系密切②，德裕为翰林学士时，郑亚即以文干谒，深为赞许，德裕出镇浙西时辟亚为从事，此后与德裕仕宦共进退，会昌年间由一名仕途蹇滞的下层官吏，骤升至位处要枢的给事中，这与德裕的奖掖提携是分不开的。大中元年八九月间，德裕在洛阳编定会昌时所撰文，寄予郑亚，请其作序。德裕《与桂州郑中丞书》云："贞观初有颜、岑二中书，代宗朝常相，元和初某先太师忠懿公，一代盛事，皆所润色。小子词业浅近，获继家声，武宗一朝，册命典诰，军机羽檄，皆受命撰述，偶副圣情。"③亚嘱李商隐起草，又自加改定，并由商隐起草致书德裕，盛称其功业文章："蕴开物致君之才，居元弼上公之位，建靖难平戎之业，垂经天纬地之文。"当德裕一党被贬之时，唯有郑亚曾再

① 《旧唐书》卷一六八，第13册，第4292—4393页。按：开成五年，温庭筠有诗《感旧陈情五十韵献淮南李仆射》献呈，请求荐引。此淮南李仆射为李绅，非李德裕。
② 参见周建国《郑亚事迹考述》，《文史》第31辑，中华书局1988年版，第249—262页。
③ 《全唐文》卷七〇七，第7册，第7260页。

三上书提出申诉。沈传师（769—827①），唐传奇小说家沈既济之子，性恬退无竞，有吏能，长庆元年（821）二月，李德裕为翰林学士，沈传师迁为中书舍人，出翰林院，判史馆事。德裕与其善，自此以后，二人时有诗唱和。德裕《招隐山观玉蕊树戏书即事奉寄霍西沈大夫阁老》诗即回忆二人在朝霞林院情事，沈传师有和作。大和三年（829）春，德裕与沈传师有《玉蕊花唱和诗》《全唐诗》卷四六六牛僧孺《和李德裕观玉蕊花见怀之作》。

　　此外，李德裕还与晚唐其他一些文人发生过联系。徐凝，以书法著称于时，亦为晚唐诗人，其诗朴实无华，流畅自然。长庆三年十二月，李德裕为浙西观察使，奏去管内淫祠，徐凝有《浙西李尚书奏毁淫昏祠》诗。裴潾（？—838），尝裒集古今辞章，续《文选》，自号《大和通选》上之。开成元年十二月，德裕第三次赴浙西观察使任，兵部侍郎裴潾有诗述之，题为《前相国赞皇公早茸平泉山居暂还憩旋起赴诏命作镇浙右辄抒怀赋四言诗十四首奉寄》，"述其（德裕）素尚"，"兼述山泉之美"②。张祜，晚唐诗人，以宫词著名，性耿介不容物，开成三年（838），张祜《张承吉文集》卷十有《戊午年感事书怀二百韵谨寄献太原白裴令公淮南李相公汉南李仆射宣武李尚书》，指裴度、李德裕、李程、李绅，有感于甘露事变。赵嘏，晚唐诗人，诗赡美多兴味，以"赵倚楼"知名，开成四年，赵嘏在淮南扬州，有《献淮南李仆射》诗献李德裕。令狐梅（793—854），字敬和，初唐著名史学家令狐德棻的六代孙，两《唐书》无传，今有《令狐梅墓志铭》出土，其人知识渊博，长庆年间德裕任浙西观察使时赏识之，此后成为德裕智囊团中的重要成员，对德裕的许多举措有所影响③。段成式（？—863），段文昌之子，研精苦学，尤深于佛典，与李商隐、温庭筠均长于四六文撰写奏章公文，又因为三人皆行三十六，时号"三十六体"。

---

① 按：各种人名辞典均标沈传师卒年为827年，显误。查《历代名人生卒年表补》（梁廷灿、陶容、于士雄编，北京图书馆出版社2002年版，第23页）亦标其生卒年为769—827，年五十九。据《李德裕年谱》考证，传师大和三年（829）年仍与德裕唱和。《旧唐书·文宗纪》载大和二年十月"以右丞沈传师为江西观察使"，至大和四年九月以大理卿裴谊代之，则传师卒年至少在大和四年（830）九月以后。

② 《唐诗纪事校笺》卷五二，第1406页。

③ 参见牛致功根据《全唐文补遗》（第二辑）所载《令狐梅墓志铭》撰写的《令狐梅与李德裕——读〈令狐梅墓志铭〉》（《陕西师范大学继续教育学报》2002年第2期）一文。

大和初在李德裕浙西幕府，记德裕博学，《酉阳杂俎》续集卷四《贬误》："予太和初从事浙西赞皇公幕中，尝因与曲宴，中夜，公语及国朝词人优劣，云：'世人言灵芝无根，醴泉无源，张曲江著词也。盖取虞翻《与弟求婚书》，徒以"芝草"为"灵芝"耳。'予后偶得《虞翻集》，果如公言。"《戎幕闲谈》的韦绚就是在李德裕西川幕为巡官时著成此书。韦绚为旧相韦执谊之子，《戎幕闲谈序》云："赞皇公博物好奇，尤善话古今异画。当镇蜀时资佐宣吐，亹亹不知倦焉。乃主绚曰：能随而纪之，亦足以资于闻见。绚遂操觚录之，号为《戎幕闲谈》。大和五年十一月二十三日，巡官韦绚。"[1] 晚唐人常写些逸闻趣事于笔记小说，所谓牛李党争的魁首李德裕、牛僧孺均嗜奇博物，前者有《次柳氏纪闻》，后者有《玄怪录》，似皆有借玄怪故事影射当时政治的用意。封敖，属辞赡敏，"雅为德裕所器"，会昌二年十二月，"以左司员外郎召为翰林学士"[2]。他"构思敏速，语近而理胜，不备奇涩，武宗深重之"，对李德裕定策破回鹘，诛刘稹的功绩予以充分肯定，在封德裕太尉的制语中有"遏横议于风波，定奇谋于掌握。逆稹盗兵，壶关昼锁，造膝嘉话，开怀静思，意皆我同，言不他惑"之句，"德裕口诵此数句，抚敖曰：'陆生有言，所恨文不逮意。如卿此语，秉语者不易措言。'"[3] 德裕当场将御赐的玉带赠予封敖，深礼重之。

（3）李德裕对下层文士的奖掖

李德裕以提携孤寒著称，刘三复父子、李源、杨敬之、卢肇都曾受其荐拔。刘三复以文章知名，《旧唐书·刘邺传》："刘三复聪明绝人，善属文，少孤贫，母有废疾，三复丐食供养。长庆中，李德裕拜浙西观察使，三复以所业文诣郡干谒。德裕阅其文，倒屣迎之，乃辟为从事，管记室。"[4] 刘三复随李德裕由滑州往西川，撰《滑州节堂记》，中有"我连帅赞皇公以全才上略标柄中外"之语赞德裕，后德裕为相，擢三复刑部侍郎、弘文馆学士。孙光宪《北梦琐言》卷一和钱易《南部新书》丙卷皆记

---

① 《全唐文》之《唐文拾遗》卷二八，第 11 册，第 10687 页。
② 《新唐书》卷一七七，《封敖传》第 17 册，第 5287 页。
③ 《旧唐书》卷一六八，第 13 册，第 4392—4393 页。
④ 《旧唐书》卷一七七，第 14 册，第 4616 页。

刘三复与德裕事。三复子刘邺（？—881），少依李德裕，曾为翰林学士、知制诰、中书舍人、学士承旨等职，德裕贬死后，曾上疏申直其冤，诏从之。李源（749—823后），其父死于战乱，因此无心禄仕，不食酒肉，不婚娶，从僧斋戒，偃仰穴中，德裕长庆二年上《荐处士李源表》举荐之，源以疾甚年高辞。李德裕还曾提携杨敬之，敬之，文章家杨凌之子，《新唐书·杨敬之传》云："敬之尝为《华山赋》示韩愈，愈称之，士林一时传布，李德裕尤咨赏。"① 其《华山赋》寄意于华山而言世事，与李德裕作赋宗旨略同，《北梦琐言》还记载"李太尉每置座右，行坐讽之"②。开成元年（836）德裕在袁州贬所任上提携卢肇。卢肇（818—882），有奇才，以文翰知名。《太平广记·贡举条》："李德裕抑退浮薄，奖拔孤寒。……进士卢肇，宜春人，有异才。德裕尝左官宜阳，肇投以文卷，由此见知，后随计京师，待以优礼。"③ 他于会昌三年德裕主政时状元及第，成为江西第一个状元。德裕如此奖掖孤寒，得到了寒门士子的爱戴，故大中时其被贬崖州时，时人颇为感叹，《唐摭言》有记载云："李太尉德裕颇为寒畯开路。及谪官去，或有诗曰：'八百孤寒齐下泪，一时回首望崖州。'"④

第三节　唐代"大手笔"作家之后世接受与声名消解

唐代"大手笔"作家的应用文写作成就、对宫廷文会的参与和引导、对文学士子的奖掖、评议共同确立了他们在每一时期的文学范式地位。最高统治者的称誉对"大手笔"作家的示范性是一种肯定：太宗对岑文本"亲之信之"，使其"徒以文墨致位中书令"（《新唐书·岑文本传》）。武后对李峤"深加接待，朝廷每有大手笔，皆特令峤为之"（《旧唐书·李峤传》），对崔融之颂碑"深加叹美，及封禅毕，乃命融撰朝觐碑文"（《旧唐书·崔融传》）。玄宗称张说为"当朝师表，一代词宗"（《命张说兼中书令

① 《新唐书》卷一六〇，第16册，第4972页。
② 《北梦琐言》卷七，《唐五代笔记小说大观》本，第1863页。
③ 《太平广记》卷一八二，人民文学出版社1959年版，第1355页。《玉泉子》亦记此事。
④ 《唐摭言》卷七，《唐五代笔记小说大观》本，第1636页。

制》），说其"清词雅调新"（《南山雀鼠谷答张说》），"言谈延国辅，词赋引文雄"（《春晓宴两相及礼官丽正殿学士探得风字》）。玄宗特为苏颋开政事食之先例，对其文诰颇为赏爱，称"卿所制文诰，可录一本封进，题云'臣某撰'，朕要留中披览"（《旧唐书·苏颋传》），又云"朕每见卿文章，与诸人尤异，当令后代作法，岂惟独称朕心"（韩休《苏颋文集序》载）。代宗对常衮"甚顾遇之"，连续九年担任中书舍人的职位，后又任翰林学士、集贤学士、崇文弘文大学士。宪宗对李吉甫极为重用，两度拜相，为集贤殿大学士。武宗更是对李德裕专任，身为首辅的他仍秉笔为制，武宗称"学士不能尽人意，须卿自为之"（《资治通鉴》卷二四七载）。

史书本传对他们文章的推崇富有权威性：李峤"富才思，有所属缀，人多传讽"（《新唐书·李峤传》）；崔融"为文华婉，当时未有辈者"（《新唐书·崔融传》）；张说的文章"天下词人，咸讽诵之"（《旧唐书·张说传》）；苏颋的泰山朝觐颂文"世咨其文"（《新唐书·苏颋传》）；常衮"文章俊拔，当时推重"（《旧唐书·常衮传》），"文采赡蔚，长于应用，誉重一时"（《新唐书·常衮传》）；李吉甫"该洽多闻，尤精国朝故实，沿革折衷，时多称之"（《旧唐书·李吉甫传》）；李德裕"明辨有风采，善为文章。虽至大位，犹不去书。其谋议援古为质，衮衮可喜"（《新唐书·李德裕传》）。

凡此种种均证明"大手笔"作家无疑是那个时代最受认可的文章圣手，他们的创作也是那个时代的文章楷范。这里可以开列一份长长的可读之应用文题目：陈叔达之《大唐宗圣观铭》；颜师古之《等慈寺碑》《圣德颂》；岑文本之《藉田颂》《上太宗勤政疏》（即《大水上封事极言得失》）、《唐故特进尚书右仆射上柱国虞恭公温公碑》；李峤之《大周降禅碑》《攀龙台碑》《自叙表》《上中宗书》；崔融之《启母庙碑》《则天大圣皇后哀册文》《大唐故中书令兼检校大子左庶子户部尚书汾阴男赠光禄大夫使持节都督秦成武渭四州诸军事秦州刺史薛公（元超）墓志铭并序》《谏税关市疏》；崔行功之《赠太师鲁国孔宣公碑》；张说之《大唐封祀坛颂》《赠太尉裴公神道碑》《兵部尚书代国公赠少保郭公行状》《文贞公神道碑》《广州都督岭南按察五府经略使宋公遗爱碑颂》《钱本草》等；苏颋之《授张说中书令制》《授姚崇兼紫微令制》《禁断锦绣珠玉制》《命姚崇等北伐制》《封东岳朝觐颂》《唐紫微侍郎赠黄门监李乂神道碑》等；常衮之《减徵京畿丁役等制》《减征京畿麦制》《大历四年大赦天下制》《授庚准杨炎知制诰制》《故四镇北庭行营节度使扶风郡王赠司徒马公神道碑铭》《赠婕妤董氏墓铭》；令狐楚之《宪宗圣神章武孝皇帝哀册文》；韩愈之《平淮西碑》；李吉甫之《元和郡县图志序》《请汰冗吏疏》；李德裕之《幽州纪圣功碑铭》《讨刘稹制》《回鹘可汗书》《赐太和公主敕书》《丹扆六箴》《论侍讲奏孔子门徒事状》《忠谏论》《近幸论》等。

这些人之所以被称作"大手笔"作家，本身就代表了时人对他们文章典范性的认同和美誉，而且往往他们的文学才能又是多方面的，这里再举几位"大手笔"作家的诗歌声名为例。证圣元年，李峤咏天枢成的诗冠绝当时，圣历三年，崔融咏张昌宗为王子晋后身的诗为绝唱，可见二人的诗歌之超逸绝伦。唐人对张说的诗歌评价也甚高，贺知章说其"选车命元宰，授律取文雄"（《奉和圣制送张说巡边》）；萧嵩说其"文章礼一变，礼乐道逾弘"（《奉和圣制送张说上集贤学士赐得登字》）；刘昇说其"网罗穷象系，述作究天人"（《奉和圣制送张说上集贤学士赐宴得宾字》）。诗论家认为"燕公精藻逼人，敷华当世，文堪作栋，调亦含宫，于绮丽鲜错之中，有神惊独运之美。故时休稍变，适其旨趣"[1]。"律体变沈、宋典整前则，开高、岑清矫后规。"[2] 对于高适、岑参的诗风亦有影响，前人未有研究。李德裕虽以制诰奏议称誉，其诗亦被认为超逸绝伦，"虽不敌香山，亦权、武二相之亚也"[3]。其平泉诗所作被称为"萧散处尚有初盛气体，不堕中晚人蹊径"[4]。凡此均说明，"大手笔"作家诗文兼擅的写作才能，正因为此，后世在指称其为"大手笔"作家时对指文与指诗的界限上时有混淆。

后世专门的唐文选本并不多见，而且由于古文派几经主导文坛，使得

① 《唐诗品》，《唐诗汇评》，第 195 页。
② 《唐音癸签》卷五，第 46 页。
③ 《石洲诗话》卷一，《清诗话续编》本，第 1393 页。
④ 《唐诗观澜集》评《春暮思平泉杂咏二十首·竹径》语，《唐诗汇评》，第 2214 页。按：关于德裕的平泉诗，参见赵建梅《试论李德裕的平泉诗》，《文学遗产》2005 年第 5 期。

韩柳之文受到了更多的关注。唐代"大手笔"作家以擅写应用文、骈文著称，他们的文学声名及作品的传播如何呢？今据笔者所见宋代《唐文粹》、明代《唐文鉴》、清代《唐骈体文钞》及清代补遗的《唐文粹》作为参照，考察后世对唐代"大手笔"作家应用文的接受情况，并进一步探讨其文学声名消解与遭到遮蔽的原因。

一　宋、明、清三代唐文选本与"大手笔"作家

1.（宋）姚铉《唐文粹》一百卷①

　　卷第十九上：张说《起义堂颂》

　　卷第十九下：苏颋《大唐封东岳朝觐坛颂》

　　卷第二十一：张说《广州都督岭南按察五府经略使宋公遗爱碑颂》

　　卷第二十二：张说《大唐开元十三年陇右监牧颂德之碑》

　　卷第二十三：李德裕《唐武宗皇帝真容赞》

　　卷第二十四：苏颋《双白鹰赞》、张说《蓝田法池寺二法堂赞》《蒲津桥赞》

　　卷第二十六上：岑文本《谏太宗勤政改过书》②

　　卷第二十七：李峤《请每十州分置御史巡案疏》、崔融《谏税关市疏》

　　卷第三十上：张说《论神兵军大总管状》

　　卷第三十一：李德裕《唐武宗昭肃皇帝会昌二年上尊号玉册文》《唐武宗昭肃皇帝会昌五年上尊号玉册文》

①　台北商务印书馆 1968 年版。按：《唐文粹》本名《文粹》，后人习惯上称其为《唐文粹》，以突出其选文的时代性，参见郭勉愈《从宋绍兴本看〈唐文粹〉的文本系统》，《清华大学学报》2003 年第 1 期。姚铉（968—1020），庐州合肥人，字宝之。宋太宗太平兴国八年进士，知潭州湘乡市，通判简、宣、升三州。淳化五年，直史馆。至道初，迁太常丞，充京西转运使，官至两浙转运使。善文辞笔札，藏书颇富，《宋史》有传。又，该书卷第六选苏颋《长乐花赋》、李德裕《瑞橘赋》卷第八选李德裕《瓠器赋》卷第九选张说《江上愁赋》，由于以下两个选本皆未选赋文，为论述的方便与可比性，此处暂且不论。另，《唐文粹》并非本自《文苑英华》，"铨择十一"，前人已有辨明。

②　按：此处"书"应与"疏"同。

卷第三十二：苏颋《唐中宗孝和皇帝谥册文》《唐睿宗玄真皇帝哀册文》、崔融《唐高宗则天皇后哀册文》、常衮《唐代宗贞懿皇后谥册文》

卷第三十三下：张说《吊国殇文》

卷第三十四：李德裕《荀悦论高祖武宣论》《三国论》

卷第三十六：李德裕《文章论》

卷第三十七：李德裕《王言论》《英杰论》《忠谏论》《近幸论》

卷第三十八：苏颋《夷齐四皓优劣论》、李德裕《袁盎以周勃为功臣论》《张辟疆论》

卷第五十：张说《后土神祠碑（铭）》（玄宗御制张说辞）、《西岳太华山（碑铭）》（玄宗御制张说辞）

卷第五十二：崔融《嵩山启母庙碑铭》

卷第五十五上：张说《唐和丽妃神道碑》

卷第五十六：张说《唐中书令梁国公姚崇神道碑》

卷第五十七：常衮《唐故四镇北庭行营节度使扶风郡王赠司徒马公神道碑铭》、张说《唐赠梁州都督陇右节度大使郭知运神道碑》

卷第五十九：李德裕《幽州纪圣功碑铭》

卷第六十四：张说《荆州玉泉寺大通禅师碑》

卷第六十五：岑文本《京师至德观法主孟法师碑铭》

卷第六十八：张说《唐丞逍遥公韦公墓志铭》

卷第七十八：李德裕《丹扆箴六首》

卷第八十三：张说《与郑驸马书》

卷第八十八：李峤《上雍州高长史书》

卷第九十一：张说《唐昭容上官氏文集序》

卷第九十四：张说《大衍历序》

卷第九十五：张说《般若心经赞序》

卷第九十七：张说《季春下旬诏宴薛王山池序》（按：此篇为诗序）

总计《唐文粹》选岑文本 2 篇，李峤 2 篇，崔融 2 篇，张说 20

篇，苏颋6篇，李德裕16篇，共48篇，其中张说、李德裕最多，说明二人的文学成就最为突出，亦最有古韵。姚铉按文体分类选文，涉及文类12种，其中颂（4篇）、赞（4篇）、疏（3篇）、论状（1篇）、册文（6篇）、吊文（1篇）、论（10篇）、铭（3篇）、碑志（8篇）、箴（同名6篇，算1篇）、书（2篇）、序（4篇）。所选文章题目及内容经常与《全唐文》所据不同，如岑文本《谏太宗勤政改过书》，《全唐文》题为《大水上封事极言得失》（亦有称为《上太宗勤政疏》）；苏颋《大唐封东岳朝觐坛颂》，《全唐文》题为《封东岳朝觐颂》；李德裕《唐武宗皇帝真容赞》，《全唐文》题为《仁圣文武至神大孝皇帝真容赞》，等等。姚铉于真宗大中祥符四年（1011）纂集唐代文章为《唐文粹》百卷，是中国第一部断代诗文总集。《唐文粹·序》云："凯唐贤之文，迹两汉、肩三代而反无类次以嗣于《文选》乎？铉不揆昧懵，遍阅群集，耽玩研究，掇菁撷华，十年于兹，始就厥志。"清人谭献《文粹》序云："姚宝臣氏当世显贵，手辑巨编，意在远绍昭明不朽之盛事，披寻所及，殆不下数千卷。"可见姚铉编此集用力之勤，涉猎甚广。《唐文粹》的编辑宗旨非常明确，是为了上接《文选》，总结唐代文学的成就，"纂唐贤文章之英粹"，意思是说书中所选均是唐人诗文的精华，其选录标准是"止以古雅为命，不以雕篆为工，故侈言曼词率皆不取"（《唐文粹·序》），《四库全书总目》云："是编文赋，惟取古体，而四六之文不录。"① 故极少选录骈文，这种复古倾向与北宋初期文学复古思想相契合，所针对的是晚唐五代骈文的复兴与流肆。姚氏虽多选韩柳及古文一派的作品，但诚如明人胡缵宗《刻唐文粹序》所言："唐之人以文名者，不独李杜韩柳，骚雅侁侁，坟籍彬彬，凡有古调，皆粹于是矣。"② 笔者注意到，姚氏也选入大量颂体文，"大手笔"作家所入选之颂赞碑册即为此类，这是"大手笔"最富代表性的文字。此外，还选有一些墓志、疏、论、序、书，亦属应用文。但是，《唐文粹》共选1045篇文章，"大手笔"作家入选者仅48篇，从中可以看出骈文和应用文体的

① 《钦定四库全书总目》卷一八六，第2069页。
② 《鸟鼠山人小集》卷十二，明嘉靖刻本。

不受重视。

2. （明）贺泰辑《唐文鉴》二十一卷①

卷之二太宗朝：岑文本《大水上封极言得失》（出《政要》）

卷之三太宗朝：岑文本《谏宥侯君集贪纵罪》（出《君集传》）

卷之四中宗朝：崔融《议废四镇不可》（出《吐蕃传》）、李峤《巡察使时限迫促》②

卷之六玄宗朝：张说《姚文贞公神道碑》（无出处）、《文章评》（出本传）③

卷之七玄宗朝：苏颋《谏自将讨吐蕃》（出本传）、《复上言》（景毅按：亦出本传）

卷之十六宪宗朝：李吉甫《请汰冗吏》（出本传）

卷之十九敬宗朝：李德裕《丹扆六箴六首》（出本传）

卷之二十文宗朝：李德裕《汉昭论》（出《文粹》）④、《入谢进戒》（本传）

卷之二十一武宗朝：李德裕《论朋党》（出本传）、《代刘沔答回鹘书》（出《通鉴》）、《追论维州悉恒谋事》（出《通鉴》）

总计《唐文鉴》选岑文本2篇，李峤1篇（佚），崔融1篇，张说2篇，苏颋2篇，李吉甫1篇，李德裕6篇，共15篇，其中选德裕最多。该书按朝代选文，涉及作家较多，每人只选几篇，基本每篇均有出处（亦有无出处者），文有散佚，抄写并不十分工整，印刷也很粗糙。明代印刷

① 南京图书馆藏正德六年孙佐刻本，《四库全书存目丛书补编》第11册，齐鲁书社2001年版。按：贺泰，苏州府吴县人，字志同。弘治十二年进士。入为御史，武宗收京师无赖及宦官养为义子，一日赐国姓者达一百二十七人，泰抗言其非，谪衢州推官。后以广东参议终。据此刻本可知，贺泰编《唐文鉴》时为明文林郎监察御史。

② 原注：原缺。按：此文疑为《论巡察风俗疏》（《全唐文》卷二四七，第3册，第2496页），中有"巡察使率是三月已后出都，十一月终奏事，时限迫促，簿书填委，昼夜奔逐，以赴限期"语。

③ 按：此文即《大唐新语·文章》所载张说与徐坚评时人及后辈的文章。

④ 按：《穷愁志》诸论据《旧唐书·李德裕传》可知作唐宣宗于大中二年或大中三年，此系于文宗朝，不知何据，恐误。

业发达，然学术空疏，有些士子或书商为谋取利益而私刻书籍，相对来说随意增删，质量较差，《唐文鉴》即是如此，所以它的影响有限。《四库全书总目》对此书评价颇低："杂采唐文所见，殊为陋陋。前有林瀚序，称两汉有文鉴，宋亦有文鉴，惟唐一代阙焉。如曰一朝必当有一文鉴，文何以必当名鉴也。如唐文无总集，是并姚铉书未见矣。盖明代书帕之本其纰缪，往往如此。"① 此书与《西汉文鉴》《宋文鉴》相比相差甚远。但是，还是可以从书中找寻一些特点，明人林瀚《唐文鉴·序》："（贺泰）以文章政事卓然为内台之良，乃于激扬暇日，遍阅唐书及诸典籍所载奏议记策赋几有关于治道，有裨于风教者，悉萃为一部二十有一卷名曰《唐文鉴》。"可见，有关治道与有补风教者为《唐文鉴》选文的侧重点，这也是名副其实。卷二太宗朝多选魏徵文，卷九德宗朝多选陆贽文，卷十三至卷十八宪宗朝多选韩愈、柳宗元文，均为此意。《唐文鉴·序》又云："李唐三百余年，名臣文士心术之精微，词锋之缛丽，皆了然无遗。"从选文看出有唐一代之"心术之精微"与"词锋之缛丽"是编选者的另一个目的，从所选"大手笔"作家的文章来看仍富于一定代表性，这些文章多是论述精微，有独到见解，文辞也仍继续着骈体文一贯的华丽。

　　3.（清）陈均编、潭［谭］宗浚②校《唐骈体文钞》十七卷③

　　　　卷二：陈叔达《大唐宗圣观铭》
　　　　卷三：颜师古《圣德颂》、岑文本《京师至德观孟法师碑铭》
　　　　卷六：崔融《对耻书穿床判》《代皇太子贺白龙见表》《嵩山启母

---

① 《钦定四库全书总目》卷一九二，第2083页。

② "潭"恐"谭"之讹。谭宗浚（1846—1888），原名懋安，字叔裕，广东南海人。1861年中举人。1874年举进士，授翰林院编修，国史馆协修、撰修，方略馆协修等。1876年督学四川。1882年充江南乡试副考官，嗣出任云南粮储道、按察使。后以病告归，至广西隆安道卒。工诗文，熟于掌故。著有《希古堂文集》（甲、乙集）、《辽史纪事本末》《芳村草堂诗抄》《于滇集》等。

③ 杨家骆主编：《中国学术名著·历代诗文总集》第35册，世界书局1962年版。按：陈均（1779—1828），浙江海宁人，初名大，字敬安，号受笙。嘉庆十五年举人，以教习授知县。工诗画及篆刻，嗜金石。有《镜史》《关中金石志》《客秦随笔》《古今奇姓名录》《松籁阁诗钞》。又，清代有三人名陈均，其他二人一为江苏吴县人，画家，嘉庆年间卒，一为安徽歙县人，善养画眉，有《画眉笔谈》，应不是编选《唐骈体文钞》的陈均。

庙碑》

卷七：张说《为留守奏瑞禾杏表》《谢赐御书大通禅师碑额状》《大唐西域记序》①《送严少府赴万安诗序》《洛州张司马集序》《东山记》《石桥铭》《延州豆庐使君万全县主薛氏碑》《西岳太华山铭》《徐氏子墓志铭》

卷八：李峤《为汴州司马唐授衣请豫斋会表》《神龙历序》《为百僚贺瑞笋表》《为王方庆让凤阁付郎第二表》《为纳言姚王寿等谢赐飞白书表》《与夏县崔少府书》、苏颋《太清观钟铭》②

卷十：常衮《赠婕妤董氏墓铭》

卷十二：李德裕《赐太和公主敕书》《太和新修辨谤略序》《怀嵩楼记》《平泉山居诫子孙记》《文章论》《剑门铭》《扶风马公神道碑铭》

《唐骈体文钞》十七卷选陈叔达1篇，颜师古1篇，岑文本1篇，李峤6篇，崔融3篇，张说10篇（1篇伪作），苏颋1篇，常衮1篇，李德裕7篇，共31篇，涉及了多数"大手笔"作家，且有侧重，李峤、张说、李德裕稍多，是一个较好的选本。另外，篇数虽少，但涉及文体11种之多，其中铭（6篇）、颂（1篇）、判（1篇）、表（6篇）、碑（2篇）、状（1篇）、序（5篇）、记（3篇）、墓志（2篇）、书（2篇）、论（1篇）。潭〔谭〕宗浚《唐骈体文钞·跋》："骈俪之文，自以沈任徐庾为极则，而善学沈任徐庾者，莫若唐人。虽径稍殊，而波澜莫二。即至寻常率意之作，其气体渊雅，自非北宋以后人所能。"从所选"大手笔"作家的文章来看，所论诚然，所选录的篇目也基本上是这些作家的代表性作品，看出作者的匠心与卓识。清代还有李兆洛的

---

① 按：实为伪作。朱玉麒《张说诗文重出误收考》（《文教资料》2000年第3期）引：《大唐西域记序》据英人瓦特斯（Watters, T.）《玄奘的印度之旅》（*On YuanChang's Travels in India*, London, 1904—1905）之考辨认为非张说所作，乃于志宁所作。

② 该选本已时代为序，逐个作家选录，然而张说（667—730）要晚于李峤（645—715），故卷七与卷八应倒置。

《骈体文钞》①影响很大，李兆洛长陈均十岁，未知陈均编书是否受到李兆洛影响。

4. 郭麟《唐文粹补遗》二十五卷②

卷第二：常衮《代崔公授秘书监致仕谢表》

卷第六：张说《为伎人祭元十郎文》

卷第七：张说《温泉箴》

卷第十：张说《唐陈州龙兴寺碑》

卷第十一：张说《拔川郡王碑》

卷第十二：张说《郑国夫人神道碑》、李吉甫《杭州径册寺大觉禅师碑铭》

卷第十三：常衮《剑南节度判官崔君墓志铭》

卷第十六：张说《兵部尚书代国公赠少保郭公行状》

卷第十七：苏颋《故刑部尚书中山李公诗法记》

卷第十八：李德裕《怀崧楼记》

卷第十九：李峤《答李清河书》《与营州都督弟书》

卷第二十一：张说《孔补阙集序》

卷第二十二：李吉甫《上元和郡县图志序》

---

① 李兆洛（1769—1841），字申耆，江苏阳湖（今江苏常州）人。嘉庆十年（1805）进士。曾任安徽凤台知县。后主讲江阴书院20年。家富藏书。工诗古文，精考据，擅长舆地之学。有《养一斋文集》20卷，今传于世。另有辑著多种。《骈体文钞》共31卷，分为上、中、下三编。上编18卷，包括铭刻、颂、诏书、檄移等各体，是李氏所谓"庙堂之制，奏进之篇"；中编8卷，包括论、序、碑记、志状等各体，属于指事述意之作；下编5卷，包括连珠、箴、杂文等各体，多属缘情托兴之作。书成于嘉庆末年。当时姚鼐所编《古文辞类纂》风行士林，李氏认为，当世治文，只知宗唐宋而不知宗两汉；而欲宗两汉，非自骈体文入手不可。于是选编先秦两汉至隋之文成此书，以便学者沿流而溯源。李氏以为文之起源不分骈散，主张骈散合一。所以此书中选入了《报任安书》《出师表》等文。

② 郭麐（1767—1831），字祥伯，号频伽，又号白眉生，又呼郭白眉，一号蘧庵居士、苎萝长者，江苏吴江诸生。吴江（今属江苏）人。游姚鼐之门，尤为阮元所赏识。工词章，善篆刻。间画竹石，别有天趣。书法黄庭坚。有灵芬馆集及词集、杂箸、蘅梦词、金石例补。卒年六十五。少年时有神童之称。乾隆四十七年（1782）补诸生。六十年，参加科举考试不第遂绝意仕途，专研诗文、书画。好饮酒，醉后画竹石是其一绝。嘉庆时为贡生。晚年迁浙江省嘉善县东门。郭喜交游，与袁枚最为知己。著作主要有《灵芬馆诗集》《金石例补》《诗画》《唐文粹补遗》等。《唐文粹补遗》不选诗赋。

卷第二十四：张说《会诸友诗序》

《唐文粹补遗》二十五卷选李峤 2 篇，张说 8 篇，苏颋 1 篇，常衮 2 篇，李吉甫 1 篇，李德裕 1 篇，共 17 篇，张说最多。郭麟对《唐文粹》的补遗当然不排除对姚铉选文思想的继承，但亦有其个人的选文意识，补出的篇目大体部分弥补了《唐文粹》的缺憾，特别对张说的重视，可谓识见，《兵部尚书代国公赠少保郭公行状》等文是张说的杰出作品。他与陈均大体属于同一时代人，所以可以与《唐骈体文钞》相对照。

以上四部选本，《唐文粹》久负盛名，其他三种则学界甚少关注。以所选篇目综合而言，颂铭碑志论等作为最需要笔力才华的文体是最有代表性的"大手笔"文字，也最受后世青睐。愈往后被选录作品的文学性愈强，而占其文章数量颇多的制诰表章，则逐渐消失在编选者的视野之中。可将选本所选"大手笔"作家篇数列表一观。

表 5　　　　　　　　历代唐文选本对"大手笔"作家之选录篇数

	叔达	师古	文本	李峤	崔融	张说	苏颋	常衮	吉甫	德裕	总数
（宋）唐文粹 （100 卷）			2	2	2	20	6			16	48
（明）唐文鉴 （21 卷）			2	1	1	2	2		1	6	15
（清）唐文钞 （17 卷）	1	1	1	6	3	10	1	1		7	31
（清）文粹补 （25 卷）				2		8	1	2	2	1	16
被选篇数 （含重合）	1	1	5	11	6	40	10	3	3	30	

可以看出，张说、李德裕受到更多的认可，李峤、苏颋次之。《唐文鉴》21 卷、《唐骈体文钞》17 卷，相较于《唐文粹》100 卷的规模小许多，故选篇较《唐文粹》也较少，但清代的《唐骈体文钞》较明代的《唐文鉴》卷数少，而选篇多。宋、清两朝"大手笔"作家受到一定的关注，明代"大手笔"作家的文章似不受欢迎，当然这与选本本身的选录标准有关，《唐文鉴》自然多选鉴戒文字，而"大手笔"作家的作品多以颂美为能。

二　声名消解与历史遮蔽

笔者发现，唐代"大手笔"作家在后世并不以文学著称，他们的文学声名渐渐淡出了人们的视线，文学史家论唐代文学时对他们采取了可有可无或者简单批判的态度，这些当时声名显赫一时的大家成为现代文学史叙述的边角或盲点。是什么原因造成这种历史遮蔽的现象？笔者认为这是一个颇为值得研究的复杂的学术课题，不仅局限于唐代"大手笔"作家，涉及历代某类作家群体的文学接受，许多这样的作家均需要再次挖掘与审视，回归历史本真去考虑与批判，并重新给予他们公正的评价。限于学识与篇幅，这里只抛砖引玉，试作初步探讨。

1. 文学观念的转移与现代文学史的书写

首先，唐代秉持着一种杂文学观，无论"文""笔"均统称为"文章"，将文学回归到与经、史不分的阶段，把一切非文学的文都包括到文的范围中来。唐人心目中的文章范围比现代人要宽泛得多，举凡诏诰制敕、章表疏奏、碑志颂赞等文体均视作文章范畴。因此，擅长撰写应用文的这些"大手笔"作家在当时受到朝廷上下、文人士子的追摹与推崇，其文章成为一时之范式，他们中的许多位是当时的文坛盟主，享有很高的文学声名。可是随着古代杂文学观念的被打破，后世将诏令、奏议等"大手笔"作家的主要文体归入史部（如《钦定四库全书总目》卷五十五史部《诏令奏议类》著录《唐大诏令集》一百三十卷），在强调其政治与历史价值的同时，其文学价值被逐渐遮蔽，特别是近代以来受西方纯文学观念的影响，应用文体从纯文学中被割离出来，文学自身的门类划分也愈来愈细密，"大手笔"作家的许多应用文在后世并不被视为文学创作。其次，就文体特征而言，"大手笔"作家所写之应用文（如制状、奏议、碑志、策论等）具有很强的时效性和政治性，在彼时彼地很有影响的文字，时过境迁，人们的关注度自然下降。最后，自中唐所谓古文运动兴起后，散文成为与骈文争雄的文体，人们由于不满六朝文风，而否定了骈体文的形式，历经宋代古文运动、明代复古运动及清代古文派主盟，散文的势力愈来愈大，而唐以后骈文创作陷入了衰微的尴尬境地，因而散文逐渐成为文章写作的正宗。清代骈文虽然再度复兴，但正宗既已确立，好尚很难马上改变。一些"大手笔"作家虽然亦朝着骈散结合的方向有过努力，但从总体上他们的文字属于华丽骈体，因而大大影响了他们被认可的程度。

在这样的文学观念指导下的现代文学史，必然在相当程度上忽略了诸如"大手笔"作家的文学创作，其文学声名则进一步被消解和遮蔽。可以这样说，对于"大手笔"作家包括文学史上的许多骈文圣手或应用文作家，文学观念的转移必然促使其文学声名的消解。但是，现代文学史的编撰应如何进行？是依据现代的文学观念来梳理历史上的文学，还是应复归每个历史阶段的文学观念与历史真相去书写？今天随着文学研究的深入与视野的扩展，应本着实事求是的原则重新认识应用文或者骈文作家的文学价值与意义，或许他们的文学声名会在将来得到光复。

2. 政事掩盖文学

笔者所论之"大手笔"作家多是朝廷重臣，多数官至宰相（除颜师古官至秘书监、崔融官至凤阁舍人外），其中张说、李吉甫、李德裕尤以政事闻名。他们更多的是作为一个政治家出入于文学界，其文才为政事所掩，这是其文学家身份被消解的重要原因。

美国著名唐诗学家宇文所安（Stephen Owen，1946— ）在《初唐诗》中谈及张说时指出："张说作为政治家比作为诗人更重要。"[1] 有些学者也认为张说"在文学史上的意义主要的不在于他的诗歌创作，而在于他推进'文治'为诗人和诗歌的发展所提供的良好的政治环境，以及他在文学批评中所表现的文学观念，对于诗歌由初唐过渡到盛唐，对于诗风的转变所起的积极倡导作用"[2]，所论有理。陈子展《张说一千二百年祭》云："张说显贵于开元盛时，他在政治上的地位，很足以抬高他在文学上的地位。所以能主一时坛坫，开一代风气。"这固然有一定道理，但反过来说，正因为人们看重的是他在政治上的作为，对于其文学才能关注不够。人们认为其文学都是为政治服务的，这一点在其应制诗和大量的奉旨撰写的碑颂文中反映出来，其文学价值被无意识地忽略。

关于韩愈与李德裕，宋人有一段颇有见地的评价："自房、杜、姚、宋之后，相之有声者，卫公李文饶；而王、杨、燕、许之后，儒之可宗

---

① ［美］宇文所安：《初唐诗》，贾晋华译，生活·读书·新知三联书店 2004 年版，第 296 页。
② 《隋唐五代文学史》（上），第 169 页。

者，文公韩退之而已。故世之论卫公者，必以功烈言，而鲜及于文章；论文公者，必以文章称，而或略于功烈。殊不知卫公之文章，常出乎功烈之外；而文公之功烈，不在乎文章之下。借令卫公当文公时，则必以文章显矣；文公得卫公位，则必以功烈着矣。"① 这可以帮助理解德裕的功业与文章之显与隐。论李德裕还要注意一个重要的政治问题，南宋叶梦得《避暑录话》卷上称"李德裕是唐中世第一等人物，其才远过裴晋公，错综万务，应变开合，可与姚崇并立"，然而，"其卒不能免祸，而唐亦不竞者，特恩怨太深，善恶太明，及堕朋党之累也。推其源流，亦自其家法使然。彼吉甫于裴垍，尚以恩为怨，况牛僧孺、李宗闵辈，实相与为胜负者哉？"② 李吉甫、李德裕父子陷于唐后期党争的掣肘，使其政名与文名均受到很大影响，此处不拟多谈。

3. 人品影响文品

在漫长的文学史长河中，经常会面对像这样的人物，他们的人品与文品蕴含着二律悖反的现象。诚如蒋寅在《文如其人？——诗歌作者和文本的相关性问题》一文中阐释的，可以在一定限度内认可"文如其人"这一命题，"即文如其人是如人的气质而非品德，是文与人的气质一致，而非与人的品德一致"。③ 一些"大手笔"作家文章与其个性气质是相符的，但断不可由此判断其为人处事一如其在诗文中所津津乐道的那样，因为这二者往往是背离的。以最典型的李峤、张说为例。

唐代新兴文士借高宗、武后之力打破了旧有的社会秩序而使自己冲破了贞观旧臣的压抑而走向权力中心，龙朔初载高宗归政武后时出现了一批新兴的文士群体，他们出身寒微，多由科举入仕，擅长文辞，但多薄德行，普遍具有尚文轻儒急功近利，阿谀献媚，无骨鲠之气的人格特征。李峤即是这样，他本是一介文吏，政绩平庸，文学亦受到很大争议，在道德上诚如《旧唐书》本传所云："验以谐之道，罔有贞纯"，"有惭辅弼，称之岂同。凡人有言，未必有德"④。《朝野佥载》卷四载时人认为中书令李

---

① （宋）无名氏：《李文饶文集》后序，《四部丛刊》本。
② （宋）叶梦得：《避暑录话》卷上，《全宋笔记》第二编·十，第 275 页。又，王士禛《香祖笔记》卷二十亦云："功业灿然，与裴晋公相颉颃。武宗之治，几复开元、元和之盛。"
③ 蒋寅：《古典诗学的现代诠释》，中华书局 2003 年版，第 193—194 页。
④ 《旧唐书》卷九四"史臣赞"，第 9 册，第 3007 页。

峤有三戾:"性好荣迁,憎人升进;性好文章,憎人才笔;性好贪浊,憎人受赂。亦如古者有女君,性嗜肥鲜,禁人食肉;性爱绮罗,断人衣锦,性好淫纵,憎人畜声色。此亦李公之徒也。"①武后时试官盛行,"时李峤为尚书,又置员外郎二千余员,悉用势家亲戚,给俸禄,使厘务,至与正官争事相殴者。"②官员的滥赏滥用成为此后唐政府的一大弊端,李峤尸位素餐,使得形势愈演愈烈。另外,史书中常常讥讽以李峤为首的文学词臣依附张昌宗、张易之兄弟,在这点上崔融与李峤类似,都受到后人诟病,故《旧唐书》史臣赞称崔融"文虽堪尚,义无可则。备位守常,斯言罔忒"③。

人品影响文品,在张说身上体现最为明显。张说属于新兴的文士阶级,门第寒微,为"近代新门",一生仕途大起大落,处于政治的风口浪尖上。他功业心极强,在实现理想的过程中,表现出了一介文士义利取舍时的复杂心理,甚至有许多不合礼法、浮薄无行的做法。张说为人喜好党同伐异,他借开元十三年封禅之时大封亲己势力,为时所诟。《旧唐书》本传云:"及登山,说引所亲摄供奉官及主事等从升,加阶超入五品,其余官多不得上。又行从兵士,惟加勋,不得赐物,由是颇为内外所怨。"④《旧唐书·张九龄传》亦云:"说自定侍从升中之官,多引两省录事、主事及己之所亲摄官而上,遂加特进阶,超授五品。……及制出,内外甚咎于说。"⑤张九龄作为张说门生,即看出张说此种做法的不妥,并委婉地加以劝说,而此时张说志得意满,是最受玄宗宠信之时,并未听劝。另外还有一则颇有意思的趣闻。段成式《酉阳杂俎》前集卷十二:"明皇封禅泰山,张说为封禅使。说女婿郑镒,本九品官,旧例封禅后,自三公以下皆迁转一级,惟卷镒因说骤迁五品,兼赐绯服。因大脯次,玄宗见镒官位腾跃,怪而问之,镒无词以对。黄幡绰

① 《唐五代笔记小说大观》本,第 56 页。
② 《新唐书·选举下》卷四五,第 4 册,第 1176 页。按:神龙二年李峤复为中书令悔其所为,"停员外官厘务"。
③ 《旧唐书》卷九四,第 9 册,第 3007 页。
④ 《旧唐书》卷九七,第 9 册,第 3054 页。
⑤ 《旧唐书》卷九九,第 9 册,第 3098 页。

曰：'此泰山之力也。'"①"泰山"为岳父之代词，由是得名，可见张说亲己之一斑。

张说是玄宗朝"吏治与文治之争"的核心人物，张说与姚崇的争斗历史上颇为有名。张、姚二人俱为开元前期之名相，但却各为朋党，相互倾轧，并由此开始了玄宗朝的"吏治与文治之争"。开元十年，张说与张嘉贞同为相，并不谐和，进一步推进所谓"吏治与文治之争"。《旧唐书·张嘉贞传》："广州都督裴伷先下狱，上召侍臣问当何罪，嘉贞又请杖之。兵部尚书张说进曰：'臣闻刑不上大夫，以其近于君也。故曰：士可杀，不可辱。臣今秋受诏巡边，中途闻姜皎以罪于朝堂决杖，配流而死。皎官是三品，亦有微功。若其有犯，应死即杀，应流即流，不宜决杖廷辱，以卒伍待之。且律有八议，勋贵在焉。皎事已往，不可追悔。迪先只宜据状流贬，不可轻又决罚。'上然其言，嘉贞不悦，退谓说曰：'何言事之深也！'说曰：'宰相者，时来即为，岂能长据？若贵臣尽当可杖，但恐吾等行当及之。此言非为伷先，乃为天下士君子也。'初，嘉贞为兵部员外郎，时张说为侍郎。及时，说位在嘉贞下，既无所推让，说颇不平，因以此言激怒嘉贞，由是与说不叶。"姜皎是张说的亲信，曾于开元元年受张的指使上奏外放姚崇，此时借议裴伷先事引出姜皎事是为其伸不平。张说的此番言论看似申明大义，冠冕堂皇，但却是针对曾经比自己官职低的张嘉贞，由是可见其性格，后来开元十一年，张说果然借机会把张嘉贞排挤出京城。《旧唐书·张嘉贞传》云："（开元）十一年，上幸太原行所。（嘉贞）弟嘉祐赃污事发，张说劝嘉贞素服待罪，不得入谒，因出为幽州刺史，说遂代为中书令。嘉贞愧恨，谓人曰：'中书令幸有二员②，何相迫之甚也！'明年，复拜户部尚书，兼益州长史、判都督事。敕嘉贞就中书省与宰相会宴，嘉贞既恨张说挤己，因攘袂勃骂，源干曜、王晙共和解之。"③贵为宰相，竟然在宴会上泼口训骂，有失身份，可见二人品行均有问题。甚至张说因为其

---

① 《唐五代笔记小说大观》本，第 647 页。
② （宋）邓名世：《古今姓氏书辩证》卷一三孔至《姓氏杂录》："开元中，张说、张嘉贞同时入相，互为中书令，时称大张令、小张令。"（清道光守山阁丛书本）
③ 《旧唐书》卷九九，第 9 册，第 3092 页。

引荐之人和其政见不和，即找借口排挤。《资治通鉴》玄宗开元十二年（724）载张说排挤崔沔出京："初，张说引崔沔为中书侍郎，故事，承宣制皆出宰相，侍郎署位而已。沔曰：'设官分职，上下相维，各申所见，事乃无失。侍郎，令之贰也，岂得拱默而已！'由是遇事多所异同，说不悦，故因是出之。"① 李邕以才学闻名，玄宗在封禅回途中，时为汴州刺史的他累献辞赋，"甚称上旨"，自此颇为骄矜，竟自称可以居相位，身为文儒的张说"甚恶之"②。

张说以文章来提拔人士，也以"无文"来排斥人，对于没有文才的官吏，大加鄙夷和排挤。《资治通鉴》玄宗开元十四年（726）载："上召河南崔隐甫，欲用之。中书令张说薄其无文……隐甫由是与说有隙。"又云："说有才智而好赇，百官白事有不合者，好面折之，至于抑之。中书舍人张九龄言于说曰：'宇文融承恩用事，辩给多权数，不可不备。'说曰：'鼠辈何能之！'"③ 从这段张说的话语可以看出，开元十四年，刚刚封禅过后，张说此时为右丞相兼中书令，秉衡庙堂，位极人臣，言语肆无忌惮，收受贿赂，当面申斥百官，丝毫不留颜面，这是权力极度膨胀时的危险信号，其门生张九龄提醒其加以戒备，以防小人构陷，但根本没有引起张说的警醒，反而变本加厉。这年四月，崔隐甫、宇文融、李林甫等政敌对张说进行了一次打击性报复，联合弹劾张说，说遭弹后"于瓦器中食，蓬首垢面"，一副哀哀可怜之相，完全失去了其往日的颐指气使、洋洋自得的风光，更显出其为人为政投机狡诈的一面，委琐卑下为人所不齿④。张说人品中的诸多问题，对于其文名的传播当然会产生影响。

① （宋）司马光编著，（元）胡三省音注：《资治通鉴》卷二一二，第14册，第6760页。
② 《旧唐书·李邕传》卷一九〇中，第15册，第5041页。
③ 《资治通鉴》卷二一三，第14册，第6771页。
④ 《朝野佥载》卷五载："燕国公张说，幸佞人也。前为并州刺史，谄事特进王毛仲，饷致金宝不可胜数。后毛仲巡边，会说于天雄军大哭，酒酣，恩敕忽降，授兵部尚书、同中书门下三品。说谢讫，便把毛仲手起舞，嗅其靴鼻。"对奸佞之徒谄媚至极。张鷟评曰："燕国公张说，幸佞人也。"（《唐五代笔记小说大观》本，第72页）《唐会要》卷三还记载：开元十四年，侍御史潘好礼闻玄宗欲以武惠妃为皇后，进谏中云："人间盛言，尚书左丞相张说自被停附政事之后，每诣附惠妃，诱荡上心，欲取立后之功，更图入相之计。"（第27页）真可谓是为达目的不择手段了。

4. 创作本身的缺憾

无可厚非的是，"大手笔"作家的创作存在许多不足，诸如语言上"繁采寡情"（《文心雕龙·情采》），颜岑、崔李、常衮均有此病；形式上模式化，这是受到文体上的限制，制诰、奏议、章表、碑志均有一定之规，故而多数"大手笔"作家均有程序化的弊病；内容上空洞，这是行政公文和碑志类文字的通病。

"大手笔"作家中以张说、常衮和李德裕的文学成就最为突出，但是他们均属于过渡期的作家，创作水平存在程度高低的问题。张说处于初盛唐过渡时期，创作特色不是很明显，容易被人忽略。钱谦益《唐诗英华序》云："世之论唐诗者，必曰初盛中晚。老师竖儒，递相传述，揆厥所由。盖创于宋季之严羽，而成于明初之高棅，承讹踵缪，三百年于此矣。夫所谓初盛中晚者，论其世也，论其人也，以人论世，张燕公、曲江，世所称，初唐宗匠也。燕公自岳州以后，诗章凄惋，《传》：得江山之助。则燕公亦初亦盛，曲江自荆州以后同调，讽咏犹多暮年之作，则曲江亦初亦盛。以燕公系初唐也，溯岳阳唱和之作，则孟浩然应亦盛亦初，以王右丞系盛唐也。"[1] 正因为张说亦初亦盛，处于中间，并不是初唐或盛唐的代表作家，其声名均被那些大家所掩盖，治文学史的人就难以顾及他，宏通也是较通常的写作方式，很难引起文学史家的注意。其被人称道的碑志，以后世眼光来看，并不是真正意义上的文学作品。窦臮《述书赋下》："时议论诗则曰王维、崔颢；论笔则曰王缙、李邕，祖咏、张说不得预焉。"[2] 可见张说文章在当时并不能算最好的。诚如苏辙《欧阳文忠公神道碑》所云："虽唐贞观、开元之盛，而文质衰弱；燕许之流倔强其间，卒不能振。"[3] 与张说并称"燕许大手笔"的苏颋，其诗文成就更在张说之下，其文学地位更受到影响。

如果说张说属于初而逗盛者，那么常衮属于盛而渐中，李德裕属于中而入晚者。常衮、李德裕二人的文章大多数都是制诰奏状类行政公文，常衮虽实用与文采兼擅，但其骈体行文的格式与古文兴起的总体趋势不类，

---

[1] （清）钱谦益：《牧斋有学集》卷十五，《四部丛刊》影清康熙本。

[2] 《全唐文》卷四四七，第 5 册，第 4573 页。

[3] （宋）苏辙：《栾城后集》卷二三，《四部丛刊》影明嘉靖蜀藩活字本。

后人甚少谈及其文学成就。李德裕的文章虽有不凡之处，但毕竟文章中的政治意味过浓，文学色彩较淡，无论在中唐或晚唐文学中均不具有代表性。至于二人的诗更没有什么特别之处。

5. 作品的散佚

不妨将新旧《唐书》"大手笔"作家的著述表再列一次：

表 6　　　　　　　　　　新旧《唐书》"大手笔"作家之著述

	陈叔达	颜师古	岑文本	崔行功	苏瓌	李峤	崔融	张说	苏颋	常衮	李吉甫	李德裕
旧志	5 卷	40 卷	60 卷		10 卷	30 卷	40 卷					
新志	15 卷	60 卷	60 卷	60 卷	10 卷	50 卷	60 卷	30 卷	30 卷	10 卷，诏集 60 卷	20 卷	20 卷

关于"大手笔"作家的文学著述[①]，两《唐书》记载有别，《艺文志》记载文人卷数较多，崔行功、张说、苏颋、常衮、李吉甫、李德裕只有《艺文志》有文集记载。"大手笔"作家留存的文章与实际创作有很大距离，笔者在附录中充分吸收现代补遗与考辨成果，将唐代"大手笔"作家的文章于各本的著录情况汇集一处，对其中真伪有疑义或后人著录有误者进行辨正后指出：陈叔达今存文 3 篇，颜师古今存文 24 篇，岑文本今存文 21 篇，崔行功今存文 7 篇，苏瓌今存文 3 篇，李峤今存文 159 篇，崔融今存文 51 篇，张说今存文 265 篇，苏颋今存文 312 篇，常衮今存文 321 篇，李吉甫今存文 33 篇，李德裕今存文 397 篇。"大手笔"作家中除张说、李德裕作品保存相对完整以外，都有程度不同的散佚，其中陈叔达、崔行功、李怀俨、苏瓌、李吉甫散佚尤为严重，颜师古、岑文本、崔融次之，已难窥见其创作面貌，这对于他们后世的文学声名均起到了阻碍作用。

---

① 按：李商隐《韩碑》称韩愈为"大手笔"，高彦休《阙史》记载皇甫湜为"大手笔"，刘禹锡《唐故相国赠司空令狐公集序》称令狐楚为"大手笔"。韩愈、皇甫湜、令狐楚三人之所以被称作"大手笔"作家主要是因为三篇文章（韩愈《平淮西碑》、皇甫湜所作今已不存、令狐楚《宪宗圣神章武孝皇帝哀册文》），故笔者将三人作为"大手笔"作家的特例（参见第三章第二节之第二点），此处仅举其他 12 人进行分析。

结　论

一

　　唐代"大手笔"作家的应用文写作取得了突出的成就，他们对唐代文坛亦产生了巨大的影响。以往的文学史并没有对"大手笔"作家及其应用文引起足够的重视，本书充分认识到他们的文学价值，并将他们置于唐代文学发展史中挖掘他们的文学史意义。唐以前应用文大体可以划为商周时期、春秋战国、秦汉时期和魏晋南北朝四个阶段。应用文（包括行政公文和碑志册颂等应用性文字）是唐代杂文学观视野下不可或缺的文学组成部分，"大手笔"作家所写之应用文无疑是其中的典范与精华。"大手笔"一词，语出《晋书·王珣传》，最初是指有学识、有文采、为皇帝赏识的文章家代表皇帝草拟的哀册谥议、文檄军书、禅授诏策等朝廷公文，鲜明表现出为王者代言的特征。由于朝廷所需的这些公文一般都由专人撰写，所以"大手笔"的称谓逐渐由某类文章进而指称撰写这类文章的文章家。在唐代，"大手笔"含义仍然不出荷明天子旨的范围，诸"大手笔"作家在文章风格上也呈现出一定的相似性，故以这一称谓为线索将唐代号称"大手笔"的作家联系在一起进行断代的文章学研究，具有相对稳定的指向性与操作上的可行性。被冠之以"大手笔"称号的文章家要求一种极高的综合素质，唐代享此殊荣者共 16 人（他们皆为唐代正史或时人所明确称述），不同时期皆有以"大手笔"而著称者，真可谓一代有一代之"大手笔"。本书重点研究了其中最具代表性的 9 位作家。

二

　　初唐百年是唐代"大手笔"作家人数最多的一个时期，涌现出 8 位文章圣手，是一代文章巨匠的荟萃，其创作代表着彼时文学发展的最高水平。他们在总体上仍是陈隋之遗彦、徐庾之旧体，又可分为高祖、太宗和高宗、武后两个时期，文风略有变化。本书重点探讨了4位作家。颜师古文章的主要特点是典雅而宏赡，岑文本文章的主要特点是华美而善论，二人在继承陈隋绮丽风气的同时，亦受到唐初矫正六朝文风的影响，出现一些文质彬彬的作品。贞观以后，文风的发展并没有按照革新一路发展下去，而是对六朝风尚变本加厉的追袭。以崔融、李峤为代表的"大手笔"作家因袭六朝绮靡华赡的风气，风雅之道扫地，庙堂文风一度颇为不振。就文章的内容而言，徇功称美、颂德称奖的华而不实之辞大行其道，较为缺乏政教意义与真情实感的流露。作家的生活面过分狭窄，创作个性泯灭在时代共性中。李峤、崔融的颂体文尽显词臣面貌，因时代风会祥瑞观念大量体现。当然，他们又是颂体与谏议之复合体，二人的奏议文为其文章增添了一种实在与亮色。总体来说，李峤是撰写谦词雅语的行家里手，颂扬主上极尽铺张华丽之能事；与其相类，崔融亦立辞比事，润色太平之业，但崔融的文章引经据典，博闻广记，擅长使用连珠式的排比句，尤喜爱三字句间插句中，句式富于变化，其墓志写作展现出摹神肖形的细节与激扬青云的笔调，且带有感情色彩，取得了一定的突破。以文学成就而言，崔融较李峤略胜一筹。本书由此认为"文章四友"中的"文章"兼指诗赋与文章，且偏重于指文，"崔、李、苏、杜"的排序也与其文章成就基本吻合。唐代"大手笔"作家中最负盛名者为开元时期的张说和苏颋，二人以其创作实绩形成了所谓的"燕许体"文，赢得后世效法，影响深远。"纪述事业，润色王道"为其应用文创作的主要内容，"崇雅黜浮，气益雄浑"是其应用文写作之艺术风貌，二人使实用性很强的骈体公牍文字趋向于自然质朴化，且有一种浑融的气势于其中，在唐代文章史上具有相当重要的过渡与革新作用。张说的碑志类文字突出，苏颋则更擅长制敕类文字；张说的文章散体化程度高，苏颋的骚体与三字句成分多。综合比较，张说气盛文奇等特点使其文章更为卓著，被人称为"唐骈文之盛轨"，苏颋的文学成就特别是他的文学影响力是不能与张说相提并论的。安史之乱后，唐人中兴意识突出，儒家原始哲学中的经世致用理念得到广泛的应用，反映到文章创作当中亦复如此。在相对岑寂的大历文坛，庙堂之上的秉笔者常衮，无疑是此期文章家中的杰出者，但他却不被重视，本书试图挖掘其文学史价值。常衮文采赡蔚，长于应用，为当时推重，其制表文是中唐政治生活、文化礼仪、国力形势与对外交往的一面镜子，具有较高的历史文献价值和认识价值，其制诏体和墓志文均有新变，其命官制文体现出既要求符合传统的儒家轨范，又要具有实际的吏事能力，同时还要富于辞章文采的综合取向，代表了新"文儒"的兴起与转型。李吉甫为中唐另一位"大手笔"作家，其经世用心亦体现在其应用文写作中。李吉甫之子李德裕是晚唐当之无愧的"大手笔"作家，其会昌主政时期所写的制诏奏议是其文治武功的记录，亦是以文章治天下的范型。德裕以文章德绥北狄、智平泽潞，平生精于《西汉书》《左氏春秋》，为相则学以致用，《左传》尊王攘夷之大义与《汉书》的旁博兼搜之典故对其文章制作产生了一定的影响。其制诏奏议气势恢宏，语句坦明，词情恳切，简严中能尽事理，实现了经世致用与文采斐然的和谐统一。德裕的"论"体文，借史论杂文叙平生之志，一事一议，富于强烈的现实针对性。总体而言，德裕的应用文创作特点可用"雄且奇，简却精，骈亦散，典而畅"来概括。

三

在平面的个案研究后，再从"大手笔"作家与唐代儒学复振、骈散消长及文风转换之间的关系及他们身为王朝重臣与文坛宗主对唐代文坛的影响等角度作纵向的综合考察。唐代儒学的实践性体现在大量的文章创作中，唐代每一次思想秩序的重建与复振都与"大手笔"作家的政治与文学活动紧密相连。初唐时颜师古作五经定本考定文义，盛唐时张说对于礼乐文化的尊崇，中唐时常衮对礼法和儒学的再度推崇，晚唐时李德裕以春秋学治天下，均使"大手笔"作家的应用文具有复古倾向和向古典主义的复归。唐代"大手笔"作家绝大多数均有修史的经历，这对于其应用文写作产生了一定的影响。本书通过"大手笔"作家的应用文写作理解唐代骈体文发展的脉络，由骈俪绮靡到崇雅黜浮再到功利实用，虽多以骈文写成，但逐渐地表现出亦骈亦散的倾向。从"大手笔"作家的角度可将唐代应用文分为三段五期。第一段：初唐江左余风甚炽，从太宗到武后，从颜师古、岑文本到李峤、崔融，绮靡文风经历了百年徘徊。第二段（过渡期）：

"燕、许大手笔""崇雅黜浮，气益雄浑"，虽然他们的文风"骈俪犹存"，然而"波澜渐畅"，成为唐文兴变中的关键一环。第三段：安史之乱后，文风陡转，务实精神抬头，常衮、李吉甫、李德裕越来越重视儒术在王朝重振当中的作用，文章表现出鲜明的经世致用倾向。初唐百年与中唐以后分别可再分为两个时期。颜师古与岑文本、李峤与崔融、张说与苏颋、常衮、李吉甫与李德裕父子代表了各个阶段各个时期的文学潮流。作为文坛宗主与朝廷重臣的双重身份，"大手笔"作家对唐代文坛发生了巨大的影响，主要表现在他们引导、参与宫廷文坛奉和应制的一次又一次高潮，特别是武后中宗时期与玄宗开元时期达到顶峰，还表现在对后辈文士奖掖、与当时文人的交游以及对文人文风的品评，所有这些确立了他们的文学范式地位。从后世的接受来看，张说、李德裕受到较多的认可，李峤、苏颋次之。"大手笔"作家受到后世喜爱的是其碑志铭论诸体，越往后所选择的文学性文体越强，而占其文章数量颇多的制诰表章，则淡出了人们的视线。"大手笔"作家文学声名的消解主要可以从文学观念的转移、政事掩盖文学、人品影响文品、创作本身的缺憾及作品的散佚等方面理解，这是一个值得深入研究的课题。

主要参考文献

1. 董诰等编：《全唐文》，中华书局影印嘉庆本 1983 年版。

2. 陆心源辑：《唐文拾遗》、《唐文续拾》，中华书局 1983 年版。

3. 吴钢主编：《全唐文补遗》（第一辑），三秦出版社 1994 年版。

4. 吴钢主编，吴敏霞本辑副主编：《全唐文补遗》（第二辑），三秦出版社
   1995 年版。

5. 吴钢主编，王京阳本辑副主编：《全唐文补遗》（第三辑），三秦出版社
   1996 年版。

6. 吴钢主编，吴敏霞本辑副主编：《全唐文补遗》（第四辑），三秦出版社
   1997 年版。

7. 吴钢主编，王京阳本辑副主编：《全唐文补遗》（第五辑），三秦出版社
   1998 年版。

8. 吴钢主编，吴敏霞本辑副主编：《全唐文补遗》（第六辑），三秦出版社
   1999 年版。

9. 吴钢主编，王京阳本辑副主编：《全唐文补遗》（第七辑），三秦出版社
   2000 年版。

10. 吴钢主编，王京阳、乔栋、周铮、李献奇本辑副主编：《全唐文补遗》
    （第八辑），三秦出版社 2005 年版。

11. 陈尚君辑校：《全唐文补编》，中华书局 2005 年版。

12. 吴钢主编，王京阳、赵跟喜、张建华本辑副主编：《全唐文补遗》（千
    唐志斋新藏专辑），三秦出版社 2006 年版。

13. 周绍良主编，赵超副主编：《唐代墓志汇编》（上、下），上海古籍出
    版社 1992 年第 1 版；2007 年第 2 版。

14. 周绍良、赵超主编：《唐代墓志汇编续集》，上海古籍出版社 2001 年第 1 版；2007 年第 2 版。

15. 朱玉麒：《张说集版本研究·附录三·张说诗文篇数统计》，北京师范大学博士学位论文，1999 年。

16. 陈钧：《苏颋诗文集编年考校》，山西古籍出版社 2001 年版。

17. 傅璇琮、周建国校笺：《李德裕文集校笺》，河北教育出版社 2000 年版。

18. （汉）司马迁：《史记》，中华书局 1960 年版。

19. （汉）班固：《汉书》，中华书局 1962 年版。

20. （南朝宋）范晔：《后汉书》，中华书局 1974 年版。

21. （唐）姚思廉：《陈书》，中华书局 1972 年版。

22. （唐）房玄龄等：《晋书》，中华书局 1974 年版。

23. （北齐）魏收：《魏书》，中华书局 1974 年版。

24. （唐）令狐德棻等：《周书》，中华书局 1971 年版。

25. （唐）李延寿：《南史》，中华书局 1975 年版。

26. （唐）魏徵等：《隋书》，中华书局 1973 年版。

27. （后晋）刘昫：《旧唐书》，中华书局 1975 年版。

28. （宋）欧阳修、宋祁：《新唐书》，中华书局 1975 年版。

29. （宋）司马光著，（元）胡三省音注：《资治通鉴》，中华书局 1956 年版。

30. 《太平御览》，中华书局 1960 年版。

31. 《文苑英华》，中华书局 1966 年版。

32. （宋）计有功撰，王仲镛校笺：《唐诗纪事校笺》，巴蜀书社 1989 年版。

33. 宋敏求编，洪丕谟、张伯元、沈敖大点校：《唐大诏令集》，学苑出版社 1992 年版。

34. （宋）王溥：《唐会要》，中华书局 1955 年版。

35. 彭定求编：《全唐诗》，中华书局 1960 年版。

36. 何文焕辑：《历代诗话》，中华书局 1981 年版。

37. 丁福保辑：《历代诗话续编》，中华书局 1983 年版。

38. 王夫之等撰：《清诗话》，上海古籍出版社 1978 年版。

39. 郭绍虞编选：《清诗话续编》，上海古籍出版社 1983 年版。

40．（清）陈鸿墀：《全唐文纪事》，中华书局 1959 年版。

41．陈伯海主编：《唐诗汇评》，浙江教育出版社 1995 年版。

42．周勋初主编：《唐人轶事汇编》，上海古籍出版社 1995 年版。

43．《唐五代笔记小说大观》，上海古籍出版社 2000 年版。

44．《文章辨体序说·文体明辨序说》，人民文学出版社 1962 年版。

45．刘明晖校点：《文则·文章精义》，中华书局香港分局 1977 年版。

46．刘熙载：《艺概》，上海古籍出版社 1978 年版。

47．《钦定四库全书总目》，中华书局（整理本）1997 年版。

48．王水照主编：《历代文话》，复旦大学出版社 2008 年版。

49．唐文粹、姚铉编：《郭麐补遗》，台北商务印书馆 1968 年版。

50．（明）贺泰辑：《唐文鉴二十一卷》，南京图书馆藏明正德六年孙佐刻本，《四库全书存目丛书补编》第 11 册，齐鲁书社 2001 年版。

51．（清）陈均编，谭宗浚校：《唐骈体文钞十七卷》，北京大学图书馆藏清同治十二年刻本。

52．王文濡编：《历代文评注读本·唐文评注读本》，上海文明书局 1916 年版。

53．高步瀛：《唐宋文举要》，上海古籍出版社 1982 年版。

54．傅璇琮主编：《唐五代文学编年史》，辽海出版社 1998 年版。

55．陈冠明：《苏味道李峤年谱》，中央文献出版社 2000 年版。

56．陈祖言：《张说年谱》，香港中文大学出版社 1984 年版。

57．林大志：《苏颋张说研究》，齐鲁书社 2007 年版。

58．梁启超主编，李岳瑞著：《中国六大政治家·李德裕》，广智书局 1910 年版。

59．汤承业：《李德裕研究》，嘉新水泥公司文化基金会研究论文（第二六七种），1973 年；（台北）学生书局 1974 年再版。

60．傅璇琮：《李德裕年谱》，齐鲁书社 1984 年版；河北教育出版社 2001 年再版。

61．傅锡壬：《牛李党争与唐代文学》，台北东大图书有限公司 1984 年版。

62．孙敏：《李德裕与牛李党争——〈穷愁志〉研究》，四川大学出版社 2004 年版。

63. 许同莘著，王毓、孔德兴校点：《公牍学史》，档案出版社 1989 年版。

64. ［日］中村裕一：《唐代制敕研究》，汲古书院 1991 年版。

65. ［日］中村裕一：《唐代官文书研究》，中文出版社 1991 年版。

66. ［日］中村裕一：《唐代公文书研究》，汲古书院 1996 年版。

67. 丁晓昌、冒志祥：《古代公文研究》，安徽文艺出版社 2000 年版。

68. 李昌远：《中国公文发展简史》，复旦大学出版社 2007 年版。

69. 蒋祖怡：《骈文与散文》，广智书局 1961 年版。

70. 谢无量：《骈文指南》，中华书局 1940 年版。

71. 瞿兑之编：《中国骈文概论》，世界书局 1934 年版。

72. 刘麟生：《中国骈文史》，商务印书馆 1998 年版。

73. 张仁青：《中国骈文发展史》，台湾师范大学硕士学位论文，1969 年。

74. 张仁青：《骈文学》，台北文史哲出版社 1984 年版。

75. 于景祥：《唐宋骈文史》，辽宁人民出版社 1991 年版。

76. 尹恭弘：《中国古代文体丛书·骈文》，人民文学出版社 1994 年版。

77. 莫道才：《骈文通论》，广西教育出版社 1994 年版。

78. 郭预衡：《中国散文史》，上海古籍出版社 1993 年版。

79. 刘衍：《中国古代散文史论稿》，南方出版社 2005 年版。

80. 褚斌杰：《中国古代文体概论》（增订本），北京大学出版社 1990 年版。

81. 袁行霈：《中国文学概论》，高等教育出版社 1990 年版。

82. 袁行霈：《中国诗歌艺术研究》（增订本），北京大学出版社 1996 年版。

83. 袁行霈、孟二冬、丁放：《中国诗学通论》，安徽教育出版社 1994 年版。

84. 袁行霈、丁放：《盛唐诗坛研究》，北京大学出版社 2012 年版。

85. 葛晓音：《汉唐文学的嬗变》，北京大学出版社 1990 年版。

86. 葛晓音：《诗国高潮与盛唐文化》，北京大学出版社 1998 年版。

87. 程郁缀：《唐诗宋词》，北京大学出版社 2002 年版。

88. 傅刚：《昭明文选研究》，北京大学出版社 2000 年版。

89. 钱志熙：《魏晋诗歌艺术原论》（修订版），北京大学出版社 2005

年版。

90. 杜晓勤：《齐梁诗歌向盛唐诗歌的嬗变》（修订版），北京大学出版社 2009 年版。

91. 杜晓勤：《初盛唐诗歌的文化阐释》，东方出版社 1999 年版。

92. 邓小军：《唐代文学的文化精神》，台北文津出版社 1993 年版。

93. 陈尚君：《唐代文学丛考》，中国社会科学出版社 1999 年版。

94. 唐晓敏：《中唐文学思想研究》，北京师范大学出版社 2000 年版。

95. ［美］包弼德：《斯文：唐宋思想的转型》，刘宁译，江苏人民出版社 2001 年版。

96. 傅璇琮：《唐宋文史论丛及其他》，大象出版社 2004 年版。

97. 吴相洲：《中唐诗文新变》，学苑出版社 2007 年版。

98. 李俊：《初盛唐时期的盛世理想与文学》，中国社会科学出版社 2008 年版。

99. 王运熙、杨明：《中国文学批评通史——隋唐五代卷》，上海古籍出版社 1996 年版。

100. 乔象钟、陈铁民、吴庚舜、董乃斌主编：《唐代文学史》，人民文学出版社 2000 年版。

101. 谢何成：《隋唐五代史史学》，商务印书馆 2007 年版。

102. 罗联添编辑：《隋唐五代文学论著集目正编》（中国文学论著集目正编之四），台北五南图书出版有限公司 1996 年版。

103. 杜晓勤：《隋唐五代文学研究》（上、下），北京出版社 2001 年版。

104. 傅璇琮、罗联添主编：《唐代文学研究论著集成》（八卷本），三秦出版社 2004 年版。

105. 劳格著，丁宝书述：《全唐文·附录·读全唐文札记》，上海古籍出版社据原刊本剪贴缩印 1990 年版。

106. 岑仲勉：《唐人行第录·外三种·读全唐文札记》，中华书局 2004 年版。

107. 陈尚君：《再续劳格读〈全唐文〉札记》，《唐代文学丛考》，中国社会科学出版社 1997 年版（此文又收入《全唐文补编》）。

108. 周曙光：《张说的碑志及其贡献》，《河南机电高等专科学校学报》

2002 年第 1 期。

109. 肖瑞锋、杨洁琛：《论"大手笔"张说的散文》，《清华大学学报》2003
　　　年第 6 期。

110. 王太阁：《论张说散文创作的"新变"》，《郑州大学学报》2004 年第
　　　4 期。

111. 王贺：《张说碑铭文的风骨美研究》，《绥化学院学报》2007 年第
　　　1 期。

112. 罗效智：《张说对初盛唐文风的改变和散文发展的贡献》，《重庆工学
　　　院学报》2008 年第 1 期。

113. 曾智安：《张说与盛唐文学的关系》，首都师范大学硕士学位论文，
　　　2003 年。

114. 曲景毅：《张说诗文论稿》，安徽大学硕士学位论文，2006 年。

115. 王颖玉：《张说散文研究》，南京师范大学硕士学位论文，2006 年。

116. 陈钧：《苏颋其人及其诗文》，《唐代文学研究》（第四辑），广西师范
　　　大学出版社 1993 年版。

117. 郑洁：《苏颋诗文研究》，漳州师范学院硕士学位论文，2007 年。

118. 邢蕊杰：《燕许诗文研究》，苏州大学硕士学位论文，2005 年。

119. 董乃斌：《〈会昌一品集〉及李德裕的思想和创作》，《文学评论丛刊》
　　　（第 18 辑）1983 年，后又载于《唐代文学论丛》（第六辑）1985 年。

120. 傅璇琮、周建国：《李德裕及〈会昌一品集〉研索》，《唐代文学研
　　　究》（第七辑），广西师范大学出版社 1998 年版。

121. 周建国：《李德裕与牛李党争考述》，《唐研究》（第五卷），北京大学
　　　出版社 1999 年版，后收入《唐代文学研究》（第八辑），改名《论李
　　　德裕与牛李党争》，广西师范大学出版社 2000 年版。

122. 罗燕萍：《李德裕及其诗文研究》，西北大学硕士学位论文，2003 年。

123. 徐晓峰：《李德裕创作心态研究》，北京大学硕士学位论文，2006 年。

124. 方海林：《李德裕的文学创作及其与文坛的关系》，安徽师范大学硕
　　　士学位论文，2006 年。

125. 韩鹏飞：《论李德裕的政论文》，陕西师范大学硕士学位论文，
　　　2008 年。

126. 胡元德：《古代公文文体流变述论》，南京师范大学博士学位论文，2005 年。

127. Drompp，Michael Robert，*The writings of LiTe-yu as sources for the history of T'ang*，Thesis（Ph. D.），Indiana University，1986.

128. Zhou Jian-guo，Translated and adapted by Jona than Pease，"Consider the Sun and Moon：Li Te-yu and the Written Word"，*T'ang Studies*，10—11（1992—1993）（Translator：Portland State University）.

129. Edward H. Schafer，"LiTe-yu and the Azalea"，*Asiatische Studien*，18—19（1965）.

130. Paul W. Kroll，"The Egretin Medieval Chinese Literature"，*CLEAR*，Vol. 1，No. 2（Jul.，1979）.

131. Paul W. Kroll，"On the Date of Chang Yueh's Death"，*CLEAR*，Vol. 2，No. 2（Jul.，1980）.

132. Johnson，David，"The Last Years of A Great Clan：The Li Family of Chao chun in Late Tang and Early Sung"，*Harvard Journal of Asiatic Studies*，Vol. 37，No. 1（Jun.，1977）.

133. Paul W. Kroll，"The Signi Ficance of the Fuin the History of T'ang Poetry"，*T'ang Studies*，18—19（2000—2001）.

134. William H. Nienhauser，Jr.，*The Indiana Companion to Traditional Chinese Literature*，Bloomington，Indiana：Indiana University Press，Vol. 1，1986；Vol. 2，1998.

附录　唐代"大手笔"作家现存
文章著录汇考

凡例：

• 汇考顺序按照陈叔达、颜师古、岑文本、崔行功、李怀俨、苏瓌、李峤、崔融、张说、苏颋、常衮、李吉甫、令狐楚、韩愈、皇甫湜、李德裕等 16 人生年先后排列；

• 每一作家的文章汇考依据现有整理本出版的先后顺序排列，依次为：《全唐文》(1983)、《唐文拾遗》(1983)、《唐文续拾》(1983)、《隋唐五代墓志汇编》(1991)、《唐代墓志汇编》(1992)、《全唐文补遗》(第 1—7 辑，1994—2000)、《唐代墓志汇编续集》(2001)、《全唐文补遗》(第 8 辑，2005 年 6 月)、《全唐文补编》(包括再补和又再补，2005 年 9 月)、《全唐文补遗》(千唐志斋特辑，2006) 等，经过这样的梳理统计，力求将现今可查的唐代每位"大手笔"作家的文章与各本的收录情况汇集一处，以便在论述各家文章成就时能够做到尽可能全面；

• 为避免重复，一篇文章收于不同录本，则以最早辑录者为准，其他后出录本不再注明；统计数字时，同题数篇者一律分开统计，文章重出收录者以先出版者为准，遇到字数多寡不一者以字数多者为准；

• 所录补遗文章虽以最早辑本为准，但《全唐文补遗》为一系列丛书，8 辑之外又有千唐志斋特辑，从 1991 年到 2006 年先后出版。此书所收文章均未注明出处①，所以若所收文章不见于其他辑本，则以之为出

---

① 此系列 2007 年又有《全唐文补遗》(第九辑) 整理出版，并开始注明出处，但此书多收敦煌文献，并未见新的"大手笔"作家文章收录。故本文所整理收集的文章数量仍可说是较为全面的。

处；若所录文章亦见于其他辑本且有更原始出处注明，则以"景毅按"标明；

• 对于某些辑录文章真伪有疑义或后人对其有新的研究成果（如劳格《读全唐文札记》、岑仲勉《读全唐文札记》等），均以"景毅按"注出，对于重出误收或后人著录有误者进行修正，以便读者；

• 张说、苏颋、韩愈、李德裕四人均各有文集单行，有后人整理或研究之成果。但其文章篇数或有漏收者，可与笔者所统计篇数进行参照。

1. 陈叔达

存文 3 篇。

《全唐文》卷一三三存文 2 篇《答王绩书》《大唐宗圣观铭》，见第 1336—1337 页。

《全唐文补编》（上）卷三补《唐王以相国总百揆并九锡诏》，见第 35—37 页。

2. 颜师古

存文 24 篇。

《全唐文》卷一四七存文 19 篇、卷一四八存文 4 篇，见第 1487—1500 页。

《全唐文补编》（上）卷四补《汪华封越国公制题拟》，见第 49 页。景毅按：陈尚君疑此篇为伪作，待考。

又，景毅按：《全唐文补编》（上）卷四据《唐会要》卷一八所补之《禘祫议题拟》，实乃《全唐文》卷一四七《功臣配飨议》之后半段，仅文字有小异，非独立之新文，陈尚君此处误收。

3. 岑文本

存文 21 篇。

《全唐文》卷一五〇存文 20 篇，见第 1518—1533 页。景毅按：其中《唐故特进尚书右仆射上柱国虞恭公温公碑》篇缺字甚多，文意难通。《唐文拾遗》卷十五亦收此文，而补足许多缺字，其文内容基本可解，见第 10530—10533 页，此处计为《全唐文》所载。另，韩理洲《〈全唐文〉〈唐文拾遗〉〈唐文续拾〉重出误收四十一考》（续）（《西北大学学报》1992 年第 1 期》）辨《七庙议》一文为误收，故岑文本文章《全唐文》计为 19 篇。

《全唐文补编》（上）卷四补《邓王元裕等除官制》《太极殿前钟铭》《重修金枝寺记》3 篇，1 篇伪作，见第 48 页。景毅按：谢思炜《〈全唐文补编〉（前十卷）校读札记》（《古籍整理研究学刊》2007 年第 3 期）考称"'世尊拈花'、'达摩面壁'、'五叶既敷'、'现成公案'、'手机圆相'，显为伪托，非唐初可见"，可定此文为伪作。

4. 崔行功

存文 7 篇。

《全唐文》卷一七五存文 1 篇，《赠太师鲁国孔宣公碑》，见第 1779 页。

《唐代墓志汇编》（上）补 3 篇，分别是：

龙朔○五一《大唐故刑部郎中定州司马辛君墓志铭并序》，长水县令崔行功制，见第 369—370 页。文分作两部分，认为是一文，有缺字，上半部分出自武汉大学历史系藏拓本、河南千唐志斋藏石；下半部分出自周绍良藏拓本、河南千唐志斋藏石。景毅按：《全唐文补遗》（第一辑）收此文多缺字，并残，并称显庆四年撰此志署长水县令，是否即是"大手笔"崔行功，待考，见第 45—46 页。《全唐文补遗》（第八辑）收此文，称撰此志时署长水县令崔行功制，故可定此文确为崔氏所作。注云："崔行功所撰墓志，原刻于底盖两石，藏河南千唐志斋。本书前曾误将原文分作［辛骥墓志］和［□君墓志］两文，收在第一辑四五页和第二辑一七九页。今重新校订，合成全文，以便阅读。"见第 2—4 页。

总章○二○《大唐故银青光禄大夫守司刑大常伯李公墓志铭并序》，见第 493—495 页。

上元○一四《唐故右骁卫大将军兼检校羽林军赠镇军大将军荆州大都督大柱国薛国公阿史那贞公墓志铭并序》，见第 601—603 页。

《全唐文补遗》（第一辑）补《大唐故使持节歙州诸军事歙州刺史驸马都尉王君（大礼）墓志铭并序》，见第 48—50 页。景毅按：此文亦收于《全唐文补编》（下）、《全唐文再补》卷一，出处为《昭陵碑石刊拓本》，见第 2084—2085 页。

《大唐故使持节青州诸军事青州刺史上柱国赠司徒扬州大都督虢庄王（李凤）墓志铭并序》2 篇，见第 52—55 页。

《全唐文补编》（上）卷一四补《徐王元礼碑》（残文），见第 174 页。

5. 李怀俨

《全唐文》无文，诸补本亦无文存世。

6. 苏瓌

存文 3 篇。

《全唐文》卷一六八存《与璟同谏元宗疏》《中枢龟镜》2 篇，见第 1722—1724 页。

《唐文拾遗》卷一六补《请省员以救时弊奏》，见第 10536 页。

7. 李峤

存文 159 篇。

《全唐文》卷二四二至卷二四九存文七卷，157 篇，见第 2443—2524 页。景毅按：陈冠明《〈全唐文〉李峤卷考辨厘正》（《古籍整理研究学刊》1995 年第 1、2 期合刊）认为卷二四七《答李清河书》为萧颖士所作，误入李峤卷。另据朱玉麒《张说诗文重出误收考》（《文教资料》2000 年第 3 期）考《百官请不从灵驾表》一文乃张说代李峤所作，故应归入张说名下。故李峤文章《全唐文》计 155 篇。

《唐文拾遗》卷一六补《为王相公请改六书笺表》"按：此文《书苑菁华》题作李峤，今存其目。文见《全唐文》九百六十二，题作《为王相公请改六书表武后时》。"见第 10543 页。

《全唐文补遗》（第二辑）补《大周故纳言博昌县开国男韦府君夫人琅耶郡大君王氏（婉）墓志铭》，见第 8—10 页。景毅按：此文为韦承庆、李峤二人同撰，又收于《唐代墓志汇编续集》万岁通天〇〇四，见第 349—351 页。出处为《隋唐五代墓志汇编》陕西卷第三册拓片，题为《韦公妻王婉墓志》，见第 117 页。

《全唐文补编》（上）卷二六补《诸王男等加封邑制》《封某王男某郡王制》《选贤为州县官奏题拟》（景毅按：陈尚君此处有误，此文应题为《请辍近侍典大州疏》，《全唐文》卷二四七收，不过仅 77 字，较之补文少 87 字，或《全唐文》之题亦为拟题，然此二文实为 1 篇文章）、《代群官谢恩表》（景毅按：陈尚君此处重收，此文实即《全唐文》卷二四六所收《谢赐优诏矜全表》，仅题名不同）

4 篇，实为 2 篇，见第 327 页。

8. 崔融

存文 51 篇。

《全唐文》卷二一七至卷二二〇存文四卷，48 篇，见第 2191—2226 页。景毅按：《全唐文》卷二一八收《为许智仁奏怀州黄河清表》《贺秦州河清表》，《文苑英华》于两文题下署名为太宗时崔融作，据过文英《崔融作品考辨》（《文献》2006 年第 2 期）考辨，确非武后时的崔融所作[①]。故崔融文章《全唐文》计 46 篇。

《唐文拾遗》卷十六补《荷华贴》，见第 10541 页。

《唐文续拾》卷二补《赠兵部尚书房忠公神道碑并序》（缺），见第 11196—11197 页。景毅按：《全唐文补编》（上）卷二二又录此文，题为《持节郑州诸军事郑州刺史□□□□□赠兵部尚书房忠公神道碑》，比《唐文续拾》多 180 余字，见第 286 页。

《全唐文补遗》（第一辑）补《大唐故中书令兼检校大子左庶子户部尚书汾阴男赠光禄大夫使持节都督秦成武渭四州诸军事秦州刺史薛公（元超）墓志铭并序》，见第 69—72 页。景毅按：此文亦收于《全唐文补编》（上）卷二二，出处为《廖彩梁乾陵稽古》，见第 269—272 页。

《全唐文补编》（上）卷二二补《加相王封制》《西崇福寺怀素律师碑》2 篇。

景毅按：劳格《读全唐文札记》："（卷）六百二十六吕温《为成魏州贺瑞雪庆云日抱戴表》，文见《文苑英华》（卷）五百六十一，题下缺名，此误收，当改入缺名。《文苑英华》（卷）五百六十五有崔融《为魏州成使君贺白狼表》，此疑是融文，俟考。"见第 3 页。目前尚无材料可证明《为成魏州贺瑞雪庆云日抱戴表》确为崔融撰，姑存疑。

9. 张说

存文 265 篇。

《全唐文》卷二二一至卷二三三存文十三卷，247 篇，见第 2227—

---

① 唐代称崔融者凡四人，一为武后时崔融，二为太宗时崔融，三为崔氏清河小房，官至右司郎中，卒于天宝五载（747），见《新唐书·宰相世系表》，四为晚唐崔融，乾宁中吴郡人，《全唐诗》卷八八七有《题惠聚寺》诗。

2362 页。景毅按：据朱玉麒《张说诗文重出误收考》考《大唐西域记序》据英人瓦特斯（Watters，T.）《玄奘的印度之旅》（*On Yuan Chang's Travels in India*，London，1904—1905）之考辨认为非张说所作，乃于志宁所作。又，《全唐文》卷二四五李峤《百官请不从灵驾表》经考证为张说代其所作。减 1 篇增 1 篇，故张说文章《全唐文》仍计 247 篇。

《唐文拾遗》卷一六补《请以时乐鸟编国史奏》《答徐坚问葬》《墨令答赞》（景毅按：朱玉麒《张说诗文重出误收考》考此文为玄宗对张说和作的答赞，非张说所作）3 篇，见第 10541—10542 页，其中 1 篇误收。

《唐代墓志汇编续集》开元〇九二补《故潘州冯府君墓志铭》，见第 516—517 页。出处为《隋唐五代墓志汇编》陕西卷第一册拓片。景毅按：此文《隋唐五代墓志汇编》题为《冯君卫及妻麦氏墓志》，见第 111 页。

《全唐文补编》（上）卷三二补《睿宗命皇太子监国制》《复副使李宪书题拟》《造像记》《祭礼燔柴议题拟》《请定燔柴先后奏题拟》《送广武令岑羲序》《神龙二年七月别汉祖吕后五等论》《卿士诰》《政书三章》《上帝善兵不阵章》《奋岳河修五岳四渎章》《谢公主降期表》《辞右丞相表》《与度门禅众表》《献寿表为人作》等 15 篇，见第 375—381 页。

景毅按：北京师范大学 1999 年朱玉麒博士学位论文《张说集版本研究·附录三·张说诗文篇数统计》统计张说文 262 篇，存疑 2 篇（《谢赐药表》《造像记》），朱氏存疑证据不足，在未有新材料发现之前，存疑 2 篇暂时算作张说所作。

10. 苏颋

存文 312 篇。

《全唐文》卷二五〇至卷二五八存文九卷，290 篇，见第 2524—2622 页。景毅按：劳格《读全唐文札记》："（卷）三十五元宗《迁擢宗正少卿崔秀等敕》，此即（卷）二百五十二苏颋《授崔秀太子左庶子等制》，字句微异，此重出当删，《英华》作孙逖，云苏颋者亦误；（卷）二百五十二苏颋《授崔珪太子左庶子制》《授崔秀太子左庶子（脱'等'字）制》《授郭虚己太子左庶子制》，旧钞《文苑英华》（卷）四百四俱作孙逖，宜改入（卷）

三百九孙逖文。"见第 1 页。由此可知，《全唐文》苏颋部分有 3 篇非其所撰，实乃孙逖之作。又，岑仲勉《读全唐文札记》：卷二五〇"《授李林甫特进制》云，'光禄大夫、尚书左仆射兼右相、吏部尚书、集贤院学士修国史、上柱国、晋国公李林甫……可特进行尚书左仆射、兼吏部尚书'。按此天宝元年以后事，颋卒久矣，英华四一七此制下作前人，前人即苏颋，全（唐）文盖沿其误，今苏颋文时与孙逖文相互误收，考其时代，应为逖作"。见第 291—292 页。卷二五二"《授高仙芝右羽林大将军制》，'四镇经略副使、前右羽林军大将军员外置同正员、密云县开国男、赐紫金鱼袋、上柱国高仙芝，……可起复右羽林军大将军员外置同正员'。按旧（唐）书一〇四，仙芝开元末始显，此必非颋文"。由此可知，又有 2 篇非苏颋文。又，陈钧《苏颋诗文集编年考校·误收诗文》又辨《授窦元泰太子洗马制》《授李思诠太子洗马等制》《授冯光嗣扬州都督府司马等制》《授崔宥太子舍人制》《授魏明彭王府长史制》《授李僚太子中允制》等 6 篇为伪作，见第 280—286 页。又，《全唐文》卷二五四载《处分朝集使敕·九》，此文见《唐大诏令集》卷一〇四，文末记载时间为"开元十六年十二月二十七日"，苏颋已于此前开元十五年七月卒，故此文非苏颋撰。这样，《全唐文》所收苏颋文有 12 篇误，故其文计 278 篇。又按：韩理洲《〈全唐文〉〈唐文拾遗〉〈唐文续拾〉重出误收四十一考》（续）疑卷二五六之《对著服六年判》为误收，未有实据，待考。又，卷二五一《授慕容珣吏部郎中等制》，一作贾至作，待考。

《唐文续拾》卷二补《蒋烈女碑》，见第 11197 页。

《唐代墓志汇编》（上）补 2 篇，分别是大足〇〇八《大周故朝请大夫行鼎州三原县令卢府君墓志铭并序》，见第 989—990 页；长安〇〇七补《大周故京兆男子杜并墓志铭并序》，见第 994—995 页，景毅按：该书并未指出此文为苏颋所撰，陈尚君《全唐文补编》附录《唐人墓志存目》的注解中据《大唐新语》卷五证此文为苏颋所撰，见第 1960、2007 页。

《全唐文补遗》（第二辑）补《大唐故怀州刺史赠特进耿国公武府君（懿宗）墓志铭》，见第 14—15 页。景毅按：此文又收于《唐代墓志汇编续集》神龙〇一，见第 416—417 页。出处为《隋唐五代墓志汇编》陕西卷第三册拓片，题为《武懿宗墓志》，见第 132 页。

《全唐文补遗》(第五辑)存《唐故司农寺主簿崔君(日新)墓志铭并序》,见第 25 页。景毅按:此文又收于《唐代墓志汇编续集》景龙〇〇五,见第 429—430 页。出处为《隋唐五代墓志汇编》洛阳卷第八册拓片,题为《崔日新及夫人郑氏合葬墓志》,见第 110 页。

《全唐文补遗》(第七辑)补《大周洛阳县尉尔朱公(杲)夫人韦氏墓志铭》,见第 23—24 页;《唐故赠太子少保管国公武府君(嗣宗)墓志铭并序》(缺字较多),见第 25—26 页。

《全唐文补编》(上)卷三一补《睿宗遗诰》《封安吉县主制》《卢怀慎去官养疾敕》《王晙朔方道行军总管制》《薛讷朔方道大总管制》(景毅按:《全唐文》卷二一收玄宗名下,题作《授薛讷朔方道行军大总管吕延祚杜宾客副总管制》,此文实即授薛讷、吕延祚、杜宾客三人官制,故应以此题为是)、《加张昕食实封制》《加刘幽求食封制》《停亲谒乾陵敕》《命张说等两省侍臣讲读敕》《解琬朔方道后军大总管制》(景毅按:《全唐文》卷二〇收玄宗名下,题作《授解琬朔方道后军大总管张知运副大总管制》,此文实即授解琬和张知运二人官制,故应以此题为是)、《卢怀慎检校黄门监制》《遣杨虚受江东道安抚敕》《宽宥逆人亲党敕》《矜放缘坐敕》《骊山讲武赏慰将士诏》(景毅按:《全唐文补编》注此文出处为《唐大诏令集》卷一二一,但实出自《唐大诏令集》卷一〇七,此处陈尚君有误)、《听百僚进状及廷争敕》《巡幸东都赐赉扈从敕天下制》《授萧仲豫郢王友制》《授贺兰忠肃郯王友制》《授敬昭道殿中侍御史等制》《荐西蜀人才疏》《唐黄门监卢怀慎碑》等 22 篇,见第 369—372 页。

《全唐文补编》(下)《全唐文又再补》卷三补《造阿弥陀佛石像碑》《奉敕撰题卢怀慎碑表》《送中山公巡边序》《章怀太子碑》《阙题》等 5 篇,见第 2262 页。

《全唐文补遗》(千唐志斋新藏专辑)补《大唐故仙州刺史衡府君(守直)墓志铭并序》1 篇,见第 135 页。

11. 常衮

存文 321 篇。

《全唐文》卷四一〇至卷四二〇存文十一卷,283 篇,见第 4202—4296 页。景毅按:劳格《读全唐文札记》:"(卷)四百十三常衮《授李业节度使制》，见下（卷）七百六十三沈珣文，此仅六句，不全，重出当删；（卷）四百十五常衮《批李夷简贺御撰君臣事迹屏风表》，见下（卷）六百六十五白居易文（白氏文集五十六），此重出当删。"见第2页。另，卷四一五《元宗答颜真卿贺肃宗即位表》实乃拟玄宗于西狩成都时之口吻，常衮天宝十四载方状元及第，不可能代玄宗拟此表，故此文亦非常衮所作。据此可知《全唐文》存常衮文中有3篇非，故《全唐文》常衮文计280篇。又按：卷四一九《奉天皇帝长子新平郡王墓志铭》与卷四三九韩述重出，未详孰作，待考；卷四二〇《赞善大夫李君墓志铭》一文中有"开元中，御史大夫李商隐按察东都，大明黜陟，表公清白尤异"一段文字，晚唐诗人李商隐不是开元时人物，他一生仕途潦倒，也未曾担任御史大夫这样的重要官职，或许为另一李商隐？待考。

《唐文续拾》卷六补《谢冬至赐羊酒等表》《谢敕书赐腊日口脂等表》（同题3篇）、《授孟子周太子宾客制》《减放太原及沿边州郡税钱制》（景毅按：韩理洲《〈全唐文〉〈唐文拾遗〉〈唐文续拾〉重出误收四十一考》（续）辨该文为误收）。6篇，见第11234—11235页，其中1篇为误收。

《全唐文补遗》（第六辑）补《大唐故四镇北庭行营节度兼泾原颍郑等节度观察使尚书左仆射扶风郡王赠司徒马府君（璘）墓志铭并序》，见第98—99页。

《全唐文补编》（上）卷五二补《大历五年册亲王出将文》《大历六年册亲王出将文》《册普宁公主出降文》《封辛［京杲］（杲京）晋昌郡王制》《加马璘实封制》《禁诸道将士逃入诸军制》《判杂文榜后》《乞停每日赐食表题拟》8篇，见第631—632页。

《全唐文补编》（下）《全唐文再补》卷四据晏殊《类要》引残文《授工部尚书制》《授刑部尚书制》《授户部尚书制题拟》《授户部侍郎专判度支制》《授户部侍郎制题拟》《兼御史中丞制》《授集贤学士制》《授驾部员外郎制》《兵部员外郎郎官校集贤院学士知修撰制》《千好试知制诰制》《谢赐食表》《赠裴［冕］（晃）太尉制》《刘元祯赠官制》《郭子华赠官制》《宣示令狐彰遗表制》《授起居郎制》《除节度制》《节度使制》《□使持节都督潭州诸［军］（君）事兼潭州刺史制》《授李构泉州刺史制》《刺史制》《除县令制》《制》《除郎官制题拟》《谢宿斋赐食表》《与吐蕃盟誓文》《阙

题》等 27 篇，见第 2281—2283 页。

12. 李吉甫

存文 33 篇。

《全唐文》卷五一二存文一卷，21 篇，见第 5198—5208 页。

《唐文拾遗》卷二十四补《修元献皇后斋奏》《旧制经略不隶灵武奏》2 篇，见第 10644 页。

《唐文续拾》卷六补《请修天德旧城奏》《请置飞狐钱坊奏》《请涪州仍属黔府奏》3 篇，见第 11235—11236 页。

《全唐文补编》（中）卷六一补《袁高茶山诗碑阴记》《题辋川图》《侍郎衙题名》《请减职员量定中外官俸料奏》（景毅按：陈尚君云：《全唐文》卷五一二收此文，仅 302 字，较此少 360 余字，今重录。今查《全唐文》卷五一二并无此文，《全唐文》其他篇章亦无此文，陈尚君此处有误。再查《旧唐书》卷一五上《宪宗本纪上》载元和六年六月丁卯中书门下奏章，录此文后半段和吉甫《请汰冗吏疏》的最后一段，文字略有小异，应是修史者将吉甫两篇奏文之主旨合在一处以记之，《旧唐书》所记相较《唐会要》卷六九所载少 300 余字。故这篇文字完全属补遗文字）、《赠太傅岐国公杜佑碑》5 篇，见第 745—746 页。

《全唐文补遗》（千唐志斋新藏专辑）补《唐谏议大夫裴公（虬）夫人博陵崔氏墓志铭并序》，见第 261—262 页。

景毅按：《唐会要》卷五三《杂录》载吉甫"以地方牧举宰能否得人"对宪宗"当今政教，何者为急"之奏对，此文经傅璇琮《李德裕年谱》（第 54—55 页）指出，然诸本皆未载，今补之。

13. 令狐楚

存文 151 篇。

《全唐文》卷五三九至卷五四三存文五卷，142 篇，见第 5469—5513 页。

《全唐文补遗》（第一辑）补《大唐廻元观钟楼铭并序》1 篇，见第 8 页。

《全唐文补编》（中）卷七〇补《代裨将作屋毁马毙状题拟》《白时诗序》《表奏集自序》《进剑表》《大唐廻地观钟楼铭并序》等 5 篇，见第

862—863 页。

《全唐文补编》（下）之《全唐文又再补》卷五据晏殊《类要》引残文《为右拾遗表》《与严少保论书碑笺》《阙题》3 篇，见第 2306 页。

14. 韩愈

存文 376 篇。

《全唐文》卷五四七至卷五六八存文二十一卷，370 篇，见第 5542—5753 页。

《唐代墓志汇编》（下）补 3 篇，分别是元和○二一《唐故太原府参军事苗君墓志铭》，见第 1964 页；元和○六五《大唐故殿中侍御史陇西李府君墓志铭并序》，见第 1993—1994 页；残志○○八《巨唐故太子校书前进士李君墓铭》，见第 2543 页。

《全唐文补编》（中）卷六五补《承天山题名》《西掖杂言序》《送毛仙翁序》3 篇，见第 791 页。

15. 皇甫湜

存文 42 篇。

《全唐文》卷六八五至卷六八七存文三卷，见第 7010—7041 页。

16. 李德裕

存文 397 篇。

《全唐文》卷六九六至卷七一一存文十六卷，375 篇，见第 7142—7304 页。景毅按：劳格《读全唐文札记》："（卷）六百九十八李德裕《赐新授太子太师杜衍制》"，《通鉴长编》（卷）百七十五"皇祐五年八月壬子，太子太傅致仕杜衍为太子太师，以二府旧臣特迁之误入宋，文当删。"见第 3 页。另，李德裕《穷愁志》原本 49 篇，今据王梦鸥《唐人小说研究》（二集第三篇）、傅锡壬《牛李党争与唐代文学》（第三章）及孙敏《李德裕与牛李党争》（第二章）考其中《周秦行纪论》，非李德裕所作，系时人冒名顶替；另据《李德裕文集校笺》考《冥数有报论》亦非德裕所作，"显系作伪者据后来事实加以编造"，见第 699 页。《穷愁志》其他诸篇亦疑有人窜改或非德裕所作，但无实据，待考。现可知《全唐文》存李德裕文中有 3 篇非，故《全唐文》李德裕文计 372 篇。

《唐文拾遗》卷二八补《奏回鹘事宜状》《请发陈许军马状》《赐王宰

诏意》《答侍郎十九弟书》《遗段少常成式书》（景毅按：《李德裕文集校笺》亦补此文，题为《与段成式书》，云本文诸本不载，据孙光宪《北梦琐言》卷八录补，宋代吴坰《五总志》亦载此文，文字稍异，可参校，见第747页）等5篇，见第10684页。

《唐文续拾》卷六补《甘露寺重瘗舍利记》，见第11237页。[景毅按：该文111字，《全唐文补遗》（第一辑）补《重瘗禅众寺舍利题记》，见第5页，此文较《唐文续拾》所补多出76字，此外《全唐文补遗》另附《禅众寺舍利石函盖阴题记》，文意亦略同，《全唐文补编》（下）之《全唐文再补》卷四录为两文，见第2135页，今从之，计为2篇]。

《唐代墓志汇编》（下）补《滑州瑶台观女真徐氏墓志铭并序》，周绍良藏拓本，见第2114页。景毅按：《李德裕文集校笺》亦载此文，据河南千唐志斋藏石补录，志石现藏河南省洛阳古代艺术馆。见第740页。

《唐茅山燕洞宫大洞炼师彭城刘氏墓志铭并序》，见第2303—2304页，共2篇。

《全唐文补遗》（第四辑）补《唐故博陵崔君夫人李氏墓志铭并序》，见第182—183页。景毅按：又收于《唐代墓志汇编续集》大中〇〇九，录自《洛阳出土历代墓志辑绳》，见第975—976页。《李德裕文集校笺》亦载此文，据河南千唐斋藏石录补，见第745—746页。

《全唐文补遗》（第七辑）补《滑州瑶台观女真徐氏（盼）墓志铭并序》，见第104—105页。景毅按：《李德裕文集校笺》亦载此文，据河南千唐斋藏石录补，见第739—740页。

《全唐文补编》（中）卷七五补《杜元颖平章事制》《长庆二年试制科举人勅》（景毅按：《李德裕文集校笺》考为长庆元年试，见第736页）、《题辋川图》《停卫送判题拟》《复李宗闵书题拟》《请勿援安西北庭奏题拟》《华岳题名》又《华岳题名》《唐相国李凉公碑》等9篇，见第925—926页。

《全唐文补编》（下）之《全唐文再补》卷四补《令御史台榜兴礼门》《停罢给食利文牒判》2篇，见第2135页。

《全唐文补编》（下）之《全唐文又再补》卷五补《步辇图题记》《请立东都太庙状》《武宗改名诏》3篇，见第2310—2311页。

　　另有存目文《大明赋》《赠开府仪同三司王弘规碑》《请立东都太微宫状》《授段元逊哥舒峤等官制》《力命赋》5篇。景毅按：以上见《李德裕文集校笺》，见第837—838页，《校笺》又补存目《相国李凉公碑》，此文即是《全唐文补编》所补之《唐相国李凉碑》。

　　总计唐代"大手笔"作家现存文约2163篇。《全唐文》及《唐文拾遗》《唐文续拾》收文2047篇，其中25篇为伪作或误收，后世补遗147篇，其中4篇为伪作。

本书相关论文发表一览

1.《诗国高潮的前奏——简论开元前期张说及其周围的诗人群体创作》,《文学遗产》2008年第4期;《中国人民大学复印资料·中国古代近代文学》2008年第11期全文转载。

2.《唐代"大手笔"作家现存文章著录汇考》,朱万曙主编《古籍研究》总第54期,安徽大学出版社2009年版。

3.《论李德裕的公文创作与〈左传〉〈汉书〉之关系》,安徽省社会科学院《江淮论坛》2009年第4期。

4.《论李德裕制诏奏议之风貌》,《浙江师范大学学报》(社会科学版)2010年第1期。

5.《"大手笔"作家与唐代儒学的三次复振》,徐中玉、郭豫适主编《古代文学理论研究》第31辑,华东师范大学出版社2010年版。

6.《论李德裕的公文写作》,袁行霈主编《国学研究》第27卷,北京大学出版社2011年版。

7.《唐代"大手笔"作家考论》,台湾辅仁大学中文系《辅仁国文学报》2011年第32期。

8.《"文章四友"新论:以李峤、崔融之应用文书写为探讨中心》,"国立"台湾师范大学《师大学报:语言与文学类》2012年第57卷第2期。

9.《"燕许大手笔"张说与苏颋应用文之比较》,《第九届马来西亚国际汉学研讨会论文集》,2012年。

10.《论唐代文章之演进:以"大手笔"为视角》,黄霖、周兴陆主编

《视角与方法——复旦大学第三届中国文论国际学术研讨会论文集》，凤凰出版社 2013 年版；该文修改后更名为《"大手笔"作家视域下的唐文演进论》，发表于胡晓明主编《古代文学理论研究》第 36 辑，华东师范大学出版社 2013 年版。

11.《试论中唐常衮制书之文章价值》，香港中文大学《中国文化研究所学报》2013 年第 56 期。

12.《奉和应制与宫廷文会："大手笔"作家与唐代文坛（一）》，香港大学·第九届亚洲研究学会（ASAHK）会议论文，2014 年。

13.《谫论唐代开国"大手笔"作家》，第十七届唐代文学研究年会暨唐代文学国际学术研讨会会议论文，2014 年。

14.《论唐代"大手笔"作家的声名消解与历史遮蔽》，香港浸会大学《人文中国学报》2015 年第 21 期。

后　记

本书是在博士论文基础之上修改完成的，以下为 2010 年 5 月博士论文答辩前的一些感受：

寒来暑往，光阴飞逝，终于完成了这篇不成熟的论文，短暂的如释重负后是诚惶诚恐。应用文及应用文作家的研究尚属草创，可资借鉴的评点性材料屈指可数，试图建立一种对唐代应用文发展的理论体系仍需假以时日，增加积累。聊可欣慰的是，所经之处并没有多少现成的路，筚路蓝缕，唯有披荆斩棘，如此歪歪斜斜地走下来，既显示了力量的微薄，也记录了摸索的艰辛。古人云：为者常成，行者常至。

论文的完成首先要感谢导师程郁缀教授的教导。恩师总是均斋（红三楼）下班最晚的一个，深夜十点多，总能发现他办公室里的灯依然还亮着，这种孜孜不倦的敬业精神着实令弟子感佩。我们每月向恩师汇报学习心得后，他总慷慨地请我们在艺园小聚，品美酒，话人生，既改善了我们的伙食，又加强了师门之间的交流与沟通。恩师作为学报主编，将每期《北大学报》赠予我们，使我们得以掌握学界前沿动态。恩师为人宽容豁达、做事认真缜密、治学宏阔严谨，这些均深深植入我心中！

感谢安徽师范大学丁放教授，耳提面命，引领我走进学术殿堂，扶持着我一路走来，十余载的悉心培育非只言片语能表谢意，论文的完成与他的指导启发密不可分！感谢美国威斯康星大学倪豪士（William H. Nienhauser，Jr.）讲座教授、妻子 Judy 女士，在我访学期间乃至回国后给予的学术与生活上无私的指导与帮助！感谢葛晓音教授开题时对论文选题的支持，后来在香港繁忙的教学科研工作中仍抽出宝贵的时间审阅我的论文，提出了富有价值的修改意见，先生对我学术上的鼓励与教诲将终身铭记！

感谢袁行霈、傅刚、钱志熙、杜晓勤、潘建国、卢永璘、董洪利、陶文鹏、邓小军、孙明君、陶新民、张剑等诸位先生一直以来对我的关怀与提携！

深深感谢父母对我的养育之恩，他们一直无私地支持着我不断前进！感谢我的太太李佳博士，她的温柔与美丽、聪慧与体贴每每让我倾慕感动不已，我们在北大相识、相知、相恋，携手并肩，朝着共同的目标不断迈进！

还要感谢室友王晓萌，同学徐晓峰、王建生、黄湘金、崔柯、李萌昀、胡淼森、刘子凌、诸位同门及国家图书馆崔瑞萍博士。

最后我要感谢上苍，让我有机会来到北大，有幸成为北大一员。曾几何时我总是骄傲地宣称自己是"北大的"，如今光环即将卸下，我要做的是继续拼搏以无愧于北大的荣誉！

重读当年的文字，心情颇不平静。往事并不如烟！清晰记得论文答辩会上诸位师长的勉励与鞭策。更难忘 2010 年 6 月 17 日这个终生铭记的日子，在未名湖畔、博雅塔前、直隶会馆，在双方父母、导师及数十位师长、亲人、同学、朋友的见证下，我与李佳举行了隆重温馨的婚礼。

"客中风物非时有，尘外渊心是处生。长羡坐忘炎岛日，濠梁谁复识鱼情。"（南洋诗宗丘菽园《池上作》之颈联、尾联）博士毕业后，我即赴星洲与已在那里工作的妻子佳汇合，从此开启人生新的征程。为人夫、为人师、为人父，一系列角色的转变，忙碌而充实，南洋的节物风光、人情世态、语言文化皆异于中土，在这里进行古典文学的研究与教学并非易事。但这一切没有改变我对学术与生活的热情。我愿意为南洋中华文化的普及略尽绵薄之力，我希望自己的学术视野能够国际化，几年来书中的部分章节修改润饰后发表于中国台湾、中国香港及新马地区，内地学者未必容易看到，此次出版或可弥补一二不足。需要指出，本书对于一些最新的研究成果未尽征引，尤其是近年来张说研究蓬勃发展，如熊飞先生《张说年谱新编》、周睿博士《张说——初唐渐盛文学转型关键人物论》等相继出版，书稿的撰写未予参考，故亦未敢将之列为参考书目。

衷心感谢北京大学葛晓音教授和台湾师范大学王基伦教授，百忙之中慨然为拙作赐序。感谢恩师程郁缀教授毕业后仍对我的工作生活给予关怀；感谢中国社会科学院张剑研究员，台湾大学萧丽华教授、李隆献教授，香港科技大学吕宗力教授，香港浸会大学陈致讲座教授，香港教育学院朱庆之讲座教授，新加坡国立大学苏瑞隆教授始终如一的栽培和扶持；感谢中国社会科学出版社郭晓鸿主任、武兴芳编辑为本书的出版付出的辛勤劳动，他们一丝不苟的敬业精神，让我钦佩。最后，感谢内子李佳博士，天南海北我们戮力同心，感谢我们的父母无私的支持与体谅。限于学识水平，书中定有不少疏漏，敬请读者不吝赐教。

2015 年 5 月记于新加坡南洋理工大学中文系